御製

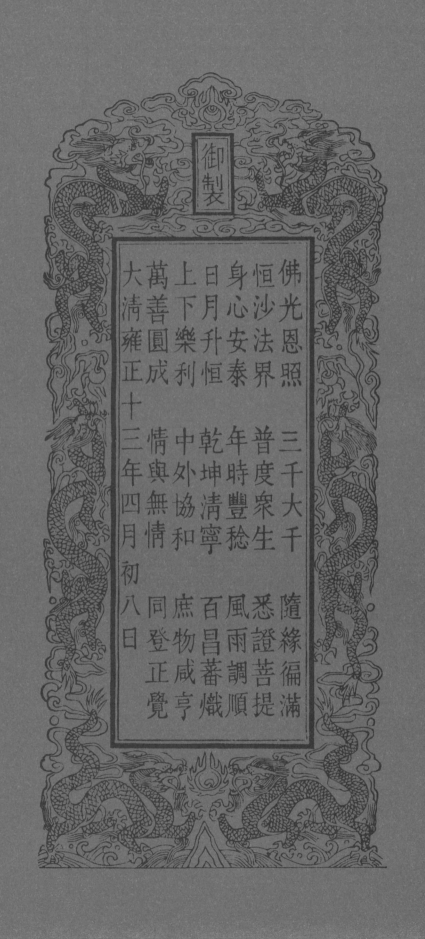

佛光恩照　三千大千　隨緣徧滿

恒沙法界　普度衆生　悉證菩提

身心安泰　年時豐稔　風雨調順

日月升恒　乾坤清寧　百昌蕃熾

上下樂利　中外協和　庶物咸亨

萬善圓成　情與無情　同登正覺

大清雍正十三年四月初八日

第一二六册　此土著述（一六）

# 法苑珠林

唐西明寺沙門釋道世撰

清刻龍藏佛說法變相圖



# 法苑珠林卷第二十一

唐 西明寺沙門釋道世撰

## 福田篇第十（此有三部）

述意部　優劣部　平等部

### 述意部第一

自大覺泥洹福歸衆聖開士應真弘揚末教並飛化衆刹隨緣攝誘感殊則同空天隔應合則異境對顏是以隨敬一僧則五眼開淨隨施一毫則六度無盡也

### 優劣部第二

如優婆塞戒經云佛言世間福田凡有三種一報恩田二功德田三貧窮田報恩田者所謂父母師長和尚功德田者從得暖法乃至阿耨菩提貧窮田者一切窮苦困厄之人世尊是二種田一報恩田二功德田法亦如是

衆僧是三種田一報恩田二功德田三貧窮田以是因緣已受戒者應當至心勤供三寶若人共施財物福田施心俱等是二福德等無差別有財心俱等福田勝者得果報勝有田心俱下財物勝者得果則勝有田財俱下施心勝者得果亦勝有田財俱勝施心下者得果不如善男子智者施時不爲果報何以故定知此因必得果故

又僧伽吒經云佛告一切勇菩薩言若三千大千世界滿中胡麻以此數轉輪聖王若有人布施如是輪王不如布施一須陀洹若施三千世界諸須陀洹所得功德不如施一斯陀含若施三千世界諸斯陀含不如施一阿那含若施三千世界諸阿那含不如施一阿羅漢若施三千世界諸阿羅漢不如施一辟支佛若施三千世界諸辟支佛不如施一菩薩若施三千世界諸菩薩不如施一如來所起清淨心若於三千世界諸如來所生清淨心不如凡夫聞此法門功德勝彼何況書寫讀誦受持爾時一切大衆白佛言世尊一佛福德有幾量耶佛言譬如大地微塵如恒河沙等衆生悉作十地菩薩如是一切十地菩薩所有功德不如一佛福德之力

又阿毗曇甘露味經云福田好有三種一大德田二貧苦田三大德貧苦田云何大德田謂佛辟支四沙門果等云何貧苦田謂畜生老病等云何大德貧苦田謂聖人老病等若施大德田恭敬心得大報若施貧苦田憐愍心得大報若施大德貧苦田恭敬憐愍心得大報是爲福田好云何物好不殺偷奪欺誑

得物隨有淨物多少布施是爲物好若布施佛時一切得福若布施衆僧受用得一切福未受用不得一切福若供養法故得大報若學人聰明大智慧以法故供養是謂供養法布施得富受施竟得樂力壽等功德餘勝得大果報若施畜生受百世報若施不善人受千世報若施善人受千萬世報若施離欲凡夫受千萬億世報若施得道人得無數世報若施佛得至涅槃又布施有六難一憍慢施二求名施三爲力施四强與施五因緣施六求報施

又佛說華聚陁羅尼經云佛言若復有人持以七寶如須彌山等於一劫中布施聲聞辟支佛不如有出家在家人能持一錢以用布施初發菩提心人得福德多比前功德百分千分萬分不及其一乃至筭數譬喻所不能及

寶梁經云佛言善男子我今說世有二種應受信施何等爲二一勤行精進二得解脫令此施主得大利益有三種施一常施食二僧房舍三行慈心此三福中慈心最勝

又菩薩本行經云須達居家貧窮無有財産至信道德佛教布施須達白佛多施耶少施耶佛告須達所施雖多而獲報少布施雖少而獲報多如施雖多而無至心貢高自大信邪倒見不得快十所施雖多而獲報少猶如田薄下種雖多收實甚少何謂施少而獲大福者如施雖少歡喜恭敬與不望報恩佛及辟支四沙門等所施雖少獲報弘大猶如良田所種雖少收實甚多

又智度論云以大悲心施物雖同福德多少隨心優劣如舍利弗以一鉢飯上佛佛即迴施狗而問舍利弗汝以飯施我我以飯施狗誰得福多舍利弗言如我解佛義佛施狗福多佛田第一不如施狗以是故知大福從心不在田也如舍利弗千萬億倍不及佛心所以者何心爲内主田是外事故或時布施之福在於福田如意耳阿羅漢昔以一華施於佛塔九十一劫人天中受樂餘福德力得阿羅漢又如阿輸迦王爲小兒時以土施佛王閻浮提起八萬塔最後得道施物至賤小兒心薄但以福田妙故得大果報當知大福從良田生若大中之上三事都具心物福田皆妙如佛以好華散十方佛時問曰此布施福云何增長答曰應時施故得福增長如經説飢餓時施得福增多或遠行來時若曠路險道中施若常施不斷或時常念施故施得增廣

又增一阿含經云施畜生食者獲福百倍與犯戒人食者獲福千倍施持戒人食者獲福萬倍施斷欲仙人食者獲福千萬倍與向須陀洹食者獲福不可計況成須陀洹乎況向斯陀含得陀含道乃至那含羅漢辟支如來等其福功德不可稱計

又智度論云如大月氏弗迦羅城中有一畫師名曰千那到東方多刹施羅國客畫十二年得三十兩金持還本國於弗迦羅城中聞打鼓作大會聲徃見衆僧信心清淨即問維那此衆中用幾許物得作一日食維那答曰用三十兩金足得一日食即以所有三十兩

金付維那爲我作一日食我明日當來空手而歸其婦問曰十二年作得何物答曰我得三十兩金即問金在何所答言已作福田中種子婦言何等福田答言施與衆僧婦便縛其夫送官治罪斷事大官問以何事故婦言我夫狂癡十二年作得金三十兩不憐愍婦兒盡以與他依如官制取縛將來大官問其夫汝何以不供給婦兒乃以與他答言我先世不行功德今世貧窮受諸辛苦今世遭遇福田若不種福後世復貧貧貧相續無得脫時我今欲頓捨貧窮以是故盡以金施衆僧大官元是優婆塞信佛清淨聞是語已讚言是爲甚難勤苦得此少物盡以施僧汝是善人即脫身瓔珞及所乘馬并一聚落以施貧人而語之言汝始施衆僧衆僧未食是爲穀子未種芽已得生大果方在後耳以是故言難得之物盡用布施其福最多

平等部第三

依大莊嚴論云夫取福田當取其德不應擇少壯老弊佛言我昔曾聞有檀越遣知識道人詣僧伽藍請諸衆僧但求老大不用年少後知識道人請諸衆僧次到沙彌然其不用沙彌語言何故不用我等答言檀越不用非是我也勸化道人即說偈言

耆年有宿德　髮白而面皺　秀眉齒缺落

背傴支節攣　檀越樂如是　不喜見幼小

時寺中有諸沙彌盡是阿羅漢皆作是語彼之檀越愚無智慧不樂有德唯貪耆老即說偈言

所謂長老者　不必在髮白　面皺牙齒落

愚癡無智慧　所責能修福　除滅去諸惡
淨修梵行者　是名爲長老　我破於毀譽
不生增減心　但令彼檀越　獲得於罪過
又於僧福田　誹謗生增減　我等應速往
起發彼檀越　莫令墮惡趣　彼諸沙彌等
尋以神通力　化作老人像　髮白而面皺
秀眉牙齒落　傴脊而拄杖　詣彼檀越家
檀越既見已　心生大歡慶　燒香散名華
速請令就坐　既至須臾頃　還復沙彌形
檀越生驚愕　變化乃如是　爲飲天甘露
容色忽解變
爾時沙彌即作是言我非夜叉亦非羅剎先見檀越選擇耆老於僧福田生高下想壞汝善根故作是化令汝改悔即說偈言
譬如蚊子嘴　欲盡大海底　世間無能測
衆僧功德者　一切皆無能　籌量僧功德
況汝獨一己　而欲測量彼
汝寧不聞如來所說四不可輕王子蛇火沙彌等如菴羅果内生外熟外生内熟莫妄稱量前人長短一念之中亦可得道於僧福田莫生分別即說偈言
衆僧功德海　無能測量者　佛尚生欣敬
自以百偈讚　況餘一切人　而當不稱歎
廣大良福田　種少獲大利　是故於衆僧
耆老及少年　等心而供養　不應生分別
爾時檀越聞是語已身毛爲竪五體投地求哀懺悔頌曰
通達四果　善會六情　探玄啓悟　證理懷禎
老少和穆　普敬祇誠　隨緣赴供　攝誘幽冥

歸信篇第十一此有三部

述意部　小乘部　大乘部

述意部第一

夫信爲道原功德之母智是出世解脫之基無信不可以登輕舟無智不可以斷微惑斯道顯然升沉目覩數見愚夫不信業因能生報果謂貧富自然苦樂天性好醜不由忍恚貴賤非關恭惰衆生自感譬同草木好惡自然豈由因得今依佛經不同外道夫論貧富皆由業緣貴賤非關運命愚智不可易慮妍醜弗可換身故經云果報好醜定之於業書云命相吉凶懸之於天以此言之軍民業貧者與之而弗得必其相富者任置而恒豐故漢文帝以夢而寵鄧通相者占通貧而餓死帝曰能富在我何謂貧乎與之銅山壽任其冶鑄後遭事逃避餓死人家又寧禀離王侍婢有娠相者占之貴而當王王曰非我之胤便欲殺之婢曰氣從天來故我有娠及子之産王謂不祥捐圏則猪噓棄欄則馬乳而得不死卒爲夫餘之王故知業緣命運定於冥兆終然不改弗可與奪也故知作善得福爲惡受殃業果不謬斯理皎然如何封愚抱迷不悟又昔武丁之時遂有桑穀共生于朝太史占曰野草生朝朝其亡矣武丁恐懼側身修善桑穀枯死殷道中興豈非爲善而有福也又帝辛之時有雀生烏在城之隅太史占曰以小生大國家必昌帝辛驕暴不修善政殷國遂亡豈非爲惡之有殃也如是史籍具引非一如何頑固頓乖經史世人共覩春時下種冬則收藏如施有來報感胎甝之與掌錢德必現酬致銜珠之與負鹿又昔人一瓢

以濟餓夫尚得扶輪相報今供一齋以施大衆寧無福禄相酬矣

小乘部第二

如涅槃經佛言衆生有二一者有信二者無信有信之人則名可治定得涅槃瘡疣無故無信之人名一闡提名不可治又雜阿含經世尊爲婆羅門説耕田偈云

信心爲種子　苦行爲時雨　智慧爲特軛
慙愧心爲轅　正念自守護　是則善御者
保藏自口業　知食處内藏　直實爲真乘
樂住爲懈息　精進爲廢荒　安隱爲速進
直往不轉還　得到無憂處　如是耕田者
逮得甘露果　如是耕田者　不還受諸有

爾時婆羅門聞已發心出家得阿羅漢道

又寶性論云爲六種人故説三寶一調御師二調御師法三調御師弟子何等爲六種人一大乘二中乘三小乘四信佛五信法六信僧

又僧伽吒經云時有一切勇菩提薩埵白佛言世尊何因緣故此會衆生得發菩提佛言一切勇乃往過去無數阿僧祇劫有佛世尊號曰寶德我時作摩納之子此會衆生住佛智慧者往昔之時悉在鹿中我時發願如是諸鹿我皆令住佛智慧中時鹿聞已尋皆發願得如是一切勇此會大衆因彼善根當得阿耨菩提

又正法念經云若有衆生修善以清淨心歸佛法僧一彈指頃不生餘心命終生白摩尼天五欲恣情心意悦樂三歸功德乃至報盡於未來世得至涅槃

又無上處經云佛告比丘有三無上處一佛無上處二法無上處三僧無上處若諸衆生兩足四足無足多足若色無色有想無想非有想非無想如來於中說無上處若有衆生於無上處起信向心者於天人中得無上果報

大乘部第三

如出生菩提心經云爾時迦葉婆羅門白佛言世尊發菩提心者應攝幾許福聚爾時世尊以偈說言

若此佛剎諸衆生　令住信心及持戒
如彼最上大福聚　不及道心十六分
若此佛剎諸衆生　令住信心於法行
如彼最上大福聚　不及道心十六分
若諸佛剎恒河沙　皆悉造寺求福故
復造諸塔如須彌　不及道心十六分
若有佛剎如恒沙　皆悉遍施諸七寶
如彼最上大福聚　不及道心十六分
如鐵圍山高廣大　造塔無量爲諸佛
如是求福衆生等　不及道心十六分
若諸衆生具滿劫　若頭若膊常擔戴
如彼最勝福德聚　不及道心十六分
如是人等得勝法　若求菩提利衆生
彼等衆生最勝者　此無比類況有上
是故得聞此諸法　智者常生樂法心
當得無邊大福聚　速得證於無上道

又涅槃經云佛讚迦葉若有衆生於熈連河沙等諸佛所發菩提心乃能於惡世受持如是經典不生誹謗善男子若有能於一恒河沙等諸佛世尊所發菩提心然後乃能於惡

世中不謗是經愛樂是典不能爲人分別廣說若有衆生於二恒河沙等佛所發菩提心然後乃能於惡世中不謗是法正解信樂受持讀誦亦不能爲他人廣説若有衆生於三恒河沙等佛所發菩提心然後乃能於惡世中不謗是法受持讀誦書寫經卷雖爲他説未解深義若有衆生於四恒河沙等佛所發菩提心然後乃能於惡世中不謗是法受持讀誦書寫經卷爲他廣説十六分中一分之義雖復演説亦不具足若有衆生於五恒河沙等佛所發菩提心然後乃能於惡世中不謗是經受持讀誦廣爲人説十六分中八分之義若有於六恒河沙等佛所發菩提心然後乃能於惡世中不謗是經受持讀誦爲他廣説十六分中十二分義若有衆生於七恒河沙等佛所發菩提心然後乃能於惡世中不謗是法受持讀誦爲他廣説十六分中十四分義若有於八恒河沙等佛所發菩提心然後乃能於惡世中不謗是法受持讀誦亦勸他人令得書寫自能聽受復勸他人令得聽受

又大悲經云佛告阿難若有衆生於諸佛所一發信心如是善根終不敗亡況復諸餘善根譬如有人析破一毛以爲百分取一分毛霑一滴水持至我所而作是言我以此水寄付瞿曇莫令此水而有增減亦莫令風日飄暴乾竭此水不令鳥獸飲之令盡勿使異水而有和雜以器盛持莫置在地如來爾時即受彼寄置恒河中不令入洄亦復不令餘物指宊如是水滴在大河中隨流而去使不入

洄無復遮礙諸鳥獸等亦不飲盡如是水滴不增不減一等如故共大水聚漸入大海若是水滴毗嵐風起壞世界時假使是人住世一劫我亦如是得住一劫彼人爾時至劫盡時而來我所作如是言瞿曇我本寄水今有無耶如來爾時知彼水滴在大海中見知住處不與餘水共相和雜不增不減平等如故持還彼人阿難如是如來應正遍知有大神通無量知見明了無障於受寄人中最尊最勝若於佛所寄付如是微細水滴經於久遠而不虧損此義應知阿難其細毛端者喻心意識恒河者喻生死流一滴水者喻一發心微少善根大海者喻佛如來應正遍知所寄人者喻彼清信婆羅門長者居士等住一劫者喻如來受彼寄水終不虧損亦如彼人寄彼水滴經於久遠不虧一毫如是阿難若於佛所一發信心善根不失何況諸餘勝妙善根我說是人一切悉是趣涅槃果雖餘不善墮在三塗以本善根佛知是已從彼拔出置無畏岸令彼憶識所種善根息一切苦得一切樂

又佛說無畏女經云爾時阿闍世王有女名無畏德端正無比成就最勝殊妙功德年始十二其父王堂閣之上著金寶屐彼處而坐時無畏德女見諸聲聞不起不迎默然而住不共問答不迎不禮不讓牀坐阿闍世王見無畏德默然而住即告之言汝豈不知此等皆是釋迦如來上足弟子成就大法耶世間福田耶以爲愍念諸衆生故而行乞食汝今既見何故不起不馳不禮不共相問復不讓

坐汝今覩見何事故而不起迎爾時無畏白父王言不審大王頗見頗聞轉輪聖王見諸小王而起迎不王言不也復言頗見頗聞師子獸王見野干時爲起迎不王言不也復言頗見頗聞帝釋天王迎餘天不王言不也頗見頗聞大海之神禮敬江河池神不王言不也女言大王如是菩薩發心趣向阿耨菩提轉輪聖王以大慈悲初發心已云何禮敬離大慈悲小王聲聞大王頗有已求無上正覺之道師子獸王而禮小乘野干人耶頗有欲到大智之海欲求善知大法之聚而求牛跡聲聞人耶大王若有親近聲聞人者是人即發聲聞之心若有親近緣覺人者是人即發緣覺之心若有親近正眞正覺之人者是人即發阿耨菩提心爾時阿闍世王復語無畏德女言汝大我慢云何如是見諸聲聞而不奉迎女言大王勿作此語大王亦慢云何不迎王舍城內諸貧窮者王語女言彼非我類我云何迎女言大王初心菩薩亦復如是一切聲聞緣覺亦非我類王語女言汝豈不見諸菩薩等皆悉敬一切衆生女言大王菩薩爲度憍慢瞋惱諸衆生等令彼得起廻向之心是故禮敬一切衆生爲長衆生諸善根本是故禮敬爾時無畏德菩薩毋號曰月光此月光女捨是身巳生忉利天號曰光明增上天子若彌勒得菩提時便即出家次第皆見賢劫諸佛悉得供養然後於彼離垢如來所得作大王具足七寶號曰地持供養彼佛巳得成阿耨菩提號曰遍光如來頌曰

封迷昏闇久　徘徊夢裏藏　心塵旣未洗

怖雹甘露漿　慈顏發暉曜　燭我見朝陽
忽逢善知友　開導益神光　稍悟心澄靜
方猒俗蒼茫　緇徒旣肅肅　法侶亦鏘鏘
見者心歡喜　歸誠向道場　若存信邪倒
來苦未何殃

感應緣（略引三驗）

晉沙門竺法師　宋居士袁炳
隋沙門釋道仙

晉沙門竺法師者住會稽與北中王恒之周旋甚厚共論死生罪福報應之事情昧難明未審有無因便共要若有先死當相報語旣別後王恒在都於廟中忽見法師來王便驚云和尚何處來答曰貧道以某月日命過罪福皆不虛應若影響檀越但當勤修道以升濟神明耳先與君要故來相語言訖不復見

右一驗出續搜神記

宋袁炳字叔煥陳郡人也泰始末爲臨湘令亡後積年友人司馬遜於將曉間如夢見炳來陳叙闊別訊問安否旣而謂遜曰吾等平生立意置論常言生爲馳役死爲休息今日始定不然矣恒患在世有人務馳求金幣共相贈遺幽途此事亦復如之遜問罪福應報定實何如炳曰如我舊見與經教所說不盡符同將是聖人抑引之談耳如今所見善惡大科略不異也然殺生故最爲重禁愼不可犯也遜曰卿此徵相示良不可言當以語白尚書也炳曰甚善亦請卿敬情尚書時司空簡穆王公爲吏部尚書炳遜並其遊賓故及之徃反可數百語辭去遜曰闊別之久恒思叙集相値甚難何不小住炳曰止暫來耳不

可得久留且此輩語亦不容得委悉於是而去初炳來闇夜遜亦了不覺所而明得覩見炳旣去遜下牀送之始躡屐而還闇見炳脚間有光可尺許示得照其兩足餘地猶皆闇云（此一驗出冥詳記）

隋蜀部灌口山竹林寺釋道仙本康居國人以遊賈爲業往來吳蜀集積珠寶向直十萬貫後達梓州牛頭山值僧說法深悟財累乃沉江頓捨便投灌口山竹林寺出家初落髮日對衆誓曰吾不得道誓不出山結志不群野栖禽獸入定一坐五日爲期有客到門潛通即覺起共接語若無人時端坐靜室寂若虛空有時預告明當客至其數若干形貌服色恰期明至數服皆同時遭酷旱百姓惶憂苗稼失色皆來請祈仙即往龍穴以杖扣門喚曰衆生何爲嗜眠如語即寤當即玄雲四合大雨普霑民賴斯澤貴賤咸賽欽若天神隋蜀王秀作鎭岷洛有聞王者尋遣追不承命王勃然動色親領兵仗往彼擒之必若固違可即加刃仙聞兵至傍若無人被僧伽梨已端坐禪誦王達山足忽降雨雜注雹雪雷奔水涌須臾滿川軍藏無計並憂沒命事旣窘迫乃悔懺歸依遥禮仙德垂雲忽散山路清夷得達仙所王躬盡敬一心歸懺仙爲說法重發信心乃慇懃奉請邀還成都至靜衆寺彌加厚禮舉郭恭敬號爲仙闍梨至仁壽年中返于山寺卒葬於彼（右此一驗出唐高僧傳）

## 士女篇第十二（此有二部）

俗男部　俗女部

### 俗男部第一（此別三部）

述意部　誡俗部　勸導部

## 述意部第一

夫在家丈夫尊卑有二一貴二賤一富二貧富貴之者人多放逸傲慢貢高輕辱陵下或有乘威藉勢尊已陵人或有博識聰達恃才陵人或有辯口利詞暢說陵人或有誇豪奢侈輕慢陵人或有美容恣態恃色陵人或有乘肥騁騎恃乘陵人或有資財奴婢恃富陵人如是衆多不可具述衆生愚癡甚爲可愍不知無常將至妄起高心來報湯炭煎煮相待獄卒執叉伺候日久不憂斯事公然喜樂何異猪羊不知死至何異飛蠅貪樂死屍惟古思今富貴非一生滅交臂貴賤同塵富貴者唯見荒墳貧賤者已同灰壞既知貴賤同灰即須卑已敬上是以親疎無定貴賤不恒苦樂易位升沉更生也

## 誡俗部第二

如華嚴經有十種慢業應當避之一於尊重福田和上阿闍梨父母沙門婆羅門所而不尊重恭敬供養是爲慢業二有諸法師得勝妙法於大乘深法知出生死道得陀羅尼成就多聞具智慧藏善能說法而不信受恭敬供養是爲慢業三聽受法時若聞深法應發離欲心歡喜無量而不讚法師令衆歡喜是爲慢業四起慢心自高陵彼不省已實不調自心是爲慢業五起計我心見有功德智慧者不讃其美見無德者乃說其善若聞讃他於彼人所起嫉妬心是爲慢業六若有法師知是法是律是實是佛語以憎嫉故說言非法非律非實非佛語欲壞他信心故是爲慢

業七自敷高座我爲法師不應執事不應恭敬供養餘人諸修梵行尊長有德悉應恭敬供養於我是爲慢業八遠離嚬蹙惡眼視彼常以和顏等觀衆生言常柔輭無有麤獷離恚恨心而於彼法師求其過惡是爲慢業九以我慢心於多聞者不往恭敬起聽聞法留難亦不諮問何等爲善何等不善何等應作何等不應作何等業長夜饒益一切衆生作何等行不益衆生作何等行從明入明作何等行從冥入冥如是人輩爲我心漂沒不能得見出要正道是爲慢業十起慢心故不值諸佛難得之法消盡宿世所種善根不應説而説起呵責心更相譏論住如是法應入邪道但發菩提心力故而不永捨菩薩所行雖不捨菩薩道而於無量百千萬劫尚不值佛何況聞法是爲慢業又出曜經偈云

衆生爲慢纏　染著於憍慢　爲見所迷惑
不免生死際

故知凡夫爲惡雖少後世深苦獲無邊報如毒在心人意不同白衣營生不知顧死然生不可保死必奄至尋此危命非朝則夕俄頃之間凶變無常徒修田宅愛戀妻兒法句喻經云佛在舍衛國時城中有婆羅門年向八十財富無數爲人難化不識道德不計無常更作好舍前庌後堂涼臺溫室東西兩廂廡數十梁唯後堂前距陽未訖時婆羅門恒自經營指授衆事佛以道眼見此老翁命不終日當就後世不能自知而方忪忪繕治精神無福甚可憐愍佛將阿難往到其門慰問老翁得無勞倦今作此舍何所爲安翁言前庌

待客後堂自處東西二廂當安兒息財物僕使夏上涼臺冬入温室佛語老翁久聞宿德思遲談講佛有要偈存亡有益欲以相贈不審可不願小廢事共坐論說不耶老翁答言今正大遽不容坐語後日更來當共善敘所云要偈便可說之於是世尊即說偈言

有子有財　愚唯汲汲　我且非我　何有子財
暑當止此　寒當止此　愚多預慮　莫知來變
愚矇愚蔽　自謂我智　愚而稱智　是謂極愚

婆羅門言善說此偈今實遑遽後來更論之於是世尊傷之而去老翁於後自授屋椽椽墮打頭破即時命過室家啼哭驚動四鄰佛去未遠便有此變里頭逢諸梵志數十人問佛從何所來佛言屬到死老翁舍爲翁說法不信佛語不知無常今者忽然已就後世具爲諸梵志更說前偈義聞之欣然即得道跡於是世尊爲說偈言

愚闇近智　如瓢斟味　雖久狎習　猶不知法
開達近智　如舌甞味　雖須臾習　即解道要
愚人造行　爲身招禍　快心作惡　自致重殃
爲行不善　退見悔悋　致涕流面　報由宿習

時諸梵志重聞此偈益懷篤信爲佛作禮歡喜奉行

## 勸導部第三

惟此慢心通於白黑智愚不免豪賤共有但去輕論重在俗爲甚亦有空言我美評說賢良識毀聖德一切白衣終日行之未甞一日慚愧發露情求勝道退省己躬故外書云力慕善道可用安身力慕孝悌可用榮親亦有君子高慕釋教遵奉修行貞仁退讓廉謹信

順皆是宿種禀性自然與道何殊亦有出家之人不依聖教違犯戒律不學無知與鄙俗無殊然道俗形乖犯有希數心有明暗過有輕重故出家之人未犯已前念念入道善業已熏福基已厚雖有微惡輕愧而造不能傾動若小慚愧便復清白若論在俗身居無慚之地心有無愧之情畜養妻兒財色五欲盈堂滿室熏辛酒肉隨求所得愛染情深無時暫捨惡縁同住豈得免之此則明暗路分黒白殊隔故知明能滅暗暗不滅明小燈之明已了室內出家之人雖犯微過前明已成正可光不增暉而本明恒照如器存炷立田安業永也又出家造惡極難如陸地行船在家起過即易如海中汎舟又出家修道易爲如海中汎舟在家修福甚難如陸地行船船雖是同由處有異故遲疾不同修犯難易是知生死易染善法難成早求自度勵慕出俗又賢愚經云出家功德其福甚多若放男女奴婢若聽人民若自已身出家入道功德無量非譬爲比出家功德高於須彌深於巨海廣於虛空所以然者由出家故畢成佛道佛在世時王舍城中有一長者名曰福增年過百歲家中大小莫不猒賤聞說出家功德無量即來佛所求欲出家值佛不在即便往至舍利弗所舍利弗見老不度如是五百大阿羅漢皆悉不度即出寺門住門閫上發聲大哭世尊後至種種慰喻即告目連令其出家目連即與出家授戒復常爲諸年少比丘之所激切便欲投河沒水而死目連觀見以神通力接置岸上問知因縁目連念言此人不

以死怖之無由得道即令至心捉師衣角飛騰虛空到大海邊見一新死端正女人見有一蟲從其口出還從鼻入復從眼出從耳而入目連觀已捨之而去弟子問言是何女人答言此是舍衛城中大薩薄婦容貌端正世間少雙其婦常以三奇木頭𨱽鏡照面自覩端正便起憍慢深自愛著夫甚敬愛將共入海海惡船破沒水而死漂出在岸此薩薄婦由自愛身死後還生在故身中作此蟲也捨蟲身已墮大地獄受苦無量小復前行見一女人自身負銅鑊枝鑊著水以火然沸脫衣入鑊肉熟離骨沸吹骨出在外風吹尋還成人自取肉食福增問師是何女人其師答言舍衛國中有優婆夷敬信三寶請一比丘一夏供養在於陌頭作房安置自辦種種香美飲食遣婢送之婢至屏處選好先食餘與比丘大家覺問汝不偷食不婢答言不比丘食訖有殘與我我乃食之若我先食使我世世自食身肉以是因緣先受華報後墮地獄次小前行見一肉樹多有諸蟲圍唼其身無有空處叫喚啼哭如地獄聲弟子問師是何樹耶目連答言是瀨利吒營事比丘以自在故費用僧物華果飲食送與白衣以是因緣受此華報後墮地獄唼樹諸蟲即爾時得物之人次復前行見一男子周帀多有獸頭人身諸惡鬼神手執弓弩三簍毒箭鏃皆火然競共射之洞身焦然福增問師此何人耶目連答言此人前身作大獵師多害禽獸故受斯苦於後命終墮大地獄次復前行見一大山下安刀劒見有一人從上投下刺壞其身投

已復上如前不息福增問師此復何人師復答言是王舍城王大鬪將以勇猛故身處前行見一骨山其山高大七百由旬能障蔽日使海陰冥爾時目連於此骨山一大肋上往來經行弟子問師是何骨山師答福增言汝欲知者此即是汝故身骨也福增聞已心驚毛竪惶怖汗出白和尚言聞我今者心未裂項願爲時說本末因縁目連告曰生死輪轉無有邊際造善惡業終無朽敗必受其報昔過去時此閻浮提有一國王名曰法增好喜布施持戒聞法慈悲衆生不傷物命正法治國滿二十年其間閑暇共人博戲時有一人犯法殺人臣以白王值王慕戲脱答之言隨國法治即依律斷殺人應死尋即殺之王戲罷已問諸臣言罪人何所臣答殺竟王聞是語悶絶躃地水灑乃穌垂淚而言宮人妓女象馬七珍悉皆住此唯我一人獨入地獄我今殺人當知便是旃陀羅王不知世世當何所趣我今決定不須爲王即捨王位入山自守其後命終生大海中作摩竭魚其身長大七百由旬諸王大臣自恃勢力枉尅百姓殺戮無邊命終多墮摩竭大魚多有諸蟲唼食其身身癢揩山殺蟲汙海血流百里魚一眠時經於百歲飢渴吸水水流入口如注大河爾時適有五百賈客入海採寶值魚張口船疾趣口賈人恐怖舉聲大哭垂入魚口一時同聲稱南無佛魚聞佛聲閉口水停賈人得活魚飢命終生王舍城作汝身也魚死之後夜叉羅刹出置海岸肉消骨在作此骨山法增王者汝身是也縁殺人故墮海作魚福增

聞巳深畏生死觀見故身解法無常得阿羅漢果

俗女部第二（此別二部）

述意部　姧偽部

述意部第一

夫在家俗女患毒多過佛說邪諂甚於男子或假塗面首雕飾脂粉或綺羅華服誑誘愚夫或驕弄脣口邪眄歌笑或咨嗟吟詠瞻視看人或出胷露手掩面藏頭或緩步徐行摇身弄影或開眼閉目乍悲乍喜幻惑愚夫令心妄著如是妖偽卒難述盡凡夫迷醉皆為所惑譬如姧賊種種多詐亦如畫瓶儲糞誑人亦如高羅群鳥落之亦如密網衆魚投之亦如闇坑盲者陷之亦如飛蛾見火投之亦如蜣蜋食樂臭屍近則失國破家觸則如把毒蛇外言如蜜內心如鴆家貧困苦皆由女人出外喪身亦由女人室家不和亦由女人男女反逆亦由女人兄弟離散亦由女人宗親踈索亦由女人墜墮惡道亦由女人不生人天亦由女人障善業道亦由女人不入聖果亦由女人如是過患不可具論衆生如是甚為可愍常為欲火所燒而不能離致受殃苦爾來不絕也

姧偽部第二

如出曜經云昔舍衛城中有一婦女抱兒持瓶詣井汲水有一男子顏貌端正坐井右邊（亦有經云見阿難行美顏貪愛求為夫婦事在別經）彈琴自娛時彼女人欲意偏多躭著彼人彼人亦復欲意熾盛躭著女人女人欲意迷荒以索繫小兒頸懸於井中尋還挽出小兒即死愁憂傷結呼天

墮淚自外云云又佛在拘睒彌國國王號曰優填拘留國有逝心名摩因提生女端正華色世間少雙官僚豪姓靡不娉焉父答曰若有君子容與吾女齊吾將應之佛時行在其國逝心覩佛三十二相八十種好身色紫金巍巍堂堂光儀無上心喜而曰吾女獲匹正是斯人歸語其妻曰吾爲無比得壻促莊飾女當將往也夫妻共服飾之其女行步搖動華光珠琦瓔珞莊嚴光國夫妻俱將至佛所妻道見佛跡相好之文光彩之色非世所有知爲天尊謂其夫曰此人足跡之理乃爾非世可闚斯將非凡必自清淨無復婬欲將不取吾無自辱也夫曰何以知其然耶妻因說偈言

婬人曳踵行　恚者斂指步　愚者足蹈地
斯跡天人尊

逝心曰非爾女人所知汝不樂者便自還歸仍自將女詣佛所稽首佛足白言大仁勤勞教授身無供養有是麤女願給箕帚佛言汝以女爲好耶答曰生得此女顏容實好世間無雙諸國王豪姓多有求者不以應之竊見大仁光色巍巍非世所見貪得供養故冐自歸耳佛言此女之好爲著何許逝心曰從頭至足周旋觀之無不好也佛言惑哉肉眼吾今觀之從頭至足無一好也汝見頭上有髮髮但是毛象馬之尾亦皆爾也髮下有髑髏髑髏是骨屠家豬頭骨亦皆爾頭中有腦腦者如泥臊臭逆鼻下之著地莫能蹈者目者是池決之純汁鼻中有洟口但有唾腹藏肝肺皆爾腥臊腸胃膀胱但盛屎尿腐臭難論腹爲革囊裹諸不淨四肢手足骨骨相拄筋

攣皮縮但恃氣息以動作之譬如木人機關作之作之訖畢解剥其體節節相離首足狼藉人亦如是有何等好而云少雙昔者吾在貝多樹下第六魔天王莊嚴三女顔容華飾天中無比非徒此倫欲以壞吾道意我便爲説身中穢惡即皆化成老母形壞不復慚愧而去今此屎囊欲作何變急將還去吾不取也逝心聞佛所説恧然慙恥無辭復白佛曰若仁不取者欲以妻優填王可乎佛不答焉逝心即送女與優填王王獲女大喜悦拜父爲太傅爲女興宫妓樂千人以給侍之王正后師事於佛得須陀洹道此女譖之於王王惑其言以百箭射后后見矢不懼都無恚怒一意念佛慈心長跪向王矢皆繞后三帀還住王前百矢皆爾王乃自覺悵然而懼即駕

金車白象馳詣佛所未到下車併從叉手步進稽首佛足長跪自陳曰吾有重咎愧在三尊所以彼婬泆圖欲興邪於佛聖衆有毒惡念以矢百枚射佛弟子如事陳之覩之心懼惟佛至尊無量之慈白衣弟子慈力乃爾豈況無上正眞佛乎我今陳過歸命三尊唯佛弘慈願赦其咎佛歎曰善哉王覺惡悔過此明人之行也吾受王善意王稽首如是至三佛亦三受之王又頭腦著地退就座曰稟氣凶頑忿戾自恣無忍辱心三毒不除惡行快意女人妖冶不知其惡自惟死後必入地獄願佛加哀廣説女惡魑魅之態入其羅網尠能自拔我聞其禍必以自誡國人巨細得以改操佛言用此爲問耶但説餘義王曰餘義異曰稟之不晩女亂惑意凶禍之大不聞其

禍何由遠之願佛具爲我釋地獄之變及女人之穢佛言且聽男子有狂愚之惡却觀女妖王曰善哉願受明教佛曰士有四惡急所當知世有婬夫恒想覩女近思妖聲遠捨正法疑眞信邪欲網所裹没在盲冥爲欲所使如奴畏主貪樂女色不計九孔惡露之臭穢渾沌欲中如猪處溷不覺其臭快以爲安不計後當在無擇之獄受痛無極注心在婬吮其洟唾玩其膿血珍之如玉甘之如蜜故曰欲奴之士斯其一惡態也又親之養子懷妊生育比得長大勤苦難論到子成人漂家竭財膝行肘步因媒表情致彼爲妻若在異域尋而追之不問遠近不避勤苦注意在婬捐忘親老既得爲妻貴之如寶欲私相娛樂惡見父母信其妖言或致鬬訟不惟身所從來辜親無量之恩斯其二惡態也又人處世勤身苦勞躬致財賄本有誠信敬道之意尊戴沙門梵志之心覺世非常存施爲福娶妻之後情或婬欲愚蔽自壅背眞向邪專由女計若有布施之意唯欲發言裝彩女色絶清淨行束成小人不識佛經之重誡禍福之所歸苟爲婬使投身羅網必墮惡道終而不改斯其三惡態也又善爲人子不惟養恩治生致財不以養親但以東西廣求婬路懷持寶物招人婦女或殺六畜婬祀鬼神飲酒歌舞合會男女快樂歡娛終日彌多外託祈福内以招姧既醉之後互求方便更相招呼以遂姧情及其獲偶喜無以喻婬結縛著無所復識當爾之時唯此爲樂不覺惡露之臭穢地獄之苦痛一則可笑二則可哀譬如狂荒不知

其非斯其四惡態也男子有是四惡用墮三塗當審遠此乃免苦耳又復聽說女人之惡佛便說偈言

以為欲可使　放意不能安　習近於非法
將何以為賢　欲為畜生行　以欲還自殘
溷蟲在臭中　不知為劇難　如蟲在溷中
不知東與西　結著於婬欲　蓋此亦蟲倫
婬既不見道　日夜種罪根　現在君臣亂
上下為迷昏　王法為錯亂　政治為迷煩
農夫捨常業　賈人為珍連　現世更牢獄
死已入太山　當受百種毒　其痛難可言
烊銅灌其口　山車迮其身　此輩有百數
難可一二陳　常在三惡道　宛轉如車輪
若世時有佛　而耳不得聞　女人最為惡
難與為因緣　恩愛一縛著　牽人入罪門
女人有何好　但是諸不淨　何不諦計是
為此發狂荒　其內甚臭穢　外為嚴飾容
加又含毒螫　劇如蛇與龍　譬如錦綃矛
羅縠裹鋒芒　愚者覩其表　玩之以自申
智者覺知捨　癡者致死傷　婬欲亦如是
抱刃以自喪　覩新即猒故　所樂亦無常
言為刀斧截　笑為棘與荊　內懷臭穢毒
飾外以華香　愚者見懽喜　不惟後受殃
譬如鴆毒藥　以和甘露漿　癡人貪其味
飲之皆仆僵　亦如薪得火　草木被重霜
所向無不壞　是為最不祥　女毒甚於是
莫能見其形　覩表不見裏　故有婬欲情
其體甚易見　癡人惜不絕　絕欲以求道
去道如絲髮　人本清淨種　如魚處深淵
羅網四面張　著者不得還　欲網劇於是

結著甚獨堅　知者能自覺　可得脱其身
譬如飢猕猨　望見熟甘果　投身冐荆棘
是輩百向墮　亦如魚食鉤　飛蛾入燈火
專心投危欲　不惟後受禍

佛説如是優塡王歡喜即以頭面著地白佛言實從生年以來不聞女人惡態乃爾男女悖亂隨之墮惡但不知故不制心意從是以後終身自悔歸命三尊不敢復犯爲佛作禮歡喜而退書云仲尼稱難養者小人與女子近之則不遜遠之則怨巳是以經言妖冶女人有八十四態大態有八慧人所惡一者嫉妬二者妄瞋三者罵詈四者呪詛五者鎮壓六者慳貪七者好飾八者含毒是爲八大態是故女人多諸妖媚顧捨諂邪以求正法早得出家自利利人又智度論云女人相者若得敬待則令夫心高若敬待情捨則令夫心怖女人如是恒以煩惱憂怖與人云何可近親好如説國王有女名曰狗牟頭有捕魚師名術波伽隨道而行遥見王女在高樓上窻中見面想像染著心不暫捨彌歷日月不能飲食母問其故以情答母我見王女心不能忘母喻兒言汝是小人王女尊貴不可得也兒言我心願樂不能暫忘若不如意不能活也母爲子故入王宫中常送肥魚鳥肉以遺王女而不取價王女怪而問之欲求何願母白王女願却左右當以情告我唯有一子敬慕王女情結成病命不云遠願垂愍念賜其生命王女言汝去至月十五日於某甲天祠中住天像後母還語子汝願巳得告之如上沐浴新衣在天像後住王女至時白其父王

我有不吉須至天祠以求吉福王言大善即嚴車五百乘出至天祠既到勑諸從者齊門而止獨入天祠天神思惟此不應爾王爲施主不可令此小人毀辱王女即猒此人令睡不覺王女既入見其睡重推之不寤即以瓔珞直十萬兩金遺之而去後此人得覺見有瓔珞又問衆人知王女來情願不遂憂恨懊惱婬火内發自燒而死以是證知女人之心不擇貴賤唯欲是從又薩婆多論云寧以身分内毒蛇口中不犯女人蛇有三事害人有見而害人有觸而害人有嚙而害人女人亦有三害若見女人而發欲想滅人善法若觸女人身犯中罪滅人善法若共合會身犯重罪滅人善法一若爲毒蛇所害害此一身若爲女人所害害無數身二者若爲毒蛇所害害報得無記身若爲女人所害害善法身三者若爲毒蛇所害害五識身若爲女人所害害六識身四者若爲毒蛇所害得入清衆若爲女人所害不與僧同五者若爲毒蛇所害得生天上人中值遇賢聖若爲女人所害入三惡道六者若爲毒蛇所害故得四沙門果若爲女人所害於八正道無所成益七者若爲毒蛇所害人則慈念而救護之若爲女人所害衆共棄捨無心喜樂以是因緣故寧以身分内毒蛇口中終不以此而觸女人

又增一阿含經云女人有五力輕慢夫主云何爲五一色力二親族之力三田業之力四兒力五自守力是謂女人有此五力便輕慢夫主夫有一力盡覆蔽彼女人所謂富貴力也令弊魔波旬亦有五力所謂色聲香味觸

愚癡之人著此五法不能得度若聖弟子成就一無放逸力不爲所繫則能分別生老病死之法勝魔五力不墮魔境至無爲處爾時世尊便説此偈

戒爲甘露道　放逸爲死徑　不貪則不死　失道爲自喪

爾時世尊告諸比丘女人有五欲想云何爲五一生豪貴之家二嫁適富貴之家三使我夫主言從語用四多有兒五在家獨得由已是謂有此五事可欲之想又大威德陀羅尼經云佛告阿難譬如有大沙聚將一滴水潤此沙聚可令徹過如一婦人以千數丈夫受欲果報不可令其知足也其婦人有三法不知猒足一自莊嚴二於丈夫邊所受欲樂三哀美言辭阿難其婦女有五疽蟲戶而丈夫無此其五疽蟲在陰道中其一蟲戶有八千蟲兩頭有口悉如針鋒彼之疽蟲常惱彼女而食噉之令其動作動已復行以彼令動是故名惱婬婦女人此不共法以業果報發起欲行貪著丈夫不知猒足其婦女人若見丈夫即作美言瞻視熟視視已復視瞻仰觀察意念欲事面看邪視欲取他面齒銜下脣面作青紫以欲心故額上汗流若安坐時即不欲起若復立時復不欲坐木枝畫地摇弄兩手或行三步至第四步左右瞻看或在門頰頻申出息逶迤屈曲左手舉衣右手拍髀又以指爪而刮齒牙草枝摘齒手搔腦後宣露脚脛鳴他兒口平行而蹶急視諸方如是等相當知婦人欲事以發猒離棄捨勿令流轉生大暗中

又正法念經云天鳥爲諸天說偈云

婦人非常友　如燈焰不停　彼則是常怨
猶如畫石文　雖親近富者　無物則猒人
有物婦女近　無物婦女捨　與物典供養
作種種功德　其心如火焰　而不可秉執
男如是隨順　如心之所欲　彼如是婦女
恒常誑男子　如蛇華所覆　如灰土覆火
色如是覆毒　婦女亦如是　猶如見毒樹
悅眼而不善　婦女如毒華　智者應捨離

又阿含口解十二因縁經云有阿羅漢以天眼徹視女人墮地獄中者甚多便問佛何以故佛言用四因縁故一由貪珍寶物衣被欲心多故二由相嫉妬故三由多口舌故四由作姿態婬意多故以是因縁故墮地獄多耳

頌曰

五欲混神因　六賊亂心色　幻焰逐情飄
愛網隨心織　鑄金雖改秋　斬籌方未極
觀鴿旣無辯　攀猿此焉息

法苑珠林卷第二十一

音釋

傴僂（於武切僂也）　攣（呂員切拘也）　僂（兩舉切曲也）　愕（五各切驚遽貌）　嘴（即委切與觜同）　鑄（之戍切銅入範也）　餒（奴罪切飢也）　疣（以周切瘤也）　膊（補各切肩甲也）　析（先擊切分也）　屐（奇逆切履也）　幣（毗意切金帛也）　躡（尼輒切著也）　酷（苦沃切極也）　騁（丑郢切馳驚也）　壤（汝兩切柔土也）　顰蹙（顰符眞切蹙七六切顰蹙攢眉也）　獷（古猛切惡也）　厊（吾駕切也）　忪（職容切驚遽也）　遽（其據切急也）　評（符兵切品論也）　勵（力制切也）　閫（苦本切戶限也）　唼（子答切聚食也）　瀨（落蓋切）　鏃（作木切矢鏑也）　躃（芳辟切倒也）　眄（彌典切斜視也）　鴆（直禁切毒鳥也）　洟（他計切鼻液也）　膀胱（膀步光切胱古黃切膀胱水府也）　泆（夷質切放也）　尠（息淺

切少也溷胡困切廁也吮徂兗切嗽也螫施隻切蟲行毒也縚土刀切媚靡寄切嫵媚也齧五結切噬也髀傍禮切股也蹶居月切跌也

# 法苑珠林卷第二十二

唐 西明寺沙門釋道世撰

## 入道篇第十三（此有四部）

述意部　欣猒部　鬀髮部

引證部

### 述意部第一

惟夫道俗形乖淨染殊趣由善惡不等報應不均欲觀仁義盛德之風當尋禮儀玄軌之範而能割愛辭親棄榮勢位節飡滋味蔬食苦行麤服蓋形不顧飾玩隨用安身不存名利抑過三毒制止八音三千威儀五百戒相動靜合宜皆有法式八萬修多十二部別敷演投機隨時利物可謂人天之楷模入道之舟航者也

### 欣猒部第二

如文殊問經云佛告文殊師利一切諸功德不與出家心等何以故住家者無量過患故出家者無量功德故住家者有障礙出家者無障礙住家者行諸惡法出家者離諸惡法住家者是塵垢處出家者除塵垢處住家者溺欲淤泥出家者出欲淤泥住家者隨愚人法出家者遠愚人法住家者不得正命出家者得其正命住家者是憂悲惱處出家者是歡喜處住家者是結縛處出家者是解脫處住家者是傷害處出家者非傷害處住家者有貪利苦出家者無貪利苦住家者是憒閙處出家者是寂靜處住家者是下賤處出家者是高勝處住家者爲煩惱所燒出家者滅煩惱火住家者常爲他人出家者常爲自身住家者以苦爲樂出家者出離爲樂住家者

增長棘刺出家者能滅棘刺住家者成就小法出家者成就大法住家者無法用出家者有法用住家者爲三乘毀呰出家者爲三乘稱歎住家者不知足出家者常知足住家者魔王愛念出家者令魔恐怖住家者多放逸出家者無放逸住家者爲人僕使出家者爲僕使主住家者是黑暗處出家者是光明處住家者增長憍慢處出家者滅憍慢處住家者少果報出家者多果報住家者多諂曲出家者心質直住家者常有憂苦出家者常懷喜樂住家者是欺誑法出家者是眞實法住家者多散亂出家者無散亂住家者是流轉處出家者非流轉處住家者如毒藥出家者如甘露住家者失内思惟出家者得内思惟住家者無歸依處出家者有歸依處住家者多有瞋恚出家者多行慈悲住家者有重擔出家者捨重擔住家者有罪過出家者無罪過住家者流轉生死出家者有齊限住家者以財物爲寶出家者以功德爲寶住家者隨流生死出家者逆流生死住家者是煩惱大海出家者是大舟航住家者爲纏所縛出家者離於纏縛住家者爲國王教誡出家者爲佛法教誡住家者伴侶易得出家者伴侶難得住家者傷害爲勝出家者攝受爲勝住家者增長煩惱出家者出離煩惱住家者如刺林出家者出刺林文殊師利若我毀呰住家讚歎出家言滿虛空說猶無盡此謂住家過患出家功德又涅槃經云在家迫迮猶如牢獄一切煩惱因之而生出家寬廓猶如虛空一切善法因之增長在家之人内則憂念妻

兒外則王役驅馳若富貴髙勝則放逸縱情貧苦下賤則飢寒失志公私擾擾晝夜孜孜衆務牽纏何暇修道又郁伽長者經云在家之人多諸煩惱父母妻子恩愛所繫常思財色貪求無猒得時守護多諸憂慮流轉六趣違離佛法當作怨家惡知識想應猒家活生出家心無有在家修習無上菩提之道皆因出家得無上道在家塵汙出家妙好在家繫縛出家解脫在家多苦出家快樂在家下賤出家尊貴在家奴僕出家爲主在家由人出家自在在家多憂出家無憂在家重擔出家捨擔在家忩務出家閑靜又出家功德經云若放男女奴婢人民出家功德無量譬四天下滿中羅漢百歲供養不如有人爲涅槃故一日一夜出家受戒功德無量又如起七寶塔髙至三十三天不如出家功德又大緣經云以一日夜出家故二十劫不墮三惡道又僧祇律云以一日夜出家修梵行者離六百六千六十歲三塗苦又出家功德經云若爲出家若作留礙破壞抑制此人即斷佛種諸惡集身猶如大海現得癩病死入黒闇地獄無有出期又迦葉經云爾時大王太子聞出家功德甚深並皆發心出家已四天下中無一衆生在家者皆悉發心願求出家彼諸衆生既出家已不須種植其地自然生諸秔米諸樹自然生諸衣服一切諸天供侍給使又佛藏經云當一心行道隨順法行勿念衣食有所須者如來白毫相中一分供諸末代一切出家弟子亦不能盡又賢愚經云如百盲人有一明醫能治其目一時明見又有百人

罪應挑眼一人有力能救其罪令不失目此之二人福雖無量猶不如聽人出家及自出家其德弘大

鬀髮部第三

初欲出家依律先請二師一是和尚二是阿闍梨(請法如律)薩婆多論云若先請和尚受十戒時和尚不現前亦得十戒若闍知死受戒不得不聞死受戒得成闍梨應同又清信士度人經云若欲剃髮先於落髮處香湯灑地周圓七尺內四角懸旛安一高座擬出家者坐復施二勝座擬二師坐欲出家者著本俗服拜辭父母尊親等訖口說偈言

流轉三界中　恩愛不能脫　棄恩入無爲
真實報恩者

說此偈已脫去俗服善見論云應以香湯洗浴除白衣氣度人經云雖著出家衣只得著泥洹僧及僧祇支未得著袈裟入道場時應來至和尚前胡跪和尚應生兒想不得生惡賤心弟子於師應生父想尊重供養和尚爲種種說法誡勗其心已來向闍梨前坐善見論云以香湯灌頂上說偈讚云

善哉大丈夫　能了世無常　捨俗趣泥洹
希有難思議

說此偈已教禮十方佛竟復說偈讚云

歸依大世尊　能度三有苦　亦願諸衆生
普入無爲樂

說此偈已然後闍梨乃爲剃髮度人經云爲剃髮時傍人爲誦出家唄云

毀形守志節　割愛無所親　棄家弘聖道
願度一切人

與剃髮時當頂留五三髮來至和尚前胡跪和尚問言今爲汝除去頂髮許不答言好然後和尚爲著袈裟當正著時依善見論復說偈讃云

大哉解脫服　無相福田衣　披奉如戒行
廣度諸衆生

又度人經云旣著袈裟已禮佛行道道俗從後遶三帀已復自說偈生陳荷意云

善哉值佛者　何人誰不喜　福願與時會
我今獲法利

行道帀已又禮大衆及二師竟然後在下行坐受六親拜荷出家離俗意心懷歡喜父母諸親皆爲作禮悅其道意應中前剃髮最後令及得齋依毗尼母論云剃髮著袈裟已然後和尚爲受三歸五戒等（自外法用不可具述臨時斟酌生善彌勝）

## 引證部第四

如雜寶藏經云昔有一婦女端正殊妙於外道法中出家修道時人問言顏貌如是應當在俗何故出家女人答言如我今日非不端正但以小來猒惡婬欲今故出家我在家時以端正故早蒙處分一生男兒兒遂長大端正無比轉覺羸損如似病者我即問兒病之由狀兒不肯道爲問不止兒不獲已而語母言我正不道恐命不全止欲具道無顏之甚即語母言我欲得母以私情以欲不得故是以病耳母即語言自古已來何有此事復自念言我若不從兒或能死今寧違理以存兒命即便喚兒欲從其意兒將上床地即劈裂我子即時生身陷入我即驚怖以手挽兒捉

得見髮而我見髮今日猶故在我懷中感切是事是故出家又智度論佛法中出家人雖破戒墮罪罪畢得解脫如優鉢羅華比丘尼本生經中說佛在世時此比丘尼得六神通獲阿羅漢果入貴人舍常讚出家法語諸貴人婦女言姊妹可出家諸貴婦女言我等少壯容色盛美持戒爲難或當破戒比丘尼言破戒便破但出家問言破戒當墮地獄云何可破答言墮地獄便墮諸貴婦女笑之言地獄受罪云何可墮比丘尼言我自憶念本宿世時作戲女著種種衣服而說雜語或時著比丘尼衣以爲戲笑以是因緣故迦葉佛時作比丘尼自恃貴姓端正心生憍慢而破禁戒故墮地獄受種種罪受罪畢竟值釋迦牟尼佛出家得阿羅漢道雖復破戒可得道果

復次如佛在祇洹有一醉婆羅門來到佛所求作比丘佛勑阿難與剃頭著法衣醉酒旣醒驚怖巳身忽爲比丘即便走去諸比丘問佛何以聽此醉婆羅門作比丘佛言此婆羅門無量劫中都無出家心今因醉故暫發微心以此因緣故後當出家得道如是種種因緣出家之利功德無量以是之故白衣雖有五戒不如出家功德大也

又雜寶藏經云昔盧留城有優陀羨王聰明解達有大智慧有一夫人名曰有相端正少雙兼有德行王甚愛敬時彼國法諸爲王者不自彈琴爾時夫人在於曲室共王歡戲自恃王寵遣王彈琴自起爲儛初舉手時王素善相覩見夫人死相巳現計其餘命不過七日王即捨琴慘然長歎夫人白王受王恩寵

敢於曲室求王彈琴自起爲儛用爲歡樂有何不適捨琴長歎願王告語王不肯答慇懃不已王以實答夫人聞之甚懷憂懼即白王言我聞石室比丘尼若能信心出家一日必得生天我欲出家願王聽許王愛情重語夫人言至六日頭當聽汝去不相免意遂至六日至語夫人汝有善心求欲出家若得生天必來見我我乃聽去作是誓已夫人許可便得出家受八戒齋即於其日飲石蜜漿腹中絞結至七日旦即便命終乗是善縁得生天上憶本誓故來詣王所光明熾盛遍照王宮時王問言汝爲是誰天即答言我是王婦有相天人王喜白言願來就座天答之言我今觀王臭穢叵近但以先誓故來見王王聞是已心開意解而自歎言今彼天者本是我婦出家一日便得生天神志高遠而見鄙賤我今何故而不出家我曾聞說天一爪甲直一閻浮提地我此一國何足可貪作是語已捨位與子出家修道得阿羅漢故智度論偈云

孔雀雖有色嚴身　不如鴻鶴能遠飛
白衣雖有富貴力　不如出家功德深

又雜譬喻經云昔者兄弟二人居世富貴資財無量父母終亡無所依仰雖爲兄弟志念各異兄好道義弟愛家業其弟見兄不親家業恒嫌恨之共爲兄弟父母早終勤念生活反棄家業追逐沙門聽受佛經沙門豈能與汝衣食財寶耶家轉貧困財物日耗人所嗤笑懈廢門户繼續父母乃爲孝耳兄報之曰五戒十善供養三寶以道化親乃爲孝耳道俗相反自然之數道之所樂俗之所惡俗之

所珍道之所賤智愚不同謀猶明冥是故慧人去冥就明以道致眞卿今所樂苦惱之僞豈知苦辛其弟含恚掉頭不信兄見如是便謂弟曰卿貪家事以財爲貴吾好經道以慧爲珍今欲捨家歸命福田計命寄世忽若飛塵無常卒至爲罪所纏是故捨世避危就安弟見兄意志趣道義寂然無報兄則去家而作沙門夙夜精進坐禪思惟行合經法成道果證弟聞此言瞋恚更盛弟貪家業未曾爲法其後壽終墮於牛中肥盛甚大賈客買取載鹽販之往還數廻牛遂羸頓不能復前轉增困頓躃卧不起賈人撾打搖頭纔動時兄遊行飛在虛空遥見其弟便謂之曰弟居田宅今爲所在而自投身墮牛畜中即以威神照示本命即自識知淚出自責由行不善慳貪嫉妬不信佛法輕慢聖衆不信兄語觝突自用故墮牛中疲頓困劣悔當何逮兄知心念愴然哀傷即爲牛主說其本末賈人聞之便以施與即將牛去還至寺中使念三寶飯食隨時其命終盡得生忉利天時衆賈客各自念言我等治生不能施與不識道義死亦恐然便共出舍捐其妻子棄所珍玩行作沙門精進不懈皆亦得道由是觀之世間財寶不益於人奉敬三尊修身學道世世獲安又付法藏經云昔尊者羅漢闍夜多將諸弟子詣德叉尸羅城到其城已慘然不悅小復前行路見一烏欣然微笑弟子白師願說因緣尊者答曰我初至城於城門下見一鬼子飢急語我我母入城爲我求食與母別來經五百歲飢虛困乏命將不遠尊者入城若見我

母道我辛苦願語早來始入城便見彼母具說子意鬼母答我吾入城來經五百歲未曾能得一人涕唾我既新產氣力羸劣設得少唾諸鬼奪我今值一人遇得少唾欲持出城共子分食門下多有大力鬼神畏不敢出唯願尊者延我出城我即將出令共子食我即問鬼生來幾時鬼答我言吾見此城七反成壞我聞鬼言悲歎生死受苦長遠是以慘然

時彼鳥者乃往過去九十一劫有佛出世號毗婆尸我於爾時爲長者子欲得出家是時出家必得羅漢父母不聽强爲娉妻既得妻已復求出家父母語我若生一子乃當相放我尋受教後生一男至年六歲我復欲去父母教兒求抱我脚啼哭而言父若捨我誰見養活先當殺兒然後可去我時於子起愛染心即語子言吾爲汝故不復出家由彼兒故從是以來九十一劫流轉五道未曾得見今以道眼觀見彼鳥乃是前子愍其愚癡久處生死是以微笑以是因緣若復有人障他出家此人罪報常在惡道受極苦痛無得解脫惡道罪畢若生人中生盲無目是故智者若見有人欲出家者應勤方便勸令成就勿作留難

又出家功德經云昔佛在世時佛與阿難入毗舍離城時到乞食有一王子字鞞羅羡那與諸婇女在高樓上共相娛樂佛聞樂音語阿難言我知此人却後七日必當命終若不出家或墮地獄阿難聞已即往教化勸其出家王子聞勸於六日中極意受樂至第七日求佛出家一日一夜修持淨戒即便命終生

四天王爲北天王毗沙門子與諸婇女受五欲樂極天之壽滿五百歲後生忉利爲帝釋子壽天千歲次生炎摩復爲王子壽二千歲後生兜率亦爲王子壽四千歲次生化樂爲天王子壽八千歲化樂壽盡復生第六他化自在爲天王子與諸婇女所受五欲於下最勝盡天壽命萬六千歲如是受樂於六欲天往來七返而無中夭一日出家滿二十劫不墮惡道常生天上受福自然最後人中生富樂家財寶具足壯年已過臨老猒世出家修道成辟支佛名毗流帝梨廣度天人不可限量以是因緣出家功德無量無邊不可爲喻假使羅漢滿四天下若有一人一百歲中盡心供養四事無乏乃至涅槃各爲起塔華香瓔珞種種供養所得功德不如有人爲求涅槃一日一夜出家持戒之功德也以斯而言出家之法眞可尊貴不得以少財色貪著俗事流浪生死自苦其身

又中本起經云提婆達多（此云天熱以其生時人天等衆心皆驚熱因以名焉）

又無性攝論云提婆者（此云天授亦云天與謂從天乞得故云天授也）

又增一阿含經云提婆達多白佛言願聽在道次佛言汝宜在家分檀惠施夫爲沙門實爲不易復再三白佛復告不宜出家提婆便生惡念此沙門懷嫉妬心我今宜自剃頭善修梵行何用是沙門語爲提婆後犯五逆罪惡心欲至如來所適下足在地地中有大火風起生繞提婆身爲火所燒便發悔心稱南無佛然不究竟便入地獄中阿難悲泣言提

婆在地獄中爲經幾時佛言經於大劫命終生四天王上展轉至他化自在天經六十劫不墮三惡趣最後受身成辟支佛名曰南無由命終之時稱南無故時大目連言我欲至阿鼻獄中見提婆達多慰勞慶賀佛言阿鼻罪人不解人間音響目連白言我解六十四音當以此音往語罪人目連如屈申臂頃至阿鼻獄上虛空中命曰提婆達多獄卒曰此間亦有拘樓秦佛迦葉佛時提婆達多今命何者目連曰吾命釋迦文佛叔父兒提婆達多獄卒燒炙彼身使令覺悟曰汝仰觀空中見大目連坐寶蓮華語目連曰尊者何由屈此目連曰如來說汝欲害世尊緣入阿鼻最後成辟支佛號名南無提婆達多聞已歡喜言我今日以右脅卧阿鼻獄中經歷一劫終無勞倦目連復問苦痛有增損乎提婆達多報以熱鐵輪轢我身壞復以鐵杵吹咀我形有黑暴象蹈蹹我體復有火山來鎮我面昔者袈裟化爲銅鍱極爲熾盛今寄頭面禮世尊足復禮尊者阿難目連即攝神足還世尊所又智度論云提婆達多弟子名俱迦離謗舍利弗及目揵連命終墮蓮華地獄中又本起經名衢和離又報恩經云提婆達多過去久遠不可計劫有佛出世名曰應現佛滅度後於像法中有一坐禪比丘獨住林中爾時比丘常患蟣虱即便告虱而作約言我若坐禪汝宜默然隱身寂住其虱如法於後一時有土蚤來至虱邊問言汝云何身體肌肉肥盛虱言我所依主人常修禪定教我飲食時節我如法飲食故所以身體鮮肥蚤言我亦

欲修習其法虱言能爾隨意爾時比丘尋便坐禪爾時土蚤聞血肉香即便食噉爾時比丘心生苦惱即便脫衣以火燒之佛言爾時坐禪比丘者今迦葉是爾時土蚤者今提婆達多是爾時虱者今我身是提婆達多爲利養故毀害於我乃至今日成佛亦爲利養出佛身血生入地獄提婆達多常懷惡心毀害如來　若說其事窮劫不盡

又雜寶藏經云佛在迦毗羅衛國入城乞食到弟孫陀羅難陀舍會值難陀與婦作粧香塗眉間聞佛門中欲出外看婦共要言出看如來使我額上粧未乾頃便還入來難陀即出見佛作禮取鉢向舍盛食奉佛佛不爲取過與阿難亦不爲取阿難語言汝從誰得鉢還與本處於是持鉢詣佛至尼拘屢精舍佛即勑剃髮師與難陀剃髮難陀不肯怒捲而語剃髮人言迦毗羅一切人民汝今盡可剃其髮耶佛問剃髮者何以不剃答言畏故不敢爲剃佛共阿難自至其邊難陀畏故不敢不剃雖得剃髮恒欲還家佛常將行不能得去後於一日次當守房而自歡喜今值得便可還家去待佛衆僧都去之後我當還家佛入城後作是念言當爲汲水令滿澡瓶然後還歸尋時汲水一瓶適滿一瓶復翻如是經時不能滿瓶便作是言俱不可滿使諸比丘來還自汲我今但著瓶屋中而去適即閉門適一扇閉一扇復開適閉一户一户復開更作是念俱不可閉但置而去縱使失諸比丘衣物我饒財寶足可償之即出僧房而自思惟佛必從此來我則從彼異道而去佛知其

意亦從異道來遥見佛來至大樹從藏樹神舉樹在虚空中露地而立佛見難陀將還精舍而問之言汝念婦耶答言實爾即將難陀向阿那波山上又問難陀汝婦端正不答言端正山中有一老瞎彌猴又復問言汝婦孫陀利面首端正何如此獼猴耶難陀懊惱便作念言我婦端正人中少雙佛今何故以我之婦比瞎獼猴佛復將至忉利天上遍諸天宫而共觀看見諸天子與諸天女共相娛樂見一宫中有五百天女無有天子尋來問佛佛言汝自往問難陀往問諸宫殿中盡有天子此中何以獨無天子耶諸女答言閻浮提内佛弟難陀佛逼使出家以出家因緣命終當生於此天宫爲我天子難陀答言即我身是便欲即住天女語言我等是天汝今是人人天路殊且還捨人壽更生此間便可得住便還佛所以如上事具白世尊佛語難陀汝婦端正何如天女難陀答言比彼天女如瞎獼猴比於我婦佛將難陀還閻浮提難陀爲欲生天故勤加持戒阿難爾時爲說偈言

譬如羯羊鬬　將前而更却　汝爲欲持戒

其事亦如是

佛將難陀復至地獄見諸鑊湯悉皆煮人唯見一鑊灾沸空停怪其所以而來問佛佛告之言汝自往問難陀即往問獄卒言諸鑊盡皆煮治罪人此鑊何故空無所煮答言閻浮提内有如來弟子名爲難陀以出家功德當得生天以欲罷道因緣之故天壽命終墮此地獄是故我今吹鑊而待難陀難陀聞巳恐怖畏獄卒留即作是言南無佛陀南無佛陀

唯願將我擁護還至閻浮提内佛語難陀汝能勤持戒修汝天福不難陀答言不用生天今唯願我不墮此獄佛爲説法一七日中成阿羅漢諸比丘歎言世尊出世甚奇甚特佛言非但今日如是乃往過去亦復如是諸比丘言過去亦爾其事云何請爲我説佛言昔迦尸國王名曰滿面毗提希國有一婬女端正殊妙爾時二國常相怨疾傍有佞臣向迦尸王歎説彼國有婬女端正世所希少王聞是語心生惑著遣使從索彼國不與重遣使言求暫相見四五日間還當發遣時彼國王約勑婬女汝之姿態所有技藝精好悉具足備使迦尸王惑著於汝須臾之間不能遠離即遣令去經四五日尋復喚言欲設大祀須得此女暫還放來後當更遣時迦尸王即遣

婦還大祀已訖遣使還索答言明日當遣既至明日亦復不遣如是妄語經歷多日王心惑著單將數人欲往彼國諸臣勸諫不肯受用時仙人山中有獼猴王聰明博達多有所知其婦適死取一雌獼猴諸獼猴衆皆共瞋呵責此雌獼猴衆所共有何緣獨當時獼猴王將雌獼猴走向迦尸國投於王所諸獼猴衆皆共追逐旣到城内發屋壞墻不可料理迦尸國王語獼猴王言汝今何不以雌獼猴還諸獼猴獼猴王言我婦死去更復無婦王今云何欲使我歸王語之言汝獼猴破亂我國那得不歸獼猴王言此事不好耶王答言不好如是再三王故言不好獼猴王言汝宫中有八萬四千夫人汝不愛樂欲至敵國追逐婬女我今無婦唯取此一汝言不好一切

萬姓視汝而活爲一婬女云何捐棄國事大王當知婬欲之事樂少苦多猶如逆風而熱熾炬愚者不放必見燒害欲爲不淨如彼屎聚欲現外相薄皮所覆欲無反復如屎塗毒蛇欲如怨賊詐親附人欲如假借必當還歸欲爲可惡如廁生華欲如疥瘡而向於火把之轉劇欲如狗齧枯骨涎唾共合謂爲有味脣齒破盡不知猒足欲如渴人飲於鹹水愈增其渴欲如段肉衆鳥競逐欲如魚戰貪味至死其患甚大爾時獼猴王者我身是也爾時王者難陀是也爾時婬女者孫陀利是也我於爾時欲淤泥中拔出難陀今亦拔其生死之苦未曾有經云羅睺羅年至九歲出家爲沙彌王勑豪族諸公王子五十人隨逐羅睺悉皆出家舍利弗爲和尚大目揵連作阿闍梨與授十戒羅睺母耶輸陀羅爲太子婦未滿三年即捨出家（自餘弟子事廣繁多不可具述且逐要略疏三五也）沙彌者耶舍傳云（此云勞之小者以修道爲勞也又翻息慈謂息世染之情以慈濟萬物也又創佛法俗情猶存須息惡行慈也）又增一阿含經云佛告諸比丘有四姓出家者無復本姓但言沙門釋迦子所以然者生由我生成由法成其猶四大海皆從阿耨泉出又彌沙塞律云汝等比丘雜類出家皆捨本姓稱釋子沙門（沙門者息惡也）又長阿含經云彌勒出世諸比丘弟子等亦皆稱慈子如我今弟子稱爲釋子（彌勒者姓也此云慈氏也）觀大覺俯應跡均俗典所以胤裔繼哲姻婭重疊並緣發曠劫故能翼讃靈化又四河入溟俱名爲海四族歸道並號曰釋可謂總彼殊源同乎一味者矣頌曰

宿祐因熟　今蒙出度　棄俗遺塵　超然欣悟
慧在恬虛　妙不以數　感時會道　絕羈纏務
精勤慕學　服茲世露　功業弗墜　感聖嘉護
肅肅靈儀　依依神步　彼我無他　法侶相遇

感應緣 略引五驗

宋沙門智嚴　宋沙門求那跋摩
宋尼釋曇輝　宋居士趙習
宋東官侖二女

宋京師枳園寺有釋智嚴西涼州人弱冠出家便以精勤著名遊歷西國諮受禪法博通經論罕所希類還於西域所得經論未及譯寫到宋元嘉四年乃共寶雲等譯出不受別請分衛自資道化靈感幽顯眼有見鬼者云見西州太社間鬼相語云嚴公至當辟易此人未之解俄而嚴至聊問姓字果稱智嚴默而識之密加禮異儀同蘭陵蕭思話婦劉氏疾病恒見鬼來呼可駭畏時迎嚴說法嚴始到外堂劉氏便見群鬼迸散嚴既進爲夫人說經疾以之瘳因稟五戒一門宗奉嚴清素寡欲隨受隨施少而遊方更無滯著稟性沖退不自陳敘故雖多美行世無得而盡傳嚴昔未出家時嘗受五戒有所虧犯後入道受具常疑不得戒每以爲懼積年禪觀而不能自了遂更泛海重到天竺諮諸明達羅漢比丘具以事問羅漢不敢判決乃爲嚴入定往兜率宮諮彌勒彌勒答云得戒嚴大喜於是步歸至罽賓無疾而死時年七十有八彼國凡聖燒身各處嚴雖戒操高明而實行未辯始移屍向凡僧墓地而屍重不起改向聖墓則飄然自輕嚴弟子智明智遠故從西來報

此徵瑞俱還外國以此推驗信是得道也但未知果向中間深淺耳

宋京師祇洹寺有求那跋摩此云功德鎧本是刹利種累世爲王治在罽賓國機辯儁達深有遠度仁愛汎博崇德務善以宋元嘉八年正月達于建業文帝引見勞問慇懃因又言曰弟子常欲持齋不殺迫以身徇不獲從志法師既不遠萬里來化此國將何以教之跋摩曰夫道在心不在事法由己非由人且帝王與匹夫所修各異匹夫身賤名劣言令不威若不剋己苦躬將何爲用帝王以四海爲家萬民爲子出一嘉言則士庶咸悅布一善政則人神以和刑不夭命役無勞力則使風雨適時寒暖應節百穀滋繁桑麻鬱茂如此持齋齋亦大矣持不殺戒亦衆矣寧在闕半日之飡全一禽之命然後方爲弘濟耶帝乃撫几歎曰夫俗人迷於遠理沙門滯於近教迷遠理者謂至道虛說滯近教者則拘戀篇章至如法師所言眞謂開悟明達可與言論天人之際矣乃勑住祇洹寺供給隆厚王公英彥莫不宗奉大翻經論具存高僧傳並文義詳允胡漢弗差時影福寺尼慧果淨音等共請跋摩云去六年有師子國八尼至京云宋地先未經有尼那得二衆受戒恐戒品不全跋摩云戒法本在大僧衆發設不奉事無妨得戒如愛道之緣諸尼又恐年月不滿苦欲更受跋摩稱云善哉苟欲增明甚助隨喜但西國尼年臘未登又人不滿且令學宋語別因西域居士更請外國尼來足滿十數其年夏在定林下寺安居時有信者採華布

席唯跋摩所坐華采更鮮衆咸崇以聖禮夏竟還祇洹其年九月二十八日中食未畢先起還閤其弟子後至奄然已終春秋六十有五既終之後即扶坐繩牀顔貌不異似若入定道俗赴者千有餘人並聞香氣芬烈咸見一物狀若龍蛇可長一疋許起於屍側直上衝天莫能詔者以香薪闍維香油灌之五色焰起氤氳麗空四部群集哀聲慟天悲泣望斷不能自勝（有二驗出梁高僧傳錄）

宋尼釋曇輝蜀郡成都人也本姓青陽名白玉年七歲便樂坐禪每坐輙得境界意未自了亦謂是夢耳曾與姊共寢夜中入定姊於屏風角得之身如木石亦無氣息姊大驚怪喚告家人互共抱扶至曉不覺奔問巫覡皆言鬼神所憑至年十一有外國禪師畺良耶舍者來入蜀輝請諮所見耶舍者以輝禪既有分欲勸化令出家時輝將嫁已有定日法育未展聞説其家潛迎還寺家既知將逼嫁之輝遂不肯行深立言誓若我道心不果遂被限逼者便當投火飼虎棄除穢形願十方諸佛證見至心刺史甄法崇信尚正法聞輝志業迎與相見并石綱佐及有懷沙門互加難門輝敷演無屈坐者難之崇乃許離夫家聽其入道元嘉十九年臨川康王延致廣陵

時宋淮南趙習元嘉二十年爲衛軍府佐疾病經時憂必不濟恒至心歸佛夜夢一人形貌秀異若神人者自屋梁上以小裹物及剃刀授習云服此藥用此刀病必即愈習既驚覺果得刀藥焉登即服藥疾除出家名僧秀年逾八十乃亡

宋元嘉元年東官俞二女姊十歲妹九歲里越愚蒙未知經法忽其年二月八日並失所在三日而歸粗說見佛至九月十五日又失一旬還作外國語誦經胡書見西域僧便相開解明年正月十五日又失在田作人見從風上天父母哀哭求禱神鬼經月乃返剃頭爲尼被服法衣持髮而歸自說見佛及比丘尼曰汝宿緣爲我弟子手摩頭髮便落與其法名大曰法緣小曰法綵遣還曰可作精舍當與經法既達家即除鬼坐立精舍旦夕禮誦每見五色光流汎峯嶺自此容止音調詮正有法上京風䂓不能過也刺史韋朗孔默等皆迎敬異云云右此三驗出冥祥記

法苑珠林卷第二十二

音釋

憒古對切心亂也 秔古行切不黏稻也 鬄他計切鬀髮也 唄蒲拜切梵頌也 舐丁禮切觸也 娉匹正切娉問也 鑠式灼切銷鑠也 蟣虱蟣居里切虱所櫛切 佞乃定切巧諂也 婭衣嫁切兩婿相謂曰婭 罽居例切 雋祖峻切敏也 巫覡巫武夫切覡胡的切巫覡祝也在女曰巫在男曰覡

法苑珠林卷第二十三

唐西明寺沙門釋道世撰

慚愧篇第十四此有二部

述意部　引證部

述意部第一

夫三世輪轉六道旋環若有一片神明無不經歷多處既其稟生無定有智有愚受性不同爲善爲惡爲善故有慚有愧爲惡故無慚無愧但凡夫之法相惑居懷若未得治道斷除理應日夜勵已策修慚愧冥空辝謝幽顯從來無智不識至眞致使煩惱森然結漏繁擁冀藉一善消除萬累排蕩重昏豁然清淨是故大聖慇懃制諸道俗深慚應供橫受福田之名仰愧沙門虛當乞士之號進無菩薩兼濟之能退乏聲聞自調之德玷辱師僧孤負檀越不堪行國王之地無以報父母之恩事等破瓶義同焦種亦如多羅既斷寧可重生析石已離終無還合鬼恒掃迹唱是惡人如來勑言非我弟子不能爲世福田豈可勝他禮拜近障人天遠妨聖道如斯罪累何可言陳在道尚然居俗寧救是以一失人身動經累劫再逢服本還同遇木今當以慚愧水洗浴識塵執發露刀割覆藏網仰愧先賢深慙後德盡誠懺謝徹窮來際見一切凡聖敬同佛想自勒已心卑如賤想所有諸過不起一念私隱之心所有諸善常生修學之意粗陳此心是名慚愧也

引證部第二

如涅槃經云有二白法能救衆生一慚二愧慚者自不作惡愧者不教他造慚者內自羞

恥愧者發露向人慚者羞人愧者羞天是名慚愧有慚愧故則能恭敬父母師長一切道俗人及非人便能敬重三寶滅諸惡業又迦延論云何名無慚答曰可慚不慚可避不避不善恭敬不善往來此謂無慚云何名無愧可羞不羞可畏不畏惡事不畏故稱無愧又不善往來名無慚惡事不見畏稱無愧翻此前名故云慚愧又新婆沙論云世間有情見無慚者言是無愧見無愧者言是無慚則謂此二其體是一今欲顯示性相差別令彼疑者得決定解問無慚無愧有何差別答於自在者無怖畏轉是無慚於諸罪中不見怖畏是無愧復不恭敬是無慚不怖畏是無愧復不猒賤煩惱是無慚不猒賤惡行是無愧復作惡不自顧是無慚作惡不顧他是無愧復作惡不自羞是無慚作惡不恥他是無愧復作惡不羞恥是無慚作惡而傲逸是無愧復獨一造罪而不羞恥是無慚對他造罪而不羞恥是無愧復若對少人造罪而不羞恥是無慚若對衆人造罪而不羞恥是無愧復若對惡趣有情造罪而不羞恥是無慚若對善趣有情造罪而不羞恥是無愧復若對愚者造罪而不羞恥是無慚若對智者造罪而不羞恥是無愧復若對卑者造罪而不羞恥是無慚若對尊者造罪而不羞恥是無愧復若對在家者造罪而不羞耻是無慚若對出家者造罪而不羞恥是無愧復若對非親教軌範造罪而不羞恥是無慚若對親教軌範造罪而不羞恥是無愧復若作惡時不羞天者是無慚若作惡時不恥人者是無愧復若於

諸惡因不能訶毀是無慚於諸惡果不能猒怖是無愧復貪等流是無慚於癡等流是無愧是謂無慚無愧差別如是二法唯欲界繫唯是不善一切不善心心所法皆遍相應唯除自性（各翻前惡是名慚愧）

又瑜伽論云云何無慚無愧謂觀於自他無所羞恥故思毀犯犯已不能如法出離好為種種鬪訟違諍是名無慚無愧也

又遺教經云慚如鐵鉤能制人非法是故比丘常當慚愧無得暫替若離慚愧則失諸功德有愧之人則有善法若無愧者與諸禽獸無相異也

又智度論偈云

入道慚愧人　持鉢福衆生　云何縱欲塵
沉沒於五情　著鎧持刀杖　見敵而退走
如是怯弱人　舉世所輕賤　比丘為乞士
除髮著袈裟　五情馬所制　取笑亦如是
又如豪貴人　衣服以嚴身　而行乞衣食
取笑於衆人　比丘除飾好　毀形以攝心
而更求欲樂　取笑亦如是　已捨五欲樂
棄之而不顧　如何還欲得　如愚自食吐
如是貪欲人　不知觀本願　亦不識好醜
狂醉於渴愛　慚愧尊重法　一切皆已棄
賢智所不親　愚癡所愛近　諸欲求時苦
得之多怖畏　失時懷愁惱　一切無樂處
諸欲患如是　以何當捨之　得福禪定樂
則不為所欺　欲樂著無猒　以何能滅除
若得不淨觀　此心自然無

又正法念經云若破戒多欲而行惡法實非沙門自稱沙門猶如野干著師子皮如虛僞

寶内空無物又莊嚴論偈云

既著壞色衣　應當修善法　斯服宜善寂
恒思自調柔　云何著是服　竪眼張其目
蹙眉復聚頞　而起瞋恚相　瞋恚於出家
不應所住處　嫌恨如屠枷　瞋乃是恐怖
輕賤之屋宅　醜陋之種子　麤惡語之伴
燒意林猛火　示惡道之業　鬬諍怨害門
惡名稱牀褥　暴速作惡本　應當自觀察
出家之標相　心與相相應　爲不相應耶
比丘之法者　從他乞自活　云何食信施
而生重瞋恚　他食在腹中　云何生瞋恚
而爲於信施　之所消滅耶　此身不清淨
九孔恒流汙　臭穢甚可惡　乃是衆苦器
是身極鄙陋　癰瘡之所聚　若共振觸時
生於大苦惱　身如彼箭的　有的箭即中
有身衆苦加　無身則無苦　蚊虻蠅毒蟲
皆能螫殺人　應當勤精進　遠離於此身

故知上來所録若道若俗常須作意正念現前不得微解少法便起慢心不生慚愧如四果人等雖不可受總報别報猶受故賢愚經云如鴦崛魔羅由殺九百九十九人雖值佛成羅漢居在房中地獄之火從毛孔出極患苦痛何況外凡未起對治隨造一業決定墮三惡道但人身難得遇惡因縁則便易失以惡多善少一日之中罪念百千善念無一又淨度三昧經云罪福相累重數分明後當受罪福之報一一不失一念受一身善念受天上人中身惡念受三惡道身百念受百身千念千身一日一夜種生死根後當受八億五千萬雜類之身百年之中種後世栽甚爲難

數魂神逐種受形遍三千大千刹土體骨皮毛遍大千刹土地間無空處又菩薩處胎經偈云

吾從無數劫　往來生死道　捨身復受身
不離胞胎法　計我所經歷　記一不説餘
純作白狗形　積骨億須彌　以利針地種
無不值我體　何況雜色狗　其數不可量
吾故攝其心　不貪著放逸

又提謂經云如有一人在須彌山上以纖縷下之一人在下持針迎之中有旋嵐猛風吹縷難入針孔人身難得甚過於是又菩薩處胎經世尊説偈云

盲龜浮木孔　時時猶可值　人一失命根
億劫復難是　海水深廣大　三百三十六
一針投海中　求之尚可得　一失人身命
難得過於是

又大莊嚴論偈云

離諸難亦難　生於人間難　既得離諸難
應當常精進

我昔聞有一小兒經中説龜值浮木孔其事甚難時此小兒故穿一板作孔受頭擲著池中自入池中低頭舉頭欲望入孔水漂板故不可得值即自思惟極生猒惡人身難得佛以大海爲喻浮木孔小盲龜無眼百年一出實難可值我今池小其板孔大復有兩眼日百出頭猶不能值況彼盲龜而當得值即爲説偈云

巨海極廣大　浮木孔復小　百年而一出
得值甚爲難　我今池水小　浮木孔極大
數數自出頭　不能值木孔　盲龜遇浮木

相值甚爲難　惡道復人身　難值亦如是
我今值人身　應當不放逸　恒沙等諸佛
未曾得值遇　今日得諮受　十力世尊言
佛所說妙法　我必當修行　若能善修習
濟拔極爲大　非他作已得　是故自精勤
若墮八難處　云何可得離　世間業隨逐
墜墮於惡道　我今當逃避　得出三有獄
若不出此獄　云何得解脫　畜生道若干
歷劫極久長　地獄及餓鬼　黒闇苦惱深
我若不勤修　云何而得離　險難諸惡道
今日得人身　不盡苦邊際　不離三有獄
應當勤方便　必離三有獄　今我求出家
必使得解脫

又罪業報應經偈云

水流不常滿　火盛不久然　日出須臾沒
月滿已復缺　尊榮豪貴者　無常復過是

故知人身難遇易失以易失故不須生著當知人身念念近死如牽猪羊詣於屠所故涅槃經云觀是壽命常爲無量怨讎所遶念念損減無有增長猶如暴水不得停住亦如朝露勢不久停如因趣市步步近死又摩耶經偈云

譬如旃陀羅　驅牛就屠所　步步近死地
人命疾過是

自大聖已還體未圓明雖復分證無生猶爲三相遷流況於凡愚理隔淨境善惡雜糅明白未分豈能免玷累之愆愛染之失今聞出家入道之美不得便言無惡聞白衣在家之過不得都無其善若内修其行則如出家之美若内乖其信徒爲翦落在家之人有諸眷

屬公私擾擾資待所須尚不應慳沙門淨行塊然獨立止須三衣六物極至百一供身自外妨緣何須蓄積經律具訶明在聖教若慳悋法財不惠愚貧智積不成便失聖胎乃至小罪猶懷大懼常應謙肅恭敬大小不得自大輕慢前人若具犯大罪廣蓄田宅過分貯積勤營俗事此等極惡何須述之今且略論中下之人薄學淺識謂智過人起大憍慢放誕形容陵蔑一切籠罩天地踑踞師長之前叱吒尊人之側道本和合恭順爲僧旣心形乖反豈成僧寶也或有專讀外典歌詠琴碁諷誦詩書徒消日月内教法藥救生爲急文奥理深辭華祕博能解一句演無量義新舊經論卷軸數千曾不窺檢一句之義外書不急之事日夜勤學若恐白衣笑我無知不學世典者何如俗人問我經義不能答耶居内不閑於外未足可羞在内不解於内恥辱彌甚良由時將末法人命轉促無常交臂朝不謀夕恐一入幽塗累劫難出再遇佛法想見無由雖有經律許一分學外爲伏外道此爲上品聰叡者説先諳於内兼令知外識辯鋒芒出言關典内外博究堪爲師匠得如經説爲伏外道今自量身觸事無能神識常閉愚戇恒閑自救無聊何能利物色香不通何辯菽麥願自私退省已爲學故涅槃經云佛語諸比丘出家之人應修慧學尋究經典不得披讀外道典籍路伽耶等常處山澤空閑靜室修禪禮誦斷邪顯正是汝所宗又叔迦經中説叔迦婆羅門子白佛言在家白衣能修福德善根勝出家者是事云何佛言我於此

中不定答出家或有不修善根則不如在家在家能修則勝出家又三千威儀云出家人所作業務者一者坐禪二者誦經法三者勸化衆事若具足作三業者是應出家人法若不行者徒生徒死唯有受罪之因又百喻經云昔有一人事須火用及以冷水即便宿火以澡罐盛水置於火上後欲取火而火都滅欲取冷水而水復熱火及冷水二事俱失世間之人入佛法中出家求道既得出家還念妻子五欲之樂由是之故失其功德之火兼失持戒之水念欲之人亦復如是又涅槃經佛言我涅槃後有聲聞弟子愚癡破戒喜生鬭諍捨十二部經讀誦種種外道典籍文頌手筆受畜一切不淨之物言是佛聽如是之人以好栴檀貿易凡木以金易鍮石以銀易白鑞以絹易氀褐以甘露易於惡毒又遺教經云晝則勤心修習善法無令失時初夜後夜亦勿有廢中夜誦經以自消息無以睡眠因緣令一生空過無所得也依是行道可得四沙門果乃至菩提如是行者堪為師範眞良福田得消信施又婆沙論云如人觀日眼不明淨外道書論思求之時使慧眼不淨如人觀月眼則明淨佛法經論思求之時令慧眼明淨若思求外俗如抵獼猴唯出不淨若思求佛法如鍊眞金多鍊多淨又菩薩善戒經云菩薩不讀不誦如來正經讀誦世典文頌書疏者得罪不犯者若為論義破於邪見若二分佛經一分外書何以故為知外典是虛妄法佛法眞實故為知世事故不為世人所輕慢故以此文證佛法學人若一廢內尋

外則便得罪縱解理行唯可暫習爲伏外道還須猒離進修内業務令增勝若偏耽著則壞正法故地持論云若菩薩於佛所説棄捨不學及習外道邪論世俗經典是名爲犯衆多犯是犯染汙起若上聰明人能速受學得不動智於日月中常以二分受學佛法一分外典是名不犯若於世典外道邪教愛樂不捨不作棄想是名爲犯衆多犯是犯染汙起

頌曰

冬狐理豐毳　春蠶緒輕絲　形骸翻爲阻
心識還自欺　齠齔歌鼓腹　平生少年時
驅車追俠客　酌酒弄妖姬　但念目前好
安知後世悲　惕然一以愧　永與情愛辭
願識眞妄本　染淨自分離　羞慚滯五蓋
焉知同四依

## 獎導篇第十五 此有四部

述意部　引證部　生信部
業因部

### 述意部第一

夫貴賤靡恒貧富無定譬水火更王寒暑遞來故見有財富室温衣豐食足不勞營覓自然而至復見有貧苦飢弊役力馳求晨起夜寐形骸爲之沮悴心情爲之勞擾縱有所獲百方散失終日願於富饒而富饒未嘗暫有以此苦故所以勸獎令其惠施力厲修福若復有人衣裘服玩鮮華香潔春秋氣序寒温冷暖四時變改隨須無闕而復見有尺布不完文帛殘弊垢穢塵坌臭膩朽爛炎暑不識絺綌冰雪不知縕纊乃至形骸不蔽男女露雜非唯可恥實亦奇苦若見此苦豈可不遠

所以勸獎令其修福應施衣服及以室宇豈不見衆人皆有而我獨無是故應須勇猛修習若復有人食則甘味並薦珍羞備舉連机重案滿牀亘席芳脂馚馥馨香具列而復有脫粟之飯不充藜藿之羹常乏鹽梅早自兩無魚菜久已雙闕乃至并日而飡糜粥相係雜以水果加以草菜萎黄困苶自濟無方若見此苦豈可不遠所以勸獎令其修福應施飲食及以水漿豈可衆人皆足而我獨困是故應須勇猛修習若復有人榮位通顯乘肥衣輕適意自在行則天人瞻仰住則鬼神敬貴而復見有卑鄙猥賤人所不齒生不知其生死不知其死塗炭溝渠之側坐卧糞壤之中雖有叱咄之聲反致捶撲之苦非唯神鬼不敬乃亦狗犬加毒若見此苦豈可不遠所以勸獎令其修福應滅憍慢奉行謙敬豈可他人常貴而我恒賤是故應當勇猛修習若復有人形貌端整言音風吐常存廣利仁慈慱愛語不傷物而復有人而狀矬醜所言險暴唯知自利不計念彼彼忍辱故所以致勝多瞋恚故所以招惡若見此苦豈可不遠所以勸獎令其修福應滅瞋恚奉行忍辱豈可以令衆人恒處勝地而我永隔淨緣是故應須勇猛修習若復有人意力強幹素少病疾常堪行道無有障礙而復有人羸瘵多患氣力弊苶動輙增困眠坐不安見有此等惡實宜捨遠所以勸獎令其修福應施醫藥隨時賑救豈可衆人常無疾頓而我永嬰沉滯是故應須勇猛修習凡是如此之事實最應勸若不相勸則學者不勤也

引證部第二

如涅槃經云居家如牢獄妻子如枷鎖財物如重檐親戚如寃家而能一日一夜受持清禁六時行道兼年常三長月恒六齋菜蔬節味檢歛身口意不馳外專崇出俗髙慕佛法俯仰無虧坐卧無失夜係明相晝思淨法深敬沙門悲心利俗若能如是雖居在家可得度苦故經云佛法欲盡白衣護法修善上生天上如空中雪墮比丘違於戒律墮陷惡道如雨從天落當知於苦修福其福最大於福作罪其罪不輕是以從苦入樂未知樂中之樂從樂入苦方知苦中之苦斯言可驗幸願省之

又法句經偈云

熱無過婬　毒無過怒　苦無過身　樂無過滅

佛說偈已告諸比丘往昔久遠無數世時有五通比丘名精進力在山中樹下閑寂求道時有四禽獸依附左右常得安隱一者鴿二者烏三者毒蛇四者鹿是四禽獸者晝行求食暮則還宿四禽獸一夜自相問言世間之苦何者爲重烏言飢渴最苦飢渴之時身羸目冥神識不寧投身羅網不顧鋒刃我等喪身莫不由之以此言之飢渴爲苦鴿言婬欲最苦色欲熾盛無所顧念失身滅命莫不由之毒蛇言瞋恚最苦毒意一起不避親踈亦能殺人復亦自殺鹿言驚怖最苦我在林野心恒怵惕畏懼獵師及諸犲狼髣髴有聲奔投坑岸母子相捐肝膽掉悸以此言之驚怖爲苦比丘聞之卽答之曰汝等所論是其末耳不究苦本天下之苦無過有身身爲苦器

憂畏無量吾以是故捨俗學道滅意斷想不貪四大欲斷苦源志存泥洹是故知身爲大苦本故書云大患莫若於身也

生信部第三

如那先比丘問佛經云時有彌蘭王問羅漢那先比丘言人在世間作惡至百歲臨欲死時念佛死後生天我不信是語復言殺一生死即入泥犂中我亦不信是也那先比丘問王如人持小石置在水上石浮耶沒耶王言其石沒也那先言如令持百枚大石置在船上其船沒不王言不沒那先言船中百枚大石因船故不得沒人雖有大惡一時念佛用是不入泥犂便生天上何不信耶其小石沒者如人作惡不知佛經死後便入泥犂何不信耶王言善哉善哉那先比丘言如兩人俱死一人生第七梵天一人生罽賓國此二人遠近雖異死則一時俱到如有一雙飛鳥一於高樹上止一於卑樹上止兩鳥一時俱飛其影俱到地耳那先比丘言如愚人作惡得殃大智人作惡得殃小譬如燒鐵在地一人知爲燒鐵一人不知兩人俱取然不知者手爛大智者小作惡亦爾愚者不能自悔故其殃得大智者作惡知不當爲日自悔過故其殃少耳又四品學經云凡俗之人或有不如畜生畜生或勝於人所以者何人作罪不止死入地獄罪畢始爲餓鬼餓鬼罪畢轉爲畜生畜生罪畢乃還爲人以畜生中畢罪便得爲人是故當作善奉三尊之教長離三惡道受天人福後長解脱又四十二章經云佛言天下有五難貧窮布施難豪貴學道難判命

不死難得覩佛經難生値佛世難又雜譬喻經有十八事於世甚難一値佛世難二正使値佛得爲人難三正使成人在中國生難四正使在中國生種姓家難五正使在種姓家四支六情完具難六正使四支六情完具得財產難七正使得財產値善知識難八正使得善知識具智慧難九正使得智慧具善心難十正使得善心能布施難十一正使能布施欲得賢善有德人難十二正使得賢善値有德人往至其所難十三正使至其所得宜適難十四正使得宜適得受聽說難十五正使聽說得正解智慧難十六正使得解能受深經難十七正使能受深經得如說修行難十八正使能受深經得如說修行得證聖果難是爲十八事難

業因部第四

佛說太子刷護經云阿闍世王太子名爲刷護白佛言菩薩何因緣得顏貌端正何因緣不入女人腹於蓮華中化生何因緣故能知宿命之事佛告太子由能忍辱故即爲姝好不婬泆故即能化生人生七日便知宿命無數世事復何因緣身有三十二相復何因緣有八十種好復何因緣見佛身者視之無猒佛告太子本爲菩薩好喜布施種種雜物與諸佛菩薩及師父母人民索用故得三十二相當有慈心哀念十方蠕動之類如視赤子皆欲度脫故得八十種好見怨如視父母等心無異故視佛無猒復何因緣知深經慧及陀羅尼行復何因緣知三昧定意得安隱復何因緣佛所說善其有聞者皆喜信受佛告

太子菩薩喜書寫經卷信受諷誦學問是故知深經智慧及得陀羅尼行復常專心意用是故得三昧安隱所說至誠是故所語人皆信向聞者歡喜復何因緣不生惡處復何因緣得生天上復何因緣不貪愛欲佛告太子菩薩世世信佛法僧用是故不生八惡處由持戒不缺是故生天由知經法本空是故不貪欲復何因緣菩薩身口心行所念皆淨復何因緣魔不得便復何因緣不敢誹謗三寶佛告太子菩薩喜愛三寶是故得淨精勤不懈是故魔不得便所皆至誠是故衆人不敢誹謗三寶復何因緣菩薩得好高聲如梵天聲復何因緣有八種音復何因緣知衆人念皆悉能報佛告太子菩薩世世至誠不欺是故得好高聲如梵天聲由世世不惡口是故得八種音由世世不兩舌不妄語是故衆人所念悉皆能報復何因緣得壽命長復何因緣身得無病復何因緣家室和順不令別離佛告太子由不殺生是故爲人壽命得長由不持力杖擊人是故後生爲人無病由是鬬和解令喜是故後生爲人不得別離復何因緣得財不離復何因緣不爲劫盜復何因緣得處尊高佛告太子由不貪人財是故富樂喜施不慳是故不亡財物心不嫉妬是故生得尊高復何因緣得天眼洞視復何因緣得天耳徹聽復何因緣知世間生死之事佛告太子由好意然燈供於佛前是故得天眼洞視由喜持妓樂於佛寺前是故得天耳徹聽由喜定意是故知世間死生之變復何因緣得飛行四禪復何因緣知前世無數劫來之

事復何因緣得三佛身便般涅槃佛告太子由喜施車馬船等與三寶人用是故得飛行四禪足由常專念諸佛三昧善行教人是故得念前世無數劫事由菩薩得阿唯越致道是故能斷死生之根得佛道已便般涅槃頌曰

茫茫荒宇　蠢蠢迷昉　居苦謂樂　靡勤靡奬
不遵厥理　空傳妄想　外順情塵　内乖心朗
慈誘返迷　扣誠發奬　靈通吐曜　冥資妙響
歸心正覺　津悟福賞　撫之有會　功超由曩

感應緣（略引三驗）

晉竺長舒　宋邢懷明
宋王叔達

晉竺長舒者其先西域人也世有資貨爲富人竺居晉元康中内徙洛陽長舒奉法精至尤好誦觀世音經其後鄰比失火長舒家悉草屋又正下風自計火已逼近致復出物所全無幾乃勑家人不得輦物亦無灌救者唯至心誦經有頃火燒其鄰屋與長舒隔籬而風忽自迴火亦際屋而止于時咸以爲靈里中有輕險少年四五人共毀笑之云風偶自轉此復何神伺時燥夕當爇其屋能令不然者可也其後天甚旱燥風起亦駃少年輩密共束炬擲其屋上三擲三滅乃大驚懼各走還家明晨相率詣長舒自說昨事稽顙辭謝長舒答曰我了無神政誦念觀世音當是威靈所祐諸君但當洗心信向耳自是鄰里鄉黨咸敬異焉

宋邢懷明河間人宋大將軍參軍嘗隨南郡太守朱循之北伐俱見陷沒於是伺候間隙

俱得遁歸夜行晝伏已經三日猶懼追捕乃遣人前覘虜候既數日不還一夕將雨陰闇所遣人將曉忽至至乃驚曰向遥見火光甚明故來投之那得至而反闇循等怪愕懷明先奉法自征後頭上恒戴觀世音經轉讀不廢爾夕亦正暗誦咸疑是經神力於是常共祈心遂以得免居于京師元嘉十七年有沙門詣懷明云貧道見此巷中及君家殊有血氣宜移避之語畢便去懷明追而目之出門便沒意甚惡之經二旬鄰人張景秀傷父及殺父妾懷明以爲血氣之徵庶得無事時與劉斌劉敬文比門連接同在一巷其年並以劉湛之黨同被誅夷云

宋王球字叔達太原人也爲涪陵太守以元嘉九年於郡失守繫在刑獄著一重鎖釘鍱堅固球先精進既在囹圄用心尤至獄中百餘人並多飢餓球每食皆分施之日自持齋至心念觀世音夜夢昇高座見一沙門以一卷經與之題云光明安行品并諸菩薩名球得而披讀忘第一菩薩名第二觀世音第三大勢至又見一車輪沙門曰此五道輪也既覺鎖皆斷脱球心知神力彌增專到因自釘治其鎖經三日而被原宥（此三驗出冥祥記）

## 說聽篇第十六（此有九部）

述意部　引證部　儀式部
違法部　簡衆部　漸頓部
法施部　報恩部　利益部

### 述意部第一

夫師資義重慧學爲勝修以義方多聞爲善故馬鳴擣將絕之網龍樹與大小之辯慧蹤

照然清論英出信可該領名數藻雪奮疑然學而不說尼父所憂於義不了釋尊所誡故經曰法之供養勝諸供養故外書云善人是不善人之師不善人是善人之資受說無違則理超情俯如說聽乖宗則尠難通會是以一象既虧則六爻斯墜一言有失則累劫受殃故知傳法不易受聽極難良由去聖日久微言漸昧而一說一受固亦難行恐名利關心垢情難淨也

引證部第二

如中論偈云

眞法及說者　聽者難得故　如是則生死
非有邊無邊

又十地論云由說聽二人不稱法故各有兩過一不平說過二佛不隨喜過故大集經偈云

若諸衆生無法器　如來於彼修捨心
設大方便待時節　爲令彼得眞解脫

大莊嚴論偈云

隨聞而得覺　未聞愼勿毀　無量餘未聞
謗者成癡業

寶性論偈云

愚癡及我慢　樂行於小法　謗法及法師
則爲諸佛呵　外現威儀相　不識如來教
謗法及法師　則爲諸佛呵

今見初學黒白幼童發足守迷於文義中生知足想自恃陵他轉加輕侮故地持論云隨文取義有五種過一無正信二退勇猛三誑衆生四輕法五謗法能說之人尚垢自心況所聽之人能生信乎若淨心說法縱是生死

變為涅槃若染心說法縱是涅槃變為生死

又涅槃經云大乘爲甘露亦名爲毒藥能消即爲甘不消即成毒如人置毒乳中則能殺人故寶性論偈云

無知無善識　惡友損正行　蜘蛛落乳中　是乳則爲毒

又十輪經云如刹利旃陀羅等見有依我法中出家若聲聞辟支佛乃至大乘說法法師誹謗罵辱欺誑正法而作留難惱亂法師以是因緣墮阿鼻地獄若見依我法中而出家者於此人所數數瞋恚罵辱我所說法不肯信受破壞塔寺僧坊堂舍殺害比丘先所修習一切善根皆悉滅盡命欲終時支節皆疼如火焚燒其人舌根如被繫縛於多日中口不能語命終之後墮阿鼻地獄

儀式部第三

如三千威儀云上高座讀經有五事一當先禮佛二當禮經法上座三當先一足躡阿僧提上正住坐四當還向上座五先手安座乃却坐已坐有五事一當正法衣安坐二揵椎聲絶當先讚偈唄三當隨因緣讀四若有不可意人不得於座上瞋恚五若有持物施者當排下著前又問經有五事一當如法下牀問二不得共坐問三有解不得直當問四不得持意念外因緣五說解頭面著地作禮反向出户

又十住毗婆沙論云法師處師子座有四種法何等爲四一者欲昇高座先應恭敬禮拜大衆然後昇座二者衆有女人應觀不淨三者威儀視瞻有大人相敷演法音顏色和悦

人皆信受不說外道經書心無怯畏四者於惡言問難當行忍辱復有四法一於諸衆生作饒益想二於諸衆生不生我想三於諸文字不生法想四願諸衆生從我聞法於阿耨菩提而不退轉復有四法一不自輕身二不輕聽者三不輕所說四不爲利養

又文殊師利問經云文殊師利白佛言四衆於何時中不得作聲或身口木石及諸餘聲佛告文殊師利於六時中不得作聲禮佛時聽法時衆和合時乞食時正食時大小便時何故是時不得作聲佛告文殊於是時中有諸天來彼諸天等常清淨心無染心空心隨波羅蜜心觀佛法心以彼聲故令心不定以不定故悉皆還去以諸天去故諸惡鬼來作不饒益不安隱事彼入於此生諸諂患人民飢餓更相侵犯是故文殊應寂靜禮佛佛說祇夜云

不作身口聲　木石餘音聲　寂靜禮佛者
如來所讚歎

又佛本行經云佛告諸比丘從今日制諸弟子不得請於諸根闇鈍及以缺漏戒不具者而說其法從今以後若請說法應請妙行具足之人於諸衆內勝行成就多解修多羅及解毗尼解摩登伽人應選擇文字分明具足辯才者說法是等比丘從下座次第差遣爲衆說法若一乏者更請第二第二疲乏應請第三第三疲乏應請第四第四疲乏應請第五乃至若干堪說法者次第應請爲衆說法爾時衆人見彼法師辯才具足能演說法即持香華而散其上時諸比丘不受其法而生

猒離何以故以佛斷故出家之人不得將持塗香末香及諸香鬘時諸人輩聞見此事毀呰說言是等比丘如是供養尚不堪受況復勝者時諸比丘以如是事具往白佛爾時佛告諸比丘言汝諸比丘若有諸白衣檀越以歡喜心以吉祥故持種種香華塗香末香及諸華鬘散法師上者應當受之是白衣諸檀越等遂將種種資財寶物及袈裟等供養法師是諸比丘恐懼慙愧不受彼物世諸人輩毀呰談說是輩沙門諸釋子等若干輕物尚不堪受況復勝者爾時諸比丘聞是事已具往白佛爾時佛告諸比丘言汝諸比丘若有俗人持諸財物及袈裟等奉施法師爲歡喜故我許捨施若有須者聽其受取若不須者我許送還時諸比丘取經中要略義味而爲他說不依次第於時比丘慚愧恐怖慮違經律具以白佛於時佛告諸比丘言我許隨便於諸經中擇取要義安比文句爲人說法但取中義莫壞經本

又佛本行經云時諸比丘集一堂內有二比丘演說法是故相妨即造二堂二堂之內各別說法猶故相妨此堂之內將引比丘往詣彼堂彼堂之處有諸比丘迭相誘接令詣此堂往來交雜遂乃亂衆人或去來法事斷絶或有比丘於此法門不喜聞說時諸比丘具以白佛佛告諸比丘自今已去不得一堂二人說法亦復不得二堂相近使聲相接以相妨礙亦復不得彼詣此衆此詣彼衆亦復不得憎惡法門不喜聞說若憎惡者須如法治之（又四分律亦不許同一堂內二法師說法高座相近並坐而說歌詠聲說雙聲合唄）

並皆不許餘律亦不許法師高座受白衣散華華若著身即須振却

又善見律云若法師爲人說法女人聽者以扇遮面愼勿露齒笑若有笑者驅出何以故三藐三佛陀憐愍衆生金口所說汝等應生慚愧心而聽何以笑之驅出

違法部第四

如佛藏經云佛言舍利弗當來比丘好讀外經當說法時莊校文辭令衆歡樂惡魔爾時助惑衆人障礙善法若有貪著音聲語言巧飾文辭若復有人好讀外道經者魔皆迷惑令心不安隱是諸人等爲魔所惑覆障慧眼深貪利養看諸外書猶如群盲爲誑所欺皆使令墮深坑而死復次舍利弗不淨說法者不知如來隨宜意趣自不善解而爲人說是人現世得五過失何等爲五一說法時心懷怖畏恐人難我二內懷憂怖而外爲他說三是凡夫無有眞智四所說不淨但有言辭五言無次第處處抄撮是故在衆心懷恐怖如是凡夫無有智慧心無決定但求名聞疑悔在心而爲人說是故舍利弗身未證法而在高座身自不知而教人者法墮地獄

又增一阿含經云爾時世尊告諸比丘當知有此四鳥云何爲四一或有鳥聲好而形醜謂拘翅羅鳥是也二或有鳥形好而聲醜謂鷙鳥是也三或有鳥聲醜形亦醜謂土梟是也四或有鳥聲好形亦好謂孔雀鳥是也世間亦有四人當共觀知云何爲四一或有比丘顏貌端正威儀成就然不能有所諷誦諸法初中後善是謂此人形好聲不好二或有人聲好而形醜出入行來威儀不成而好廣

說精進持戒初中後善義理深邃是謂此人聲好而形醜三或有人聲醜形亦醜謂有人犯戒不精進復不多聞所聞便失是謂此人聲醜形亦醜四或有人聲好形亦好謂比丘顏貌端正威儀具足然復精進修行善法多聞不忘初中後善善能諷誦是謂此人聲好形亦好也又增一阿含經云爾時世尊告諸比丘有四種雲云何為四一或有雲雷而不雨二或有雲雨而不雷三或有雲亦雨亦雷四或有雲不雨不雷是四種雲而像世間四種人一云何比丘雷而不雨或有比丘高聲誦習十二部經諷誦不失其義然不廣與人說法是謂雷而不雨二云何雨而不雷或有比丘顏貌端正威儀皆具然不多聞高聲誦習十二部經復從他受亦不忘失好與善知識相隨亦好與他人說法是謂雨而不雷三云何不雨不雷或有人顏色不端威儀不具不修善法亦不多聞復不與他人說法是謂此人不雨不雷四云何亦雨亦雷或有人顏色端正威儀皆具好喜學問亦好與他說法勸進他人令便承受是謂此人亦雨亦雷

法苑珠林卷第二十三

音釋

棖直庚切觸也　嵐盧含切　踑堅奚切踞也　戇陟降切愚也　鑞盧合切錫也　氀力朱切氀毼毛布也　毳此芮切細毛也　齠徒聊切始毀齒也　俠胡頰切挾也以權力俠輔人者　藿虛郭切荳名　猥烏賄切鄙也　矬昨禾切短也　瘵側界切病也　苶奴叶切疲貌　怵惕怵丑律切

惕他的切怵惕憂懼也　刷所滑切　蠕乳兖切蟲動貌　蠢尺尹切擾動也

昉分兩切　隟去戟切舋也　涪房鳩切　躑直列切跡也　搙女角切柱也

藻千皓切　迭杜結切更互也　鷙支義切鳥之勇者曰鷙

[illegible]丁叶切打也俗作揖

## 法苑珠林卷第二十四 說聽之二

唐 西明寺沙門釋道世撰

### 簡衆部第五

夫法師昇座先須禮敬三寶自淨其心觀時擇人具慈悲意救生利物然後爲說故報恩經云聽者坐說者立不應爲說若聽者求說者過不應爲說若聽者依人不依法依字不依義依不了義經不依了義經依識不依智並不應爲說何以故是人不能恭敬諸佛菩薩清淨法故若說尊重於法聽法之人亦生宗敬至心聽受不生輕慢是名清淨說故阿含經偈云

聽者端心如渴飲　一心入於語義中
聞法踊躍心悲喜　如是之人可爲說

又五分律云除其貪心不自輕心不輕大衆心慈心喜心利益心不動心立此等心乃至宣說一四句偈令前人如實解者長夜安樂利益無量又涅槃經云若有受持讀誦書寫宣說非時非國不請而說輕心輕他自歎隨處而說反滅佛法乃至令無量人死墮地獄則是衆生惡知識也又十誦律云有五種人問法皆不應爲說一試問二無疑問三不爲悔所犯故問四不受語故問五語難故問並不得答若前人實有好心不具前意爲欲生善滅惡者法師隨機方便好心爲說若自解未明或於法有疑者則不得爲說恐令前人有錯傳之失彼此得罪又百喻經及毗曇論問答有四一有決定答譬如人問一切有生皆死此是決定答二問死者必有生是應分別答愛盡者無生有愛者必有生是名分別

答三有問人爲最勝不此應反問言汝問三惡道爲問諸天若問三惡道人實爲最勝若問於諸天人必爲不如如是等義名反問答四若問十四難若問世界及衆生有邊無邊有始終無始終如是等義名置答論問若論諸外道愚癡自以爲智不閑四論唯作一分別論又優婆塞戒經云佛言如法住者能自他利不如法住者則不得名自利利他如法住者有八智何等爲八一法智二義智三時智四知足智五自他智六衆智七根智八上下智是人具足如是八智凡有所説具十六事一時説二至心説三次第説四和合説五隨義説六喜樂説七隨意説八不輕衆説九不訶衆説十如法説十一自他利説十二不散亂説十三合義説十四眞正説十五説已不生憍慢十六説已不求來世報如是之人能從他聽從他聽時具十六事一時聽二樂聽三至心聽四恭敬聽五不求過聽六不爲論議聽七不爲勝聽八聽時不輕説者九聽時不輕於法十聽時終不自輕十一聽時遠離五蓋十二聽時爲受持讀誦十三聽時爲除五欲十四聽時爲具信心十五聽時爲調衆生十六聽時爲斷聞根善男子具八智者能説能聽如是之人能自他利不具足者則不得名自利利他復次能説法者復有二種一者清淨二者不清淨不清淨者復有五事一爲利故説二爲報而説三爲勝他説四爲十報説五疑説清淨説者復有五事一先施食然後爲説二爲增長三寶故説三斷自他煩惱故説四爲分別邪正故説五爲聽者得

最勝故說善男子不淨說法者名曰垢穢名爲賣法亦名汙辱亦名錯說亦名失意清淨說者翻前即是又法句喻經云於是世尊即說偈言

雖誦千章　句義不正　不如一要　聞可滅意
雖誦千言　不義何益　不如一義　聞行可度
雖多誦經　不解何益　解一法句　行可得道

又大法炬陀羅尼經云若受法人欲行呪法令不斷者彼諸法師欲說法時斂容端坐先誦呪曰

怛他　陁迦那　阿迦勇迦那　迦那迦　那那迦　迦迦那迦　阿迦迦那迦　迦那　阿迦那　迦那阿迦那　迦迦那婆鼻煞帝　夜他婆鼻煞帝　夜他伽伽那多他婆鼻煞帝　多他摩迦舍那迦舍那迦那　迦迦舍

法師爾時眷屬圍遶即得成此加護方便令彼法師心不動亂說法不斷滅除欲執令諸羅剎女等所有聽衆不爲留難法師所須不爲障礙

## 漸頓部第六

如百喻經云昔有一聚落去王城五由旬村中有好美水王勑村人常使日日送其美水村人疲苦悉欲移避遠此村去時彼村主語諸人言汝等莫去我當爲汝白王改五由旬作三由旬使汝得近往來不疲即往白王王爲改之作三由旬衆人聞已便大歡喜有人語言此故是本五由旬更無有異雖聞此言信王語故終不肯捨世間之人亦復如是修行正法度於五道向涅槃城心生疲倦便欲

捨離頓駕生死不能復進如來法王有大方便於一乘法分別說三小乘之人聞之歡喜以爲易行修善進德求度生死後聞人說無有三乘故是一乘以信佛語終不肯捨如彼村人亦復如是

又華嚴經云佛子譬如日出先照一切大山王次照一切大山次照金剛寶山然後普照一切大地日光不作是念我應先照諸大山王次第乃至普照大地但彼山地有高下故照有先後如來應供等正覺亦復如是成就無量無邊法界智慧日輪常放無量無礙智慧光明先照菩薩等諸大山王次照緣覺次照聲聞次照決定善根衆生隨應受化然後悉照一切衆生乃至邪定爲作未來饒益因緣如來智慧日光不作是念我當先照菩薩乃至邪定但放大智日光普照一切佛子譬如日月出現世間乃至深山幽谷無不普照如來智慧日月亦復如是普照一切無不明了但衆生悕望善根不同故如來智光種種差別

法施部第七

如十住毗婆沙論云若菩薩欲以法施衆生者應如決定王大乘經中稱法師功德及說法義戒律隨順修學謂說法者應行四法何等爲四一者廣博多學能持一切言辭章句二者決定善知世間出世間諸法生滅相三者得禪定慧於諸經法隨順無諍四者不增不損如所說行又正法念經云若有衆生正行善業爲邪見人說一偈法令淨信佛命終生應聲天受種種樂從天還退隨業流轉若

為財物故與人說法不以悲心利益衆生而取財物或用飲酒或與女人共飲共食如伎兒法自賣求財如是法施其果甚少生於天上作智慧鳥能說偈頌是則名曰下品法施也云何名為中品法施耶為名聞故為勝他故為勝餘大法師故為人說法或以妬心為人說法如是法施得報亦少生於天中受中果報或生人中是則名曰中品法施也云何名為上品法施耶以清淨心為欲增長衆生智慧而為說法不為財利為令邪見衆生等住於正法如是法施自利利人無上最勝乃至涅槃其福不盡是則名曰上品法施也又迦葉經爾時世尊而說偈頌曰

三千大世界　珍寶滿其中　以此用布施
所得功德少　若說一偈法　功德為甚多
三界諸樂具　盡持施一人　不如一偈施
功德為最勝　此功德勝彼　能離諸苦惱
若恒沙世界　珍寶滿其中　以施諸如來
不如一法施　施寶福雖多　不及一法施
一偈福尚勝　況多難思議

又十住毗婆沙論云在家之人當行財施出家之人當行法施何以故在家法施不及出家人以聽法者於在家人信心淺薄故又在家之人多有財物出家之人於諸經法讀誦通達為人解說在衆無畏非在家者之所能及又使聽者起恭敬心不及出家又欲說法降伏人心不及出家如偈說曰

先自修行法　然後教餘人　乃可作是言
汝隨我所行　身自行不善　安能令彼善
自不得寂滅　何能令人寂

又出家之人若行財施則妨餘善遠離阿練若處必至聚落與白衣從事多有言說發起三毒於六度等心薄乃至貪著五欲捨戒還俗故名爲死或能反戒易起重罪是名死等諸煩惱苦患以是因緣故於出家者稱歎法施於在家者稱歎財施又金光明經云說法者有五種事一者法施彼我兼利財施不爾二者法施能令衆生出於三界財施者不出欲界三者法施利益法身財施之者長養色身四者法施增長無窮財施必有竭盡五者法施能斷無明財施只伏貪心故知財施不及法也就法施中自有階漸若有所解不用他知恐他勝已秘而不說則自未來常不聞法又智度論云若慳惜法則常生邊地無佛法處由慳法故障他慧明此則不如賣法他人反勝過此又成實論云若人但能爲他說法是名利他是人雖不自隨法行爲他說故自亦得利於此施門略有三品下法施者說布施法不說智慧中法施者說於持戒上法施者說於智慧以說智慧教人觀理得斷惑智二障出離生死遠成菩提涅槃樂果乃至但能唯說小乘教化一人令觀生空信解依行雖未得道亦勝教化一閻浮中所有衆生令行十善以信解人解修聖道則有出因要得涅槃又諸法勇王經云閻浮提中所有水陸空行衆生盡得人身若有一人教是諸人令其安住五戒十善所得功德不如有人教誨一人令得信行又十住毗婆沙論云有四法能退失智慧菩薩所應遠離何等爲四一不敬法及說法者二於要法祕匿慳惜三樂

法者爲作障礙壞其聽心四懷憍慢自高卑人復有四法得其智慧應常修習何等爲四一恭敬法及說法者二如所聞法及所讀誦爲他人說其心清淨不求利養三如從多聞得智慧故勤求不息如救頭然四如所聞法受持不忘貴如說行不貴言說

## 報恩部第八

如善恭敬經云佛告阿難若有從他聞一四句偈或抄或寫書之竹帛所有名字於若干劫取彼和尚阿闍黎等荷擔肩上或時背負或以頂戴常負行者復將一切音樂之具供養是師作如是事尚自不能具報師恩若當來世於師和尚所起不敬心恒說於過我說愚癡極受多苦於當來世必墮惡道是故阿難我教汝等常行恭敬尊重之心當得如是勝上之法所謂愛重三寶甚深之法又梵網經云若佛子見大乘法師同見同行來入僧坊舍宅城邑若百里千里來者即迎來送去禮拜供養日日三時供養日食三兩金百味飲食牀座供養法師一切所須盡給與之常請法師三時說法日日三時禮拜不生瞋心患惱之心爲法滅身請法若不爾者犯輕垢罪又優婆塞戒經云若優婆塞受持六重戒已四十里中有講法處不能往聽得失意罪又大方等陀羅尼經云佛告阿難若有父母妻子不放此人至於道場者此人應向父母等前燒種種香長跪合掌應作是言我今欲至道場哀愍聽許亦應種種諫曉隨宜說法亦應三請若不聽者此人應於舍宅默自思惟誦持經典又正法念經云若人供養說法

法師當知是人即爲供養現在世尊其人如是隨所供養所願成就乃至得阿耨菩提以能供養說法法師故何以故以聞法故心得調伏以調伏故能斷無知流轉之闇若離聞法無有一法能調伏心又勝思惟經云不起罪業不起福業不起無動業者是名供養佛又華手經云若以華香衣食湯藥等供養諸佛不名爲眞供養如來坐道場所得微妙法隨能修學者是名眞供養故說偈云

若以華塗香　衣食及湯藥　以此諸供養
不名爲眞供　如來坐道場　所得微妙法
若人能修學　是眞供養佛

又十住婆沙論云佛告阿難天雨香華不名供養恭敬如來若比丘比丘尼優婆塞優婆夷一心不放逸親近修集聖法是名眞供養佛又寶雲經云不以財施供養於佛何以故如來法身不得財施唯以法施供養於佛爲具佛道以法供養爲最第一又善恭敬經云佛言若有比丘雖復有夏不能閑解如是法句彼亦應當從他依止所以者何自尚不解況欲與他作依止師假令耆舊百夏比丘而不能解沙門祕密之事不解法律等亦應訖依止若有比丘從他受法於彼師邊應起尊貴敬重之心欲受法時當在師前不得輕笑不得露齒不得交足不得視足不得動足不得蹲脚師不發問不得輒言凡有所使勿得違命勿視師面離師三肘令坐即坐勿得違教於彼師所應起慈心若有所疑先應諮白若見師許然後請決當知一日三時應參進止若三時間不參進止是師應當如法治之

若參師不見應持土塊或木或草以為記驗若當見師在房室內是時學者應起至心遶房三帀向師頂禮爾乃方還若不見師衆務皆止不得為也除大小便又復弟子於其師所不得麤言師所呵責不應反報師坐卧牀應先敷拭令無塵汙蟲蟻之屬若師坐卧乃至師起應修誦業時彼學者至日東方便到師所善知時已數往師邊諮問所須我作何事又復弟子在於師前不得涕唾若行寺內恭敬師故勿以袈裟覆於肩髆不得籠頭天時若熱日別三時以扇扇師三度授水授令洗浴又復三時應獻冷飲師所營事應盡身而營助之佛告阿難若將來世有諸比丘或於師所不起恭敬說於師僧長短之者彼人則非是須陁洹亦非凡夫彼愚癡人應如是治師實有過尚不得說況當無也若有比丘於其師邊不恭敬者我說別有一小地獄名為推撲當墮是中墮彼處已一身四頭身體俱然狀如火聚出大猛焰熾然不息然已復然於彼獄處復有諸蟲名曰鉤觜彼諸毒蟲常噉舌根時彼癡人從彼捨身生畜生中皆由往昔罵辱於師舌根過故恒食屎尿捨彼身已雖生人間常生邊地具足惡法雖得人身皮不似人不能具足人之形色常被輕賤誹謗陵辱離佛世尊恒無智慧從彼死已還墮地獄更得無量無邊苦患之法

## 利益部第九

如正法念經云說法有十功德多所利益何等為十一時處具足二分別易解三與法相應四非為利養五為調伏心六隨順說法七

說施有報八說生死法多諸障礙九說天退歿十說有業果若說法人有此十法令聞法者得多功德利益安樂乃至涅槃若聞法功德成就深心信根清淨一向淨心信於三寶詣聽法處爲聞正法隨舉一足皆生梵福又大菩薩藏經云於諸菩薩起深愛樂猶如大師於正法所起愛樂心如自己身於如來所起愛樂心如自已命於尊重師起愛樂心猶如父母於諸衆生起愛樂心視如一子於阿遮利耶受教師所起愛樂心敬如眼目於諸正行起愛樂心猶如耳目身首於波羅蜜起愛敬心猶如手足於說法師起愛樂心如衆重寶所求正法起愛樂心猶如良藥於能舉罪及憶念者起愛樂心猶如良醫又僧伽吒經云爾時一切勇菩薩白佛言世尊若有衆生聞此法者壽命幾劫佛言壽命滿八十劫一切勇白佛言劫以何量佛言譬大城縱廣十二由旬高三由旬成滿胡麻有長壽人過百歲已取一而去如是城中胡麻悉盡劫猶不盡又如大山縱廣二十五由旬高十二由旬有長壽人過一百歲以輕繒帛一往拂之如是山盡劫猶不盡是名劫量時一切勇菩薩白佛言世尊一發誓願尚得如是福德之聚壽命八十劫何況於佛法中廣修諸行又涅槃經云若離四法得涅槃者無有是處何等爲四一親近善友二專心聽法三繫念思惟四如法修行以是義故聽法因緣則得近於大般涅槃何以故聞法眼故世有三人一者無目（譬凡夫人）二者一目（譬聲聞人）三者二目（譬諸菩薩）言無自者常不聞法一目之人雖暫聞法其

心不住二目之人專心聽受如聞而行以聽法故得知世間如是三人又法句喻經云昔佛在舍衛國給孤精舍爲諸天人民説法時波斯匿王有一寡女名曰金剛父母哀愍別爲作好舍宅給五百妓女以娱樂之衆共有一長老青衣名曰度勝恒行市買脂粉香華時見男女無數大衆各齎香華出城詣佛即問行人欲何所至衆人答言佛出於世三界之尊度脱衆生皆得泥洹度勝聞之心悦意喜即自念言今老見佛宿世之福便分香直持買好華隨衆人輩往到佛所作禮却立散華燒香一心聽法已過市取香因聽法功宿行所追香氣熏聞斤兩倍前嫌其遲晚而共詰之度勝奉道即如事言世有聖師三界之尊擊無上法鼓震動三千往聽法者無央數人實隨聽法是以晉遲金剛之徒聞説世尊法義殊妙非世所聞悚然心歡而自歎曰吾等何罪獨隅不聞即報度勝試爲我説之度勝白曰身賤口穢不敢便宣説法之儀先施高座度勝受勑具宣聖旨五百侍女皆大歡喜各脱衣服一領積爲高座度勝洗浴承佛威神如應説法金剛之等五百侍女疑結破惡得須陁洹道説法甚美不覺失火一時燒死即生天上王將人從來欲救火見之已然收拾棺斂葬送畢已往過佛所爲佛作禮叉手言曰金剛不幸不覺失火大小燒盡適棺斂訖不審何罪過此火害唯願世尊彰告未聞佛告大王過去世時有城名波羅柰有長者婦將婇女五百人至城外大祠祀其法難急他性之人不得到邊無問親踈其有來者

擲著火中時世有辟支佛名曰迦羅處在山中最來分衛暮輒還山迦羅分衛來趣郊祠長者婦見之忿然瞋恚共捉迦羅撲著火中舉身焦爛更現神足飛昇虛空衆女驚怖泣涙悔過長跪舉頭而自陳曰女人愚惷不識至眞群迷長慢毀辱神靈自惟過釁罪惡如山願降尊德以消重殃尋聲即下而般泥洹諸女起塔供養舍利佛爲大王而說偈言

愚惷作惡　不能自解　殃追自焚　罪成熾然

愚不望處　不謂適苦　臨墮厄地　乃知不善

佛告大王爾時長者婦者今王女金剛是五百侍女者今度勝等五百妓女是罪福追人久無不鄣善惡隨人如影隨形說是法時諸來大小即得道迹又阿育王經云昔阿恕伽王使道人說法時以步障遮諸婦女使其聽法爾時法師爲諸婦女說法恒說施論戒論生天之論有一婦女分犯王法發幕向法師前問法師言如來大覺於菩提樹下覺諸法時覺悟施戒耶更悟餘法耶法師答言佛覺一切有漏法皆苦猶若融鐵此苦因從集而生猶如毒樹修八正道以滅苦集是女人得聞此語獲得須陁洹道以刀繫頸往到王所白王言我今日犯王重法願王以法治我王問言汝犯何事答言我破王禁制至道人所譬如渴牛不避於死我實渴於佛法是以默突聽法王問言汝聽法時頗有所得不答言得法見四眞諦解陰入界及以諸大皆知無我遂得法眼王聞是語踊躍歡喜即爲作禮便唱令言自今已後不聽作障隔樂聽法者聽直至法師所對面聽法歎言奇哉我宮內

乃出人寶以是因緣當知聽法有大利益又雜寶藏經云爾時般遮羅國以五百白鴈獻波斯匿王王令送著祇桓精舍衆僧食時人人乞食鴈見僧聚來在前立佛以一音說法衆生各得類解當時群鴈亦解僧語聞法歡喜鳴聲相和還於池水後毛羽轉長飛至餘處獵師以網都覆殺之一鴈作聲諸鴈皆和謂聽法時聲乘是善心生忉利天生天之法法有三念一念本所從來二念定生何處三念先作何業得來生天便自思惟自見宿因更無餘善唯佛僧邊聽法作是念已五百天子即時來下在如來邊佛爲說法悉得須陁洹波斯匿王遇到佛所常見五百鴈羅列佛前是日不見便問佛言此中諸鴈向何處去佛言欲見諸鴈者先鴈飛去他處爲獵師所殺命終生天今此五百諸天子等著好天冠端正殊特者是今日聽法皆得須陁洹王問佛言此群鴈以何業緣墮於畜生命終生天今日得道佛言昔迦葉佛時五百女人盡共受戒用心不堅毀所受戒犯戒因緣墮畜生中作此鴈身以受戒故得值如來聞法獲道以鴈身中聽法因緣生於天上又舊雜譬喻經云昔有沙門晝夜誦經有狗伏牀下一心聽經不復念食如是積年命盡得人形生舍衛國中作女人長大見沙門分衛便走自持飯與沙門歡喜後作比丘尼應得眞道頌曰

王猷外釐　神道內綏　皇覺正法　斯極宗師
敬承玄教　崇德振輝　師弟說受　芳業秀滋
四諦感悟　三達凞怡　啓境金牒　開訓神機
空有齊較　玄門洞微　遣于無遺　至道非彌

感應緣（略引九驗）

宋沙門竺道生　宋居士費崇先
魏沙門天竺勒那　齊沙門釋僧範
隋沙門釋曇延　隋沙門釋慧遠
隋沙門釋法彥　唐沙門釋道宗
唐沙門釋道愻

宋長安龍光寺有竺道生本姓魏鉅鹿人也少小出家聰銳神異年在志學便登法座吐納宮商道俗高伏年至具戒器鑒日深性度機警神氣清穆初入廬山幽棲七年以求其志常以入道之要慧解爲本故鑽仰群經斟酌雜論萬里隨法不憚疲苦後與慧叡慧嚴同遊長安從什公受業關中僧衆咸謂神悟後還都止青園寺宋太祖文皇帝深加歎重後太祖設會帝親同衆御于地筵下食良久衆咸疑日晚帝曰始可中耳生曰白日麗天天言始中何得非中遂取鉢食於是一衆從之莫不歎其樞機得衷後校閱真俗研思因果乃立善惡不受報頓悟成佛又著二諦論佛性當有論法身無色論佛無淨土論應有緣論等籠罩舊說妙有淵旨而守文之徒多生嫌嫉與奪之聲紛然競起又六卷泥洹先至京都生剖析經理洞入幽微乃說阿闡提人皆得成佛于時大本未傳孤明先發獨見忤衆於是舊學以爲邪說譏憤滋甚遂顯大衆擯而遣之生於大衆中正容誓曰若我所說反於經義者請現於身即表厲疾若與實相不相違背者願捨壽之時據師子座言竟拂衣而逝初投吳之虎丘山旬日之中學徒數百其年夏雷震青園佛殿龍昇于天光影

西壁因改寺名曰龍光時人歎曰龍既已去生必行矣俄而投迹廬山銷影巖岫山中僧衆咸共敬服後涅槃大本至于南京果稱闡提悉有佛性與前所說合若符契生既獲斯經尋即講說以宋元嘉十一年冬十一月庚子於廬山精舍昇于法座神色開明德音俊發論義數番窮理盡妙觀聽之衆莫不悟說法席將畢忽見麈尾紛然而墜端坐正容隱几而卒顏色不異似若入定道俗嗟駭遠近悲涕於是京邑諸僧内慙自媿追而信服其神鑒之至徵瑞如此仍葬廬山之阜初生與叡公及嚴觀同學齊名故時人評曰生叡發天真嚴觀窪流得慧義彭亨進寇淵千默塞生及叡公獨標天真之目故以秀出群士矣初關中僧肇始注維摩世咸玩味生乃更發深旨顯暢新異及諸經義疏世皆寶焉王微以生比郭林宗乃爲之立傳旌其遺德時人以生推闡提得佛此語有據頓悟不受報等時亦憲章宋太祖甞述生頓悟義有沙門僧弼等皆設巨難帝曰若使逝者可興豈爲諸君所屈龍光寺又有沙門寶林初經長安受學後祖述生公諸義時人號曰逝玄生著涅槃記及注異宗論檄魔文等林弟子法寶亦學兼内外著金剛後心論等亦祖述生義焉近代又有釋慧生者亦止龍光寺蔬食善衆經兼工草隸時人以同寺相繼號曰大小二生右此一驗出梁高僧傳

宋費崇先者吳興人也少頗信法至三十際精勤彌至泰始三年受菩薩戒寄齊於謝惠遠家二十四日晝夜不懈每聽經常以鵲尾

香罏置膝前初齋三夕見一人容服不凡逕來舉罏將去崇先視膝前罏猶在其處更詳視此人見提去甚分明崇先方悟是神異自惟衣裳新濯了無不淨唯坐側有唾壺既使去壺即復見此人還罏坐前未至席頃猶見兩罏既即合爲一然則此神人所提者蓋罏影乎崇先又嘗聞人説福遠寺有僧欽尼精勤得道欣然願見未及得往屬意甚至嘗齋於他家夜三更中忽見一尼容儀端嚴著赭布袈裟正立齋席之前食頃而滅及崇先後覲此尼色貌被服即寤前所覩者也右此一驗出冥祥記

元魏時有中天竺沙門勒那魏云寶意是西國人不知氏族遍通三藏妙入總持以魏永平之初來遊東夏宣武皇帝每請講華嚴經披閲精義無廢一日正處高座忽有一人持笏執名者形如大官云奉天帝命來請法師講華嚴經意曰今此法席尚未停止待訖經文當來從命雖然法事所資獨不能建都講香火維那梵唄咸皆須之可請令定使者如所請見講諸僧既而法事將了又見前使云奉天帝命故來下迎意乃含笑熈怡告衆辭訣奄然卒於法座都講等四人亦同時殞魏境道俗聞見斯異無不嗟歎

齊鄴東大覺寺沙門僧範姓李平鄉人也善解群書時稱府庫晚年出家經論諳委言行相輔祥徵屢降嘗有膠州刺史杜弼於鄴顯義寺請範冬講至華嚴六地忽有一鴈飛下從浮圖東順行入堂正對高座伏地聽法講散徐出還順塔西爾乃翔逝又於此寺夏講

雀來在座西南伏聽終於九旬又曾處濟州亦有一鵶鳥飛來入聽講訖便去又有一僧懷忿加毀罵云伽叔汝何所知當夜有神打而幾死自非道洽冥符何能感應如是以天保六年三月二日卒於大覺寺年八十矣

隋京師延興寺釋曇延姓王蒲州業泉人也世家豪族官歷齊周而性協書籍鄉邦稱叙探悟玄旨洞曉無差欲著涅槃大疏恐滯凡情每祈誠寤寐願得嘉徵乃於夜夢有人被白服乘於白馬騣尾拂地而導授經旨延手執馬騣與之請論寤後惟曰此必馬鳴菩薩授我義端執騣知其宗旨抵事可覩耳雖感此瑞猶恐不合理更持經疏於陳州治仁壽寺舍利塔前燒香誓曰延以凡度仰測聖心銓釋已了具如別卷若幽致微達願示明靈如無所感誓不傳授言訖涅槃卷軸並放光明通夜呈祥道俗稱慶塔中舍利又放光明三日三夜輝光不絕上屬天漢下照山河合境望光皆來謁拜既感徵祥衆伏傳受君臣重望罕有斯人以隋開皇八年八月十三日終於延興寺春秋七十有三

隋京師淨影寺釋慧遠姓李燉煌人後居上黨之高都焉三藏備通九流洞曉天縱踈朗儀止沖和講導爲業天下同歸昔在清化先養一鵝聽講爲務開皇七年勑召入京鵝在本寺栖宿廊廡晝夜鳴呼衆共愍之附使達京至淨影寺大門放之鳴叫騰躍徑入遠房依前馴聽不避寒暑但聞法集鐘聲不問旦夕皆入講堂靜聲伏聽僧徒梵散出堂翔鳴若值白黑布薩鳴鐘終不入聽時共異之若

遠常途講解依法潛聽中間及餘語便鳴翔而出信知道藉人弘靈鳥嘉應不可非其身未證法輙昇法座定墮地獄此亦別時之意不得雷同總撥也以開皇年中卒於淨影寺

隋西京眞寂道場釋法彦姓張寓居洺州志隆大法而聰明振響冠遠齊倫雖三藏並通偏以大論馳美遊涉法會莫敢抗言開皇十六年下勑以彦爲大論衆主住眞寂寺鎭長引化仁壽造塔復召送舍利于汝州四年又勑送舍利沂州善應寺掘基深丈餘乃得金沙濤汰成純凡有二升光耀奪日又感黃牛自至塔前屈膝前足兩拜而止迴身又禮文帝比景像一拜及入石函于時三萬許人並見天雲五色長十餘丈闊三四丈四遶白雲狀如羅綺正當基上空中自午至未方乃歇

滅滅後降五色雲從四方來狀同前瑞又感玄鶴五頭從西北來迴旋塔上乃經四度去復還來復感白鶴於上徘徊久之乃逝又感五色蛇盤屈函外可三尺頭向舍利驚終不怖如此數度刺史鄭善果以表奏聞曰臣聞敬天育物則乾象著其能順地養民則坤元表其德是以陶唐砥躬弗懈伏氣呈祥夏后水土成功玄珪告錫方知天時人事影響若神伏惟陛下秉圖揖讓受命君臨區宇無塵聲教盡一含弘光大慈愍無邊天佛垂鑒降茲榮瑞塔基六處並得異砂炫曜相暉俱同金寶牛爲禮拜太古未經雲騰五色於今方見又感蛇形雜采盤旋塔基鶴颺玄素徘徊空際雖軒皇景瑞空傳舊章漢帝慶徵徒書簡册自非德降三寶道冠百王豈能感斯美

慶致招靈異帝乃大悅著于別記以大業三年卒于所住春秋六十矣

唐西京勝光寺釋道宗俗姓孫氏萊州即墨人也三藏通明大論尤精每講大論天雨衆華遠旋講堂飛流户內旣不委地久之還去合衆驚嗟希覩斯瑞武德六年卒于所住春秋六十有一

唐蒲州仁壽寺釋道慈俗姓張氏河東虞鄉人也神器高邈器度虛簡善通機會鑒達治方雖通群典偏以涅槃攝論爲栖神之宅也至貞觀二年冬月有請講涅槃預知將終苦不受請前人不測鄭重延之不免來意赴請登座發題告諸四衆悲歎而言自惟去聖遙遠微言隱絶庸愚所傳不足師範但以信心歸向自當識悟今席講說止於云何偈後但世界法爾不久當終時日旣促願各用心遂依文敘恰至偈初即覺失念無疾而終春秋七十有五即以其年十二月送往王城谷中南山之陰闔境同號若喪考妣當夜降雪周三四里乃掃路通行陳屍山嶺經夕忽有異華遶屍周帀備地涌出可五百枝長二尺許上發鮮榮似凝冬華而形相全異七衆驚慟悲慶諠山有折入城示諸耆宿乃內水瓶至來年五月猶不萎悴自非宿祐所資豈感冥祥嘉應也晉州有人性愛遊獵初不奉信有傳慈感乃造山覓唯覩空處自悔哀哭曰生不蒙開信死不逢奇瑞獨何無感必有神道願示徵祥言訖地涌奇華還長二尺欣慰嘉應發心永固右此七驗出唐高僧傳

法苑珠林卷第二十四

音釋

詰去吉切問也　愻蘇困切　龓罩龓盧紅切罩都教切　窪烏瓜切

檄胡狄切猶今之長牒也　赭章也切赤色也　殞于敏切歿也　鄦魚怯切地名

屢良遇切頻也　鴞于嬌切鳥名　鬷子紅切鬣也　柢都禮切凡也

砥諸氏切礪也　炫胡畎切光明也　颺餘亮切飛也

法苑珠林卷第二十五

唐 西 明 寺 沙 門 釋 道 世 撰

見解篇第十七此有二部

述意部　引證部

述意部第一

夫心識運變麻理無恒解惑相翻聖人何迹澄神虛照應機如響所謂寂然不動感而遂通悟道緣機然後神化是以文字應用彌綸宇宙聖變隨方該羅法界非六通之至聖孰能垂化於五道者也

引證部第二

如分別功德論云如來所以廣爲四部各說第一者乃爲將來遺法之中四姓出家見解不同共相是非自稱爲尊餘人爲卑如是之輩不可稱計故預防於未然開其自足之路如光明之中日爲其最星宿之中月爲其最川流之中海爲其最六天之中波旬以爲其最色界十八天之中淨居以爲其最九十六部之中釋僧以爲其最九十六道之中佛道以爲其最如五百聲聞弟子之中神解各別不可具列第一如拘鄰比丘初化受法善來之首故稱第一如憍梵鉢提比丘善護譏嫌藏身天上故稱第一故功德論云牛脚比丘以二事不得居世間何者此比丘脚似牛甲食飽則呞以是二事不得居世若外道見謂諸沙門食無時節生誹謗心是以佛遣上天在善法講堂坐禪善覺比丘常爲衆僧作使至天上佛涅槃後迦葉鳴椎大集衆僧命阿那律遍觀世間誰不來者阿那律即觀世界盡來唯有憍梵比丘今在天上即遣善覺命

召使來善覺到三十三天見在善法講堂入滅盡定彈指覺之曰世尊涅槃已十四日迦葉集衆遣我相命可下世間至衆集所憍梵答曰世間已空我不忍還欲取涅槃即以衣鉢付於善覺還歸衆僧便取涅槃以是因緣善護其身安處天上故稱第一也第二論云憂留毗迦葉所以稱第一者乃宿世以來兄弟三人常有千弟子相隨今遇佛得度俱得羅漢四事供養由此而興將護聖衆故供養中第一也第三論云舍利弗所以稱智慧第一者世尊方欲知身子智慧多少者以須彌爲硯子四大海水爲墨以四天下竹木爲筆滿四天下人爲書師欲寫身子智慧者猶不能盡況凡夫五通而能測量耶故稱智慧第一也第四論云大目揵連所以稱神足第一者世尊證說三災流行人民大飢欲反大地取地下肥以供民命佛止不聽恐損衆生又欲一手執衆生一手反地佛復不許故知神足第一也如密迹金剛力士經云目連承佛聖旨西方有一世界名光明幡佛名光明王現在說法目連到彼聽佛語見其身長四千里諸菩薩身長二千里其諸菩薩所食鉢器其高一里目連行鉢際上時諸菩薩白世尊曰唯然大聖此蟲從何而來被沙門服行鉢際上於時彼佛言諸族姓子慎勿發心輕慢此賢所以者何今斯少年名大目連是釋迦文佛聲聞弟子中神足第一時光明佛告大目連吾土菩薩及諸聲聞見卿身小咸發輕慢仁當顯神足力承釋迦文威德目連稽首足下遶佛七帀踊身在空廣現神足已復住

佛前諸菩薩歎未曾有佛言欲試釋迦文佛音響遠近故到此土仁者不宜試如來音響如來音響無限無遠無近廣遠無量不可爲喻世尊告曰云何以汝神力到此世界故是世尊釋迦文佛威德所立當遥禮釋迦文佛自當至彼假使卿身以已神足欲還本國一劫不至目連右膝著地向於東方禮釋迦文佛叉手自歸屈申臂頃即時得至故知目連神足中第一也第五論云阿那律所以稱第一者時佛爲大會說法那律坐眠佛見謂曰今如來說法汝何以眠耶夫眠者心意閉塞與死何異那律慙愧剋心自誓不敢復眠不眠遂久眼便失明所以然者凡有六食眼有二食一視色二睡眠五情亦各二食得食者六根乃全以眼失食故喪眼根佛命耆域治之曰不眠不可治已失肉眼無所復覩五百弟子各棄馳散倩人貫針捫摸補衣線盡重貫無人可倩左右唱曰誰求福者與我貫針世尊忽然到前取來吾與汝貫問曰是誰曰我是佛也曰佛已福足復欲求福耶曰福德可得厭耶那律思惟佛尚求福況於凡人耶心中感結馳向佛視以至心故忽得天眼重復思惟便得羅漢凡得羅漢皆有三眼一肉眼二天眼三慧眼三眼視者恐肉眼亂天眼爭功精麤以雜觀故專用天眼觀大千界精麤悉覩故言天眼第一也第六論云迦旃延所以稱善分別義第一者將欲撰集法藏心中惟曰爲人間憒閙精思不專故隱地中七日撰集大法已訖呈佛稱曰善哉聖所印可以爲一藏此義微妙降伏外道故稱第一又

佛稱仁者辯才析理解義第一也第七論云所以稱婆拘羅壽命極長者以曩昔曾供養六萬佛於諸佛所常行慈心飛蛸蠕動有形命類恒加慈愍無有毫氂殺害之想佛告阿難如我今日正壽八十者如來隨世欲適衆生不現其異故壽八十婆拘羅者受前宿世慈心之福故年壽加倍一百六十復昔毗婆尸如來出世時有長者居明貞修禀性良謙請佛及僧九十日四事供養有一比丘來求索藥長者問曰何所患苦荅曰頭痛長者荅曰此必膈上有水仰攻其頭是以頭痛即施一呵梨勒果因服病除緣是福報九十一劫未曾病患阿難問婆拘羅何以不爲人說法爲無四辯智慧而不說耶荅曰我於四辯捷疾之智非爲不足直自樂靜不善憒閙故不說法故長命省事第一也第八論云所以稱優波離持律第一者是五百釋子剃髮師不輕不重泯然除盡佛命善來即成沙門佛即授戒得阿羅漢次授五百釋子戒優波離爲上座諸釋子言此我家僕何緣禮之佛言不爾法無貴賤先達爲兄俛仰不已制意爲禮即時天地大動諸天於上讃曰善哉善哉今日諸釋降伏貢高此意難勝故地爲動當五百釋子爲道時亦有九萬九千人出家爲道優波離自從佛受戒已來未曾犯如毫氂故稱持律第一又祇園精舍比有一比丘得病經六年不差波離往問何所患苦欲何所須曰我有所須以違佛教故不可說曰但說無苦曰我唯思酒五升病便除愈優波離曰且住我爲汝問佛還即問佛有比丘病須酒爲

藥不審可得飲不世尊曰我所制法除病苦者優波離即還索酒與病比丘病即除愈重與說法得羅漢道佛讃波離汝問此事使病比丘得蒙除差又使得道若不得度後墮三塗無有出期乃爲將來比丘能設禁法使知輕重得濟危厄汝眞持律以律付汝勿令漏失不可示以沙彌白衣復稱第一也第九論云所以稱難陀比丘端正第一者餘諸比丘各各有相舍利弗有七相目連有五相阿難有二十相獨難陀有三十相難陀金色阿難銀色衣服光耀金縷履屣執瑠璃鉢入城乞食其有見者無不欣悅自捨如來餘諸弟子無能及者故稱端正第一柰女請佛於外見難陀愛樂情深接足爲禮以手摩之雖覩美姿寂無情想形形相感則失不淨柰女不達疑有欲心佛知其意告柰女曰勿生疑心難陀却後七日當得羅漢以是言之知心不變故稱第一第十論云所以稱婆陀比丘解人疑滯第一者三世諸佛皆共八萬四千以爲行法衆生得道不必遍行衆行隨其所悟處以爲宗趣何者衆生結使不同病有多少垢有厚薄是故如來設教若干或有一藥治衆病或有衆藥治一病猶六度相統一行爲主衆行悉從一行不專衆病隨起隨病所起對藥應之若計常起以無常對之若計有心起以空心對之當其無常領行萬行皆無常也猶施造八萬八萬皆爲施所造也亦猶如來八音中一音統八響一響統百教一教統百義一一相領至千萬億一音報萬億其變如是略說統行其喻亦爾此比丘專以略說爲

主故稱第一也第十一論云所以稱天須菩提著好衣第一者五百弟子中有兩須菩提一王者種一長者種其天須菩提出王者種所言天者爲五百世中常生天上化應聲聞下生王家食福自然未曾匱乏佛還本國佛勑出家約身守節麤衣惡食草蓐爲牀大小便爲藥此比丘聞佛切教退欲還家佛受波斯匿王請即詣佛所辭退而還阿難語曰君且住一宿須菩提曰道人屋舍如何可止且至白衣家寄止一宿明當還歸阿難曰但住今當嚴辦即往王所種種坐具旛華香油嚴飾皆備此比丘便於中止宿以適本心意便得定思惟四諦至於後夜即得羅漢阿難白佛天須菩提已得羅漢飛在虛空佛語阿難夫衣有二種可親不可親若著好衣益其道心此可親近若損道心此不可親近也是故阿難或從好衣得道或從五納弊惡得道所悟在心不拘形服也是故言之天須菩提著好衣第一也第十二論云所以稱羅雲持戒不毀第一者或云羅雲喜妄語好瞋佛捨輪王之位而作沙門東西行乞不可羞耶以嫌如來故作妄語若有人問如來所在實在祇舍而云在耆闍園實在耆闍園而言在祇園反覆妄語誑於來人阿難白佛羅雲妄語佛喚羅雲來卿實妄語耶對曰實爾我所以捨聖王位者以不可恃怙皆歸無常正使帝釋梵王皆不可保況復聖王而可恃耶佛語羅雲我前後捨此不可稱計而汝今時方恨我耶佛語羅雲汝取水來羅雲即盛滿鉢水授與如來如來執鉢水謂羅雲曰汝見此水不

對曰已見佛言此水滿鉢無所減者喻持戒完具無所損落復瀉半棄謂羅雲曰汝見此水不對曰見之佛言此水失半喻戒不具足復瀉水盡示羅雲曰見此空鉢不答曰已見佛言犯戒都盡喻如空鉢復以鉢覆地示曰汝見此不答曰已見佛言已犯戒盡當墮地獄喻鉢口向地也羅雲自被約勑以後未曾復犯如毫氂戒故稱持戒第一也忍行亦爲第一故舍利弗將羅雲入舍衛城乞食時有婆羅門見羅雲在後行即與惡意打羅雲頭破血流汙面羅雲即生惡念要當方便報此怨家舍利弗已知心念爲其拭血謂羅雲曰當憶汝父昔爲王時人來索眼即挑眼與截手截足亦不悔恨若爲象時以牙與人亦不猒倦汝今云何起此惡念羅雲聞說即自剋責我今云何惡心向彼即忍如地不起害心如毛髮許時打羅雲者墮無擇地獄中以是因緣持戒忍行最爲第一也第十三論云所以稱般陀比丘暗鈍然能變形第一者良由佛教使誦掃箒得箒忘掃得掃忘箒六年之中專心誦此意遂解悟而自惟曰箒者篲掃者除篲者即喻八正道糞者喻三毒垢也以八正道篲掃三毒垢所謂掃箒義者止謂此耶深思此理心即開解得阿羅漢道復有婆羅門名曰梵天亦名世典博覽群籍圖書祕讖天文地理無不關練故名世典自以德高命共論議謂般陀曰能與我共論耶般陀曰我尚能與汝祖父梵天共論何況汝盲無目人乎梵志尋言即語曰盲與無目有何等異般陀默然不對無以相訓即以神足相答騰

空去地四丈九尺結跏趺坐梵志仰瞻敬情內發時舍利弗知其辭匱現變相答若不往屈梵志不度即以神足作般陀形便使般陀本形不現化形問曰汝爲是天是人乎答曰是人又問人爲是男子不曰是男子又問男子與人有何等異答曰不異又問人者統名男子據形何得不異向言盲者謂不見今世後世善惡之報無目者謂無智慧之眼以斷結使也梵志心解即得法眼淨以是因緣般陀變形爲第一也（此之羅漢且偏據一長而云第一若論實德神解並皆第一也）

如增一阿含經云時世尊於十五日說戒時諸比丘僧及五百比丘衆從祇洹沒詣阿耨達池時龍王至世尊所頭面禮足在一面坐觀衆空無舍利弗今無此坐佛告目連言汝速至舍利弗所以我聲告目連承教往舍衛城語舍利弗言佛呼汝來阿耨達龍王欲得相見舍利弗自解祇支帶著目連前謂目連曰汝有神足舉此衣帶結目連執帶不能移動盡力欲舉地皆大動舍利弗便舉目連著東弗于逮又以帶纏須彌山目連便舉動須彌山舍利弗復以此帶纏如來座目連遂不能動捨帶還龍王所遥見舍利弗已在前至結跏趺坐繫念在前目連白佛言我不失神足耶何以故舍利弗後沒先至佛曰不退舍利弗有大智慧佛告目連衆多比丘無恭敬心於汝言舍利弗神足勝汝汝可於此衆中現其威力對曰承教即於座起往須彌山頂以一足蹈山頂舉一足著梵天上蹴須彌山使地六反震動時諸比丘歎未曾有目連說

偈時六十比丘因此漏盡意解又文殊師利般涅槃經云佛告跋陀羅菩薩此文殊師利有大慈悲生於此國多羅聚落梵德婆羅門家其生之時家內屋宅化如蓮華從母右脇出身紫金色墮地能語如天童子有七寶蓋隨覆其上九十五種諸論議師無能酬對唯於佛所出家學道住首楞嚴三昧佛涅槃後四百五十歲當至雪山爲五百仙人宣揚十二部經教化令住不退已至本生地於空野澤尼拘樓陀樹下結跏趺坐入首楞嚴三昧身諸毛孔出金色光遍照十方世界度有緣者身如紫金山正長丈六圓光嚴顯面各一尋於圓光內有五百化佛一一化佛有五化菩薩以爲侍者佛告跋陀波羅是文殊師利有無量神通變現不可具說若有衆生但聞

文殊師利名除却十二億劫生死之罪若禮拜供養者生生之處恒生佛家若未得見當誦持首楞嚴稱文殊師利名一日至七日文殊必來至其人所若有宿業障者夢中得見夢中見者於現在身若求聲聞以見文殊師利故得須陀洹乃至阿那含若出家人見者以得見故一日一夜成阿羅漢若有深信方等經典是法王子於禪定中爲說深法亂心多者於其夢中爲說實義令其堅固於無上道得不退轉我滅度後一切衆生其有得聞文殊師利名者見形像者百千劫中不墮惡道若有受持讀誦文殊師利名者設有重障不墮阿鼻極惡猛火常生他方清淨國土值佛聞法得無生忍又賢愚經云佛在王舍城鷲頭山中時波羅㮈王名波羅摩達王有輔

相生一男兒相好備滿身色紫金姿容挺特輔相見子倍增怡悅其母素性不能良善懷妊已來悲矜苦厄悲潤黎庶等心護養父召相師令占相之相師見喜因爲立字號曰彌勒其兒殊稱合土宣聞國王聞懼恐大奪位聞其未長當預除滅即勅輔相聞汝有子容相有異汝可將來吾欲得見時宮内人及父知王欲圖甚懷湯火（餘經權計即報王言近遣向南天國外舅家養來奉侍王）其兒有舅名波婆梨在波婆富羅國爲彼國師聰明高博智達殊才五百弟子恒逐諮禀於時輔相憐愛其子懼被其害密計遣人乘象送之舅見彌勒覩其色好加意愛養敬視在懷其年漸大教使學問一日諮受勝餘終年學未經歲普通經書時波婆梨見其外甥學既不久通達諸書欲爲作會顯揚其美遣一弟子至波羅柰語於輔相說兒所學索於珍寶欲爲設會其弟子往至于中道聞人說佛無量德行思慕欲見即往趣佛未到中間爲虎所噉乘其善心生第一四天波婆梨自竭所有爲設大會一切都集設會已訖大施達嚫人得五百金錢財物罄盡有一婆羅門名勞度差最於後至獨不得食唯與五百金錢勞度差言聞汝設施云何空爾若必拒逆不見給者汝更七日頭破七段時波婆梨恐有惡祝及餘蠱道事不可輕深以爲懼前使弟子終生天者遥見其師愁顇無賴即從天下來到其前問其師言何故愁憂師具廣說天白師言勞度差者未識頂法愚癡迷網惡邪之人竟何所能而乃憂此今惟有佛最解頂法無極法王特可歸依時波婆梨聞

天說佛即重問之佛是何人天即說佛功德智慧不可稱計今在王舍城鷲頭山中時波婆梨聞歎佛德自思必是我書所說佛星下現天地大動當生聖人今悉有此即勑彌勒等十六人往看相好心念難之我師波婆梨爲有幾相我師年幾我師是何種姓我師有幾弟子若答知數斯必是佛汝等必爲弟子遣一人語我消息時彌勒等進趣王舍近到鷲山見佛光明種種神異衆相赫然益以歡喜即奉師勑遥以心難佛遥答之一一無差深生敬仰頭面禮訖佛爲說法其十五人得法眼淨求索出家佛言善來鬚髮自墮法衣在身重爲說法成阿羅漢十六人中時有一人字賓祈奇是波婆姊子即遣往白消息還到本國具以聞見廣爲說之波婆聞喜即從坐起長跪合掌向王舍城誠心請佛唯願屈神來見接濟如來遥知屈申臂頃來到其前禮已舉頭見佛驚喜佛爲說法逮阿那含於時世尊尋還鷲山（唯彌勒一人不取小果誓發大願志趣菩提也）佛告諸比丘於未來世此閻浮提土地方正平坦廣博無有山川地生輭草猶如天衣爾時人民壽八萬四千歲身長八丈端正殊妙人性仁和具修十善彼時當有轉輪聖王名曰勝伽（晉書具也）彼時有婆羅門家生一男兒字曰彌勒身色紫金三十二相衆好畢滿光明殊赫出家學道成最正覺廣爲衆生轉妙法輪其第一大會度九十三億衆生之類第二大會度九十一億第三大會度九十億如是三會說法得蒙度者悉我遺法種福衆生皆得在彼三會之中阿難白佛不審從何造起名

爲彌勒佛言過去久遠習慈三昧定意柔輭更無害心故字彌勒（梵云彌勒此曰慈氏故彌勒者亦是姓也餘經云過去有佛已字彌勒值佛立願同名彌勒字阿逸多者此云無能勝智過於人故云無能勝也）

頌曰

賢人軌玄度　弱喪升虛遷　師通資自發
神光照有緣　應變各殊別　聖錄同靈篇
乘乾因九五　逸響亮三千　法鼓振玄教
龍飛應人天　恬智冥微妙　縹眇詠重玄
磐紆七七紀　嘉運莅中旛　挺此四八姿
映蔚華林園

感應緣（略引二驗）

晉沙門竺鳩摩羅什　宋沙門釋法顯

晉長安有鳩摩羅什此云童壽天竺人也家世國相什祖父達多倜儻不群名重於國父鳩摩羅炎聰明有懿節將嗣相位乃辭避出家東度葱嶺龜茲王聞其棄榮甚敬慕之自出郊迎請爲國師王有妹年始二十才悟明敏過目必能一聞則誦且體有赤黶法生智子諸國娉之並皆不許及見炎心欲當之乃逼以妻焉既而懷什什在胎中其母慧解倍常聞雀梨大寺名德既多又有得道之僧即與王族貴女德行諸尼彌日設供請齋聽法什母忽自通天竺語難問之辭必窮淵致衆咸歎異有羅漢達摩瞿沙曰此必懷智子爲說舍利弗在胎之證及什生之後還忘前言頃之什母樂欲出家夫未之許遂更產一男名弗沙提婆後因出城遊觀見塚間枯骨異處縱橫於是深惟苦本定求離俗誓不落髮不咽飲食至六日夜氣力綿乏疑不達旦夫

乃懼而許焉以未剃髮故猶不肯進即勑人除髮乃下飲食次旦受戒仍業禪法專精匪懈學得初果什年七歲亦俱出家從師受經日誦千偈偈有三十二字凡三萬二千言誦毗曇既過師授其義即自通達無幽不暢時龜茲國人以其母王女利養甚多乃携什避之什年九歲隨母度辛頭河至罽賓國遇名德法師盤頭達多即罽賓王之從弟也淵粹有大量材明博識獨步當時三藏九部莫不該練從旦至中手寫千偈從中至暮亦誦千偈名播諸國遠近師之什至即崇以師禮從受雜藏中長二含凡四百萬言達多每稱什神俊遂聲徹於王王即請入集外道論師共相攻難言氣始交外道輕其年幼言頗不遜什乘隙而挫之外道折伏愧惋無言王益敬異日給鵝腊一隻秔麪各二斗酥六升此外國之上供也所住寺僧乃差大僧五人沙彌十人營視掃灑有若弟子其見尊崇如此至年十二其母携還龜茲諸國皆聘以好爵什並不顧時什母將什至月氏北山有一羅漢見而異之謂其母曰常當守護此沙彌若至三十五不破戒者當大興佛法度無數人與優波掬多無異若戒不全無能爲也止可才明俊乂法師而已什進到沙勒國頂戴佛鉢心自念言鉢形甚大何其輕耶即重不可勝失聲下之母問其故答云兒心有分別鉢有輕重耳遂停沙勒一年其冬誦阿毗曇於十門修智諸品無所諮受而備達其妙又於六足諸門無所滯礙沙勒國有三藏沙門名喜見謂其王曰此沙彌不可輕王宜請令初開

法門凡有二益一國內沙門恥其不逮必見勉勵二龜茲王必謂出我國而彼尊之是我尊也必來交好王許焉即設大會請什升座說轉法輪經龜茲王果遣使酬其親好什以說法之暇乃尋訪外道經書善學韋陀舍多論多明文辭製作問答等事博覽四韋陀典及五明諸論陰陽星筭莫不畢盡妙達吉凶言若符契爲性率達什初學小乘後專務方等乃歎曰吾昔學小乘如人不識金以鍮石爲妙因廣求義要受誦中百二論及十二門論等頃之隨母進到温宿國即龜茲之北界時温宿有一道士神辯英秀振名諸國手擊王鼓而自誓言論勝我者斬首謝之什既至以二義相檢即迷悶自失稽首歸依於是聲滿葱左譽宣河外龜茲王躬往温宿迎什還

國廣說諸經四遠學宗莫有能抗時王女爲尼字阿竭耶末帝博覽群經特深禪要云已證二果聞法喜踊乃更設大集請問方等經奧什爲析辯諸法皆空無我分別陰界假名非實時會聽者莫不悲感追悼恨悟之晚矣至年二十受戒於王宮從卑摩羅叉學十誦律有頃什母辭往天竺謂龜茲王白純曰汝國尋衰吾其去矣行至天竺進登三果什母臨去謂什曰方等深教應大闡眞丹傳之東土唯爾之力但於自身無利其可如何什曰大士之道利彼亡軀若必使大化流傳能洗悟矇俗雖復身當鑪鑊苦而無恨於是留住龜茲止乎新寺後於寺側故宮中初得放光經始就披讀魔來蔽文唯見空牒什知魔所爲誓心逾固魔去字顯仍習誦之復聞空

中聲曰汝是智人何用讀此什曰汝是小魔宜時速去我心如地不可轉也停住二年廣誦大乘經論洞其祕奧龜茲王爲造金師子座以大秦錦褥鋪之令什升而說法什曰家師猶未悟大乘欲躬往仰禮不得停此俄而大師盤頭達多不遠而至王曰大師何能遠顧達多曰一聞弟子所悟非常二聞大王弘贊佛道故冒涉艱危遠萃神國什得師至欣遂本懷爲說德女問經多明因緣空假昔與師俱所不信故先說也師謂什曰汝於大乘見何異相而欲尚之什曰大乘深淨明有法皆空小乘偏局多滯名相師曰汝說一切皆空甚可畏也安捨有而愛空乎如昔狂人令織師織錦極令細好織師加意細若微塵狂人猶恨其麤織師大怒乃指空示曰此是細縷狂人曰何以不見師曰此縷極細我工之良匠猶且不見況他人耶狂人大喜以付織師師亦効焉皆蒙上賞而實無物汝之空法亦由此也什乃連類而陳之往復苦至經一月餘日方乃信服師歎曰師不能達反啓其志驗於今矣於是禮什爲師言和尚是我大乘師我是和尚小乘師矣西域諸國咸伏什神儁每至講說諸王皆長跪座側令什踐而登焉其見重如此什既道流西域名被東川時符堅僞號關中有外國前部王及龜茲王弟並來朝堅堅引見二王說堅云西域多產珍奇請兵往定以求內附至堅建元十三年歲次丁丑正月太史奏云有星見外國分野當有大德智人入輔中國堅曰朕聞西域有鳩摩羅什襄陽有沙門道安將非此耶即遣

使求之至十七年二月鄯鄯王前部王等又說堅請兵西伐十八年九月堅遣驍騎將軍呂光陵江將軍姜飛將前部王及車師王等率兵七萬西伐龜茲及烏耆諸國臨發堅餞光於建章宮謂光曰夫帝王應天而治以子愛蒼生爲本豈貪其地而伐之正以懷道之人故也朕聞西國有鳩摩羅什深解法相善閑陰陽爲後學之宗朕甚思之賢哲者國之大寶若克龜茲即驛送什光軍未至什謂龜茲王白純曰國運衰矣當有勍敵日下人從東方來宜恭承之勿抗其鋒純不從而戰光遂破龜茲殺純立純第震爲主光既獲什未測其智量見其年齒尚少乃凡人戲之光還中路置軍於山下將士已休什曰不可在此必見狼狽宜徙軍隴上光不納諫至夜果大雨洪潦暴起水深數丈死者數千光始密而異之什謂光曰此凶亡之地不宜淹留推運撥數應速言歸中路必有福地可居光從之至涼州聞符堅已爲姚萇所害光三軍縞素大臨城南於是竊號關外稱年太安太安二年正月姑臧大風什曰不祥之風當有姧叛然不勞自定也後方驗什之言也什停涼積年呂光父子既不弘道故蘊其深解無所宣化符堅已亡竟不相見及姚萇借有關中亦挹其高名虛心要請呂以什智計多解恐爲姚謀不許東入及萇卒子興襲位復遣敦請興弘始三年三月有樹連理生于廟庭逍遥園葱變爲茝以爲美瑞謂智人應入至五月興遣隴西公碩德西伐呂隆隆軍大破至九月隆上表歸降方得迎什入關以其年十月

二十日至于長安興待以國師之禮甚見優寵晤言相對則淹留終日研微造盡則窮年忘倦自大法東被始於漢明涉歷魏晉經論漸多而天竺所出多滯文格義興少崇三寶銳志講集什既至止仍請入西明閣及逍遙園譯出衆經什既率多諳誦無不究盡轉能漢言音譯流便既覽舊經義多紕僻皆由先度失旨故不與梵本相應興使沙門僧䂮僧遷法欽道流道恒道摽僧叡僧肇等八百餘人諮受什旨更令出大品什持梵本興執舊經以相讎校其雜文異舊者義皆圓通衆心愜伏莫不欣賛興以佛道沖邃其行惟善信爲出苦之良津御世之洪則故託意九經遊心十二乃著通三世論以勗示因果王公已下並欽賛厥風大將軍常山公顯左將軍安城侯嵩並篤信緣業屢請什於長安大寺講說新經續出大小乘經論凡有三百九十餘卷名在別傳並暢顯神源揮發幽致于時四方義士萬里必集盛業久大于今式仰諸方道俗英賢之徒如釋慧遠等學貫群經棟梁遺化而時去聖久遠疑義莫決乃封以諮什凡覲國王必有賛德見佛之儀以歌歎爲貴經中偈頌皆其式也但改梵爲秦失其藻蔚雖得大意殊隔文體有似嚼飯與人非徒失味乃令嘔噦也什常作頌贈沙門法和云心山育明德流熏萬由延哀鸞孤桐上清音徹九天凡爲十偈辭喻皆爾什雅好大乘志存敷演常歎曰吾若著筆作大乘阿毗曇非迦旃延子所比也今在秦地深識者寡折翮於此將何所論乃悽然而止唯爲姚興著實相

論二卷并注維摩經出言成章無所改删辭
喻婉約莫非玄奧什爲人神情映徹傲岸出
群應機領會罕有其匹篤性仁厚汎愛爲心
虛己善誘終日無勌姚主嘗謂什曰大師聰
明超悟天下莫二若一旦後世何可使法種
無嗣於是杯度比丘在彭城聞什在長安乃
歎曰吾與此子戲别三百餘年杳然未期遲
有遇於來生耳什未終省覺四大不念口云
願凡所宣譯傳流後世咸共弘通今於衆前
發誠實誓若所傳無謬者當使焚身之後舌
不焦爛以僞秦弘始十一年八月二十日卒
於長安是歲晉義熈五年也即於逍遥園依
外國法以火焚屍薪滅形碎唯舌不灰
宋江陵辛寺有釋法顯姓龔平陽武陽人志
行明敏儀軌整肅常慨經律舛闕志勵尋求
以晉隆安三年與同學慧景道整慧應慧嵬
等發自長安西度流沙上無飛鳥下無走獸
四顧茫茫莫測所之唯視日以准東西人骨
以摽行路耳屢有熱風惡鬼遇之必死顯任
緣委命直過險難有頃至葱嶺葱嶺冬夏積
雪有惡龍吐毒風雨沙礫山路艱危壁立千
仞昔有鑿石通路傍施梯道凡度七百餘所
又躡懸絙過河數十餘處皆漢時張騫甘父
所不至也次度雪山山遇寒風暴起慧景噤
顫不能前語顯曰吾其死矣卿可前去勿得
俱殞言絕而卒顯撫之泣曰本圖不果命也
柰何復自力孤行遂過山險凡所經歷四十
餘國將至天竺去王舍城三十餘里有一寺
逼瞑過之顯欲詣耆闍崛山寺僧諫曰路甚
艱阻且多黑師子亟經噉人何由可至顯曰

遠涉數萬誓到靈鷲身命不期出息非保豈可使積年之誠既至而廢耶雖有險難吾不懼也衆莫能止乃遣兩僧送之顯既至山日將曛夕遂欲停宿兩僧危懼捨之而還顯獨留山中燒香禮拜翹感舊迹如覩聖儀至夜有三黒師子來蹲顯前䑛脣搖尾顯誦經不輟一心念佛師子乃低頭下尾伏顯足前顯以手摩之呪曰若欲相害待我誦竟若見試者可使退矣師子良久乃去明晨還返路窮幽梗止有一徑通行未至里餘忽逢一道人年可九十容服麁䴥素而神氣儁遠顯雖覺其韻高而不悟是神人後又逢一少僧顯問曰向耆年是誰耶荅云頭陀迦葉大弟子也顯方大惋恨更追至山所有横石塞于室口遂不得入顯流涕而去進至迦施國國有白耳龍每與衆僧約令國内豐熟皆有信効沙門爲起龍舍并設福食每至夏坐訖龍輒化作一小蛇兩耳悉白衆皆咸識是龍以銅盂盛酪置龍於中從上座至下行之遍乃化去年輙一出顯亦親見後至中天竺於摩竭提邑波連弗阿育王塔南天王寺得摩訶僧祇律又得薩婆多律抄雜阿毗曇心綖經方等泥洹經等顯留三年學胡語胡書方躬自書寫於是持經像寄附商客到師子國顯同旅十餘或留或亡顧影唯已常懷悲慨忽於玉像前見商人以晋地一白團綃扇供養不覺悽然下淚停二年復得彌沙塞律長雜二含及雜藏並漢土所無既而附商人大舶循海而還舶有二百許人值黒風水入衆皆惶懼即取雜物棄之顯恐棄其經像唯一心念觀世

音及歸命漢土衆僧舶任風而去得無傷壞經十餘日達耶婆提國停五月復隨他商東適廣州舉帆二十餘日夜忽大風合舶震懼衆咸議曰坐載此沙門使我等狼狽不可以一人故令一衆俱亡共欲推之法顯檀越厲聲呵商人曰汝若下此沙門亦應下我不爾便當見殺漢地帝王奉佛敬僧我若至彼告王必當罪汝商人相視失色俛仰而止旣水盡粮竭唯任風隨流忽至岸見藜藿菜依然知是漢地但未可測何方即乘船入浦尋村見獵者二人顯問此是何地耶獵人曰此是青州長廣郡牢山南岸獵人還以告太守李嶷嶷素信敬志聞沙門遠至躬自迎慰顯持經像隨還頃之欲南歸青州刺史請留過冬顯曰貧道投身於不返之地志在弘通何期未果不得久停遂南造京師就外國禪師佛馱跋陀於道揚寺翻譯經律論等百餘萬言流布教化咸使見聞有一家失其姓名居近朱雀門世奉正化自寫一部讀誦供養無別經室與雜書共屋後風火忽起延及其家資物皆盡唯泥洹經儼然具存煨燼不侵卷色無改京師共傳咸歎神妙其餘經律後至荆州卒於辛寺春秋八十有六衆咸慟惜其遊履諸國別有大傳（二驗出梁高僧傳）

法苑珠林卷第二十五

音釋

呞抽知切噍也　氂呂支切十毫曰氂　屣踈士切履屬　篲徐醉切帚
也　蹴子六切踐也　嚫初僅切施也　蠱公戶切師巫以左道或人也
也　眇亡沼切　倜儻倜他歷切儻他朗切倜儻卓異貌　隙綺戟切疊也孔
也　惋烏貫切惋歎也　腊思亦切乾肉也　窅烏皎切深遠也　鄯時戰切

狼狽狼盧當切狽邦妹切揆渠委切度也縞古老切白也茝齒改
切香草也紕匹夷切䟽也翮下革切鳥之勁羽也翹渠堯切企也

# 法苑珠林卷第二十六

唐西明寺沙門釋道世撰

## 宿命篇第十八（此有四部）

述意部　引證部　宿習部
五通部

### 述意部第一

夫業行參差宿緣之途非一壽命脩短明昧之理無恒良由業因善惡致使報有冥爽或有憶識多劫或有緣念累代或有但記一生或有唯知現在所以凡聖殊隔宿命延促雖復拓神感聖習氣尚存除惑見理戲心猶在自非位登十地行滿三祇奚能永斷習因感茲勝報也

### 引證部第二

第一天趣中依婆沙論云亦有生處得智知他心等然微細故不別說之如上天報中已具說之亦同下傍生鬼趣中述故婆沙論云所以者何非田器故有勝覩相聞語智等所覆損故有他心通及願智等所映蔽故評曰應作是說於四趣中生處得智各知五趣於理無違第二問人趣亦有本性念生智類應能知他心等何故不說答應說而不說者當知此義有餘復次少故不說謂人趣中得此智者極少有故而不說之如婆沙論說此皆從不惱害業能生此智若有衆生能護身口不惱他者在母胎時其必寬容不為冷熱二觸母腹不淨惡血所困至出胎時又復不為産門逼迫令心錯亂以是因緣覺了惺悟念知前事今不知者良由違前法故忘失錯亂故不能知也問曰各知幾趣耶答曰還如婆

沙論說天知五趣人知四趣(除天)鬼知三趣畜生知二趣地獄唯知地獄之事由勝故上得知下下由劣故不知上問曰若由劣故不知上者何故經說善住龍王伊鉢羅龍王等能知帝釋勝人心之所念耶答曰如婆沙論說此等皆是比知非是正知如彼帝釋欲與脩羅戰時善住龍王背上諸骨自然出聲彼即念言我今背骨出大音聲定知諸天必欲與彼脩羅共鬬定當須我作是念已即便向彼帝釋邊去又如帝釋欲遊戲時伊鉢羅龍王背上自然有其香手現彼則念言我今背上香手現定知帝釋欲戲園林必當須我作是念已即自化身作三十二頭通其舊首合有三十三頭於彼一一頭上各出六牙一一牙上各出七大寶池一一池中各出七莖蓮華

一一蓮華各出七葉一一葉上出七寶臺一一臺中起七寶帳一一帳內有七天女一一天女有七侍者一一侍者有七妓女一一妓女皆作天樂作是化已屈申臂頃往詣帝釋殿前而住帝釋見已即與眷屬升其常頭之上自餘三十二天輔臣各將眷屬升餘三十二頭之上升已即便舉身凌空迅疾往詣遊戲之處以此驗知亦是比知非是正知也以此引事證知上得知下下不知上也然此理未盡如下狼知女心殺兒而去此即下亦知上何言下不知上耶且處從多而說上得知下下不得知上若細尋求上下通知不可具引又新婆沙論云如王舍城內有一屠兒名曰伽吒是未生怨王少小知友曾白太子汝登王位與我何願太子語言當恣汝請後未

生怨害父自立伽吒於是從王乞願王便告曰隨汝意求伽吒白言願王許我王舍城中獨行屠殺王遂告曰汝今云何求此惡願豈不怖畏當來苦耶屠兒白王諸善惡業皆無有果何所怖畏王遂告曰汝云何知伽吒白王我憶過去六生於此王舍城中當行屠殺最後生在三十三天中多受快樂從彼天歿來生此間少小與王得爲知友故知善惡其果定無王聞生疑便往白佛佛告王曰此事不虛然彼屠兒曾以一食施與獨覺發邪願言使我常於王舍城內獨行屠殺後得生天由勝業因果遂其願彼先勝業與果今盡却後七日定當命終生號叫地獄次第受先屠業苦果是故此智極知七生復有說者此極能憶五百生事謂有苾芻自憶過去五百生中墮餓鬼趣念彼所受飢渴苦時遍身流汗深心怖惱息諸事業精進熾然後經多時得預流果復有苾芻自憶過去五百生中墮地獄趣念彼所受地獄苦時諸毛孔中遍皆血流身及衣服非常臭穢每日詣水澡浴浣衣衆人謂之計水爲淨又薩婆多論問曰願智宿命智有何差別答宿命智知過去願智知三世宿命智知有漏願智二俱兼知宿命智知自身過去願智自他兼知宿命智知一身二身次第得知願智一念超知百劫古時畜生所以能語今時畜生所以不能語謂劫初時先有人天未有三惡盡從人天中來以宿習近故是以能語今時畜生多從三惡道中來是以不語又婆沙論說謂於生處自性能知過去宿命及知他心於其生處不假修因

自性而知此智遍通五趣然有强弱三塗及天此四趣中作用則强若在人趣用則微弱何故如是爲人趣中有瞻相言智及有修禪發智乃至他心法等智爲此等智之所覆隱是故雖有作用微隱不現如新婆沙論云若論有情見險隘處修令寬博使往來者無有艱難由彼業力在母腹中無迫窄苦故得此智或有餘說若諸有情施他種種大妙飲食由彼業力能引此智若諸有情不造惱害他業恒作饒益他事由斯業故在母腹中不爲風熱痰陰病等之所逼切後出胎時無迫窄苦是故能憶諸宿住事故有是說若諸有情住在母胎及出胎時不受衆病迫窄苦者皆應能憶過去生事但由母病及迫窄苦皆悉忘之第三鬼趣中亦有生處得智知他心等云何知然昔有女人爲鬼所魅羸瘦將死呪師問鬼汝今何爲惱此女人鬼便報言此女過去五百生中嘗害我命我亦過去五百生中嘗害彼命怨怨相報于今未息彼若能捨我亦捨之呪師因報彼女人曰汝若惜命當捨怨心女人報言我已捨矣鬼觀女意都不捨怨恐命不全妄言已捨遂斷其命捨之而去第四畜生趣中云何知有宿命智答如婆沙論中昔有一女置兒在地緣行他處時有一狼將其兒去其母見已趂而語言汝狼何以將我兒去狼即報言汝是我怨曾於五百生中嘗食我兒我今還欲於五百生殺害汝子此乃怨讎相報理當法爾何以生瞋作是報已復更語言若汝能捨怨害者我則放汝之子兒母報曰我捨怨心時狼即便起坐思

惟觀彼女人之心仍知不捨還復語言汝雖口言心猶不捨作是語已即便斷其兒命而去此乃自識宿命亦知於彼女人之心此爲良驗自餘鬼及天趣並識宿命及知他心前後諸篇經論具說不煩重述然此二智非是種智論他心宿命二種智唯據靜慮禪定發得此乃報得行在散心故知非也第五地獄趣中云何得有自性宿命智生答如涅槃經中五百婆羅門爲彼仙育國王殺已至於地獄發三善念憶本所作即其驗也又如論說地獄衆生亦能念知獄卒等心亦是其驗也

宿習部第三

如佛說師子月佛本生經云佛在王舍城迦蘭陀竹園與大比丘衆千二百五十比丘百菩薩俱爾時衆中有一菩薩比丘名婆須蜜多遊行竹園間緣樹上下聲如獼猴或旋三鈴作那羅戲時諸長者及行路人競集看之衆人集時身到空中跳上樹端作獼猴聲者闍崛山八萬四千金色獼猴集菩薩所菩薩復作種種變現令其歡喜時諸大衆各作是言沙門釋子猶如兒戲幻惑衆人所行惡事無人信用乃與鳥獸而作非法如是惡聲遍王舍城有一梵志上啓大王頻婆娑羅王聞此語嫌諸釋子即勑長者迦蘭陀曰此諸釋子多聚獼猴在卿園中爲作何等如來知不長者啓王婆須蜜多作變化事令諸獼猴一時歡喜諸天雨華持用供養爲作何等臣所不知爾時大王前後導從往詣佛所遥見世尊身放光明如紫金山普令大衆同於金色尊者蜜多及八萬四千獼猴亦作金色時諸

獼猴見大王來作種種變中有採華奉上大王者大王見已與諸大衆俱至佛所爲佛作禮右遶三帀却坐一面白佛言此諸獼猴宿有何福身作金色復有何罪生畜生中尊者賓多復宿殖何福生長者家出家學道復有何罪雖生人中諸根具足不持戒行與諸獼猴共爲伴侶歌語之聲悉如獼猴使外道笑惟願世尊爲我分別令我開解佛告大王諦聽善思念之吾當爲汝分別解說乃往過去無量億劫之前有佛出世名曰然燈彼佛滅後有諸比丘於山澤中修行佛法堅持禁戒如人護眼因是即得阿羅漢時空澤中有一獼猴至羅漢所見於羅漢坐禪入定即取羅漢坐具披作袈裟如沙門法偏袒右肩手擎香鑪遶比丘行時彼比丘從定覺已見此獼猴有好善心即爲彈指告獼猴言法子汝今應發無上道心獼猴聞說歡喜踊躍五體投地敬禮比丘起復採華散比丘上爾時比丘即爲獼猴說三歸依爾時獼猴即起合掌白言大德我今欲歸依佛法僧比丘爲受三歸已次當懺悔具說罪業我得羅漢能除衆生無量重罪如是慇懃三爲懺已告獼猴言法子汝今清淨是名菩薩汝今盡形壽受五戒已求阿耨菩提爾時獼猴依教受已發願已竟踊躍歡喜走上高山懸樹墜死由受五戒破畜生業即生兜率天上值一生補處菩薩爲說無上道心即持天華下空澤中供養羅漢羅漢見已即便微笑告言天王善惡之報如影隨形終不相捨而說偈言

業能莊嚴身　處處隨取趣　不失法如券

業如負財人　汝今生天上　由於五戒業
前身落獼猴　從於犯戒生　持戒生天梯
破戒爲鑊湯　我見持戒人　光明莊嚴身
七寶妙臺閣　諸天爲給使　衆寶爲牀帳
摩尼華瓔珞　值遇未來佛　娛樂說勝法
我見破戒人　墮在泥犂中　鐵犂耕其舌
卧在鐵牀上　融銅四面流　燒煮壞其身
或處於刀山　劒林及沸屎　灰河寒冰獄
鐵丸飲融銅　如是等苦事　常爲身瓔珞
若欲脫衆難　不墮三惡道　遊處天上路
超越得涅槃　當勤持淨戒　布施修淨命

時阿羅漢說此偈已默然無聲獼猴天子白言大德我前身時作何罪業生獼猴中復有何福值過大德得免畜生生於天上羅漢答言乃往過去此閻浮提有佛出世名曰寶慧如來至涅槃後於像法中有一比丘名蓮華藏多與國王長者居士而爲親友邪命諂曲不持戒行身壞命終落阿鼻獄如蓮華敷滿十八隔具受諸苦壽命一劫劫盡更生如是經歷諸大地獄滿八萬四千劫從地獄出墮餓鬼中吞飲融銅經八萬四千歲從餓鬼出復墮牛猪狗猴中各五百身緣前供養持戒結誓要重今復遇我得生天上持戒比丘即我身是放逸比丘即汝身是獼猴天子聞此語已心驚毛竪懺悔前罪即還天上佛告大王彼獼猴者雖是畜生一見羅漢受持三歸及以五戒緣前功德超越千劫極重惡業得生天上值遇一生補處菩薩從是已後值佛無數淨修梵行具六波羅蜜住不退地於最後身次彌勒後當成阿耨菩提佛號師子月

如來佛告大王欲知彼國師子月佛者今此會中婆須蜜多比丘是也王聞此語即起合掌遍體流汗悲泣雨淚悔過自責向婆須蜜多頭面著地接足爲禮懺悔前罪佛告大王欲知此等八萬四千金色獼猴者乃是過去拘樓秦佛時波羅柰國拘睒彌國二國之中共有八萬四千比丘尼行諸非法犯諸重禁狂愚無智如癡獼猴見好比丘視之如賊時有羅漢比丘尼名善安隱具爲說法復懷忿恨時羅漢尼見諸惡人不生善心即起慈悲身升虛空作十八變時諸惡人見變化已各脫金環散阿羅漢尼上願我生生身作金色前所作惡今悉懺悔時諸惡人身壞命終墮阿鼻地獄次第經歷至九十二劫恒處地獄從地獄出五百身中恒爲餓鬼從餓鬼出一千身中常爲獼猴身作金色大王當知爾時八萬四千犯戒尼罵羅漢尼者今者會中八萬四千諸金色獼猴是也爾時供養諸惡比丘尼者今大王是此諸獼猴因宿習故持華持香供養大王爾時汙彼比丘尼者今瞿迦梨及王五百黃門是佛告大王身口意業不可不慎爾時王聞佛說對佛懺悔慚愧自責豁然意解成阿那含王所將八千人求佛出家並成羅漢餘一萬六千人皆發菩提心八萬諸天亦俱發心八萬四千金色獼猴聞昔因緣慚愧自責遶佛千帀向佛懺悔各發無上菩提心隨壽長短命終之後當生兜率天上值遇彌勒得不退轉更過百萬億那由他阿僧祇恒河沙劫當得成佛八萬四千次第出世同共一劫劫名大光同名並金光明如

來又處處經云佛言有憍梵鉢提巳得阿羅漢道反作牛齝弟子問佛何以故佛言是比丘前世宿命時七百三十世作牛今世得道餘習未盡故作齝食若依智度論問何以作牛答由過去世經他穀田取五六粒粟口嘗吐地以損他粟故作此牛由作牛多身故牛脚齝食也

五通部第四

如菩薩處胎經云爾時有妙勝菩薩白佛言世尊五通菩薩修習何法得神通道佛告妙勝此欲界中善男子善女人不須眼通生便徹見一閻浮内衆生之類麤細好醜城郭樹木或有人眼能觀二三四天下不須眼通生便觀見或有人不須眼通耳通清徹聞一天下男聲女聲一切音聲即能別知一不修耳通一一曉了或有人不習不學自識宿命吾從其處來生此間父母種族名姓盡能別知或有人不修習神通知他人心行善惡趣向生處有縁衆生無縁衆生並悉能知或有人身能飛行周旋往來不修身通身便能飛無所觸礙履空如地履地如空佛告善男子善女人修眼聖通除色斷垢三空定門便能得見一千天下二千天下三千大千天下或有聞一天下千天下二千天下三千大千天下一切諸聲善惡六道悉能曉了或有人除去識垢内外無瑕得意聖通自識宿命一生二生乃至無數阿僧祇劫所從來處父母眷屬國土清淨悉能識知或有人修十神通解知法性强記不忘便能得知他人心念一生二生乃至無數阿僧祇劫所從來處父母眷屬

國土清淨名姓種族皆悉知之或有人思惟法觀以心持身以身持心睡眠覺悟意想如空便能舉身一天下二天下乃至三千大千刹土入地如空山河石壁無所罣礙或有人臨當成佛以智慧力除衆生垢坐樹王下不起于座故得成佛六通清徹爾時世尊而說偈言

凡夫所得通　猶如諸飛鳥　有近亦有遠
不離生死道　佛通無礙法　真實無垢穢
念則到十方　往返不疲倦　以慈念衆生
得通無罣礙　仙人五通慧　轉退不成就
我通堅固法　要入涅槃門

爾時座中有菩薩名曰普光前白佛言未審六通識法是一是若干若識是一法如來金色神足道場遊諸佛刹爲識致身爲身致識若身致識則無六通若識致身此名一法無身無識惟願世尊報我此義佛告普光菩薩汝所問義爲第一義問爲世俗義問若世俗義問識法若干無有定相若第一義問則無身無識何以故分別識法自性空寂無來無去亦無染著汝問金色此有爲法五陰成就非自然法非第一義我今爲汝說識想法菩薩六通身識共俱非識先身後非身先識後何以故法相自然識不離身身不離識猶如二牛共其一軛若黒牛前白牛後則種不成就若白牛前黒牛後種亦不成非黒牛前白牛後非白牛前黒牛後則種成就神足道果亦復如是身識共俱無有前後中間如來色身有前有後有中間此世俗法非第一義於空寂法無有若干頌曰

善惡宿熏習　感報各殊方　曾爲鬼害怨
或作狼饑殃　屠兒憶殺業　須蜜戲獼鄉
宿祐除患者　在處遊天堂　觸類與清遘
目擊洞兼忘　凡聖欽嘉會　賢愚慶流芳
四生行善業　六趣感神光　苦樂雖殊別
同知命短長

感應緣 略引九驗

晉羊太傅　瑯琊王練　河內向靖
宋釋曇諦　魏釋乘師　隋崔彥武
唐釋道綽　唐劉善經　魏釋玄高

晉羊太傅祜字叔子泰山人也西晉名臣聲冠區夏年五歲時嘗令乳母取先所弄指環乳母曰汝本無此於何取耶祜曰昔於東垣邊弄之落桑樹中乳母曰汝可自覓祜曰此非先宅兒不知處後因出門遊望逕而東行乳母隨之至李氏家乃入至東垣樹下探得小環李氏驚悵曰吾子昔有此環常愛弄之七歲暴亡亡後不知環處此亡兒之物也云何持去祜持環走李氏遂問之乳母既說祜言李氏悲喜遂欲求祜還爲其兒里中解喻然後得止祜年長常患頭風醫欲攻治祜曰吾生三日時頭首北户覺風吹頂意其患之但不能語耳病源既久不可治也祜後爲荊州都督鎮襄陽經給武當寺殊餘精舍或問其故祜默然後因懺悔叙說因果乃曰前身承有諸罪賴造此寺故獲申濟所以使供養之情偏慇懃重也

晉王練字玄明瑯琊人也宋侍中父珉字季琰晉中書令相識有一梵沙門每瞻珉風采甚敬悅之輒語同學云若我後生得爲此人

作子於近頋亦足矣珉聞而戲之曰法師才行正可爲弟子子耳頂之沙門病亡亡後歲餘而練生馬始能言便解外國語及絶國之奇珍銀器珠貝生所不見未聞其名即而名之識其產出又自然親愛諸梵過於漢人咸謂沙門審其先身故珉字之曰阿練遂爲大名云云

晉向靖字奉仁河内人也在吳興郡喪數歲女女始病時弄小刀子母奪取不與傷母手喪後一年母又產一女女年四歲謂母曰前時刀子何在母曰無也女曰昔爭刀子故傷母手云何無耶母甚驚怪具以告靖靖曰先刀子猶在不母曰痛念前女故不錄之靖曰可更覔數箇刀子合置一處令女自擇女見大喜即取先者曰此是兒許父母大小乃知前女審其先身右三驗出冥祥記

宋崑崙山有釋曇諦姓康其先康居人漢靈時移附中國獻帝末亂移止吳興諦父彤甞爲冀州别駕母黃氏晝寢夢見一僧呼黃氏爲母寄一麈尾并鐵鏤書鎮二枚眠寤見兩物具存因而懷孕生諦諦年五歲母以麈尾等示之諦曰秦王所餉母曰汝置何處答云不憶至年十歲出家學不從師悟自天發後隨父之樊鄧遇見關中僧䂮道人忽喚䂮名䂮曰童子何以呼宿老名諦曰向者忽言阿尚是諦沙彌爲衆僧採菜被野猪所傷不覺失聲耳䂮經爲弘覺法師弟子爲僧採菜被野猪所傷䂮初不憶此乃詣諦父諦父具說本末并示書鎮麈尾等䂮乃悟而泣曰即先師弘覺法師也師經爲姚萇講法華貧道爲

都講姚萇餉師二物今遂在此追討弘覺捨命正是寄物之日復憶採菜之事彌深悲仰諦後遊覽經籍遇目斯記晚入吳虎丘寺講禮記周易春秋各七徧法華大品維摩各十五徧又善文翰集有六卷亦行於世性愛林泉後還吳興入故章崑崙山閑居澗飲二十餘載以宋元嘉末卒於山舍春秋六十餘右一驗出梁高僧傳

元魏之時有北代乘禪師常受持法華精勤不懈命終中陰託河東薛氏為第五子生而能言自陳宿業不願處俗其父任北肆州刺史其第五郎隨任便往中山至七帝寺尋得前世本時弟子語曰汝頗憶從我度水往狼山不乘禪師者即我身是吾房中靈机可速除却弟子聞驗抱師悲慟哀傷人衆道俗奇怪將為大徵父母戀惜恐其出家便與納室爾後便忘宿命之事而常與猒離恒樂靜居右一驗出唐高僧傳

隋開皇中魏州刺史博陵崔彥武因行部至一邑愕然驚喜謂從者曰吾昔甞在此邑中為人婦今知家處因乘馬入脩巷屈曲至一家命叩門主人公年老走出拜謁彥武入家先升其堂視東壁上去地六七尺有高隆客謂主人曰吾昔所讀法華經并金釵五隻藏此壁中高處是也其經第七卷尾後紙火燒失文字吾今每誦此經至第七卷尾恒忘失不能記得因令左右鑿壁果得經函開第七卷尾及金釵並如其言主人涕泣曰亡妻存日常誦此經釵亦是其處彥武曰庭前槐樹吾欲產時自解頭髮置此樹穴中試令人探樹中果得髮於是主人悲喜彥武

留衣物厚給主人而去崔尚書敦禮說云然往年見盧文勵說亦大同但言齊州刺史不得姓名未如崔具故依崔錄右一驗出冥報記

唐并州玄中寺釋道綽姓衛并州汶水人也清約雅素慧悟天開承昔鸞師專崇習業以貞觀二年四月八日綽知命將盡通告事相聞而赴者滿于山寺咸見鸞師在七寶船上告綽云汝淨土當成但餘報未盡幷見化佛住空天華下散士女等衆以裙襟承得薄滑可愛又以蓮華乾地而插者經七日乃萎及餘善相不可殫記至年七十忽然齔齒新生如本全無歷異報力增强自非行感倫通詎能會斯嘉應也右一驗出唐高僧傳

唐汾州隰城人劉善經少小孤母所撫育其母平生恒習讀內典精勤苦行以貞觀二十一年亡善經哀毀過禮哭聲不輟至明年善經怳忽之間見其母曰我爲生時修福得受男身今生於此縣南石趙村宋家汝欲相見可即至彼也言終不見善經如言而往不移時而至彼於是日宋家生男善經因奉衣物具言由委此男見在善經恒以母禮事之隰州沙門善撫與善經知舊見善經及鄉人所說爲余令言之

相州滏陽縣智力寺僧玄高俗姓趙氏其兄子先身於同村馬家爲兒馬家兒至貞觀末死臨死之際顧謂母曰兒於趙宗家有宿因緣死後當與宗爲孫宗即與其同村也其母弗信乃以墨點兒左肋作一大黑子趙家妻又夢此兒來云當與孃爲息因而有娠夢中所見宛然馬家之子產訖驗其黑子還在舊

處及兒年三歲無人導引乃自向馬家云此是兒舊舍也于今現存已年十四五相州智刀寺僧慧永法眞等說之右二驗出冥報拾遺

法苑珠林卷第二十六

音釋

拓他各切開也　迫窄迫博陌切窄側革切迫窄猶狹也　趂丑刃切逐也　劵去願切券契也　睒失冉切　齝丑之切食已復出噍也　軛於革切輮耑橫木也　遘古候切遇也　祜胡古切　瑯琊瑯魯當切琊以遮切　琰以冉切　靖疾逞切　麈之乳切麋屬尾能生風　鏤盧候切刻也　砉音畧　萇直良切　机居矣切几案也　殫多安切盡也　齓初覲切　輟朱劣切止也　滏扶雨切　娠失人切孕也

法苑珠林卷第二十七

唐　西明寺沙門釋道世撰

至誠篇第十九此有八部

述意部　求寶部　求戒部

求忍部　求進部　求定部

求果部　濟難部

述意部第一

夫至誠所感無神弗應大士運心無機不赴勵已剋意盡未來際所以一一弘誓莫不忍智相應心心廣博皆在阿惟越致自非立行重於松筠起願逾於金石歿命護持深心救濟弘道以報四恩育德以資三有此則功被三祇果周十地也

求寶部第二

大志經云昔有國名歡樂有居士名摩訶檀妻名旃陁生一子姿容端正世間少雙墮地便語發誓願言我當布施濟益貧窮父母因名大意至年十七爲衆生故發意入海取明月寶珠以濟衆生初入海中至白銀城龍王與明月珠有二十里寶前行復至金城龍王與明月珠有四十里寶復前行至水精城龍王與明月珠此珠有六十里寶復前行至瑠璃城龍王與明月珠此珠有八十里寶龍王遂發願言後得道時願我爲弟子淨意供養過於今日令長得智慧大意受珠而去欲還本國經歷海中諸海神王因共議言我海中雖多衆珠名寶無有此珠便勑海神要處奪取神化作人與大意相見問言聞卿得奇異之物寧可借視大意舒手示其四珠海神便搖其手使珠墮水大意自念王與我言此珠

難保我幸得之今爲此子所奪非趣也即語海神言我自勤苦經涉險阻得此珠來汝反奪我今不相還我當抒盡海水海神知之問言卿志竒高海深三百三十六萬由旬其廣無涯柰何竭之如日終不墮地如大風不可攬束日尚可墮風尚可攬大海水不可抒令竭也大意笑答之言我自念前後受身生死壞敗積骨過於須彌山其血流過五河尚欲斷生死之根本但此小海何足可抒我昔供養諸佛誓願言令我志行勇於道決所向無難當移須彌山竭大海水終不退意使一心以器抒海水精誠之意四天王來助大意抒水三分已二於是海中諸神皆大振怖共議言今不還珠者非小故也水盡泥出壞我宫室海神於是便出衆寶以與大意大意不取但欲得我珠終不相置海神知其意盛便出珠還之大意得珠還其本國恣意大施自是以後境界無復飢寒窮乏之者佛告諸比丘昔大意者我身是也阿難白佛以何功德致此四殊衆寶隨之佛言乃昔維衛佛時大意當以四寶爲佛起塔供養三尊持齋七日是時有五百人同時共起寺或懸繒蓋然燈者或燒香散華者或供養比丘僧者或誦經講說者今皆值佛並悉得度故僧祇律云時海神便作是念假使百年抒此海水終不能減毛髮許感其專精即還其寶是時海神爲婆羅門而說偈言

精勤方便力　志意不休息　專精之所感

雖失復還得

求戒部第三

如雜譬喻經云昔有人名薩薄聞於外國更有異寶欲往治生而二國中間有羅剎難不可得過薩薄遊行見市西門有一道人空牀上坐云賣五戒薩薄問言五戒云何答曰無形直口授心持後得生天現世能却羅剎鬼難薩薄欲買問齋幾錢答金錢一千即就受竟語言卿向外國到界畔上羅剎若來卿但語言我是釋迦五戒弟子薩薄少時到二國中間見有羅剎身長一丈三尺頭黃如蒃眼如赤丁舉體鱗甲更互開口如魚鼓鰓仰接飛鷰蹈地没膝口熱血流群衆數千直捉薩薄薩薄語言我是釋迦五戒弟子羅剎聞此永不肯放薩薄聊以兩拳扠之拳入鱗甲拔不得出又以脚蹹頭衝拔復不出五體没鱗甲中唯背得運羅剎以偈語薩薄言

汝身及手足　一切悉被羈　但當去就死
跳踉復何爲

薩薄志意猶固以偈語羅剎曰

我身及手足　一時雖被繫　攝心如金石
終不爲汝棍

羅剎又語薩薄曰

吾是鬼中王　爲人多力膂　從來食汝輩
不可得稱數　但當去就死　何爲自寬語

薩薄更欲罵怒自念此身輪迴三界未曾乞人我今當以乞此羅剎作頓飽食即說偈曰

我此腥臊身　久欲相去離　羅剎得我便
悉持以布施　志求摩訶乘　果成一切智

羅剎聰明解薩薄語便生愧心放薩薄去長跪合掌向其謝曰

君是度人師　三界之希有　志求摩訶乘

成佛當不久　是故自歸命　頭面禮稽首

羅刹悔過竟送薩薄至外國大得珍寶又送還家大修功德遂成道迹故知戒力不可思議勸諸行者堅持禁戒還如此人立志勇猛

求忍部第四

如智度論云有大力毒龍以眼視人弱者即死以氣噓人强者亦死時龍受一日戒出家入林樹間思惟坐久疲懈而睡龍法眠時形狀如蛇七寶雜色獵者見之驚喜言曰以此希有難得之皮獻上國王以爲船飾不亦宜乎便以杖案其頭刀剝其皮龍自念言我力能傾國土此一小物豈能困我我今以持戒故不計此身當從佛語自忍閉目不視閉氣不喘憐愍此人爲持戒故一心受剝不生悔意旣以失皮赤肉在地時日大熱宛轉土中欲趣大水見諸小蟲來食其身爲持戒故不復敢動自思惟言我此身以施諸蟲爲佛道故今以肉施以充其身後以法施以益其心身乾命終即生忉利天上畜生尚能堅持禁戒至死不犯況復於人寧容故犯又五分律云佛言乃往過去有一黑蛇螫一犢子還入穴中有一呪師以羖羊呪呪令出穴不能令出呪師便於犢子前然火呪之化成火蜂入蛇穴中燒蛇蛇不堪痛然後出穴羖羊以角抄著呪師前呪師語言汝還舐毒不爾投此火中黑蛇即說偈言

我旣吐此毒　終不還收之　若有死事至
畢命不復廻

於是遂不收毒自投火中佛言爾時黑蛇者今舍利弗是昔受如此死苦猶不收毒況今

更取所棄之藥

求進部第五

如雜寶藏經云佛言過去世時亦復曾於迦尸國毗提醯國二國中間有大曠野有惡鬼名沙吒盧斷絕道路一切人民無得過者有一商主名曰師子將五百商人欲過此路諸人恐怖畏不可過商主語言慎莫怖畏但從我後於是前行到于鬼所而語鬼言汝不聞我名也答言我聞汝名故來欲戰問言汝何所能即捉弓箭而射是鬼五百發箭皆沒鬼腹弓刀器杖亦入鬼腹直前拳打拳復入去以右手託右手亦著以右脚踏右脚亦著以左脚踏左脚亦著又以頭打頭亦復著鬼作偈言

汝以手脚及與頭　一切諸物悉以著
餘外何物而不著　商主說偈而答言
我今手足及與頭　一切財錢及刀杖
此諸雜物雖入沒　唯有精進不著汝
精進若當不休息　與汝鬪諍終不廢
我今精進不休息　終不於汝生怖畏

時鬼答言今爲汝等故五百賈客盡皆放去

求定部第六

如新婆沙論云魔王遂見菩薩坐菩提樹端身不動誓取菩提速出自宮往菩薩所謂菩薩曰剎帝利子可起此座今濁惡時衆生剛强定不能證無上菩提且應現受轉輪王位我以七寶當相奉獻菩薩告曰汝今所言如誘童子日月辰星可令墮落山林大地可昇虛空欲令我今不取大覺起此座者定無是處後魔將三十六俱胝魔軍各現種種可畏

形執持戰具色類無邊遍三十六踰繕那量俱時奔趣菩提樹下惱亂菩薩皆不能得菩薩身心不動逾於蘇迷山也

求果部第七

如雜寶藏經云佛法寬廣濟度無涯至心求道無不獲果乃至戲笑福不唐捐如往昔時有老比丘年已朽邁神情昏塞見諸年少比丘種種說法聞說四果心生美尚語少比丘言汝等聰慧願以四果以用與我諸少比丘嗤而語言我有四果須得好食然後相與時老比丘聞其此語歡喜即設種種餚饍請少比丘求乞四果諸少比丘食其食已更相指麾弄老比丘語言大德汝在此舍一角頭坐當與爾果時老比丘聞已歡喜如語而坐諸少比丘即以皮毬打其頭上而語之言此是須陀洹果老比丘聞已繫念不散即獲初果諸少比丘復弄之言雖與爾須陀洹果然其故有七生七死更移一角次當與爾斯陁含果時老比丘獲初果故心轉增進即復移坐諸少比丘復以毬打頭而語之言與爾二果時老比丘益加專念即證二果諸少比丘復弄之言汝今已得斯陁含果猶有往來生死之難汝更移坐我當與爾阿那含果時老比丘如言移坐諸少比丘復以毬打而語之言我今與爾第三之果時老比丘聞已歡喜信受倍加至心即時復證阿那含果然故於色無色界受有漏身無常遷壞念念是苦汝更移坐次當與爾阿羅漢果時老比丘如語移坐諸少比丘復以皮毬撩打其頭而語之言我今與爾彼第四果時老比丘一心思惟即

證阿羅漢果得四果已甚大歡喜設諸餚饍種種香華請少比丘報其恩德與少比丘共論道品無漏功德諸少比丘發言滯塞時老比丘方語之言我已證得阿羅漢果已諸少比丘聞其此音咸皆謝悔先戲弄罪是故行人宜應念善乃至戲弄猶獲實報況至心也

又雜寶藏經云若人求道要在精誠相感能獲道果如往昔時有一女人聰明智慧深信三寶常於僧次請二比丘就舍供養時有一老比丘次到其舍年耆根鈍素無知曉時彼女人齋食已訖求老比丘爲我說法獨歎一坐閉目靜默時老比丘自知愚闇不知說法趣其睡眠棄走還寺然此女人至心思惟有爲之法無常苦空不得自在深心觀察即獲初果既得果已求老比丘欲報其恩此老比丘審已無知棄他走避倍更慙恥復棄藏避而此女人苦求不已方自出現女人於時具論上恩來蒙得道果故齋供養用報大恩時老比丘以慙愧故深自剋責即獲初果是故行者應當至心若至心者所求必獲

## 濟難部第八

如僧伽羅剎經云昔者菩薩現爲鸚鵡常處于樹風吹彼樹更相切磨便有火出火漸熾盛遂焚一山鸚鵡思惟猶如飛鳥軀止于樹故當反復起報恩心何況於我長夜處之而不滅火即往詣海以其兩翅取大海水至彼火上而灑於火或以口灑東西馳奔時有善神感其勤苦尋爲滅火又智度論云昔野火燒林林中有一雉勤身自力飛來入水以水灑林往返疲乏不以爲苦時天帝釋來問之

言汝作何等答曰我救此林愍衆生故此林蔭育處居日久清涼快樂我諸種類及諸宗親皆悉依仰我有身力云何不救天帝問言汝乃精勤當至幾時雉言以死爲期天帝言誰爲汝證即自立誓我心至誠信不虛者願火即自滅是時淨居天知雉弘誓即爲滅火始終常茂不爲火燒故經云人有善願天必從之其言驗矣頌曰

志誠抱氷雪　暮齒迫桑榆　太息波川迅
悲哉人代拘　歲聿皆採穫　冬晚懼嚴枯
精誠求施戒　忍精定慧暎　結侶同共遠
勝地心相符　商人不顧死　羅刹未能逾
求寶竭大海　神怖捧明珠　寄言求道者
立志菩提株

感應緣詳夫古今無問道俗但有至誠剋必感徵但列外中有三內中十一

晉明帝殺力士舍玄內外合說略述一十四驗
楚熊渠夜行射石　干將莫耶藏劍
宋韓馮妻康王奪　伏萬壽念觀音
顧邁念觀音　沙門慧和念觀音
韓徽念觀音　彭子喬念觀音
趙沙門單服松吞石
唐董雄念觀音　沙門道積諫志
沙門法誠誦經驗
比丘尼法信經驗

晉明帝殺力士舍玄玄謂持刀者曰我頸多筋斫之必令即斷吾將報汝持刀者不能留意遂斫數瘡然始絕尋後見玄絳冠朱服赤弓丹矢射之持刀者呼曰舍玄緩我少時而死右一出寃魂志

楚熊渠夜行見寢石以爲伏虎彎弓射之沒金鏃羽下視知其石也射之矢摧無跡漢世復有李廣爲右北平太守射虎得石亦如之劉向曰誠之至也而金石爲之開況人乎夫唱而不和動而不隨中必有不全者也夫不降席而匡天下者求之已也

楚干將莫耶爲楚王作劒三年乃成王怒欲殺之其劒有雄雌其妻重身當產夫語妻曰吾爲王作劒三年乃成王怒往必殺我汝若生子是男大告之曰出户望南山松生石上劒在其背於是即將雌劒往見楚王楚王大怒使相之劒有二雄雌雌來雄不來王怒誅殺之莫耶子名赤比後壯問其母曰吾父所在母曰汝父爲楚王作劒三年乃成王怒殺之去時囑我語汝子出户望南山松生石上劒在其背於是子出户南望不見有山但覩堂前松柱下石砥之上則以斧破其背得劒日夜思欲報楚王楚王夢見一兒眉間廣尺欲報讎王即購之千金兒聞之亡去入山行歌客有逢者謂子年少何哭之甚悲耶曰吾干將莫耶子也楚王殺吾父吾欲報之客曰聞王購子頭千金將子頭與劒來爲子報之兒曰幸甚即自刎兩手捧頭及劒奉之立僵客曰不負子也於是屍乃僵客持頭往見楚王楚王大喜客曰此乃是勇士頭也當於湯鑊煮之王如其言煮頭三日三夕不爛頭踔出湯中躓目大怒客曰此兒頭不爛願王自臨視之是必爛也王即臨之客以劒擬王王頭墮湯中客亦自擬已頸頭復墮湯三皆俱爛不可識別分其湯肉葬之故通名三王墓

今在汝南北宜春縣界
宋時大夫韓馮娶妻而美康王奪之馮怨王
因之論爲城旦妻密遺馮書繆其辭曰其雨
淫淫河大水深日出當心旣而王得其書以
示左右左右莫解其意臣賀對曰其雨淫淫
言愁且思也河大水深不得往來也日出當
心心有死志也俄而馮乃自殺其妻乃陰腐
其衣王與之登臺妻遂因投臺下左右攬之
衣不中手而死遺書於帶曰王利其生妾利
其死願以屍骨賜馮合葬王怒弗德使里人
之塚相望也曰爾夫婦相愛不已若能使塚
合則吾弗阻也宿昔之間便有交梓木於二
塚之端旬日而大盈抱屈體以相就根交於
下枝錯於上又有鴛鴦雌雄各一恒栖樹上
晨夜不去交頸悲鳴音聲感人宋人哀之遂
號其木曰相思樹相思之名起於此也今睢
陽有韓馮城其歌謠至今存焉右三出搜神記
宋伏萬壽平昌人也元嘉十九年在廣陵爲
衛府行參軍假訖返州四更初過江初濟之
時長波安流中江而風起如箭時又極暗莫
知所向萬壽先奉法勤至唯一心歸命觀世
音念無間息俄爾與船中數人同覩北岸有
光狀如村火相與喜曰此必是歐陽火也迴
舳趣之未旦而至問彼人皆云昨夜無然火
者方悟神力至設齋會
宋顧邁吳郡人也奉法甚謹爲衛府行參軍
元嘉十九年亦自都還廣陵發石頭城便逆
湖溯風至横決風勢未弭而舟人務進旣至
中江波浪方壯邁單船孤征憂危無計誦觀
世音經得十許遍風勢漸歇浪亦稍小旣而

中流屢聞奇香芬馥不歇邁心獨嘉故歸誦
不輟遂以安濟
宋沙門慧和者京師衆造寺僧也宋義嘉難
和猶爲白衣隸劉胡部下胡甞遣將士數十
人值諜東下和亦預行行至鵲渚而值臺軍
西上諜衆離散各逃草澤和得竄下至新林
外會見野老衣服縷弊和乃以貌整袴褶易
其衣提籃負擔若類田人時諸游軍捕此散
諜視和形色疑而問之和答對謬略因被笞
掠登將見斬和自散走但恒誦念觀世音經
至將斬時祈懇彌至既而軍人揮刃屢跌三
舉三折並驚而釋之和於是出家遂成精業
宋韓徽者未詳何許人也居於支江其叔幼
宗宋末爲湘州府中兵昇明元年荆州刺史
沈攸之舉兵東下湘府長史庾佩玉阻甲自
守未知所赴以幼宗猜貳殺之戮及妻孥徽
以兄子繫于郡獄鐵木竟體鉗梏甚嚴須考
畢情黨將悉誅滅徽惶迫無計待斯而已徽
本甞事佛頗諷讀觀世音經於是晝夜誦經
至數百遍方晝而鎖忽自鳴若燒炮石瓦爆
咤之聲已而視其鎖鑰然自解徽懼獄司謂
其解截遽呼告之吏雖驚異而猶更釘鍱徽
如常諷誦又經一日鎖復鳴解狀如初時吏
乃具告佩玉玉取鎖詳視服其通感即免釋
之徽今尚在勤業殊至
宋彭子喬者益陽縣人也任本郡主簿事太
子沈文龍建元元年以罪被繫子喬少年甞
經出家未雖還俗猶常誦習觀世音經時文
龍盛怒防械稍急必欲殺之子喬憂懼無復
餘計唯至誠誦經至百餘遍疲而晝寢時同

繫者有十許人亦俱睡卧有湘西縣吏杜道榮亦繫在獄乍寐乍寤不甚得熟忽有雙白鶴集子喬屛風上有頃一鶴下至子喬邊時復覺如美麗人形而已道榮起見子喬雙械脫在脚外而械雍猶在焉道榮驚視始畢子喬亦寤共視械咨嗟問子喬有所夢不喬曰不夢道榮如向所見說之子喬雖知必已尚慮獄家疑其欲叛乃解脫械雍更著經四五日而蒙釋放琰族兄璉親識子喬及道榮聞二人說皆同如此

趙沙門單或作善字道開不知何許人也別傳云燉煌人本姓孟少出家欲窮栖巖谷故先斷穀食初進麵三年後服練松脂三十年後唯時呑小石子石子下輙復斷酒脯雜果體畏風寒唯噉椒薑氣力微弱而膚色潤澤行步如飛山神數試未曾傾動仙人恒來意亦不耐每齎蒜以却之端坐靜念晝夜不眠久住抱罕石虎建武二年自西平迎來至鄴下不乘舟車日行七百餘里過南安度一童子爲沙彌年十三四行亦及開旣至居于昭德佛圖服縷麤弊背脞恒袒於屋內作棚閣高八九尺上織菅爲帳禪于其中絕穀七載常御雜藥藥有松脂伏苓之氣善能治目疾常周行墟野救療百姓王公遠近贈遺累積皆受而施散一毫無餘石虎之末逆知其亂乃與弟子南之許昌升平三年來至建業復適番禺住羅浮山蔭卧林薄邈然自怡以其年七月卒遺言露屍林裏弟子從之陳郡袁彥伯興寧元年爲南海太守與弟穎升登遊此岳致敬其骸燒香作禮右六驗出冥祥記

唐貞觀年中有河東董雄爲大理寺丞少來信敬蔬食十年至十四年中爲坐李仙童事主上大怒使侍御韋琮鞫問甚急囚禁數十人大理丞李敬玄司直王欣同連此坐雄與同屋囚鎖專念普門品日得三千遍夜坐誦經鎖忽自解落地雄驚告欣玄欣玄共視鎖堅全在地而鉤鎖相離數尺即告守者其夜監察御史張守一宿直命吏關鎖以火燭之見鎖不開而相離甚怪又重鎖紙封書上而去雄如常誦經五更中鎖又解落有聲雄又告欣玄等至明告李敬玄視之封題如故而鎖自相離敬玄素不信佛法其妻讀經常謂曰何爲胡神所媚而讀此書耶及見雄此事乃深悟不信之咎方知佛爲大聖也時欣亦誦八菩薩名滿三萬遍晝鎖解落視之如雄異其事臺中內外具皆聞見不久俱免（右一驗出冥報拾遺）

唐蒲州普救寺釋道積河東安邑縣人也俗姓相里名子才既莅玄門更名道積其先蓋鄭大夫子產之苗裔矣昔子產生初執拳而出啓手觀之文成相里其後因而氏焉父宣恢廓有大志用好學該富宗尚嚴君積早習丘墳神氣爽烈博通經論大小洞明成匠道俗並聞朱藍結宗慈訓遠近通洽而深護煩惱重慎譏疑尼衆歸依初不引顧每謂衆曰女爲戒垢聖典常言佛度出家損滅正法尚以聞名汙心況復面對無染且道貴清顯不參非濫俗重遠嫌君子攸奉余雖不逮請遵其度由此受戒教授沒齒未登參謁諮請不聽入室斯則骨梗潔已清貞高蹈河東英俊

莫與同風先是沙門寶澄滿初初於普濟寺創營大像百丈萬工纔登其一不卒此願而澄早逝鄉邑耆艾請積繼之乃惟大像造之未成也引七寶而崇樹之修建十年雕裝都了道俗慶賴欣喜相并初積受請之夕寢夢崖傍見二師子於大像側連吐明珠相續不絕既寤惟曰獸王自在則表法流無滯寶珠自涌又喻財施不窮冥運潛開功成斯在即命工匠圖夢所見於彌勒大像前今猶存焉其寺蒲坂之陽高爽華博東臨州里南望河山像設三層巖廊四合上坊下院赫弈相臨園磑田蔬周環俯就小而成大咸積之功撝空樹有皆積之力而弊衣蔬食輕財重命普救殷贍退靜歸閑爲而不恃卽處幽隱天懷抗志頓絕人世不令而衆自嚴不出而物自

徃僕射裴玄寂寵居上宰欽其今聞頻贈香衣剌史杜楚客知人之重造展求法其感動柔靡皆此類也徃經隋季癰閉河東通守堯君素鎮守荒城偏師肆暴時人莫敢竊視也欲議諸沙門登城守固敢諫者斬玄素同憂無能忤者積憤歎內發不顧形命謂諸屬曰時乃盛衰法無隆替天之未喪其文斯在且沙門塵外之賓迹類高世何得執戈擐甲爲禦侮之卒乎遂引沙門道遜神素等歷階厲色而諫曰貧道聞人不畏死不可以死怖之今視死若生但懼不得其死死而有益是可甘心計城之存亡公之略也世之否泰公之運也豈在三五虛怯而能濟乎昔者漢欽四皓天下隆平魏重干木舉國大治今欲拘繫以從軍役反天常以會靈祇恐納不祥之兆

耳敢布腹心願深圖之無宜空肆一朝自傾於後爲天下笑也貧道等但依聖誠言行道禮誦爲國崇福冥益百姓神鬼護助寧可索頭與頭仍爲本願必縱以殘生遍充步甲者則未知生爲何生死爲何死積陳此語傍爲寒心素初聞諫重積詞氣厲但張目直視曰異哉值斯人乎何爲心氣太重之壯耶因捨而不問放還本寺後知其屈詣積陳懺堯素以殺戮無度驕其毒心加又舉意輕凌雖復當時獲寢而禍作其兆卒爲城人薛宗所害但積性剛勇志決不迴遇逢瞋忿動爲魚肉既出家後呵責本緣挫拉元情轉增和忍歳登耳順此行彌隆習與性成斯言不爽以貞觀十年九月十七日終于本寺春秋六十有九初積云疾的無可自知將委告門人曰吾今七十有五卒今年矣其徒曰師六十九矣何遽辭乎告曰死生法爾吾不懼也且吾將年七十刺史完吾增爲六歳故其命在旦夕宜深剋勵視吾所行又曰經不鬪乎世實危脆無牢强者去終三日鐘不發聲逝後如舊衆咸哀歎慕惜罕疇

唐終南山悟眞寺釋法誠俗姓樊氏雍州萬年縣人幼小出家止藍田王效寺事沙門僧和爲師和亦鄉族所推敬奉比聖嘗有人欲害夜往其房見門內猛火騰焰昇帳遂即追悔和性潔無染人或弄之密以羊骨水洗令飲和素不知飲便嘔吐其冥感潛識爲若此也誠奉佩訓勗常誦法華用爲恒式法華三昧翹心奉行澡沐中表溫恭朝夕夢感普賢勸書大教誡曰大乘也所謂諸佛智慧般若

大智於即入淨行道重䞋匠工令書八部般若香臺寶軸莊嚴成就又於寺南横嶺造華嚴堂陘山閒谷列棟開甍前對重巒右臨斜谷吐納雲霧下瞰雷霆寔奇觀也又竭其精志書寫受持弘文學士張孝靜者是張璳父時號銀鈎罕有加勝乃請至山令受戒潔齋洗淨身口口含香汁身服新衣然靜長途寫經紙别不盈五十誠倍與直慕令精好靜利其貨竭力寫之終部以已誠每燒香供養在其案前㸃墨之間心緣目覩略無遺漏故其剋心鑽注時感異鳥形色希世飛入堂中徘徊鼓儛下至經案復上香鑪攝靜住看自然馴狎久之翔逝來年經了將事興慶鳥又飛來如前馴擾鳴唳哀號貞觀初年復畫千佛鳥又飛來登上匠背營齋供慶日次中時怪其不來誠顧山峯曰鳥既不至吾不感矣將不嫌諸穢行䞋施輕薄致使無徵言已欻然飛來旋環鳴囀入香水中奪迅羽毛浴已便逝前後呈祥重疊難述誠素善筆工鄉曲知聞山巖惡路經偈妙辭自寫令誦皆誠筆也又自寫法華正當露地因事他行忘以收舉忽屬洪雨滂注溝澗走往看之案乾獨燥餘並流波甞却偃横松遂落懸溜未至下澗不覺已登高岸不損一毛信知經力又青泥坊側有古佛龕周氏瘞藏今猶未出誠夜夢其處大有尊形旣寤往開恰獲龕像年月積久並悉剥壞就而修理道俗稱善斯並冥衛之功自誠開發至貞觀十四年夏末日忽感餘疾自知即世願生兜率索水洗訖又索終舉傍自檢校不許營厚恰至月末明相將現無

故語曰欲來但入未假絃歌顧侍人曰吾聞諸行無常生滅不住九品徃生此言驗矣今有童子相迎久在門外吾今去世爾等好住佛有正戒無得有虧後致憂悔也言已出口光明照于楹内又聞異香苾芬而至但見端坐儼思不覺其神已逝時年七十有八誠之誦業一夏法華斷五百遍餘日讀誦兼而行之猶獲兩遍縱有人客要須與語者非經度訖不共他言略計十年之功一萬餘遍右二驗出唐高僧傳

唐武德時河東有練行尼法信常誦法華經訪工書者一人數倍酬直特爲淨室令寫此經一起一浴然香熏衣仍於寫經之室鑿壁通外加一竹筒令寫經人每欲出息輒含竹筒吐氣壁外寫經七卷八年乃畢供養殷重盡其恭敬龍門僧法端常集大衆講法華經以此尼經本精定遣人請之尼固辭不與法端責讓之尼不得已乃自送付法端等開讀唯見黃紙了無文字更開餘卷悉皆如此法端等慚懼即送還尼尼悲泣受以香水洗函沐浴頂戴遶佛行道於七日七夜不暫休息既而開視文字如故故知抄寫深加潔淨比來無驗只爲不殷右一驗出冥報記

法苑珠林卷第二十七

音釋

杼神與切引而泄之也　緦蘇來切魚領下也　鷰於甸切鳥名　杈初加切挾取也　踰徒合切踐也　羈居宜切係也　跳踉跳田聊切踉呂張切跳踉躍也　棍胡本切槩也　膂力舉切脊骨也　腥膘腥桑經切膘蕪遣切　蜇陟列切螫也　羖公戶切牡羊也　舐甚尒切舌取物也　嗤赤脂切笑

也餚饍餚胡交切凡非穀而食曰餚饍時戰切具食也毬居六切毬也穫胡郭切刈也眸莫浮切目珠子也鏃千木切矢鏑砥諸氏切購居侯切以財有所求也僵居良切仆也踔楚教切越也躓支義切雎宣隹切雎陽邑名舳直六切船後持柁處也諜達協切游偵也褶席入切袴也爆布校切火烈也咤丑亞切噴也鑵七罪切鍱胡頰切鐵鍱也齧魚列切噬也蒜蘇貫切葷菜菅居顏切草名鞠居六切窮理罪人也蒞力地切臨也裔以制切種族也磑魚胃切磨也擐胡慣切貫也拉落合切折也䞋初覲切施財也陻伊眞切塞也蘢骨庾切毷棟也瞰苦濫切俯視也瓚才贊切瘞於戲切埋也

# 法苑珠林卷第二十八

唐西明寺沙門釋道世撰

## 神異篇第二十 此有五部



### 述意部第一

夫神道之爲化也蓋以抑夸強摧侮慢挫凶鋭解塵紛至若飛輪御寶則善信歸降竦石參煙則力士潛伏當知至治無心剛柔在化所以或韜光晦影俯同迷俗或顯現神奇遥記方兆或死而更生或定而後空靈迹怪詭莫測其然夫理之所貴者合道也事之所貴者濟物也故權者反常而合道利用以成務然傳所紀其詳莫究或由法身應感或是遁仙高逸但使一分兼人便足高矣若其夸衒方伎左道亂時因藥石而高飛藉芳芝而壽考與天上鷄鳴雲中狗吠蛇鶴不死龜蔡千年稱爲是異未可較其聖變也今之集者且録聲聞三五之神異若論諸佛菩薩聖德自在不可以言知不可以心測備列諸篇不局此章矣

### 勳通部第二

如大方等大集念佛三昧經云大目連答阿難言憶念我昔於一時間取此三千大千世界悉内口中其時衆生乃至無有一念驚覺往來想復念我昔在世尊前作師子吼能以須彌内於口中能過一劫若減一劫如是爲常復念往昔至於東方住彼等三千世界有一大城名曰寶門於彼有六萬億千家我於彼中一一皆現我身而爲說法安住正法爾

時阿難念言我昔取一袈裟投置地上時大目連第一上座威神若是既不能取乃至不能舉令離地云何手擧阿難又念我昔居世尊前作師子孔持諸外道欲共我較隱身說法唯除世尊一切知見大力菩薩自外所有聲聞弟子乃至外道而問我隱沒身時住在何處終不能知我身所在爾時大迦葉答阿難言我念一時在世尊前作師子吼於此三千大千世界須彌諸山之屬以口一吹能令破散乃至無有如微塵許其有衆生住彼山者不令損害亦無覺知如是諸山皆悉滅也我又一時於此大千世界一切大海河池諸水乃至無量億千那由他百千水聚以口一吹皆令乾竭而彼衆生不知不覺我又一時在大衆前作師子吼能於三千大千世界之內以口一吹即令大火熾然遍滿猶如劫燒終亦不使損一衆生竟不覺知爾時彌勒文殊諸大菩薩等聞大迦葉作師子吼便化華聚若須彌山乃至再三散迦葉上復化作大七寶蓋住虚空中覆大迦葉頂并覆一切聲聞大衆爾時富樓那答阿難曰我念昔時有諸衆生應以通化者便爲彼取三千大千世界以手摩之開示彼等當爾之時無一衆生有驚怕想亦不覺知唯彼衆生應與化者乃見我手摩此世界又我能取三千世界以手廻轉不以爲難又我能以於世尊前以一指節取此三千世界一切水聚皆令入我手指節間無一衆生有損減想我又一時於初夜中以淨天眼觀此大千世界所有無量衆生疑惑不出是定皆爲除疑令彼衆生各作斯

念我蒙尊者獨住我前爲我宣說隨機獲益無有滯礙爾時羅睺羅答阿難曰我念往昔以此三千大千世界諸山之類皆納一毛孔中我身如本衆生不異我又一時取此大千世界所有大海河池水聚悉入毛孔我身無損衆生無害一切水聚各皆如本我又一時此處入禪即於東北至一佛界佛號難勝現身禮敬已即還此界求栴檀香還持供佛香氣遍滿皆作無量種種變化爾時須菩提答阿難曰我念一時入於三昧此大千世界弘廣若斯置一毛端往來旋轉如陶家輪當爾之時無一衆生有驚懼心亦不覺知已之何處我又往昔於如來前作師子吼白言世尊如此大千世界我能以口微氣一吹皆令散滅其中衆生不驚不迫無往來想復於佛前能以大千世界所有衆生皆悉安置一指節端上至有頂還來本處令彼衆生無往返想又念一時宴坐三昧見十方諸佛無量無邊百千世界各有六萬諸佛昔所未見今皆見知以是定心復發神力至須彌頂天帝釋邊撮取一掬栴檀末香往彼無量諸世界中供養向時爾許如來彼界衆生皆悉明了見我住是閻浮供養承事

降邪部第三

如阿育王經云昔阿恕伽王深信三寶常供養佛法衆僧諸婆羅門外道等皆生嫉妬共相聚集揀選宿舊取五百人皆誦四韋陀典天文地理無不博達共集議言阿恕伽王一切盡供養剃髮頭禿人我等宿舊未曾被問當設何方便使彼意迴有一善祝婆羅門語

諸婆羅門言諸賢但從我後却後七日我當以祝力作魔醯首羅身飛行至到王宮門汝等皆當步從我後我能使其大作供養汝等都得諸婆羅門皆共然可到七日頭善祝婆羅門即自祝身化作魔醯首羅於虛空中飛到王門頭諸婆羅門亦皆侍從到王門頭遣人白王言虛空中有魔醯首羅將四百九十九婆羅門從空來下今在門外餘婆羅門在地而立欲得見王阿恕伽王喚使來前便喚來入坐於兩廂牀上王言小坐共相問訊即語之言魔醯首羅何能屈意故來相見欲何所須答言須飲食即勅厨中擎五百案飲食著前魔醯首羅等皆手推言我從生已來未曾食如此食阿恕伽王答言先不約勅不知當食何食魔醯首羅等皆同聲言我之所食食剃頭禿人阿恕伽王即勅一臣汝往到雞頭末寺語尊者耶奢王宮內有五百婆羅門一自稱言魔醯首羅不知爲是人爲是惡羅刹請問所以願阿闍梨來爲我驅遣使去所使之人是邪見婆羅門弟子到彼衆中情不稱實如王所言語衆僧作如是言阿恕伽王有五百婆羅門貌狀似人語似羅刹唯作是言正欲得汝沙門作食上座耶奢即語維那鳴椎集僧起辟衆僧言我年以老耄我爲衆僧當如此事衆僧安隱護持佛法聽我使去第二上座言上座不應去我身無所堪能惟我應去第三者言第二上座不應去正應我去如是展轉乃至沙彌十六萬八千僧中其最下頭七歲沙彌起至衆僧中長跪合掌而作是言一切大僧不足擾動我既幼小不能

堪任護持佛法唯願大衆必聽我去上座耶耆極大歡喜手摩沙彌頭言子汝應合去使人不待即於先去阿恕伽言頗有來者不使人答言更相推致令次最下沙彌來王作是言大者羞恥故使小者來使作酬對阿恕伽王聞沙彌來即出門迎坐此沙彌著御座上諸婆羅門皆大瞋恚阿恕伽王大不識别我等宿德尚不起迎爲此小兒而自出迎沙彌問王言何以見喚王時答言此魔醯首羅欲得阿闍梨爲食隨阿闍梨欲爲作食不爲作食沙彌言我年幼小朝來未食王先施我食然後我當與彼令食王即勑厨宰辦食來與食一案食悉皆都盡如是辦五百案食與皆都未足王復勑厨家言所有餘食盡持辦來與沙彌得食忽爾都盡問言足未答言未足飢渴如本厨監白王飲食都盡王言庫中麨脯乾食一切都來儵忽都盡王問言足未答言猶未足王答言一切飲食悉皆都盡更無有食沙彌言撮下頭婆羅門將來我欲食之即時噉盡如是悉食四百九十九婆羅門悉皆令盡唯有魔醯首羅極大驚怖飛向虛空欲去沙彌即時座上舉手從虛空中撮頭復噉使盡王即時驚怕見噉諸婆羅門使盡復不噉我以不沙彌知王心念即語王言王是佛法檀越終無損減慎莫驚怕即語王言王能共至雞頭末寺不王言阿闍梨將我上天入地皆當隨從沙彌即時共王到雞頭末寺王見沙彌朝所食之食諸衆僧等皆分共食所食五百婆羅門皆剃除鬚髮被著法衣在諸衆僧下行末坐最初食者最在上座頭魔

醯首羅最在行末五百人見王沙彌極生慙愧我等尚不能與此沙彌共戰何況與諸大衆而共角力猶如鶴尾俟於鑪炭猶如蚊子與金翅鳥角飛遲疾猶如小兔共師子王角其威力如此之比不自度量五百婆羅門心生慙愧得須陀洹道

## 胎孕部第四

如雜寶藏經云佛告諸比丘過去久遠無量世時波羅奈國中有山名曰仙山有梵志在彼山住大小便利於石上後有精氣墮小行處有雌鹿來舐即便有妊日月滿足來至仙人所生一女子端正殊妙唯脚似鹿梵志取之養育長成梵志事火使火不絕此女宿火小不用意使令火滅此女恐怖畏梵志瞋有餘梵志離此住處此女往彼乞火梵志見跡跡有蓮華要此女言遶我舍七帀當與汝火若去時亦遶七帀莫行本跡異道而還即如其言取火而去時梵豫國王出行遊獵見彼梵志遶舍周帀十四重蓮華復見二道有兩行華怪其所以問梵志言都無水池云何有此妙華彼具答之王尋華跡至梵志所從索女看見其端正甚適悅意即從梵志求索此女梵志與王王即立爲第二夫人後時有妊相師占言當生千子王大夫人聞已生妬漸作計校恩厚招喻鹿女左右多與財寶日月滿足便生千葉蓮華欲生之時大夫人以物縵眼不聽自看捉臭爛馬肺承著其下取千葉蓮華盛著篋裏擲於河中還爲解眼而語之言看汝所生唯見一段臭爛馬肺王遣人問爲生何物而答王言唯生臭肺大夫人而

語王言王喜倒惑此畜生所生仙人供養生此不祥臭穢之物王大夫人即便退其夫人之職不復聽見時鳥耆延王將諸徒衆從夫人娛女下流遊戲見黄雲蓋從河上流隨水而來王作是念此雲蓋下必有神物遣人往看於黄雲下見有一籃即便接取開而看之見千葉蓮華葉葉有一小兒取之養育以漸長大各有大力鳥耆延王歲常貢獻梵豫王集諸獻物遣使欲去諸子問言欲作何等時王答言欲貢獻彼梵豫國王諸子各言若有一子猶望能伏天下使來貢獻況有千子而當獻他千子即時將諸軍衆降伏諸國次到梵豫國王聞軍至募其國中誰能攘却如此之敵都無有人能攘却者第二夫人來受募言我能却之問言云何得却夫人答言但爲我作百丈之臺我坐其上必能攘却作臺已竟夫人在上而坐爾時千子欲舉弓射自然手不能舉夫人語言汝慎莫舉手向父母我是汝母千子問言何以爲驗母答子言我若搆乳一乳有五百岐各入汝口是汝之母若當不爾非是汝母即時兩手搆乳一乳之中有五百歧入千子口中其餘軍衆無有得者千子降伏向父母懺悔諸子於是和合二國無復怨讎自相勸率以五百子與親父母以五百子與養父母時二國王分閻浮提各畜五百子佛言欲知彼時千子者賢劫千佛是也爾時嫉妬夫人繯他目者文鱗瞽目龍是也爾時父者白淨王是也爾時母者摩耶夫人是也諸比丘白佛言此女有何因緣生鹿腹中足下生華復有何因爲王夫人佛言此

女過去世時生貧賤家母子二人田中鋤穀見一辟支佛持鉢乞食母語女言我欲家中取我食分與是快士女言亦取我分并與母即歸家取母子二人食分來與辟支佛女取草採華爲之敷草座散華著上待辟支坐女怪母遲上一高處遥望其母已見其母而語母言何不急疾鹿驟而來母旣至已嫌母遲故尋作恨言我生在母邊不如鹿邊生也母即以二分食與辟支佛餘殘母子共食辟支佛食訖擲鉢著空作十八變時母歡喜即發誓願使我將來恒生聖子如今聖人以是業緣後生五百子皆得辟支佛一作養母一作所生母以語母鹿驟故生鹿腹中脚似鹿甲以採華散辟支佛故跡中一一華生以敷草故常得爲王夫人其母後身作梵豫王其女後身作蓮華夫人由是業緣後生賢劫千聖以誓願力常生賢聖諸比丘聞已歡喜奉行

又分别功德經云昔有長者名曰善施家有未出嫁女在家向火煖氣入身遂便有軀父母驚怪請其由狀其女實對不知所以父母重問加諸杖楚其辭不改遂上聞王王復詰責辭亦不異許之以死女即稱怨曰天下乃當有無道之王枉煞無辜我若不良自可保試見枉如是王即檢保如女所言無他增減語其父母我欲取之母對曰隨意取之用此死女何爲王即内之宫裏隨時贍養日月遂滿産得一男端正姝妙年遂長大出家得道聰明博達精進不久得阿羅漢道還度父母

又譬喻經云昔有夫妻二人無子祠祀天神以求係胤神即許之遂便懷妊生四種物一

者栴檀斗㪺米二者甘露瓶三者寶囊四者七節神杖其人歎曰吾求兒子更生餘物便到神所重求所願神即語言汝欲得子何物稱益答曰子當使令給養吾等神云食此米升用之無盡甘露蜜瓶食之無滅而消百病珍寶之囊用之無損七節神杖以備凶暴見子豈能辨此其人大喜還家試驗如言不虛遂成大富不可筭計國王聞之即遣衆兵欲往攻奪其人擎杖飛遊擊敵摧破强衆皆悉退散其人歡喜無復憂患

雜異部第五

如譬喻經云昔有大家收穀千斛埋著地中前至春溫開窖取種了不見穀而有一蟲大如牛莒無有手足亦無頭目如頑鈍肉主人大小莫不怔之出著平地即問汝是何等終無可道便以鐵錐刺一處蟲即語曰欲知我者持我著大道傍自當有名我者於是舉著道邊三日之中無能名者次有數百人乘黃馬車衣服侍從皆黃駐車而呼穀賊汝爲何在是間答曰吾食人穀故持我著此語極久便辭别去主人問穀賊向者是誰也答言是金寶之精居在此西三百餘步大樹下有百石甕滿中金主人即將數十人往掘即得甕金家室歡喜輦載將歸叩頭向穀賊云今日得金是大神恩寧可留神共歸更設供養穀賊曰前食君穀不語姓字者欲令君得是金報今當轉行福於天下不得復住言竟忽然不現又譬喻經云王舍城東南隅有一汪水城内溝瀆汙穢屎尿盡趣其中臭不可近有一大蟲生汪水内身長數丈無有手足而宛

轉低仰戲汪水中觀者數千阿難分衛見而往觀蟲即跳踉波浪動涌具以啓佛佛與諸比丘共詣池所衆人見佛各各念言今日如來當爲衆會說蟲本末以釋衆疑不當快乎佛言昔維衛佛泥洹後時有塔寺有五百比丘經過寺中寺主見大歡喜請留供養三月衆皆受請寺主盡心供饌無有所遺後五百商人入海採寶還過塔寺見五百比丘精勤行道並各發心當設薄供五百商人各捨一珠得五百摩尼珠以寄寺主囑寺主言曰足以吾珠供僧比丘言諾即皆受之後生不善心圖欲獨取不爲供衆衆僧問言前賈客施珠應當設供而發遣耶寺主言是施我耳若欲奪吾糞可施汝若不時去剸汝手足投於糞坑衆愍其癡默然各去故知惡祝不可不慎又智度論云佛在世時有人遠行獨宿空舍夜中有鬼擔一死人來著其前復有一鬼逐來瞋罵云死人我物汝忽擔來先鬼言是我物我自持來後鬼言是死人實我擔來二鬼各捉一足一手爭之前鬼言此間有人可問後鬼即問是死人誰擔來是人思惟此二鬼力大若實不實俱不免死便語言前鬼擔來者是後鬼大瞋捉其人手拔出著地前鬼愍之急取死人一臂附之即著如是兩臂兩脚頭脇舉身皆易於是二鬼共食所易人身拭口而去其人思惟我父母生身眼見二鬼食盡今我此身悉是他空我今定有身耶爲無身耶行到佛塔問諸比丘廣說上事諸比丘言從本已來恒自無我但以四大和合故計爲我身如汝本身與本無異諸比丘度之

爲道得阿羅漢果又善信經云有神藥樹名曰摩羅陀祇主猒天下萬毒不得妄行有大神蛇身長一百二十尺蛇行索食有黑頭蟲身長丈五蟲行道中與蛇相逢適欲舉頭前嚙大蟲蛇聞藥香屈頭欲走蛇身羅藥樹身即中斷分作兩段頭半生得走尾便臭爛諸毒聞此蛇臭衆惡毒氣皆悉消滅又智度論云明月摩尼珠多在龍腦中有福衆生自然得之亦名如意珠常出一切寶物衣服飲食隨意皆得得此珠者毒不能害火不能燒或是帝釋所執金剛與脩羅鬬時碎落閻浮提變成此珠又言過去久遠佛舍利法既滅盡變成此珠以爲利益又華嚴經云大海中有四寶珠一切衆寶皆從之生若無此四珠一切寶物漸就滅盡諸小龍神不能得見唯娑伽羅龍王密置深寶藏中此深寶藏有四種名一名衆寶積聚二名無盡寶藏三名遠熾然四名一切莊嚴聚又大海之中有四熾然光明大寶一名日藏光明大寶二名離潤光明大寶三名火珠光明大寶四名究竟無餘光明大寶若大海中無此四寶四天下金剛圍山乃至非想非非想處皆悉漂没日藏光明能變海水爲酪離潤光明能變海酪爲酥火珠光明能然海酥究竟無餘光明能然海酥永盡無餘頌曰

至聖冥運　罔慮罔識　神功掩暉　賢愚難測
善惡共居　昇沈同色　對事思悟　知之神匿
處染不涅　遺塵攸息　匪伊玄覽　孰扇其極
省己愚惰　高慕齊德　萬代揚名　千齡福力

感應緣（略引十八驗）

晋沙門釋曇邃　沙門釋法相
沙門釋仕行　沙門釋耆域
沙門釋佛調　沙門釋揵陀
居士抵世常　宋參軍程德度
齊沙門釋弘明　沙門釋法獻
隋沙門釋普安　沙門釋法安
沙門釋慧侃
唐沙門釋轉明　沙門釋賈逸
沙門釋法順
兖州鄒縣人張忘字
諸傳雜明神異記

晋河陰白馬寺有釋曇邃未詳何許人少出家止河陰白馬寺蔬食布衣誦正法華經常一日一遍又精達經旨亦爲人解説常於夜中忽聞扣户云欲請法師九旬説法邃不許固請乃赴之而猶是眠中比覺已身在白馬塢神祠中并一弟子自爾日日密往餘無知者後寺僧經祠前過見有兩高座邃在北弟子在南如有講説聲又聞有奇香之氣於是道俗共傳咸云神異至夏竟神施以白馬一疋白羊五頭絹九十疋呪願畢於是各絶邃終不知所在

晋越城寺有釋法相姓梁不測何許人常山居精苦誦經十餘萬言鳥獸集其左右皆馴若家禽太山祠有大石函貯財寳相時山行宿于廟側忽見一人玄衣武冠令相開函言絶不見其石函蓋重過千鈞相試提之飄然而起於是取其財以救貧民至晋元興末卒春秋八十矣<sub>右二驗出梁高僧傳</sub>

晋沙門仕行者潁川人也姓朱氏氣志方遠

識宇沉正修心直詣榮辱不能動爲時經典未備唯有小品而章句闕略義致弗顯魏甘露五年發迹雍州西至于闐尋求經藏踰歷諸國西域僧徒多小乘學聞士行求方等諸經咸駭怪不與曰邊人不識正法將多惑亂仕行曰經云千載將末法當東流若疑非佛說請以至誠驗之乃焚柴灌油煙炎方盛仕行捧經涕淚稽顙誓曰若果出金口應宣布漢地諸佛菩薩宜爲證明於是投經火中騰燎移景旣而一積煨燼文字無毀皮牒若故舉國欣敬因留供養遣弟子法饒齎送梵本還至陳留浚儀倉垣諸寺出之凡九十篇二十萬言河南居士竺叔蘭練解方俗深善法味親共傳譯今放光首品是也仕行八十乃亡依闍維之火滅經日屍形猶全國人驚異皆曰若眞得道法當毀壞應聲碎散乃斂骨起塔慧志道人先師相傳釋公亦具載其事也

晉沙門耆域者天竺人也自西域浮海而來將遊關洛達舊襄陽欲寄載船北渡船人見梵沙門衣服弊陋輕而不載比船達北岸耆域亦上舉船皆驚域前行有兩虎迎之弭耳掉尾域手摩其頭虎便入草於是南北岸奔往請問域曰無所應答及去有數百人追之見域徐行而衆走猶不及惠帝末域至洛陽洛陽道士悉往禮爲域不爲起譯語譏其服章曰汝曹分流佛法不以眞誠但爲浮華求供養耳見洛陽宮曰忉利天宮髣髴似此當以道力成就而生死力爲之不亦勤苦乎沙門支法淵竺法興並年少後至域爲起立法

淵作禮訖域以手摩其頭曰好菩薩羊中來見法輿入門域大欣笑往迎作禮捉法輿手舉箸頭上曰好菩薩從天人中來尚方中有一人廢病數年垂死域往視之謂曰何以墮落生此憂苦下病人於地卧單席上以應器置腹上紵布覆之梵唄三偈訖為梵呪可數千語尋有臭氣滿屋病人曰活矣域令人舉布見應器中如汙泥者病人遂瘥長沙太守滕永文先頗精進時在洛陽兩脚風攣經年域為呪應時得申數日起行滿水寺中有思惟樹先枯死域向之呪旬日樹還生茂時寺中有竺法行善談論時以比樂令見域稽首曰已見得道證願當稟法域曰守口攝意身莫犯如是行者度世去法行曰得道者當授所未聞斯言八歲沙彌亦以之誦非所望於得道者域笑曰如子之言八歲而致誦百歲不能行人皆知敬得道者不知行之即自得以我觀之易耳妙當在君豈悋未聞京師貴賤贈遺衣物以數千億萬悉受之臨去封而留之唯作旛八百枚以駱駝負之先遣隨估客西歸天竺又持法輿一納袈裟隨身謂法輿曰此地方大為造新之罪可哀如何域發送者數千人於洛陽寺中中食訖取道人有其日發長安來見域在長安寺中又域所遣估客及駱駝奴達燉煌河上逢估客弟於天竺來云近燉煌寺中見域弟子滆登者云於流沙北逢域言語欵曲計其旬日又域發洛陽時也而其所行蓋已萬里矣

晉沙門佛調不知何國人往來常山積年業尚純朴不表辭飾時咸以此重之常山有奉

法者兄弟二人居去寺百里兄婦病甚篤載出寺側以近醫藥兄旣奉調爲師朝晝常在寺中諮詢行道異日調忽往其家弟具問嫂所苦并審兄安否調曰病者粗可卿兄如常調去後弟亦策馬繼往言及調旦來兄驚曰和尚旦初不出寺汝何容相見兄弟爭問調調笑而不答咸共異焉調或獨入深山一年半歲齎乾飯數升還恒有餘有人嘗隨調山行數十里天暮大雪調入石穴虎窟中宿虎還橫卧窟前調語曰我奪汝居處有愧如何虎弭耳下山隨者駭懼調自剋亡期遠近悉至乃與訣曰天地長久尚有崩壞豈況人物而欲永存若能蕩除三垢專心眞淨形數雖乖而神會必同衆咸涕流調還房端坐以衣蒙頭奄然而終終後數年調白衣弟子八人入西山伐木忽見調在高巖上衣服鮮明姿儀暢悅皆驚喜作禮問和尚尚在此耶答曰吾常自在耳具問知故消息良久乃去八人便捨事還家向同法者說衆無以驗之共發塚開棺不見其屍

晉揵陀勒不知何國人也嘗遊洛邑周歷數年雖敬其風操而莫能測焉後語人曰盤䲭山中有古塔寺若能修建其福無量衆人許之與俱入山旣至唯草木深蕪莫知基朕勒指示曰此是寺基也衆試掘之果得塔下石礎復示講堂僧房井竈開鑿尋求皆如其言於是始疑其異寺旣修勤爲僧主去洛百里每朝至洛邑赴會聽講竟輙乞油一鉢擎之還寺雖復去來早晚未曾失中晡之期有人日能行數百里者欲隨而驗之乃與俱此人

馳而不及勒顧笑曰汝執吾袈裟可以不倦既持衣後不及移晷便已至寺其人休息數日乃還方悟神人後不知終

晉抵世常中山人也家道殷富太康中禁晉人作沙門世常奉法精進潛於宅中起立精舍供養沙門于法蘭亦在焉僧衆來者無所辭却有一比丘姿形頑陋衣服塵弊跋涉塗濘來造世常常出爲作禮命奴取水爲其洗足比丘曰世常應自洗我足常曰年老疲瘵以奴自代比丘不聽世常竊駡而去比丘便見神足變身八尺顏容瓌偉飛行而去世常撫膺悔歎自撲泥中時抵家僧尼及行路者五六十人俱得望視見在空中數十丈上了了分明奇芬異氣經月不歇法蘭卽名理法師見宗者也有記在後卷傳蘭以語於弟子法階階每說之道俗多聞

宋程德度武昌人父道惠廣州刺史廣爲衛軍臨川王行參軍時在尋陽屋有鸜窠夜見屋裏忽然自明有一小兒從窠而出長可尺餘潔淨分明至度牀前曰君却後二年當得長生之道儵然而滅得度甚祕異之元嘉十七年隨王鎮廣陵遇禪師釋道恭因就學禪甚有解分到十九年春其家武昌空齋忽有殊香芬馥達于衢路闔境往觀三日乃歇右六驗出冥祥記

齊永興柏林寺有釋弘明本姓嬴會稽山陰人少出家貞苦有戒節止山陰雲門寺誦法華習禪定精勤禮懺六時不輟每旦則水瓶自滿實感諸天童子以爲給使也明嘗於雲門坐禪虎來入明室內伏于牀前見明端然

不動久久乃去又時見一小兒來聽明誦經明曰汝是何人答曰昔是此寺沙彌盜帳下食今墮圊中聞上人道業故來聽經願助方便使免斯累也明即說法勸化領解方隱後於永興石姥巖入定又有山精來惱明明捉得以腰繩繫之鬼遜謝求脫云不敢復來乃解放於是絕迹以齊永明四年卒于栢林寺春秋八十有四

齊南海荆山有釋法獻是廣州人始居此寺歲久彫衰獻率化有緣更加治葺改曰延祥後入藏薇山創寺寺成後有兩童子携手來歌云藏薇有道德歡樂方未央言終忽然不見舉寺驚嗟咸歎神異獻後入禪忽見一人來云磬繩斷何不早治獻驚起往視垂將委地申其手接得無所損後不知所終

隋終南山楩梓谷釋普安姓郭氏雍州北涇陽人也儀軌行法獨處林野不宿人世專崇禪思至于没齒栖遑荒險不避狼虎常讀華嚴手不釋卷遵修苦行亡身爲物常遊山野用施禽獸虎豹雖來臭而不食常懷耿耿不副情願值周廢教恒共碩德三十餘僧避地終南安置幽谷自身行乞資給豐足雖被閳徹皆獲免難時有藹法師避難在義谷杜映世家掘窯藏之安被放還因過禮覲藹曰安公明解佛法頗未寬多而神志絕倫不避强禦蓋難及也安曰今蒙脫難乃惟華嚴經力也至隋文帝創立佛教大興廣募遺僧依舊安置時楩梓一谷三十餘僧應詔出家並住官寺唯安一人習樂山居守素林壑時行村聚惠益生靈終寢煙霞不接浮俗末有人於

子午虎林兩谷合澗之側鑿龕結庵延而住之初住龕日上有大石正當其上恐落摇出逐峻崩下安自念曰願移餘處莫碎龕窟石遂依言迸避餘所大衆共怪安曰是華嚴經力也未足異之又於龕東石壁澗左有索陀者川鄉巨害縱横非一陰疾安德恒思誅殄與伴三人持弓挾刃攘臂挽强將欲放箭箭不離弦手張不息怒眼舌噤立住經宿聲相通振遠近雲會鄉人稽首歸誠請救安曰素了不知豈非華嚴力也若欲除免但令懺悔如語教之方蒙解脱又龕西魏村張暉者夙興惡念以盜爲業夜往安所私取佛油瓮受五斗背負而出既至院門迷昏失性若有所縛不能得動眷屬鄉村同來爲謝安曰余不知也蓋華嚴力也語令懺悔扶取油瓮如語得脱又龕南張卿者來盜安錢袖中持去既達家内寫而不出口噤無言即尋歸懺服過而去又有程郭村程暉和者頗懷信向恒來安所聽受法要因患身死已經兩宿纏屍於地伺欲棺斂安時先往鄠縣返還在道行達西南之德行寺東去暉村五里遥喚程暉和何爲不見迎耶連聲不已田人告曰和久死矣無由迎矣安曰斯乃浪語吾不信也尋其至村厲聲大喚和遂動身傍親乃割所纏繩令斷安入其庭又大喚之和即忽起匍匐就安安令屏除棺器覆一筥笭以當佛坐令和遶旋尋服如故更壽二十年後遇重病來投乞救安曰放爾遊蕩非吾知也便遂命終時安風聲摇逸道俗崇向其側衆也皆來請謁興建福會多有通感故於昆明池東北白村

有老母病卧失音百有餘日指撝男女思見安形會其母意請來至宅病母既見不覺下迎言問起居奄同常日遂失病苦于時聲名更振村聚齊集欲設大齋大萬村中有田遺生者家途壁立而有四女妻著弊布至膝而已四女赤露迴無覆身大女名華嚴年已二十唯有麤布二尺擬充布施安引村衆次至其門愍斯貧苦遂度不入大女思念由我貧煎不及福會今又不修當來何救周遍求物閬無一物仰面悲號遂見屋甍一把亂穈用塞明孔挽取抖擻得穀十粒挼以成米并將前布擬用隨喜身既無衣待至夜暗匍匐而行趣齋供所以前施物遥擲衆中十餘粒米別奉炊飯因發願曰女人窮困由昔種慳業今得窮報困苦如是今竭貧行施用希來報作此願已以此十粒黄米投飯甑中必若至誠貧業盡者當願所炊之飯變成黄色如無所感命也奈何作此誓已掩淚而返於是甑中五石米飯並成黄色大衆驚嗟未知所以周尋緣搆乃云是因田遺生女之願力也齋會齊率獲粟十斛尋濟之女辦法衣仍度華嚴送入京寺爾後聲名重振弘悟難述安居處雖隱每行慈救年常二社血祀者多周行救贖勸修法義不殺生邑其數不少嘗於龕側村社縛猪三頭將加烹宰安聞往贖社人恐不得殺增價索錢十千安曰貧道見有三千已加本價十倍可以相與衆各不同更相忿競忽有小兒羊皮裹腹來至社會助安贖猪既見諍競因從乞酒行飲行儛焜煌旋轉合社老少眼並失明須臾自隱不知所在安

即引刀自割脞肉曰此彼俱肉耳猪食糞穢爾尚噉之況人食米理至貴也社人聞見一時同放猪既得脫遶安三帀以鼻啄觸若有愛敬故使劾之南西五十里内雞猪絶嗣乃至于今其感發慈善皆此類也性多誠信樂讀華嚴一鉢三衣累紀彌勵開皇八年頻劾入京爲皇儲門師長公主營建静法復延住寺名雖帝宇常寢巖阿以大業五年十一月五日終于静法禪院春秋八十矣

隋東都寶揚道場釋法安姓彭安定鶉孤人少出家在太白山九隴精舍慕禪爲業麤食弊衣卒于終老到開皇中來至江都令通晉王門人以其形質矬陋言笑輕舉並不爲通日别門首喻遣不去試爲通之王聞召入相見如舊更住慧日王所遊履必齎隨從及駕幸泰山時遇渴乏四顧惟巖無由致水安以刀刺石引水崩注用給帝王時大嗟之問何力致爾答王力使爾及從王入磧達于泥海中應遭變怪皆預避之得無損敗後往泰山神通寺僧來請檀越安爲達之王乃手書寺壁爲弘護也初與王入谷安見一僧著弊衣乘白驢而來王問何人安曰斯朗公也即創造神通故來迎引及至寺中又見一神狀甚偉大在講堂上手憑鴟吻下觀人衆王又問之答曰此太白山神從王者也爾後諸奇不可廣録至大業之始帝彌重之威轢王公見皆屈膝常侍三衛奉之若神又往名山召諸隱逸郭智辯釋志公澄公杯度一時總萃慧日道場有道藝者二千餘人四事供給資安爲首又於東都爲立寶楊道場唯安一衆居

中樹業至十一年春四方多難無疾而終春秋九十有八初將終前告帝曰安亡後百日火起出於宮内彌須慎之及至寒食油沸上焚夜中門閉三院宮人一時火死帝時不以爲怪送柩太白資俸官給然安德潛於内外同諸侶眠不施枕頸無委曲延頸牀前口出流涎每有升餘將呈所表各獲靈徵

隋蔣州大歸善寺釋慧偘姓楊晉陵曲阿人也靈通幽顯世莫識之而翹敬尊像事同眞佛每見立像不敢輙坐勸人造像唯作坐者道行遇尼没命救之後往嶺南歸心眞諦專釋禪法大有深悟未住栖霞安志虚靜往還自任不拘山世時往揚都偲法師所偲素知道行興禮接足將還山寺請見神力偘云許復何難即從窻中出臂長數十丈解齊熈寺佛殿上額將還房中語偲云世人無遠識見多驚異故吾所不爲耳以大業元年終于蔣州大歸善寺春秋八十有二初偘終日以三衣襆遥擲堂中自云三衣還衆僧吾今死去徒衆好住便還房内大衆驚起追之乃見房中白骨一具跏坐牀上就而撼之鏘然不散

唐西京化度寺釋轉明俗姓鹿氏未詳何許人形服僧儀貌非弘偉容止淡然色無喜愠以隋大業八年無何而來居住洛邑告有賊起及至覆檢宗緒莫從帝時感之未能加罪權令收禁初不測其然至來年六月果逢梟感作逆驅逼凶醜棄斥東都誅戮極甚方委其言下勑放之而明雖被拘縶情計如常與諸言議曾無所及會帝往江都行達偃師時獄中死囚數有五十剋時斬決明日吾當放

此死尼即往獄所假爲餉遺面見諸囚告曰明日車駕當從此過爾等一時大呼云有賊至若問所由云吾所委當免死矣及至期會便如所告勑乃總放諸囚然收明入禁便大笑而受都無憂懼于時四方草竊人不聊生如明言矣大業末歲猶被拘縶越王踐祚方蒙釋放雖往還自在而恒居乾陽門内别院供擬恐其潛逸密遣三衛私防護之及皇唐泰建議軍國謀猷恒預惟握籌計利害僞鄭世充倍加信奉守衛嚴設又兼恒度至開明二年即當唐武德三年也明從洛宮安然而出周圍五重初不見迹審僞都之將敗故西達京師太武皇帝夙奉音問深知神異特興禮敬勑住化度寺數引禁中具陳徵應及後事會咸同契合以其年八月忽然不見衣資什物儼在房中尋下追徵遍國周訪了無所獲有所諳學者常以平等一法志而奉之然記諸道俗過未苦樂等報皆有靈驗行至總持顧僧衆曰此寺不久當有血流宜共慎之恰都師法該等私度世充兒孫尋被収録戮之都市方悔前失追不可及

唐安州沙門賈逸不知何許人隋仁壽初遊于安陸言戲出没有逾符讖形服改變遊涉不定或緇或素分身諸縣及至推驗方敬其德行迹不輕爲無識所恥有方等寺沙門慧暠學行通博因行遇之以紙五十張施云法師由此得解耳初不測其所因後有諍起暠被引禁官司責問列辯而答紙盡事了如符本契徵應所合例皆如此末至一家云承卿有女欲爲婚媾此家初許因往市肆唱令告

乞云其家與我婦須得禮贈廣索錢米剋日成婚數往彼門揚聲陳唱女家羞恥遂密殺之埋屍糞下經停三日行遊市上逢人說言被殺之事大業五年天下清晏逸與諸群小戲水側或騎橋檻手把弄之云抑羊頭掞羊頭衆人倚看笑其所作及至江都楊家禍亂咸契前言不知所終

唐雍州義善寺釋法順俗姓杜氏雍州萬年縣人禀性柔和志存儉約京室東阜地號馬頭空岸斥重邃堪爲靈窟有因聖寺僧珍禪師本是順受業師珍草創伊基勸俗修理端坐指撝示其儀則忽感一犬不知何來白足身黃自然馴擾徑入窟内口銜土出須臾往返勞而不倦食則同僧過中不飲既有斯異四方嚮歸乃以聞上隋高重之日賜米三升因供常限乃至龕成無爲而死今所謂因聖寺是也順時躬覩其事更倍歸依力助締搆勸民設會供限五百臨時倍來供主懼少順曰莫遮通給千人供足猶有餘剩常有張河江張弘暢家畜牛馬性本憋惡人皆患之賣無取者順語慈善如有聞從自後調善更無觝嚙又每年夏中引衆驪山栖靜地多蟲蟻無因種菜順恐有損就地指示令蟲移徙不久往示恰無蟲矣又順患腫膿潰流逸有敬啖之或以帛拭尋即除愈餘膿發香氣氛氳難比拭帛猶在香氣不歇又有三原縣人田薩埵者生來患聾兼有張蘇等亦患瘂順聞命來與共言議遂如好人永即痊復又有武功縣僧爲毒龍所魅衆以投之順端拱對坐毒龍遂陰託病僧曰禪師既來義無久住極

相勞嬈尋即釋放但有瘴癘魔邪所惱者歸順皆愈不施呪術福力如是其不測者謂有陰德所感故使感靈偏敬致言所教多抑浮詞顯直正理敦實爲懷見有樹神廟室多即焚除汎愛道俗貴賤皆投讃毀兩途開胷莫二似如不知翻作餘語因行南野將度黃渠其水汎漲無人敢度岸復峻滑雖登還墮水忽斷流如行陸地及順上岸水尋還溢門徒目覩不測其然所感幽通事多非一財帛靡悋通用無主但服麤弊卒無兼副朝野知委聞徹皇帝引入內宮崇敬致禮合宮歸仰請受戒法以貞觀十四年都無疾苦告累門徒生來行法令後承用言訖如常跏趺坐卒終於南郊義善寺春秋八十有四臨終忽有雙鳥投房悲哀驚切因即坐送于樊川之北原鑿穴處之京邑道俗同嗟制伏人馬亘野悲號慟地肉色不變經月逾鮮安坐三周枯骸不散自終至今恒有異香流注屍所往者同聞學侶門徒恐有外侵乃藏龕內不懼外竊四衆良辰赴供彌滿（右八驗出唐高僧傳）

唐兗州鄒縣人姓張忘字曾任縣尉貞觀十六年欲詣京赴選途經太山因而謁廟祈福廟中府君及夫人并諸子等皆現形像張時遍禮拜訖至於第四子傍見其儀容秀美同行五人張獨呪曰但得四郎交遊詩賦舉措一生分畢何用仕宦及行數里忽有數十騎馬揮鞭而至從者云是四郎四郎曰向見兄垂殷故來仰謁因而言曰承兄欲選然今歲不合得官復恐前途將有災難不復須去也張不從之執別而去行經一百餘里張及同

伴夜行被賊劫掠裝具並盡張遂呪曰四郎豈不相助有頃四郎車騎畢至驚嗟良久即令左右追捕其賊顛仆迷惑却來本所四郎命人決杖數十其賊胜膊皆爛已而別去四郎指一大樹兄還之日於此相呼也是年張果不得官而歸至本期處大呼四郎俄而即至乃引張云相隨過宅即有飛樓綺觀架迥陵虛雉堞參差非常壯麗侍衛嚴峻有同王者所居張既入中無何四郎即云須參府君始可安坐乃引張入經十餘重門趍走而進至大堂下謁拜而見府君非常偉絶張時戰懼不敢仰視判官判官事似用朱書字皆極大府君命侍宣曰汝乃能與我兒交遊深為善道宜停一二日讌聚隨便好去即令引出至一別館盛設珍羞海陸畢備絲竹奏樂歌吹盈耳即與四郎同室而寢已經一宿張至明旦因而遊戲庭序徘徊往來遂窺一院正見其妻於衆官人前著枷而立張還堂中意甚不悅四郎怪問其故張具言之四郎大驚云不知嫂來此也即自往造諸司法所其類乃有數十人見四郎來咸走下階並足而立以手招一司法近前具言此事司法報曰不敢違命然須白錄事知遂召錄事錄事許諾云仍須夾此案於衆案之中方便同判始可得耳司法乃斷云此婦女勘別案內嘗有寫經持齋功德不合即死遂故令歸張與四郎涕泣而別立之仍囑張云唯作功德可以益壽張乘本馬其妻從四郎借馬與妻同歸妻雖精鬼事同平素行欲至家去舍可百步許忽不見張大怖懼走至家中即逢男女號哭

又知已殯張即呼兒女急往發之開棺見妻忽起即坐輾然笑曰爲憶男女忽怪先行於是已死經六七日而穌也兖州士人説之云爾右一驗出冥報記

述征記曰桓仲爲江州刺史遣人周行廬山冀覩靈異既陟崇巘有一湖帀生桑樹有群白鵠湖中有敗艑赤鱗魚使者渴極欲往飲水赤鱗魚張鬐向之使者不敢飲神異經曰北方荒外有湖方千里平滿無髙下有魚長七八尺形狀如鱧而目赤晝在湖中夜化爲人刺之不入煑之不死以烏梅二七煑之即熟食之可以愈邪病臨海記曰郡東北二十五里任曾逸家有一石井自然天成非人功所造井深四丈常有涌泉大水不溢大旱不竭夏絶香冷冬至甜温長老相傳云昔有採材人臨溪洗器流失酒杯後出於井中地鏡圖曰夫寶物在城郭丘墻之中樹木爲之變視柯偏有折枯是其候也視折枯所向寶在其方凡有金寶常變作積蛇見此輩便脱隻履若屐以擲之若溺之即得凡藏寶忘不知處以大銅槃盛水著所疑地行照之見人影者物在下也地鏡圖曰視屋上瓦獨無霜其下有寶藏晏子春秋曰和氏之璧井里之朴耳良工修之則爲存國之寶孔鄉子云井里之厥又云玉人琢之爲天下寶

述異記曰南康雩都縣沿江西出去縣三里名夢口有穴狀如石室舊傳常有神鷄色如好金出此穴中奮翼迴翔長鳴響徹見之輒飛入穴中因號此石爲金鷄石昔有人耕此山側望見鷄出遊戲有一長人操彈彈之鷄

遥見便飛入穴彈丸正著穴上丸徑六尺許下垂蔽穴猶有閒隙不復容人又有人乘船從下流還縣未至此崖數里有一人通身黄衣擔兩籠黄瓜求寄載之黄衣人乞食船主與之食訖船適至崖下舡主乞瓜此人不與仍唾盤上徑上崖直入石中船主初甚忿之見其入石始知神異取向食器視之見盤上唾悉是黄金吳録曰日南北景縣有火鼠取毛爲布燒之而精名火浣布晉陽春秋曰有司奏依舊調白總武帝不許搜神記曰崑崙之墟有炎火之山山上有鳥獸草木皆生於炎火之中故有火浣布非此山草木之皮則獸之毛也魏文帝以爲火性酷烈無含養之氣著之典論刊廟門之外是時西域使人獻火浣布袈裟於是刊滅此論地鏡圖曰山上有韭必有金博物志曰妊娠者不可食薑令兒盈指抱朴子曰山中樹能語者非樹語也其精名曰雲陽山中夜見火光者皆古枯木所作勿怪也山中午日稱仙人者老樹也孫綽子曰海人與山客辯其方物海人曰横海有魚額若華山之頂一吸萬頃之波山客曰鄧林有木圍三萬尋直上千里旁蔭數國有人曰東極有大人斬木爲筞短不可杖釣魚爲鮮不足充餔玄中記曰百歲之樹其汁赤如血千歲之樹精爲青羊萬歲之樹精爲牛

法苑珠林卷第二十八

音釋

韜土刀切藏也 詭古委切異乞 醯呼雞切 儵式竹切急疾也 舐神帋切舌餂也 攘如羊切卻退也 窖古孝切地藏也 莒居呂切 甕烏貢切罌也 嵎語俱切陬也 闐徒年切于闐國名 燎力小切縱火也 浚私閏切 紵直呂切緂屬 慍於問切心所縕積而怒也 漯吐盍切 盪徒朗切滌也 鵄昌脂切 礎創祖切負榰石也 濘乃定切泥淖也 闔胡閤切總合也 葺七入切修補也 窯余昭切猶穴也 藹依改切 鄠胡古切邑名 撝許爲切指麾也 閴許鵙切寂也 揉耳由切以手挺也 甑子孕切甗也 磧資昔切水渚有石者 轢郎擊切陵踐也 偘空旱切 偲相咨切 襆房玉切 撼胡感切搖動也 梟古堯切 暠古老切 媾古候切合也 捩郎計切 驪呂支切 潰胡對切自壞也 瘴癘瘴之亮切癘郎制切瘴癘熱也 漲知亮切泛溢也 辴丑刃切笑貌 陟竹力切登也 巘語蹇切山形似甑者 艑婢兕切舟也 鬐渠脂切 雩羽俱切 繐以歲切

# 法苑珠林卷第二十九

唐西明寺沙門釋道世撰

## 感通篇第二十一 此有二部

述意部　聖迹部

### 述意部第一

敬尋釋教肇自漢明繼至皇唐政流歷代年將六百輶軒繼接備盡觀方千有餘國咸歸風化莫不梯山貢職望日來王而前後傳録差互不同事迹罕述稱謂多惑雖霑餘潤幽旨未圓夷夏殊音文義頗備推究聖蹤難以致盡故此土諸僧各懷欝怏時有大唐沙門玄奘法師慨大道之不通慜釋教之抑泰故以貞觀三年季春三月吊影單身西尋聖迹從初京邑漸達沙州獨陟險塞伊吾高昌備經危難時值高昌王麴氏爲給貨資傳送突厥葉護衙所又被將送雪山以北諸蕃梵國具觀佛化又東南出大雪山昔人云葱嶺停雪即是雪山奘親目覩過此雪山即達印度經十年後返從葱嶺南雪山北具歷諸國東歸于闐婁蘭等凡經一百五十餘國備歷艱辛人里莫比至貞觀十九年冬初方達京師奉詔譯經兼勑令撰出西域行傳一十二卷至今龍朔三年翻譯經論未似奘法師遊國博聞翻經最多依奘法師行傳王玄策傳及西域道俗住土所冝非無靈異勑令文學士等總集詳撰勒成六十卷號爲西國志圖畫四十卷合成一百卷從于闐國至波斯國已來大唐總置都督府及州縣折衝府合三百七十八所九所是都督府八十所是州一百三十三所是縣一百四十七所是折衝府四

洲所宜人物别異者並簡配諸篇非此所明今之所録者直取佛法聖迹住持别成一卷餘之不盡者具存大本冀後殷鑒知有廣略矣

聖迹部第二

西域傳云奘師發迹長安旣漸至高昌得蒙厚禮從高昌給乗傳送至瞿薩旦那國東境即漢史所謂于闐國也彼土自謂于道國也東二百餘里有娓摩城中有栴檀立像高二丈餘極多靈異光明疾者隨痛以金薄貼像上痛便即愈其像本在憍賞彌國是鄔陀衍那王所造陵空至此國北曷勞落迦城有異羅漢每往禮之王初不信以沙土坌羅漢乃告敬信者曰却後七日沙土滿城後二日乃雨寶滿街至七日夜果雨土填略無遺人其

先告者預作地宂從孔而出時王都域西百六十里路中大磧唯有鼠壞形大如蝟毛金銀色昔匈奴來寇王祈鼠靈乃夜齧人馬兵箭斷壞自然走退都城西五里許寺有浮圖高百餘尺多現光相王感舍利數百粒羅漢以右手舉浮圖安之凾内乃下之無傾動也都城西南十餘里有瞿室稜伽山此云牛角山有寺像現光明佛曾遊此爲天人説法山巖石室有一羅漢入滅心定待彌勒佛其國南界接東女國又從國城西越山谷行八百餘里至斫句迦國即是沮渠處也國南有山立多羅漢塔松林欝茂石室深淨有三羅漢現入滅定鬚髪恒長僧常剃之其五印度僧有證果者多止此室又從國西北上大沙嶺度徙多河舊名新頭河行五百里至佉沙國舊名疎勒

國其俗生子押頭令匾遞從此南行五百里至烏鎩國都城西二百餘里至大山嶺上有塔數百年前山崖自崩中有比丘瞑目而坐形甚偉大鬚髮下垂覆于肩面國王以酥灌之擊揵椎此比丘高視曰我師迦葉波佛在耶答曰無今始聞已入涅槃又問釋迦佛出世耶告曰已滅度矣即昇空化火焚身又西南逾大葱嶺八百餘里至竭盤陀國其國東南有大石室二口各一羅漢入滅定已經七百歲其鬚髮長年別爲剃又越三國行四千餘里至達摩鐵悉帝國都城寺内有石像上懸金銅圓蓋衆寶飾之人有旋遶蓋亦隨轉人止便止四周石壁莫測其然有說聖力使之然也自高昌至於鐵門凡經一十六國人物優劣奉信淳踈具諸圖傳其鐵門者即是漢之西屏鐵門之關見漢門扇一豎一卧外鐵裹木加懸諸鈴必掩此關寔惟天固南出斯門千餘里東據葱嶺西接波斯南大雪山北據鐵門縛芻大河中境西流即經所謂博叉河其境自分爲二十國不可具列名字各有君長信重佛教僧以十二月十六日安居坐至春分以其温熱雨多故也又順北下從呾蜜國越十三國至縛喝國土地華博時俗號爲小王舍城國近葉護南衙也王都城外西南寺中有佛澡罐可容升許雜色炫曜金石難名又有佛牙長寸餘廣八九分色黄白而光淨兼有佛掃箒用迦奢草長三尺餘圍可七寸雜寶飾柄三物齋日法俗所感放大光明王城西北五十餘里有提謂城王城正北四十餘里有波利城各有浮圖高三丈許

各表靈迹即釋迦初成道時元獻蜜麨長者本邑之髮爪塔也又有佛僧伽胝欝多羅僧僧脚崎又覆盔竪錫杖次第立塔又度兩國東南入大雪山至梵衍那國度大雪山東寺有佛齒及劫初獨覺齒長五寸廣四寸又有金輪王齒長三寸廣二寸又有商諾迦縛娑（舊云商那和脩傳法第三師）大阿羅漢鐵鉢可受九升并九條僧伽胝絳赤色設諾草皮之所績成以其先世於解夏日持此草施僧由此福力所被五百世來於中陰身生恒服之從胎俱出逐身而長阿難當度時變爲法服受具已後又變爲九條其國鉢等並用金緘之羅漢從證滅定入邊際智以願力故留袈裟待遺法盡方乃變壞今已有少損信有徵矣又東入雪山逾黒嶺至迦畢試國奉信彌勝王恒歲造丈八銀像自修供之王城東三里北山下有大寺佛院東門南大神王像右足下有大寶藏近有外王逐僧欲掘取其神冠中鸚鵡鳥像奮羽鳴呼地動王軍皆仆起謝而歸寺北嶺上有數石室亦多藏寶欲私開者即有藥叉（舊云夜叉）變爲師子蛇蟲來震怒之室西三里大嶺上有觀自在像誠願者像亦現妙身安言行者城東南四十餘里曷邏怙羅寺大臣所造以名目之浮圖高百餘尺昔臣夜夢令造浮圖從王請舍利也及旦至宮有人持舍利瓶臣留舍利令人先入乃持瓶登塔覆鉢自開安舍利訖王使追之石已合矣齋日放光流出黒油夜聞音樂王都城西北二百餘里大雪山頂有龍池山下爲龍立寺塔中有佛骨肉舍利升餘有時煙起或如火猛焰

漸滅之時方見舍利狀如白珠繞柱入雲還下塔中城西北大河南岸古王寺中有佛弱齡亂齒長一寸餘又此東南往古王寺有佛頂骨一片廣二寸餘色黃白髮孔分明至大唐龍朔元年春初使人王玄策從西國將來今現宮內供養又此寺有佛髮青色螺旋右縈引長丈餘卷可寸許又西南古王妃寺金銅浮圖高百餘尺舍利升餘每十五日夜旋光繞盤曉入塔中城西南北羅婆路山頂盤石上有塔高百餘尺舍利升餘山北巖泉是佛受山神飯已漱口嚼楊枝因生今爲茂林寺號楊枝又從龍池東行六百餘里越雪山度黑嶺至北印度界已前並是胡國制服威儀不參大夏名爲邊國蔑烈車（此云垢濁種也）至此方合中道又東行至濫波國即是印度之北

境言印度者即是天竺之正名亦名身毒賢豆此並訛號北背雪山三垂大海地形南狹如月上弦川平廣衍周萬九千里七十餘國依一王命又東行百餘里逾大嶺大河至那伽羅曷國屬北印度名花氏城城東二里有石塔高三百尺編石峙起雕鏤非常此即昔時值然燈佛授記敷鹿皮衣髮布掩泥之地經劫猶存此無憂王建此石塔每於齋日天輒雨華又城內大塔故基舊有佛齒別塔高三丈餘云從空而來既非人工寔多靈異城西南十餘里有塔是佛自中印度凌空來降迹處次東有塔是昔值然燈佛買華處又城東二十餘里小石嶺上有塔高二百餘尺東岸石壁大洞穴是龍王所居昔佛於此化龍留影煥若眞形至誠請者乃暫明現塔外方

石有佛足迹輪相發光窟西北隅塔者佛經行處又側有髮爪塔窟西石上有濯袈裟文又城東三十餘里有醯羅城中有重閣上安佛頂骨周尺二寸其色黃白髮孔分明欲知善惡用香泥印之及觀香泥隨心而現又有佛髑髏狀如荷葉色同頂骨有佛眼睛大如柰許清白映徹並用七寶瓶盛前三迹又以寶函盛而緘封有佛大衣細氎黃色置寶函中微有壞相有佛錫杖白鐵作環栴檀爲笴寶銅盛之斯五聖迹王令五淨行者執持掌護有須見者稅一金錢請印稅五科寶乃重觀禮彌繁閣西北有小塔而多靈異人以手觸基上塔鈴便大震動又東南山谷行五百里至健陀邏國屬北印度有大論師如脇尊者造毗婆沙處又有菩薩捨千眼處又有佛化鬼子母處又有商莫迦菩薩（舊云睒子是也）被王射處又有彈多落迦（舊云檀特山也）山嶺上是蘇達拏棲隱之所婆羅門捶男女處流血塗地今現草木皆同絳色巖間石室妃習定處又有獨角大仙爲女亂處又此城北越山行六百餘里至烏仗那國此北印度之正國也（舊云烏長）王都城東五里有大塔多有祥瑞佛昔作忍仙爲羯利（此云鬬諍）王支解之處又有方石上佛足迹相放光照寺爲天說本生處又有佛昔聞法析骨寫經處又有昔尸毗迦王割身代鴿處又有佛昔爲慈力王刺血飲五藥叉處又大寺中有刻木梅呾麗耶（舊云彌勒）菩薩像金色晃朗高百餘尺是末田底迦阿羅漢所造（舊云末田地羅漢也）羅漢以通力引匠昇覩史多天三返觀相乃成其好大有靈相不可具述又隔

一國度河至呾叉始羅國屬北印度王都城西北七十里有兩山間塔高百餘尺佛昔說慈氏與世四大藏者此地出一叉城北十二里有月光王塔於齋日常放神光仙華天樂近有癩者於塔禮懺除穢塗香不久便愈身又香潔即是昔佛爲戰達羅鉢剌婆王（舊云月光）以頭施處凡經千施又有伊羅鉢龍王聽經之池月光抉目之地有王標塔舉高十丈又有薩埵王子捨身飼虎處以竹自刺血啗獸處地及草木今猶絳色又有佛化藥叉不食肉處又隔二國東南登山乘鐵橋千餘里至迦濕彌羅國屬北印度（舊云罽賓）國內有四浮圖各有舍利一升餘佛滅度後第四百年有脇尊者年八十方出家證無學果將五百羅漢來此造鄔波弟鑠釋素呾纜藏（舊名優婆提捨論）次造毗柰耶毗婆沙論次造阿毗達摩論此三論各有十萬頌凡有六百六十萬言備釋三藏兼有佛牙長寸半色黄白齋日便放光又有觀自在菩薩立像有願見者斷食便覩又隔三國東行至那僕底國屬北印度都城東南五百餘里至暗林寺周二十餘里佛舍利塔數百千區并石室等有賢劫千佛立此說法釋迦滅後第三百年迦多衍那（舊名迦栴延）於此造大智論寺塔高二十餘丈有四佛行坐迹處又隔四國東行至秣菟羅國屬中印度（舊名摩偸羅國）王都城內有三塔四佛遺迹甚多及舍利子沒特伽羅子（舊名目連）滿慈子（舊名富婁那）優婆釐（舊名優波離）阿難陀羅怙羅曼殊室利等諸塔每三長月六齋日諸僧尼集供養諸塔有阿毗達摩衆供養舍利遺塔有習定衆供養

目連塔有誦經衆供養滿慈塔有毗柰耶衆供養優波離塔有尼衆供養阿難塔有未具衆供養羅怙羅塔有大衆供養諸菩薩塔（尋此諸塔未必遺身但應立像設供呈心如羅怙羅文殊室利等依經未滅度准可知也）城東六里有山崖寺是尊者鳥波毱多之所造中有佛指爪塔寺北有石室室東南二十餘里有大涸池池側有塔佛曾遊此有獮猴持蜜獻佛令水和遍衆同飲獮猴喜墮坑而死便生人中池北林中有四佛行處大有遺迹又隔一國東北四百餘里至窣祿勤那國屬中印度東境臨殑伽河（舊名恒河）北接大山城東南閻牟那河從國西北山中出中境而流都城東臨閻牟河河西大寺東門外塔佛曾於此說法度人其側有佛髮爪塔閻牟河東八百餘里至殑伽源廣三四里東南入海廣十餘里水色滄浪味甘砂細隨水而流俗謂福水有沐除罪或有輕命自沉乞願生天受樂剋有靈感又隔六國於此東南行至劫比他國屬中印度中有天祠十所同事大自在天皆作天像其狀人根形甚長偉俗人不以爲惡謂諸衆生從天根生也王都城東二十餘里大寺側大垣內有天帝釋爲佛造三道寶階中皆附黃金左以水精右用白銀南北而列東西下地是佛從逝多林（舊云祇陁林）昇天至善法堂爲母三月說法下降處百年已前階尚猶在今並沒盡後王倣之猶高七十餘尺上起精舍石側有柱光潤映現隨其罪福影出柱中育王所造階側有浮圖四佛行坐迹處又有佛澡浴處立塔其所有佛入室精舍又其側佛經行石基長五十步高七尺足可

覆處皆有蓮華文又基左右小塔梵王所造次前是蓮華尼化爲輪王先見佛處佛告尼曰非汝先也有蘇部底（舊云須菩提）宴坐石室知諸法空此先見吾法身也又從此北行二百里至羯若鞠闍國是中印度曲女城也都城西近殑伽河長二十餘里廣四五里即統五印度之都王也王前尸羅逸多（唐云戒日）吠奢姓初欲登位於殑伽岸有觀自在像乃請告曰汝本北林蘭若比丘金耳月王旣滅佛法王當重興愍物在懷方王五境愼勿昇師子座及稱大王號也王乃共童子王子殄外道月王徒衆又約嚴令有噉肉者當截舌殺生者當斬手乃與寡妹共知國事於殑伽側建千餘浮圖各高百餘尺二十年來五年一會傾及府藏拯濟群有唯留兵器用備不虞初作會日集諸國僧三七日中四事供養令相論議若戒行貞固道德優洽者昇師子座王便受戒清淨無學宗有崇仰穢行彰露者驅出國界城西北育王所造昔佛於此七日說法其側有髮爪塔四佛行坐迹又南臨殑伽寺有佛牙長寸半光色變改寶函盛之遠近瞻者日有百千守者煩擾重稅金寶而樂禮者不辭重貨齋日便出置高座上散華雖積牙齒不沒又城東南百餘里有塔佛曾七日說法處中有舍利時放光明其側有佛行坐迹寺北四里臨殑伽河有塔佛曾七日說法五百餓鬼解悟生天其側又有髮爪塔次側又有四佛行坐迹又至阿踰陁國屬中印度都城北五里殑伽河岸大寺中塔佛爲天人三月於此說法有四佛行坐迹次西五里有佛

髮爪塔城西南五里大菴没羅林中故寺是阿僧伽菩薩夜昇天宮於彌勒所受瑜伽莊嚴大乘經論及中邊論等晝下為衆說之林西北百餘步有佛髮爪塔城東南臨殑伽有塔佛曾三月說法處有髮爪青石塔有四佛行坐迹又隔二國東南行至鉢羅伽耶國屬中印度王城西南臨閻牟河曲中有塔佛曾於此降外道處有髮爪塔經行迹處又有提婆菩薩作廣百論處城中有天祠堂前大樹枝葉蒙密有食人鬼依之左右遺骸為積人至祠中無不輕命上樹投下為鬼所誘城東兩河間交廣十餘里土地平豐細沙彌布古今王豪諸貴諸有捨施莫不止焉號為大施場戒日大王亦修此業場東合流口日數人自溺而死彼俗名為生天所也有欲行此法者於七日中絕粒自沉中流遠近相趣乃至山猨野獸群鹿等亦遊水濱絕食沉死當戒日王行施之時有二獮猴雌為狗殺雄者負屍擲此河中雄者又自餓累日而死又從此西南大林野行五百餘里至憍償彌國屬中印度王城內故宮大精舍高六十尺刻檀佛像上懸石蓋即鄔陁衍那王(舊云憂陁延王此云出愛)之所造也靈光間起諸王以力欲舉終莫之移昔佛為毋上天說法王請目連神力接工就天摸相及佛下天像便起迎佛慰喻曰方為佛事舍東百餘步四佛行坐迹佛浴室井今猶充汲城內東南隅有具史羅長者宅有佛精舍髮爪塔有四佛行坐迹城西九里石室有佛降毒龍處側有大塔高二十餘丈有佛經行迹及有髮爪塔病求多愈又有釋迦遺

法滅盡在此國中貴賤入境自然感傷寃東北行七百里度殑伽北岸至迦奢布羅城是護法菩薩伏外道處佛曾於此六月說法有佛經行迹及有髮爪塔又從此北行一百八十里至鞞索迦國屬中印度王城南有寺塔高二十餘丈佛曾於此六年說法其側有奇樹高七十尺春冬不改是佛淨齒木葉而茂生諸邪外道競欲殘伐尋生如故伐者受殃側有四佛行坐迹并有髮爪塔基角相連林池交影又從此東北五百里至室羅伐悉底國屬中印度（舊云舍衛國也）都城荒毀故殿東基上有小塔是鉢羅犀那恃多王（舊云波斯匿唐言勝軍也）比丘尼造精舍處次東塔是蘇達多（此云善施）之故宅也側有大塔是鴦窶利摩羅（此云指鬘）捨邪處城南六里許有逝多林是給孤園太子所造寺也今荒廢之尚有石柱高七十餘尺育王造之輙室一存餘並湮滅室中有爲母說法金像東北有佛洗病僧塔西北有目連舉身子衣塔不遠有井塔佛可汲用又有舍利弗與佛經行道說法處並有表塔靈樂異香常降其所又有外道殺女以陰謗佛立塔表處寺東百餘步大深坑是調達欲毒害佛生身陷處又南有大坑是瞿伽離比丘毀佛生身陷處又南八百步大深坑是戰遮婆羅門女毀謗佛生身陷處此三大坑皆深洞達無底縱有洪雨大注終無停偃寺東七十步有精舍名曰影覆高六十尺中有東面坐像與外道論處次東天祠量同精舍初日影西不蔽佛舍晩日蔭東遂覆天祠又東四里大涸池是毗盧釋迦王（舊云瑠璃王也）陷入地處後人立記

之又有身子初造寺時與外道捔處亦立塔記寺西北四里有得眼林中有佛經行迹塔其緣勝軍王抉五百賊眼聞佛慈力一時平復捨杖遂生城西北六十里故城是人壽二萬歲時迦葉波佛本生處其北即是此佛全身舍利之所育王造塔表記之處又東南行五百里至刼比羅伐窣堵國屬中印度(舊云迦毗羅國)故城無人住城內正殿基上精舍中作王像其側是摩訶摩耶(唐云大術)夫人寢殿基上精舍作夫人像其側精舍中作菩薩像神降之相彼執不同上座部云當唐國五月十五日諸部又云當此土五月八日此蓋見聞之異耳城南有塔是太子捔力擲象越城墮地爲大坑處其側有精舍作太子像及受業處其傍有精舍是妃寢處作耶輸陁羅并羅怙羅像別本云太子初夜開城北門出去又城東南隅精舍中作太子乘白馬淩空踰城處四城門各有精舍作老病死沙門像城南四里尼拘盧林塔佛得道與夫人說法之所城南五十里故城中塔是人壽六萬歲時迦羅迦村馱佛本生城城東南塔即此佛遺身處無憂王於前建立石柱高三丈又東北三十餘里故城中塔是人壽四萬歲時迦諾迦牟尼佛本生城城東北塔即此佛遺身處無憂王爲建立石柱銘記之高二丈餘城東北四十餘里有太子生樹下塔大城西北數百千塔是誅釋子塔有四釋子拒王軍衆瑠璃王退城人不受被罰出境至今不絕城南尼拘律樹塔是佛初來見父王處城南門外塔是太子兄弟捔射處東南三十餘里是太子射矢

没地因涌泉流俗傳箭泉病飲多愈或持泥
附額隨苦皆愈又東北九十里臘伐尼林釋
種浴池花水相映其北二十五步有無憂華
樹今已枯悴佛本誕處有說云當此三月八
日者上座部云當此三月十五日者次東有
塔二龍浴太子處佛初生已不扶而行四方
各七步所蹈之處出大蓮華既右脇生天帝
衣接四王捧之置金几上几施四塔并立石
柱表之傍有小河東南而流俗號油河是太
子產已天化此池光潤令沐以除風虛今變
水河尚膩如油又從此東行二百餘里荒林
中至藍摩國屬中印度都城空城東南有佛
塔高百尺昔初八分之一分舍利也靈光時
起其側有清池龍變爲蛇出繞其塔有野象
採華以散之無憂王欲開龍護不許又東大
林百餘里大塔是太子至此解寶衣中末尼
珠付闡鐸迦還父王處又東有贍部樹枯株
尚在有小塔是太子以餘衣易麤布處其側
塔者剃髮處年自不定或云十九二十九者
又東南行百九十里尼拘陁林塔高三丈是
昔人於佛焚地收餘灰炭於此起塔病者祈
愈亦有四佛行坐迹塔高百餘尺左右數百
小塔又從此東北大林踈險行五百里至拘
尸那揭羅國屬中印度城荒人少城內東北
角塔是純陁故宅其井猶美營供所穿城西
北四里度阿恃多伐底河(唐云有金)近西岸娑羅
林兩林中間相去數十步中有四樹特高作
大甎精舍中造佛涅槃像北首而卧傍高二
百餘尺前有石柱記佛滅相有云當此土三
月十五日者說有部云當此九月八日諸部

異議云至今龍朔三年則經一千二百年此依菩提寺石柱記也或云一千三百年或云一千五百年或云始過九百未滿千者其精舍側有佛昔爲雉王救火及鹿救生各立一塔次西塔者是蘇跋陁羅（唐云善現）滅證處次有一塔是執金剛神躃地處次側一塔是停棺七日處次側一塔是阿泥樓陀上天告母降來哭佛處城北度尸連禪那河三百步塔者是佛涅槃般那處（唐云焚燒）地今黄黑土雜灰炭有祈感者剋獲舍利次側一塔佛爲大迦葉波現雙足處次有一塔前立石柱刻記八國分舍利事又從此西南大林行五百里至婆羅痆斯國屬中印度（舊云波羅柰也）都城西臨殑伽河城居人滿城東北有婆羅痆河河東北十餘里是鹿野寺又西南塔高百餘尺前有石柱高七十餘尺洞徹清淨誠感像現隨其善惡佛成道已初轉法輪處其側三塔即昔三佛行坐處傍有諸塔是五百獨覺入滅度處又側一塔是慈氏菩薩受記處又西一塔是佛過去爲護明菩薩迦葉波佛授今佛成道處次南有四佛經行處長五十步高七尺青石積成上作釋迦經行像其形特異肉髻上鬚髮頭抽出神而有徵寺迹極多精舍浮圖乃有數百事難述盡寺西有清池周三百步佛昔盥浴次西小池佛嘗滌器處次北小池佛嘗有浣衣處次之三池龍止其中味甘且淨有慢觸者金毗羅獸即而害之次側有方石上有佛袈裟文迹外道凶人有輕蹈者池龍輙興風雨害之次側有浮圖佛曾作六牙象王見獵師者被法衣故拔牙與處次又一

塔佛昔爲象與猴相問大小處又大林中塔佛與調達昔爲鹿王佛代孕鹿命處鹿野之號因此得名寺西南三里有一塔是五人迎佛處又大林東三里有塔佛昔爲兎與諸獸聚自知形小燒身饋之因感天帝下來讃故使月輪有兎像現又東順殑伽河行三百里至戰王國都城人滿城臨殑伽河城西北有寺塔佛舍利一升昔佛於此七日說法幷四佛行處河北有佛降鬼塔半已陷地又有佛爲噉人鬼說法處又東南度河百餘里塔者即分舍利瓶及餘舍利齋日放光又東北度殑伽河行百五十餘里至吠舍釐國屬中印度(舊云毗舍離國)都城頹毀故基周七十里少人居住宮城周五里宮西北六里有寺塔是說維摩經處又東是舍利子證果塔又東大塔是王得一分舍利一斛許無憂王取九升均造餘塔後更有王欲開地震遂止次南有獼猴爲佛穿池池西群猴持佛鉢上樹取蜜處池南猴奉佛蜜處各有塔記寺東北四里許有塔是維摩故宅基尚多靈神其舍壘甎傳云積石即是說法現疾處也於大唐顯慶年中勑使衛長史王玄策因向印度過淨名宅以笏量基止有十笏故號方丈之室也幷長者寶積宅菴羅女宅佛姨母入滅處皆立表記寺北四里有塔佛將往拘尸天人送往立處次後一塔是佛最後觀城邑處次是菴羅女以園施佛處其側一塔是佛三告阿難涅槃處又側一塔是千子見父母處即賢劫千佛也東故重閣講堂基塔時放光明是佛說普門住處城東南十五里大塔是七百賢聖重

結集處殑伽河南北岸各有一塔是阿難陀分身與二國處又隔一國西北行一千五百里入山谷至尼波羅國屬北印度都城東南不遠有水火村東一里許有阿耆波沵水周二十步旱澇湛然不流常沸家火投之遍池火起煙焰數尺以水灑火火更增熾碎土以投亦即然盡無間投者並成灰燼架釜水上煮食立熟賢德傳云此水中先有金匱前有國王將人取之匱已出泥人象挽之不動夜神告曰此是慈氏佛冠在中後彌勒下生擬著不可得也火龍所護城南十餘里孤山特秀寺居重疊狀若雲霞松竹魚龍隨人馴附就人取食犯者滅門比者國命並從此國而往還矣即東女國與吐蕃接界唐梵相去可一萬餘里又從南行百五十里度殑伽河至

摩揭陁國屬中印度城少人居邑落極多故城在王舍城山北倚東二百四十里北臨殑伽河故宮北石柱高數丈昔無憂王作地獄處是頻婆娑羅王之曾孫也王即戒日之女壻也所治城名華氏城王宮多華故因名焉石柱南有大塔即八萬四千之塔一數也安佛舍利一升時有光瑞即是無憂王造近護羅漢役鬼神所營其側精舍中有大石是佛欲涅槃北趣拘尸南顧摩揭故蹈石上之雙足迹長尺八寸廣六寸輪相華文十指各異近爲惡王金耳毀壞佛迹鑿已還平文采如故乃捐殑伽河中尋復本處貞觀二十三年有使圖寫迹來次側有四佛行坐迹塔故城東南有龍猛菩薩伏外道處次北有鬼辯塔馬鳴事又西南度尼連禪河有伽耶城少人

物可千餘家城西南六里許至伽耶山谿谷杳冥世謂靈岳自古君王封告成也頂有石塔高百餘尺時放奇光佛於此說寶雲等經山東南尼連河減二里許至鉢羅笈菩提山唐言正覺佛時證先登因名也佛自東北崗上頂欲入金剛定振地搖山神懼告佛又至西南半崖中面間坐石地山又震淨居天告曰此西南十五里近苦行處畢鉢羅樹下金剛座處是菩提座三世諸佛咸此成正覺佛方就之仍爲石室龍留影也世稱名地其菩提樹周垣甎壘以崇固之東西闊周可五百四十步奇樹名花連陰列植正門東開對尼連河南門接大花池西阨險固北門通大寺其院內聖迹諸塔列多樹垣正中金剛座上者賢劫初成與大地俱大千界中下極金輪上至地際金剛所成周百餘步千佛同坐入金剛定故因號爲即證道之處又曰道場大地震時獨無搖也如來得道之日互說不同或云三月八日及十五日垣北門外大菩提寺六院三層垣墻高四丈壘甎爲之師子國王買取此處與造斯寺僧徒僅千大乘上座部所住持也有骨舍利狀如人指節舍利者大如眞珠彼土十二月三十日當此方正月十五日也世稱大神變月若至其夕必放光瑞天雨奇花充滿樹院彼土常法至於此時道俗千萬七日七夜競申供養凡有兩意謂覩光瑞及取樹葉其樹青翠冬夏不改每至入涅槃日及以夏末一時彫落通夕新抽與舊齊等後爲無憂王妃伐截於西數千步聚而燒之用以祠天煙焰未止忽生兩樹猛火

之中茂葉同榮因謂號為灰菩提樹王覩生信以香乳溉餘根者至旦樹生如本王妃忿之又夜重伐王重祈請以乳灌之不日還生壘石周垣其高丈餘近為金耳國月王又伐此樹掘至泉水不盡根底乃縱火焚之又以甘蔗澆之令其爛絶其本也數月之後為補刺拏伐摩王此言滿冑即先無憂王之玄孫也聞樹被誅舉身投地請僧七日經行繞樹大坑以數千牛乳灌之六日夜樹生丈餘恐後翦伐周峙石垣高二丈四尺樹今出於石壁上二丈餘圍三尺餘樹東青甎精舍高百六十餘尺基廣二十餘步上有石鉤欄繞之高一丈層龕皆有金像四壁鏤諸天仙上頂金銅阿摩勒迦果此謂寶瓶即寶臺也東却接為重閣三層簷宇特異並金銀飾鏤三重門外龕中左觀自在右慈氏像並鑄銀成高一丈許是無憂王造精舍初小後巨廣之依王玄策行傳云西國瑞像無窮且録摩訶菩提樹像云昔師子國王名尸迷佉拔摩唐云功德雲梵王遣二比丘來詣此寺大者名摩訶諵此云大名小者優波此云授記其二比丘禮菩提樹金剛座訖此寺不安置其二比丘乃還其本國王問比丘往彼禮拜聖所來靈瑞云何比丘報云閻浮大地無安身處王聞此語遂多與珠寶使送與此國王三藐陁羅崛多因此以來即是師子國比丘又金剛座上尊像元造之時有一外客來告大衆云我聞募好工匠造像我巧能作此像大衆語云所須何物其人云唯須香及水及料燈油艾料既足語寺僧云吾須閉門營造限至六月慎莫開門亦不勞飲食

其人一入即不重出唯少四日不滿六月大衆評章不和各云此塔中狹迮復是漏身因何累月不開見出疑其所爲遂開塔門乃不見匠人其像已成唯右妳上有少許未竟後有空神驚誡大衆云我是彌勒菩薩像身東西坐身高一丈一尺五寸肩闊六尺二寸兩膝相去八尺八寸金剛座高四尺三寸闊一丈二尺五寸其塔本阿育王造石鉤欄塔後有婆羅門兄弟二人兄名王主弟名梵主兄造其塔高百肘弟造其寺其像自彌勒造成已來一切道俗覩模圖寫聖變難定未有寫得王使至彼請諸僧衆及此諸使人至誠殷請累日行道懺悔兼申來意方得圖畫髣髴周盡直爲此像出其經本向有十卷將傳此地其匠宋法智等巧窮聖容圖寫聖顏來到京都道俗競摸裝師傳云像右乳上圖飾未周更塡衆寶遥看其相終以不滿像坐跏趺右足跏上左手斂右手垂所以垂手者像佛初成道時佛與魔王指地爲證近被月王伐樹令臣毀像王自東返臣本信心乃於像前横施甎鄣心愧暗故置燈於内外畫自在天像功成報命月王聞懼舉身生皰肌膚皆裂尋即喪沒大臣馳報即除壁鄣徃還多日燈猶不滅今在深室晨持鏡照乃覩其相見者悲戀敬仰忘返又依王玄策傳云此漢使奉勑徃摩伽陁國摩訶菩提寺立碑至貞觀十九年二月十一日於菩提樹下塔西建立使典司門令史魏才書

昔漢魏君臨窮兵用武興師十萬日費千金猶尚北勒闐顏東村不到大唐牢籠六合道

冠百王文德所加溥天同附是故身毒諸國道俗歸誠皇帝愍其忠欵遐彰聖慮乃命使人朝散大夫行衛尉寺丞上護軍李義表副使前融州黄水縣令王玄策等二十二人廵撫其國遂至摩訶菩提寺其寺所菩提樹下金剛之座賢劫千佛並於中成道觀嚴飾相好具若真容靈塔淨地巧窮天外此乃曠代所未見史籍所未詳皇帝遠振鴻風光華道樹爰命使人屆斯瞻仰此絶代之盛事不朽之神功如何寢默詠歌不傳金石者也乃爲銘曰

大唐撫運　膺圖壽昌　化行六合　威稜八荒
身毒誓顙　道俗來王　爰發明使　瞻斯道場
金剛之座　千佛代居　尊容相好　彌勒規模
靈塔壯麗　道樹扶踈　歷劫不朽　神力焉如

又奘師傳云佛以唐國三月八日成道上座部云當此三月十五日成道時年三十者或云三十五者斯之差互彼自不同由用曆前後故有此異由神州曆筭元各不同三代定正延縮何足恠乎且據一相取悟便止樹西大精舍内有鍮石像東面立飾以奇珍前有青石奇文如來初成道日梵王起七寶堂帝釋起七寶座佛據上七日思惟放光照樹令寶爲石樹南浮圖高百餘尺初佛於河沐已將坐念草帝釋化人以始尸草（此云吉祥草）以奉佛坐育王造塔表之次東北有塔是佛證果時有群青雀來繞世尊亦有群鹿呈祥之處樹東大路左右各有一塔是魔王嬈佛衰退處樹西北有精舍中迦葉波佛時放光明俗云至誠七遶生得宿命智又垣西北有欝金

香泥塔高一丈四尺樹垣東南隅有尼拘律樹樹側有塔精舍中有坐像初證果時大梵王請轉法輪處垣内四隅皆有塔初佛受草趣樹先至西南地動又向西北又東北又東南並爲地動即西北至樹下東面坐金剛座上地方安靜故立塔記垣外西南有二牧牛女宅處其側有煮乳糜處又側有佛受糜處皆立表塔樹南門外大池周七百餘步清澄魚龍所宅次南有池是帝釋所造爲佛濯衣池西大石是帝釋雪山持來爲佛曬衣次側有塔是佛納故衣處次南林中一塔是佛受貧母施故衣處化池東林龍池清潔其水甘美岸西有小精舍中像佛初成道此坐七日入定龍王遶佛七帀化多頭蓋佛處龍池東林精舍作佛羸瘦形像其側有經行迹七十餘步南北各有畢鉢羅樹往來攀而後起即是苦行六年日食一麻一麥處今有疾者以香油塗像多愈又有五比丘住處又東南有塔是佛入尼連河浴處次近河有佛食乳糜處其側有二塔是長者獻蜜麨處樹東南塔是四天王奉佛石鉢處其側有塔是佛成道後爲母說法處又度迦葉兄弟千人處樹垣北門外即是摩訶菩提寺庭宇六院觀閣三重周垣高五丈有佛舍利大如指節光潤鮮白通徹内外肉舍利者大如青珠形帶紅色每年至佛大神變月出以示人即印度十二月三十日於唐國當正月十五日於此之時放光雨華大起深信其寺常有千僧習大乘上座部法儀清肅是南海僧伽羅國王請立經今四百年寺多有師子國人每年比丘解

安居訖四方道俗百千萬衆七日七夜香華妓樂遍林供養印度諸僧以唐國五月十六日入夏安居以唐國八月十五日解夏斯亦隨方用曆不同不可一定如雪山北有國坐春坐秋者意以一年之内多温熱處制三月住就中前後一月延促不定若據修道何時不安故律制三時遊行通結有罪必有善緣亦開兼濟樹院東度河大林中塔北池者佛昔爲香象子侍育象母處前建石柱昔迦葉波佛於此宴坐側有四佛行坐迹林中小石柱是欝頭藍發惡願處又東度黄河百餘里至屈屈吒播陀山（舊名雞足）直上三峯狀如雞足頂樹大塔夜放神炬光明通照即大迦葉波於中寂定處也初佛以姨母織成金縷大衣袈裟傳付彌勒令度遺法四部弟子迦葉承佛教旨佛涅槃後第二十年捧衣入山以待彌勒山路極梗澀多諸林竹師子虎象縱横騰倚奘法師至彼每思登踐取進無由奘乃告王請諸防援蒙王給兵三百餘人各備鋒刃斬竹通道日行十里爾時彼國聞奘往山禮拜士女大小數盈十萬奔隨繼至共往雞足既達山阿壁立無路乃縛竹爲梯相連而上達山頂者三千餘人四睇欣然轉增喜踊具覩石鐸散華供養又依王玄策傳云粵以大唐貞觀十七年三月内爰發明詔令使人朝散大夫行衛尉寺丞上護軍李義表副使前融州黄水縣令王玄策等送婆羅門客還國其年十二月至摩伽陁國因即巡省佛鄉覽觀遺蹤聖迹神化在處感徵至十九年正月二十七日至王舍城遂登耆闍崛山流目

縱觀傍眺罔極自佛滅度千有餘年聖迹遺基儼然具在一行一坐皆有塔記自惟器識邊鄙忽得躬覩靈迹一悲一喜不能裁抑因銘其山用傳不朽欲使大唐皇帝與日月而長明佛法弘宣共此山而同固其辭曰

大唐出震膺圖龍飛光宅率土恩覃四夷化高三五德邁軒羲高懸玉鏡垂拱無為(其一)道法自然儒宗隨世安上作禮移風樂制發於中土不同葉裔釋教降此運於無際(其二)神力自在應化無邊或涌於地或降於天百億日月三千大千法雲共扇妙理俱宣(其三)欝乎此山奇狀增多上飛香雲下臨澄波靈聖之所降集賢懿之所經過存聖迹於危峯竚遺趾於巖阿(其四)參差嶺嶂重疊巖廊鏗鏘寶鐸氛氳異香覽華山之神蹤勒貞碑於崇崗馳大唐之淳化齊天地之久長(其五)又奘師傳云從此山東行六十里至矩奢揭羅補羅城北門外有塔佛舒手現五師子伏提婆醉象處又東北塔是舍利子聞馬勝比丘說法證聖處塔北大坑傍塔是室利毱多設火坑以害佛處又東至姞栗陁羅矩吒山(此云鷲峯亦云鷲臺舊云耆闍崛山)傍有大石高丈四五廣三十餘步是提婆達多擲佛處其南崖下有塔佛此處說法華經處南山崖有大石室佛舊入定阿難別室被魔怖之以手通石摩頂現有通穴精舍東北大石是佛曬衣處衣文明徹石內傍有佛迹山城北門西有毗布羅山西南崖昔有五百溫泉今猶數十泉西畢鉢羅石室佛昔恒居後壁洞穴是阿素洛宮山北門外一里至迦蘭竹園精舍東大塔是阿闍多沒吐路(唐云)

未生怨也即是阿闍世王也竹園西南六里許南山陰大竹林中有大石室是大迦葉波與千羅漢於此集三藏處僧中上座即號爲上座部石室西北塔是阿難受責證果處山城之北可五里許至曷羅闍姞利嗢唐言新王舍城南門外道左塔者度羅怙羅處又北三十餘里至那爛陁寺此云施無猒寺贍部洲中寺之最者匆高此矣五王共造供給倍隆故因名焉其寺都有五院同一大門周閭四重高八丈許並用甎壘其最下壁猶厚六尺外埒三重牆亦甎壘高五丈許中間各遶極深池塹備有華香嚴麗可觀自置已來防衛清肅女人姤濫未曾容隱常住僧衆四千餘人外客道俗通及邪正乃出萬數皆周給衣食無有窮竭故復號施無猒也中及左右聖迹重疊不可殫記有諸論師智識清遠王給封户乃至十城漸降量賞不減三城其寺現在受封大德三百餘人通經已上不掌僧役重愛學問諮訪異法故烏耆已西被於海內諸出家者皆多義學任國追師都無隔礙王雖守國不敢遮障又東行入山二百餘里至伊爛拏國見佛坐迹入石寸許長五尺二寸廣二尺一寸有瓶迹沒石寸許八出華文都似新置有佛立迹長尺八寸強闊六寸許又隔七國西北行至羯羅拏國邪正兼事別有三寺不食乳酪是調達部僧也又西南行七百里至烏荼國東境臨海有發行城多有商旅停於海濵次南大海中有僧伽羅國謂執師子是也相去約指二萬餘里每夜南望見彼國中佛牙塔上寶珠光明騰焰暉赫現於天際又西

南行具經諸國並有異迹可五千里至憍薩羅國即南印度之正境也崇信彌篤王都西南三百餘里有黑蜂山是昔大王爲龍猛菩薩造立斯寺（舊云龍樹）其寺上下五重鑿石爲之引水旋注多諸變異沿彼達上今淨人固守罕有登者龕中石像形極偉大寺成之日龍猛就山以藥塗之變成紫金世無等者又有經藏甲傳無數古老相傳最初結集並現存在雖外佛法屢遭誅殄而此一山住持無改近有僧來於彼夏坐但得讀誦不許持出具陳此事但路幽阻難可尋問又南行至案達羅國屬南印度都城西南二百餘里孤山嶺上石塔即是陳那菩薩造因明論處又南行千里至馱那羯磔迦國屬南印度都城東西據山間各有大寺昔王爲佛造殿山䟽石製極華博賢聖遊息佛滅未有千年前其處有千凡僧安居罷日皆證無學淩空飛去今寂無人其處有婆毗吠伽論師（唐云明辯）即是般若燈論主也於觀自在前絶粒而飲水三年立志祈請待見彌勒觀自在乃爲現色身又在城南大山巖執金剛神所誦金剛呪三年神授方云此巖石內有阿素洛宮如法祈請石壁當開可即入中待彌勒出我當相報又經三年然呪芥子擊於石壁豁即洞開時百千衆觀覩驚歎論師跨門再三顧命唯有六人從入餘者謂是毒蛇窟也當即石門還合如壁又復南行六千餘里至秣羅矩吒國即贍部最南際海濱境也山出龍腦香及有白檀香樹又有羯薩羅香樹松身無葉香如冰雪即龍腦香也從此南大海中有天宮觀自在

菩薩常所住處（舊云觀世音菩薩也）臨海有城即是古師子國入海中可三千里非結大伴則不可至自此西北四千餘里中途經國具諸神異國東南隅數千里那羅稽羅洲人長三尺鳥喙唯食椰子又至摩訶剌他國其王自在未賓戒日寺有百餘僧徒五千東境山寺羅漢所造有大精舍高百餘尺中安石像長八丈餘上施石蓋凡有七重虛懸空中相去各三尺禮謁見者無不歎異傳云羅漢願力所持或云藥呪術力所持又越二國西北至摩臘婆國屬南印度都城西北二十餘里有大婆羅門邑側大陷坑水流無滿是昔大慢婆羅門謗大乘生陷入地獄處又西北至阿吒釐國屬南印度此國出胡椒熏陸香樹葉如棠又周巡西北越十餘國至波剌斯國非印度所攝此國多出金銀鍮石頗胝水精死多棄屍佛鉢在王宮中西北接拂壈國出白狗子本赤頭鴨生於穴中案梁貢職圖云去波斯北一萬里西南海島有西女國非印度攝拂壈年別送男夫配焉略陳聖迹依如前述具列俗紀備存大本頌曰

希音遠流　乃眷東顧　欣風慕道　仰覲西度　妙盡毫端　運微輕素　託采虛凝　殆映霄霧　迹流衆像　理深其趣　寄與開襟　引凡聖路　千佛同化　萬賢來曙　皇情有感　緇素同遇

法苑珠林卷第二十九

音釋

輶于求切　麹苦匊切　萻甫元切　婫古䰟切　蝟于位切蟲似豪猪而小者　匾方緬切陿小也　鎩桒轄切　鑵古玩切　盋北末切食器　績則歷切紡績也　邏郎佐切　齡呂經切年齒也　齓初覲切毁齒也　峙池爾切峙立貌　雕都聊切刻也　笴古旱切　鑠書藥切　秣莫葛切　莵同都切　涸下各切　積資四切聚也　鞞府移切　鴦於良切　寠其矩切　湮於眞切沒也　捔古岳切校也　窣蘇骨切　踰羊朱切越也　盞章陵切　嶮虛儉切危也　痆女黠切　饋求位切進食以飼也　蠡呂支切　頹徒回切摧也　沴郎計切　阨於革切迫也　漑古代切灌也　艾五蓋切　軫章忍切動也　嬈而沼切擾亂也　鏬呼嫁切孔也　懿乙冀切美也　竚除呂切立也　阯諸市切基也　鏗口莖切鏗鏘金玉聲也　姞渠乙切　磔陟革切　跨苦化切過也距也　壈力感切　曙常恕切

法苑珠林卷第三十

唐西明寺沙門釋道世撰

住持篇二十二此有十部

述意部　治罰部　思慎部

説聽部　菩薩部　羅漢部

僧尼部　長者部　天王部

鬼神部

述意部第一

夫法不自弘弘之在人人通邪正法逐人訛將欲住持三寶必須德行内充律教一宗兼先諳究不憚勞苦不好聲譽令遐邇道俗欣心有據界中行者慕崇進業緇素相依法得久住故四分律云非制不制是制便行如是漸漸令法久住若法出恒情言無規矩翻同鄙俗何成匡衆宜自私退省已爲人故律云非制而制是制便斷如是漸漸令法速滅數見朝貴門首多有療病僧尼或有行醫針灸求貪名利或有蒱博歌戲不護容儀或有婚姻相託媒嫁男女或有科歛酒肉公然聚會或有服玩奢華馳騁衣馬或有執腕抵掌類同賤俗或有結搆惡友朋伏麤人致使穢響盈路汙染俗情貴勝同知聞徹天聽於是雷同總撥枉濫清人非直僧尼不依聖教亦由白衣不識賢良寔因一二凡僧毀謗無量好衆或有勤求學問博知三藏或有講道利生無闕四時或有專居禪思常坐不卧或有讀誦經論常勤匪懈或有六時行懺晝夜行道或有納衣乞食儉素無爲或有山居蘭若頭陀苦行或有專營福利供養三寶或有興建齋講化俗入道或有營造經像締構伽藍如

是略列疇能殫記此之名德常依道場專行福智寸陰不遺無暇染俗或以公貴不識唯共鄙徒結友情容染習既久以非爲是縱覩聖僧將爲凡衆唯生瞋慢何曾加敬靜思此事豈非濫歟

## 治罰部第二

自大聖西隱正教東流佛法付囑國王令加護持但王法寖移日就衰羸持犯憲章漸將殆盡若聞說者反被凌辱以道俗濫惡情乖日久設欲治罰改惡就善恃官勢力枉壓清人僧衆無力反汙淨心其懷轉姧實難挫伏致使大教息用遺風訛替故大集經云若未有諸王四姓爲護法故能捨身命寧護一如法比丘不護無量諸惡比丘是王捨身生淨土中若隨惡者是王無量世中不復人身王等不治則斷三寶奪衆生眼雖無量世修施戒慧則爲滅失又犯過比丘應須治者一月兩月苦使或不與語不與共坐或擯出一國乃至四國有佛法處治如是等惡比丘諸善比丘安樂受法故使佛法久住不滅又薩婆多論云違王制故得突吉羅罪又勝鬘經云世尊應折伏者而折伏之應攝受者而攝受之何以故以折伏攝受故令正法得久住天人充滿惡道減少於如來所轉法輪而得隨轉又涅槃經云善男子諦聽諦聽當爲汝說如來所得長壽之業菩薩以是業因緣故得壽命長欲得長壽應當愍念一切衆生同於子想生大慈大悲大喜大捨受不殺戒教修善法亦當安置一切衆生於五戒十善復入地獄餓鬼畜生阿脩羅等一切諸惡趣拔濟

是中苦惱衆生脫未脫者度未度者未涅槃者令得涅槃安慰一切諸恐怖者以如是等業因緣故菩薩則得壽命長遠於諸智慧而得自在隨所壽終生於天上迦葉菩薩白佛言世尊於佛法中有破戒者作逆罪者毀正法者云何當於如是等人同子想耶佛告迦葉善男子譬如國王諸群臣等有犯王法隨罪誅戮而不捨置如來世尊不如是也於毀法者與驅遣羯磨訶責羯磨置羯磨舉罪羯磨不可見羯磨滅擯羯磨未捨惡見羯磨善男子如來世尊與謗法者作如是等降伏羯磨爲欲示諸行惡之人有果報故我涅槃已隨其方面有持戒比丘威儀具足護持正法見壞法者即能驅遣訶責徵治當知是人得福無量不可稱計乃至若善比丘見壞法者置不訶責驅遣舉處當知是人佛法中怨若能驅遣訶責舉處是我弟子眞聲聞也又云如來今以無上正法付囑諸王大臣宰相比丘比丘尼優婆塞優婆夷是諸國王及四部衆應當勸勵諸學人等令得增上戒定智慧若有不學是三品法懈怠破戒毀正法者王者大臣四部之衆應當苦治又經云若有比丘供身之具亦當豐足復能護持所受禁戒能師子吼廣說妙法謂修多羅乃至阿浮陀達磨以如是等九部經典爲他廣說利益安樂諸衆生故唱如是言涅槃經中制諸比丘不應畜養奴婢牛羊非法之物若有比丘畜如是等不淨物者應當治之如來先於異部經中說有比丘畜如是等非法之物某甲國王如法治之驅令還俗若有比丘能作如是

師子吼時有破戒者聞是語已咸共瞋恚害是法師是說法者設復命終故名持戒自利利他以是緣故我聽國主羣臣宰相諸優婆塞等護說法人經中廣明覺德比丘護正法時制諸比丘不得破戒畜非法物破戒徒衆聞是語已便來害之時有國王名曰有德没命護持覺德比丘與共戰鬪救得法師從是之後常得值佛乃至二人皆得成佛自指云爾時王者則我身是說法比丘迦葉佛是爲護法故皆得成就是金剛身又云我涅槃後濁惡之世國土荒亂互相抄掠人民飢餓爾時多有爲飢餓故發心出家如是之人名爲秃人是秃人輩見有持戒威儀具足清淨比丘護持正法驅逐令出若殺若害迦葉菩薩白佛言世尊是持戒人護正法者云何當得遊行村落城邑教化善男子是故我今聽持戒者依諸白衣持刀杖者以爲伴侶若諸國王大臣長者優婆塞等爲護法故雖持刀杖我說是等名爲持戒雖持刀杖不應斷命若能如是即得名爲第一持戒又云我於經中亦說有犯四波羅夷乃至微細突吉羅等應當苦治衆生若不護持禁戒云何當得見於佛性一切衆生雖有佛性要因持戒然後乃見因見佛性得成阿耨菩提又偈云

比丘若修集　戒定及智慧　當知則不久
親近大涅槃

又月燈偈云

雖廣讀衆經　恃多聞毀禁　多聞不能救
破戒地獄苦

又十輪經佛說偈云

有眞善剎利　供養於正法　三乘得熾盛
當獲功德海　具足七寶等　遍滿閻浮提
持用施諸佛　其福猶有限　乃至四天下
造僧房供養　彼雖得大福　不如護正法
假使爲諸佛　滿中造荅廟　彼雖得大福
不如護正法　譬如五日出　能竭於大海
若護我法者　則竭煩惱結　譬如風災起
悉摧一切山　若護正法者　亦滅諸煩惱
譬如水災起　漂蕩壞大地　若護正法者
亦消諸煩惱

思愼部第三

夫欲成大醫弘其三藏先須當機自療已患然後治他法得久住不得爲名利故空談名教不修一行遂同狂醉故大莊嚴論云有二種醉一者家色財等成就時醉二者他稱讚時醉此之二醉前一多是在家人等富貴時醉開放逸門造地獄因後一多是出家人等貪學名利輕賤自身希望他讚便生憍慢昏於志趣失於聖意盲不見道流浪三塗故涅槃經云佛告迦葉我般涅槃七百歲後是魔波旬漸當沮壞我之正法譬如獵師身服法衣魔王波旬亦復如是作比丘像比丘尼像優婆塞優婆夷像亦化作須陀洹身乃至化作阿羅漢身及佛色身魔王以此有漏之形作無漏形壞我正法又經云若有比丘以利養故爲他說法是人所有徒衆眷屬亦効是師貪求利養是人如是便自壞衆又云若有比丘雖持禁戒爲利養故與破戒者坐起行來共相親附同其事業是名破戒亦名雜僧又云復有常没非一闡提何者是也如人爲

有修施戒善是名常没故經云善男子有四善事獲得惡果何等爲四一者爲勝他故讀誦經典二者爲利養故受持淨戒三者爲他眷屬故而行布施四者爲非想非非想處繫念思惟是四善事得惡果報又云是一闡提滅諸善根非其器故假使是人百千萬歲聽受如是大涅槃經終不能發菩提之心所以者何無善心故又經云善男子我涅槃後無量百千歲四道聖人悉復涅槃正法滅後於像法中當有比丘像似持律少讀誦經貪嗜飲食長養其身身所衣服麤陋醜惡形容顦顇無有威德放畜牛羊擔負薪草頭鬚髮爪悉皆長利雖服袈裟猶如獵師細步徐行如猫伺鼠常唱是言我得羅漢多諸病苦眠卧糞穢外現賢善内懷貪嫉如受啞法婆羅門等實非沙門現沙門像邪見熾盛誹謗正法如是等人滅壞如來所制戒律正行威儀說解脫果離不淨法及壞甚深祕密之教各自隨意反說經律而作是言如來皆聽我等食肉飲酒自生此論言是佛說互共諍訟各自稱是沙門釋子善男子爾時復有諸沙門等貯聚生穀受取魚肉手自作食執持油瓶寶蓋革屣親近國王大臣長者占相星宿勤修醫道畜養奴婢金銀雜寶與諸技藝畫師泥作造書教學種植根栽蠱道呪幻和合諸藥作唱妓樂香華治身摴蒱圍碁諸工巧等若有比丘能離如是諸惡事者當說是人真我弟子若反習是事親近國王王子大臣及諸女人高聲大笑或復默然於諸法中多生疑惑多語妄說長短好醜或善不善好著妙衣

如是種種不淨之物於施主前躬自讚歎出入遊行不淨之處所謂沽酒婬泆博奕如是之人我今不聽在比丘中應當休道還俗役使譬如稗莠悉滅無餘當知是等經律所制悉是如來之所説也若有隨順魔所説者是魔眷屬若有隨順佛所説者即是菩薩乃至經云破戒比丘當於百千億萬劫數割截身肉以償施主若生畜生身常負重所以者何如析一髮爲千億分破戒比丘尚不能消一分供養況能消他衣服飲食卧具醫藥又云樂視婦女不附男子乃至憎持戒者親附破戒常讚布施不讚持戒忍辱精進禪定智慧不讚寂滅遠離獨處常好識論持戒者過亦不稱讚行頭陀者或指其事惡口横加又經云善男子如來正法將欲滅盡爾時多有惡

行比丘不知如來微密之藏懶惰懈怠不能讀誦宣揚分別如來正法譬如癡賊棄捨眞實擔負草𢧐不解如來微密藏故於是經中懈怠不勤哀哉大險當來之世甚可怖畏苦哉衆生不勤聽受是大乘典大涅槃經唯諸菩薩摩訶薩等能於是經取眞實義不著文字隨順不逆爲衆生説復次善男子如牧牛女人爲欲賣乳貪利多故加二分水轉賣與餘牧牛女人彼女人得已復加二分轉賣與近城女人得已復加二分復轉賣與城中女人彼女得已復加二分詣市賣之時有一人爲子納婦當須好乳以贍賓客至市欲買是賣乳者多索價數是人答言汝乳多水不直爾許正直爾許我今贍待賓客是故當取取已還家煮用作糜都無乳味雖復無味於苦

味中千倍爲勝何以故乳之爲味諸味中最善男子我涅槃後正法未滅餘八十年爾時是經於閻浮提當廣流布是時多有諸惡比丘抄掠是經分作多分能滅正法色香美味是諸惡人雖復讀誦如是經典滅除如來深密要義安至世間莊嚴文飾無義之語抄前著後抄後著前前後著中中著前後當知如是諸惡比丘是魔伴侶受畜一切不淨之物而言如來悉聽我畜如牧牛女多加水乳諸惡比丘亦復如是唯以世語錯定是經令多衆生不得正說正寫正取尊重讚歎供養恭敬是惡比丘爲利養故不能廣宣流布是經所可分流少不足言如彼牧牛貧窮女人展轉薄淡無有氣味雖無氣味猶勝餘經足一千倍如彼乳味於諸苦味爲千倍勝何以故是大乘典大涅槃經於聲聞經最爲上首喻如牛乳味中最勝以是義故名大涅槃

## 說聽部第四

如涅槃經云復次善男子若我弟子受持讀誦書寫演說是涅槃經莫非時說莫非國說莫不請說莫輕心說莫處處說莫自歎說莫輕他說莫滅佛法說莫熾然世法說善男子若我弟子受持是經非時而說乃至熾然世法說者人當輕訶而作是言若佛祕藏大涅槃經有威力者云何令汝非時而說乃至熾然世法而說若持經者作如是說當知是經爲無威力若無威力雖復受持爲無利益緣是輕毀涅槃經故令無量衆生墮於地獄則是衆生惡知識也非我弟子是魔眷屬若爲利養五欲名聞而說經者事同貿易速滅正

法又涅槃經云云何栴檀貿易凡木如我弟子爲供養故向諸白衣演説經法白衣情逸不喜聽聞白衣處高比丘在下兼以種種餚饍飲食而供給之猶不肯聽是名栴檀貿易凡木云何以金貿易鍮石鍮石譬色聲香味觸金譬於戒我諸弟子以色因緣破所受戒是名以金貿易鍮石云何以銀貿易白鑞銀譬十善鑞譬十惡我諸弟子放捨十善行十惡法是名以銀貿易白鑞云何以絹貿易氀褐氀褐以譬無慚無愧絹譬慚愧我諸弟子放捨慚愧習無慚愧是名以絹貿易氀褐云何甘露貿易毒藥毒藥以譬種種供養甘露以譬諸無漏法我諸弟子爲利養故向諸白衣若自譽讚言得無漏是名甘露貿易毒藥又法華經云菩薩摩訶薩不親近國王王子大臣官長不親近諸外道梵志尼揵子等及造世俗文筆讚詠外書乃至田獵魚捕諸惡律儀不親近求聲聞人又不應於女人身取能生欲想相而爲説法亦不樂見若入他家不與小女處女寡女等共語亦復不近五種不男之人以爲親友不獨入他家若有因緣須獨入時但一心念佛若爲女人説法不露齒笑不現胷臆乃至爲法猶不親厚況復餘事不樂畜年少弟子沙彌小兒亦不樂與同師常好坐禪於空閑處修攝其心又佛藏經云不淨説法有五種一者自言盡知佛法二者説佛經時出諸經中相違過失三者於諸法中心疑不信四者自以所知非他經法五者爲利養故爲人説法如是説者我説此人當墮地獄不至涅槃又云我久勤苦求是法

寶而此惡人捨置不說但以經相違語義互相是非不順正法於聖法中畜心自大隨意而說爲求利養若比丘說法雜外道義者有善比丘應從坐去若不爾者非善比丘亦復不名隨佛教者如是說者我說此人名爲外道尼乾弟子非佛弟子謂是地獄畜生餓鬼何以故身未證法而在高座身自不知而教人者法墮地獄又當來比丘好讀外經當說法時莊校文辭令衆歡樂惡魔爾時助惑衆人障礙善法若有貪著音聲語言巧飾文辭若有人好外道經者魔皆迷惑令心安隱又如聾盲人捨所得物欲詣大施而墮深坑我諸弟子亦復如是捨麤衣食而逐大施求好供養以世利故失大智慧而墮深坑阿鼻地獄又云不淨說法得罪極多亦爲衆生作惡知識亦謗過去未來今佛若人悉奪三千大千世界衆生命不淨說法罪多於此何以故是人皆破諸佛阿耨多羅三藐三菩提爲助魔事亦使衆生於百千世受諸衰惱但能作縛不能令解當知是人於諸衆生爲惡知識爲是妄語於大衆中謗毀諸佛以是因緣墮大地獄教多衆生以邪見事是故名爲惡邪見者又云舍利弗爾時破戒比丘乃至爲得一杯酒故與諸白衣演說佛法於意云何多貪恚癡多樂讀經貪外經利行不清淨舍利弗若有比丘耆年有德比丘中龍有深智慧是人能信無所有自相空法無我無人法何以故是人不樂衆閙雜語不樂睡眠多事不爲白衣營執事務不爲使命持送文書不行醫行不讀醫方不爲販賣不樂論說世間語

言但樂欲說出世間法舍利弗我今明了告汝求自利已善比丘等當爾之時不應入衆乃至一宿唯除阿羅漢煩惱已斷及病比丘於中有緣何以故舍利弗當爾時人貪欲瞋恚愚癡毒盛不活怖畏常所逼切求利善人常應自處山林空靜乃至畢命如野獸死又云我此真法不久住世何以故衆生福德善根已盡濁世在近又大集月藏經云若有衆生唯依讀誦欲求阿耨多羅三藐三菩提者是人多喜著於世俗以世俗故尚不能調伏已心煩惱何能調伏他人煩惱善男子樂著讀誦求菩提者便有嫉妬求於名利高心自恃輕慢毀他尚不能得欲界善根何況能得色無色界一切善根又摩訶衍大寶嚴經云譬如藥師持藥遊行而自身病不能療治多聞之人有煩惱病亦復如是雖有多聞不制煩惱不能自利徒無所用譬如死人著金瓔珞多聞破戒被服法衣受他供養亦復如是又方廣十輪經云若有衆生起於麤弊愚癡惡口自謂爲智乃至不離邪見爲求他利而生嫉妬貪著名稱自擧輕他不能守護身口意等心常念惡恒作是語而自稱說是大乘人亦教他讀誦但自讚已非毀於他以是義故讚歎大乘自不調伏於大乘道而欲教他修行大乘乃至云得人身甚難失聲聞辟支佛乘常趣惡道不欲親近諸有智者而唱是言作師子吼我是大乘善男子譬如有驢著師子皮自以爲師子有人遠見亦謂師子驢未鳴時無能分別旣出聲已遠近皆知非實師子諸人見者皆悉唖言此弊惡驢非師子

耶乃至毀犯禁戒作惡行者於一切處不成法器若自説言我是大乘能破一切衆生煩惱塵勞大陣亦爲衆生住八正道入無畏城則無是處又佛藏經云過去世時有五比丘一名普事二名苦岸三名薩和多四名將去五名跋難陀是五比丘爲大衆師其普事者知佛所説眞實空義無所得法餘四比丘皆墮邪道倒説誘人普事比丘爲四部所輕無有勢力多人惡賤四惡比丘教諸人衆以邪見道於佛法中不相恭敬相違逆故以滅佛法乃至云是諸惡人滅佛正法亦與多人大衰惱事又是惡人命終之後墮阿鼻地獄仰卧九百萬億歲伏卧九百萬億歲左右卧亦然於熱鐵上燒然焦爛是中退死更生炙地獄大炙地獄活地獄黒繩地獄皆如上歲數受諸苦惱於黒繩地獄死還生阿鼻大地獄中乃至云親近是人及善知識并諸檀越凡有六百四萬億人與此四師俱生俱死在大地獄受諸燒煮乃至云如是展轉一切受苦大劫將燒故在地獄又説大劫若燒是四惡人及六百四萬億人從此阿鼻大地獄中轉生他方在大地獄何以故舍利弗重罪具足其報不少在於他方無數百千萬億那由他歲受大苦惱世界還生是四罪人及六百四萬億人并及餘人罪未畢者於彼命終還生此間大地獄中又云久久雖免地獄苦惱得生人中於五百世從生而盲然後得值一切相佛乃至云於彼佛法出家十萬億歲勤行精進如救頭然不得順忍況得道果又涅槃經云善星比丘誦得十二部經智度論云提

婆達多出家學道誦得六萬法聚述曰此之二人皆不修方便道中眞佛性觀四念處等行法觀察五陰無常苦空非我我所貪著我見人見衆生見已起大逆罪誹謗如來由斯義故此之二人生身陷入阿鼻地獄中受無窮苦如是流例述難可盡

## 菩薩部第五

如迦葉經云爾時佛告摩訶迦葉如來不久當般涅槃迦葉白佛言世尊唯願世尊住世一劫若減一劫守護正法佛告迦葉彼愚癡人假使千佛出世種種神通說法教化彼愚癡人於彼惡欲不可令息迦葉當來末世後五百歲有諸衆生具足善根其心清淨能報佛恩守護我法迦葉白佛世尊我修少行智慧微淺如持重擔我不能堪唯有菩薩堪能荷負如斯重擔譬如有人年耆極老年百二十身瘦長病不能起止時有一人巨富饒財齎持珍寶至病人所而語之言我有緣事當至他方以寶相寄爲我守護待我還時汝當歸我彼老病人無有子息唯獨一身彼人去已未久之間困至命終所寄財物悉皆散失彼人行還求索無所世尊聲聞之人亦復如是智慧微淺修行甚少又無伴侶不能久住在於世間若付正法不久散滅佛讚迦葉我已了知而故付汝令彼癡人得聞此已生於悔心爾時迦葉白佛言世尊我今更說第二譬喻譬如有人身力盛壯無諸患苦壽命無量百千萬歲生大種姓具足財寶善持淨戒有大慈悲内懷歡喜利益多人命得安樂時有一人齎持寶物來至其所而語之言我有

縁事當至他方以寶相寄當好守護若十年還若二十年還待我來時當見相還其人得寶藏積守護彼人行還即便歸之世尊菩薩摩訶薩亦復如是若以法寶付諸菩薩無量千億那由他劫終無失壞利益無量無邊衆生不斷三寶世尊如是之事我不能持唯有菩薩乃能堪受世尊此彌勒菩薩摩訶薩俱在此會如來付之於當來世後五百歲法欲滅時如來所集之法悉能守護流演廣說何以故此彌勒菩薩於當來世當證阿耨菩提譬如國王第一太子當爲王事如法治世彌勒菩薩亦復如是治法王位守護正法爾時佛讚迦葉如汝所說即伸右手摩彌勒頂作如是言彌勒我付囑汝當來末世後五百歲正法滅時汝當守護三寶莫令斷絕爾時如來摩彌勒頂時於此三千大千世界六種震動光明遍滿大千世界爾時地天及虛空天上至阿迦膩吒天悉皆合掌白彌勒菩薩摩訶薩言如來以法付囑聖者唯願聖者爲利一切諸天人故受此正法爾時彌勒菩薩從座而起偏袒右肩右膝著地合掌恭敬白佛言世尊我爲利益一切衆生尚受無量億劫之苦況復如來付我正法而當不受世尊我爾時受持於當來世演說如來無量阿僧祇劫所集阿耨菩提法彌勒菩薩說此語時三千世界六種震動

又大集經云爾時世尊告上首彌勒及賢劫中一切菩薩摩訶薩言諸善男子我昔行菩薩道時曾於過去諸佛如來作是供養以此善根與我作於三菩提因我今憐愍諸衆生

故以此報果分作三分留一分自受第二分者於我滅後與禪解脫三昧堅固相應聲聞令無所乏第三分者與彼破戒讀誦經典相應聲聞正法像法剃頭著袈裟者令無所乏彌勒我今復以三業相應諸聲聞衆比丘比丘尼優婆塞優婆夷寄付汝手勿令乏少孤獨而終及以正法像法毀破禁戒著袈裟者寄付汝手勿令彼等於諸資具乏少而終亦勿令有栴陁羅王共相惱害身心受苦我今復以彼諸施主寄付汝手我今所有器以非器爲我出家而供養者汝等亦當護持養育彌勒若於現在及未來世讀誦受持此法門者彼等當得十種清淨功德何等爲十始從身清淨故離殺生乃至離邪見是爲十種功德從是以後百千萬生常得如是十種清淨功德若有至心聽此法門者是人住如實際得於八種清淨功德何等爲八一長壽二端正三富貴四名稱五常爲諸天守護六所須常無所乏七盡諸業障八命欲終時有十方佛及諸大衆放大光明照其眼目令其人見得生善處於百千萬生常得如是八種功德我今更復略説是人當得十三種清淨功德何爲十三一生死流轉終不更起顛倒惡見二不生五濁無佛國土三常得見佛四常聞正法五常得供養衆僧六值善知識七常與六波羅蜜相應八不墮小乘九常以大慈大悲大方便力成熟衆生十常發勝願十一乃至菩提而常不離如上等法十二速能滿足六波羅蜜十三於阿耨多羅三藐三菩提而成正覺若有受持書寫讀誦爲他解説如説

修行此月藏法門者所得功德如前所說又大集經云爾時無勝意童子白佛言世尊他方佛土所有人民常作是言娑婆世界雜穢然我今者常見清淨佛言如是如是如汝所說又此世界諸菩薩等或作種種天人畜生之像遊閻浮提教化如是種類衆生若爲人天調伏衆生是不爲難若爲畜生調伏衆生是乃爲難閻浮提外東方海中有瑠璃山名之爲湖具種種寶其山有窟名種種色是昔菩薩所住之處有一毒蛇在中而住修聲聞慈復有一窟名曰無死亦是菩薩昔所住處中有一馬修聲聞慈復有一窟名曰善住處亦是菩薩昔所住處中有一羊修聲聞慈其山樹神名曰無勝有羅刹女名曰善行各有五百眷屬圍遶是二女人常共供養如是三獸閻浮提外南方海中有玻瓈山其山有窟名曰上色亦是菩薩昔所住處有一獼猴修聲聞慈復有一窟名曰誓願亦是菩薩昔所住處中有一雞修聲聞慈復有一窟名曰法牀亦是菩薩昔所住處中有一犬修聲聞慈中有火神有羅刹女名曰眼見各有五百眷屬圍遶是二女人常供養是三鳥獸閻浮提外西方海中有一銀山名曰菩提月中有一窟名曰金剛亦是菩薩昔所住處中有一猪修聲聞慈復有一窟名香功德亦是菩薩昔所住處中有一鼠修聲聞慈復有一窟名高功德亦是菩薩本所住處中有一牛修聲聞慈山有鳳神名曰動風有羅刹女名曰天護各有五百眷屬圍遶是二女人常供養如是三獸閻浮提外北方海中有一金山名曰功

德相中有一窟名爲明星亦是菩薩昔所住處有一師子（此方名虎）修聲聞慈復有一窟名曰淨道亦是菩薩昔所住處中有一兔修聲聞慈復有一窟名曰喜樂亦是菩薩昔所住處中有一龍修聲聞慈山有水神名曰水天有羅刹女名修慚愧各有五百眷屬圍遶是二女人常共供養如是三獸是十二獸晝夜常行閻浮提內人天恭敬功德成就已於諸佛所發深重願一日一夜常令一獸遊行教化餘十一獸安住修慈周而復始七月一日鼠初遊行以聲聞乘教化一切鼠身令離惡業勸修善事如是次第至十二日鼠復還行如是乃至盡十二月至十二歲亦復如是常爲調伏諸衆生故是故此土多有功德乃至畜獸亦能教化演說無上菩提之道是故他方諸菩薩等常應恭敬此佛世界（述曰此之十二獸並是菩薩慈悲化導故作種種人畜等形住持世界令不斷絕故人道初生當此菩薩住窟即屬此獸護持得益是故漢地十二辰獸依此而行不異經也）

## 羅漢部第六

依付法藏傳佛以正法付大迦葉令其護持不使天魔龍鬼邪見王臣所有輕毀既受囑已結集三藏流布人天迦葉又以法囑累阿難如是展轉乃至師子合二十五人並閻浮洲中六通聖者大迦葉今在靈鷲山西峯巖中坐入滅盡定經五十六億七千萬歲慈氏佛降傳釋迦佛所付大衣廣現神變然後涅槃又于闐國南二千里沮渠國有三無學羅漢在山入定無數年來卓然如生至十五日外僧入山爲剃鬚髮又案諸經律佛令大阿羅漢賓頭盧不得滅度令傳佛法每三天下

福利羣生令出生死又入大乘論賓頭盧羅睺羅等十六無學羅漢及九十九億羅漢皆於佛前受籌住法又依新翻大阿羅漢難提蜜多羅所說法住記云薄伽梵般涅槃後八百年中執師子國勝軍王都有阿羅漢名難提蜜多羅（此云慶友）化緣既畢將般涅槃集諸苾芻苾芻尼等但有疑者應可速問承告涕噎良久乃問我等未知世尊釋迦牟尼與上正法當住幾時時尊者告曰汝等諦聽如來先已說法住經今當爲汝粗更宣說佛薄伽梵般涅槃時以無上法付囑十六大阿羅漢并眷屬等令其護持使不滅沒及勑其身與諸施主作眞福田令彼施者得大果報時諸大衆聞是語已少解憂悲復重請言所說十六大阿羅漢我輩不知其名何等慶友答言第一尊者名賓度羅跋羅惰闍與自眷屬千阿羅漢多分住地西瞿陀尼洲第二尊者名迦諾迦伐蹉與自眷屬五百阿羅漢多分住在北方迦濕彌羅國第三尊者名迦諾跋釐惰闍與自眷屬六百阿羅漢多分住在東勝身洲第四尊者名蘇頻陀與自眷屬七百阿羅漢多分住在北倶盧洲第五尊者名諾詎羅與自眷屬八百阿羅漢多分住在南贍部洲第六尊者名跋陀羅與自眷屬九百阿羅漢多分住在躭沒羅洲第七尊者迦理迦與自眷屬千阿羅漢多分住在僧迦荼洲第八尊者名伐闍羅弗多羅與自眷屬千一百阿羅漢多分住在鉢剌拏洲第九尊者名戍博迦與自眷屬九百阿羅漢多分住在香醉山中第十尊者名半託迦與自眷屬千三百阿羅

漢多分住在三十三天第十一尊者名羅怙羅與自眷屬千一百阿羅漢多分住在畢利颺瞿洲第十二尊者名那伽犀那與自眷屬千二百阿羅漢多分住在半度波山第十三尊者名因揭陀與自眷屬千三百阿羅漢多分住在廣脇山中第十四尊者名伐那婆斯與自眷屬千四百阿羅漢多分住在可住山中第十五尊者名阿氏多與自眷屬千五百阿羅漢多分住在鷲峯山中第十六尊者名注茶半託迦與自眷屬千六百阿羅漢多分住在持軸山中如是十六大阿羅漢一切皆具三明六通八解脱等無量功德離三界染誦持三藏博通外典承佛勑故以神通力延自壽量乃至世尊正法應住常隨護持及與施主作眞福田令彼施者得大果報若此世界一切國王輔相大臣長者居士若男若女發殷淨心爲四方僧設大施會或設五年無遮施會或慶寺慶像慶經幡等施設大會或延請僧至所住處設大福會或詣寺中經行處等安布上妙諸座卧具衣藥飲食奉施僧衆時此十六大阿羅漢及諸眷屬隨其所應分散往赴現種種形蔽隱聖儀同常凡衆密受供具令諸施主得勝果報如是十六大阿羅漢護持正法饒益有情至此南贍部洲人壽極長至於十歲刀兵劫起互相誅戮佛法爾時當暫滅沒刀兵劫後人壽漸增至百歲位此洲人等猒前刀兵殘害苦惱復樂修善時此十六大阿羅漢與諸眷屬復來人中稱揚顯説無上正法度無量衆令其出家爲諸有情作饒益事如是乃在此洲人壽六萬歲

時無上正法流行世間熾然無息後至人壽七萬歲時無上正法方水滅沒時此十六大阿羅漢與諸眷屬於此洲地俱來集會以神通力用諸七寶造窣堵波嚴麗高廣釋迦牟尼如來應正等覺所有遺身馱都皆集其內爾時十六大阿羅漢與諸眷屬遶窣堵波以諸香華持用供養恭敬讚歎繞百千帀瞻仰禮已俱昇虛空向窣堵波作如是言敬禮世尊釋迦如來應正等覺我先受勑護持正法及與天人作諸饒益法藏已沒有緣已周今辭滅度說是語已一時俱入無餘涅槃先定願力火起焚身如燈焰滅骸骨無遺時窣堵波便陷入地至金剛際方乃停住爾時世尊釋迦牟尼無上正法於此三千大千世界永滅不現從此無間此佛土中有七百俱胝獨覺一時出現至人壽八萬歲時獨覺聖衆復皆滅度次後彌勒如來應正等覺出現世間時贍部洲廣博嚴淨具如經說

## 僧尼部第七

如毗尼母經云若出家僧尼有五法因緣得令正法不速隱沒一者所誦習經文句具足前後次第所有義味悉能究盡復教徒衆弟子同已所知如此人者能令佛法久住於世二者廣習三藏文義具足復能爲四部之衆如所解教之其身雖滅令後代正法相續不絕如此人者能使正法不墜於地三者僧中若有大德上座爲四部所重者能勤修三業捨營世事其徒衆弟子迭代相續皆亦如是此亦復令正法久住四者若有比丘其性柔和言無違逆聞善從之聞惡遠避若有高才

智德者訓誨其言奉而修行是亦能令佛法久住五者若比丘共相和順不爲形勢利養朋黨相助共諍是非如此五事能令正法流轉不絶是名說法中上座

## 長者部第八

如優婆塞戒經云爾時會中有長者子名曰善生白佛言世尊外道六師常演說法教衆生言若能晨朝敬禮六方則得增長壽命之財何以故東方之土屬于帝釋有供養者則爲護助南方之土屬閻羅王有供養者則爲護助西方之土屬婆樓那天有供養者則爲護助北方之土屬拘毗羅天有供養者則爲護助下方之土屬于火天有供養者則爲護助上方之土屬于風天有供養者則爲護助佛法之中頗有如是六方不耶佛言善男子我佛法中亦有六方所謂六波羅蜜東方即是檀那何以故始初出者爲出智慧光因緣故彼東方者屬衆生心若有衆生能供養彼檀那則爲增長壽命與財南方即是尸羅何以故尸羅名之爲右若人供養亦得增長壽命與財西方即是羼提何以故彼西方者名之爲後一切惡法棄於後故若有供養則得增長壽命與財北方即是毗梨何以故北方名號勝諸惡法若人供養亦得增長命之與財下方即是禪定何以故能正觀察三惡道故若人供養亦得增長命之與財上方即是般若何以故上方即是無上無上故若有供養則得增長命之與財善男子是六方者屬衆生心非如外道六師所說如是六方誰能供養善男子唯有菩薩乃能供養

天王部第九

如舍利弗問經云舍利弗白佛言云何如來告天帝釋及四天王云我不久滅度汝等各於方土護持我法我去世後摩訶迦葉賓頭盧君徒般歎羅睺羅四大比丘住不泥洹流通我法佛言但像教之時信根微薄雖發信心不能堅固不能感致諸佛弟子雖專至累年不如佛在世時一念之善故彌勒下生聽汝泥洹又雜阿含經云爾時世尊告天帝釋及四天王言如來不久當以無餘涅槃而般涅槃汝等各於方土護持正法我滅度後過於千歲教法滅時當有非法出現世間十善悉壞閻浮提中多諸患難如來頂骨佛牙佛鉢安置東方（此是末後付囑天王帝釋四王六欲備在經文不可具說）

又勝天王經云或有衆生見此菩薩今始成道或見菩薩久遠成道或見一世界四天王獻鉢或見十方恒河沙世界四天王獻鉢舍利弗菩薩爾時度衆生故即受衆鉢重疊掌中合而爲一其諸天王又不相見皆謂世尊獨用我鉢又依鉢記云釋迦如來在世之時所用青石之鉢其形可容三斗有餘佛泥洹後此鉢隨緣往福衆生最後遺化與於漢境此記從北天竺來有兩紙許甲子歲三月至石澗寺僧伽耶舍小禪師使於漢土宣示令知

鬼神部第十

如大集經云爾時一切諸天一切諸龍乃至一切迦吒富單那等於三寶中得增上信作如是言我等一切從今以往護持正法若諸國王見有如是爲佛出家受持禁戒乃至爲

佛剎鬚髮片不受禁戒受而毀犯無可積聚如其事緣治其身罪鞭打之者我等不復護持養育如是國王捨離彼國以捨離故令其國土而有種種諂詐鬬諍疫病飢饉刀兵俱起非時風雨亢旱毒熱傷害苗稼令其國土所有世尊聲聞弟子悉向他國使其國土空無福田若有世尊聲聞弟子乃至但著袈裟片者若有宰官鞭打彼等其剎利王不遮護者我等亦當出其國土又大集經云爾時世尊以震旦國付囑毗首羯磨天子五千眷屬迦毗羅夜叉大將五千眷屬乃至雙瞳目大天女十七大將各領五千眷屬汝等賢首皆共護持震旦國土於彼所有一切觸惱鬬諍怨讎忿競言訟兩陣交戰飢饉疫病非時風雨冰寒毒熱悉令休息遮障不善諸惡衆生瞋恚麤獷苦辛澁觸無味等物悉令休息令我法眼得久住故紹三寶種不斷絕故頌曰

於赫大聖　種覺圓明　無非不察　如響酬聲
弗資延慶　孰悟歸誠　良道可仰　寔引迷生
百川邪浪　一味吞并　物有取捨　善惡虧盈
八邪馳鋭　四句爭名　識非鑒是　法住安寧

法苑珠林卷第三十

音釋

蒱（薄胡切摴蒱戲也）腕（烏貫切手腕也）締（丁計切結也）莠（云九切禾下莠草也）[illegible]（羊即切麥[illegible]也）氀（凌如切氀褐毛布也）

# 法苑珠林卷第三十一

唐西明寺沙門釋道世撰

## 潛遁篇第二十三（此有二部）

述意部　引證部

### 述意部第一

蓋聞聖賢應世影跡無方所止之國莫非利益俗士封其吉凶上智恬其善惡正心而俟則與天同量矣昔晉武之世有天竺耆域宋武之初有彭城杯度並顯示徵瑞昭悟甿俗齊梁之有沙門寶誌者始現於永明之初晦智若狂體同緇庶而藏往知來每中靈驗動容發辭鮮有遺策士庶響赴所在如雲跡拘塵垢神遊冥寂水火不能燋濡蛇虎不能侵毒雖復限以九關身終無礙語其佛理則聲聞以上談其隱淪則遁仙高士世有可善故出善應之世有可惡故出惡應之可謂懸於日月蔽於金石者矣無疆之福於斯見焉

### 引證部第二

如生經云佛告諸比丘乃昔過去無數劫時姊弟二人姊有一子與舅俱給官御府織見帑藏中奇寶好物即共議言吾織作勤苦藏物多少寧可共取用解貧乏伺夜人定鑿作地穴盜取官物不可筭數明監藏者覺物減少以啓白王王詔之曰勿廣宣之令外知聞舅甥盜者謂王不覺王曰至于後日必復重來且嚴警守以用待之得者収捉無令放逸藏監受詔即加守備其人久久則重來盜外甥教舅舅今年尊體羸力少若爲守者所得不能自脫我力強盛當濟挽舅舅適入窟爲守者所執執者喚呼諸人甥捉不制畏明識

之輙截舅頭出窟持歸晨曉藏監具以啓聞王又詔曰舉出其屍置四交路其有對哭取死屍者則是賊魁棄之四衢警守積日人馬填噎塞路奔突其賊射鬧截兩車薪置其屍上守者啓王王詔候伺若有燒者收縛送來於是外甥教童執炬舞戲人衆總鬧以火投薪薪然熾盛守者不覺具以啓王王又詔曰若闍維更增嚴伺其來取骨則是元首甥又覺之兼猥釀酒特令釀厚詣守備者微而語之遺守者連昔飢渴見酒聚飲飲酒過多皆共醉寐酒瓶盛骨而去守者不覺明復啓王王又詔曰前後警守竟不級獲其賊狡黠更當設謀王即出女莊嚴寶飾安立房室於大水傍衆人侍衛伺察非妄必有利色來趣女者逆抱投喚令人收執他日異夜甥尋竊來因水放株令順流下唱叫犇隱守者驚趣謂有異人但見株杌如是連昔數數不變守者睡眠甥即乘株到女房室女則執衣甥告女曰用爲牽衣可捉我臂甥素先黠預持死人臂以用授女女便放衣捉臂而大稱叫遲守者寤甥得脱走明具啓王王又詔曰此人方便獨自無雙久捕不得當柰之何女即懷妊十月生男男大端正使乳母抱行周遍國中有人見嗚便縛送來抱兒終日無就嗚者甥爲餅師住餅爐下小兒飢啼乳母抱兒趣餅爐下市餅舖見甥見兒嗚具以白王王又詔曰何不縛送乳母答曰小兒飢啼餅師授餅因而嗚之不識是賊何因白之王又使母更抱兒出見近兒者便縛將來甥沽美酒呼母伺者勸酒醉眠便盜兒去醒悟失兒具以啓

王王又詔曰卿等頑騃貪嗜狂水既不得賊復亡失兒甥時得兒抱至他國前見國王占謝答對引經説義王大歡喜輙賜祿位以爲大臣而謂之曰吾之一國智慧方便無逮卿者欲以臣兒若吾之兒當以相配自恣所欲對曰不敢若王見哀其實欲索本國王女王曰善哉從所志願王即自以爲子遣使求彼王女王即可之即遣使者欲迎王女勑其太子五百騎乘皆使嚴整甥爲賊臣甥懷恐懼若到彼國王必覺我見執不疑便啓其王若王見遣當令人馬衣服鞍勒一無差異乃可迎婦王然其言王令二百五十騎在前二百五十乘在後甥在其中跨馬不下女父自出屢觀察之王入騎中躬執甥出爾爲是非前便方便捕何叵得稽首答曰實爾是也王曰卿之聰黠天下無雙卿之所願以女配之得爲夫婦佛告諸比丘欲知爾時外甥者則吾身是外國王者舍利弗是其舅者今調達是女婦翁者輸頭檀王是婦母者摩耶夫人是其婦者拘夷是其子者羅雲是佛說是時莫不歡喜又智度論云菩薩思惟觀空無常相故雖有妙好五欲不生諸結譬如國王有一大臣自覆藏罪人所不知王言取無脂肥羊來汝若不得者當與汝罪大臣有智繫一大羊以草穀好養日三以狼而畏怖之羊雖得養肥而無脂牽羊與王王遣人殺之肥而無脂王問云何得爾答以上事菩薩亦如是見無常苦空狼令諸結脂消諸功德肉肥又賢愚經云爾時摩竭國中有一長者生一男兒相貌具足甚可愛敬其生之日藏中自然出

一金象父母歡喜因瑞立號名曰象護見漸長大象亦隨大既能行步象亦行步出入進止常不相離若意不用便住在内象大小便唯出好金由是因緣庫藏寶滿象護長大恒騎東西遲疾隨意甚適人情阿闍世王聞知索看象護父子乘象在門王聽乘象入内下象拜王王大歡喜命坐賜食粗略談論須臾之間辭王欲去王告象護留象在此莫將出耶象護慼然奉教留之空步出宮未久之間象没於地踊在門外象護還得乘之象護慮王見害投佛出家得羅漢道每與比丘林間思惟其金象者恒在目前舍衛國人聞有金象競集觀之總閙不靜妨廢行道時諸比丘以意白佛佛告象護因此致煩遣之令去然不肯去佛復告曰汝可語之我今生分已盡更不用汝如是至三象當滅去爾時象護奉教語之是時金象即入地中佛告比丘因何有此果報乃往過去迦葉佛時人壽二萬歲彼佛涅槃後起塔廟中有菩薩本從兜率天乘象下入胎彼時象身有少剥破時有一人見破治補因立誓願使我將來恒處尊貴財用無乏彼人壽終生於天上盡其天命下生世間常在尊貴恒有金象隨侍衛護爾時治象人者今象護是由彼治象封受自然緣其敬心奉三尊故今值我得道又雜寶藏經云昔難陁王聰明博通事無不練以已所知謂無訓敵羣臣無對時諸臣等即白王言有比丘名那伽斯那聰明絶倫今在山中王欲試之即使人賫一瓶酥湛然盈滿王意以爲我智滿足誰加於我斯那獲酥即解其意於弟

子中欽針五百用刺酥中酥亦不溢尋遣歸王王既獲已即知其意尋遣使請斯那即赴延入宮中王與麤食食三五匙便言已足後與細美方乃復食王復問言向云已足何故今者猶故復食斯那答言我向足麤未足於細即語王言今者殿上可盡集人令滿其上尋即喚人充塞遍滿更無容處王在後來將欲上殿諸人畏故盡皆攝伏其中轉寬乃容多人斯那爾時即語王言麤飯如民細者如王民見於王誰不避路王復問言出家在家何者得道斯那答言二俱得道王復問言若二俱得道何用出家斯那答言譬如去此三千餘里若遣少健乘馬齎粮捉於器仗得速達不王答言得若遣老人乘於瘦馬復無粮食爲可達不王言縱令齎粮由恐不達況無粮也斯那答言出家得道喻如少壯在家得道如彼老人王復問言日之在上其體是一何以夏時極熱冬時極寒夏則日長冬則日短斯那答言須彌山有上下道日於夏時行於上道路遠行遲照于金山故長而暑熱日於冬時行於下道路近行速照大海水短而極寒頌曰

潛遁巧變　善弄冥馳　偉哉仁智　官捕推移
羊肥無脂　象護天隨　福應所感　冥運投機
靜也沖默　動也神輝　綿綿違御　亹亹長斐
反宗元象　光潛影離　隱顯叵測　真僞難議

感應縁　畧引一十三驗

西晉沙門劉薩何　西晉沙門釋杯度
西晉沙門竺佛圖澄　西晉沙門釋道進
宋沙門釋曇始　宋沙門釋法朗

宋沙門釋邵碩　宋沙門釋慧安
齊帝高洋　齊沙門釋僧慧
梁沙門釋寶誌　吳居士徐光

搜神雜傳地仙等記

西晉慈州郭下安仁寺西劉薩何師廟者而西晉之末比鄉本名文成郡即晉文公避地之所也州東南不遠高平原上有人名薩何姓劉氏其廟莊麗備盡諸飾初何在俗不異於凡人懷殺害全不奉法何亦同之因患死蘇日在冥道中見觀世音曰汝罪重應受苦念汝無知且放今洛下齊城丹陽會稽並有育王塔可往禮拜得免先罪何得活已改革前習士俗無佛承郭下有之便具問已方便開喻通展仁風稽胡專直信用其語每年四月八日大會平原各將酒餅及以淨供從旦至中酣飲戲樂即行淨供至中便止過午已後共相讚佛歌詠三寶乃至于曉何遂出家法名慧達百姓仰之敬如佛想然表異迹生信逾隆晝在高塔爲衆說法夜入蠒中以自沉隱旦從蠒出初不寧舍故俗名爲蘇何聖蘇何者稽胡名蠒也以從蠒宿故以名爲故今彼俗村村佛堂無不立像名胡師佛也今安仁寺廟立像極嚴土俗乞願粹者不一每年正月輦巡村落去住自在不惟人功欲往彼村兩人可舉額文則開顏色知悅其村一歲死衰則少不欲去者十人不移額文則合色貌憂慘其村一歲必有災障故俗至今常以爲侯俗亦以爲觀世音者假形化俗故名慧達有經一卷俗中行之純是梵語讀者自解故黃河左右慈隰嵐石丹延綏銀八州之

地無不奉敬皆有行事如彼說之然今諸原皆立土塔上施相刹繫以蠶蠒擬達之栖止也何於本鄉既開佛法東造丹陽諸塔禮事已訖西趣涼州番禾御谷禮山出像行出肅州酒泉郭西沙磧而卒形骨小細狀如葵子中皆有孔可以繩連故今彼俗有災障者就磧覓之得以凶亡不得告喪有人覓既不得就左側觀音像上取之至夜便失明旦尋之還在像手故士俗以此尚之

西晉杯度沙門不知何許人出自冀州年可七十許隱匿姓字不甚修行時人未重也嘗寄宿一家家有金像杯度晨輿輒持而去主人策馬追之度自徐行而騎走不及至河乘一小杯以過孟津因號曰杯度後在彭城人每見之常在途路莫有知其居處所在擔一蘆篅行止自隨或於凝雪之辰叩冰盥浴膚色輝然不以寒慘義熙中暫在廣陵刺史沛國劉蕃素聞其名因人要來猶擔此篅使人舉視重不能勝蕃自起看政有敗納衣耳度辭去一手挈篅若提鴻毛永嘉初中卒羅什聞度在彭城嘆曰我與此子戲別已數百年矣於時乃悟什亦神人也

西晉末竺佛圖澄西域人形貌似百歲人左脅孔圍可四五寸以帛塞之齋日就水邊抽腸胃出洗已內孔夜則除帛光照一室以讀書雖未通羣籍與諸學士輒辯析無滯莫不伏者至永嘉中遊洛下時而勒屯兵河北以殺戮爲威道俗遇害不少澄往造軍門豫定吉凶勒見每拜澄化令奉佛減虐省刑故中州免者十而八九勒與劉曜相拒搆隙以問

澄澄曰可生擒耳何憂乎麻油塗掌令視見之曜被執朱繩縛肘後果獲之如掌所見至建平四年四月八日勒至寺灌佛微風吹鈴有聲顧謂衆曰解此鈴音者不鈴言國有大喪不出今年至七月而勒死石虎即位師奉過勒賜以輦輦入出乘焉所有祥感其相極多畧而不述虎末澄告弟子曰禍將作矣及期未至吾且過世至戊申年太子殺其母弟虎怒誅及妻子明年虎死遂有冉閔之亂葬於鄴西一云澄死之日商者見在流沙虎開棺唯見衣鉢澄在中原時遭凶亂而能通暢仁化其德最高非夫至聖何能救此塗炭凡造寺九百八十餘所通濟道俗者中分天下矣

西晉鄴中有佛圖澄弟子名道進學通內外爲石虎所重嘗言及隱士事虎謂進曰有楊軻者朕之民也徵之十餘年不恭王命故往省視傲然而卧朕雖不德君臨萬邦乘輦所向天沸地涌雖不能令木石屈膝何匹夫而長傲耶昔太公之齊先誅華士太公賢哲豈其謬乎進對曰昔舜優蒲衣禹造伯成魏軾干木漢美周黨管寧不應曹氏皇甫不屈晋世二聖四君共嘉其節將欲激勵貪競以峻清風願陛下遵舜禹之德勿効太公用刑君舉必書豈可令史遂無隱遁之傳乎虎悅其言即遣軻還其所止差十家供給之進還具以白澄澄晥然笑曰汝言善也但軻命有懸矣後秦州兵亂軻弟子以牛負軻西奔運追禽并爲所害虎嘗晝寢夢見羣羊負魚從東北來寤以訪澄澄曰不祥也鮮卑其有中原

乎慕容氏後果都之
宋僞魏長安有釋曇始關中人自出家以後多有異迹晉孝武太元之末齎經律數十部往遼東宣化顯授三乘及以歸戒蓋高句驪聞道之始也義熙初復還關中開導三輔始足白於面雖跣涉泥水未甞沾泥天下咸稱白足和尚時長安人王胡其叔死數年忽見形還將胡遍遊地獄示諸果報胡辭還叔謂胡曰既已知因果但當奉事白足阿練胡遍訪衆僧唯見始足白於面因茲事之晉末朔方凶奴赫連勃勃嗟之並放沙門悉皆不殺始於是潛遁山澤修頭陀之行後託跋燾復尅長安擅威關洛時有博陵崔皓少習左道猜嫉釋教既位居僞輔燾所仗信乃與天師寇氏説燾以佛化無益有損民利勸令廢之燾既惑其言以僞太平七年遂毀滅佛法分遣軍兵燒燬寺舍統内僧尼悉令罷道其有竄逸者皆遣人追捕得必梟斬一境之内無復沙門始閑絶幽深軍兵所不能至至太平之末始知燾化時將及以元會之日忽杖錫到宫門有司奏云有一道人足白於面從門而入燾令依軍法屢斬不傷遽以白燾燾大怒自以所佩劒斫之體無餘異唯劒所著處有痕如布線焉時北園養虎于檻燾令以始餧之虎皆潛伏終不敢近試以天師近檻虎輒鳴吼燾始知佛化尊高黄老所不能及即延始上殿頂禮足下悔其信失始爲説法明辯因果燾大生愧懼遂感癘疾崔寇二人次發惡病燾以過由於彼於是誅翦二家門族都盡宣下國中興復正教俄而燾卒孫濬襲

位方大弘佛法盛迄于今始後不知所終也
宋高昌有釋法朗高昌人幼而執行精苦多諸徵瑞韜光蘊德人莫測其所階朗師釋法進亦高行沙門進嘗閉户獨坐忽見朗在前問從何處來答云從户鑰中入云與遠僧俱至日既將中願爲設食進即爲設食唯聞七鉢之聲竟不見人昔廬山慧遠嘗以一袈裟遺進進即以爲嚫朗云衆僧已去別日當取之後見執爨者就進取衣進即與之訪常執爨者皆云不取方知是先聖人權迹取也至魏虜毀滅佛法朗西適龜茲龜茲王與彼國大禪師結約若有得道者至當爲我說我當供養及朗至乃以白王王待以聖禮後終於龜茲焚屍之日兩肩湧泉直上于天衆歎希有收骨起塔後西域人來此土具傳此事

宋岷山通雲寺有沙門邵碩者本姓邵名碩始康人形貌似狂而深敬佛法以宋初出家入道自稱碩公出入行往不擇晝夜至人家眠地者人家有死就人乞細席必有小兒亡時人咸以此爲讖至四月八日成都行像碩於衆中匍匐作師子形爾日郡縣亦見碩作師子形乃悟分身也刺史蕭慧開及劉孟明等並挹事之後一朝忽著布帽詣孟明少時明卒先是孟明長史沈仲玉改鞭杖之格嚴重常科碩謂玉曰天地嗷嗷從此起若除鞭格得刺史玉信而除之及孟明卒仲玉果行州事以宋元嘉元年九月一日卒岷山通靈寺臨亡語道人法進云可露吾骸急繫履著脚既而依之出屍置寺後經二日不見所在俄而有人從郫縣來遇進云昨見碩公在市

中一脚着履漫語云小子無宜適失我履一隻進驚而撿問沙彌沙彌答云近送屍時怖懼右脚一履不得好繫遂失之其迹詭異莫可測也後竟不知所終

宋江陵琵琶寺有釋慧安未詳何許人年十八出家止江陵琵琶寺風貌庸率頗共輕之時爲沙彌衆僧列坐輒使行水安執空瓶從上至下水常不竭時咸以異焉及受具戒稍顯靈迹常月晦夕共同學慧濟上堂布薩堂户未開安乃綰濟指從壁隙而入出亦如之濟甚駭懼不敢發言後與濟共至塔下便語濟云吾當遠行今與君别頃之便見天人妓樂香華布滿空中濟唯驚懼竟不得語安又謂曰吾前後事迹愼勿妄説説必有咎唯西南有一白衣是新發意菩薩可具爲説之於是辭去便附商人入湘川中路恙痢極篤謂船主曰貧道命必應盡但出置岸邊不須器木氣絶之後即施蟲鳥商人依其言出卧岸側夜見火燄從身而出商人恠懼就往觀之已氣絶矣商人行至湘東見安亦已先至俄又不知所之濟後至陟屺寺詣隱士南陽劉虬具言其事虬即起遥禮之謂濟曰此得道之人入火光三昧也

齊帝諱洋即元魏丞相王歡之第二子也嫡兄澄急暴爲奴所害洋襲其位代爲相國魏將曆窮洋築壇於南郊筮遇大壯大吉漢之卦也乃鑄金像一寫而成魏牧爲禪文魏帝署之即受其禪爲大齊也凡所行履不測其愚智委政僕射楊遵彦帝大起佛寺僧尼溢滿諸州冬夏供施行道不絶時稱禪師箴帝

曰檀越羅剎治臨水自見帝從之覩羣羅剎在後於是遂不食肉禁鷹鷂去官漁屠宰辛葷悉除不得入市帝恒坐禪竟日不出禮佛行遶其疾如風受戒於昭玄大統法師面掩地令上履髮而授焉先是帝在晉陽使人騎駝勑曰向寺取經函使問所在帝曰任駝出城及出奄如夢至一山山半有佛寺羣沙彌邊曰高洋駝來便引見一老僧拜之曰高洋作天子何如曰聖明曰爾來何爲曰取經函僧曰洋在寺懶讀經令北行東頭與之使者反命初帝在谷口木井佛寺有捨身癡人不解語忽謂帝曰我去爾後來是夜癡人死帝尋崩於晉陽

齊荆州有釋僧慧姓劉不知何許人在荆州數十年南陽劉虬在陟屺寺請以屈之時人見之已五六十年終亦不老舉止趨爾無甚威儀往至病人家若瞋必死喜者必差時咸以此爲識凡未相識者並悉其親表存亡之意慧嘗至江邊告津吏求度吏迫以舟小未及過之須臾已見慧在彼兩岸諸人咸歎神異中山甄恬南平車曇同日請慧慧皆赴之後兩家檢覆方知分身齊永明中文惠要下京行過寶誌誌撫背曰赤龍子他無所言慧後還荆遇見鎮西長史劉景蕤忽泣慟而捉之數日蕤果爲刺史所害後至湘州城南忽云地中有碑衆人試掘果得二枚慧後不知所終或云永元中卒於江陵長沙寺

梁京師有釋寶誌本姓朱金城人少出家止京師道林寺師事沙門僧儉爲和尚修習禪業至宋太始初忽如僻異居止無定飲食無

時髮長數寸常跣行街巷執一錫杖杖頭掛剪刀及鏡或掛一兩匹帛齊建元中稍見異迹數日不食亦無飢容與人言語始若難曉後皆効驗時或賦詩言如讖記京土士庶皆共事之齊武帝謂其惑衆收住建康旣旦人見共入市鄄還撿獄中誌猶在焉誌語獄吏門外有兩轝食來金鉢盛飯汝可取之旣而齊文惠太子竟陵王子良並送食餉誌果如其言建康令呂文顯以事聞武帝帝即迎入居之後堂一時屛除內宴誌亦隨衆出旣而景陽山上猶有一誌與七僧俱帝怒遣推檢失所閽吏啓云誌久出在省方以墨塗其身時僧正法獻欲以一衣遺誌遣使於龍光罽賓二寺求之並云昨宿旦去又至其常所造廣候伯家尋之伯云誌昨在此行道旦眠未寤使還以告獻方知其分身二處宿焉誌嘗盛冬袒行沙門寶亮欲以納衣遺之未及發言誌忽來引納而去又時就人求生魚膾人爲辦竟致飽乃去還視盆中魚游活如故誌後假武帝神力見高帝於地下常受錐刀之苦帝自是永廢錐刀齊衛尉胡諧病請誌誌注疏云胡屈明日竟不往是日諧亡載屍還宅誌云胡屈者明日屍出也齊太尉司馬殷齊之隨陳顯達鎮江州辭誌誌畫絹作一樹樹上有鳥語云急時可登此後顯達逆節留齊之鎮州及敗齊之叛入廬山追騎將及齊之見林中有一樹樹上有鳥乃誌所畫悟而登之鳥竟不飛追者見鳥謂無人而返卒以見免齊屯騎桑偃將欲謀反往詣誌誌遙見而走大呼云圍臺城欲反逆斫頭破腹後未

旬事發偃叛往殊方爲人所得果斫頭破腹梁鄱陽忠烈王甞屈誌來第會忽令覔荆子甚急既得安之門上莫測所以少時王便出爲荆州刺史其預鑒之明此類非一誌多去來興皇淨名兩寺及今上龍興甚見崇禮先是齊時多禁誌出入今上即位下詔曰誌公迹拘塵垢神遊冥寂水火不能燋濡蛇虎不能侵懼語其佛理則聲聞以上談其隱淪則遁仙高者豈得以俗士常情空相拘制何其鄙狹一至於此自今行來隨意出入勿令得復禁誌自是多出入禁內天監五年冬旱雩祭備至而求降雨誌忽上啓云誌病不差就官乞治若不啓白於官應得鞭杖願於華光殿講勝鬘請雨上即使沙門法雲講勝鬘講竟夜便大雪誌又云須一盆水加刀其上俄而雨大降高下皆足上甞問誌云弟子煩惑未除何以治之答云十二識者以爲十二因緣治惑藥也又問十二之旨答云在書字時節刻漏中識者以爲書之在十二時中又問弟子何時得靜心修習答云安樂禁識者以爲禁者止也至安樂時乃止耳後法雲於華林講法華至假使黑風誌忽問風之有無答云世諦故有第一義則無也誌往復三四番便笑云若體是假有此亦不可解難可解其辭旨隱沒類皆如此陳征虜者舉家事誌甚篤誌甞爲其現真形光相如菩薩像焉誌知名顯奇四十餘載士女恭事者數不可稱至天監十三年冬於臺後堂謂人曰菩薩將去未及旬日無疾而終屍骸香軟形貌熙悅臨亡然一燭以付後閤舍人吳慶即啓聞上歎

曰大師不復留矣燭者將以後事屬我乎因厚加殯送葬于鍾山獨龍之阜仍於墓所立開善精舍勑陸倕製銘辭於塚內王筠勒碑文於寺門傳其遺像處處存焉初誌顯迹之始年可五六十許而終亦不老人咸莫測其年有徐捷道者居于京師九日臺北自言是誌外舅弟小誌四年計誌亡時應年九十七矣右十一驗出梁高僧傳

徐光在吳世常行幻術於市鄽間種棗橘栗立得食之而市肆賣者皆已耗失凡言水旱甚驗常過大將軍孫綝門褰裳而趨左右唾唛或問其故答曰流血覆道臭腥不可綝聞而怒殺之斬其首無血及綝廢幼帝更立景帝將拜蔣陵有大飄風如禀從空中墜綝車上車爲之傾頓顧見徐光在松樹上拊手指搗嗤笑之綝問左右無見者綝惡之俄而景帝誅綝兄弟四人一旦爲戮出冤魂志

周時老子者姓李名聃字伯陽楚國苦縣瀨鄉曲仁里人其母感大流星而有娠也雖受氣於天然見生於李家猶以李爲姓或云老子先天地生或云是天之魄精靈之屬或云其母懷之七十歲乃生生時剖其母左腋出出而白首故謂之老子或言其母夫老子氏母家或老子母適到李樹下而生老子老子生而言指李樹曰以此爲我姓或云老子欲西出關關尹知其非常從之問道術老子驚怖故吐舌聃然遂有老聃之號皆不然也今案九變及先生十二化經老子未出關時固以名聃矣老子數易名字非但聃而已所以爾者按九宮三五經及元辰經人生各有厄

會到其時其易名字以隨生氣之音則可以延年度厄今世有道者亦如此老子在周乃二百餘年二百餘年之中必有厄會非一是以名字稍多耳

殷時彭祖諱鏗帝顓頊之玄孫至殷之末世年巳七百六十七歲而不衰老少好恬靖不恤世務不營名譽不飾車服惟以養生治身爲事王聞其壽以爲大夫常稱病閑居不與政事善於補導之術并服水桂雲母糧粉麋角常有少容閉氣內息從平旦至日中乃免坐拭目摩搦身體舐唇咽唾服氣數十乃以起行言笑其體中或有疲倦不安便導引閉氣以固所患心在存身頭面九竅五臟四肢至毛髮皆令其在覺其氣雲行體中起於鼻口下達十指王自詣問訊安不告致遺珍玩前後數萬彭祖皆受以恤貧賤者畧無所留又有婇女者亦少得道知養形神方年二百七歲視之如十五六王奉事之於掖庭爲立華屋紫閣飾以金玉乃令婇女乘輜軿往問道於彭祖婇女具受諸要法以教王王試爲之有驗欲殺之彭祖知之乃去不知所如其後七十餘年門人於流沙之西見之王不能常行彭祖之道得壽百三歲氣力丁壯如五十時後得鄭女妖婬王失道而殂洛間相傳言彭祖之道教人者由於王禁之故也彭祖去殷時年七百歲非壽終也右此二驗出神仙傳

漢時洛下有一洞穴其深不測有一婦人欲殺夫謂夫曰未嘗見此穴夫自逆視婦遂推下經多時至底婦於後擲飯物如欲祭之當時顛墜恍惚良久穌得飯食之氣力小強周

逴覓路仍得一穴便匍匐徒就崎嶇反側行數十里穴寛亦有微明遂得平步行百餘里覺所踐如塵而聞秔米香噉之芬美即裹而爲糧復齎以行所歷幽遠里數難詳而轉就明廣食所齎盡便入一都郡郭脩整宮館莊麗臺榭房宇悉以金魄爲飾雖無日月而明踰三光人皆長三丈被羽衣奏奇樂非世所聞便告求哀長人語令前去凡過如此者九處最後至苦飢餒長人指中庭一大栢樹近百圍下有一羊令跪捋羊鬚初得一珠長人取之次捋亦取後捋令噉即得療飢請問九處之名求停不去荅云君命不得停還問張華當悉此間人便復隨穴出交州還洛問華以所得物示之華云如塵者是黄河下龍涎泥是崑山下泥九處地仙名九館大夫羊爲癡龍其初一珠食之與天地等壽次者延年後者充飢而已此人還徃七八年間

漢永平五年剡縣劉晨阮肇共入天台山迷不得返經十三日糧乏盡飢餒殆死遥望山上有一桃樹大有子實求無登路攀縁藤葛乃得至上各噉數枚而飢止體充復下山持杯取水欲盥漱見蕪菁葉從山腹流出甚鮮新復一杯流出有胡麻飯糝便共没水逆流行二三里得度山出一大溪邊有二女子姿質妙絶見二人持杯出便笑曰劉阮二郎捉向所失流杯來晨肇既不識之縁二女便呼其姓如似有舊乃相見而悉問來何晚因邀還家其家銅瓦屋南壁及東壁下各有一大牀皆施絳羅帳帳角懸鈴金銀交錯牀頭各有十侍婢勑云劉阮二郎經涉山岨向雖得

瓊實猶尚虛弊可速作食食胡麻飯山羊脯午肉甚甘美食畢行酒有一羣女來各持五三桃子笑而言賀汝壻來酒酣作樂至暮令各就一帳宿女往就之言聲清婉令人忘憂遂停半年氣候草木是春時百鳥啼鳴更懷悲思求歸甚苦女曰罪牽君當可如何遂呼前來女子有三四十人集會奏樂共送劉阮指示還路既出親舊零落邑屋改異無相識問訊得七世孫傳聞上世入山迷不得歸至晉太元八年忽復去不知何所

漢時太山黃原平旦開門忽有一青犬在門外伏守備如家養原紲犬隨鄰里獵日垂夕見一鹿便放犬犬行甚遲原絶力逐終不及行數里至一穴入百餘步忽有平衢槐柳列植行牆迴帀原隨犬入門列房櫳戶可有數十間皆女子姿容妍媚衣裳鮮麗或撫琴瑟或執博碁至北閣有三間屋二人侍直若有所伺見原相視而笑此青犬所致妙音壻也一人留一人入閤須臾有四婢出稱太真夫人白黃郎有一女年已弱笄冥數應爲君婦既暮引原入內內有南向堂堂前有池池中有臺臺四角有徑尺穴穴中有光映帷席妙音容色婉妙侍婢亦美交禮既畢宴寢如舊經數日原欲暫還報家妙音曰人神道異本非久勢至明日解珮分袂臨階涕泗後會無期深加愛敬若能相思至三月旦可修齋絜四婢送出門半日至家情念恍惚每至其期常見空中有軿車髣髴若飛（右此三驗出幽明錄）

述異記曰廬山上有三石梁長數十丈廣不盈尺俯眄杳無底咸康中江州刺史庾亮迎

吳猛猛將弟子登山遊觀因過此梁見一老公坐桂樹下以玉杯承甘露與猛猛遍與弟子又進至一處見崇臺廣廈玉宇金房琳琅焜耀暉彩眩目多珍寶玉器不可識各見數人與猛共言若舊相識設玉膏終日

又述異記曰獨角者邑郡江人也年可數百歲俗失其名頂上生一角故謂之獨角或忽去積載或累旬不語及有所說則旨趣精微咸莫能測焉所居獨以德化亦頗有訓導一旦與家辭因入舍前江中變爲鯉魚角尚在首後時時暫還容狀如平生與子孫飲讌數日輒去

穀城鄉卒常生不知何所人也數死而復生時人爲不然後大水出所害非一而卒輒在缺門山上大呼言卒常生在此云復雨水五日必止止則上山求祠之但見卒衣杖革帶後數十年復爲華陰市門卒

琴高趙人也以鼓琴爲康王舍人行涓彭之術浮遊冀州碭郡閒二百餘年後復時入碭水中取龍子與諸弟子期曰期日皆潔齋待於水傍設星祠果乘赤鯉魚出入坐祠中碭中旦有萬人觀之留一月復入水

冠先宋人也以釣爲業居睢水傍百餘年得魚或放或賣或自食之常冠帶好種茘食其葩實焉宋景公問其道不告即殺之後數十年踞宋城門上鼓琴數十日乃去宋人家家奉祠之（右三驗出搜神異記）

妖怪篇第二十四（此有二部）

述意部　引證部

述意部第一

妖怪者千寶記云蓋是精氣之依物者也氣亂於中物變於外形神氣質表裏之用也本於五行通於五事雖消息昇降化動萬端然其休咎之徵皆可得域而論矣此是俗情之近見未達大聖之因果考斯徵變乃是衆生宿業之雜因感現報之緣發因緣相會物理必然故有斯徵未足可怪也

## 引證部第二

如佛本行經云爾時佛告諸比丘言我念往昔有一馬王名雞尸形貌端正身體白淨猶如珂雪又若白銀如淨滿月如居陁華其頭紺色走疾如風聲如妙鼓於彼時間閻浮提有五百商人時諸商人欲入大海辦具資粮行到大海即祠海神備諸船舶顧得五船師求覓珍寶時諸人輩至其海內忽值惡風吹其船舫至羅刹國其國多有羅刹之女欲到彼國大風飄搏船悉破壞時諸商人各運手足截流浮去欲詣彼岸時羅刹女聞彼大海有船破壞羅刹女等即往救接一時捉得五百商人共彼商人五欲自娱歡喜踊躍共生男女將彼商人置一鐵城既安置已變化本形令使端正可喜過人人纔不及用天香湯澡浴以香塗身著種種衣瓔珞莊嚴妙華天冠懸以寶鈴捷疾走行詣商人所語諸人言是諸聖子莫有恐也莫有愁也過汝手來過汝臂來過汝髀來是時商人窮極護命恐怖畏死遂於彼所起實女想與其手臂時羅刹女度諸商人慈言哀愍從何遠來可爲我夫憐愍我等爲我作主我等無人愛念作歸依處除滅我等憂愁煩惱爲我等輩當作家長

我等承事不令虧失爾時商人咸共惻愴舉聲啼哭各吐熱氣共相慰喻送互安心詣羅刹城未到彼城於其中路見有一所其地寬廣皆悉平正樹林華果枝葉扶踈諸鳥遊集如是無量復有雜華池沼華鳥滿中觀者欣悦能滅憂煩其羅刹城四壁潔白狀如珂雪又如冰山其城在地若遙觀者乃見彼城如白雲隊從地涌出其城粧飾如經具述爾時諸羅刹女將諸商人向彼城已教脫舊衣以諸香湯沐浴身體令坐種種妙勝之座以五欲具而娛樂之五音諸聲於前而作經於久時受大快樂後時諸羅刹女等告諸商人善哉聖子是城南面不得從彼出向其處有一商人智慧深細聰明利見即生疑念作是思惟以何等故不聽南過我應伺諸女睡卧之時尋往所禁之處次第觀看善惡之事爾時商主作是念已即伺彼諸羅刹女等卧睡眠已遂安詳而起不令有聲即執刀從家而出尋逐意趣漸漸前進至於少地見一微徑恐怖之所無有草木甚可畏懼乃聞有人大叫喚聲狀如叫喚地獄中苦痛之聲聞此聲已身毛皆竪默然而住良久喘定還詣彼道漸進其路見一鐵城其城高峻聲出之處詣城巡行而不見門到於北面見有一樹名曰合歡近城而生其樹高大出於城上時彼商主見斯樹已即上其樹觀看城内見彼城中多有人死百有餘數或有死者已被食半或命未斷半身支解或有飢渴逼惱而坐或復消瘦唯有筋骨眼目坎陷如井底星迷悶在地頭髮蓬亂塵土坌身甚大羸瘦各相割肉而

噉食之以是因緣作大叫喚如閻羅王所居之處見諸衆生受大苦惱是大商主見是事已亦復如是即以手捉合歡樹枝而搖動之一枝動已舉樹枝葉互相揬觸而有聲出爾時受苦諸人聞是聲已仰觀城上見彼商主在合歡樹見已悲呼汝是誰耶爲天爲龍爲夜叉爲帝釋爲大梵王等耶在於厄難憐愍我輩故來至此救拔我等苦耶時彼人輩合十指掌頭頂遙禮哀泣發聲仰面上觀仰如是白善哉仁者汝今濟拔於我到於親愛之所耶爾時商主從彼苦人聞是語已鬱怏不樂身心悲惱而報彼言是諸人輩當知我今非是天龍乃至非大梵天也但我等輩從閻浮提與生至此爲求財故入於大海我等將欲至於陸地忽遇大風船舶破散值諸婦女來至我邊濟拔我等從爾已來常共如是諸女歡娛受樂我今云何能濟汝苦是時商主復問彼言汝諸人等云何在此受如斯事彼苦人輩即答言曰善哉善人我等今者亦復如是行人同伴亦五百人船破至岸亦遭羅刹女共受五欲將我等輩置鐵城中入此城來已被他食二百五十今唯二百五十人在我等亦共彼輩和合生於男女彼羅刹女語言微妙其聲婉媚但彼女等貪食肉故共生男女悉還食盡汝諸人輩慎莫共彼愛樂娛樂何以故彼甚可畏無愛心故是時商主復問彼言諸人輩頗有方便得脱難不彼即報言有一方便商主復問方便如何善哉爲説彼等報言十五日滿四月節會大喜樂日月與卯宿合會之時有一馬王名曰雞尸隋云多髮

形貌端正見者樂覩白如珂貝其頭紺黑行疾如風聲如妙鼓彼所停處乃有粇米自無糠穭甚大鮮白香美具足彼馬所食食是米已來詣海岸露現半身口出人聲而作是言誰欲度彼大鹹苦水如是三說我今當令安隱得度彼岸若值如是馬者即得免難唯有此事更無餘也汝等若欲脫諸難者勿泄此言商主復問汝等頗曾見馬王不汝若見者何不親近何不度汝初從誰聞如是之事彼等報言我從虛空聞如是聲而有信者尋虛空聲詣於北道馬王之所雖往其所不受彼言而復還歸我等皆由愛羅剎女是故如此今受是厄是諸商主復問彼言汝等去來可共詣彼馬王之所彼等報言我欲上城城即增長掘地欲出其孔還合我等是處無解脫期我輩必爲羅剎女食何當得見彼親眷屬汝等人輩愼莫放逸隨意所去速詣父母及自眷屬還歸本鄉唯願汝等心意和合我等本生某處某城某邑善哉汝等若至彼處爲我等輩問訊父母諸親朋友作是語已復告彼言汝等後時更莫發心向彼大海何以故大海內有諸恐怖但在彼處隨宜活命得共父母妻子眷屬不復分離能行布施多造福業嚴持齋戒是爲第一是時商主聞彼語已生大恐怖遂即下樹時彼諸人一時發聲叫喚啼哭嗚呼極苦閻浮提內微妙之地何當得見若本知是厄處寧住在彼餐噉牛糞用爲活命不爲求財而來此也爾時商主依著本道還向本處見彼等輩諸羅剎女猶故睡眠商主爾時還即眠卧至於天曉便作是念

云何令彼諸商人輩得知此事若輙出言是即漏泄若其漏泄羅刹諸女恐將我等至戹難處我之此語應須隱默乃至四月臨當節會馬王來日乃告彼等所以者何昔有偈說

凡於知識處　輕陳心實者　其事當漏泄
聞者各各傳　是以怨所得　便受大苦惱
故有智慧者　輕不漏其言

爾時商主隱默而住乃至四月歡樂會時方始告彼諸商人知汝等今者愼莫放逸戀著愛心或貪婦女或貪飯食及餘資財我於汝等極生憐愍我今密語時諸商人聞商主說猶如師子在於山林忽大哮吼有諸凡獸在彼山邊聞其吼聲生大驚怖各相謂言我等今者未脫大海可惡之事時彼商人過彼日已遂至夜内見彼羅刹一切諸女俱著睡眠安隱而卧私密盜竊從卧牀起咸共詣彼期處詣彼處已白商主言善哉商主所見之者願爲我說爾時商主即告彼等說前見事諸人聞已憂愁不樂白商主言善哉商主我等今當宜可速至彼馬王所願我等輩安置得達閻浮提内本生之處時諸商人皆詣馬王所爾時馬王至於海岸露現半身以人音聲而三唱告誰欲樂度鹹水彼岸我當安隱負而度之令到彼岸時諸商人聞馬王如是語已歡喜踊躍身毛皆竪合十指掌頂禮馬王作如是言善哉馬王我等欲度樂至彼岸願濟我等從水此岸達到彼岸爾時馬王告諸商人汝等當知彼羅刹女不久應來或將男女顯示於汝慈悲哀哭受於苦惱汝等於時莫生染著愛戀之心汝等若起此意假使乘

我背上必當墮落爲彼羅剎之所噉食若作如是意念彼非我許物非我男女設使以手執我一毛而懸之者我於是時安隱相送遠到彼岸作是語已汝等今者可乘我背或執我身分脚足支節時諸商人依語乘之爾時馬王負彼商人出哀愍聲飛騰空裏行疾如風爾時彼諸羅剎女輩聞彼馬王哀愍之聲復聞走聲狀如猛風忽從睡覺覓彼商人悉皆不見處處覼看乃遙見商人乘馬王上乘空而去旣見是已速將男女馳走奔赴至於海岸發慈愍聲哀號啼哭作大苦惱各作是言汝諸聖子今者捨我欲何所去今我無主汝是我主汝等於先墮在海難大恐怖中我等度汝唯願汝等與我爲夫汝等今者捨背於我欲詣何所無恩無義何故相棄若有違犯今乞懺悔從今已去不作諸惡如其不用我者今此男女可收將去時羅剎女雖作如是慈流言語雞尸馬王仍將彼輩五百商人安隱得度大海彼岸到閻浮提諸比丘於意云何時雞尸馬王豈異人乎即我身是五百人中商主者豈異人乎即舍利弗是五百商人豈異人乎即刪闍耶波離婆闍迦諸弟子等五百人是我於彼時以此五百諸商人等至厄難處救其厄難達到彼岸今者還復至刪闍耶見之處舍利弗化已將詣我所我於邪見曠野之中化令得脫度生死海是故汝等當於佛所應生尊重恭敬之心

又舊雜譬喻經云昔有五道人俱行逢雪過一神祠中宿舍中有鬼神像形國人所奉客四人言今夕大寒可取木人燒之用炊一人

言此是人事不可敗之便置不破此室中鬼常噉食人自相與語言正敢彼一人一人畏我餘四人惡不可放之其不敢破者夜聞鬼語起呼伴去餘四人言何不破像用炊然乎便取燒之噉人鬼怕即奔走去夫人學道亦復如是常須堅意不可怯弱令鬼得便悞損人也故維摩經云譬如人畏時非人得其便也

又菩薩處胎經云爾時世尊告智淨菩薩曰一生補處菩薩以權方便在卑賤家生欲得示現除無明結十月在胎臨生之日現無手足父母覩見謂爲是鬼捐棄曠野不使人見其後數日母復懷身具滿十月生一男兒端正殊妙世之希有晝生夜死父母號哭椎胷向天山神樹神何不憐我先生一子而無手足捐棄曠野今生一子端正無比狀如天神今復晝生夜死心肝斷絕當復柰何復經數月母漸懷妊十月具滿生一男兒三頭八脚四眼八臂覩者毛竪父母眷屬捨而欲去菩薩權見令不得去父母問曰爲是天耶爲是龍鬼神耶爾時所生兒即以偈報父母曰

非天夜叉鬼　須倫迦樓羅　爲母除愚闇
權生父母家　先無手足子　亦復是我身
朝生若暮死　八住無上尊　我今受形分
三頭八手脚　何爲捨我去　徑向地獄門
焚燒善根本　求滅亦欲難　今我還復體
現本端正形　守戒不失願　託生父母家
前後捨身命　其數如微塵　衆生病非一
投於甘露藥　趣使入道險　不令入邪徑
諸天受福樂　甘露除病藥　不違聖教藥

解脫涅槃藥

頌曰

求寶失舟濟　飄浮思救形　幻媚多方趣
妖魅誑人情　假接度海難　虛發親愛聲
自非馬王負　危苦詎安寧

感應緣（略引二十七驗）

東陽留寵爲血怪　魯昭公時龍怪
漢惠帝時龍怪　漢武帝時蛇怪
漢桓帝時蛇怪　晉太康中有魚怪
漢成帝時鼠怪　漢景帝時犬怪
漢章帝時魅怪　賈誼見鵩鳥怪
安陽城有亭廟怪　東越閩中蛇怪
中山王周南鼠怪　桂陽張遺樹怪
南陽宋大賢亭怪
吳時廬陵郡亭中鬼怪
建安中東郡界老公怪
晉時有老貍作父怪
晉南京寺記烏巢殿怪
晉時有貍作人婦怪
晉時有貍作人女産兒怪
晉時張春女邪魅怪
宋時梁道脩宅內鬼魅怪
瑯琊王騁之妻
西方山中人食蝦蟹怪
宋時王家作蟹斷有材怪
唐時逆人張亮霹靂怪

東陽留寵字道弘居于湖孰每夜門庭自有血數升不知所從來如此三四後寵爲折衝將軍見遣北征將行而炊飯盡變爲蟲其家人蒸炒亦變爲蟲其火逾猛其蟲逾壯寵遂

北征軍敗於壇丘爲徐龍所殺
魯昭公十九年龍鬬於鄭持門之外洧洴京
房易傳曰衆心不安厥妖龍鬬其邑中也
漢惠二年正月癸酉朔旦兩龍現於蘭陵庭
東坐溫陵井中京房易傳曰有德遭害厥妖
龍見井中行刑甚惡黑龍從井出
漢武帝太始四年十月趙有虵從郭外入與
邑中虵鬬孝文廟下邑中虵死後二年秋有
衛太子事自趙人江充起
漢桓帝即位有大虵現德陽殿上洛陽市令
淳于翼曰虵有鱗甲兵之象也
晉太康中有鯉魚二枚現武庫屋上武庫兵
府有鱗甲亦是兵之類也魚又極陰屋上太
陽魚現屋上象至陰以兵革之禍干太陽也
及惠帝之初誅皇后父楊駿矢交宮闕廢后
爲庶人也死於幽宮元康之末而賈后專制
謗殺太子尋亦廢故十年之間母后之難再
興自是禍亂搆矣京房易妖曰魚去水飛入
道路兵且作
漢成帝建始四年九月長安城南有鼠嘀黃
藁柏葉上民冢柏及榆樹上爲巢桐柏爲多
巢中無子皆有乾屎數升時議臣以爲恐有
水災起鼠盜竊小獸夜出晝匿今正晝去穴
而登木象賤人將居貴顯之象也桐柏衛思
后園所在也其後趙后自微賤登至尊與衛
后同類趙后終無子而爲害明年有鳶焚巢
殺子之象云京房傳曰臣私禄罔辟厥妖鼠
巢也
漢景帝三年邯鄲有犬與家豕交時趙王遂
與六國共反外結匈奴以爲援五行志以爲

趙王昏亂豕類外交之異匈奴犬豕之類也

壽光侯者漢章帝時人也能劾百鬼衆魅令自縛見其形其縣人有婦爲魅所病侯爲劾之時大蛇數丈死於門外有大樹樹有精人止者死鳥過者墜侯劾之樹盛夏枯落有大虵長七八丈懸死其間章帝聞之徵問對曰有之帝曰殿下有怪夜半後常有數人絳衣披髮持火相隨豈能劾之侯曰能此小怪耳帝僞使人爲之侯劾三人三人登時著地無氣帝驚曰非魅也朕相試耳即使解之

賈誼爲長沙王太傅四月庚子日有鵩鳥飛入其舍止于坐隅良久乃去誼發書占之曰野鳥入處主人將去誼忌之故作鵩鳥賦齊死生而等禍福以致命定志焉

安陽城南有一亭廟不可宿也若宿殺人有一書生乃過宿之亭民曰此不可宿前後宿此未有活者書生曰無苦也吾自能諧遂住廟舍乃端坐誦書良久乃休夜半後有一人著皂單衣來往户外呼亭主亭主應曰諾亭中有人耶答曰向者有一書生在此讀書久適休似未寐乃暗嗟而去須臾復有一人冠幘赤衣呼亭主亭主應諾亦復問亭中有人耶亭主答如前復暗嗟而去於是書生無他起詣向者呼處微呼亭主亭主亦應諾復問亭中有人耶亭主答如前乃問向者黑衣來者誰曰北舍母豬也又曰赤冠幘來者誰曰西舍老雄雞父也曰汝復誰耶曰我是老蠍也於是書生密便誦書至明不敢寐天明亭民來視驚曰君何以得活耶書生曰汝捉索函來吾與卿取魅乃掘昨夜應處果得老蠍

大如鞞婆毒長數尺於西家得老雄雞父比舍得母豬凡殺三物亭毒遂靜永無災橫也

東越閩中有庸嶺高數十里其下北隙中有大蛇長七八丈圍之一丈土俗常懼治都尉及屬城長吏多有死者祭以牛羊故不得福或與人夢或喻巫祝欲得啗童女年十二三者都尉令長並共患之然氣勵不息共請求人家生婢子兼有罪家女養之至八月朝祭送蛇穴口蛇輒夜出吞嚙之累年如此前後已用九女爾時預復募索未得其女將樂縣李誕家有六女無男其小女名寄應募欲行父母不聽寄曰父母無相唯生六女無有一男雖有如無女無緹縈濟父母之功既不能供徒費衣食生無所益不如早死賣寄之身可得少錢以供父母豈不善耶父母慈憐終不聽去寄自潛嚴不可禁止寄乃行告貴請好劒及咋蛇犬至八月朝便詣廟中坐懷劒將犬先作數石米餈蜜麨灌之以置穴口蛇夜便出頭大如囷目如二尺鏡聞餈香氣先啗食之寄便放犬犬就嚙咋寄從後斫得瘡痛急蛇因踊出至庭而死寄入視穴得其九女髑髏悉舉出咤言曰汝曹怯弱爲蛇所食甚可哀愍於是寄女緩步而歸越王聞之聘寄女爲后拜其父爲將樂令母及姊皆有賜賞自是東治無復妖邪之物其歌謠至今存焉

中山王周南正始中爲襄邑長有鼠從穴出在廳事上語曰周南爾以某月某日當死周南急往不應鼠還穴後至期復出更冠幘皂衣而語曰周南汝日中當死周南復不應鼠

復入穴斯須復出出復入轉行數語如前日適中鼠復曰周南汝不應我復何道言訖顛蹶而死即失衣冠周南便卒取視俱如常鼠

桂陽太守江夏張遺字昇高居鄢陵田中有大樹十餘圍蓋六畝枝葉扶踈盤地不生穀草遣客斫之斧數下樹大血出客驚怖歸白昇高昇高怒曰老樹汁赤此何得怪因自斫之血大流出昇高更斫枝有一空處白頭老公長四五尺突出趍昇高昇高以刀逆斫殺之四五老公並死左右皆驚怖伏地昇高神慮恬然如舊諸人徐視似人非人似獸非獸此所謂木石之怪夔魍魎者乎其伐樹年中昇高作辟司空御史兗州刺史

南陽宋名大賢西鄂有一亭不可止止則害人大賢以正道不可干且上樓鼓琴而已不設兵仗至於夜半時有鬼來登梯與大賢語瞋目磋齒形貌可惡大賢鼓琴如故鬼乃去於市取死人頭來還語大賢曰寧可行小熟啗因以死人頭投大賢前大賢曰甚佳吾暮卧無枕正當得此鬼復去良久乃還曰寧可共手搏耶大賢曰善語未竟大賢前便逆捉其脅鬼但急言死死賢遂殺之明日視之乃是老狐也因止亭毒更無害怖

吳時廬陵郡都亭重屋中常有鬼魅宿者輒死自後使官莫敢入舍時丹陽人姓湯名應大有膽武使至廬陵便入亭止吏啓不可止此應不隨諫盡遣所將人還外止宿應唯持一口大刀卧至三更中聞有扣閤者應遥問誰答云部郡相聞應使進相聞已而去經須臾聞復有扣閤者如前曰府君相聞應復使

進身著皂衣去後應謂是人了無疑也須復扣閤言是部郡府君詣來應乃疑曰此夜非時又府君部郡不應同行知是鬼魅持刀迎之見有二人皆盛衣服俱進坐畢府君者便與應談談未畢而部郡跳至應背後應顧以刀擊中之府君下坐走出之應急追至亭後牆下及之斫傷數下去其處巳還卧達曙將人往尋見有血迹追之皆得云稱府君者是老狐魅云部郡者是老狸魅自後遂絕永無妖恠

建安中東郡界家有恠者無故盆器自發訇訇作聲若有人焉盤案在前忽然便失之雞生輒失子如是數歲甚疾惡之乃多作美食覆蓋著一室中藏户間伺之果復重來發聲如前便閉户周旋室中更無所見爲闇但以杖撾地良久於室隅間有所中呼曰喃喃冥死開户視之得一老公可百餘歲言語了不相當貌狀頗欲類獸遂行推問乃於數里上得其家人云失來十餘年得之哀喜後歲餘日復更失之聞在陳留界復作妖恠如此時人猶以爲此公也

晉時吳興一人有二男田中作作時見父來罵詈打拍之兒歸以告母母問其父其父大驚知是鬼魅便令兒所之鬼便寂不復往父憂恐兒爲鬼所困便自往看兒謂是鬼便殺而埋之鬼便遂歸作其父形語家二兒巳得殺奴矣兒暮歸共相慶賀遂積年不覺後有一師過其家語二兒云君尊候有大邪氣兒以白父父大怒兒出以語師令速去師便作聲入父成大老狸入牀下遂得之往所殺者

乃眞父也改殯治服一兒遂自殺一兒忿懊亦死右一十八驗出搜神記

晉南京寺記云波提寺在秣陵縣新林青陵昔晉咸安二年簡文皇帝起造本名新林寺時歷陽郡烏江寺尼道容苦行通靈預知禍福世傳爲聖尼咸安初有烏巢殿屋帝使常筮人占之曰西南有女人師當能伏此怪即遣使至烏江迎聖尼問此吉凶焉在尼曰修德可以禳災齋戒亦能轉障帝乃建齋七日禮懺精勤法席未終忽有羣烏運巢而去一時淨盡帝深加敬信因爲聖尼起此寺焉

晉海西公時有一人母終家貧無以葬因移柩深山於其側志孝結墳晝夜不休將暮有一婦人抱兒來寄宿轉夜孝子作未竟婦人每求眠而於火邊睡乃是一狸抱一烏雞孝子因打殺擲後坑中明日有男子來問細小昨行遇夜寄宿今爲何在孝子云止有一狸即已殺之男子曰君枉殺吾婦何得言狸狸今何在因共至坑視狸已成婦人死在坑中男子因縛孝子付官應償死孝子乃謂令曰此實妖魅但出獵犬則可知魅令因問獵事能别犬不答云性畏犬亦不别也因放犬便化爲老狸則射殺視之婦人已還成狸

晉太元中瓦官佛圖前淳于矜年少潔白送客至石頭城南逢一女子美姿容矜悅之因訪問二情旣和將入城北角共盡欣好便各分别期更尅集便欲結爲伉儷女曰得壻如君死何恨我兄弟多父母並在當問我父母矜便令女婢問其父母父母亦懸許之女因勑婢取銀百斤絹百疋助矜成婚經久養兩

兒當作祕書監明果騶卒來召車馬導從前後部鼓吹經少日有獵者過覔穽將數十狗徑突入蔀婦及兒並成狸絹帛金銀並是草及死人骨蛇魅等

晉永初中張春爲武昌太守時人嫁女未及升車忽便失性出外毆擊人乘云不樂嫁女家事俗巫云是邪魅將女至江右此三驗出幽明録

宋時安定梁清字道修居揚州右尚坊問桓徐州故宅元嘉十四年二月數有異光仍聞擘籬聲令婢子松羅往看見一人問云姓華名芙蓉爲六甲至尊所使從太微紫宮中下來遇舊居仍留不去或鳥頭人身舉視眼摶擲灑糞穢清射之應絃而滅並有絳汁染箭又覩一物形如猿懸在樹標令人刺中其髀墮地奄没經日反從屋上跛行就婢乞食團飯授之頓進二升數日衆鬼羣至醜惡不可稱論松羅林障塵石飛揚累晨不息婢採菊路遇一鬼著衣幘乘馬衛從數十謂採菊曰我是上天仙人勿名作鬼問何以恒擲穢汚答曰糞汚者錢財之像也投擲者速遷之徵也頃之清果爲武將軍比魯郡太守清厭毒既久乃呼外國道人波羅氎讀呪文諸鬼怖懅或踰壁穴而走皆作鳥聲於此都絶在郡少時夜中松羅復見威儀器械人衆數萬一人戴幘送書麤紙有七十許字筆跡婉媚遠擬羲獻又歌云登阿儂孔雀樓遥聞鳳凰鼓下我鄒山頭彷彿見梁魯鬼有叔操喪哭泣答弔不異世人鬼傳教曾乞松羅一函書題云故孔甫之死罪白牋以弔其叔喪叙致哀情甚有詮次復云近往西方見一沙門自名

大摩剎問君消息寄五九香以相與之清先奉使敦煌憶見此僧清有婢產於此便斷

瑯瑯王騁之妻陳郡謝氏生一男小字奴子經年後王以婦婢招利爲妾謝元嘉八年病終王大墓在會稽假瘞建康東崗既窆及虞與靈入屋憑几忽於空中擲地便有嗔聲曰何不作挽歌令我寂寂上道耶騁之云非爲永葬故不具義耳（右二驗出異苑）

周仲尼謂季桓子曰丘聞之木石之恠夔蝄蜽（韋昭注曰木石謂山也夔一足越人謂之山猱或言獨足蝄蜽而精好學人聲而迷惑人也）

右出國語史記曰秦始皇云山鬼不過知一歲事也

西方深山中有人焉其長尺餘袒身捕鰕蟹性不畏人見人止宿喜依其火以炙鰕蟹伺人不在而盜人鹽以食蟹名曰山猱其音自叫人常以竹著火中烞熚（音朴音畢）而山猱皆驚犯之令人寒熱（此雖人形亦鬼魅類耳所在山中皆有之）

右出神異經

宋元嘉初富陽人姓王於窮瀆中作蟹斷旦往視之見一材長二尺許在斷中而斷裂開蟹出都盡乃修治斷出材岸上明往看之見材復在斷中斷敗如前王又治斷出材明晨視所見如初王疑此材妖異乃取內蟹籠中繫頭擔歸云至家當斧破然之未至家三里聞籠中倅倅動轉顧見向材頭變成一物人面猴身一手一足語王曰我性嗜蟹比日實入水破君蟹斷入斷食蟹相負已爾望君見恕開籠出我我是山神當相祐助并令斷大得蟹王曰汝犯暴人前後非一罪自應死此

物種類專請乞放王廻頭不應物曰君何姓何名我欲知之頻問不已王遂不答去家轉近物曰既不放我又不告我姓名當復何計但應就死耳王至家熾火焚之後寂然無復異土俗謂之山猻亦知人姓名則能中傷人所以勤勤問王欲害人自免右一驗出述異記

唐逆人張亮昔爲幽州都督於智泉寺禮拜見一大像相好圓滿遂別供養亮遇霹靂其堂柱迸木擊亮額角而不甚傷及就寺禮像額見有破處事在冥報記又貞觀年中其像忽然繞頸有痕跡大如線焉時人咸以爲不祥之兆未幾亮果以罪被誅其痕于今見在出冥報拾遺記

法苑珠林卷第三十一

音釋

甿謨耕切　舉羊諸切兩手對舉也　吏尼教切不靜也　黠胡入切慧也　騃語駭切癡也　亹無匪切亹亹不倦之意也　隰席入切州名　礰郎狄切與碟同　篅淳沿切圓也　脅虛業切腋下也　搆居候切成也　睆戶版切笑貌　燾徒到切　燬虎委切火焚也　餧於偽切飤也　濬私閏切　龜茲龜音丘茲音慈龜茲國名　讖楚禁切待識也　匍匐匍薄胡切匐薄墨切匍匐手行也　嗷牛刀切嗷嗷衆口愁也　虬渠幽切　蕤如佳切　鬘莫班切　[口戔]子踐切　聃他甘切　顓頊顓朱緣切項虛王切顓項五帝名　搦女角切按也　舐甚爾切餂也　輜輧輜莊持切輧蒲眠切輜輧婦人車有障蔽者　秔古行切不黏稻也　肇直紹切　糝桑感切米粒也　岨壯所切水隔曰岨　婉於阮切順也　髣髴髣妃兩切髴敷勿切髣髴若似也　眄莫見切視也　焜湖本切光也　眩熒絹切目無常主也　碭徒郎切　珂丘柯切石次玉潔白如雪　紺古暗切深青也　舶薄陌切海船也　坌蒲悶切塵埲也　撐抽庚切距也　糠糩糠丘剛切穀皮也糩苦會切粗揀也　鵬房六切鴞屬　洧洴洧羽軌切洴蒲丁切　邯鄲邯河千切

鄲都寒切邯鄲趙地名 隟乞逆切與隙同 緹縈緹杜兮切縈於營切緹縈漢太倉令淳于公女名也 咋陟格切齧也 咤陟駕切叱怒也 鄗於虔切邑名 夔渠龜切木石之怪也 訇呼宏切大聲也 懊正作懊於到切悔恨也 麼眉波切麼尼也 齚陟格切與咋同 髀部禮切股也 氎達協切毛布也 墩煌墩徒孫切煌胡光切墩煌郡名 瘞於罽切 獑所斬切 政正同

法苑珠林卷第三十二

唐西明寺沙門釋道世撰

變化篇第二十五（此有三部）

述意部　通變部　猒欲部

述意部第一

夫聖人之用玄通無礙致感多方不可作一途求不可以一理推故麤以麤應細以細應麤細隨機理固然矣所以放大光明現諸神變者此應十方諸大菩薩將紹尊位者耳若處俗接麤按邪歸正者復須隨緣通變量稱物情不可以妙理通悟指事而變現不思議之形質用遮不思議之頑見也譬聖人亦入鹿馬而度脫之當在鹿馬豈同於鹿馬哉若不異於鹿馬應時常流不待此神變明矣

通變部第二

如華嚴經云佛子如一如來一化身轉如是等不可說譬喻法輪雲一切法界虛空界等世界悉以毛端周遍度量一一毛端處於念念中化不可說不可說佛剎微塵等身乃至盡未來際劫一一化佛身有不可說不可說佛剎微塵等頭一一頭有不可說不可說佛剎微塵等舌一一舌出不可說不可說佛剎微塵等音聲一一音聲說不可說不可說佛剎微塵等修多羅一一修多羅說不可說不可說佛剎微塵等法一一法中說不可說不可說佛剎微塵等句身味身復不可說不可說佛剎微塵等劫說異句身味身音聲充滿法界一切衆生無不聞者盡未來際常轉法輪如來音聲無異無斷不可窮盡是爲一切諸佛大力那羅延幢佛所住法又華嚴經云

一切諸佛悉有八種微妙音聲一一音聲悉有五百妙音聲眷屬不可稱數百千音聲以爲莊嚴無量無邊妙音聲妓樂皆悉清淨普能演說一切諸佛正法義味悉離恐怖安住無長大師子吼悉令一切法界一切衆生聞其音聲隨其本行種種善根皆令開解是爲一切諸佛最勝無上口業莊嚴又處處經云爾時佛笑口中有五色光出者有五因緣一欲令人有所問因所問有益故二恐人言佛不知笑故三爲現口中光故四笑諸不至誠故五笑阿羅漢守空不得菩薩道光還從頂上入者當亦後人大明故

又佛說心明經云爾時世尊爲梵志乃笑五色光從口出照十方五趣之類夫欲至人心喜令餓鬼飽地獄痛息畜生意開罪除尋光來詣佛所諸佛笑法皆有常瑞若授菩薩決遍照十方光從頂入授緣覺決光入面門授聲聞決光入肩井說生天事光從臍入說降人中光從膝入說趣三苦光從足心入諸佛之欣不以欣笑不以瞋笑不以癡笑不放逸笑不利欲笑不榮貴笑不富饒笑今佛普等愍傷羣生行大慈笑無斯七也又智度論云如佛初轉法輪時應持菩薩從他方來欲量佛身上過虛空無量佛剎至華上世界見佛身如故而說偈言

虛空無有邊　佛功德亦爾　設欲量佛身
唐勞不能盡　上過虛空界　無量諸佛土
見釋師子身　如故而不異　佛身如金山
演出大光明　相好自莊嚴　猶如春華敷

又處處經云佛在世時諸天鬼神龍人民皆

到佛所聽經數百千重前後皆見佛面所以者何佛前世時言語無前後故是故無不見佛面者人卧皆隨佛所首向佛尊故

## 厭欲部第三

如大莊嚴法門經云爾時王舍城中有婬女女名金色光明威德彼女宿世善根因緣形貌端正衆相具足身眞金色光明照耀容儀媚麗世所希有神慧聰敏辯才無礙音辭清妙深邃柔軟言常含笑隨所行處皆金光照所著衣服亦皆金色一切人衆見者繫心愛著無捨隨所遊處皆悉隨從有長者子名上威德爲欲樂故多與財寶共相要契車乘莊嚴往詣園林爾時金色女宿緣冥感爲文殊師利化令入道神變自在故以頭枕彼威德膝上而睡即以神力於其卧處現爲死相膖脹臭爛難可附近須臾腹破肝腸剖裂五臟露現臭穢可惡大小便道流溢不淨諸根支節蠅蛆唼食不可稱説時長者子見此死屍生大恐怖身毛皆竪而作是念我今無救遍觀四方無歸依處倍增怖畏發大怖聲彼長者子二因緣故生大怖畏一昔所未見如是惡事是故生怖二大衆知我與彼同來在此而今忽死謂我故殺阿闍世王不鑒此理橫見加戮是故生怖時長者子獨於此林不見一人一切凡聖誰能救者彼長者子過去善根雖熟以不鬬見文殊共金色女所説法故文殊師利即以神力令諸樹林悉説偈言長者聞已心大歡喜深自慶幸捨棄死屍從林而出即往佛所具説怖緣爾時佛告長者子汝莫憂怖我當施汝一切無畏汝歸佛者一

切無怖長者白佛一切怖畏從何而生佛言從貪瞋癡因緣故畏當知一切諸怖無主無作無有執者汝先欲覺今何所在長者子言此中所見好色惡覺凡夫貪著於聖法中無如是事於是佛爲種種方便說法時長者子得順法忍時金色女知長者子受教化已莊嚴五百馬車前後圍繞來詣佛所却住一面爾時文殊問長者子言汝識此妹不長者子言我今實識文殊師利言汝云何識時長者子即向文殊而說偈言

見色如水沫　諸受悉如泡　觀想同陽焰
如是我識彼　見行如芭蕉　知識猶如幻
女名假施設　如是我識彼　身無覺如木
亦如草瓦礫　心則不可見　如是我識彼
諸凡夫如醉　顛倒生惡覺　智者所不染
如是我識彼　如彼林中屍　臭爛惡不淨
身體性如是　如是我識彼　過去本不滅
未來亦不生　現在不暫住　如是我識彼
文殊當善聽　彼恩難可報　我本多貪欲
見不淨解脫　彼身實不死　爲化我現死
愍衆故示現　誰見不發心　如是貪瞋癡
及一切煩惱　如是體法性　善哉甚微妙

爾時佛告阿難此金色女上威德男已於過去教化令發菩提今更聞法得順法忍此金色女於當來世過九十百千劫當得作佛號曰寶光如來威德長者於寶光佛所得菩薩身名曰德光寶光滅後當得作佛號曰寶炎如來又觀佛三昧經云佛告阿難我昔夏安居時波羅柰國有一婬女在高樓上有女名妙意昔日於佛有緣爾時世尊化三童子年

皆十五面貌端正勝諸世間一切人類此女見巳身心歡喜白言丈夫我今此舍如功德天富力自在衆寶莊嚴我今以身及與奴婢奉上丈夫可備灑掃若能顧納隨我所願一切供給無所愛惜作是語巳化人就牀未及食頃女前親近白言丈夫願遂我意化人不違隨巳所欲既附近巳一日一夜心不疲猒至二日時愛心漸息至三日時白言丈夫可起飲食化人即起纏綿不巳女生猒悔白言丈夫異人乃爾化人告言我先世法凡與女通經十二日爾乃休息女聞此語如人食噎既不得吐又不得咽身體苦痛如被杵擣至四日時如被車轢至五日時如鐵丸入體至六日時支節悉痛如箭入心女作念言我聞人說迦毗羅城淨飯王子身紫金色三十二相愍諸盲冥救濟苦人恒在此城常行福度放金色光濟一切人今日何故不來救我我從今日乃至壽終終不貪色寧與虎狼同處一穴不貪色欲受此苦惱化人亦瞋咄弊惡婦女癈我事業我今共汝合體一處不如早死父母宗親若來覓我處自藏我寧經死不堪耻辱女言弊物我不用爾欲死隨意是時化人取刀刺頸血流滂沱塗汙女身萎陀在地女不能勝二日青淤三日膖脹四日爛潰五日漸爛六日肉落七日唯有臭骨如膠如漆黏著女身一切大小便利及諸惡蟲迸血諸膿塗漫女身女極惡猒而不得離女發誓願若諸天神及與仙人淨飯王子能免我苦我持此舍一切珍寶以用給施作是念時佛將阿難難陀帝釋在前梵王在後佛放常光

照耀天地一切大衆皆見如來詣此女樓時女見佛心懷慚愧藏骸無處取諸白氎纏裹骴屍臭氣如故不可覆藏女見世尊爲佛作禮以慚愧故身映骨上臭骨忽然在女背上女極慚愧流淚而言如來功德慈悲無量若能令我離此苦者願爲弟子心終不退佛神力故臭骨不現女大歡喜爲佛作禮白佛言世尊我今所珍一切施佛佛爲呪願梵音流暢女聞呪願心大歡喜應時即得須陀洹道五百侍女聞佛音聲皆發無上菩提道心無量梵衆見佛神變得無生忍帝釋所將諸天有發菩提心者有得阿那含者

又百緣經云佛在世時舍衛城中有一長者婦產一男兒形貌極醜狀似惡鬼有人見者捨之而去年漸長大父母猒惡驅令遠棄乃至畜生見此醜陋尚懷怖懼何況人類又於一時詣林採果以自存活飛鳥走獸無不怖走絕迹無住世尊慈念將諸比丘到林欲度見佛避走佛以神力使不得去時諸比丘各在樹下跏趺繫念世尊化作醜陋人執持應器盛滿中食漸向醜人形狀類已心懷喜悅今此人者真是我伴尋來共語同器而食食已時彼化人忽然端正醜陋問言汝今何以忽然端正化人答言我食此食以善心觀彼樹下坐禪比丘使我端正醜陋聞已尋復斆之尋得端正心懷喜悅即向化人深生信解於是化人還復本形醜陋見佛三十二相八十種好光明普曜如百千日前禮佛足却坐一面佛即爲其種種說法得須陀洹果即於佛前求索出家佛告善來比丘鬚髮自落法

服著身便成沙門精勤修習得阿羅漢果時諸比丘見是事已請佛爲說宿本因緣佛告比丘乃往過去無量世中有佛出世號曰弗沙在一樹下結跏趺坐我及彌勒俱爲菩薩到彼佛所種種供養而翹一足於七日中說偈讚佛

天上世間無如佛　十方世界亦無有
世界所有悉能見　無有能及如佛者

爾時菩薩說此偈已時彼山中有一鬼神作醜陋形來恐怖我我以神力令彼行處懸崖嶮岨不能得過時彼山神即作是念我以惡心恐怖他故令我今者行處嶮難不可得過今當往彼懺悔先罪作是念已尋即往詣懺悔訖已發願而去佛告比丘欲知彼山神恐怖我故五百世中形體醜陋見者驚走由彼懺悔故今遭值我出家得道比丘聞已歡喜奉行頌曰

大聖神變　隨事啓滕　含英秀發　開悟相應
服以邪道　化現神通　隱顯利物　乃軌高蹤
羣生息謗　感悟興隆　潛運自在　見者生恭
罕逢斯聖　絕代靈龍　含生有福　遇此休徵

感應緣略引二十五驗

通敘神化多種之變
漢時有左慈能變
舌埵山有帝女能變
夏鯀及趙王如意變
魏襄王年中有女變
漢建平中有男子變
漢建安中有男子變
晉元康中有女變

晉惠懷時有男女變

漢景帝時有人變　漢宣帝時有雞變

晉太康年中有彭蚑及蟹變

孔子於陳絃歌館中有鯷魚變

晉豫章郡吏易拔變

晉宜陽縣有女姓彭名娥變

晉太末縣吳道宗母變

晉復陽縣有牛變　炎帝之女變

諸傳雜記之變

秦時有江南宮亭廟神變

秦時南方有落民飛頭變

高陽氏同産夫婦變

魏時尋陽縣比山蠻人作術變

魏時清河宋士母因浴變

梁朝居士韋英妻梁氏嫁變

夫慈濟之道霞古式瞻通化之方由來難測此是方外之大聖非是域中之凡能窮之不可原究之不可盡然凡聖雖别變化有同良由智有淺深障有麤細機有大小化有寬狹蓋達生死之本可以言變化矣若依佛教明信因果因緣相假方成變化矣據外俗未達大方唯信緣起不賴因成故千寳記云天有五氣萬物化成木精則仁火精則禮金精則義水精則智土精則恩五氣盡純聖德備也木濁則弱火濁則淫金濁則暴水濁則貪土濁則頑五氣盡濁民之下也中土多聖人和氣所交也絶域多怪物異氣所産也苟稟此氣必有此形苟有此形必生此性故食穀者智慧而文食草者多力而愚食桑者有絲而蛾食肉者勇憨而悍食土者無心而不息食

氣者神明而長壽不食者不死而神大腰無雄細腰無雌無雄外接無雌外育三化之蟲先孕後交兼愛之獸自爲牡牝寄生因夫髙木女蘿託乎茯苓木株於土萍植於水鳥排虛而飛獸蹠實而走蟲土閑而蟄魚淵潛而處本乎天者親上本乎地者親下本乎時者親旁則各從其類也千歲之雉入海爲蜃百年之雀入江爲蛤千歲龜黿能語人語千歲之狐起爲美女千歲之蛇斷而復續百年之鼠而能相卜數之至也春分之日鷹變爲鳩秋分之日鳩變爲鷹時之化也故腐草之爲螢也朽葦之爲蛬也稻之爲蛩也麥之爲蛺蝶也羽翼生焉眼目成焉心智存焉此自無知而化爲有知而氣易也鶴之爲麞也蛇之爲鼈也蛬之爲蝦也不失其血氣而形性變也若此之類不可勝論應變而動是謂順常苟錯其方則爲妖眚故下體生於上氣之反者也人生獸獸生人氣之亂者也男化爲女女化爲男氣之質者也魯牛哀得疾七日化而爲虎形體變易爪牙施張其兄將入搏而食之當其爲人不知將爲虎當其爲虎不知當爲人故晉太康中陳留阮士禽傷於虺不忍其痛數嗅其瘡已而雙虺成於鼻中元康中曆陽紀元載客食道龜已而成瘕醫以藥攻之下龜子數升大如小錢頭足殼備文甲皆具唯中藥已死夫妻非化育之氣鼻非胎孕之所享道非物之具從此觀之萬物之生死也與其變化也非通神之思雖求諸已惡識所自來然朽草之爲螢由乎腐也麥之爲蛺蝶由乎濕也爾則萬物之變皆有由也農

夫止麥之化者漚之以夜聖人理萬物之化者濟之以道其與不然乎今所覺事者固未足以究其變化之極也此乃由衆生本識雜業熏成因種既熟緣假外形情與非情隨緣興變若先無種縱遇其緣緣疎力弱亦未能獨變故因假緣故種不獨成緣假因故緣不獨辦因緣和合力用相齊萬類由生一非能建庶將來哲豈猜餘卜也

左慈字元放廬江人也有神通嘗在曹公座公曰今日高會恨不得吳松江鱸魚為膾放云可得也求銅盤貯水放以竹竿餌釣盤中須臾引一鱸出公大撫掌會者皆驚公曰一魚不周座席得兩為佳放乃復餌釣之須臾引出皆三尺餘生鮮可愛公便目前膾之周賜座席公曰今既得鱸恨不得蜀生薑耳放曰可得也公恐其近道買因曰吾昔使人至蜀買錦可勑人告吾使使增市二端人去須臾還得生薑又云於錦肆下見公使已勑增市二端後經歲餘公使還果增市二端錦問之云昔某月某日見人於肆下以公勑勑之增市二端錦後公近郊士人從者百許人放乃齎酒一甖脯一片手自傾甖行酒百官百官皆醉飽公還驗之酤賣家昨悉亡其酒脯矣公惡之陰欲殺元放元放在公座將收之放却入壁中霍然不見乃募取之或見於市乃捕之而市人皆放同形後或見放於陽城山頭行人逐之放入於羣羊行人知放在羊中告之曰曹公不復相殺本成君術既驗但欲與相見羊中忽有一大老羝屈前兩膝人立而言曰遽如許人即云此羊是競往欲取

而羣羊數百皆爲羝羊並屈前膝人立云遽
如許於是莫知所取焉老子曰吾之所以爲
大患者以吾有身也及吾無身吾有何患哉
若老子之儔可謂能無身矣豈不遠哉也
舌埵山帝之女死化爲怪草其葉萉成其華
黄色其實如菟絲故服怪草者恒媚於人焉
周宣王三十三年幽王生是歲有馬化爲狐
晉獻公二年周惠王居于鄭鄭人入王府多
脱化爲蜮射人萇弘見殺蜀人藏其血故三
年而爲碧漢靈帝時江夏黄氏之母浴伏盤
水中久而不起變爲黿矣婢驚走告比家人
來黿轉入深淵其後時時出現初浴簪一銀
釵猶在其首於是黄氏累世不敢食黿肉又
吴寶鼎元年六月晦日丹陽宣騫母年八十
矣亦因池浴化爲黿其狀如黄氏騫兄弟四
人閉户衛之掘堂上作大坑瀉水其黿入水
中遊戲一二日間恒延頸出亦望伺户小開
便輪轉自躍入于深淵遂不復還
夏鯀天子之父趙王如意漢祖之子而鯀爲
黄能意爲蒼狗
魏襄王三年有女子自首化爲丈夫與妻生
子故京房易傳曰女子化爲丈夫兹謂陰昌
賤人爲王丈夫化爲女子兹爲陰勝陽厥咎
亡也
漢建平中豫章有男子化爲女子嫁爲人婦
生一子長安陳鳳曰陽變爲陰將亡繼嗣生
一子者將復一世乃絶也故使哀帝崩平帝
没而王莽簒焉
漢建安七年越嶲有男子化爲女子周羣曰
哀帝時爾有此變將有易代之事也至二十

五年獻帝封山陽公

晋元康中安豐有女子曰周世寧年八歲漸化爲男至十七八而氣性成女體化而不盡男體成而不徹畜妻而無子

晋惠懷之世京洛有人一身而有男女二體亦能兩幸而尤好婬天下兵亂由男女氣亂而妖形作也當中興之間又有女子其陰在腹肚居在楊州亦性好婬色故京房易妖曰人生子陰在首則天下大亂若在腹則天下有事若在背則天下無後

漢景帝元年九月膠東下密人年七十餘生角角有毛生故京房易傳曰冢宰政厥妖人生角五行志以爲人不當生角猶諸侯不當舉兵向京師也其後有七國之難起

漢宣帝黃龍元年未央殿輅軨廄中雌鷄化爲雄鷄毛衣亦變不鳴不將無距元帝初元中丞相府史家雌鷄化爲雄鷄冠距鳴將至永光年中有獻雄鷄生角者五行志以爲王氏之應也

晋太康四年會稽郡彭蚑及蟹皆化爲鼠其衆覆野大食稻爲災始成有毛肉而無骨其行不能過田塍數日之後則皆爲牝至六年南陽獲兩足虎虎者陰精而居乎陽金獸也南陽火名也金精入火而失其形王室亂之妖也

孔子戹於陳絃歌於館中夜有一人長九尺餘著皂衣高冠大吒聲動左右子貢進問何人耶便提子貢而挾之子路引出與戰于庭有頃未勝孔子察之見其甲車間時時開如掌孔子曰何不探其甲車引而奮之子路如

之没手仆於地乃是大鯷魚也長九尺餘孔子歎曰此物也何爲來哉吾聞物老則羣精依之因衰而至此其來也豈以吾遇厄絶糧從者病乎夫六畜之物及龜蛇魚鼈草木久者神皆依憑能爲妖恠故謂之五酉五酉者五行之方皆有其物酉者老也故物老則爲恠矣殺之則已夫何患焉或者天之未喪斯文以是繫予之命乎不然何爲至於斯也絃歌不輟子路烹之其味滋病者興明日遂行

右十三驗出搜神記

晉時豫章郡吏易拔義熙中受番還家違遁不反郡遣追見拔言語如常亦爲施設使者催令裝束拔因語曰汝看我面仍見眼目角張身有黄斑色便竪一足徑出門去家先依山爲居至麓變成三足大虎所竪之脚即成其尾

右此二驗出異苑

晉永嘉之亂郡縣無定主强弱相暴宜陽縣有女子姓彭名娥父母昆弟十餘口爲長沙賊所攻時娥負器出汲於溪聞賊至走還正見塢壁已破不勝其哀與賊相格賊縛娥驅出溪邊將殺之溪際有大山石壁高數十丈娥仰呼曰皇天寧有神不我爲何罪而當如此因奔走向山山立開廣數丈平路如砥羣賊亦逐娥入山山遂崩合泯然如初賊皆壓死山裏頭出山入娥遂隱不復出娥所捨汲器化爲石形似鷄土人因號曰石鷄山爲娥潭

右此一驗出幽明録

晉義熙四年東陽郡太末縣吴道宗少失父單與母居未有婦兒宗賃不在家隣人聞其屋中砰磕之聲闚不見其母但有烏斑虎在

其屋中鄉里驚怛恐虎入其家食其母便鳴鼓會人共往救之圍宅突進不見有虎但見其母語如平常不解其意兒還母語之曰當罪見追當有變化事後一月日便失母縣界內虎災屢起皆云母烏斑虎百姓患之發人格擊之殺數人後人射虎白鷹弃戟剌中其腹然不能即得經數日後虎還其家故牀上不能復人形伏牀上而死其兒號泣如葬其母法朝宾哭臨之右此一驗出齊諧記

晉復陽縣里民有一家兒牧牛牛忽舐此兒舐處肉悉白兒俄而死其家葬此兒殺牛以供賓客凡食此牛肉男女二十餘人悉變作虎右此一驗出顧微廣州記録

炎帝之女娃遊于東海溺而死化爲精衛其狀如烏常銜西山之木石以堙東海堙者塞也其音曰因夸父與日競走渴飲河河涸不足北飲大澤未至道死棄其杖化爲鄧林右此二驗出山海經

博物志曰松脂淪入地千年化爲茯苓茯苓千年化爲琥珀琥珀一名江珠今太山有茯苓而無琥珀益州永昌出琥珀而無茯苓或復云燒蜂巢所作未詳此二說孰是神農本草經云取雞卵黃白渾雜者熟煑及尚軟隨意刻作物以苦酒漬數宿既堅內著粉中佳者亂眞此世所恒用無作不成

韓詩外傳曰孔子曰老韮爲雀老蒲爲葦搜神記曰土蜂名曰蜾蠃今世謂蜖蠮細腰之類其爲物雄而無雌不交不産常桑蟲之子育之則皆化成己子也

秦周訪少時與商人泝江俱行夕止宮亭廟下同侶相語誰能入廟中宿訪性膽果決因

上廟宿竟夕宴然晨起廟中見有白頭老公訪遂擒之化為雄鴨訪捉還船欲烹之因而飛去後竟無他右此一驗出述異記

秦時南方有落民其頭能飛其種人部有祭祀號曰蟲落故因取名焉吳時將軍朱桓得一婢每夜卧後頭輒飛去或從狗竇或從天窻中出入以耳為翼將曉復還數數如此傍人怪之夜中照視唯有身無頭其體微冷氣息裁屬乃蒙之以被至曉頭還礙被不得安兩三度墮地噫咤甚愁而其體氣急狀若將死乃去被頭復起傅頸有頃平和桓以為巨怪畏不敢畜乃放遣之既而詳之乃知天性也時南征大將亦往往得之又嘗有覆以銅盤者頭不得進遂死

昔者高陽氏有同產而為夫婦帝放之於崆峒之野相抱而死神鳥以不死草覆之七年男女同體而生二頭四足手是為蒙雙氏右二驗出搜神記

魏時尋陽縣北山中蠻人有術能使人化作虎毛色介身悉如眞虎鄉人周昞有一奴使入山伐薪奴有婦及妹亦與俱行既至山奴語二人云汝且上高樹視我所為如其言既而入草須臾一大黃斑虎從草出奮迅吼喚甚為可畏二人大怖良久還草中少時復還為人語二人歸家慎勿道後遂向等輩說之周尋復知乃以醇酒飲之令熟醉使人解其衣服及身體事事詳視了無異唯於髻髮中得一紙畫作大虎虎邊有符周密取錄之奴既醒喚問之見事已露遂具說本末云先嘗於蠻中告糴有一蠻師云有此術以三尺

布一升米精一赤雄鷄一升酒受得此法也魏時有清河宋士宗母以黃初中夏天於浴室裏浴遣家中子女盡出戶獨在室中良久家人不解其意於壁穿中闚不見人木盆水中有一大鼈遂開戶大小悉入了不與人相承嘗先著銀釵猶在頭上相與守之啼泣無可柰何意欲求去永不可留視之積日轉解自捉出戶外其去駛逐之不及遂便入水復數日忽還巡行宅舍如平生了無所言而去時人謂士宗應行喪治服士宗以母形雖變而生理尚存竟不治喪與江夏黃母相似右二驗出續搜神記

梁時開善寺京師兆人韋英宅也英早卒其妻梁氏不治喪而嫁更納河內向子集爲夫雖云改嫁仍居英宅英聞梁嫁白日來歸乘馬將數人至於庭前呼曰阿梁卿忘我耶子集驚怖張弓射之應箭而倒即變爲桃人所騎之馬亦化成茅馬從者數人盡爲蒲人梁氏惶懼遂捨爲寺見洛陽寺記傳

## 眠夢篇第二十六此有五部

述意部　三性部　善性部

不善部　無記部

### 述意部第一

原是一心積爲三界癡流慢惰昏滯沉没欲討其際難測其本所以遠自無始至於今身生死輪轉塵劫莫之比明闇遞來薪火不能譬逝水非駛器月難保且夫盛衰之道與時交構睡夢之途因心而動動由內識境由外熏緣熏好醜夢通三性若宿有善惡則夢有吉凶此爲有記若習無善惡汎覩平事此爲

無記若晝緣青黃夢想還同此爲想夢若見升沉水火交侵此爲病夢雖夢通三性然有報無報欲知斯事如下經說

三性部第二

如善見律云夢有四種一四大不和夢二先見夢三天人夢四想夢云何四大不和夢答眠時夢見山崩或飛騰虛空或見虎狼師子賊逐此是四大不和夢虛而不實云何先見夢答或晝日見或白或黑或男或女夜尅夢見是名先見夢此亦不實云何天人夢答若善知識天人爲現善夢令人得善若惡知識者爲現惡夢此即眞實云何想夢者答此人前身或有福德或有罪障若福德者現善夢罪者現惡夢如菩薩母初欲入母胎時夢見白象從忉利天下入其右脇此是想夢也若夢禮佛誦經持戒布施種種功德此亦想夢問夢爲善不善無記耶答亦善不善無記若夢見禮佛聽法說法此是善功德若夢見殺盜婬此是不善夢若夢見青黃赤白色等此是無記夢也問曰若爾者應受果報答曰不受果報何以故以心業羸弱故不感報是故律云除夢中不犯也

又迦延論云云何一切睡眠相應耶答曰或睡不眠相應如未眠時身不軟心不軟身重心重身瞪瞢心瞪瞢身憒心憒身睡心睡爲睡所纏是謂睡不眠相應云何眠不睡相應答曰不染汚心眠夢是謂眠不睡相應云何睡眠相應答曰染汚心眠夢是謂睡眠相應云何不睡不眠答曰除上爾所事問眠當言善不善無記耶答曰眠或善或不善或無記

云何爲善答曰善心眠夢云何不善答曰不善心眠夢云何無記答曰除上爾所事如夢中施與作福持戒守齋如善心眠時所作福當言餘福迴是名善云何眠時所作不福當言迴耶答曰如夢中殺盜等如不善心眠餘不福心迴是名不善云何眠時所作福不福不當言迴答曰如眠時非福心非不福心迴如無記心眠時所作福非福不當言迴是名無記問夢名何等法答曰是五蓋中無明蓋也

## 善性部第三

如出生菩提心經云爾時世尊告迦葉婆羅門言汝善男子有四種善夢得於勝法何等爲四所謂於睡眠中夢見蓮華或見傘蓋或見月輪及見佛形如是見已應自慶幸我遇勝法爾時世尊而說偈言

若有睡夢見蓮華　及以夢見於傘蓋
或復夢裏見月輪　應當獲得大利益
若有夢見佛形像　諸相具足莊嚴身
衆生見者應歡喜　念當必作調御師

又雜寶藏經云昔有惡生王爲行殘暴無悲邪見如來遣迦旃延化其本國惡生王及夫人皆得生信王大夫人號爲尸婆具沙後生太子字喬波羅時王於寢夢見八事一頭上火然二兩蛇絞腰三細鐵網纏身四見二赤魚呑其雙足五有四白鶴飛來向王六血泥中行泥沒其腋七登太白山八鵲雀屋頭於夢寤已以爲不祥愁憂惨悴尋即問諸外道婆羅門外道聞王此夢素嫌於王兼嫉尊者迦旃延因王此夢言大不吉不禳猒之禍及

王身王聞其語信以爲然益增憂惱即問之言若禳猒時當須何物諸婆羅門言所須用者王所珍愛我若說者王必不能時王答言此夢甚惡但恐大禍殃及我身除我以往餘無所惜請爲我說所須之物諸婆羅門等見其慇懃知其心至即語王言所可用者此夢有八還須八種可得禳災一殺王所敬夫人尸婆具沙二殺王所愛太子喬婆羅三殺輔相大臣四殺王所有烏臣五殺王一日能行三千里象六殺王一日能行三千里駝七殺王良馬八殺王所敬秃頭迦旃延却後七日若殺此八聚集其血入中而行可得消災王聞其言以已命重即便許可還至宫中愁憂懊惱夫人問王何故如是王答夫人具陳說上不祥之夢幷道婆羅門禳夢所須夫人聞已而作是言但使王身平安無患妾之賤身豈足貴耶復白王言却後七日我歸當死聽我往彼尊者迦旃延所六日之中受齋聽法王言不得汝若至彼或語其實彼若知者捨我飛去夫人慇懃王不能免即便聽往夫人到彼尊者所禮拜問訊遂經三日尊者怪問王之夫人未曾至此經停信宿何故今者不同於常夫人具說王之惡夢却後七日當殺我等用禳災患餘命未幾故來聽法因向尊者說王所夢尊者迦旃延言此夢甚吉當有歡慶不足爲憂一頭上火然者寶主之國當有天冠直十萬兩金來貢於王正爲斯夢夫人心急七日向滿爲王所害懼其來晚問尊者言何時來到尊者答言日晡時必當來至二兩蚱鮫腰者月支國王當獻雙劒價直十

萬兩金今日當至三細鐵網纏身者大秦國王當獻珠瓔價直十萬兩金後日淩晨當至四赤魚呑足者師子國王當獻毗瑠璃寶跋價直十萬兩金後日食時當至五四白鶴來者跋耆國王當獻金寶後日日中當至六血泥中行者安息國王當獻鹿毛欽婆羅衣價直十萬兩金後日日昳當至七登太白山者曠野國王當獻大象後日晡時當至八鸜雀屋頭者王與夫人當有私密之事事至後日自當知之夫人白王良久果如尊者所言期限既至諸國所獻一切皆到王大歡喜尸婆具沙夫人先有天冠著重寶主國所獻天冠王因按戲脫尸婆具沙夫人所著一重天冠著金鬘夫人頭上時夫人瞋恚而言若有惡事我先當之今得天冠與彼而著尋以酪器擲王頭上王頭盡污王大瞋忿拔劒欲斫夫人夫人畏王走入房中即閉房户王不得前王尋自悟尊者占夢云有私密事正此是耳王及夫人尋至尊者迦栴延所具論上來信於非法惡邪之言幾於尊者妻子大臣所愛之物行大惡事今蒙尊者離於惡事即詣尊者敬奉供養驅諸外道婆羅門等遠其國界即問尊者有何因緣如此諸國各有所珍奉獻於我尊者答言乃往過去九十一劫爾時有佛名毗婆尸彼佛出時有一國名曰槃頭王之太子信樂精進至彼佛所供養禮拜即以所著天冠寶劒瓔珞大象寶車欽婆羅衣上獻彼佛緣是福慶生生尊貴所欲珍寶不求自至王聞是已於三寶所深生敬信作禮還宮

不善部第四

如發覺淨心經云佛告彌勒菩薩言菩薩當觀二十種睡眠諸患何等二十一樂睡眠者當有嬾惰二身體沉重三膚皮不淨四皮肉麤澁五諸大穢濁威德薄少六飲食不消七體生瘡皰八多有懈怠九增長癡網十智慧羸弱十一善欲疲倦十二當趣黒暗十三不行恭敬十四稟質愚癡十五多諸煩惱心向諸使十六於善法中而不生欲十七一切白法能令減少十八恒行驚怖之中十九見精進者而毀辱之二十至於大衆被他輕賤又

國王不黎先泥十夢經云佛在世時時有國王名不黎先泥夜夢十事一夢見三瓶併兩邊瓶滿氣出相交往來不入中央空瓶中二夢見馬口食尻亦食三夢見小樹生華四夢見小樹生果五夢見一人索繩人後有羊羊主食繩六夢見狐坐於金牀上於金器中食七夢見大牛還從犢子乳八夢見四牛從四面鳴來相趣欲鬭當合未合不知牛處九夢見大陂水中央濁四邊清十夢見大谿水流正赤王夢見是事已即寤大怖恐亡其國及身妻子王至明日即召公卿大臣及諸道人曉解夢者問言昨夜夢見十事寤即恐怖意中不樂誰能解夢有一婆羅門言我爲王解之恐王聞者愁憂不樂王言如卿所覩說之勿有所諱婆羅門言王夢皆惡當取所重愛夫人太子及邊親近侍人奴婢皆殺以祠天王可得無他王有卧具及著身珍寶好物皆當燒已祠天如是者王身可得無他王聞此語轉加愁憂即入齋房思念是事王正夫人

名摩尼到王所問王言何爲入齋房愁憂不樂耶我身有過於王耶王言汝無過於我我自愁耳夫人復問王言汝莫問我聞者令汝不樂夫人復言我是王半身設有善惡王應語我云何不相語耶王便爲夫人具說夜夢十事夫人言王莫愁憂如人買金磨石好醜善惡其色自見於石上今佛近在精舍去國不遠何不往問如佛所解王當隨之王即勑羣臣嚴駕而出到佛所頭面禮佛足却坐白佛言我昨夜夢見十事具如前述所夢如是寤即恐怖恐亡我國及身妻子唯佛爲解所夢十事願聞教誡佛言王莫恐怖夢者無他乃爲後世當來之事非今世惡此後世人當不畏法禁婬泆貪利嫉妬不知猒足少義無慈喜怒無慚愧佛言第一夢見三瓶併兩邊瓶滿氣出相交往來不入中央空瓶中者此後世人豪貴者自相追隨不親貧者王夢瓶併正謂是耳王莫恐怖於國於太子於夫人皆亦無他佛言第二王夢見馬口食尻亦食者此後世人作帝王及大臣稟食縣官俸祿復採萬民不知猒足王夢正是王莫恐怖佛言第三夢見小樹生華者此後世人年未滿三十而頭生白髮貪婬多欲年少强老王夢正是王莫恐怖佛言第四王夢見小樹生果者此後世人年未滿十五行嫁抱兒而歸不知慚愧王夢正是王莫恐怖佛言第五王夢見一人索繩人後有羊羊主食繩者此後世人夫壻出行賈作其婦於後便與他家男子交通貪其財物王夢正是王莫恐怖佛言第六王夢見狐坐金牀上於金器中食此後世

人下賤便尊貴有財產衆人敬畏公侯子孫更經貧賤處於下坐飲食在後王夢正是王莫恐怖佛言第七王夢見大牛還從小犢子乳者此後世人無有禮義母反爲女作媒誘恤他家男子與女交通嫁女求財以自供給不知慚愧王夢正是王莫恐怖佛言第八王夢見四牛從四面鳴來相趣欲鬬當合未合不知牛處者此後世帝王長吏及人民皆無至誠之心更欺詐愚癡瞋恚不敬天地是故雨澤不時長吏人民請禱求雨天當四面起雲雷電有聲長吏人民咸言當雨須臾之間雲散不墮所以者何帝王長吏人民無有忠正慈仁王夢正是王莫恐怖佛言第九王夢見大陂水中央濁四邊清者此後世中國當擾亂治行不平人民不孝父母不敬長老邊國面當平清人民和穆孝順二親王夢正是王莫恐怖佛言第十王夢見大谿水流正赤者此後世諸國忿爭興軍聚衆更相攻伐當作車兵步兵騎兵共鬬相殺傷不可數死者於路血流正赤王夢正是王莫恐怖於國太子於夫人皆亦無他王聞長跪心即歡喜今受佛恩令得安隱作禮還歸重賜宮臣從今已後不信諸異外道及婆羅門

無記部第五

如十誦律云有比丘衆中睡佛言聽水洗頭猶睡不可佛令比丘以五法用水洗他一者憐愍二者不惱他三者睡眠四者頭倚牆壁五者舒脚坐猶睡不止聽以手撲若故睡不止佛聽以毱擲若故睡不止佛聽用禪杖者若取禪杖時應生敬心以兩手捉杖放戴頂

上若坐睡不止應起看餘睡者以禪杖築築巳還坐若無睡者還以禪杖著本處巳坐若故睡不止佛聽用禪鎮安孔作之以繩貫孔中繩頭施紐掛耳上去額前四指著禪鎮時禪鎮墮地佛言禪鎮墮者應起庠行如鵝行法

頌曰

昏沉睡蓋　遊想妄現　親族虛聚　徒霑美醼
既寤空無　妄生愛戀　雖通三性　終成七變

感應緣（略引六驗）

漢甘陵府丞文穎　宋陳秀遠
宋太守諸葛覆　宋馬虔伯
齊沙門釋僧護　唐沙門釋智興

漢南陽文穎字叔良建安中爲甘陵府丞過界止宿夜鼓三時夢見一人跪前曰昔我先人葬我於此水來湍墓棺木溺漬水處半燥然無以自温聞君在此故來相依屈明日暫住須臾幸之相還高燥處鬼披衣示穎而皆沾濕穎心中愴然即寤寤巳語左右左右曰夢爲虛耳何足可怪穎乃還眠向晨復夢見謂穎曰我以窮苦告君奈何不相愍悼乎穎夢中問曰子爲是誰對曰吾本趙人今屬注送民之神穎曰子棺今爲所在對曰近在君帳北十數步水側枯楊樹下即是吾墓也天將明不復得見君必念之穎答曰諾忽然便寤天明可發穎曰雖云夢不足怪此何大適左右曰亦何惜須臾不驗之耶穎即起幸之十數人將導順水上果得一枯楊曰是矣掘其下未幾果得棺棺甚朽壞沒半水中穎謂左右曰向聞於人謂爲虛矣世俗所傳不可

無驗爲移其棺醱而去之右一驗出搜神記
宋陳秀遠者潁川人也甞爲湘州西曹客居臨湘縣少信奉三寳年過耳順篤業不衰宋元徽二年七月中於昏夕間閑卧未寢歎念萬品死生流轉無定自惟已身將從何來一心祈念冀通感夢時夕結陰室無燈燭有頃見枕邊如螢火者冏然明照流飛而去俄而一室盡明爰至空中有如朝晝秀遠遽起坐合掌喘念頂見中宁四五丈上有一橋閣焉又欄檻朱彩立於空中秀遠了不覺升動之時而已自見平坐橋側見橋上士女往還填衢衣服粧束不異世人末有一嫗年可三十許上著青襖下服白布裳行至秀遠左邊而立有頃復有一婦人通體衣白布爲偏環髻手持華香當前而立語秀遠曰汝欲覩前身即我是也以此華供養佛故得轉身作汝迴指白嫗曰此即復是我先身也言畢而去去後橋亦漸隱秀遠忽然不覺還下之時光亦尋滅也右一驗出冥祥記
宋琅琊諸葛覆宋永嘉年爲元真太守家累悉在揚都唯將長子元崇送職復於郡病亡元崇年始十九送喪欲還覆門生何法僧貪其資貨與伴共推元崇墮水而死因分其財爾夜元崇母陳氏夢元崇還具叙亡父事及身被殺委曲屍骸流漂怨酷無雙違奉累載一旦長辭銜悲茹恨如何可說歔欷不能自勝又云行速疲極困卧窻下牀上以頭枕窻母視兒眠處足知非虛矣陳氏悲怛驚起把火照兒眠處沾濕猶如人形於是舉家號泣便如問于時徐森之始除交州徐道立爲長

史道立即陳氏從姑兒也具疏所夢託二徐揄之二徐道遇諸葛喪船驗其父子亡日如鬼語乃収其行兇二人即皆欵服依法殺之更差人送喪達都右一驗出寃魂志

宋馬虔伯巴西閬中人也少信佛法甞作宣漢縣宰以元嘉十二年七月夜於縣得夢見天際有三人長二丈餘姿容嚴麗臨雲下觀諸天妓樂盈仞空中告曰汝厄在荊楚戊寅之年八月四日若處山澤其禍尅消人中齋戒亦可獲免若過此期當悟道也時俯見相識楊暹等八人並著鎻械又見道士胡遼半身土中天中天際神人皆記八人命盡年月唯語遼曰若能修立功德猶可延長也暹等皆如期終亡遼益懼奉法山居勤勵彌至虔伯後為梁州西曹州將蕭思話也蕭轉南蠻後命為行參軍虔伯耳荊楚之言心甚懼然求蕭解職將適衡山蕭苦不許十五年即戊寅歲也六月末得病至八月四日危篤守命其日黃昏後忽朗然徹視遥見西面有三人形可二丈前一人衣帔垂鬢頂光圓明後二人姿質金曜儀相端備列于空中去地數仞虔伯委悉詳視猶是前所夢者也頃之不見餘芳移時方歇同居小大皆聞香氣因而流汗病即小瘥虔伯所居宇卑陋于時自覺處在殿堂廊壁環曜皆是珍寶於是所患悉以復右一驗出冥祥記

高齊時有釋僧護守道直心不求慧業願造丈八石像咸怪其言後於寺北谷中見一卧石可長丈八乃顧匠營造向經一周面腹麄了而背猶著地以六具拗舉之如初不動經

夜至旦忽然自翻即就營訖移置佛堂晉州陷日像汗流地周兵入齊燒諸佛寺此像獨不變色又欲倒之人牛六十頭挽不動忽有異僧以瓦木土墼壘而圍之須臾便了失僧所在像後降夢信心者曰吾患指痛其人寤而視焉乃木傷其二指也遂即補之開皇十年有盜像旛蓋者夢丈八人入室責之賊遂慚怖悔而謝焉其像現在

唐京師大莊嚴寺釋智興俗緣宋氏洺州人也謙約成務勵行堅明依首律師誦經持律心口相弔不輟昬曉至大業五年仲冬次當維那鳴鐘依時僧徒無擾同寺僧名三果者有兄從煬帝南幸江都中路身亡初無凶告通夢其妻曰吾行達彭城不幸病死由齋戒不持今墮地獄備經五苦辛酸叵述誰知吾苦賴以今月初日蒙禪定寺僧智興鳴鐘發響聲振地獄同受苦者一時解脫今生樂處思報其恩汝可具絹十四匹奉與之并陳吾意冀禮殷誠從眠驚寤怪夢所由與人共說初無信者尋入重夢及諸巫覡咸陳前說後經十日凶告奄至恰與夢同果乃奉絹與之而興自陳無德並施大衆寺主恭禪師等合寺大德咸問興曰何緣鳴鐘乃感斯應興曰余無他術見付法藏傳云罽膩吒王受苦由鳴鐘得停及增一阿含經鳴鐘修福敬遵此事轍力行之嚴冬登樓風切皮肉僧給羔袖用執鐘椎與自勵意露手鳴椎掌中傷破不以爲苦兼鳴鐘之始先發善願願諸賢聖同入道場同受法食然後三下將欲長打如先致敬願諸惡趣聞此鐘聲俱得離苦速得解

朓如斯願行志常奉修豈欲徹誠遂能遠感衆服其言倍驗非謬以貞觀六年三月遘疾少時自知後世捨緣身資召諸師友因食陳别尋卒莊嚴春秋四十有五右二驗出唐高僧傳

法苑珠林卷第三十二

音釋

邃雖邃切深也　膖脹膖匹降切脹知亮切　蛆七余切蛆蟲也　唼作答切齧也　礫郎狄切小石也　轢郎狄切車踐也　臰尺救切腐氣也　翹祈堯切舉也　鯀古木切　鯷嗁弟二音鮎魚也　憨呼甘切愚癡甚也　牝婢忍切母畜也　蹠之石切踐也　蟄直立切蟲藏也　蛬渠容切蟋蟀也　蛩

古牙切米中蟲也　眚所景切災也　虺許偉切蝮蛇也　瘕公遐切腹中病　也　𣪊正作殼克角切皮甲也　羝都黎切牡羊也　蜮影逼切短弧似鱉　萇仲良切姓也　黄能能囊來切黄能三足鱉也　嶲息委切越巂郡名　輅軨輅魯故切車也軨盧經切車轄間小横木也　砰礚砰拔耕切礚克盍切砰礚石相築磬也　闚鈌規切門中視也　娃烏瓜切美女也　蜾蠃蜾古火切蠃魯果切　蜖蠬蜖蠬正作蠮螉蠮一結切螉音翁　瞪瞢瞪澄應切瞢母亘切瞪瞢不明貌　屋於姓切大便也　皰皮數切瘡皰也　尻苦高切膗也　醱株衕株劣二切祭酧酒也　墼古歷切土磚也　巫覡巫微夫切覡刑狄切女曰巫男曰覡

# 法苑珠林卷第三十三

唐上都西明寺沙門釋道世撰

## 興福篇第二十七（此有八部）

述意部　興福部　生信部
校量部　修造部　䞋施部
雜福部　洗僧部

### 述意部第一

昔優填初刻栴檀波斯始鑄金質皆現寫眞容工圖妙相故能流光動瑞避席施虔爰至髮爪兩塔衣影二臺皆是如來在世已見成軌自收迹河邊闍維林外八王請分還國起塔及瓶炭二所於是十剎興焉其生處得道說法涅槃髮髻頂骨四牙雙跡鉢杖唾壺泥洹僧等皆樹塔勒銘標碣神異爾後百有餘年阿育王遣使浮海壞撤諸塔分取舍利還值風潮頗有遺落故今海族之中時或遇者是後八萬四千因之而起育王諸女亦次發淨心並鐫石鎔金圖寫神狀至能浮江汎海影化東川雖復靈迹潛通而未彰視聽及蔡愔秦景自西域還至始傳畫氎釋迦於是涼臺壽陵並圖其相自茲厥後形像塔廟與時競列洎于梁代遺光興盛但法身無像因感故形感見有參差故形應有殊別若乃心路蒼茫則眞儀隔化情志慊惻則木石開心故劉殷至孝誠感釜庚爲之生銘丁蘭溫凊竭誠木母以之變色魯陽迴戈而日轉杞婦下淚而城崩斯皆隱惻入其性情故使徵祥照乎耳目是知道藉人弘神由物感豈曰虛哉是以祭神如神在則神道交矣敬像如敬佛則法身應矣故入道必以智慧爲本智慧必

以福德爲基譬猶鳥備二翼倏舉萬尋車足兩輪一馳千里豈不勤哉豈不勗哉

興福部第二

如佛說福田經云佛告天帝復有七法廣施名曰福田行者得福即生梵天何謂爲七一者興立佛圖僧房堂閣二者園果浴池樹木清涼三者常施醫藥療救衆病四者作牢堅船濟度人民五者安設橋梁過度羸弱六者近道作井渴乏得飲七者造作圊厠施便利處是爲七事得梵天福爾時座中有一比丘名曰聽聰聞法欣悅即白佛言我自惟念先世之時生波羅柰國爲長者子於大道邊起立精舍牀卧漿糧供給衆僧行路頓乏亦得止息緣此功德命終生天爲天帝釋下生世間爲轉輪王各三十六返典領天人九十一劫足下生毛蹋空而遊食福自然今值世尊顧臨衆生覊我愚濁安以淨慧生死栽枯號曰眞人功報成諦其爲然矣復有一比丘名曰波拘盧即白佛言憶念我昔生拘那竭國爲長者子時世無佛衆僧教化大會說法我往聽法聞法歡喜將一藥果名訶棃勒奉上衆僧緣此果報命終生天下生世間恒處尊貴與衆超絕九十一劫未曾疾病餘福值佛逮得應眞復有一比丘名曰須陀耶即白世尊曰我念宿命生維耶離國爲小民家子時世無佛衆僧教化我時持酪入市欲賣值衆僧大會講法過而立聽聞法歡喜即舉瓶酪布施衆僧得呪願福益懷欣躍緣此福德命終生天上下生世間恒處尊貴九十一劫未後餘僁下生世間母妊數月得病命終埋母

塜中月滿乃生塜中七年飲死母乳用自濟活微福值佛逮得眞諦復有一比丘名曰阿難即白世尊曰憶念我昔生羅閲祇國爲燕民子身生惡瘡治之不差有親友道人來語我言當浴衆僧取其浴汁以用洗瘡亦可得愈又可得福我即歡喜往到寺中加敬至心更作新井香油浴具洗浴衆僧取其浴汁以用洗瘡尋蒙除愈緣是功德所生端正金色晃昱不受塵垢九十一劫常得淨福僧德廣遠今復值佛心垢消除逮得應眞爾時座中有一比丘尼名曰柰女即白佛言我念宿命生波羅柰國爲貧女人時世有佛名曰迦葉時與大衆圍繞說法我時在座聞經歡喜意欲布施顧無所有自惟貧賤心用悲感詣他園圃乞求果蓏當以施佛乞得一柰大而香好擎一盂水并柰一枚奉迦葉佛及諸衆僧佛知至意呪願受之分布水柰一切周普緣此福祚命終生天得爲天后十生世間不由胞胎九十一劫生柰華中端正鮮潔常識宿命今值世尊開示道眼

爾時天帝即從座起爲佛作禮長跪叉手白佛言世尊我自惟念先世之時生拘留大國爲長者子青衣抱行入城遊觀偶值衆僧街巷分衛時見人民施者甚多即自念言願得財寶布施衆僧不亦快乎即解珠瓔布施衆僧同心呪願歡喜而去從是因緣壽終生天得爲天帝九十一劫永離八難

佛告天帝及諸大衆聽我自說宿命所行昔我前世於波羅柰國近大道邊安設圊廁國中人衆得輕安者莫不感羡緣此功德世世

清淨累劫行道穢染不汙金色晃昱塵垢不著食自消化無便利之患

佛告天帝九十六種道中佛道最尊九十六種法中佛法最眞九十六種僧中佛僧最政所以者何由如來從阿僧祇劫發願誠諦殞命積德誓爲衆生六度四等衆善普備得慧成滿三界天尊無能及者其有衆生發一敬心向如來者勝獲大千世界珍寶施矣三十七品十二部經分别罪福言皆至誠開三乘敎皆得奉行聞者歡喜樂作沙門信佛行法志尚清高捨世貪諍導世間福天人路通衆僧之由矣是爲最尊無上之道

生信部第三

如舊雜譬喻經云昔舍衛城外有婦人清信戒行純具佛自至門乞食婦以飯著佛鉢中却行作禮佛言種一生十種十生百種百生千種千生萬種萬生億得見諦道其夫不信默於後聽佛呪願夫曰瞿曇沙門言何過甚施一鉢飯乃得爾福復見諦道佛言卿從何來答曰從城中來佛言汝見尼拘陀樹高幾許耶答曰高四五里歲下數萬斛實又問其核大小答如芥子佛言汝語過甚何有種一芥子乃高四五里歲下數十萬子答曰世人共見其實如是佛言地是無知其報力尚爾何況人是有情歡喜持一鉢飯上佛其福甚大不可稱量夫婦二人心開意解應時即得須陀洹道又智度論云昔佛在世時佛與阿難從舍婆提城向婆羅門城時婆羅門城王屬外道聞佛欲來即立制限若與佛食共佛語者當罰金錢五百文後佛來到入城乞食

人皆閉門佛與阿難空鉢而出見一老婢持破瓦器盛臭潘淀出門棄之見佛相好空鉢而來心念欲施佛知其意伸鉢從乞所棄潘淀婢即淨心持來施佛佛受施已語阿難言此婢因施十五劫中天上人間受福快樂不墮惡道後得男身出家學道成辟支佛當時佛邊有一婆羅門聞佛此語即語佛言汝是淨飯王之太子何故爲食而作妄語是時佛即出舌覆面上至髮際而語之言汝頗見有如此舌人而作妄語不婆羅門言若舌覆鼻尚不妄語何況覆面上至髮際即生信心而白佛言我今不解小施報多佛即告言汝頗曾見希有事否婆羅門言我曾行見尼拘陀樹其陰遍覆五百乘車佛即問言樹種大小彼答言大如芥子三分之一佛復語言誰當信汝婆羅門言實爾世尊我眼見之非妄語也佛即語言我見此女淨心施佛得大果報亦如此樹因少報多時婆羅門心開意解向佛懺悔佛爲說法得須陀洹即時舉手大唱聲言一切衆人甘露門開如何不出諸人聞已皆送五百金錢與王請佛供養即破制限王與羣臣亦歸依佛佛爲說法悉獲道果以是因緣如來所說無有虛妄善惡果報必受不差一切衆生應當信受

又譬喻經云昔有二比丘俱得須陀洹果一人常行教化乞丐以用作福布施飯僧一人但直坐禪自守不樂作福時坐禪者語乞者言何不坐禪空自勤苦修福者言佛常亦說比丘云當修行布施後俱命終生長者家乞作福者爲長者家子奴婢承給衣食自然快

樂無極其坐禪者生爲婢子在地獨坐飢渴啼哭俱知宿命時長者子語婢子言我本語汝汝當布施不肯用語是汝自過何爲啼哭其長者子長大騎乘出行遊觀一切奴客及以婢子皆侍從出後時二人俱求出家旣出家已得阿羅漢果其長者子常直端坐人皆競送衣食來與其婢子者在外乞求人無與者常受飢渴以是因緣行道之人不但持戒禪誦而已亦當布施作諸福德故大愛道經佛說偈云

夙夜不學　日無所竟　動入罪中　宛轉益深
自沒其體　其亦苦辛　往而不返　投命太山
地獄之罪　難可堪任　生時不學　死當入淵
老不止婬　塵滅世間　呼吸而盡　何足自珍
能自改悔　守命良眞　今世滅罪　後世得申
有財不施　世世受貧

校量部第四

如須達經云世尊告須達長者曰有居士行施不信施與不隨時與不自手與不往而施與亦不知亦不信亦不知有因緣行業果報而行施與當知彼受報意不妙（反前爲妙）昔有過去世有鞞藍大婆羅門大富多財彼作大施以八十四千金鉢碎銀滿中彼行大施八十四千銀鉢滿中碎金八十四千金鉢滿中碎金八十四千銀鉢滿中碎銀八十四千象象白如雪八十四千馬金飾交露八十四千牛犂乳滿器八十四千玉女端正殊妙諸瓔嚴飾如是行施餘不可數彼居士鞞藍大富作如是大施與閻浮提凡夫人寧施與彼一仙人得福多雖與仙人不如施一須陀洹此得

福多雖與須陀洹不如施與一斯陀含雖與斯陀含不如施一阿那含雖與阿那含不如施與阿羅漢百須陀洹不如施與一斯陀含雖與百斯陀含不如施與一阿那含雖與百阿那含不如施與一阿羅漢雖與百阿羅漢不如施與一辟支佛雖與百辟支佛不如施與如來無所著等正覺此得福多彼居士作如是施與閻浮提凡夫人至百辟支佛作房舍以施招提僧得福增多雖與招提僧不如以清淨意作三自歸佛法僧受具戒此得福多雖受三歸受戒不如於一衆生行於慈悲至犂牛頃此得福多雖於一切衆生分別行慈下至犂牛頃謂不如一切行無常苦空無我思惟念者下至一彈指頃此得福多又增一阿含經云爾時世尊告諸比丘有四梵福云何爲四若有信人未曾起偷婆處（是塔也）於中能起偸婆者是初受梵天之福若有信人能補治故寺者是謂第二受梵天之福若有信人能和合聖衆者是謂第三受梵天之福若佛初轉法輪時諸天世人勸請轉法輪是謂第四受梵天之福爾時有異比丘白世尊言梵天之福竟爲多少世尊告曰閻浮里地衆生所有功德如是展轉行從四天下至他化自在天之福故不如一梵天王之福若求其福此是其量也又薩婆多論云有檀越與闌那比丘三十萬錢作大房即日成即日崩倒功用甚大檀越心退諸比丘爲檀越說法房雖崩倒功德成就房未壞時佛已到此房中即是受用佛是無上福田佛既受用功德深廣不可測量又房始成有一新受戒年少

比丘戒德清淨入此房中已畢檀越信施之德若起億數種種房閣莊嚴下至金剛地際高廣嚴飾猶如須彌設有一淨戒比丘暫時受用已畢施恩以戒非世間是向泥洹門不同房舍卧具飲食湯藥是世間法非是離世難得之法

修造部第五

若欲修造理須如法造作雖少得福無量若不依法縱多無益故佛在金棺敬福經云經像主莫論道顧經像之匠莫云客作造佛布施二人獲福不可度量欲說其福窮劫不盡若受約勑是佛真子如是精誠造少福多問工匠之法作經像得物合取直不佛言不得取價直如賣父母取財者過過三千真是天魔急離吾佛法非我眷屬飲酒食肉五辛之徒不依聖教雖造經像數如塵沙其福甚少蓋不足言劫燒之時不入海龍王宮勞而少功不敬之罪死入地獄主匠無益諸天不祐不如不造直心禮拜得福無量如向所列造多福少若像師造像不具相者五百萬世中諸根不具第一盡心爲上妙果先昇

又罪福決疑經云僧尼白衣等或自捨財及勸化得物擬佛受用經營人將此物造作鳥獸形像安佛槃上者計損滿五錢犯逆罪究竟不還一劫墮阿鼻地獄贖香油燈供養者無犯佛不求利無人堪消初獻佛時上中下座必教白衣奉佛及僧獻佛竟行與僧食不犯若不爾者食佛物故千億歲墮阿鼻地獄檀越不受前教亦招前報若生人間九百萬歲墮下賤生何以故佛物無人能評價故

述曰此謂施主決定入佛受用所以須贖若如今時齋上每出佛盤飲食情通彼此不局情者食訖還入施主不勞收贖如七月十五日獻佛及僧無佛僧受用即須贖用也

又觀佛三昧經云時優闐王戀慕世尊鑄金爲像聞佛當下寶階象載金像來迎世尊爾時金像從象上下猶如生佛足步虛空足下雨華亦放光明來迎世尊合掌叉手爲佛作禮爾時世尊亦復長跪合掌向像空中百千化佛亦皆合掌長跪向像爾時世尊而語像言汝於來世大作佛事我滅度後我諸弟子以付囑汝空中化佛異口同音咸作是言若有衆生於佛滅後造立形像持用供養是人來世必得念佛清淨三昧

又外國記云佛上忉利天爲母說法經九十日波斯匿王思欲見佛刻牛頭栴檀作如來像置佛坐處佛後還入精舍像出迎佛佛言還坐吾般涅槃後可爲四部衆作諸法式像即還坐此像是衆像之始也佛移住兩邊小精舍與像異處相去二十步祇洹精舍本有七重諸國競興供養不絶堂内長明燈鼠銜燈炷燒諸旛蓋遂及精舍七重都盡諸國王人民皆大悲惱謂檀像已燒已後四五日開東邊小精舍户忽見本像移在彼房衆大歡喜共治精舍得作兩重移像本處

又優闐王作佛形像經云昔佛在世時跋著國王名優闐來至佛所頭面頂禮合掌白佛言世尊若佛滅後其有衆生作佛形像當得何福佛告王曰若當有人作佛形像功德無量不可稱計世世所生不墮惡道天上人中

受福快樂身體常作紫磨金色眼目清潔面貌端正身體手足奇絶妙好常爲衆人之所愛敬若生人中常生帝王大臣長者賢善家子所生之處豪貴巨富財産珍寶不可稱數常爲父母兄弟宗親之所愛重若作帝王王中特尊爲諸國王之所歸仰乃至得轉輪聖王王四天下七寶自然千子具足飛升天上無所不至若生天上天中最勝乃至得作六欲天王於六天中尊貴第一若生梵天作大梵王端正無比勝諸梵天常爲諸梵之所尊敬後皆得生無量壽國作大菩薩最尊第一過無數劫當得成佛入泥洹道若當有人作佛形像獲福如是又法華經偈云

若人爲佛故　建立諸形像　乃至童子戲
若草木及筆　或有指爪甲　而畫作佛像
如是諸人等　皆已成佛道

又造立形像福報經云佛至拘羅瞿國時國王名優闐王年始十四聞佛當來即勑傍臣左右皆悉迎佛到已頭面禮佛長跪叉手白佛言天上人中無能及佛者光明巍巍乃能如是恐佛去已後處不復見今欲作佛形像恭敬承事得何福報願佛哀愍爲我說之爾時世尊說偈答曰

王諦聽吾說　福地灰上土　福德無過者
作佛形像報　恒生大富家　尊貴無極珍
眷屬常恭敬　作佛形像報　常得天眼報
無比紺青色　作佛形像報　父母見歡喜
端正威德重　愛樂終無猒　作佛形像報
金色身焰光　猶妙師子像　衆生見歡喜
作佛形像報　閻浮提大姓　刹利婆羅門

福人於中生　作佛形像報　不生邊地國
不盲不醜陋　六情常完具　作佛形像報
臨終識宿命　見佛在其前　不覺死苦時
作佛形像報　作大名聞王　金輪飛行帝
典主四天下　作佛形像報　作釋天名因
神足典第二　三十三天奉　作佛形像報
此過出欲界　作梵梵天王　迦夷衆梵恭
作佛形像報　受福正如是　若能刻畫作
天地尚可稱　此福不可量　是故供養佛
華香香汁塗　供養大士者　得漏盡無爲

又付法藏經云昔過去九十一劫毗婆尸佛入涅槃後四部弟子起七寶塔時彼塔中有佛形像面上金色少處缺壞有一貧女遊行乞匃得一金珠見像面壞欲補像面迦葉爾時作鍛金師女即持往倩令修造金師聞福歡喜爲治用補像面因共立願願我二人常爲夫婦身眞金色恒受勝樂從是以來九十一劫身眞金色生天人中快樂無極最後託生第七梵天時摩竭國有婆羅門名尼俱律陀過去修福聰明多智巨富無量金銀七寶牛羊田宅奴婢車乘比瓶沙王千倍爲勝瓶沙王有金犂千具彼婆羅門恐與王齊畏招罪咎其家但作九百九十九具金犂雖少一具其家有氎最下之者其價猶直百千兩金有六箪金粟一箪有三百四十斛其家雖富而無兒息於其舍側有一樹神夫婦常往祈請祭祀求乞有子多年無應瞋忿語曰今更七日盡心奉事若復無驗必定燒樹樹神愁怖告四天王王告帝釋釋觀閻浮提無堪彼子即詣梵天王廣宣上事梵王即以天眼遍

觀見一梵天臨當命終即往語之勸其往生梵天受教即來託生滿足十月生一男兒顏貌端正身真金色光明赫奕照四十里相師占曰此兒宿福必當出家父母聞之甚懷愁惱夫婦議曰當設何方斷絕其意覆自思惟世所耽著唯有美色當爲娉娶端正好女用斷其情至年十五欲爲娉妻語父母言我志清淨不須婦也父母不聽兒知難免便設權計語父母言能爲我得紫金色女端正超世我當納之父母即召諸婆羅門遍行娉求諸婆羅門鑄一金女端正奇特舉行村落高聲唱言若有女人得見金神禮拜之者後出嫁時必得好壻身真金色端正殊妙女聞悉出唯有一女軀體金色端正殊好即是往日施金女也以昔勝緣有此妙身志樂清潔獨不肯出諸女强將共見金神此女即到金色光明映奪金神婆羅門見即爲娉得既到夫家夫婦相對各皆清潔了無欲意共立要契各住一房父母知已毀除一房令共同室安置一牀迦葉語婦我若眠息汝當經行汝若眠息我當經行後次婦臥垂手牀前毒蛇入室欲螫其手迦葉見已以衣裹手舉著牀上婦便驚寤而責之曰共我立誓要不相近今後何緣觸舉吾手迦葉答言有蛇來入恐傷汝手故舉之耳即指蛇示之婦意乃悟夫婦節操深猒世間啓辭父母求欲出家父母見已遂便聽許於是夫婦俱共出家來至佛所佛與分座佛爲說法即於座上得阿羅漢婦於後時亦得羅漢迦葉在世常與如來對坐說法佛滅度後所有法藏悉付迦葉後時結集

三藏竟至雞足山入般涅槃全身不散後彌勒佛出世之時從山而出在大衆中作十八變度人無量然後滅身未來成佛號曰光明六十簞金粟者出薩婆多傳未來成佛出法華經

又智度論云昔佛在世時迦葉毗羅衛城中淨飯王子佛弟難陀身體端正有三十相王爲納婦字孫陀利面首端正世間少雙難陀晝夜愛敬婦故不欲出家佛以方便化令出家既出家已得阿羅漢比丘見已而白佛言難陀比丘宿植何福與佛同生有三十相身體端正世間無比又捨豪貴出家得道佛告比丘乃往過去九十一劫毗婆尸佛入涅槃後難陀爾時爲大長者於辟支佛塔廟之中青黛塗壁而以畫作辟支佛像因而發願願我世世生尊貴家恒得端正身相金色值佛得道緣此善根發願功德後是以來九十一劫不墮惡道天上人中身體端正有三十相豪尊富貴快樂無極乃至今日與我同生出家得道

䞋施部第六

如輪轉五道經云佛言凡作功德隨身之行燒香然燈得福甚多燒香作福及以轉經不得倩人而不䞋願如倩人食豈得自飽燒香潔淨然燈續明燒香齋食讀經達䞋以爲常法布施得福諸天接將萬惡皆却衆魔降伏懈怠之人不能精進一朝疾病又不吉利便欲燒香方始作福諸天未降諸魔在前競來嬈觸作諸變怪以是之故常當精進䞋福隨人如影隨形種植福田如尼俱類樹本種一核稍稍漸大收子無限佛言阿難施一得萬

倍言不虚也佛時說偈言

賢者好布施　天神自扶將　施一得萬倍
安樂壽命長　今日施善人　其福不可量
皆當得佛道　度脱諸十方

雜福部第七

如薩婆多論云若作僧房及以塔像曠路作井及作橋梁船此人功德一切時生常資施主除三因縁一前事毀壞二此人若死三若起惡邪無此三因縁者福德常生

又增一阿含經云爾時世尊告諸比丘有五慧不得其福云何爲五一以刀施人二以毒施人三以野牛施人四以婬女施人五造作神祠是謂有此五施不得其福復有五施人天得福云何爲五一造作園觀二造作林樹三造作橋梁四造作大船五與當來過去造作房舍住處是謂有此五事令得其福爾時世尊便說此偈

園觀施清涼　及作好橋梁　河津度人民
并作好房舍　彼人日夜中　恒當受其福
戒定以成就　此人必生天

又僧祇律有諸天子以偈問佛

何等人趣善　何等人生天　何等人晝夜
長養善功德

爾時世尊以偈答言

曠路作好井　種植園果施　樹林施清涼
橋船渡人民　布施修淨戒　智慧捨慳貪
功德日夜增　常生天人中

又正法念經云若有衆生施人美水或覆井泉恐諸毒蛇墮於井中行人飲之而致苦惱命終生三管箜篌天受五欲樂從此命終若

得人身王所愛重若見病困咽喉出聲餘命未盡施其漿飲或施其財以續彼命命終生深水天如帝釋快樂從天命終隨業流轉不墮三途得受人身從生至生不遭病苦無有惱亂若有衆生持戒見比丘僧以扇布施令得清涼讀誦經法命終生風行天香氣來吹悅樂無比若有衆生於河津濟造立橋船以善心渡持戒人兼渡餘人不作衆惡命終生持鬘天受五欲樂命盡人中爲王典藏

又譬喻經云昔有母子三人常作三事一作大船置於河中以渡百姓二於都市造立好井以供萬民三於四門各作圊廁給人便利緣是功德命終之後皆生天上受福自然下生人中富貴長壽所生之處不經三塗設此微福尚獲果報巍巍無量何況有人廣修功德造立塔寺分檀布施作諸福業百千萬倍復勝於此不可計量故成實論引經偈云

若種樹園林　造井橋梁等　是人所爲福
晝夜常增長

又華手經云佛告舍利弗菩薩有四法終不退轉無上菩提何等爲四一者若見塔廟毀壞當加修治若塊若泥乃至一塼二者若於四衢道中多人觀處起塔造像爲作念佛善福之緣塔中畫作若轉法輪及出家相乃至雙樹入涅槃相三者若見有比丘僧二部諍訟勤求方便令其和合四者若見佛法欲壞能讀誦說乃至一偈令法不絕爲護法故敬養法師專心護法不惜身命菩薩若成是四法者世世當作轉輪聖王得大身力如那羅延捨四天下而行出家能得隨意修四梵行

命終生天作大梵王乃至究竟成無上道是故智者欲求佛道當作是學又放牛經出增一阿含別品同譯佛告諸比丘有十一法放牛兒不知放牛便宜不曉養牛何等爲十一一者放牛兒不知色二者不知相三者不知摩刷四者不知護瘡五者不知作煙六者不知擇道行七者不知處牛八者不知何道渡水九者不知逐好水草十者不知穀牛不遺殘十一者不知分別養可用不可用如是十一事放牛兒不曉養護其牛者牛終不滋息日日有減此喻比丘亦有十一種損益不可具述佛於是頌曰

放牛兒審諦　牛主有福德　六頭牛六年
成六十不減　放牛兒聰明　知分別諸相
如此放牛兒　先世佛所譽

## 洗僧部第八

如譬喻經云佛以臘月八日神通降伏六師六師不如投水而死仍廣說法度諸外道外道伏化白佛言佛以法水洗我心垢我今請僧洗浴以除身穢仍爲常緣也（今臘月八日洗僧唯出此經文）

又摩訶利頭經亦名灌佛形像經云佛告天下人民十方諸佛皆用四月八日夜半時生皆用四月八日夜半時去家學道皆用四月八日夜半時得佛道皆用四月八日夜半時般泥洹佛言所以用四月八日者爲春夏之際殃罪悉畢萬物普生毒氣未行不寒不熱時氣和適今是佛生日故諸天下人民共念佛功德浴佛形像如佛在時以示天下人佛言我爲菩薩時三十六返爲天王帝釋三十六返作金輪王三十六返作飛行皇帝今日

諸賢誰有好心念釋迦佛恩德者以香華浴佛形像求第一福者諸天鬼神所證明知四月八日浴佛法時當取三種香一都梁香二藿香三艾納香合三種草香挼而漬之此則青色水若香少者可以紺黛秦皮權代之又用鬱金香手挼漬之於水中挼之以作赤水以水清淨用灌像訖以白練拭之斷後自占更灌名曰清淨其福第一也又溫室經云佛告祇域長者澡浴之法當用七物除去七病得七福報何謂爲七物一者然火二者淨水三者澡豆四者酥膏五者淳灰六者楊枝七者內衣此是澡浴之法何謂除七病一者四大安隱二者除風三者除濕痺四者除寒氷五者除熱氣六者除垢穢七者身體輕便眼目清明是爲除七病得七福者一者四大無病所生常安二者所生清淨面首端正三者身體常香衣服淨潔四者肌體濡澤威光德大五者饒多人從拂拭塵垢六者口齒香好所說肅用七者所生之處自然衣服

又十誦律云洗浴得五利一除塵垢二治身皮膚令一色三破寒熱四下風氣調五少病痛舍利弗夏盛熱時有一客作人園中汲水灌樹見舍利弗發小信心喚舍利弗脫衣樹下以水澆洗身得輕凉作人後命終即生忉利天上有大威力爲功雖少以遇良田獲報甚多即下詣舍利弗所散華供養舍利弗因其信心爲說法要得須陀洹果

又賢愚經云爾時首陀會天下閻浮提至世尊所請佛及僧洗浴供養世尊默然許可即設飲食并辦洗具溫室暖水調適酥油浣草

皆悉備有於是世尊及諸比丘納其供共洗浴已并厚飲食其食甘美世所希有食竟澡漱各還本處是時阿難白佛此天往昔作何功德形體殊妙威相奇特光明顯赫如大寶山佛告阿難乃往過去毗婆尸佛時此天彼世為貧家子恒行庸作以供身口聞佛說洗僧之德情中欣然便勤作務得少錢穀用設洗具并及飲食請佛衆僧而以盡奉由此福行壽終之後生首陀會天有此光相七佛已來乃至千佛出世亦皆如是洗佛及僧佛授記曰於未來世兩阿僧祇百劫之中當得作佛號曰淨身十號具足又雜譬喻經云昔佛弟難陀乃往昔維衛佛時人一洗衆僧之福功德自追生在釋種身佩五六之相神容晃昱金色乘前之福與佛同世研精進場便得六通古人施一猶有弘報況今檀越能多行者普等之行必逮尊號加增歡喜廣度一切又福田經云有比丘名阿難白世尊曰我念宿命生羅閱祇國為庶民子身生惡瘡治之不瘥有親友道人來語我言當浴衆僧取其浴水以用洗瘡便可得愈又可得福我即歡喜往到寺中加敬至心更作新井香油浴具洗浴衆僧以汁洗瘡尋常除愈從此因緣所生端正金色晃昱不受塵垢九十一劫常得清淨福祐廣遠今復值佛心垢消滅逮得應真

又十誦律云外國浴室形圓猶如圓倉開户通煙下作伏瀆出外内施三擊閣齊人所及處以瓨盛水滿三重閣火氣上升上閣水熱中閣水暖下閣水冷隨宜自取用無別作湯

故云淨水耳

又增一阿含經云爾時世尊告諸比丘造作浴室有五功德云何爲五一除風二病得瘥三除去塵垢四身體輕便五得肥白若有四部之衆欲求此五功德者當求造浴室

又僧祇律云若欲浴時使園民等掃灑令淨辦其薪炭温暖得所乃打揵椎應知入浴各以腰帶繫衣作幟安衣架上入時不得掉兩臂而入一手遮前而入若欲與師指者當先白已無罪不得一時舉兩手當先令指一臂一手覆前竟次指一臂一手及餘内外已閉户而坐令身汗出籌量用水不得多用若池水洗自恣無罪不聽露地裸形而浴若水齊腰腋得用無罪若坐水中至臍亦得出已取已衣著正理而去

述曰因明洗僧遂申歎德恐邊遠道俗不閑法用故略明法事以標厥致耳竊惟尼連河裏非有垢而見除藍毗園内實無塵而示蕩故知洗沐是清昇之本灌瀵爲澄潔之原可謂垂香範於前修振芳猷於後葉所以東國泛七華之水以濯一乘之賓西方瑩八德之池用滌九品之輩故使醫王念念發造温室之心長者晨言欲申洗僧之願遂掌如來善巧近説七物之儀大覺垂慈遠記五天之報然今此處有摩訶施主某官斯乃運廣大心行無上業生生恒修佛事世世常轉法輪故能信正法於羣邪敬緇徒於像季深知講宣四句價重隋珠飯沐一僧田高異道遂使共相率勵勸課等侣各捨淨財同崇此福於是辦七物於嘉時洗三尊於此日又能屈請高

德其法師講宣温室洗浴衆僧經一部法師乃時稱學海世號詞宗出玄義而似雲屯決衆難而方泉涌能使俗徒開解猶朗日之闢重昬法侶除疑等嚴霜之卷零葉今既玄章盡軸座停雷梵之八音澡浴時臻次歎洗僧之七物一者鴻爐熾火巨鑊氛氳密室既已除寒龍泉自然泛熱二者輕清德水流湛金池蕩垢皎若蓮紅身首霑便玉潤三者銀光豆屑細滑遍於兜羅却膩既若雲披潔體方開露白四者八味酥膏五香芬馥排風去痺未謝摩祇瑩質光顔何慙妙藥五者玉管神灰雪華霜潔邪風過便息扇亂想賴已恬疑六者垂楊細柳緑榦輕條去熱則口發幽蘭淨齒則氣含優鉢七者齊縑魏素持作内衣蔭患并得身安蕩報自然光飾七物並皆精備一心奉上惟衆慈悲爲讃歎呪願念佛法僧○夫欲超居淨國必須預蕩十力之形迴託天宫先當澡彼六和之衆譬若聲調響順形直影端因果之理必然非關鬼神之授然今施主等仰襲醫王建斯温室營辦七物洗浴三尊奬率有緣弘揚妙典以兹殊勝莫大善根先用莊嚴今日某法師等有大勢力生生常轉法輪獲大神通世世恒修佛事長幼受無窮之智眷屬極不夭之年障累與朝霧俱消嘉處共繁星等列諸施主等願高臨八正趣大道於菩提富有七珍惠蒼生而無盡又願片時營佐之者除七病而莫遺分毫助讃之徒獲七福而無竭見聞隨喜咸趣法城叩頭彈指齊昇佛果○敷揚玄教已自周圓嚴儀洗具後皆備訖惟衆一心奉請三寶○

稽首歸依上請十方諸佛三世慈尊五分法身真應兩體九十八使惑纏已盡三十二相微妙莊嚴實無四求假同四事爲衆生故有感便來唯願各各乘摩尼寶殿坐碼碯雲中放百億光明照三千剎土梵王持蓋帝釋布華降此道場入温室浴。次請發心已上補處已還歡喜離垢之人善慧法雲之士三賢十聖一切諸菩薩惟願運天人於掌內安法界於毛端齊馭四足之靈鵬俱騁六通之神驥不見相而見不來相而來降此道場入温室浴。次請山中宴坐獨覺大人言下證真四果高士及向趣聖僧賓頭上座等惟願空中振錫戲六神通雲內持缽具十八變發波斯之正信伏勞度之邪心及此現前和合大衆百千臘已下乃至無臘並入温室浴。次請弘慈本誓誓度四生方便善權權形六道隨聲即至如影赴身不念即彰不請之友並入温室浴。次請三界天衆四海龍王八部鬼神一切含識有形之類蠕動之流並入温室浴歎請既周大衆和合唄讚持香依次行道頌曰

三寶冥興　四生標式　慈蔭十方　恩流萬德
智抱八藏　化周百億　酬恩義重　斯由福力
彩畫雕形　傳經建福　舟濟橋梁　興齋沐浴
不顧身命　精誠何抑　盛哉勝集　功成難測

感應緣（略引十一驗）

晉大司馬桓温　王凝之夫人謝氏
隋沙門釋慧達
唐沙門釋住力
沙門釋志超　沙門釋慧震

沙門釋惠雲　沙門釋道英
沙門釋乂德　沙門釋通達
上柱國王懷智

晉大司馬桓温末年頗奉佛法飯饌僧尼有一比丘尼失其名來自遠方投温爲檀越尼才行不恒温甚敬待居之門内尼每浴必至移時温疑而窺之見尼裸身揮刀破腹出臟斷截身首支分臠切温怪駭而還及至尼出浴室身形如常温以實問尼答云若遂淩君上刑當如之時温方謀問鼎聞之悵然故以戒懼終守臣節尼後辭去不知所在

晉瑯琊王凝之妻晉左將軍夫人謝氏弈之女也嘗頻亡二男悼惜過甚哭泣累年若居至艱後忽見二兒俱還皆著鎖械慰勉其母宜自寛割兒並有罪若垂哀憐可爲作福於是哀痛稍止而勤功德右二驗出冥祥記

隋天台山瀑布寺釋慧達姓王氏襄陽人幼年出家繕修成務或登山臨水或遊履聚落但據形勝之處皆措心營造安處寺宇爲僧行道至仁壽年中於揚州白塔寺建七層木浮圖村石既充付後營立乃渡江西上至鄱陽豫章諸郡觀撿功德願與衆生同此福縁故至所到村邑見有坊寺禪宇靈塔神儀無問金木土石並即率化成造其數非一晚爲沙門惠雲邀請遂上廬岳造西林寺重閣七間欒櫨重疊光耀鮮華初造之日誓用貴楠闔境推求了無一樹皆欲改用餘木達曰誠心在此豈更餘求必其有徵松變爲楠若也無感闍成無日衆懼其言四出追求乃於境内下巢山感得一谷並是黄楠而在窮澗幽

深無由可出達尋行崖壁忽見一處晃有光明窺見其中可得通道唯有五尺餘並天崖遂牽曳木石至於江首途中灘覆篺筏並壞及至廬阜不失一根閣遂得成宏冠前搆後忽偏斜向南三尺工匠設計取正無方有石門澗當于閣南忽有猛風北吹還正于今尚存達形服麤弊殆不可覩傍觀沉伏似不能言而指撝應附立有成遂斯即變繁不撓固其人也大業六年七月晦日舊疾忽增七日倚卧異香入室則旋繞如雲閣中尊像並汗流地眾見此瑞審達當終官人撿驗具以聞奏達神志如常累以餘業奄爾長逝年八十七矣

唐揚州長樂寺釋住力姓褚氏河南陽翟縣人器宇凝峻虛懷接物聲第之高有聞緇俗於本寺四部王公共造高閣并二挾樓妙盡奇工即年成立寺眾三百同皆歡喜至大業十年自竭身資以栴檀香木摸寫瑞像并二菩薩不久尋成同安閣內至十四年隋室喪亂道俗流亡骸若萎朽充諸衢市誓以身命守護殿閣寺居狐兎顧影爲儔啜菽飲水再離寒暑雖耆年暮齒而心力逾壯泥塗穢落周帀火燒口誦不輟手行治葺賊徒雪泣見者哀歎徃徃華心相佐修補皇唐受命弘宣大法舊僧餘衆並造相投邑屋雖焚此寺猶在武德六年江表賊師輔公祏負阻繕兵潜圖反叛凡百寺觀撤送江南力乃致書再請願在閣前燒身以留寺宇祏僞號稱尊志在傾殄雖得其書全不顧遂力謂弟子曰吾無量劫來積習貪愛不能捐捨形命以報法恩

今欲自於佛前取盡決不忍見像濟江宜齊可積乾薪自燒供養吾滅之後像必南渡衣資什物並入尊像泣服施靈理宜改革便以香湯沐浴跏趺面西引火自燒卒於炭聚時年八十即武德六年十月八日也命終火滅合掌凝然更足闍維一時都化初力在佛前焚時有羣鵲哀鳴其聲甚切右繞七帀方始飛去及身歿後像果南遷殿閣房廊得免煨燼法寶僧衆如疇昔焉門人慧安智曠師資義重甥舅恩深爲樹高碑于寺之內東宮庶子虞世南爲文今像還闕迄今猶在

唐汾州光嚴寺釋志超俗姓田同州馮翊人也精厲不羣雅度標遠至武德七年止於汾州抱腹山僧徒僅百徧資大齋麥唯六石同置一倉日磨五升用供常調從春至夏計費極多怪而撿覆止磨兩石據量此事幽致可思又數感異僧乘空來往雖無音問儀形可驗同住墮者便蒙神警至於召衆鍾聲隨時自響石泉上涌隨人用足靈瑞多感寔由超福至貞觀十五年三月十一日忽因遘疾卒於城寺春秋七十有一

唐梓州通泉寺釋慧震姓龐身長八尺聽髙師三論玄悟逾藍每年正月轉藏經千僧袈裟周足奉施無闕常弘三論聽僧百餘忽於髙座似悶見人語曰西山頭好造大佛旣覺下座領衆案行中龕造像兩邊泉流即命石工鐫鑿坐身高百三十尺貞觀八年周備成就四面都集道俗三萬慶此尊儀其像口中放大白光遠近同覩先有一馬日行五百曾經入陣餘馬並死唯此得還至十四年七月

忽自嘶鳴不食三日震聞毛竪有一異僧名爲十力語震曰馬與主别主當先行來年正月十五日日正中時應入涅槃法師傾財物無留於後於身無益言已而隱莫知其由先造藏經請僧常轉開大施門四遠悲敬來者皆給至終年初又請衆僧讀經行道作三七日俗緣昆季内外同集至於八日香氣不歇從旦至午寺内樹木土地皆生蓮華衆覩奇瑞知其即世震曰嘉相已現不容待滿便行
(襯)施早令食訖手執香鑪遶盧舍那三帀還於佛前胡跪正念大衆滿堂不覺已逝春秋六十有六停喪待滿香氣猶存兄弟三人各捨錢五十萬於墓所作僧德施及以悲田作石塔高五丈龕安繩牀扶屍置上經百餘日猶不委仆道俗萬餘悲泣相結

唐京師弘福寺釋慧雲姓王太原人也遠祖避地止于九江弱冠樂道投匡山大林寺時年二十五有達禪師江淮内外所在興造雲爲寺廟毀壞故邀達營造得周至隋季末年中表咸亂有林士弘者結衆豫章僞稱楚帝僞尚書令鄱陽胡秀才親領士衆臨據九江因感發心欲寫廬山東林寺文殊瑞像以雲有出衆之奇令鑒鑪鍤光儀乃具唯頸及胸兩處有孔時衆未悟其年秀才僞勑所追有像色金百二十兩盛以竹筒雲以賊徒蜂起無方守護並用付才又以念誦銅珠一貫遺才爲信行官亭軍士乞福才得便風舉帆前引於江中路遭浪船没財物蕩盡唯人達岸諸無所恨但恨失像色金煩冤江畔呼嗟未絶誓願不成深爲業也須更金筒隨浪逆流

并遺銅珠前後相繼汎汎隱隱向岸就才既獲像金舉衆大叫欣慶無量計被没處至所出岸三十餘里重而能浮逆波相授軍民通怪驚異靈感及才遇害刃開頸脇恰符像焉初才之欲擊賊以金用委叔父擔以避難不免爲賊所奪既失像金取求無計尋有賊中來者盜金投曉俱不知是金擔也曉得本金委雲成就光相超挺今在山閣初鑄像時有李五戒私發願曰若鎔金日誓然一臂雲爲模樣早成遂前成日李氏不知已鑄像了乃夢像曰汝先願燒臂如何違信耶李氏夢寤因始知之即往像前以刀解臂蠟布纏骨燒而供養天香垂下像放光照異種奇瑞不可述盡雲以貞觀年初因事入京值首律師伏膺律業宰貴覩其德高請奏令住弘福至貞觀二十年思慕本鄉還歸九江本寺身今現在

唐蒲州普濟寺釋道英姓陳氏蒲州猗氏人也時年十八叔休律師化令出家父母戀逼取妻英割愛辭親示同脫屣在俗不染色聲出家經論洞明乃曰法相可知心惑須曉至開皇十九年遂入解縣太行山栢梯寺修學止觀忽然發解人法二空深悟心首坐處樹枝下映四表兼理僧役以事考心後在京師住勝光寺從曇遷禪師聽攝大乘論學徒五百英解獨俊禪師歎曰學徒極多雖通文義得其旨歸唯道英乎常依華嚴發願供僧因事呈理調伏心行自爾儀服飲噉不守章篇頗爲識目佐違也營僧之外禪誦無廢窮尋理性心眼洞明至大業九年身居知事有俗

爭地恐損僧利於俗無益苦諫不從便語彼云吾爲汝死忽然倒卧示同僵屍諸俗固執云此道人多詐以針刺甲可知眞僞針刺雖深死色轉變身心不動將欲腱壞傍有智者教令歸懺誓不敢諍尋聲起坐語笑如常又行至臺澤見池魚遊戲英曰吾與汝共諍人我何者爲勝便即脱衣入水經于六宿弟子持衣守之後出告曰吾在水中唯弊土坌不覺水氣又屬嚴冬冰厚天雪復壯乃曰如此平淨之地何得不眠遂露身仰卧經于三宿乃起笑曰幾不火炙殺我如是隨事以法對之縱任自在不以爲難良由唯識之旨洞曉心腑外事之質豈得礙乎晚還蒲州住普濟寺置莊三所皆在夏縣東山深隱之處不與俗事交爭故使八方四部其湊若林畫則營理僧務夜則爲説禪觀或弊其勞者然不覺其疲常依攝論起信用資心腑至於一日説起信論到心眞如門奄然不語衆怪觀之氣絶身令衆知滅想任不怪之經于累宿方從定起身色怡泰如證初禪河東沙門道遜高德名僧素是同學祖習心道契友金蘭初在夏縣領徒盛講及遜捨命去英百五十里未及相報終夕便知告其衆曰遜公已逝相與送乎人問其故此乃俗事心轉不可怪也及行中路便逢告使冥通來事類皆如此自及終前集衆告曰今日早須收積恐明日人畜衆聚損食穀草英亦自運催促極急衆但知助然不測其意至夜都了索水洗浴還本坐處被以大衣告衆人曰諸人喚余爲英禪師禪師之相不可違俗語門人志衰曰禪師知

英氣息可有幾許哀以事咨之英言如是因說法要又曰無常常耶不可自欺不可空死令誦華嚴經賢首偈至臨終勸念善處明相既現口云捨却故身奄然神逝人恠不動以手循摩從下而冷已經驗之縱是凡夫定升善處况嘉徵如是豈同凡僧即貞觀七年九月中也春秋七十有七初將終日衆問後事答曰佛有明教但依行之則衆累盡矣當終之日感羣鳥集房數盈千計悲鳴相切哀慟人心慧哀侍側見有青衣二童執華而入紫氣如光從英身出騰焰繞梁及明露結周二十里人物交光三日方歇蒲晉一川行化之所聞哀屯赴如喪重親又感僧牛吼叫聲徹數里流淚鳴咽不食水草經于七日將欲藏殮道俗爭之以英生平不樂喧譁但存道素便即莊南夏禹城東延年陵南鑿土龕安之始下一钁地忽大震入各攬草自防懼謂身落周十五里皆動大怖又感白虹兩道連亘柩所白鳥二頭翔鳴龕上旋顧徘徊哀聲而逝英開導人物存亡俱益自非位齊種性豈感嘉祥緫萃不負身世誠斯人乎

唐雍州梁山釋乂德醴泉縣人形質長偉秀眉骨面立清履白服麤素衣好遊化俗營搆福業而放言來事多所弘獎年有凶暴毒氣疫癘者先勸四民令奉三寶或禮佛設齋或稱名念誦用其言者皆禳災禍有不信者殃禍交及預記萠兆略如對目時遭亢旱懼而問焉又以手指撝其日當雨但齊其處約時雨至必如其言或記蟲蝗暴亂廣狹所及或記天澇潤澤近遠淺深皆事符明鏡不泄纖

毫且執志清慎不濫刑科力所未行不受其法昔壯年在道唯遵十戒而於篇聚雜相多所承循末於九峻山南造阿耨達池并鐫石鉢即於池側用濟衆生以貞觀十二年卒於山舍百姓感戀爲起白塔巋然山表

唐京師律藏寺釋通達雍州涇陽人三十出家栖止無定乃入太白山不齎糧粒飢則食草渴則飲水息則依樹坐則禪思經跨五年栖遑靡息因以木打塊塊破形銷既覩斯變廓然大悟既悟心路晚住律藏遊聽大乘情量虛蕩一裙一帔布衲重縫所著麻鞋經三十載繒帛雜飾未經冠體冬夏一服不避寒暑常於講席評叙玄奥不事宫商人無肖之初言矛盾噉食此事難行世人悉伏左僕射房玄齡聞而異焉迎至第中敬重如父而達體道不拘形骸出言不簡放暢心懷玄齡以風表處之不以形言致隔見貴如是朝野皆遵不食五穀唯食蔬菜縱得蒿藋攬而食之事同佳味若得桃杏穀果之屬合核而食不以爲艱人怪問之答言信施難棄貞觀已來轉顯神異屢届人家歡笑則吉愁慘必凶或索財物功力隨命多少即須依送若違來意後遭凶禍有人乘驢歷寺遊看達從乞之惜而不施其驢尋死斯例非一故京師貴賤咸宗事之禍福由其一言說導唯存雜著所得財利爲主營寺有大將軍薛萬拘初聞異行迎宅供養百有餘日不遺僧軌忽於一夜索食欲噉初不與之苦求不已試與遂食從爾已後稍改前迹專顯變應其行多僻欲往入内將軍兄弟其性麤武不識客行大怒打之

幾死仰而告曰卿已打我身肉都毀血汚不淨須作湯洗待水沸已脱衣入鑊身不傷爛狀如冷池傍人怖之猶催加火不暖我身合宅驚奉慫其寢宿因此已後若有病苦之者使令煑水涌沸先自入洗後教人入病無不愈達曾負人錢百有餘貫後辦得錢無人可送乃將錢至寺門首伺覓行人隨負多少倩詣西市覓主還之付而以後勘不失一文由達德行虛懷所以人不疑信又時逢米貴欲設大齋乃命寺家多放疏請及至明旦來赴盈千而供度闃盡全無支擬大衆恥責深愧外客達曰他許送供計非虛妄臨時恐過僧尼欲散忽見熟食美膳連車接轝充道馳走而來皆充足餘長供庫更濟多人食訖須臾人車並散究尋來處畢竟不知良由賢愚難辯故冥感神供朝野具瞻叙事無盡右八驗出唐高僧傳

唐坊州人上柱國王懷智至顯慶初亡歿其母孫氏及弟懷善懷表並存至四年六月雍州高陵有一人失其姓名死經七日背上已爛而甦此人於地下見懷智云見任泰山錄事遣此人執筆口授爲書謂之曰汝雖合死今方便放汝歸家宜爲我持此書至坊州訪我家通人兼白我娘懷智今爲泰山錄事參軍幸蒙安泰但家中曾貸寺家木作門此既功德物請早酬償之懷善即死不合久住速作經像救助不然恐無濟理此人既穌之後即齋書故送其舍所論家事無不闇合至經三日懷善遂即暴死合州道俗聞者莫不增修功德鄜州人勳衛侯智純説之右一驗出冥報拾遺

法苑珠林卷第三十三

音釋

鐫子全切刻也 憮苦革切 儵式竹切儵忽也 淀正作澱堂練切滓也 擘居僻切取牛乳也 闐亭年切 鍛都玩切鍛鍊也 倩七正切借倩也 螫施隻切蟲行毒也 圊廁圊七情切廁初吏切圊廁溷也 項戶江切罌也 揵椎梵語也此云磬亦云鍾隨有瓦木銅鐵鳴者皆曰揵椎揵巨寒切椎音地 裸郎果切赤體也 膩女利切肥也 蠕乳兗切蟲動貌 唄蒲拜切梵誦也 臠力兗切塊切肉也 駭下揩切驚也 啜姝悅切飲也 褫尺氏切正作搋拆也 輟陟劣切止也 祏常隻切 賾士革切 僵居良切 钁厥縛切大鉏也 撝吁為切指麾也 藋徒弔切草名

# 法苑珠林卷第三十四

唐西明寺沙門釋道世撰

## 攝念篇第二十八（此有二部）

述意部　引證部

### 述意部第一

惟夫凡情難禁譬等山猿常隨外境類同狂象三業鼓動緣搆滋彰故佛立教令常制御故經云當為心師不師於心身口意業不與惡交身戒心慧不動如山又經云制之一處無事不辦然心性或倒我見為先煩惑難攝亂使常行於一切時高舉頗屈自非託處寂靜摧伏三毒身不遊行口默緘言少睡多覺常坐省食思量正法知非有無直身正意繫念在前如斯等教是名攝念也

### 引證部第二

如增一阿含經云爾時世尊告諸比丘當修行十法便成神通去衆亂想至致涅槃一謂念佛二謂念法三謂念衆四謂念戒五謂念施六謂念天七謂念休息八謂念安般九謂念身非常十謂念死當善修行

佛法聖衆念　戒施及天念　休息安般念
身死念在後

第一念佛者專精念佛如來形相功德具足身智無崖周旋往來皆具知之修行一法自致涅槃不離念佛便獲功德是名念佛○第二念法者專精念法除諸欲愛無有塵勞渴愛之心永不復興於欲無欲離諸結縛諸蓋之病猶如衆香之氣無有瑕疵亂想之念便成神通自致涅槃思惟不離便獲功德是名念法○第三念衆者謂專精念如來聖衆成

就質直無有邪曲上下和睦如來聖衆四雙八輩當敬承事除諸亂想自致涅槃不離僧念便獲功德是名念僧○第四念戒者所謂戒者息諸惡故戒能成道令人歡喜戒瓔珞身現衆好故猶如吉祥瓶所願便尅除諸亂想自致涅槃不離戒念便獲功德是名念戒○第五念施者謂專精念施所施之上永無悔心無反報想快得善利若人罵毀相加刀杖當起慈心不興瞋恚我所施者施意不絕除諸亂想自致涅槃不離施念便獲功德是名念施○第六念天者謂專精念天身口意淨不造穢行行戒成身身放光明無所不照成彼天身善業果報成彼天身衆行具足除諸亂想自致涅槃不離天念便獲功德是名念天○第七念休息者謂心意想息志性詳諦亦無卒暴恒專一心意樂閑居常求方便入三昧定常念不貪勝先上達除諸亂想自致涅槃不離休息便獲功德是名念休息○第八念安般者謂專精念安般者若息長時觀知我今息長若復息短亦當觀知我今息短若息極冷極熱亦當觀知我今息冷熱出入分別數息長短除諸亂想自致涅槃不離安般便獲功德是名念安般○第九念身者謂專精念身髮毛爪齒皮肉筋骨膽肝肺心脾腎大腸小腸勻直膀胱屎尿百葉滄蕩脾胞溺淚唾涕膿血脂羨髑髏腦等何者是身地種水種火種風種是也皆是父母所造從何處來爲誰所造此之六根於此終已當生何處除諸亂想自致涅槃不離念身便獲功德是名念身○第十念死者謂專精念死此

没生彼往來諸趣命逝不停諸根散壞如腐敗木命根斷絶種族分離無形無響亦無相貌除諸亂想自致涅槃不離死念便獲功德是名念死而說偈曰

佛法及聖衆　乃至竟死念　雖與上名同
其義各別異

又分別功德論云第一念佛何事佛身金剛無有諸漏若行時足離地四寸千輻相文跡現於地足下諸蟲七日安隱若其命終皆得生天昔有一惡比丘本是外道假服誹謗逐如來行自殺飛蟲著佛跡處言佛蹈殺然蟲雖死遇佛跡處尋還得活若入城邑足蹈門閫天地大動百種音樂不鼓自鳴諸聾盲瘂百病自除覩佛相好隨行得度功德所濟不可稱計總會萬行運載爲先所謂念佛其義如此○第二念法者法是無漏道無爲無欲佛者是諸法之主法者是結使之主法出諸佛法生佛道若然者何不先念法後念佛耶答曰法雖微妙無能知者猶若伏藏無處不有要藉通人示處方得自濟窮乏法亦如是理雖玄妙非如來不暢是以念佛在先稱法爲後○第三念僧者謂四雙八輩十二賢士捨世貪諍開導天人則是衆生良祐福田故昔有薄福比丘名梵摩達（律名羅旬喻比丘也）在千二百五十衆中令衆僧不得食莫知誰咎佛使分爲二部一部得一部不得復分不得爲二部半得半不得如是展轉乃至二人一得食一不得食乃知無福雖得至鉢自然消化佛愍其厄自手授食在於鉢中神力所制不能化去佛欲令現身得福故令二滅盡比丘以

食飽此即時得福時波斯匿王聞此薄福佛慜與食我今亦當爲其設福即遣粳米時有一烏飛來銜一粒米去使人訶曰王爲梵摩達設福汝何以持去耶烏即持還本處所以然者此比丘蒙僧福力烏獸不能侵害也用是證知爲良福田既自度度人至三乘道念衆之法其義如此○第四念戒者從五戒十戒二百五十至五百戒皆禁制身口歛諸邪非歛御六情斷諸欲念中表清淨乃應戒性昔有二比丘共至佛所路經曠澤頓乏水漿時有小池注水衆蟲滿中一比丘深思禁律以無犯爲首若飲此水殺生甚多寧全戒殞命於是命終即生天上一比丘自念飲水全命可至佛所焉知死後當生何趣即飲蟲水所害甚多雖得見佛啼泣向佛自云同伴命終佛指一天曰汝識此天不此是汝伴以全戒功即生天上今來在此卿雖見我去我大遠彼雖喪命常在我所卿今見我正覩我肉形豈識眞戒乎以是經云波羅提木叉是汝大師若能持戒展轉行之即是如來法身常在而不滅也夫戒有三種一是俗戒二是道戒三是定戒五八十具戒等爲俗戒無漏四諦爲道戒三昧禪思爲定戒以慧御戒使成無漏乃合道戒聲聞家戒喻若膝華動則解散大士持戒喻若頭上揷華行止不動小乘撿形動則越儀大士領心不拘外軌大小軌異故以形心爲殊內外雖殊俱至涅槃故曰念戒也

又佛般泥洹經云又欲近道當有四喜宜善念行一曰念佛意喜不離二曰念法意喜不

離三曰念衆意喜不離四曰念戒意喜不離念此四喜必令具足而自了見當望正度求解身要可以除斷地獄畜生餓鬼之道雖往來走天上人中不過七生自得苦際

又三千威儀云當念有五事一當念佛功德二當念佛經戒三當念佛智慧四當念佛恩大難報五當念佛精進乃至泥洹復有五事一當念比丘僧二當念師恩三當念父毋恩四當念同學恩五當念一切人皆使解脫離一切苦

又處處經云譬如大海中沙不能計知如人所作善惡殃福前後所作不可復計要在命盡作惡逢惡處作善逢善處殃福皆預有處亦預有父毋兄弟妻子眷屬等得道便止若不得道便不斷絕佛語比丘當念自身無常有一比丘即報佛言我念非常如人在世間極可至五十歲佛言莫說是語復有一比丘言可三十歲佛言莫說是語復有一比丘言可十歲佛言莫說是語復有比丘言可一歲佛言莫說是語復有一比丘言可一月佛言莫說是語復有一比丘言可一日佛言莫說是語復有一比丘言可一時佛言莫說是語復有一比丘言可呼吸間佛言是也佛言出息不還則屬後世人命駛速在呼吸之間

又毗尼毋經云若說法比丘復應常念觀身苦空無常無我不淨莫使有絕何以故當得十二念成聖法故何者十二念一念成就已身二念成就他人三念願得人身四念生種姓家五念於佛法中得生信心六念所生處不加其功而得悟法七念所生處諸根完具

八念值佛世尊出現於世九念所生處常得說正法十念願所說法常得久住十一念願法久住得隨順修行十二念常得憐愍諸衆生心故得此十二念具足必得聖法

又雜阿含經云爾時世尊告諸比丘過去世時有河中草有龜於中住止時有野干飢行覓食遥見龜蟲疾來捉取龜蟲見來即便藏六野干守伺冀出頭足欲取食之久守龜蟲永不出頭亦不出足野干飢乏瞋恚而去諸比丘汝等今日亦復如是知魔波旬常伺汝便冀汝眼著於色耳聞聲鼻嗅香舌甞味身著觸意念法欲令出生染著六境是故比丘汝等今日常當執持眼律儀住執持眼根律儀惡魔不得其便隨出隨緣耳鼻舌身意亦復如是於其六根若出若緣不得其便猶如龜蟲野干不得其便爾時世尊即說偈言

龜蟲畏野干　藏六於殼內　比丘善攝心
密藏諸覺想　不依不怖彼　覆心勿言說

爾時世尊告諸比丘譬如士夫遊空宅中得六種衆生一者得狗即執其狗繫著一處次得其鳥次得毒蛇次得野干次得失收摩羅次得獼猴得斯衆生悉縛一處其狗者樂欲入村其鳥者常欲飛空其蛇者常欲入穴其野干者樂向塚間失收摩羅者長欲入海獼猴者欲入山林此六衆生悉縛一處各各嗜欲到所安處各不相樂於他處所而繫縛故各用其力向所樂方而不能脫如是六根種種境界各各自求所樂境界不樂餘境界眼常求可愛之色不可意色則生其猒耳鼻舌身意亦復如是此六種根種種行處各各不

求異根境界其有力者堪能自在隨覺境界如彼士夫繫六衆生是故當勤修習身念觀爾時世尊告諸比丘譬如有四蚖蛇凶惡毒熾盛一篋中時有士夫聰明求樂猒苦求生猒死時有一士夫語向士夫言汝今取此篋蛇摩拭洗浴恩親養食出内以時若四毒蛇脫有惱者或能殺汝或令近死汝當防護爾時士夫畏四毒蛇及五拔刀仗驅驅而走人復語言士夫内有六賊隨逐伺汝得便當殺汝當防護爾時士夫畏四毒蛇五拔刀怨及内六賊恐怖馳走還入空村見彼空舍危朽腐毀有諸惡物但皆危脆無有堅固人復語言士夫是空聚落當有六賊來必奄汝爾時士夫畏四毒蛇五拔刀賊内六惡賊空村羣賊而復馳走忽爾道路臨一大河其水復急

但見此岸有諸怖畏而見彼岸安隱快樂清淨無畏而無橋船可度得至彼岸作是思惟我取草木縛束成栰手足方便度至彼岸作是念已即拾草木依於岸傍縛束成栰手足方便截流橫度如是士夫免四毒蛇五拔刀怨六内惡賊復得脫於空村羣賊度於彼流離於此岸種種怖畏得至彼岸安隱快樂我說此譬當解其義比丘篋者譬此身色麤四大四大所造精血之體穢食長養沐浴衣服無常變壞危脆之法毒蛇者譬如四大地界水界火界風界地若諍能令身死及以近死水火風諍亦復如是五拔刀怨者譬五受陰内六賊者譬六憂喜空村者譬六内入觀察眼入之處是無常變壞虛僞之法耳鼻舌身意亦復如是空村羣賊者譬外六入處眼爲

可意不可意色所害耳聲鼻香舌味身觸意法亦復如是瀑流者譬如四流欲流有流見流無明流河譬三愛欲愛色愛無色愛此岸多恐怖者譬有身彼岸清涼安樂者譬無餘涅槃栰者譬八正道手足方便截流度者譬精進勇猛得到彼岸婆羅門住處者譬如來應等正覺

又木槵子經云時有難國王名波瑠璃白佛言我國邊小頻歲寇賊五穀涌貴疫疾流行人民困苦我恒不安法藏深廣不得修行唯願垂矜賜我法要佛告王言若欲滅煩惱障者當貫木槵子一百八常以自隨至心無散稱南無佛陀南無達摩南無僧伽名乃過一木槵子如是漸次度木槵子若十二十若百若千乃至百千萬若能滿二十萬遍身心不亂諸諂曲者捨命得生第三焰摩天衣食自然常安樂行若復能滿一百萬遍者當斷除百八結業獲無上果王聞歡喜我當奉行佛告王曰有莎升比丘誦三寶名經歷十歲得成斯陀含果漸次修行今在普香世界作辟支佛王聞是已倍復修行

又賢愚經云波羅㮈國有居士字曰鵄提此人有子名優波鵄提後年長大家貧燋煎父付財物居肆販賣有耶貰羇阿羅漢往到其邊而爲說法教使繫念以白黑石子用當籌筭善念下白惡念下黑優波鵄提奉受其教善惡之念輒投石子初黑偏多白者尠少漸漸修習白黑正等繫念不止更無黑石純有白者善念已盛逮得初果

又譬喻經云昔有人不信敬婦甚事佛婦白

壻曰人命無常可修福德壻無心懶惰婦恐將來入地獄中即復白壻欲懸一鈴安著户上君出入時揲鈴作聲稱南無佛壻曰甚善如是經久其壻命終獄卒扠之擲鑊湯中扠揲鑊作聲謂是鈴聲稱南無佛獄官聞之此人奉佛放令出去得生人中

又雜譬喻經云昔有五百賈客乘船入海值摩竭魚出頭張口欲食衆生時日少風而船去如箭薩薄主語衆人言船去太疾可捨帆如言捨下船去轉便不可得止薩薄主問樓上人言汝見何等我見上有兩日出下有白山中有黑山薩薄主驚言此是大魚當柰何哉我與汝等今遭困厄入此魚腹無有活理汝等各隨所事一心求之於是衆人各隨所奉一心歸命求脫此厄所求逾篤船去逾疾須臾不止當入魚口於是薩薄主告諸人言我有大神號名爲佛汝等各捨奉神一心稱之時五百人俱發大聲稱南無佛魚聞佛名自思惟言今日世間乃復有佛我當何忍傷害衆生即便閉口水皆倒流轉得遠魚五百賈人善心即生皆得解脫又大集經云譬如沙門自有頭髮生不自知日長幾分如是善薩罪生不能自知言我無罪者又雜阿含經爾時世尊說偈言

善護於身口　及意一切業　慙愧而自防　是名善守護

爾時世尊告諸比丘有二淨法能護世間何等爲二所謂慙愧假使世間無此二淨法者世間亦不知有父母兄弟姊妹妻子宗親師長尊卑之緒顛倒渾亂如畜生趣即說偈言

世間若無有　慚愧二法者　違越清淨道
向生老病死　世間若成就　慚愧二法者
增長清淨者　永開生死門

又惟無三昧經云佛告阿難善男子人求道安禪先當斷念人生世間所以不得道者但坐思想穢念多故一念來一念去一日一宿有八億四千萬念念念不息一善念者亦得善果報一惡念者亦得惡果報如響應聲如影隨形是故善惡罪福各別頌曰

靜念遺忘慮　有慮非理盡　境來投虛空
虛空何所軫　託陰遊重冥　冥亡影迹隕
四果皆欣求　一乘獨玄泯

## 發願篇第二十九（此有二部）

述意部　引證部

### 述意部第一

夫佛果夐絶登之有階法雲峻極屆之有漸是以創發大誠則玄福招於極果初立弘誓則妙願遍於來際一念興行遂感塵劫之瑞華半刻虔躬乃得大千之甘露蓋是大乘之根基種智之津衢也

### 引證部第二

如阿彌陀經云佛語阿難阿彌陀佛為菩薩時常奉行是二十四願珍寶愛重保持恭順何等為二十四願○第一願使其作佛時令我國中無有泥犁禽獸薜荔蜎飛蠕動之類得是願乃作佛不得是願終不作佛○第二願使其作佛時令我國中無有婦人女人欲來生我國中者即作男子諸無央數天人民蜎飛蠕動之類來生我國者於七寶水池蓮華中化生長大皆作菩薩阿羅漢都無央數

得是願乃作佛不得是願終不作佛○第三願使其作佛時令我國土自然七寶廣縱甚大曠蕩無極自然軟好所居舍宅被服飲食都皆自然比如第六天王所居處得是願乃作佛不得是願終不作佛○第四願使其作佛時令我名字皆聞八方上下無央數佛國皆令諸佛各於比丘僧大座中說我功德國土之善諸天人民蜎飛蠕動之類聞我名字莫不慈心歡喜踊躍者皆令來生我國得是願乃作佛不得是願終不作佛○第五願使某作佛時令八方上下諸無央數天人民及蜎飛蠕動之類若前世作惡聞我名字欲來生我國者即便反正自悔過爲道作善便持經戒願欲生我國不斷絕壽終皆令不復泥犂禽獸薜荔即生我國在心所願得是願乃作佛不得是願終不作佛○第六願使其作佛時令八方上下無央數佛國諸天人民若善男子善女人欲來生我國用我故益作善若分檀布施遶塔燒香散華然燈懸雜繒綵飯食沙門起塔作寺斷愛欲齋戒清淨一心念我晝夜一日不斷絕皆令來生我國作菩薩得是願乃作佛不得是願終不作佛○第七願使其作佛時令八方上下無央數佛國諸天人民若善男子善女人有作菩薩道奉行六波羅蜜經若作沙門不毀經戒斷愛欲齋戒清淨一心念欲生我國晝夜不斷絕若其人壽欲終時我即與諸菩薩阿羅漢共飛行迎之即來生我國則作阿惟越致菩薩智慧勇猛得是願乃作佛不得是願終不作佛○第八願使其作佛時令我國中諸菩薩欲

到他方佛國生者皆令不更泥犁禽獸薜荔皆令得佛道得是願乃作佛不得是願終不作佛○第九願使其作佛時令我國中諸菩薩阿羅漢面目皆端正淨潔姝妙悉同一色都一種類比如第六天人得是願乃作佛不得是願終不作佛○第十願使其作佛時令我國中諸菩薩阿羅漢皆同一心所念欲所言者預相知意得是願乃作佛不得是願終不作佛○第十一願使其作佛時令我國中諸菩薩阿羅漢皆無有婬泆之心終無念婦女意終無有瞋怒愚癡者得是願乃作佛不得是願終不作佛○第十二願使其作佛時令我國中諸菩薩阿羅漢皆令心相敬愛終無相嫉憎者得是願乃作佛不得是願終不作佛○第十三願使其作佛時令我國中諸菩薩欲共供養八方上下無央數諸佛皆令飛行即到欲得自然萬種之物即皆在前持用供養諸佛悉皆得遍以後日未中時即飛行還我國得是願乃作佛不得是願終不作佛○第十四願使其作佛時令我國中諸菩薩阿羅漢欲飯時即皆自然七寶鉢中有自然百味飯食在前食已自然去得是願乃作佛不得是願終不作佛○第十五願使其作佛時令我國中諸菩薩身皆紫磨金色三十二相八十種好皆令如佛得是願乃作佛不得是願終不作佛○第十六願使其作佛時令我國中諸菩薩阿羅漢語者如三百鍾聲說經行道皆如佛得是願乃作佛不得是願終不作佛○第十七願使其作佛時令我洞視徹聽飛行十倍勝於諸佛得是願乃作佛

不得是願終不作佛○第十八願使某作佛時令我智慧說經行道十倍於諸佛得是願乃作佛不得是願終不作佛○第十九願使某作佛時令八方上下無央數佛國諸天人民蜎飛蠕動之類皆令得人道悉作辟支佛阿羅漢皆坐禪一心共欲計數知我年壽幾千億萬劫歲數皆令無有能極知壽者得是願乃作佛不得是願終不作佛○第二十願使某作佛時令八方上下各千億佛國中諸天人民蜎飛蠕動之類皆令作辟支佛阿羅漢皆坐禪一心共欲計數我國中諸菩薩阿羅漢知有幾千億萬人皆令無有能知數者得是願乃作佛不得是願終不作佛○第二十一願使某作佛時令我國中諸菩薩阿羅漢壽命無央數劫得是願乃作佛不得是願終不作佛○第二十二願使某作佛時令我國中諸菩薩阿羅漢皆智慧勇猛自知前世億萬劫時宿命所作善惡却知無極皆洞視徹知十方去來現在之事得是願乃作佛不得是願終不作佛○第二十三願使某作佛時令我國中諸菩薩阿羅漢皆智慧勇猛頂中皆有光明得是願乃作佛不得是願終不作佛○第二十四願使某作佛時令我頂中光明絕好勝於日月之明百千億萬倍絕勝諸佛光明燄照諸無央數天下幽冥之處皆當大明諸天人民蜎飛蠕動之類見我光明莫不慈心作善者皆令來生我國得是願乃作佛不得是願終不作佛佛告阿難阿彌陀佛為菩薩時常奉行是二十四願不犯道法絕去財色精明求願積功累德無央數劫今

致作佛悉皆得之不亡其功也又佛說滅十方冥經云時有釋種童子名面善悅來白佛言唯天中天今我二親身不安和横爲非人所見侵撓晝夜寤寐不得寧息出入行步亦見逼惱或遭非人妖蠱姦邪無以防護唯願世尊告示以法隨時救濟令無撓害佛告面善悅當爲汝說擁護之法

佛言東方去此過于八千那術佛土有世界名拔衆塵勞其佛號等行如來今現在說法人若東行先當稽首歸命供養於東方佛則無恐懼莫敢侵撓有所與作悉當如願○佛告童子南方去此過于十億百千億土有世界名消冥等要脱其佛號初發心念離恐畏歸依超首如來今現在說法若欲南行當遥稽首歸命彼佛專意不離則無恐懼不遇患難○佛告童子西方去此如恒河沙諸佛刹土有世界名善選擇其佛號金剛步迹如來今現在說法若欲西行先當稽首禮於彼佛一心歸命則無恐懼不逢患難○佛告童子北方去此過二萬佛土有世界名覺辯其佛號寶智首如來今現在說法若欲行設在家居稽首作禮歸命彼佛則無恐懼不遇患難○佛告童子東北方去此過于百萬億佛土有世界名持所念其佛號壞魔慢獨步如來今現在說法若詣東北方當遥稽首歸命彼佛所在獲安則無所畏○佛告童子東南方去此過二恒河沙等佛土有世界名常照曜其佛號初發心不退轉輪成首如來今現在說經若東南行先當稽首五體投地一心歸命然後乃進則無恐懼○佛告童子西南方

去此過千八萬佛土有世界名覆白交露其佛號寶蓋照空如來今現在說法若西南行先當稽首彼方如來以華遙散念於無相然後乃進則無恐懼○佛告童子西北方去此過六恒河沙佛之刹土有世界名住清淨其佛號開化菩薩如來今現在說法若西北方行先禮彼佛自歸悔過淨修梵行然後出家則無恐懼○佛告童子下方去此過九十二姟佛之刹土有世界名念無倒其佛號念初發意斷疑拔欲如來今現在說法若欲坐時若夜臥時念斯如來稽首自歸常以普慈念救衆生然後坐臥則無恐懼所願必果○佛告童子上方去此過六十恒河沙等佛土有世界名離諸恐懼無有處所其佛號消冥等超王如來今現在說法若從坐起常禮彼佛自歸供養則無恐懼所至獲安○佛言童子假使有人受此經典持諷讀誦爲他人說具足備悉令不缺減速成所願終無恐懼若到縣官不見侵枉若行賊中不見危害若行大火中即爲消滅若行大水中終不沒溺天龍鬼神弊惡之神無敢觸者諸惡獸無敢近者諸鬼魍魎無能嬈者若在閑居獨處則爲如來之所擁護佛說如是帝釋面善悅童子等聞經歡喜作禮而退

又地持論云菩薩發願略說五種一發心願二生願三境界願四平等願五大願彼菩薩初發無上菩提心是名發心願願未來世爲衆生故隨善趣生是名生願願正觀諸法無量等諸善根思惟境界是名境界願願未來世一切菩薩善攝事是名菩薩平等願大願

者即平等願

菩薩又說十種大願一者願一切種供養供養無量諸佛二者願護持一切諸佛正法三者願通達諸佛正法四者願生兜率天乃至般涅槃五者願行菩薩一切種正行六者願成熟一切衆生七者願一切世界悉能現化八者願一切菩薩一心方便以大乘度九者願一切正行方便無礙十者願成無上正覺是菩薩住於初地方便淨信現在修行於未來事生十大願一者以清淨心常願供養一切諸佛二者受持守護諸佛正法三者勸請諸佛轉未曾有法四者順行菩薩正行五者一切器界具足成熟六者一切世界悉能現化七者自淨佛土八者一切菩薩同一方便以大乘化九者利益衆生一切不空十者一切世界得阿耨菩提作一切佛事

如是大願能生無量百千大願不離衆生界不離世間此諸大願生生常行終不忘失又華嚴經云諸佛子菩薩住歡喜地以十願爲首生如是等百萬阿僧祇大願以不可盡法而生是願爲滿是願勤行精進何等爲十一衆生不可盡二世界不可盡三虛空不可盡四法界不可盡五涅槃不可盡六佛出世不可盡七諸佛智慧不可盡八心所緣不可盡九起智不可盡十世間轉法輪智轉不可盡若衆生盡我願乃盡乃至起智轉盡我願乃盡而衆生乃至起智諸轉實不可盡我諸願善根亦不可盡

又文殊師利問菩提經云爾時天子問文殊師利言菩薩有幾心能攝因能攝果文殊答

言諸菩薩有四心能攝因攝果何等爲四一初發心二行道心三不退轉心四一生補處心初發心爲行道心作因緣行道心爲不退轉心作因緣不退轉心爲一生補處心作因緣也又初發心如種穀田中行道心如穀子增長不退轉心如華果始成補處心如華果有用又初發心如車匠集材行道心如斫治材木不退轉心如安施材木一生補處心如車成運致又初發心如月新生行道心如月五日不退轉心如月十日一生補處心如月十四日如來智慧如月十五日又初發心能過聲聞地行道心能過辟支佛地不退轉心能過不定地一生補處心安住定地又初發心如病者求藥行道心如分別藥不退轉心如病服藥補處心如病得瘥

又大集經云爾時舍利弗白佛言世尊菩薩初發無上菩提心時聞諸衆生有如是行不驚不怖是事實難不可思議佛言舍利弗於意云何如師子雖復初産聞師子吼有怖畏不不也世尊菩薩摩訶薩初發無上菩提心時聞衆生行亦復如是舍利弗於意云何火熱雖小畏乾薪不不也世尊菩薩初發無上菩提心已得智慧火亦復如是舍利弗今以非喻爲喻舍利弗譬如猛火與諸乾薪結期七日當大戰鬪爾時一切乾樹草木種種枝葉悉共合聚如須彌山爾時猛火有一親友而告之曰汝今何故不自莊嚴多覓有救援助彼衆汝唯一已何能當之時火答言彼怨雖多我力能敵不須伴黨舍利弗菩薩摩訶薩亦復如是雖諸煩惱悉共和合其勢熾盛

菩薩智慧力能消伏如阿伽陀一丸之藥能破大毒菩薩智慧亦復如是小智慧藥能壞無量大煩惱毒

又佛本行經云爾時佛告諸比丘僧作如是言汝諸比丘我念往昔久遠之時有一貧人以乞自活從一城至波羅柰城至彼城已其城所有乞人見者皆訶責言汝從何來而至於此遂遮不聽遊行告乞爾時彼人見有障礙作是思惟我於彼輩無有過失何故障我而乞告也於時波羅柰城有一長者遺失銅鉢時彼長者求覓銅鉢所在不獲因求鉢故至餘一村時彼乞人於糞聚中得彼銅鉢掛於杖頭將來往入波羅柰城從街至街從巷至巷從此交巷至彼交巷從此嵎角至彼嵎角口唱是言此之銅鉢是誰之物識者收取而彼遊歷處處東西求覓其主了不能得既不得主便即往至付梵德王乃至長者後聞有人從彼糞中得銅鉢掛於杖頭將來入彼波羅柰城處處遊訪不知主處既不得主便付梵德王既聞是已到梵德王邊到已白言大王當知前者乞人所奉銅鉢是我之物時梵德王遣使往喚彼之乞人而語之言汝於前者所送銅鉢今此長者云是我許其事如何彼人即白梵德王言如是大王我本不知彼之銅鉢是誰之物在糞聚中我既得已即掛杖頭將來入城東西訪問不知主處遂奉大王任王所用爾時梵德聞彼語已心大歡喜而告彼言仁者汝今欲於我邊乞何等願我當與汝而彼銅鉢還其長者爾時彼人白梵德王作如是言大王今若必欲歡喜與我

願者願王於此波羅柰城所有乞人用我爲乞人王也時梵德王復告彼言今者何用與彼乞兒而爲王也但當更乞諸餘好願或金或銀或索國中最勝村落用爲封邑我即與汝時彼乞人復白王言王若歡喜與我願者我今正欲彼前所願王遂報言任汝所樂隨汝作耳爾時在彼波羅柰城合有五百乞兒依住彼乞願者悉喚令集而告之言我今得與汝等爲王汝等必當聽我處分時諸乞人問彼王言汝今云何處分我等令作何事時彼人言汝等相共或有捉我置髆上者或有取我而背負者自餘皆悉爲我左右圍繞而行而彼五百諸乞兒輩聞彼證已即從處分或有轝者或背負者處處遊行所有飲食坐席之所即往彼乞乞已將向一處分張而共食噉如是方便多時活命時有一乞人屏處獨食摩呼荼迦（此言歡喜丸）爾時乞王從其人邊奪取彼食已將走其王徒衆五百乞兒逐彼王走至於遠處皆悉疲乏既疲乏已悉各迴還其彼乞王身力壯健走而不乏更至遠已迴頭望看五百乞兒悉皆不見既不見已入一園內取水洗手坐於一邊欲食彼食未食之間便生悔心我今不善我今何故於彼人邊奪取其食更復誑我隨從人輩此食既多我食不盡若世間內有諸聖人願知我意而來此者我即分與發是心已有辟支佛名曰善賢從虛空飛騰而來在彼人前從空直下去其不遠其人遥見彼辟支佛威儀庠序行步齊亭舉動得所不緩不急見如是已於彼辟支佛所心得淨信得淨信已作如是念由

我往昔所受貧煎及以現在皆悉不值如是福田於如是人不行布施恭敬供養我昔若值如是福田今日應　遭斯困顇亦不應被他逼切而得活命我今將此食奉上仙人未審此仙受納以不若蒙受者願我將來免此貧煎困厄之身作是念已即將此食奉此仙人然辟支佛有如是法唯見神通教化衆生更無別法時辟支佛受取彼食從地騰空而去其人見彼歡喜踊躍遍滿其體不能自勝以歡喜故頂戴指掌遙禮彼尊辟支佛足作是禮已心發是願願我此身於未來世恒常值遇如是世尊或勝此者而彼世尊所說之法願我一聞速得證解又願我於未來世中在大威德豪族姓家爲王治化更莫在彼貧兒之內復作是願生生世世不墮惡道佛告諸比丘作如是言汝諸比丘若有心疑於彼之時波羅奈城乞兒之王施辟支佛摩呼荼迦此是誰者莫作異見婆提唎迦比丘是也時乞兒王施辟支佛食因彼業果今生釋種大豪貴族資財無乏少由昔願故今得王位又由昔願不墮惡道恒生人天多受快樂又由昔願今值於我而得出家受具足戒得羅漢果我又授記於我聲聞弟子之中豪姓出家最第一者婆提唎迦比丘是也頌曰

賢人慕高節　志願菩提因　御鶴翔伊水
策馬出王田　本祈立弘誓　感報彌陀身
能仁修八正　超逾九劫前　聲流遍三界
慈化通大千　掩塵息妄想　凡聖並欣然
含生同志趣　保益啓心神　生死必永盡
豈同莊老仙

# 法苑珠林卷第三十四

音釋

膀胱（膀蒲光切胱姑黄切膀胱水府也）蹈（徒到切踐也）閾（影逼切門限也）糳（即各切細米也）槵（胡慣切木名也）貰（始制切）輢（居宜切）夐（翾正切遠也）薜荔（梵語也此云餓鬼薜蒲細切荔郎計切）蜎（褑縁切小飛也）魍魎（魍文紡切魎良獎切）髆（伯各切肩髆也）

# 法苑珠林卷第三十五

唐 西明寺沙門釋道世撰

## 法服篇第三十（此有六部）

述意部　功能部　會名部
濟難部　感報部　違損部

### 述意部第一

夫袈裟爲福田之服如敬佛塔泥洹僧爲襯身之衣尊之如法衣名銷瘦取能銷瘦煩惱鎧名忍辱取能降伏衆魔亦喻蓮華不爲汙泥所染亦名幢相不爲邪衆所傾亦名田文之相不爲見者生惡亦名救龍之服不爲金鳥所食亦名降邪之衣不爲外道所壞亦名不正之色不爲俗染所貪是以敎有內外之別人有道俗之異在家則依乎外教服先王之法服順先王之法言上有敬親事君之禮下有妻子官榮之戀此則恭孝之躅理叶儒津出家則依乎內教服諸佛之法服行諸佛之法行上捨君親愛敬之重下割妻子官榮之好以禮誦之善自資父母行道之福以報國恩之重既許不以毀形易服爲過豈宜責以敬親事君之禮是故剃髮之辰天魔聞而遙怖染衣之日帝釋見而遠歡戲女聊被無漏遂滿醉人暫剪惡緣即捨龍子賴而息驚象王見而止怯故知三領法衣蔽身儉用三種壞色伏我愛情既仿稻田自成應供之德遠同先佛寔遵和敬之道出塵反俗所貴如斯者乎

### 功能部第二

如華嚴經云著袈裟者捨離三毒也又大悲經云但使性是沙門汙沙門行自稱沙門形

似沙門披著袈裟於彌勒佛乃至樓至佛所得入涅槃無有遺錯又悲華經云釋迦牟尼佛昔於過去寶藏佛所發菩提心願我成佛時今我袈裟有五功德一者我成佛已若有衆生入我法中出家著袈裟者或犯重禁或犯邪見若於三寶輕毀不信集諸重罪比丘比丘尼優婆塞優婆夷若於一念中生恭敬心尊重佛法僧如是衆生乃至一人必與授記於三乘中得不退轉二者我成佛已天龍鬼神人及非人若能於此著袈裟者恭敬供養尊重讚歎其人若得見此袈裟少分即得不退於三乘中三者若有衆生爲飢渴所逼若貧窮鬼神下賤諸人乃至餓鬼畜生若得袈裟少分乃至四寸其人即得飲食充足隨其所願疾得成就四者若有衆生共相違反起怨賊想展轉鬬諍若諸天龍八部人及非人共鬬諍時念此袈裟尋生悲心柔輭之心無怨賊心寂滅之心調伏善心五者有人若在兵甲鬬訟斷事之中持此袈裟少分至此輩中爲自護故供養恭敬尊重袈裟是諸人等無能侵毀觸撓輕弄常得勝他過此諸難若我袈裟不能成就如是五事聖功德者則爲欺誑十方世界現在諸佛於未來世不成菩提作佛又正法念經云若有衆生持戒信心清淨知僧福田爲法衣故施一果直爲作衣價心常愛樂而生隨喜命終生林戲天自在遊戲隨意所至若生人中神德自在若有衆生心有淨信爲比丘僧染治袈裟法服命終生彩地天與諸天女五欲自娛飲食甘露無有醉亂從天命終得受人身人所愛敬

會名部第三

如大方等陀羅尼經云佛言若趣向道場應如比丘法修諸淨行具於三衣楊枝澡水食器坐具行者如是應畜至於道場如比丘法

佛告阿難衣有三種一出家衣者作於三世諸佛法式二俗服者令我弟子趣道場時當著一服常隨逐身寸尺不離若離此衣即得障道罪第三衣者具於俗服將至道場常用坐起其名如是汝當受持

又薩婆多論問佛常剃髮不答曰不爾佛髮常如剃髮後一七日狀問曰佛初得道時著袈裟不答曰無有白衣得佛者要有三十二相出家著法衣威儀具足捨離煩惱而復一切種智入其身內袈裟者秦言染衣也結愛等亦名染也著此服者在獸不畏是故獵師假服令獸遠見又舍利弗問經云摩訶僧祇部勤學衆經宣講真義以處本居中應著黃衣曇無屈多迦部通達理味開導利益表發殊勝應著赤色衣薩婆多部博通敏達以導法化應著皂衣迦葉維部精勤勇猛攝護衆生應著木蘭衣彌沙塞部禪思入微究暢幽密應著青衣是故羅旬踰比丘分衛不能得食後以五種律衣更互著之便大得食何以故是其前世執性多嫉見沙門來急閉户云大人不在見他布施歡喜攝念發心願作沙門是故今身雖得出家窮弊如此我法出家純服弊帛及死人衣因羅旬踰故受種種衣也又三千威儀云有四事到他國不著袈裟無罪一無塔寺二無比丘僧三有盜賊四國君不樂道

濟難部第四

如僧祇律云昔佛在世時尊者達尼迦闍取官材罪在不捨時瓶沙王信敬三寶見達尼迦身著袈裟雖取官材釋然不問比丘見已而白佛言此達尼迦宿植何業為瓶沙王原恕乃爾佛告比丘乃往過去爾時有一金翅鳥王其身極大兩翅相去六千餘里常入海中取龍食之諸龍常法畏金翅鳥常求袈裟著宮門上鳥見袈裟生恭敬心便不復前行食彼諸龍鳥食龍時以翅搏海水擗龍現而取食之時有一龍為鳥所逐即取袈裟戴著頂上尋岸而走時金翅鳥化作婆羅門追逐龍後種種罵言汝今何不放此袈裟龍畏死故急捉不捨爾時海邊有一仙人龍時恐怖投趣仙人鳥見仙人不敢復前仙人即出為鳥說法教鳥向龍共相懺悔已各去佛告比丘昔仙人者今我身是金翅鳥者瓶沙王是爾時龍者達尼迦是昔蒙袈裟得免鳥食今復蒙我袈裟因緣得脫王難出家修道獲阿羅漢是故當知袈裟威力不可思議又海龍王經云爾時有龍王而白世尊曰於此海中無數種龍有四種金翅鳥常食斯龍及龍妻子願佛擁護常得安隱於是世尊脫身皁衣告海龍王汝取是衣分與諸龍皆令周遍有值一縷者金翅鳥王不能犯觸持禁戒者所願必得爾時諸龍各懷驚懼各心念言是佛皁衣甚為小少安得周遍大海諸龍時佛即知龍心所疑告龍王言假使三千大千世界所有人民各分如來皁衣終不減盡譬如虛空隨其所欲則自然生時龍即取佛衣而分

作無央數百千萬段各各分與隨其所乏廣狹大小自然給與其衣如故終不知盡當敬此衣如敬世尊如敬塔寺佛言觀如來衣者即脫龍身於是賢劫中皆得無著當般泥洹爾時四金翅鳥王各與千眷屬俱白佛言今日吾等自歸三寶悔過前犯奉持禁戒從今日始常以無畏施一切龍擁護正法到于滅盡不違佛教佛告四金翅鳥王汝等於金仁佛時爲四比丘名曰欣樂大欣樂上勝上友是四比丘違犯戒法貪於供養不護身口意作惡衆多供養金仁佛亦不可計以是之故不墮地獄墮此禽獸前後殺生不可稱計佛現神足令識宿命所作罪福普悉念之我等寧沒身命不敢犯惡佛爲說經授其決言彌勒佛時在第一會皆當得度

感報部第五

如百緣經云佛在世時迦毗羅衛城中有一長者名曰瞿沙其婦生女端正殊妙有白氎衣裹身而生因爲立字名曰淨年漸長大衣亦隨長鮮白淨潔不煩浣染衆人見之競共求索白父母言我今不貪世俗榮華願樂出家父母愛念不能違逆尋將佛所求索入道佛告善來比丘尼頭髮自落身上白衣化爲袈裟成比丘尼精勤修習得阿羅漢果阿難見已請問因緣佛告阿難此賢劫中有佛出世號曰迦葉將諸比丘遊行聚落教化衆生時有女人見佛及僧心懷歡喜持一張氎布施佛僧發願而去緣是功德天上人中常有淨衣裹身而生乃至今日遭值於我出家得道比丘聞已歡喜奉行

又百緣經云佛在世時波羅奈國有梵摩達王其婦生女身被袈裟端正殊妙世所希有因爲立字名伽尸孫陀利年漸長大衣亦隨大稟性賢善慈仁孝順將諸侍衛出城遊戲漸次往到鹿野苑中見佛相好心懷喜悅前禮佛足却坐一面佛爲說法心開意解得須陀洹果復求出家佛告善來比丘尼頭髮自落法服著身成比丘尼精勤修習得阿羅漢果諸天世人所見敬仰時諸比丘見是事已請問所緣佛告比丘乃往過去無量世時有佛出世號加那年尼將諸比丘遊行教化時有王女值行見佛心懷喜悅前禮佛足請佛及僧三月受請四事供養已復以妙衣各施一領緣是功德天上人中尊榮豪貴常有袈裟隨身而生佛告比丘欲知王女者今孫陀利比丘尼是比丘聞已歡喜奉行

又百緣經云佛在世時波斯匿王夫人生一男兒端正殊妙世所希有身披袈裟生已能語問父王言如來世尊今者在不大德迦葉舍利弗大目揵連如是遍問悉爲在不父王答曰皆悉都在惟願大王爲我設供請佛及僧尋勑爲請佛入宫已見其太子而問之曰汝自憶念迦葉佛時是三藏比丘不答言實是處此胞胎爲安隱不蒙佛道恩得存性命得過日耳時王夫人見此太子與佛世尊共相問答喜不自勝而白佛言今此太子宿植何福生便能語乃能與佛咸有問答惟願世尊敷演解說爾時世尊即便爲王說偈言

宿造諸善緣　百劫而不朽　善業因緣故
今獲如是報

此賢劫中有佛出世號曰迦葉將諸比丘遊行教化到迦翅王國時王太子名曰善生見佛世尊深生信敬歸白大王求索入道王不聽言我唯一子當繼王位養育民衆終不聽汝出家入道時王太子聞已愁頓斷穀不食已經六日恐命不全勑彼太子共作要誓汝今若能讀誦三藏經書通利聽汝出家然後見我時太子聞已心懷喜悅尋即出家誦習三藏盡令通利王大歡喜即語比丘我今庫藏所有財物隨汝取用終不悋惜於是王子比丘聞已取財設百味食請迦葉佛及二萬比丘供養訖已一一比丘各施三衣六物緣是功德不墮惡世天上人中常有袈裟裹身而生乃至今者遭值於我故有袈裟出家得道比丘聞已歡喜奉行

違損部第六

如賢愚經云昔過去無量阿僧祇劫此閻浮提有大國王名曰提毗總領八萬四千小國時世無佛有辟支佛在山林中福度衆生禽獸亦附時有師子名曰堅誓軀體金色食果噉草不害羣生有一獵師剃除鬚髮身著袈裟内佩弓箭行見師子而心念言可殺取皮以用上王足得脫貧值師子睡獵師便以毒箭射傷師子驚覺即往欲害見著袈裟便自念言著袈裟人不久在世必得解脫所以然者此袈裟乃是三世聖人標相我若害之則起惡心向三世諸賢聖人念已息害毒箭入體命在不久即說偈言

耶囉羅　婆奢沙　沙訶

說此語時天地大動無雲而雨諸天觀見雨

華供養死已剥皮持以奉王求索賞募王見念言經書有云若有禽獸金色身者必是菩薩我今云何與物賞之若與賞者同彼無異王即問言師子死時有何瑞應獵師答言曰說八子雨華動地無雲而雨王聞語已悲喜交集即召諸臣令解是義無能解者時山林中有一仙人名曰奢摩善解字義王即請來爲王解說耶囉羅者謂剃頭著袈裟者當於生死疾得解脫婆奢沙者謂剃頭著染衣者皆是三世賢聖之相近於涅槃沙訶者謂剃頭著染衣者當爲一切諸天世人所見敬仰仙人解竟王大歡喜即召八萬四千小王悉集共作七寶高車載師子皮燒香散華盡心供養打金作棺盛師子皮以用起塔爾時人民因是善心命終之後悉得生天佛告阿難爾時師子由發善心向染衣人十億萬劫作轉輪王給足衆生廣植福業致得成佛時師子者今我身是時王提毗由因供養師子皮故十萬億劫天上人中尊貴第一修諸善本今彌勒是時仙人者今舍利弗是時獵師者今提婆達多是以是義故若有衆生有惡心向諸沙門著袈裟者當知是人則起惡心向於三世諸佛賢聖以起惡故獲無量罪若有衆生能發信心敬於出家著袈裟人獲無量福

又大集月藏經云佛言我昔爲於一切衆生修諸苦行起大悲心捨身頭目耳鼻舌等各如毗福羅山及捨象馬國城妻子經於三大阿僧祇劫悲愍一切苦惱衆生及謗正法毀呰賢聖無慚無愧不善衆生及於一切淨佛

國土所棄衆生爲如是等諸衆生故發願在於五濁惡世成無上道爲救三塗苦惱衆生安置善道及涅槃樂若有衆生於我法中爲我出家剃除鬚髮被著袈裟雖不受戒及受毀犯若有護持供養是人得大果報何況供養具持戒者若未來世國王大臣及斷事者於我弟子及著袈裟罵辱打縛或驅使及奪財物資生之具是人則壞三世諸佛眞實報身則挑一切天人眼目則隱一切諸佛正法令諸天人墮於地獄時憍陳如及梵天王而白佛言若有爲佛剃除鬚髮被著袈裟不受禁戒受已毀犯若王大臣及斷事者罵辱打縛得幾許罪佛告梵王我今爲汝且畧說之若人出於萬億佛血得罪多不梵王答佛若人但出一佛身血其罪尚多無量無邊何況具出萬億佛血終無有能廣說彼人罪業果報佛告梵王若有惱亂罵辱打縛爲我剃髮被著袈裟不受禁戒受而犯者得罪多彼萬億佛血何以故是人爲我出家剃髮被著袈裟雖不受戒或受毀犯是人猶能爲諸天人示涅槃道是人便已於三寶中心得敬信勝於一切九十五道其人必能速入涅槃勝於一切在家俗人是故天人應當供養若有國王見出家人作大罪業止得如法擯出國土及在寺外不得鞭打及以罵辱一切不應如其身罪若故打罵是人便已退失解脫及離一切人天善道必定歸趣阿鼻地獄何況鞭打爲佛出家具持戒者頌曰

外潔内明　同資淨土　戒品無虧　法服庠庠

旣仿田文　亦救龍苦　威儀可觀　恩霑法雨

感應緣（略引五驗）

西域志云有佛袈裟
魏明帝有火浣布袈裟
宋沙門釋僧妙有袈裟
唐沙門釋慧光有袈裟
沙門道宣感通袈裟

西域志云娑羅雙林樹邊別有一牀是釋迦佛塑像在上右脇而卧身長二丈二尺四寸以金色袈裟覆上今猶現在數放神光又王舍城東北是耆闍崛山有佛袈裟石佛在世時將就池浴脫衣於此有鷲鳥銜袈裟升飛既而墮地化成此石縱橫葉文今現分明其南有佛觀曰命弟子難陀製造袈裟處並數有瑞光現大唐使人王玄策等前後三迴往彼見者非一

魏文帝時不信南方有火浣布帝云火功尚能鑠后銷金何爲不燒其布文帝既崩至太子明帝時西國有獻火浣布袈裟明帝初依父語不信以火試之久燒不壞始知有徵言不虛也文帝前已著史籍上有不信火浣布之文者並私改有之

宋沙門僧妙者上黨人也家姓馮氏居于江陵上明村妙至大明年初遊乞零陵因居郡治龍華精舍販貨蓄聚米至數千斛大明八年卒龍華寺災焚蕩盡妙臨終以財物付弟子法宗令造講堂僧房法宗立堂畢願阤延曰未時建房至泰始三年正月被疾甚篤時有道猛比丘隨泉陵令高陽許靜慧在縣縣即郡治之邑也猛往省宗疾入寺數步見一沙門著桃華布裙單黃小被行且罵云小子

法宗違處分不立僧房費散財物云云既廻見道猛如鶖羞狀以被蒙頭入法宗房猛常往來此寺未嘗見此沙門不欲于突之先告法超道人說所聞見超疑猛或詐妄撿問形狀音氣猛具言之超曰即法宗之師也亡來數載共歎悵之其夕即靈語使急召法宗法宗既至數罵甚嚴猶以僧房爲言聲音氣調不異平生法宗稽首謝之既畢問和尚今生何處善惡云何妙曰生處復麤可耳但應受小適二年外乃可得免兼有小抑橫欲訴所司爲無袈裟不能得行可急爲製也法宗曰袈裟可辦未審和尚云何得之妙曰汝可請僧設供以袈裟爲嚫我即得也法宗如言飯僧嚫衣道猛時在會又見僧妙倚于堂户之外拱立聽經飯嚫既畢猛即見袈裟已在妙身仍進堂中欲依僧次就坐問猛年臘猛云吾忘其年是索虜臨江歲之二月也妙云與吾同臘見大一月耳乃坐猛下猛即空一坐位妙端默聽至座散乃不復見時一堂道俗百餘人零陵太守泰山羊闡亦預法集自猛與妙講論往反衆但聞猛獨言耳所以咸知驗實者猛與妙不相識說其形色舉動年臘少宿莫不符同法宗始病厄困殆命至靈語曰枕疾即愈靈語所著蓋是弱僮而聲氣音詞聽者莫辯其殊故並信異之初闡不甚奉法因是大興敬悟連建福集即其年設講於此寺持齋布施

唐貞觀五年梁州安養寺慧光法師弟子毋氏家貧内無小衣入來子房取故袈裟作之而著與諸隣母同聚言笑忽覺脚熱漸上至

腰須臾雷震霹靂擲隣母百步之外土泥兩耳悶絶經日方得醒悟所用衣母遂被震死火燒燋踡題其背曰由用法衣不如法也其子收殯之又再震出乃露骸林下方終銷散是知受持法服福利三歸之龍信不虛矣近有山居僧在深巖宿以衣障前感異神來形極可畏伸臂内探欲取宿者畏觸袈裟礙不得入遂得免脱（右此二驗出唐高僧傳）

唐西明寺道宣律師乾封二年仲春二月住持感應因緣具在第十卷初時有四天王臣子白宣律師曰如來臨涅槃三月未至前命文殊師利汝往戒壇所鳴鐘召四方菩薩幷及比丘天龍八部等使集祇洹文殊依命告集已世尊告文殊大衆言我初踰城入山學道以無價寶衣貿得鹿裘著有樹神現身手執僧伽梨告我言悉達太子汝今修道定得正覺過去迦葉佛涅槃時將此布僧伽梨大衣付囑於我令善守護待至仁者出世令我付悉達我於于時欲受大衣地便大動樹神告言今為汝開衣示福田相樹神既開我見福田相即入金剛三昧定地又大動樹神又言汝今猶是俗人未合被此法衣當置于頂上恭敬供養令汝求佛道不為魔撓我依樹神即以頭頂戴之我初戴時大地震動不勝我身彼地神堅牢從金剛際踊出金剛山隨我所行處處承我始得安住我時六年苦行身體既羸衣猶頂上不敢辭疲唯有梵王數來見我深起大悲愍我勞苦將我伽梨上至梵天地又大動日月無光地神又告梵言汝可持衣還安頂上梵王依敎大地乃安日月

還明太子又告梵王汝知僧伽梨在我頂上意不答言不知太子言此爲未來諸惡比丘比丘尼等不敬我解脱法服故以衣在頂上住爲摧伏天魔外道故我入河浴受二牧女乳糜時被著此大衣即得第三禪樂衆苦皆盡我坐菩提樹初轉法輪爾時樹神將塔來奉上我令我脱此服安置塔中我自成佛來于今五十載敬重此大衣守護自濯常使金剛神擎持寶塔未嘗置地每轉法輪便被此服自成道來披著五十度我欲涅槃須有付囑佛告文殊及諸比丘天龍八部等此是迦葉佛麤布僧伽梨有大威德我以佛眼觀諸天龍鬼神及十地菩薩等未能動此大衣如毛髮許既不能動唯有如來薾此衣塔三帀遶戒壇從南面西階昇于戒壇上從西面北轉至于北面上立世尊擲衣塔上空中衣塔放光遍照百億國土一切苦趣蒙光皆除猶如天樹妙樂國土如來發聲普告諸佛我欲涅槃有古迦葉佛麤布僧伽梨付我住持末法衆生諸來十方佛等願各捨一衣共持末法十方諸佛聞是語已即各脱僧伽梨以施牟尼佛世尊受已魔王又白佛言伏願哀愍聽我欲施黄金珠寶用作盛衣塔願見聽許世尊許已便以神力於一念頃衆塔皆成成已世尊自將大衣一一內寶塔中魔衆白佛不知此塔付囑何人安置何處於是如來臨欲涅槃即告羅雲汝命阿難來阿難來已世尊放光徧照大千百億釋迦俱集祇洹諸佛集已世尊即從座起昇于戒壇又告阿難汝往震旦國於清涼山窟命文殊師利我欲付

囑迦葉僧迦梨諸來釋迦佛即與文殊於一彈指頃來至戒壇佛告文殊及諸來大衆我今涅槃欲付汝迦葉佛衣塔持我遺法我入涅槃後將迦葉衣塔置我戒壇北經于十二年又告四天王汝將天樂常供養衣塔佛告文殊有惡比丘共相鬬諍滅我正法北天竺國有惡王治世信受小乘誹謗大乘小乘學者更相扇惑惡魔所冒所以殺害大乘三藏學者佛告文殊是以因緣聽住戒壇北十二年中惡王治世正法滅時汝當以神力擎持衣塔遊行彼國所有大乘教收內塔中彼持戒比丘爲王殺者各有僧伽梨如法受持者汝亦收取內我衣塔中彼持戒比丘命未盡者汝當以神力接取安須彌頂上爾時魔王曰佛言我於未來世護持正法至彼惡王出除滅大乘時我從須彌頂下大石山壓彼惡王并惡比丘猶如微塵我有千子並大威力下生閻浮提爲彼諸國各造萬僧伽藍滿閻浮提及三天下爲滅憂處護持正法佛告文殊汝持我衣鉢之塔周遍閻浮及三天下乃至大千世界處處安置鎮我遺法有阿育王塔亦勸令造遍三千土又佛告文殊師利汝以神力往祇洹中堂西寶樓上取我珠玉函將示大衆我初踰城離父王宮四十里到彼叢林身小疲怠權時止息時彼樹神現身告我言汝今修道定得金色身爲三界大師迦葉佛涅槃時付囑我珠函并絹僧伽梨令我轉付囑汝我語神言汝絹僧伽梨非我所用我聞先老所言諸佛出世不著蠶衣我今修道如何害生以付我著汝今是魔故來相惱

樹神告言汝大智人何輙麁言諸佛慈悲實不著蠶衣此絲化出非是害生汝今受此珠函開中有字我即開函具見諸奇特事有大毗尼及修多羅藏迦葉佛遺敎並在此中并見僧伽梨彼佛手迹遺書付囑樹神令付與我迦葉佛書云我初成道時大梵天王施我彼絲是化出非是繰蠒梵天王施經絲堅牢地神王施緯絲由彼二施主共成一法衣由是義故今持施我我自成道已來常披此衣未曾損失今付悉達若得成佛取我僧伽梨安置祇洹中若轉毗尼時當爲我著今留此衣汝涅槃後一百年初有無智比丘分毗尼藏遂爲五部從百年後分汝修多羅當爲無量部諍論由與令法速滅由彼愚僧不開三藏聞開著繒衣即謂殺蠒汝若成道後彼絲自出諸國非是殺蠶故我將付樹神今轉付汝此函中並是我遺敎亦將付汝住持遺法我既讀書已地即六種震動珠函自開又放大光樹神又告我言可將此衣函置汝左肩上常起恭敬勿安餘處珠函在肩能摧諸魔及伏外道令速成佛我自受函來常在肩上乃至受乳糜菩提樹下坐時帝釋來至我所從肩上取函開取僧伽梨令我披著又取迦葉佛麁布僧伽梨安手絹衣上梵王將帝釋復施布大衣我依前納受既披三重衣二是迦葉佛衣一是我許大梵天王來告我言我見過去諸佛亦披三大衣地所不能勝世尊宜可去二大衣還安本處著我所施衣大地方得安住我遂依王言大地乃得安住爾又釋迦佛初成道時乃至涅槃唯服麁布僧

伽梨及白氎三衣未曾著蠶衣繒帛何爲惡比丘等謗黷我云毗尼教中開許著之初成道時愛道比丘尼手執金縷袈裟持施與我我不敢受令持施僧況我三界大師服著蠶衣我於三藏教中雖聽用繒綵供養佛法僧然本非是蠶口出絲綿我此閻浮洲及以大洲之外有千八百大國並有繒帛絲綿皆從女口出之非是蠶口中出由不殺害衆生命故福業所感故從女口中出問何以得知答曰若欲須絲作衣時即須然香至桑樹下便有二化女子從彼樹下出形如八歲女從口中吐絲彼國人等但設繅車從女口中取絲轉至繅車上取足便止化女即滅我聽著繒綵者是此女絲及天繒綵本非害生取絲而用云何謗我害生取絲用取

爾時文殊便白佛言今有小疑欲有所決未知許不佛告文殊可隨汝意我觀大衆心皆有疑前云迦葉佛小珠函唯長三寸三分盛彼僧伽梨一衣亦恐不受何況容受迦葉佛三藏教迹一切經典耶佛告文殊大衆等是諸佛力不可思議唯佛與佛乃能知之非汝等境界之所籌度世尊又令文殊師利捧函世尊起禮以指觸函如開大城門大衆咸覩一切衆事珠塔絹衣金銀樓觀其數十萬盛諸三藏復有天樂而常供養臺高四十里塔高十由旬然函無增減依本三寸十方諸來佛等各讚牟尼能於惡世廣度衆生各施僧伽梨及一珠函用助牟尼尊者住持遺法佛命文殊令開佛函其中各有大衣臺觀三藏教迹一如迦葉佛塔平等無異佛告文殊汝

將此塔還至祇洹戒壇北臺内安置待我涅槃時自當有付囑因此文殊重問世尊涅槃後此函塔等當付何人何處世尊對諸大衆令付文殊置戒壇上經三年已移置東南角經三十年住過是年已後移西印度頻伽羅山頂光明池南住如來滅度後經四十五年有一惡王出現於世破損佛法逼掠尼衆不可具說爾時有魔王兵衆及四天王等便下大石壓殺惡王娑竭龍王陷彼宫殿成大池水惡王種族無有遺餘唯有伽藍及諸民衆西印度人甚弘熾盛寺有十三萬僧有六十萬及菩薩衆亦有無量經有十三萬藏金縷經字有八萬藏金銀七寶像大者高百尺小者丈六合有一百三十萬軀自餘小者不可數不可量此之經像皆是忉利天王工匠具

相造之以是因緣故其衣塔等往彼山住至法像末時一千七百年我此閻浮提及諸四天下多惡比丘起造伽藍不修禪慧亦不讀經不識文字縱有識者千有一二至彼惡世令文殊師利擎持衣函塔等遍歷國土教化人民令造衣塔以神通力普被大千令彼惡比丘等改惡修善習讀三藏令法久住所作既已還將衣塔置于本處至彌勒下時令文殊師利將塔付彌勒佛是爲安置處所以相付囑也又如來成道後第二十一年佛告大目連汝往祇洹戒壇北鳴鐘召十方僧如普賢觀音菩薩等并集我分身百億釋迦佛各乘樓觀至戒壇所依教集已佛告普賢菩薩汝往獼猴池所我常經行處有破僧伽梨衣角有小珠塔可持將來普賢依教持至祇洹

世尊受此塔已即告大衆我初踰城至城樓上城神歎我言我爲此城神經今十三劫見過去諸佛皆踰城學道破恩愛網殺煩惱賊成無上道度脫一切汝今亦爾勿令有退迦葉佛時付我小珠塔待悉達踰城令我付汝此是拘留孫四牙印之塔展轉相付乃至樓至佛太子受已禮拜塔訖放大光明塔門自開便見四牙及佛遺教有金銀觀其數八萬普盛經律又有摩尼臺觀上常有香燈供養并傍有銀題字告釋迦文佛汝初成道時當取一牙印印汝脚足下千輻輪現次取一牙印印汝手掌中便有萬字現又取一牙印印汝胷臆上便有德相現又取一牙印印汝頂上便獲大圓光現我後成道依此四印隨印現相皆如前說印竟內塔中門自然閉塔基有銘文令置袈裟角自成道來置于左肩上又告諸來佛及人天衆各施一珠塔住待未來諸佛依言施已並付普賢守護待如來涅槃送至祇洹中安戒壇北至闍維舍利竟令普賢守護住二十年已後付文殊開塔取此四牙至正法末時令傳閻浮諸國佛法住持乃至一千一百年後將此四牙印百億界形像皆有光明生希有心後乃至四六欲天等流通化益後文殊師利將付彌勒佛爾時世尊又告大衆我初成道時欲入河洗爾時河神現身手執此寶塔內有黃金函盛一安陀會并一尼師壇及有一鉢袋迦葉佛四牙並在函中此是迦葉佛付我令付世尊令澡浴竟請披安陀會我即受著地爲六種震動而安陀會四角放光照于百億國土十

方諸梵王尋光來至我所前白我言此白氎五條是拘留孫佛衣佛涅槃已展轉相付乃至樓至佛釋迦佛涅槃後付囑娑竭龍王令依此法衣造八萬領仍造塔供養鎮後遺法而此安陀會四角及條節頭皆安卍字此衣賢劫中最初而造而此寶塔形同五寸而世尊開塔現真珠樓觀其數八萬箴拘留孫佛所說遺教又有彼佛三比丘坐禪佛命文殊汝吹我法螺至彼比丘所吹與出世典文殊依命吹螺入定比丘即起問文殊師利今有何佛出世文殊答言此賢劫中第四釋迦佛出世彼三比丘俱來禮佛在一面住即白佛言拘留孫佛般涅槃時付我安陀會尼師壇及鉢袋令我住此塔中乃至樓至佛令我始入涅槃迦葉佛又付我四牙年尼佛施我少爪髮並置塔中世尊涅槃後從塔中出於此閻浮提乃至大千界處處流布衣塔鎮後遺法也又問如來成道竟佛度迦葉兄弟徒衆漸多於迦蘭陀竹園集二部僧於水池邊令二部衆並脫僧伽梨遺敷尼師壇比丘在上坐令褺僧伽梨置比丘頭上爾時世尊問比丘汝解我意不比丘答不解我滅度後一千一百年多有非法比丘毀滅我正法有惡國王殺害比丘焚燒經像故如來從座起自脫僧伽梨褺置頭上佛告諸比丘我此僧伽梨過去未來諸佛皆著此衣得至解脫末世惡比丘不受持三衣亦不持戒輕慢法衣令法速滅我今與汝合三千大衣願汝受持勿令捐失當用布褐作此伽梨不得用繒帛及細輭者並用麁䴥大布作之令末世比丘不樂好

衣服世尊發此言時地之六種震動天人歎息皆大歡喜今此諸大衣世尊敎勑將付四天王及諸八使者令八部鬼神守護此衣勿令損失乃至彌勒下生付囑彼佛又付梵王帝釋若至六齋日年三長齋月掃洒天宮殿令將僧伽梨至彼天宮供養藏七寶匣中用牛頭栴檀沉水末香煮取香汁浣濯伽梨曝曬令乾已後取香屑安寶匣中用熏僧伽梨令彼大衣久住六齋七日長齋則一月過此日月後還付四天王是爲安置處也世尊又告阿難言往須彌山頂鳴鐘召集四方一切諸比丘皆集戒壇所各各自言得四果者合得八百萬人皆令脫七條披著僧伽梨以前憂多羅送至世尊前如來手自受之安置覆釜上世尊自脫七條安置諸衣上如來發聲普告大衆天人龍神等我於無量劫中捨頭目髓腦及內外財寶方得解脫衣證無上菩提敎化羣生我涅槃後諸惡比丘不信我敎不持禁戒不護解脫衣無有威德毀滅正法諸惡比丘尼不順敎勑於金剛道場內行不淨行猶如婬舍不行八敬輕慢比丘速滅我正法令天人衆滅諸惡充滿我今共汝發四弘願愍念來世諸惡僧尼守護此衣勿令損失安置塔中住持佛法說此語時地之六種震動天人龍神悲歎歡喜聲至大千（世尊安陀會五條衣及尼師壇廣起問答大同僧伽梨世尊皆從梵王帝釋魔王等索諸寶玉世尊造塔不盈七日寶塔皆成展轉相付乃至彌勒下時付彼流通）又世尊初成道度五拘隣竟至第七年中諸聲聞弟子漸漸增多有一比丘名眞陀羅是閻浮洲北瞿陀羅國人因商賈爲業來至中天竺遇佛出家

命善來度彼國無有布帛氎毛一切國人純著駮犢皮以爲上衣此眞陀羅比丘於王舍城見一駮犢皮從彼俗人索作袈裟彼俗譏嫌有比丘白佛佛喚所責佛告諸大衆我此閻浮提及餘大千界如瞿陀羅國以皮爲袈裟總有二十萬國恐我入涅槃後多惡比丘手害生命取皮爲衣

佛告目連汝至我父王所白父王言我爲童子時毀前四齒令父王収舉道我今須留住末世鎭我遺法目連依命取已來付世尊佛告諸來佛及以分身佛可施一齒及一金剛塔告諸鬼神龍王於一彈指頃各造金剛塔盛前四齒及十方諸來佛及我分身佛皆施我齒塔令娑竭龍王収在大海中供養又告文殊師利及觀音大士待我滅度後汝以神力分身取我齒塔輦往彼國至僧伽藍中令塔放光於光明中出諸布氎汝爲商客至彼貿易或施爲法衣汝復變爲三藏比丘教化彼國比丘勿著皮衣若如佛教勤行精進諸天送衣并施飲食又我滅度後一千四百年後我此閻浮提及大千界多有惡比丘不修禪戒多造塔寺遍滿天下雖非皮國多有布氎繒綵不以爲衣手樂殺生取其斑駮色皮以爲上服汝至彼惡世時當以神力震動大千令塔放光觸彼惡人令生改悔不習惡法也

然燈部第三十一此有二部

述意部　引證部

述意部第一

夫日舒則夜卷月生則陰滅燈之破暗猶慧

之銷障是以虔躬燈王克成彌陀之尊致力續明遂受定光之號茅照輕緣乃獲身色之暉燭施微因爰果眼根之淨況乃振此大智開彼勝光者哉是以育王臨終之日總造八萬四千之燈普照八萬四千之塔製窮機巧體極殊妙莫不名應法區事動眞境灼鑠電搖氛氳華列倒影淥水籠光碧樹曄曄交燄似朝霞之鏤白日昭昭聯暉若恒星之繡天漢睇金鋪以忘夜臨玉砌而疑曉可謂無盡之福常照盛明之徵恒皎也

引證部第二

如菩薩本行經云佛言我昔無數劫來放捨身命於閻浮提作大國王便持刀授與左右勑令剜身作千燈處出其身肉深如大錢以酥油灌中而作千燈安炷已訖語婆羅門言先說經法然後炙燈而婆羅門爲王說偈言

常者皆盡　高者亦墮　合會有離　生者有死

王聞偈已歡喜踊躍今爲法故以身爲燈不求世榮亦不求二乘之燈持是功德願求無上正眞之道發是願已即時大千世界六種震動身炙千燈一切諸天帝釋梵王輪王等皆來慰問身炙千燈得無痛耶頗有悔耶王答天帝不以爲痛亦無悔恨若無悔恨以何爲證王便誓言而我千燈用求無上之道審當成佛者諸瘡即愈作是語已身即平復無有瘡瘢帝釋諸天王臣眷屬無量庶民異口同音悉讚歡喜皆行十善

如阿闍世王受決經云時阿闍世王請佛食已佛還祇洹王與耆婆議曰佛飯已竟更復何宜耆婆言唯多然燈於是王乃勑具百斛

麻油膏從宮門然至祇洹精舍時貧窮老母見王作此功德乃更感激行乞得兩錢以至油家買油膏膏主曰母人大貧窮乞得兩錢何不買食以自連繼用此膏爲母曰我聞佛生難值百劫一遇我幸逢佛而無供養今日見王作大功德雖實貧窮欲然一燈作後世本於是膏主嘉其至意與兩錢膏應得二合特益三合凡得五合母則往當佛前然之計此不足半夕乃自誓言若我後世得道如佛膏當通夕光明不消作禮而去王所然燈或滅或盡母所然燈光明特朗殊勝諸燈通夕不滅膏又不盡至明朝旦佛告目連天今已曉可滅諸燈目連承教以次滅燈諸燈皆滅唯母一燈三滅不盡便舉袈裟以扇之燈光益明乃以威神引隨嵐風以次吹燈燈更熾盛上照梵天傍照三千世界悉見其光佛告目連止止此當來佛之光明功德非汝威神所滅此母宿命供養百八十億佛已從前佛受決務以經法未暇修檀故今貧窮無有財寶却後三十劫當得作佛號曰須彌燈光如來至真等正覺世界無有日月人民身中皆有大光光明相照如忉利天母聞歡喜作禮而去王問耆婆我作功德巍巍如此佛不與我決此母一燈便與授決耆婆曰王所作雖多心不專一不如此母注心於佛也於是後時闍王以至誠心奉獻油華供養佛故佛便授王決曰却後八萬劫劫名喜觀王當爲佛佛號淨其闍王太子名旃陀和利時年八歲見父受決甚大歡喜即脫身衆寶以散佛上曰願淨其佛所我作金輪王得供養佛佛般

泥洹我當承續爲佛佛言必如願佛號栴檀

又賢愚經云阿難白佛不審世尊過去世中作何善根致斯無極燈供果報佛告阿難過去二阿僧祇九十一劫此閻浮提有大國王名波塞奇大夫人生一太子身紫金色相好具足後漸長大出家成佛敎化人民度者甚多爾時父王請佛及僧三月供養有一比丘字阿梨蜜羅(晉言聖友)於三月中作燈檀越日日入城求索酥油燈炷之具時王女名曰牟尼登於高樓見此比丘日行入城經營所須心生敬愍遣人往問何所營理比丘報言我今三月與佛及僧作燈檀越求乞酥油燈炷之具使還報命王女歡喜自今已往莫復行乞我當給汝燈炷之具比丘可之於是已後常送酥油燈炷之具聖友比丘誠心欸著佛授其記汝於來世阿僧祇劫當得作佛名曰定光(餘經名然燈佛)王女牟尼聞聖友比丘授記作佛心自念言佛燈之物悉是我有比丘已記我獨不得作是念已往詣佛所自陳所懷佛復授記告牟尼曰汝於來世二阿僧祇九十一劫當得作佛名釋迦牟尼十號具足王女聞記歡喜發心化成男子重禮佛足求爲沙門佛便聽之精修不息由昔燈明布施從是已來無數劫中天上人間受福自然身體殊異超絶餘人至今成佛受此燈明之報又施燈功德經云佛告舍利弗或有人於佛塔廟諸形像前而設供養故奉施燈明乃至以少燈炬或酥油塗然持以奉施其明唯照一道一階舍利弗如此福德非是一切聲聞緣覺所能可知唯佛如來乃能知也來世報者福德

尚爾況以清淨深樂心相續無間念佛功德照道一階福德尚爾何況全照一階道也或二三四階道或塔身一級二級乃至多級一面二面乃至四面乃至佛形像舍利弗彼所然燈或時速滅或風吹滅或油盡滅或炷盡滅或俱盡滅如是少時於佛塔廟奉施燈明爲信佛法僧故如是少燈奉施福田所得果報福德之聚唯佛能知少燈尚多不可筭數況我滅後於佛塔寺若自作若教他作或然一燈二燈乃至多燈香華瓔珞寶幢旛蓋及餘種種勝妙供養復次若人於佛塔廟施燈明已臨命終時得三種明何等爲三一者彼人臨命終時先所作福悉皆現前憶念善法而不忘失因此念已心生踊悅二者因此便能起念佛能行布施得欣喜心無有死苦三者因此便得念法之心又舍利弗彼人臨命終時更復得見四種光明何等爲四一者臨終見於日輪圓滿踊出二者見淨月輪圓滿踊出三者見諸天衆一處而生四者見於如來應正遍知坐菩提樹垂得菩提自見已身尊重如來合十指掌恭敬而住又舍利弗於佛塔廟施燈明已於臨終時得見如是四種光明死已便生三十三天生彼天已於五種事而得清淨一者得清淨力二者於諸天中得殊勝威德三者常得清淨念慧四者常得聞於攝意之聲五者而得眷屬常護彼意心得欣喜於彼天宮捨壽命已不墮惡趣生於人中最上種姓信佛法家其時世間若無佛者亦不在輕賤吉凶邪見家生由施燈已復得四種可樂之法何等爲四一者色力二者

資財三者大善四者智慧若人住於大乘施佛塔廟燈明已得於八種可樂勝法何等爲八一者獲勝肉眼二者得於勝念無能測量三者得於勝達淨分天眼四者爲於滿足修集道故得不缺戒五者得智滿足證於涅槃六者先所作善得無難處七者所作善業得值諸佛能爲一切衆生之眼八者以彼善根得轉輪王所得輪寶不爲他障其身端正或爲帝釋得大威力具足千眼或爲梵王善弘梵事得大禪定舍利弗以其迴向菩提善根得是八種所樂勝法又舍利弗若人於如來前見他施燈信心清淨合十指掌起隨喜心以此善根得於八種增上之法何等爲八一者得增上色二者得增上眷屬三者得增上戒四者於人天中得增上生五者得增上信六者得增上辯七者得增上聖道八者得阿耨菩提又告舍利弗有五種法最爲難得一者得人身難二者於佛正法得信樂難三者樂於佛法得出家難四者具清淨戒難五者得漏盡難一切衆生於是五法言爲難得汝等已得（此經一卷畧取要書）

又燈指經云昔王舍城五山圍遶於五摩伽陀最處其裏諸勝智人修梵行者咸以此地莊嚴殊特心生喜樂自遠而來雲集其中爾時城中有一長者其家巨富庫藏盈溢如毗沙門然無子胤禱祀神祇求乞有子其婦不久便覺有身滿足十月生一男兒是兒先世宿植福因初生之日其手一指出大光明明照十里父母歡喜即集親族及諸相師施設大會爲兒立字因其指光字曰燈指集諸會

者覩其異相歎未曾有時此會中有婆羅門名曰婆修博聞多知事無不曉見兒奇相非常含笑而言此兒或是那羅延天帝釋提桓因日之天子諸大德天來現生也時兒父母聞是語已倍增歡喜七日設大施會舉國知聞上徹於王闍王聞已即勅將來長者受教尋即抱兒詣王宮門值王讌會通啓未得其兒指光照宮庭赫然大明照于王身及以宮觀一切雜物斯皆金色其光遍照于王宮內王即怪問此光何來忽照吾宮將非世尊欲化衆生至我門耶又非大德諸天釋提桓因日天子等下降來耶王尋遣人往門外看使人見已還入白王向者大王所喚小兒今在門外此小兒手在乳母肩上其指出光明來徹照故有此光王勅使言速將兒來王既見已深異此兒自捉兒手觀其兒相諦瞻覩已而作是言外道六師稱無因果眞爲誑惑若無因果云何此兒得有指光以此觀之諸外道輩陷諸衆生顛墜惡趣定知此非自在天等自然而有必因宿福獲斯善報始知佛語審諦不虛而不修福一何怪哉王言今猶未審此指光曜或因於日而有此明或因於月而有此明必欲驗者須待夜半既至日暮即以小兒置于象上在前而行王將羣臣共入園中而此小兒指光所照幽闇大明觀視園中鳥獸華果與晝無異王覩此已喟然歎曰佛之所説何期眞妙我於今日於因於果生大堅信深鄙六師愚迷之甚是故於佛倍生宗仰於時耆域即白王言假令貧窮尚應罄竭而修善業況復富饒而不作福如是語頃

天巳平曉還將燈指入于王宮王甚歡喜大賜珍寶放令還家燈指漸大其父長者爲求婚所選擇高門娉以爲婦長者既富禮敎先備閨門雍穆資產轉盛夫盛有衰合會有離長者及母俱時喪亡譬如日到沒處暉光潛翳如日既出月光不現如火爲灰熾焰永滅强健好色爲病所壞少壯之年爲老所侵所愛之命爲死所奪父母既終生計漸損而此燈指少長富逸不閑家業惡伴交遊恣心放意躭惑酒色用錢無度倉庫貯積無人料理如月盈側闇轉就損時彼國法歲一大會集般舟山于時燈指服飾嚴從詣彼會所時後羣賊知燈指未還伺其空便往到其家劫掠錢財一切盡取燈指暮歸見巳舍內爲賊劫掠唯有木石塼瓦等見此事巳悶絕躃地傍人水灑方得惺悟憂愁啼哭而作是念我父昔來廣作方宜修治家業劬勞積聚倉庫財寶是父所爲生育我身見有委付如何至我不紹父業浮遊懶惰爲人欺陵父之餘財一旦喪失倉庫空虛畜產迸散當于爾時指光亦滅其妻猒賤捨棄而走僮僕逃失親里斷絕極厚者反如怨讎貧窮之人如起屍鬼一切怖畏能毀盛年好色氣力名聞種族門戶智慧仁義信行悉能壞之我之貧厄世間少比正欲捨身不能自殞當作何方以自存濟復作是念世人所鄙不過擔屍此事雖惡災無供世受苦之業有人聞語即顧擔屍燈指取直尋從其言擔負死人到於塚間意欲擲棄于時死人急抱燈指譬如小兒抱其父母急捉不放盡力挽却不能得去死人著脊猶

如胡膠不可得脫排推不離甚大怖畏作是念言我於今日擔此死屍欲何處活即詣旃陀羅村語言誰能却我背上死屍當重相顧諸旃陀羅詳共盡力共挽却之亦不肯去餘見之者罵燈指言狂人何爲擔負死屍入人村落競以杖石而擲之身體傷破痛懼並至有人憐愍將其詣城既到城門守門之人逆遮打之不得近門此何癡人擔負死屍欲來入城自見已身被諸杖木身體皆破甚懷懊惱發聲大哭由我貧困不擇作處爲斯賤業如何一旦復值苦毒寧作餘死不負屍生且哭且言時守門者深生憐愍放令還家到自空室先同乞索諸貧人等共住之者遙見死屍在其背上悉皆捨去既到舍已屍自墮地燈指于時逾增惶怖悶絕躃地久乃得甦尋見死屍手指純是黃金雖復怖畏見是好金即前視之以刀試割實是真金既得金已心生歡喜復前剪頭手足如是剪已尋復還生須臾之頃金頭手足其積過人譬如王者失國還復本位如盲得眼視照明了燈指歡喜亦復如是庫藏珍寶倍勝於前威德名譽有過先日親里朋友妻子僮僕一切還來燈指歎曰嗚呼怪哉富有大力能使世人來歸極疾嗚呼怪哉貧有大力能使所親捨我極速我先貧時素所有親昵交遊道絕聊無一人與我語者今日一切顒顒承事合掌恭敬假使生處如天帝釋勇力如羅摩知見如天師若無錢財都無所直富者不問愚智皆稱好人實無所知人以爲智亦得勇健諸善名聞雖復醜陋老弊少壯婦女樂至其邊阿闍世

王聞其還富尋即遣人來取其寶其所收者盡是死人還擲屋中見是眞金燈指知王欲得此寶即以金頭手足以用上王王既得已齎之還宫於後燈指作是思惟而說偈言

五欲極輕動　如電毒蛇蟲　榮樂不久停　即生獸患心

尋以珍寶施與衆人於佛法中出家求道精勤修習得阿羅漢雖獲道果而此屍寶常隨逐之比丘問佛燈指比丘以何因緣從生已來有是指光以何因緣受此貧困復以何因緣有此屍寶常隨逐之佛告比丘至心諦聽吾當爲汝說其宿緣燈指比丘乃往古世生波羅㮈國大長者家爲小兒時乘車在外遊戲晚來門户已閉大喚開門無人來應良久母來與兒開門瞋罵母言舉家擔死人去耶賊來劫耶何以無人與我開門以是業緣死墮地獄地獄餘報還生人中受斯貧困光指因緣屍寶因緣爲汝更說過去九十一劫有佛名毗婆尸彼佛入涅槃後法行住世燈指爾時爲大長者其家大富往至塔寺恭敬禮拜見有泥像一指破落尋治此指以金薄傅之修治已訖尋發願言我以香華妓樂供養治像功德因緣願生天上人間常得尊榮富貴假令漏失尋還得之使我於佛法中出家得道以治佛指故得是指光及死屍寶聚以惡口故從地獄出時貧窮果報以是因緣少種福業於形像所得是福報乃至涅槃形像尚爾況復如來法身者乎

又譬喻經云昔佛在世時佛大弟子大目揵連乘通往到忉利天上入帝釋園遊行觀看

見一天女形貌端正光明照曜與衆超絶目連見已即問天女汝本前身種何福緣今受此報奇妙無量天女答曰我本前身時作缾沙王宮中使人時王宮中有佛精舍我時夜入見佛塔中暗無光明我即然燈著精舍中由是因緣今受此身光明殊妙天堂受福快樂無極

又譬喻經云昔佛在世時諸弟子中德各不同如舍利弗智慧第一大目連神通第一如阿那律天眼第一能見三千大千世界乃至微細無幽不覩阿難見已而白佛言此阿那律宿有何業天眼乃爾佛告阿難乃往過去九十一劫毗婆尸佛入涅槃後此人爾時身行劫賊入佛塔中欲盜塔物時佛塔中佛前然燈其燈欲滅賊即以箭正燈使明見佛威光歘然毛竪即自念言他人尚能捨物求福我云何盜便捨而去緣正燈炷福德因緣從是以來九十一劫恒生善處漸捨諸惡福祐日增今得值我出家修道得阿羅漢於衆人中天眼徹視最爲第一何況有人至心割捨然燈佛前所獲福德難可稱量又智度論云若人盜佛塔中珠及盜燈明死墮地獄若出爲人世世生盲

又灌頂經云救脱菩薩白佛言若族姓男女其有厄羸著牀痛惱無救護者我今當勸請諸衆僧七日七夜齋戒一心受持八禁六時行道四十九遍讀是經典勸然七層之燈懸五色續命神旛阿難問言續命旛燈法則云何神旛五色四十九尺燈亦復爾七層之燈一層七燈燈如車輪若遭厄難閉在牢獄枷

鎖著身亦應造立旛燈放諸雜類衆生至四十九可得過度危之難不爲諸横惡鬼所持

又超日明三昧經云日天王與無數天人來詣佛所稽首言以何等行得爲日天照四天下復以何緣而爲月天照除夜冥佛言有四事一常喜布施二修身愼行三奉戒不犯四然燈於佛寺若於父母沙門道人皆植光明又身口意行不殺等十善佛言又有四事得爲月王一布施貧匱二奉持五戒三恭事三尊四冥設燈光於君父師等

又僧祇律云佛言從今日聽然燈時當置火一邊漸次然之當先然照舍利及佛形像先禮拜已當出次然餘處滅時不得卒滅當言諸大德欲滅燈不聽用口吹滅（義云爲有食火蟲恐人口氣損蟲所以不聽口吹也）聽以手扇滅及衣扇滅當羇折頭燋去入時不得卒入當唱言諸大德燈欲入始得入之若不如是越威儀法也又三千威儀云然燈有五事一當持淨巾拭中外令淨二當作淨炷三當自作麻油四著膏不得令滿亦不得令少五當護令堅莫懸妨人行道又五百問事云續佛光明晝不得滅佛無明闇以本無言念齊限故滅有罪又大唐三藏波頗師云佛前燈無處取燈以物傍取不損光者得也頌曰

藕樹交無極　華雲衣數重　織竹能爲象
縛荻巧成龍　落灰然蘂盛　垂油濕畫峯
天宮儻若照　燈王復可逢

感應緣（略引三驗）

宋沙門釋道冏

隋沙門釋法純

唐漢州三學山寺神燈

宋京師南澗寺有釋道冏姓馬扶風人初出家爲道懿弟子懿病甞遣冏等四人至河南霍山採鍾乳入穴數里跨木渡水三人溺死炬火又亡冏判無濟理冏素誦法華唯憑誠此業又存念觀音有頃見一光如螢光追之不及遂得出穴於是進修禪業節行彌新頻作數度普賢齋並有瑞應或見胡僧入坐或見騎馬人至並未及暄凉倏忽不見後與同學人南遊上京觀矚風化夜乘冰渡河中道冰破三人没死冏入歸誠觀音乃覺脚下如有一物自皷復見赤光在前乗光至岸達都止南澗寺恒以般舟爲業甞中夜入禪忽見四人御車至房呼令上乘冏欻不自覺已見身在郡後沈橋間見一人在路坐胡牀侍者數百人見冏驚起曰坐禪人耳彼人因語左右曰向止令知處而已何忽勞屈法師於是禮拜執別令人送冏還寺扣門良久方開入寺見房猶閉衆咸莫測其然宋元嘉二十年臨川康王義慶携往廣陵終於彼也

右此一驗出梁高僧傳

隋西京淨住寺釋法純姓祝氏扶風始平人也性愛定林情兼拯溺甞於道場然燈遂感燈明續焰經于一七夜不添油炷而光曜倍常私密異之爲滅累之嘉相也又油甕所止在佛堂内忽然不見乃經再宿還來本處而油滿如故每於夜静聞有說法教授之聲異香尋隙氣衝於外就而視之一無所見識者以爲幽奇所集故也至仁壽三年遂覺不念閉室静坐而無痛所白衣童子手捧光明立

侍於右弟子慧進入問此是何人答曰是第六欲天頻來命我但以諸天著樂竟不許之由妨修道故也常願生無佛法處教化衆生愼勿彰言死後門徒爲建齋修福道俗湊集並在純前有雙鴿飛來入純房内在衣桁上注目看純雖人觸捉都無有懼純云任之勿捉至暮方逝與衆辭别不覺餘想卒于淨住春秋八十有五即仁壽三年五月十二日也

唐蜀川漢州三學山寺至唐開皇十二年寺東壁有佛跡現長尺八寸闊七寸兼有神燈自空而現每夕常爾齋日則多有州宰意欲尋之乘馬來寺十里已外空燈列見漸近漸昧遂並失之返還十里如前還現至今不絶初出一燈至大從此大燈流散四空千有餘現遇大風起吹此小燈還滅滅已大燈還出小燈流散四空迄至天明始滅每於月六齋日常出如此至貞觀末有僧法藏以乞爲心不護細行夜宿寺中有大神衣甲羽冑從門中拔出擲于寺外七里傷足餘無所損夜還返寺重門皆閉後遂改勵勤道業

右此一驗出唐高僧傳

依道宣律師感通記云律師問天人曰其蜀地漢州三學山寺空燈常照因何而有答曰山有菩薩寺迦葉佛正法時初立有歡喜王菩薩造之寺名法燈自彼至今常明空表有小菩薩三百人斷粒遐齡常住此山此燈又是山神李特續後供養特舊蜀主故至正月處處然燈以供佛寺

法苑珠林卷第三十五

音釋

襯初覲切近也　鎧可亥切甲也　縷隴主切綫也　鷲疾僦切大鵰也　鑠式灼切銷鑠也　適陟革切責罰也　燋踡燋兹消切傷火也踡逵員切不伸也　罥扃縣切網也　蠶徂含切吐絲蟲也　黷徒谷切慁濁也　繀蘇對切織維也　褻徒協切重衣也　駮北角切色不純也　鏤郎豆切雕刻也　睇大計切小視也　瘢蒲官切瘡痕也　胤羊進切嗣也　躃毘亦切倒也　眤尼質切昵近也　顒魚容切仰也　歗沂力切小怖也　⿰危皮去奇切不正也　欻許勿切猶忽也

# 法苑珠林卷第三十六

唐　西明寺沙門釋　道世　撰

## 懸旛篇第三十二（此有二部）

述意部　引證部

### 述意部第一

夫因事悟理必藉相以導眞瞻仰聖容敬神旛以薦奉是以育王創造遺身之塔架迥浮空巍起通天之臺仁祠切漢於是華旛飄颺冀騰翥於大千朱紫相映吐輝煥於百億惠風時動清升之業有徵微吹時來輪王之報無盡也

### 引證部第二

如迦葉詰阿難經云昔阿育王自於境內立千二百塔王後病困有一沙門省王病王言前爲千二百塔各織作金縷旛欲手自懸旛散華始得成辦而得重病恐不遂願道人語王云王好叉手一心道人即現神足應時千二百寺皆在王前王見歡喜便使取金旛金華懸諸刹上塔寺低仰即皆就王手王得本願身復病愈即發大意延壽二十五年故名續命神旛又普廣經云若四輩男女若臨終時若已過命於其亡日造作黃旛懸著刹上使獲福德離八難苦得生十方諸佛淨土旛蓋供養隨心所願至成菩提旛隨風轉破碎都盡至成微塵旛一轉時輪王位乃至吹塵小王之位其報無量然燈供養照諸幽冥苦痛衆生蒙此光明得互相見縁此福德拔彼衆生悉得休息（述曰何故經中爲亡人造黃旛掛於刹塔之上者答曰雖未見聖解可以義求此五大色中黃色居中用表忠誠引生中陰不之邊趣冀生中國也又黃色像金鬼神冥道將爲金用故解祠之時剪白紙錢鬼得銀錢用剪黃紙錢得金錢）

用故譬喻經云時有穀賊盜主人穀盡主人提得責言汝何以盜我穀盡汝是何神穀賊言將我至路有人知我道逢黃馬車乘衣服皆黃黃衣人問云穀賊汝何在此主人方知是穀賊主人問云適乘馬黃衣是誰穀賊言是黃金之精以報主人食粟之直主人因此得金用不可盡也良由人鬼趣殊感見各別故聖制黃旛爲其亡人懸之塔令尋之得實以救濟亡靈也又百緣經云昔佛在世時迦毗羅衛城中有一長者其家巨富財寶無量不可稱計生一男兒端正殊妙與衆超絕其兒初生於虛空中有一大旛遍覆城上父母見已歡喜無量因爲立字名波多迦年漸長大求佛出家得阿羅漢三明六通具八解脫比丘見已而便白佛言此波多迦宿植何福生便端正與衆超絕於虛空中有大旛蓋遍覆城上又值世尊出家得道佛告比丘乃往過去九十一劫毗婆尸佛入涅槃後時有王名槃頭求帝收其舍利造四寶塔高一由旬而供養之時有一人於彼塔邊施設大會作一長旛懸著塔上發願而去緣是功德從是以來九十一劫不墮惡道天上人中常有大旛覆蔭其上受福快樂乃至今者遭值於我出家得道又菩薩本行經云昔佛在世與諸比丘及與阿難從鬱單羅延國遊行村落時天盛熱無有陰涼有放羊人見佛涉熱即起淨心編草作蓋用覆佛上遊隨佛行去羊大遠放蓋擲地還趣羊邊佛便微笑告阿難言此放羊人以恭敬心而以草蓋用覆佛上以此功德十三劫中不墮惡道天上人間生尊貴家快樂無極常有自然七寶之蓋而在其上竟十三劫出家修道成辟支佛名阿耨婆達頌曰

寶刹承高露　綺綵映空天　宛轉雲間颺
倒下似紅蓮　霞旛開錦色　香氣合鑪煙

飄颻無定所　衹爲本輕旋　池沼萬影現
泉弄百華鮮　夙夜風吹動　重疊輪王因
攀仰無猒足　結侶感留瞻　何知色中綵
招福壽長年

感應縁（略引一驗）

宋劉琛之沛郡人也曾在廣陵逢一沙門謂琛之曰君有病氣然當不死可作一二百錢食飯餉衆僧則免斯患琛之素不信法心起忿慢沙門曰當加祇信勿用爲怒相去二十步忽不復見琛之經七日便病時氣危頓殆死至九日方晝如夢非夢見有五層佛圖在其心上有二十許僧遶塔作禮因此而寤即得大利病乃稍愈後在京師住忽有沙門先不相識直來入户曰君有法縁何不精進琛之因說先所逢遇答曰此實頭盧也語已便去不知所向琛之以元嘉十七年夏於廣陵遥見惠汪精舍前旛蓋甚衆而無形像馳往觀之比及到門奄然都滅（右此一驗出冥祥記）

華香篇第三十三（此有二部）

述意部　引證部

述意部第一

敬尋釋迦降神羅衛託質王宮智實生知道惟遍覺演惠明於百億注法雨於大千靈像周於十方寶塔遍於法界名香鬱馥似輕雲而散霧寶華含彩若倒藕而垂蓮虔誠供養同趣法筵叩頭彈指俱霑福利也

引證部第二

如佛說華聚陀羅尼經云佛言若復有人於如來滅度之後行於曠路見如來塔廟能持一華一燈若一團泥用塗像前以用供養乃

至能持一錢施於佛像爲補治故若以一掬水用灑佛塔除去不淨以華香供養舉足一步詣於塔寺若一稱南無佛欲使此人墮三惡道百千萬劫終無是處又正法念經云若有衆生若持香塗佛塔命終生香樂天與諸天女常相娛樂從天命終得受人身生大富家又阿闍世王經云過去無數劫有佛號一切度與其眷屬俱行分衞有三尊者子嚴服共戲見佛及諸菩薩光明巍巍互相指示而吾等當共供養二兒答言旣無香華當用何物其一兒脱頭上白珠以著手中便謂二兒可以供佛二兒効之解頭上白珠著其手中即至佛所一兒復問二兒持是功德以何求索其一兒言願如佛右面比丘其一兒言願如佛左面神足比丘二兒共問一兒報言我欲如佛八千天子皆言善哉善哉若如所言天上天下一切蒙恩是三小兒已到佛前各以白珠而散佛上二兒發聲聞意者珠在佛肩上其一兒發菩提心者珠在佛頭上化爲珠華交露之帳其中有佛佛告舍利弗中央兒者則我身是右面兒者舍利弗是左面兒者目連是舍利弗汝等本畏生死故不發菩薩心欲疾泥洹觀此一兒發阿耨菩提故得成佛又採華授決經云時有羅閲國王使十餘人常採好華以給王家後宫貴人一日出城採華遇佛發心稽首爲禮心自念言寧棄身命以華上佛并散聖衆縱使見害不墮苦痛便以華散佛及聖衆却自歸命一心重禮佛知其念甚慈愍之具爲説法諸採華人皆發道意佛即授決後當得佛號曰妙華時採

華夫還歸家中與二親別我今命盡爲王見殺父母愕然問何罪咎具答所由無華貢王必見危命故辭別耳二親聞之益以愁感發篋視之滿中好華香徹四面父母告曰可以進王時王大瞋見不時來將人反縛罪當棄市入宮見王面色不變王怪問之汝等罪過命在當殺何故不懼即白王曰人生有死物成有敗無以非法不惜身命朝來採華值佛供上以知違命罪當合死寧以有德而死不以無德而存還視華篋續滿如故皆是如來恩仁所覆王甚怪之心不信然故詣佛所問佛是意佛言實然此人至心欲度十方不惜身命故取衆華以散佛上意無想報以得受決將來成佛號曰妙華王大歡喜解縛悔過自責愚意不及菩薩唯原其罪佛言善哉能自改者與無過同又百緣經云佛在舍衛國祇樹給孤獨園爾時世尊將諸比丘著衣持鉢將詣乞食至一巷中有一婦女抱一小兒在巷坐地時彼小兒逢見世尊心懷歡喜從母索華母即與買小兒得已持詣佛所散於佛上於虛空中變成華蓋隨佛行住小兒見已甚大歡喜發大誓願以此供養善根功德使我來世得成正覺過度衆生如佛無異爾時世尊見此小兒發是願已佛即微笑從其面門出五色光遶佛三帀還從頂入爾時阿難前白佛言如來尊重不妄有笑以何因緣今日微笑唯願世尊敷演解說佛告阿難汝今見此小兒以華散我於未來世不墮惡趣天上人中常受快樂過十三阿僧祇成辟支佛號曰華盛廣度衆生不可限量是故笑耳

爾時諸比丘聞佛所說歡喜奉行

又百緣經云佛在舍衛國祇樹給孤獨園時彼城中豪富長者皆共聚集詣泉水上作唱妓樂而自娛樂爲波羅柰國作華會時彼會中遣於一人詣林採波羅柰華作鬘時採華人還來會所路見世尊相好光明普曜如百千日心懷歡喜前禮佛足以所採華散佛而去還復上樹採華枝折墮死命終生忉利天端正殊妙以波羅柰華而作宮殿帝釋問曰汝於何處造修福業而來生此以本因緣具報帝釋爾時帝釋以偈讚曰

身如眞金色　照曜極鮮明　容顔貌端正
諸天中最勝

爾時天子即說偈答帝釋曰

我蒙佛恩德　散以波羅華　由是善因緣
今得是果報

爾時天子即共帝釋來詣佛所佛爲說法心開意解破二十億邪見業障得須陀洹果心懷欣慶即於佛前說偈讚佛

巍巍大世尊　最上無有比　父母及師長
功德無有及　乾竭四大海　超越白骨山
閉塞三惡道　能開三善門

又雜寶藏經云爾時天女說偈曰

我昔以華鬘　奉迦葉佛塔　今生於天上
獲是勝功德　生在於天中　報得金色身

又薩婆多論云若四方僧地不得作塔爲佛法自爲種植若僧和合者得不和合者不得作之若僧地有種種華應淨人取次第與僧隨意供給不得私取自供養三寶若華多僧取不盡若僧和合聽隨意取之若僧坊內不

得起塔作像以近人臭穢不清淨故若重閣舍若經像在下重不得在上住若塔地華不得供養僧法正應供養佛此華亦得賣取錢以供養塔用若屬塔水以供塔用設用有殘若致功力是塔人者應賣此水以錢屬塔不得餘用用則計錢犯若塔內無人致水功力一由僧人殘水多少善好籌量用之

又文殊問經云爾時文殊師利白佛言世尊諸供養餘華用治衆病其法云何佛告文殊華各別呪一百八遍

誦佛華呪曰

南無佛闥寫治莎訶

般若波羅蜜華呪曰

那末柯盧履(民旨切)般若波羅蜜多裏莎訶

佛足華呪曰

那莫波陀制點躭盬莎訶

菩提樹華呪曰

南無菩提逼力龕嵐莎訶

轉法輪處華呪曰

南無達摩斫柯羅夜莎訶

塔華呪曰

那莫鍮跋耶莎訶

菩薩華呪曰

南無菩提薩埵野莎訶

衆僧華呪曰

那莫僧伽野莎訶

佛像華呪曰

那莫波羅底耶莎訶

佛告文殊師利用此華若諸四衆能信修行應當早起清淨澡浴漱口念佛功德恭敬此

華不以足蹈及跨華上如法執取安置淨器若人患寒熱額痛皆以冷水摩華以用塗身若吐利出血或腹内煩疼以漿飲摩華當服此華飲若口有瘡以暖水摩華含此華汁若天雨不止於空閑處以火燒華令雨即止若天亢旱在空閑處以華置水中復呪冷水更灑華上天即降雨若牛馬等本性不調以華飴之即便調伏若諸果樹華實不茂以冷水牛糞摩取華汁以灌其根不得踐踏華實即多若田中多水苗稼損減擣華爲末以散田中即得滋長若國中疾病以冷水摩華塗蠡鼓等吹擊出聲聞者即愈若敵國怨賊欲來侵境以水摩華在於彼處用灑散之即得退散若於高山有盤石處衆多比丘於石上摩華摩華既竟相與禮拜久後石上自生珍寶(簡要略述餘廣依經)佛告文殊一一誦滿一百八遍此呪章句汝於處處當説如佛華法餘華亦爾

又華嚴經云昔人中有香名大象藏因龍鬬生若燒一丸興大光明細雲覆上味如甘露七日七夜降香水雨若著身者身則金色若著衣服宮殿樓閣亦悉金色若有衆生得聞此七日七夜歡喜悦樂滅一切病無有横枉遠離恐怖危害之心専向大慈普念衆生我知彼已而爲説法令無量衆生得不退轉又牛頭栴檀香從離垢山生若以塗身火不能燒也

又百縁經云昔佛在世時迦毗羅衛城中有一長者其家巨富財寶無量不可稱計生一男兒容貌端正世所希有身諸毛孔出栴檀香從其口出優鉢華香父母見已歡喜無量

因爲立字名栴檀香年漸長大求佛出家得阿羅漢果比丘見已而白佛言此栴檀香宿植何福生於豪族身口出香又值世尊出家得道佛告比丘乃往過去九十一劫毗婆尸佛入涅槃後時有王名槃頭末帝收其舍利造四寶塔高一由旬而供養之時有長者入佛塔中見地破落和泥塗治以栴檀香坌散其上發願而去緣是功德從是以來九十一劫不墮惡道天上人中身口常香受福快樂乃至今者遭值於我出家得道

又大莊嚴論云佛言我昔曾聞迦葉佛時有一法師爲衆說法於大衆中讚迦葉佛以是緣故命終生天於人天中常受快樂於釋迦文佛般涅槃後百年阿輸迦王時爲大法師得阿羅漢常有妙香從其口出時彼法師去王不遠爲衆說法口中香氣達於王所王聞香氣心生疑惑作是思惟彼比丘者爲和妙香含於口耶香氣乃爾作是念已語比丘言開口漱口猶有香氣比丘白王何故語我張口漱口時王答言我聞香氣心生疑故使張口及以漱口香氣逾盛唯有此香口比丘餘無所有王語比丘願爲我說比丘微笑即說偈言

天地自在者　今當爲汝說　此非沉水香
復非華葉莖　栴檀等諸香　和合能出是
我生希有心　而作如是言　由昔讚迦葉
便獲如是香　彼佛時已合　與新香無異
晝夜恒有香　未曾有斷絕

又日雲經云香煙不盡放地得越棄罪盡五百歲墮糞屎地獄何以故由放恣心故又夜

問經云莊嚴供養具以口吹去灰者墮優鉢羅地獄傍報作風神王又要用最經云鼻嗅香者由滅香氣無其福德正報墮波頭摩地獄未來世鼻根無香味又曰供養經云供養香時口不合閉者墮黑糞屎地獄盡其半劫受罪得無信惠報何以故由起不氣坌香故右三經雖無目錄並感神報故别疏記也

又三千威儀云燒香著佛前有三事一易中故香二當自出香三當布與人具香爐有三事一當先到去故火拾取中香聚一面二當拭令淨乃著火還取故香著中三火著時熾然不得吹令炭滅頌曰

久猒無明樹　方欣柰苑華　始入香山路
仍逢火宅車　慈父屢引接　幼子背恩賒
雖悟危藤鼠　終悲在篋蛇　鹿苑禪林茂
鷲嶺動枝柯　定華發智果　乘空具度河
法雨時時落　香雲片片多　若爲將羽化
來濟在塵羅

感應緣略引六驗

宋沙門求那跋摩

齊高士明僧紹

梁沙門釋惠釗

南齊晉安王蕭子懋

唐沙門釋惠主

雍州渭南山豹谷神香兼出雜俗出香處

昔宋永嘉年中有外國三藏法師求那跋摩勑延祇洹寺每於講說四衆雲會嘗夏安居竟信心看採雜華施僧座下中竟檢視唯跋摩所坐鮮榮如初預知死時依日先洗浴叉手誦經端坐而化身體香輭於坐下得手迹

遺文一卷其偈曰

摩羅婆國界　阿蘭若寺中　我初得聖果
道迹離諸漏　若於師子國　村名劫波利
進修得三果　是名斯陀含

文帝深加悅惜又於屍所見一物狀若龍蛇長一疋許直上昇天僧衆悲戀乃依外國法香薪闍維起塔（右一驗出梁高僧傳）

齊栖霞寺在南徐州瑯瑘郡江乘北鄉頻佳里攝山之中齊高士平原明僧紹以宋太始中起造甞聞法鐘自響山舍去村五六里宋昇明中村民平旦並見半山有旛蓋羅列煙光五色映照虛空男女瞻望皆言是實競來觀視了無所見時有法度法師於山舍講無量壽經中夜忽有金光照寺於其光中如有臺館形像弘宣寺中僧衆及淨人等小不如法及白衣賓客有穢濁入寺者虎即出現吼叫巡房響振山谷至今猶爾或有念誦小有疲懈山神現形又著烏衣身長一丈手執繩索僧衆驚懼誦習不懈

梁南冥眞寺在秣陵縣中興里普通五年沙門惠釗起造惠釗生緣姓徐齊初隨舅在廬陵於路拾得一襆襆中有繡帕帕裹有五色紙各爲一褁始開四重都無所見末開最下縫紙見光影如電晃曜一室因此仍感神瑞入水不沒入火不然家人以爲法狂始就籠檻關閉甚嚴俄而出外乃知神力因設虛座請福空中有言曰我是長生菩薩應利益國土汝可依佛法清淨供養於是競以香華貢奉每有靈驗南人李叔獻結願乞本州後果爲交州刺史乃造沉香神影世人以神重名

華因號爲華娘神百姓送供闔境齋會所餘
惠釗敎化悉以起寺右二驗出梁京寺記
南齊晉安王蕭子懋字雲昌武帝之子也始
年七歲阮淑媛嘗病危篤請僧行道有獻蓮
華供養佛者衆僧以銅甖盛水浸其華莖欲
令不萎如此三日而華更鮮子懋流涕禮佛
誓曰若使阿姨因此勝利願佛之力令華竟
齋不萎七日齋畢華更鮮紅看視甖中稍有
根鬚母病尋差當代稱其孝感也子懋弟南
海王子罕字雲華其母樂容華寢疾子罕晝
夜禮拜于時以竹爲燈纘其燈照曜訖夜極
明此續經宿枝葉茂盛母病尋愈事出吳均春秋
唐始州永安縣釋惠主姓賈持律第一兼營
福業後至故鄉南山藏伏唯食松葉異類禽
獸同集無聲或有山神與送茯苓甘松香來
六時行道一時不缺禽獸隨行禮佛誦經似
如聽仰仍爲幽顯受菩薩戒後有羣猴共爲
治道主曰汝性躁擾而作此何爲獼猴答言
時君異也佛日通也主深怪異畜生能言罕
所未有更有祥龍飛獸集持異香充塞山内
後有八人採弓材者甚大驚駭便慰主曰聖
君出世時號開皇矣至貞觀三年寺有明禪
師清卓不羣白日獨坐見無半身向衆述曰
吾與主律師建立此寺兩人同心忽失半身
將主律師先去不耶至明日食時俗人驚云
寺家設會耶見有四路客僧數千人入寺今
何所在尋爾午時主便無疾而逝春秋八十
有九
唐雍州渭南縣南山倒狗谷崖有懸石文狀
倒狗因以名焉谷有巖像於佛面亦號像谷

古老傳云昔有梵僧來云我聞此谷有像面山七佛龕昔有七佛曾來此谷說法澗內有瞻蔔華常所供養近至永徽年中南山龍池寺沙門智積聞之往尋至谷聞香莫知何所深訝香氣從澗內沙出即撥沙看形似茅根裹甲沙土然極芬馥就水抖擻洗之一澗皆香將還龍池佛堂中合堂皆香極深美氣山下俗人時見此山或如佛塔或全如佛面挺出空際故像頭之號非是虛立傍去嘉美谷甚近即姚秦時王嘉所住也右二驗出唐高僧傳

○搜神記曰初鉤弋夫人有罪以譴死殯屍不臭而香

○續搜神記曰合淝口有一大白船覆在水中漁人夜宿其傍聞箏笛之音又香氣非常發相傳云曹公載妓船覆於此

○異苑曰司州衛士度母常誦經長齋非道不行曾出自齋堂衆僧未食俱望見雲中有一物下既落其前乃是大鉢滿中香飯舉座肅然一時敬禮母自分賦齋人皆七日不飢

○述異記曰昔有人發廬山採松聞人語云此未可取此人尋聲而上見一異華形甚可愛其香非常知是神異因掇而服之得壽三百歲也

○幽冥錄曰陳相子吳興烏程人始見佛家經遂學昇霞之術及在人間齋輒聞空中殊音妙香芬芳清越

○許邁別傳曰邁少名暎高平閻慶等皆就受業初慶等方去暎燒香皆五色烟出

○佛圖澄傳曰澄以鉢盛水燒香呪之須臾生青蓮華

○博物志曰西域使獻香漢制獻香不滿斤不得受西使臨去乃發香器如大豆者試著宮門香氣聞長安四面數十里中經日乃歇

○扶南傳曰頓遜國人恒以香華事天神香有多種區撥葉華致華各遂華摩夷華冬夏不衰日載數十車於市賣之燥乃益香亦可爲粉以傅身體

○述征記曰北芒有張母墓舊說是王氏妻葬有年載後開墓而香火猶然其家奉之稱清水道

○世說曰桓車騎時有陳莊者入武當山中學道所居有白烟香氣聞徹

○麝香山海經曰翠山之陰多麝麝本草經曰麝香味辛辟惡氣殺鬼精生中臺山

○葳蕤香孫氏瑞應圖曰葳蕤者王禮備至則生本一日王者愛人命則生一名葳香

○鬱金香周禮春官上鬱人曰鬱人掌祼（古亂切）器凡登禮賓客之祼和鬱鬯以實彝而陳之（築鬱金煑之以和鬯酒也）說文曰鬱鬯百草之華遠方所貢芳物鬱人合而釀之以降神也

○蘇合香續漢書曰大秦國合諸香煎其汁謂之蘇合廣志曰蘇合香出大秦國或云蘇合國國人採之笮其汁以爲香膏乃賣其滓與賈客或云合諸香草煎爲蘇合非自然一種物也傅子曰西國胡言蘇合香者獸所作也中國皆以爲怪

○鷄舌香吳時外國傳曰五馬州出鷄舌香續搜神記曰劉廣豫章人年少未婚至田舍見一女云我是何參軍女年十四而夭爲西王母所養使與下土人交廣與之纏綿其日

於席下得手巾畏鷄舌香其母取巾燒之乃是火浣布南州異物志曰鷄舌香出杜薄州云是草萎可含香口俞益期牋曰外國老胡說衆香共是一大木木華爲鷄舌香也

○雀頭香江表傳曰魏文帝遣使於吳求雀頭香

○薰陸香魏略曰大秦出薰陸南方草物狀曰薰陸香出大秦國云在海邊自有大樹生於沙中盛夏時樹膠流涉沙上夷人採取賣與人（南州異物志同其異者唯云狀如桃膠典術又同唯云如陶松脂法長飲食之令通神靈）俞益期牋曰衆香共是一木木膠爲薰陸流黃香吳時外國傳曰流黃香出都昆國在扶南南三千餘里（南州異物志同也）廣志曰流黃香出南海邊國

○青木香廣志曰青木出交州徐衷南方記曰青木香出天竺國不知形狀南州異物志曰青木香出天竺是草根狀如甘草俞益期牋曰衆香共是一木木節是青木

○栴檀香竺法眞登羅山疏曰栴檀出外國元嘉末僧成藤於山見一大樹圓蔭數畝三丈餘圍辛芳酷烈其間枯條數尺援而刃之白栴檀也俞益期牋曰衆香共是一木木根爲栴檀

○甘松香廣志曰甘松出涼州諸山

○兜納香魏略曰出大秦國廣志曰兜納出西方艾納香廣志曰艾納香出剽國樂府歌曰行胡從何來列國持何來氍毹毾㲪五木香迷迭艾納及都梁

○藿香廣志曰藿香出日南諸國吳時外國

傳曰都昆在扶南出藿香南州異物志藿香出典遜海邊國也屬扶南香形如都梁可以著衣服中俞益期牋曰衆香共是一木木葉爲藿香

○楓香南方記曰楓香樹子如鴨卵爆乾可燒魏武令曰房室不潔聽得燒楓膠及蕙草棧香廣志曰棧香出日南諸國

○木蜜香異物志曰木蜜香名曰香樹生千歲根本甚大先伐僵之四五歲乃往看歲乃往看歲月久樹根惡者腐敗唯中節堅貞芬香獨在耳廣志曰木蜜出交州及西方本草經曰木香一名蜜香味辛温

○耕香南方草物狀曰耕香莖生烏滸

○都梁香廣志曰都梁出淮南

○沉香異苑曰沙門支法存在廣州有八尺毾㲪又有沉香八尺板牀太元中王漢爲州大兒劭求二物不得乃殺而藉焉南州異物志曰木香出日南欲取當先斫壞樹著地積久外自朽爛其心至堅者置水則沉香其次在心白之間不其堅精置之水中不沉不浮與水平者名曰棧香其最小麤白者名曰槧香顧徵廣州記曰新興縣悉是沉香如同心草土人斫之經年朽爛盡心則爲沉香俞益期牋曰衆香共是一木木心爲沉香

○甲香廣志曰甲香出南方范曄和香方曰甲前煎棧香是也

○迷迭香魏略曰大秦出迷迭廣志曰迷迭出西海中

○苓陵香南越志曰苓陵香土人謂爲鷰草

芸香大戴禮夏小正月採芸爲廟菜禮記月

今曰仲冬之月芸始生（鄭玄曰芸香草也）說文曰芸草似苜蓿淮南說芸可以死而復生弼蘭香周易繫辭曰同心之言其臭如蘭（王弼曰蘭芳也）易通卦驗曰冬至廣莫風至蘭始生說文曰蘭香草也本草經曰蘭草一名水香久服益氣輕身不老

○槐香出蒙楚之間故稽合述槐香賦序兜末香漢武故事曰西王母當降上燒兜末香兜末香者兜渠國所獻如大豆塗門香聞百里關中甞大疫死者相係燒此香死者止反生香眞人關尹傳曰老子曰眞人遊時各各坐蓮華之上華徑十丈有反生靈香送風聞三十里

○神香十州記曰天漢三年西國王使獻靈膠吉光裘神香使者香起天殘之死疾後元年長安城内大病死者日百數帝試取月支神香燒之於城内其死未三日皆活芳氣經三月不歇帝使秘錄餘後一旦失之

○驚精香十洲記曰聚曰洲在西海中上多眞仙靈館宮第北門有大樹與楓木相似而芳香聞數百里名爲反魂樹扣樹能有聲如牛吼聞者駭振伐其根心於玉谷中煮取汁更微煎令可丸名曰驚精香或名震靈又名反生香或名人鳥精或名却死香香聞數百里死屍在地聞氣仍活

## 唄讚篇第三十四（此有四部）

述意部　引證部　讚歎部

音樂部

### 述意部第一

夫褒述之志寄在詠歌之文詠歌之文依乎

聲響故詠歌巧則襃述之志申聲響妙則詠歌之文暢言辭待聲相資之理也尋西方之有唄猶東國之有讚讚者從文以結章唄者短偈以流頌比其事義名異實同是故經言以微妙音聲歌讚於佛德斯之謂也昔釋尊入定琴歌震於石室娑提颰唄清響激於淨居覺世至音固無得而稱矣至于末代修習極有明驗是以陳思精想感漁山之梵唱帛橋誓願通大士之妙音篇練勤行受法韻於幽祇文宣勵誠發夢響於齋室並能寫氣天宮摹聲淨刹抑揚辭契吐納節之斯亦神應之顯徵學者之明範也原夫經音爲懿妙出自然製用可修而研響非習盖所以炳發道聲移易俗聽當使清而不弱雄而不猛流而不越凝而不滯趣發祇鷲之風韻結霄漢之氣遠聽則汪洋以峻雅近屬則縱容以和肅此其大致也經稱深遠雷音其在茲乎若夫稱講聯齋衆集永久夜緩曉遲香消燭揜睡盖覆其六情懶結纏其四體於是擇妙響以昇座選勝聲以啓軸宮商唄發動玉振金反折四飛哀惋七衆同迦陵之聲等神鸞之響能使寐魂更開惰情還肅滿堂驚耳列席歡心當俑時乃知經聲之爲貴矣

## 引證部第二

如長阿含經云其有音聲五種清淨乃名梵聲何等爲五一者其音正直二者其音和雅三者其音清徹四者其音深滿五者周遍遠聞具此五者乃名梵音

又梵摩喻經云如來說法聲有八種一最好聲二易了聲三柔輭聲四和調聲五尊慧聲

六不誤聲七深妙聲八不女聲言不漏闕無得其短者

又十誦律云爲諸天聞唄心喜故開唄聲也

又毗尼母經云佛告諸比丘聽汝等唄唄者言說之辭雖聽言說未知說阿等法佛言從修多羅乃至優婆提舍隨意所說十二部經復有疑心若欲次第說文衆大文多恐生疲猒若略撰集好辭直示現義不知如何以是因緣具白世尊佛即聽諸比丘引經中要言妙辭直顯其義爾時有一比丘去佛不遠立高聲作歌音誦經佛聞不聽用此音誦經有五過患同外道歌音說法一不名自持二不稱聽衆三諸天不悅四語不正難解五語不巧故義亦難解是名五種過患又賢愚經云昔佛在世時波斯匿王與兵衆至祇洹邊過聞一比丘唄聲雅好軍衆立聽無有猒足象馬竪耳住不肯行王與軍衆即入寺看見唄比丘形貌矬短醜陋極盛王不忍看王即問佛令此比丘宿作何業得斯果報佛告王曰乃往過去有佛出世號曰迦葉入涅槃後機里毗王收其舍利欲用起塔有四龍王化作人形來到王所問起塔事爲用寶作爲用土耶王即答言欲令塔大無多寶物今欲土作令方五里高二十五里龍白王言我是龍王故來相問若用寶作我當佐助王聞歡喜龍復語王四城門外有四泉水東門泉水取用作墼變成瑠璃南門泉水取用作墼變成黃金西門泉水取用作墼變成白銀北門泉水取用作墼變成白玉王聞是語倍增歡喜即立四監各典一廂其三監者作工欲成一監

懈怠工獨不就王行看見以理訶責其人懷恡而白王言此塔太大當何時成王勑作人晝夜勤作一時都訖塔極高峻衆寶莊嚴極有異觀其監見已歡喜踊躍懺悔前過持一金鈴著塔撐頭發其願言令我所生音聲極好一切衆生莫不樂聞將來有佛號釋迦牟尼使我得見度脫生死緣於往昔嫌塔大故生恒醜陋由持金鈴懸塔撐頭及願見佛從是以來五百世中極好音聲今復值佛出家修道得阿羅漢果以是因緣一切衆生見他作福不應毀呰後得惡報悔無所及也

讚歎部第三

如菩薩本行經云佛告阿難我念往昔有一如來出現於世號曰弗沙多陀阿伽度阿羅訶三藐三佛陀時彼佛在雜寶窟內我見彼佛心生歡喜合十指掌翹於一脚七日七夜而將此偈讚歎彼佛而說偈言

天上天下無如佛　十方世界亦無比
世間所有我盡見　一切無有如佛者

阿難我以此偈歎彼佛已發如是願乃至彼佛語侍者言是人過於九十四劫當得作佛號釋迦牟尼我於彼時得授記已不捨精進增長功德無量世中作梵釋天轉輪聖王以是善業因緣力故我得四種辯才具足無有一人能與我論降伏我者我得成阿耨菩提乃至轉於無上法輪又涅槃經云時迦葉菩薩即於佛前以偈讚佛

憐愍世間大醫王　身及智慧俱寂靜
無我法中有真我　是故敬禮無上尊
發心畢竟二不別　如是二心先心難

自未得度先度他　是故我禮初發心
又寶性論偈云
我今悉歸命　一切無上尊　爲開法王藏
廣利諸羣生　佛體無前際　及無中間際
亦復無後際　寂靜自覺知　既自覺知已
覺他令他覺　是故爲彼説　無畏常恒道
佛智慈悲力　能執金剛杵　摧破諸見山
故我今敬禮　不可思量法　非聞慧境界
出離言語道　内心智清涼　彼眞妙法日
清淨無塵垢　大智慧光明　普照諸世間
能破諸瞖障　覺觀貪瞋癡　一切煩惱等
故我今敬禮　以能知於彼　自性清淨心
見煩惱無實　故離諸煩惱　無障淨智慧
如實見衆生　自性清淨心　佛法身境界
無礙淨智眼　見諸衆生性　遍無量境界
故我今敬禮
又發菩提心論論主讚佛偈云
敬禮無邊際　去來現在佛　等空不動智
救世大悲尊
吾師天中天兩行偈(出普曜經)云何得長壽兩行偈(出涅槃經)如來妙色身兩行偈(出勝鬘經)處世界如虛空兩行偈(出超日明經)
大慈哀愍羣生　爲蔭蓋盲冥者
開無目使視睇　化未聞以道明
處世界如虛空　猶蓮華不著水
心清淨超於彼　稽首禮無上尊
述曰漢地流行好爲删略所以處衆作唄多爲半偈故毗尼母論云不得作半唄得突吉羅罪然此梵唄文辭未審依如西方出何典誥答但聖開作唄依經讚偈取用無妨然關

内關外吴蜀唄辭各隨所好唄讚多種但漢梵既殊音韻不可互用至於宋朝有康僧會法師本康居國人博學辯才譯出經典又善梵音傳泥洹唄聲製哀雅擅美於世音聲之學咸取則焉又昔晉時有道安法師集製三科上經上講布薩等先賢立制不墜於地天下法則人皆習行又至魏時陳思王曹植字子建魏武帝第四子也幼含珪璋十歲屬文下筆便成初不改定世間術藝無不畢善邯鄲淳見而駭服稱爲天人植每讀佛經輙流連嗟翫以爲至道之宗極也遂製轉讚七聲升降曲折之響世之諷誦咸憲章焉嘗遊魚山忽聞空中梵天之響清雅哀婉其聲動心獨聽良久而侍御皆聞植深感神理彌悟法應乃摹其聲節寫爲梵唄撰文製音傳爲後式梵聲顯世始於此焉其所傳唄凡有六契

## 音樂部第四

如百緣經云佛在世時王舍城中豪富長者各相率合設大節會作諸妓樂而自娛樂時有舞師夫婦二人從南來將一美女字青蓮華端正殊妙世所希有聰明智慧難可酬對婦女所有六十四藝皆悉備知善解舞法廻轉俯仰曲得節解作是唱言今此城中頗有能舞如我者不明解經論能問答不時人答曰有佛世尊在迦蘭陀竹林善能問答使汝無疑舞女聞已尋將諸人共相隨逐且歌且舞到竹林中見佛世尊猶故憍慢放逸戲笑不敬如來爾時世尊見其如是即以神力變此舞女如百年老母髮白面皺牙齒踈闕俯僂而行行而舞女自觀其身形狀極老而作

是言今此女身以何因緣卒有如是衰相現耶今者必是佛之威神使我故爾遂於佛前深心慚愧唯願世尊當見無怒爾時世尊知此舞女心已調伏以神通力變身如前大衆見此舞女卒老卒壯無有常定各生猒離解悟無常心開意解有得四沙門果者有發無上菩提心者時彼舞女及其父母即於佛前求索出家佛即告言善來比丘尼頭髮自落法服着身成比丘尼精勤修習得阿羅漢果諸天世人所見敬仰時諸大衆見是事已請說因緣佛告大衆乃往過去無量世時波羅柰國王有太子字孫陀利入山學道獲五神通見緊那羅女端正殊妙狀如諸天作諸姿態且歌且舞鼓動我心望使染著退失仙道我於彼時心遂堅固無有欲想語彼女言一切有爲無有常定我今觀汝形體臭穢充滿其中薄皮覆上不可久保正是當有髮白面皺俯僂而行汝今何爲憍慢放恣乃至如是向者歌聲其音已變何故在此作諸姿態於是緊那羅女聞是語已尋向仙人懺悔罪咎因發願言使我來世得斷生死我於汝邊獲得道果佛告大衆欲知彼時王子學仙道者則我身是彼緊那羅女者今青蓮華比丘尼是由於彼時發願力故今值我出家得道比丘聞已歡喜奉行

又百緣經云佛在世時迦毗羅衛城中有一長者財寶無量不可稱計其婦生男端正殊妙世所希有年漸長大有好音聲令衆樂聞值佛出家得阿羅漢果諸比丘等請佛爲說得道因緣佛告比丘乃往過去九十一劫有

佛出世號毘婆尸入涅槃後有國王名槃頭
末帝收取舍利造四寶塔高一由旬而供養
之時有一人見此塔故心懷歡喜便作音樂
以適供養發願而去緣是功德九十一劫不
墮三塗天上人中常好音聲令衆樂聞乃至
今者遭值於我出家得道比丘聞已歡喜奉
行
又百緣經云昔佛在世時舍衛城中有諸人
民各自莊嚴作唱妓樂出城遊戲至城門中
遇值佛僧入城乞食諸人見佛歡喜禮拜即
作妓樂供養佛僧發願而去佛即微笑語阿
難言此諸人等由作妓樂供養佛僧緣此功
德於未來世一百劫中不墮惡道天上人中
最受快樂過百劫後成辟支佛皆同一號名
曰妙聲以是因緣若人作樂供養三寶所得
功德無量無邊不可思議故法華經偈云
若使人作樂　擊鼓吹角貝　簫笛琴箜篌
琵琶鐃銅鈸　如是衆妙音　盡持以供養
皆已成佛道
又菩薩處胎經云緊那羅住須彌山北過小
鐵圍有大黑山亦在十寶山間無有佛法日
月星辰由昔布施之力今居七寶宮殿壽命
甚長此王本人中有大長者與造佛塔此緊
那羅施一刹柱成辦寺廟復以淨食施於工
匠壽盡作胷臆神在兩山間先在人中爲大
長者居財無量有一沙門乞食婦擊飯施之
乃大瞋怒云何乞人瞻視我婦當令此人手
脚斷壞壽終以後受此醜形八十四劫常無
手足諸天讌會皆悉與乾闥婆分番上下天
欲奏樂而其腋下汗流便自上天有一緊那

羅名頭婁磨琴歌諸法實相以讚世尊時須彌山及諸林樹皆悉震動迦葉在座不能自安五百仙人心生狂醉失其神足

又大樹緊那羅王所問經云爾時大樹緊那羅王以巳所彈瑠璃之琴閻浮檀金華葉莊嚴善淨業報之所造作在如來前善自調琴及餘八萬四千妓樂是大樹王當彈此琴鼓衆樂時其音普皆聞此三千大千世界是琴音聲及妙歌聲隱蔽欲界諸天音樂所有諸山藥草叢林悉皆遍動如人極醉前却顛倒須彌岠峨涌没不定一切凡聖唯除菩薩不退轉者其餘一切聞是琴聲及諸樂音各不自安從座起舞一切聲聞放舍威儀誕貌逸樂如小兒舞戲不能自持爾時天冠菩薩語是聲聞大迦葉等汝諸大德已離煩惱得八解脫云何今者各捨威儀如彼小兒舉身動舞於時大德諸聲聞等答言善男子我於是中不得自在如旋嵐大風吹諸樹木彼無有力能自安持非彼本心之所欲樂爾時天冠菩薩語大迦葉汝今觀是不退菩薩威德勢力誰見如是而當不發無上正真菩提道心琴聲威力皆說法音八千菩薩得無生忍頌曰

玄亮吐清氣　神響徹幽聾　登臺發春詠
高興希避縱　乘虛感靈覺　漁山振思童
摹寫天歌梵　冀布法音同　忘高故不下
颯飀數仞中　比丘歌聲唄　人畜振心鍾
斯由暢玄句　即感鴈遊空　神期發筌悟
豁爾自靈通

感應緣（略出六驗）

晉沙門帛法橋　沙門支曇籥

齊沙門釋僧辯　沙門釋曇憑

齊有仕人姓梁　唐刺史任義方

晉中山有帛法橋是中山人少樂轉讀而稍乏聲每以不暢爲慨於是絶粒懺悔七日七夕稽首觀音以祈現報同學苦諫誓而不改至第七日覺喉内豁然即索水洗漱云吾有應矣於是作三契經聲徹三里許遠近驚嗟人畜悉來觀聽爾後誦經五十萬言晝夜諷詠哀婉通神至年九十聲猶不變以晉穆帝永和中卒於河北即石虎末世也

晉有支曇籥本月支人寓居建業少出家精苦蔬食憩吴虎丘山晉孝武初勑請出都止建初寺孝武從受五戒敬以師禮籥特禀妙聲善於轉讀嘗夢天神授其聲法覺因裁製新梵響清美四飛却轉反折還弄雖復東阿先變康會後造始終循還未有如籥之妙後進傳寫莫匪其法所製六言梵唄傳響于今後終於所住年八十一

齊安樂寺有釋僧辯姓吴建康人出家止安樂寺少好讀經哀婉折衷獨步齊初無人如之嘗在新亭劉紹宅齋辯初夜讀經始得一契忽有羣鶴下集階前及辯度一卷一時飛去由是聲振天下遠近知名後來學者莫不宗事永明七年二月十九日司徒竟陵文宣王夢於佛前詠維摩一契因聲發而寤即起至佛堂前還如夢中法更詠古維摩一契便覺音韻流好有工恒日明旦即集京師善聲沙門僧辯等次第作聲辯傳古維摩一契瑞應七言偈一契最是命家之作後人時有傳

者並訛失大體辯以齊永明十一年卒
齊白馬寺有釋曇憑姓楊揵爲南安人少遊
京師學轉讃止白馬寺音調甚工而過且自
任時八未之推也於是專精規矩更加研尋
晚遂出郡翕然改觀誦三本起經尤善其聲
後還蜀止龍淵寺巳漢懷音者皆崇其聲範
每梵音一吐輙象馬悲鳴行途住足因製造
銅鐘於夲來常有八音四辯庸蜀有銅鐘始
於此也後終所住吳景帝世烏程民有得固
病及差能以響言響言者於此而聞彼然自
所聽之不覺其聲之大也自遠聽之如人對
言不覺聲之自遠來也聲之所往隨其所向
遠者不過十數里右此四驗出梁高僧傳
比齊時有仕人姓梁甚豪富將死謂其妻子
曰吾平生所愛奴馬及皆使用日久稱人意
吾死以爲殉不然無所乘也及死家人以囊
盛土壓奴殺之馬猶未殺奴死四日而穌説
云當不覺去忽至官府門門人因留止在門
所經一宿明旦見其亡主被鎖兵守衛入官
所見奴謂曰我謂死人得使奴婢故遺言喚
汝今各自受其苦全不相關今當白官放汝
言畢而入奴從屏外闚之見官問守衛人曰
昨日壓脂多少乎對曰得八斗官曰更將去
壓取一斛六斗主則被壓牽出竟不得言明
旦又來有善色謂奴曰今當爲汝白也又入
官問得脂乎對曰不得官問何以主司曰此
人死三日家人爲請僧設會每聞經唄聲鐵
梁輙折故不得也官曰且將去主司白官請
官放奴即喚放俱出門王遣傳語其妻子曰
賴汝等追福獲免大苦然由未脫更能造經

像以相救濟冀因得免自今無設祭旣不得食而益吾罪言畢而別奴遂重生而具言之家中果以其日設會於是傾家追福合門練行 右一驗出冥報拾遺記

唐括州刺史樂安任義方武德年中死經數日而穌自云被引見閻羅王王令人引示地獄之處所説與佛經不殊又云地下晝夜昏暗如霧中行于時其家以義方心上少有温氣遂即請僧行道義方乃於地下聞其讚唄之聲王撿其案謂之吏曰未合即死何因錯追遂放令歸義方出度三關關吏皆睡送人云但尋唄聲當即到舍見一大坑當道意欲跳過遂落坑中應時即起論説地獄晝地成圖其所得俸禄皆造經像曾寫金剛般若千餘部義方自説 右一出冥報拾遺

法苑珠林卷第三十六

音釋

詰契吉切問也 琛丑林切 闥他達切 裛以制切 跨苦化切越也 擣都皓切舂也 蠡盧戈切蚌屬 釗之遥切 襆房玉切帊也 躁則到切不安靜也 犳之若切 剽匹妙切 氍毹氍其俱切毹踈鴝切氍毹織毛也 毹㲪毹他盍切㲪都騰切毹㲪毛席也 藿呼郭切香木生也 栟比萌切 滸火五切 呴許厚切牛鳴也 褒補刀切揚美也 籥弋灼切 摹莫胡切規倣也 搨託盍切 矬才何切委也 呰將此切口毀也 皺側救切皮縮也 僂隴王切傴僂也 峗峨峗魯火切峨語可切峗峨傾側貌 殉辞閏切從死也

法苑珠林卷第三十七

唐西明寺沙門釋道世撰

敬塔篇第三十五（此有六部）

述意部　引證部　興造部

感福部　旋遶部　故塔部（見三十八卷）

述意部第一

敬惟如來應現妙色顯於三千正覺韜光遺形傳於八萬是以塔踊靈山影留石窟剋檀晝氎之儀鑄金鏤玉之狀全身碎身之迹聚塔散塔之奇而光耀重昬福資含識致使英聲遐美邪徒結信肇啓育王之始終傳有唐之初自歷代繁興神化非一故經曰正法住正法滅意存茲乎

引證部第二

如觀佛三昧經云佛留影石室在那乾呵羅國毒龍池側佛坐龍石室窟中爲龍作十八變踊身入石猶如明鏡在於石内映現於外遠望則見近望不現諸天百千供養佛佛影亦說法（迄今不滅待至彌勒）又集經云忉利天城東照明園中有佛髮塔城南麤澀園中有佛衣塔城西歡喜園中有佛鉢塔城北駕御園中有佛牙塔又智度論云天帝釋取菩薩髮及衣於天上城東門外立佛髮塔衣塔又育王傳云王得信心問道人曰我從來殺害不必以理今修何善得免斯殃答曰唯有起塔供養衆僧救諸徒囚賑濟貧乏（故譬喻經云王宮內常以四事供養二萬沙門盡心被禮不可具述）王曰何處可起塔道人即以神力左手掩日光作八萬四千道散照閻浮提所照之處皆可起塔今諸塔處是也時王欲建舍利將四部兵衆至王舍城取阿闍世

王佛塔中舍利還復修治此塔與先無異如是更取七佛塔中舍利至衆摩村中時諸龍王將王入龍宮中王從龍索舍利供養龍即分與之時王作八萬四千金銀瑠璃玻瓈篋盛佛舍利又作八萬四千寶瓶以盛此篋又作無量百千旛幢傘蓋使諸鬼神各持舍利供養之具勑諸鬼神言於閻浮提至於海際城邑聚落滿一億家者爲世尊立塔時有國名耆叉尸羅有三十六億家彼國人語鬼神言可三十六篋舍利與我等起立佛塔王作方便國中人少者令分與彼令滿家數而立爲塔時巴連弗邑有上座名曰耶舍王詣彼所白上座曰我欲一日之中立八萬四千佛塔遍此閻浮提意願如是時彼上座白言善哉大王尅後十五日日正食時令此閻浮提

一時起諸佛塔如是依數乃至一日之中立八萬四千塔世間人民興慶無量共號曰阿育王塔又大阿育王經云八國共分舍利阿闍世王分數得八萬四千又别得佛口齕還國道中逢難頭禾龍王從其求舍利分阿闍世王不與便語言我是龍王力能壞汝國土阿闍世王怖畏即以佛齕與之龍還於須彌山下高八萬四千里於下起水精塔阿闍世王得還國以紫金函盛舍利作千歲燈火於五恒河沙水中塔藏埋之後阿育王得其國土王娶夫人身長八尺髮亦同等衆相具足王令相師觀之師言當爲王生金色之子王即拜爲第二夫人後還有娠足滿十月王有緣事宜出外行王大皇后妬嫉便作方便共欲除之募覓猪母即應産者語第二夫人言

卿是少甫爾始產不可露面視天以被覆面即生金色之子光照宮中盜持兒去殺之即以猪子著其身邊便罵言汝云當爲王生金色之子何故生猪便取輪頭拍囚內後園中令服菜王還聞之不悅久久之後王出行園見之憶念迎取歸宮第二夫人漸得親近具說情狀王聞驚怪即殺八萬四千夫人阿育王後於城外造立地獄治諸罪人佛知王殺諸夫人應墮地獄即遣消散比丘化王王發信悟問比丘言殺八萬四千夫人罪可得贖不道人言各爲人起一塔塔下著一舍利當得脫罪耳王即尋覓阿闍世王舍利有國相父年百二十將五百人取本舍利王得大喜即分與鬼神各還所部令一日一時同戴八萬四千刹諸鬼神言多隔山障不得相知王言汝曹但還治槃護利安鈴我當使阿脩輪以手摸日四天下亦同時震又阿育王經云塔成造千二百繖成旛及雜華未得懸旛王身崩沒塔成已六日王請僧至園供養時有優波崛多羅漢將一萬八千阿羅漢受王請尊者崛多顏貌端正身體柔輭而王體醜陋肌膚麤澀尊者即說偈言

我行布施時　淨心好財物　不如王行施
以沙施於佛

王告大臣我以沙施佛報獲如是云何而不修敬於世尊王後尋佛弟子迦葉阿難等所有佛在世時弟子塔廟躬到塔所具展哀情責心修敬各與種種供養更立大塔各捨十萬兩珍寶供養是塔次至薄拘羅塔應當供養王問彼有何功德崛多尊者答曰彼無病

第一乃至不爲人說一句法寂默無言王曰以一錢供養諸臣白王言功德既等何故於此供養一錢王告之曰聽吾所說偈

雖除無明癡　智慧能鑒察　雖有薄拘羅
於世何所益

時彼一錢還來至王所時大臣輩見是希有事異口同音讚彼嗚呼尊者少欲知足乃至不須一錢王及供養菩提樹不絕夫人名曰低舍羅絺多作念王極愛念於我念王今捨我珍寶至菩提樹間我方便殺樹令死王不得往可得與我相娛夫人即遣人以熱乳澆之樹枯葉落王聞是語迷悶躃地夫人見王憂愁不樂當悅王心白王曰若無彼樹我命亦無如來於彼樹得道彼樹既無何用活耶復以冷乳灌之彼樹更生王聞歡喜詣於樹下目不暫捨以千甕香湯溉灌菩提樹倍復嚴好增長茂盛後王潔淨身心手執香鑪在於殿上向西方作禮心念口言如來賢聖弟子在諸方者憐愍我故受我供養如是語時有三十萬比丘悉來集彼大衆中十萬是阿羅漢二十萬是學人及凡夫宮人太子羣臣共王所作功德無量不可述盡

又雜阿含經云阿育王問比丘言誰於佛法中能行大施諸比丘言給孤獨長者最行大施王問彼施幾許比丘答曰以捨億千金王聞已彼長者尚能捨億千金我今爲王何緣復以億千金施當以億百千金施乃至用私藏盡將此閻浮提夫人婇女太子大臣總施與聖僧後用四十億金還復贖取如是計校總用九十六億千金乃至王得重病自知命

盡常願以億百千金作功德今願不滿便就後世唯減四億未滿王即辦諸珍寶送與雞頭摩寺乃至以半阿摩勒果送與僧禮拜僧足問訊大聖衆等我領此閻浮提是我所有今者頓盡不得自在唯此半果哀愍納受令我得福上座耶舍令斫磨著石榴羹中行之一切皆得周遍王復問傍臣曰誰是閻浮提王諸臣啓王言大王是也時王從卧起而坐顧望四方合掌作禮念諸佛功德心念口言我今復以此閻浮提施與三寶時王書紙上而封緘之以齒印印之作如是事畢即便無常爾時太子及諸人民興種種供養葬送如王之法而闍維之

又法益經云爾時諸大臣言今是大地屬於三寶云何而立太子爲王諸臣語已共議出四億金送與寺中將贖其地

又善見論云阿育王以金錢九十六億起八萬四千寶塔復大種種布施

興造部第三

述曰上來所引經論興置所由其已知乎然未識塔義是何復有幾種所爲之人復通凡不答曰梵漢不同翻譯前後致有多名文有訛正所云塔者或云塔婆此云方墳或云支提翻爲滅惡生善處或云斗藪波此云護讚若人讚歎擁護歎者西梵正音名爲窣堵波此云廟廟者貌也即是靈廟也安塔有其三意一表人勝二令他信三爲報恩若是凡夫比丘有德望者亦得起塔餘者不合若立支提有其四種一生處二得道處三轉法輪處四涅槃處諸佛生處及得道處此二定有支

提生必在阿輸柯樹下此云無憂樹此是夫人生太子之處即號此樹爲生處支提如來得道在於菩提樹下即呼此樹下爲得道支提如來轉法輪及涅槃處此二無定初轉法輪爲五比丘在於鹿苑縱廣各二十五尋一尋八尺古人身大故一尋八尺合二十丈今天竺人處處多立轉法輪取一好處而依此量竪三柱安三輪表佛昔日三轉法輪相即名此處爲轉法輪支提如來入涅槃處安置舍利即名此處爲涅槃支提現今立寺名涅槃寺此則爲定若據舍利處處起塔則爲不定此四亦名窣堵波

又毗婆沙論云若人起大塔如來生處轉法輪處若人取小石爲塔其福等前大塔所爲尊故若爲如來大梵起大塔或起小塔以所爲同故其福無量又阿含經云有四種人應起塔一如來二辟支佛三聲聞四輪王

又十二因緣經云有八人得起塔一如來二菩薩三緣覺四羅漢五阿那含六斯陀含七須陀洹八輪王若輪王已下起塔安一露槃見之不得禮以非聖塔故初果二露槃乃至如來安八露槃八槃已上並是佛塔

又僧祇律云初起僧伽藍時先規度好地將作塔處不得在南不得在西應在東應在北不侵佛地僧地應在西在南作僧房佛塔高顯處作不得塔院内浣染曬衣唾地得爲佛塔四面作龕作師子鳥獸種種綵畫内懸繒蓋得爲佛塔四面造種園林華果是中出華應供養塔若樹檀越自種檀越言是中華供養佛果與僧食佛言應從檀越語若華多者

得與華鬘家語言爾許華作鬘與我餘者與我爾許直若得直得用然燈買香以供養佛兼得治塔若直多者得置佛無盡物中若人言佛無貪恚癡但自莊嚴用是華果而受樂者得罪報重佛言亦得作支提有舍利者名塔無舍利者名支提如佛生處得道處轉法輪處佛泥洹處菩薩像辟支佛像佛脚跡處此諸支提得安佛華蓋供養若供養中上者供養佛塔下者供養支提若卒風雨來應收供養具隨近安之不得言我是上座我是阿練若乞食大德等得越毗尼罪若塔僧物賊來急時不得藏舉佛物應莊嚴佛像僧座具應敷安置種種飲食令賊見相若起慈心賊問比丘莫畏出來年少應看若賊卒至不得藏物者應言一切行無常作是語已捨去是名難法

## 感福部第四

如小未曾有經云佛告阿難若有一人盡四天下滿中草木皆悉爲人得四道果及辟支佛盡壽四事供養所須具足至滅度後一一起塔香華幢旛寶蓋供養復造帝釋大莊嚴殿用八萬四千寶柱八萬四千寶窻八萬四千天井寶窻八萬四千樓櫓館閣四出圍遶衆寶挍飾若有善男子善女人作如上百千億大莊嚴殿用施四方僧其福雖多然不如有人於佛般涅槃後以如芥子舍利起塔大如庵摩勒果其刹如針上施槃蓋如酸棗葉若佛形像如麵麥大勝前功德滿足百倍不及一千倍萬倍百千萬倍所不能及不可稱量阿難當知如來無量功德戒分定分智慧

分解脱分知見解脱分無量功德有大神通變化及六波羅蜜如是等無量功德又無上依經云阿難向佛合掌而作是言我於今日入王舍乞食見一大重閣莊嚴新成内外究竟若有清信人布施四方僧并具四事若如來滅後取佛舍利如芥子大安立塔中起塔如阿摩羅子大戴刹如針大露槃如棗葉大造佛如麥子大此二功德何者爲勝佛告阿難如滿四天下四果聖人及辟支佛如甘蔗林竹荻麻田等若有一人盡壽供養四事具足及入涅槃後悉起大塔供養然燈燒香衣服幢旛等阿難於意云何是人功德多不阿難言甚多世尊阿難且置又如帝釋天宫住處有大飛閣名常勝殿種種寶裝各八萬四千若有清信男子女人造作如是常勝寶殿百千拘胝施與四方衆僧若復有人如來般涅槃後取舍利如芥子大造塔如阿摩羅子大戴刹如針大露盤如棗葉大造佛形像如麥子大此功德勝前所説百分不及一千萬億分乃至阿僧祇數分所不及一分譬喻所不及何以故如來無量功德故縱碎娑婆世界末爲微塵以此次第悉是四沙門果及辟支佛若有清信男女盡形供養及以滅後起塔供養亦不如取舍利如芥子大乃至造像如麥子大此功德前所説百分千萬億分不及一分乃至筭數譬喻所不能及如是阿難一切如來昔在因地知衆生界自性清淨客塵煩惱之所汙濁然不入衆生清淨界中能爲一切衆生説深妙法除煩惱障不應生下劣心以大量故於諸衆生生尊重心

起大師敬起般若起闍那起大悲依此五法菩薩得入阿鞞跋致位此云不退依如證大方便得阿耨菩提

又涅槃經云若於佛法僧供養一香燈乃至獻一華則生不動國善守佛僧物塗掃佛僧地造像塔如母指常生歡喜心亦生不動國此即淨土常嚴不爲三災所動也又僧祇律云佛於拘薩羅國遊行時婆羅門耕地見世尊過持牛杖柱地禮佛世尊見已便發微笑諸比丘白佛何因緣故笑唯願欲聞佛告諸比丘是婆羅門今禮二佛諸比丘白言何等二佛佛告比丘禮我杖下有迦葉佛塔諸比丘白佛願見迦葉佛塔佛告諸比丘汝從此婆羅門索土塊并是地即便索之時婆羅門便與之得已爾時世尊即現出迦葉佛七寶塔高一由延其面廣半由延婆羅門見已便白佛言我姓迦葉是我迦葉土埠爾時世尊即於彼處作迦葉佛塔諸比丘白佛我得授泥不佛言得授即說偈言

眞金百千擔　持用行布施　不如一團泥　敬心治佛塔

爾時世尊敬過去佛故便自作禮諸比丘亦禮佛說偈言

人等百千金　持用行布施　不如一善心　恭敬禮佛塔

爾時比丘即持香華來奉世尊敬過去佛故即持供養塔佛即說偈言

百千車眞金　持用行布施　不如一善心　香華供養塔

爾時大衆雲集佛告舍利弗汝爲諸人說法

佛說偈言
百千閻浮提　滿中真金施　不如一法施
隨順令修行
爾時座中有得道者佛說偈言
百千世界中　滿中真金施　不如一法施
隨順見真諦
又法句喻經云昔佛在世時遣一羅漢名曰
須曼持佛髮爪至罽賓國南山之中造佛塔
寺中常有五百羅漢旦夕燒香遶塔禮拜時
山中有五百獼猴見僧遶塔禮拜供養即共
負石學僧作塔遶之禮拜于時天雨山水瀑
漲五百獼猴一時沒死生忉利天七寶宮殿
巍巍無量衣食自然快樂無極既得生天各
自念言我等何緣得來生此即以天眼觀見
前身作其獼猴由學衆僧戲笑作塔山水所
漂命終生此即共相將齎持香華從天下來
供養死屍迴詣佛所禮拜問訊佛爲說法五
百天子一時皆得須陀洹果既得果已還歸
天上獼猴學僧戲笑作塔尚獲福報巍巍乃
爾豈況於人信心造塔寧無果報
又譬喻經云昔佛涅槃後阿育王國有迦羅
越其人福德世間希有意有所須應念即至
其家舍宅七寶所成閣內婦女端正少雙晝
夜娛樂快樂無極其人信心恒常供養二萬
餘僧阿育王聞便召見之而語之言聞卿大
富家有何物即荅王言家無所有王不信之
便遣人看使至唯見門閤七重舍宅堂宇七
寶莊嚴巍巍無量使入室中不見餘物唯見
婦女端正少雙使見即還具以白王王意漸
解時迦羅越知王解已便於王前以手東指

即時空中七寶雨下不可限量指餘三方亦復如是王見乃知是大福德王即詣寺請問此事寺有上座得阿羅漢三明六通王問上座此迦羅越宿植何福所須自然應念即至上座荅王乃往過去九十一劫毗婆尸佛入涅槃後迦羅越爾時與其四人同共造塔用心徧殷造塔成已復以七寶及取好花上塔頭上四面散下而以供養發誓願言使我世世食福自然恒不斷絶緣是功德從是以來九十一劫不墮惡道天上人中食福自然快樂無極爾時但願食福無盡不願度脱故至今日唯受勝福未得道迹又大悲經云佛告阿難若人樂著三有果報於佛福田若行布施餘諸善根願我世世莫入涅槃以此善根不入涅槃無有是處是人雖不樂求涅槃然於佛所種諸善根我說是人必入涅槃也又百緣經云昔佛在世時舍衛城中有一長者其家巨富財寶無量不可稱計生一男兒端正殊妙世所希有其兒兩手各把金錢取已還生無有窮盡父母歡喜因爲立字名曰寶手年漸長大慈悲孝順好喜布施有人來乞申其兩手出好金錢尋以施之後與諸人出城遊觀前到祇洹見佛相好心懷歡喜頂禮請佛及比丘僧願受我供阿難語言設供須財於是寶手即申兩手金錢雨落須臾滿地積聚過人佛勑阿難令爲營供飯食訖佛爲說法得須陀洹歸辭父母求乞出家既出家已得阿羅漢果阿難見已而白佛言寶手比丘宿植何福生於豪族手出金錢取無窮盡又值世尊出家得道佛告阿難昔迦葉佛入

涅槃後有迦翅王收其舍利造四寶塔時有長者見竪塔棖心生隨喜持一金錢安著塔下發願而去緣是功德不墮惡道天上人中常有金錢受福快樂乃至今者遭值於我出家得道

又百緣經云佛在世時迦毗羅衛城中有一長者財寶無量其婦懷妊生一男兒容貌端正世所希有然其生時頂上自然有摩尼寶蓋徧覆城上父母歡喜因爲立字名曰寶蓋漸長值佛出家得羅漢果佛告比丘乃往過去九十一劫有佛出世號毗婆尸遷神入涅槃後有國王名槃頭末帝收取舍利造四寶塔高一由旬而供養之時有商主入海採寶安隱得來即以摩尼寶珠蓋其塔頭發願而去緣是功德九十一劫不墮惡趣天上人中常有寶蓋隨共而生乃至今者得值於我出家獲道聞佛所說歡喜奉行

又百緣經云佛在世時迦毗羅衛城中有一長者財寶無量不可稱計其婦生一男兒端正殊妙世所希有頭上自然有摩尼珠時父母因爲立字名曰寶珠年漸長大見佛出家成阿羅漢果入城乞食時寶珠故在頭上城中人民怪其所以競來看之深自慚恥還歸所止白言世尊我此頭上有此寶珠不能使去今者乞食爲人嗤笑願佛世尊見却此珠佛告比丘汝但語珠我今生分已盡更不須汝如是三說珠自當去比丘受教寶珠不現時諸比丘請佛爲說宿業因緣佛告比丘乃往過去九十一劫有佛出世號毗婆尸入涅槃後時彼國王名槃頭末帝收其舍利造四

寶塔高一由旬而供養之時彼國王入塔禮拜持一摩尼寶珠繫著棖頭發願而去緣是功德九十一劫不墮三塗天上人中常有寶珠在其頂上受天快樂至今值佛出家得阿羅漢果比丘聞已歡喜奉行

## 旋遶部第五

如菩薩本行經云昔佛在世時佛與阿難入舍衛城而行乞食時彼城中有一婆羅門從外而來見佛出城光相巍巍時婆羅門歡喜踊躍遶佛一帀作禮而去佛便微笑告阿難言此婆羅門見佛歡喜以清淨心遶佛一帀以此功德從是以後二十五劫不墮惡道天上人中快樂無極竟二十五劫得辟支佛名持儭那祇梨以是因緣若人旋佛及旋佛塔所生之處得福無量也

又提謂經云長者提謂白佛言散華燒香然燈禮拜是爲供養旋塔得何等福佛言旋塔有五福德一後世得端正好色二得聲音好三得生天上四得生王侯家五得泥洹道何因緣得端正好色由見佛像歡喜故何緣得聲音好由旋塔說經故何緣得生天上由當旋塔時意不犯戒故何緣得生王侯家由頭面禮佛足故何緣得泥洹道由有餘福故佛言旋塔有三法一足舉時當念足舉二足下時當念足下三不得左右顧視唾寺中地右遶者經律之中制令右旋若左遶行爲神所訶乃至左遶麥積爲俗所責其徒衆矣今時行事者順於天時面西北轉右肩袒膊向佛而恭也或旋百帀十帀七帀三帀各有所表且論常行三帀者表供養三尊止三毒淨三

業滅三惡道得值三寶故華嚴經偈云

始欲旋塔　當願衆生　施行福祐　究暢道意

遶塔三帀　當願衆生　得一向意　不續四毒

又賢者五戒經云旋塔三帀者表敬三尊一佛二法三僧亦念滅三毒一貪二瞋三癡又三千威儀云遶塔有五事一低頭視地二不得蹈蟲三不得左右顧視四不得唾塔前地上五不得中住與人語

法苑珠林卷第三十七

音釋

賑（之刃切賙也）髭（即移切口上鬚也）溉（居代切澆灌也）䵃（古猛切麥也）蔗（之夜切甘蔗也）嗤（充之切笑也）棖（除庚切柱也）

# 法苑珠林卷第三十八

唐 西明寺沙門釋道世 撰

## 故塔部第六

依像法決疑經云造新不如修故作福不如避禍斯言驗矣或有村坊塔寺損故伽藍堂殿朽壞舍屋崩摧席扇蓬户靡隔煙塵甕牖茅茨無掩霜露是以門墻彫毀糞穢盈階路絕人蹤僧徒漂寄不修不飾日就衰羸造罪造愆無時暫捨夜暗燈燭本自無聞晝日旛華元來非見堂絕梵唄鑪停海岸遂使惡鬼効靈善神捨衛伽藍無固直爲僧徒慢惰佛法既衰亦由白衣無敬此而不憂更欲何求

又寶梁經云有一賢者面上有國王文相師見已嫁女與之後時賢者入僧寺中杖倚伽藍生憍慢故失國王文墮大地獄又薩遮經云或嫌塔寺及諸形像妨礙送置餘處者如是惡人攝在惡逆衆生分中上品治之又十輪經云若破寺殺害比丘其人壽終支節皆疼多日不語死墮阿鼻地獄具受諸苦又三千威儀云掃塔上有五事一不得著履上二不得背佛掃塔三不得取上善土持下棄四不當下佛像上故華五當旦過澡手自持淨巾還拭佛像復有五事一當先灑地二當使調三當待燥四不逆掃五不得逆風掃復有五事一不得去善土二當自手拾草三當取中土轉著下處四不得令四角掃處有迹五掃塔前六步使淨（此處事務故限約六步若事閑豫多掃彌善也）

又正法念經云若有衆生淨心供養衆僧掃如來塔命終生意躁天身無骨肉亦無汙垢香氣能熏一百由旬其身淨潔猶如明鏡又

正法念經云若有衆生識於福田見有佛塔風雨所壞若僧房舍以福德心塗飾治補復教他人令治故塔命終生白身天其身鮮白入珊瑚林諸天女五欲自娛業盡還退若生人中其身鮮白又雜寶藏經云若掃僧房一閻浮提不如掃佛塔一手掌（成論亦同）又撰集百緣經云掃地得五功德一自除心垢二除他垢三去憍慢四調伏心五增長功德得生善處又無垢清淨女問經云掃地得五功德一自心清淨他人見生淨心二爲他愛三天心歡喜四集端正業五命終生善道天中又沙彌威儀經云掃地有五法一不得背人二不得逆掃三當令淨四不得有迹五當即分却又增一經云掃佛塔有五法一水灑地二除去瓦石三平正其地四端意掃地五除去穢惡地既淨已隨能持一枝香華散布地上供養得福無量故華嚴偈云

散華莊嚴淨光明　莊嚴妙華以爲帳
散衆雜華遍十方　供養一切諸如來

又百緣經云昔佛在世時與諸比丘到恒河邊見一故塔毀落崩壞比丘問佛此是何塔朽故乃爾佛告比丘此賢劫中波羅柰國梵摩達王正法治化唯無子息禱祀諸神求索有子困不能得時王國中有一池水生一蓮華其華臺中有一童子結跏趺坐有三十二相八十種好口出優鉢羅華香身諸毛孔出旃檀香王及妃后見甚歡喜即抱還宮養育漸大隨其行處蓮華承足因香立字名栴檀香後悟非常成辟支佛身昇虛空作十八變尋入涅槃王取舍利起塔供養是彼塔耳比

丘問佛宿植何福受斯果報佛告比丘乃往過去拘樓孫佛時有長者子甚好婬色見一婬女心生躭著無財可與遂至塔中盜華與之乃共夜宿曉即身體生其惡瘡痛不可言喚醫療治醫占云須牛頭栴檀用塗瘡上可得除愈時長者子即賣家宅得於金錢滿六十萬尋用買香正得六兩擬用塗瘡心自思惟即語醫言我今所患乃是心病即持所買牛頭栴檀擣以為末入其塔中發誓願言如來往昔修諸苦行誓度衆生隨其厄難我今此身隨一生數唯願世尊慈悲憐愍除我此患作是誓已用香塗塔以償華價至心供養求哀懺悔瘡尋得差身諸毛孔有栴檀香聞此香已歡喜禮拜發願而去緣是功德不墮惡道天上人中常受快樂隨其行處蓮華承足身諸毛孔恒有香氣是故智者當作是學

又小法滅盡經云後劫火起時曾作伽藍所不為火焚乃至金剛界為土臺也又菩薩本行經云昔佛在世時告五百阿羅漢汝等各説前世宿行所作功德今得值我得道因緣時有阿羅漢名婆竭多梨即從座起白佛言世尊我念過去無央數劫有佛出世號曰定光入涅槃後分布舍利起塔供養法欲末時有一貧人無方自濟賣薪為業向澤採薪遥見澤中有一塔寺甚為巍巍即到塔邊瞻覩形像歡喜作禮唯見狐狼飛鳥走獸止宿之處草木荆棘不淨滿中迥絶無人復無行跡無供養者貧人覩見心用愴然而不曉知如來神德但以歡喜誅伐草木掃除不淨掃訖歡喜遶之八帀作禮而去緣此功德命終之

後生光音天衆寶宮殿光明晃煜於諸天中巍巍最勝不可計量盡其天壽而復百返作轉輪王七寶自然王四天下後復壽盡常住國王大姓長者家財富無量顏容端正殊妙無雙人見歡喜無不愛敬欲行之時道路自淨虛空之中雨散衆華婆竭多言昔貧人者今我身是由昔掃塔生處自然一阿僧祇九十劫中不墮惡道天上人間富貴尊榮封受自然快樂無極今最後身值釋迦佛捨豪出家得阿羅漢三明六通具八解脫若有人能於佛法僧少作微善如毛髮許所生之處受報弘大無有窮盡又譬喻經說祇陀太子昔毗婆尸佛時布施一奴一婢給掃寺廟緣此功德世世常得七寶宮宅門戶兩邊常有自然金銀男女擎持寶鉢滿中七寶取無窮盡

夜中常有自然天兵五百餘騎衛護其舍無敢近者輪王七寶者一金輪寶二白象寶三紺馬寶四神珠寶五玉女寶六主藏臣寶七主兵神寶又雜寶藏經云昔舍衛國中有一長者造立塔寺後時命終生忉利天其婦晝夜追憶夫故愁憂苦惱以憶夫故常掃治夫所造塔寺夫下觀見即來婦所問訊安慰而語之言汝憶我故大憂愁耶婦即語言汝爲是誰夫尋答言我是汝夫以作塔寺功德因緣得生天上見汝憶我修治塔寺故來汝所婦言近我夫即答言人身臭穢不復可近汝復欲得爲我妻者勤供佛僧修掃塔寺願生我天若得生天我必當還以汝爲妻婦用夫語作諸功德發願生天其後命終得生天上還爲夫婦夫婦相將來至佛所佛爲說法夫

婦並得須陀洹果既得果已還歸天上又分別功德論云昔舍衛城中有夫婦二人而無子息夫婦精進信敬三寶時婦早亡由信敬故生忉利天以爲天女面首端正天中少比天女自念我極端正今此世間誰任我夫便以天眼觀見本夫今已出家年老暗短專信而已常勤掃除塔廟爲業見其掃塔必應生天天女尋下光明照耀住其夫前比丘見已問其因緣天女答曰我是君婦今爲天女我觀天上無任我夫見君精進常勤掃塔必應生天若得生天願同一處還爲我夫是以故來陳其情狀白意已訖還歸天上時夫比丘見此事已從是以後倍加精進修補塔廟積功轉勝應生第四兜率天上天女憶夫復來語言君福轉勝應生兜率天我今不復得君爲夫語訖還去比丘聞已倍更精進遂獲得阿羅漢果三明六通具八解脫又百緣經云佛在世時迦毗羅城中有一長者財寶無量其婦生一兒端正殊妙見者敬仰漸大見佛得阿羅漢果爾時世尊告諸比丘乃往過去九十一劫有毗婆尸佛入涅槃後有王名槃頭末帝收取舍利造四寶塔而供養之其後小毀有童子入塔見此破處和顏悅色集喚衆人共塗治塔發願而去緣是功德九十一劫不墮地獄畜生餓鬼天上人中受樂無極常爲天人所見敬仰乃至今值於我爲諸人所見敬仰出家得道聞佛所說歡喜奉行頌

曰

遺身八萬塔　寶飾高百丈　儀鳳異靈鳥

金盤代仙掌　積拱承彫角　高簷掛樹網

寶地若池沙　風鈴如積響　刻削生千變
丹青圓萬像　烟霞時出沒　神仙乍來往
晨霧半層生　飛旛接雲上　遊蜺不敢息
翔鵾詎能仰　聖變無窮端　感福豈三兩
願假舟航末　彼岸誰云廣

感應緣（畧引二十一驗）

西晉會稽鄮縣塔　東晉金陵長干塔
石趙青州東城塔　姚秦河東蒲坂塔
周岐州岐山南塔　瓜州城東古塔
沙州城內大乘寺塔　洛州故都西塔
涼州姑臧故塔　甘州刪丹縣故塔
晉州霍山南塔　齊代州城東古塔
隋益州福感寺塔　益州晉源縣塔
鄭州超化寺塔　懷州妙樂寺塔
并州淨明寺塔　并州揄杜縣塔
魏州臨黃縣塔
統明神州山川并海東塔
雜明西域所造之塔

右以前數內十九塔並是如來在日行化乞食因遇童子戲弄沙土以爲米麪宿祐冥會以土麨施佛佛感其善心爲受塗壁記此童子吾滅度後一百年滿作王出世號爲阿育作鐵輪王王閻浮提一切鬼神並皆臣屬且使空中地下四十里內所有鬼神開往前八塔所獲舍利役諸鬼神於一日一夜一億家施一塔廣計八萬四千塔具如上經故不備載今惟此神州即是東境故此漢地案諸典籍尋訪有十九塔並是育王所造八萬四千之數也若更具引佛法東

流巳來道俗所造感通者則有百千且述育王十九塔内逐要感徵并同見聞者略述者二十一條餘之不盡者備如廣傳也

初西晉會稽鄮縣塔寺今在越州東三百七十里鄮縣界東去海四十里在縣東南七十里南去吳村二十五里案前傳云晉太康二年有并州離石人劉薩訶者生在田家弋獵爲業得病死甦云見一梵僧語訶曰汝罪重應入地獄吾憫汝無識且放今洛下齊城丹陽會稽並有古塔及浮江石像悉阿育王所造可勤求禮懺得免此苦既醒之後改革前習出家學道更名慧達如言南行至會稽海畔山澤處處求覓莫識基緒達悲塞煩冤投造無地忽於中夜聞土下鐘聲即遷記其處剌木爲剎三日間忽有寶塔及舍利從地涌出靈塔相狀青色似石而非石高一尺四寸方七寸五層露盤似西域于闐所造面開窻子四周天全中懸銅磬每有鐘聲疑此磬也遶塔身上並是諸佛菩薩金剛聖僧雜類等像狀極微細瞬目注睛乃有百千像現面目手足咸具備焉斯可謂神功聖迹非人智所及也今在大木塔内於八王日舉巡邑里見者莫不下拜念佛生善齋戒終身其舍利者在木塔底其塔左側多有古迹塔側諸暨縣越舊都之地也以句章鄞鄮剡等四縣爲之諸暨東北一百七里大部鄉有古越城周迴三里地記云越之中葉在此爲都驪宮別館遺基尚在悉生豫樟多在門階之側行位相當森竦可愛風雨晦朔猶聞鐘磬之聲百姓

至今多懷肅敬其迹繁矣輿志云阿育釋迦弟子能役鬼神一日夜於天下造佛骨寶塔八萬四千皆從地出

案晉沙門竺慧達云東方兩塔一在於此一在彭城今秣陵長干又是其一則有三矣今以經驗億家造一塔計此東夏理多不疑且見揚越即有二塔廣統九域故有隱之會稽記云東晉丞相王導云初過江時有道人神來不凡言從海來相造昔與育王共遊鄮縣下眞舍利起塔鎮之育王與諸眞人捧塔飛行虛空入海諸弟子攀引一時俱墮化爲烏石石猶人形其塔在鐵圍山也太守褚府君云海行者述島上有聚烏石作道人形頗有衣服褚令鑿取將視之石文悉如袈裟之狀梁祖晉通三年重其古迹建木浮圖堂殿房廊周環備滿號阿育王寺四面山繞林竹葱翠華卉間發飛走相娛實閑放者之佳地也有碑頌之著作郎顧亂祖文寺東南三里山上有佛右足跡寺東北三里山頭有佛左足跡二所現于石上莫測其先寺北二里有聖井其實深池中有鰻鱺魚俗號爲魚菩薩也人至井所禮拜魚隨聲出至隋末賊過僞禮魚現賊便以刀斫之因斷魚尾自爾潛隱雖喚不出時有至心邀請禮拜者但濆水而已初有一僧聞塔來禮處所荒凉將食爲難有老姥患脚來爲造食便去日日如是怪之去後私尋乃入池內校量即是池魚所化也其塔靈異往往不一大略爲瑞多現聖僧遶塔行道每夕然燈於光影中現形在壁旋轉而行且列數條多則詞費至唐貞觀十九年斂

法師者寓穴道勝歷覽聖迹依然動神領徒數百來寺一月數講經論士俗咸會夜中有人見梵僧百餘繞塔行道以事告衆寺僧曰此事常有不足可怪自古至今四大良日遠近來寺建齋樹福然於夜中每見梵僧行道誦經讚唄等相唐永徽元年會稽處士張太玄於寺禮誦沙門智悦獨與太玄連牀而寢半夜聞誦金剛般若了了分明二人靜聽形心欣泰乃至誦訖穀契其相若眞尋視無形明知神授也西京城内東西曲池日嚴寺寺即隋煬帝造昔在晉蕃作鎮淮海京寺有塔未安舍利乃發長干寺塔下取之入京埋于日嚴寺塔下施銘於上于時江南大德五十餘人咸言京師塔下舍利非是育王造塔舍利育王舍利乃在長干本寺道俗懷疑不測是非至武德七年日嚴寺廢僧徒散配其舍利塔無人守護時有道宣律師門徒十人配住西市南長壽坊崇義寺乃發掘塔下得舍利三枚白色光明大如黍米并爪一枚少有黄色并白髮數十餘有雜寶瑠璃古器等總以大銅函盛之撿無螺髮又疑爪黄而小如人者尋佛倍人爪赤銅色今則不爾乃將至崇義寺佛堂西南塔下依舊以大石函盛之本銘覆上埋于地府南僧咸曰此爪髮至梁武帝時已有疑焉據事以量則長干佛骨頗移於帝里矣然江南古塔猶有神異崇義所流蓋蔑如也故兩述之但年歲綿遠後人莫測其源故別流記爾（此下闕青州河東二驗）

周西京西扶風故縣在岐山南古塔在平原上南下北高鄉曰鳳泉周魏以前寺名阿育

王僧徒五百及周滅佛法廟宇破壞唯有兩堂至大業末年四方賊起百姓共築此城以防外寇唐初雜住失火焚之一切都盡二堂餘燼焦黑尚存至貞觀五年岐州刺史張亮素有信向來寺禮拜但見故塔基曾無上覆奏勑請望雲宮殿以蓋塔基下詔許之古老傳云此塔一閉經四十年一出示人令道俗生善恐開聚衆不敢私開奏勑許開深一丈餘獲二古碑並周魏之所樹也既出舍利遍視道俗有一盲人積年目冥努眼直視忽然明淨京邑内外奔赴塔所日有數萬舍利高出見者不同或見如玉白光映徹内外或見綠色或見佛形像或見菩薩聖僧或見赤光或見五色雜光或有全不見者問其本末爲一生已來多造重罪有善友人教使徹到懺悔或有燒頭煉指刺血灑地殷重至誠遂得見之種種不同不可備錄至顯慶四年九月内有山僧智琮慧辯以解呪術見追入内語及育王塔事年歲久遠須假弘護帝曰豈非童子施土之育王耶若近有之則八萬四千之一塔矣琮曰未詳虚實請更出之帝曰能得舍利深是善因可前至塔所七日行道祈請有瑞乃可開發即給錢五千貫絹五千匹以充供養琮與給使王長信等十月五日從京且發六日逼夜方到琮即入塔内專精苦到行道久之未驗至十日三更乃臂上安炭火燒香懔厲專注曾無異想忽聞塔内像下振裂之聲尋聲往觀乃見瑞光流溢霏霏上涌塔内三像足下各放光明赤白綠色旋遶而上至於衡角合成帳蓋琮大喜踊躍欲召

僧看乃覩塔內側塞僧徒合掌而立謂是曰
寺須臾既久光蓋漸歇冉冉而下去地三尺
不見羣僧方知聖隱勑使王長信等同覩瑞
相流輝遍滿赫奕瀾漫若有旋轉久方沒盡
及旦看之獲舍利一枚殊大於粒光明鮮潔
更細尋視又獲七粒總置盤木一枚獨轉遶
餘七粒各放光明炫燿人目琮等以所感瑞
具狀上聞勑使常侍王君德等送絹三千匹
令造朕等身阿育王像餘者修補故塔仍以
像在塔內可即開發出佛舍利以流福慧又
勑僧智琮慧辯鴻臚給名住會昌寺初開舍
利二十餘人同共下鑿及獲舍利諸人並見
唯一人不見其人懊惱自拔頭髮苦心邀請
乃置舍利於掌雖覺其重不見如初由是諸
人恐不見骨不敢覩光寺東雲龍坊人勑使
未至前數日望寺塔上有赤色光周照遠近
或見如虹直上至天或見光照寺城丹赤如
晝具以聞寺僧歎訝曰舍利不久應開此
瑞如貞觀不異其舍利形狀如上指初骨長
可二寸內孔正方外楞亦爾下平上漸內外
光淨以指內孔恰得受指便得勝載以示大
衆至於光相變現不可常準于時京邑內外
道俗連接二百里間往來相續皆稱佛德一
代光華京師慈恩寺僧惠滿在塔行道忽見
綺井覆海下一雙眼精光明殊大通召道俗
同視亦皆懾然喪膽更不重視至顯慶五年
春三月下勑請舍利往東都入內供養時西
域又獻佛束頂骨至京師人或見者高五寸
闊四寸許黃紫色又追京師僧七人往東都
入內行道勑以舍利及頂骨出示行道僧曰

此佛眞身僧等可頂戴供養經一宿還收入内皇后捨所寢衣帳准價千匹絹爲舍利造金棺銀槨雕鏤窮奇以龍朔二年送還本塔至二月十五日京師諸僧與塔寺僧及官人等無數千人共下舍利子石室掩之俟三十年後非余所知至後開瑞冀補兹處歧州歧山縣華陽鄉王莊村有人姓馮名玄嗣先來麤獷殊不信敬毋兄承舍利從東都來將欲藏掩嗣不許往毋兄不用其語至舍利所禮拜還家玄嗣怒曰此有何驗而往禮之若舍利有功德者我家中佛像亦有功德即取佛像燒之竟有何驗毋兄救之巳燒下半玄嗣忽倒不覺暴死經三日始活說云忽到一處似是地獄有大鳥飛來啄精皷舌入大火坑燒烙困苦覺身癢悶以手摩面眉髮隨落目看大地全無精光親屬傍看皆知罪驗諸人語曰汝自造罪無可代者玄嗣神識不與人同但曰火燒我心以取道士之語敎吾不信謗佛之罪今殃著身東西馳走又被打杖怕懼號哭但惟叩頭彈指懺悔乞命乞命而晝夜號走不曾暫住至二月十三日親屬哀愍請僧懺悔乞願造像又將至塔所于時京邑大德極多時行虔法師爲衆說法裴尚官比丘尼等數百俗人士女向有萬人咸見玄嗣五體投地對舍利前號哭自撲至誠懺悔不信之罪又懺犯尼淨行打罵衆僧盜食僧果自懺已後眠夢稍安大患仍自不差未經一年方死其佛頂骨用珍寶贖之計直四千匹絹遂依其數以蕃練酬之頂骨今見在内供養即是螺髻東髮小頂骨然大頂骨猶未至

此此下闕丕州沙州洛州涼州甘州晉州代州七驗

隋益州郭下福感寺塔者在州郭下城西本名大石相傳云是鬼神奉育王教西山取大石爲塔基舍利在其中故名大石也隋蜀王秀作鎮井絡聞之令人掘鑿全是一石尋縫至泉不見其際風雨暴至有人於石傍鑿取一片將出乃是鑿王問於識寶商云此是眞鑿王世中希有隋初有誂律師見此古迹於上起九級木浮圖今見在焉益州旱澇官人祈雨必於此塔祈即有應特奇感徵故名福感寺近有人盜鈴將下三級有神擊櫨斗起以壓賊脞內中其人被壓唱呼寺爲射斗起方得脱出至永徽元年有王顏子者漂掠有名夜上相輪取博山將下至底級兩柱忽夾之求出不得漸漸急困見有梵僧曰可大唱賊不爾死矣即唱數聲寺僧聞救方得拔出至貞觀年初大地震動此塔搖颺將欲摧倒于時郭下無數人來忽見四神形如塔量各以背抵塔之四面乍倚乍傾卒以免壞觀瑞道俗歎未曾有塔上露盤猶來小短不稱塔形有一人極豪侈多產業見前靈瑞乃捨金三百兩共諸信者更造露盤既成析下至覆盆香氣蓬勃如雲騰涌流芳城邑七日乃歇

隋益州晉源塔者在州西南一百餘里今號爲等泉寺本名大石其基本緣略亦同前尋諸古塔其相不同豈非當部鬼神情有所樂案蜀三塔同一石蓋餘不定准也州北百里雒縣塔者在縣城北郭下寶興寺中本名石基相亦同前隋初有天竺僧曇摩掘叉遠至東夏禮育王塔承蜀三塔又往禮拜至雒縣

大石寺塔所敬事已訖欲往成都宿雨女驛將旦聞左右行動聲又曰是何人耶妄相恐動空中應曰有十二神王從本國來所在之處擁護法師明日當見成都塔今欲西還與師別耳又曰既能遠送何不見形神即見形又爲人善畫便一一邈之既遍形隱及至成都禮大石塔訖詵律師乃依圖刻木爲十二神像粧飾在於塔下今猶見在益州郭下法成寺有沙門道卓是名僧也大業初雒縣寺無人修葺纔有下基卓乃率化四部造木浮圖粧飾備矣塔爲龍護居在西南角井中時有相現側有三池莫知深淺三龍居之人莫臨視貞觀十三年三龍大鬬雷霆震擊水火交飛久之乃靜塔如本住人皆拾得龍毛長三尺許黃赤可愛

隋鄭州超化寺塔者在州西南百餘里密縣界在縣東南十五里塔在寺東南角其北連寺方十五步許其寺塔基在淖泥之上西面有五六泉南面亦有皆孔方三尺騰涌沸出流溢成川泉上皆下安栢柱鋪在泥水上以炭沙石灰次而重填最上以大方石可如八尺牀編次鋪之四面細腰長一尺五寸深五寸生鐵固之近有人試發一石下有石灰乃至百團便抽一團長三丈徑四尺現在自非輪王表塔神功所爲何能辦此基搆終古不見其儔也今於上架塔二重塔南大泉涌沸鼓怒絕無水聲豈非神化所致也有幽州僧道嚴者姓李氏形極奇偉本入隋煬四道場後從俗服今年一百五歲獨住深山每年七日來此塔上盡力供養嚴怪其泉流涌注無

聲乃遣善水崑崙入泉尋討但見石柱羅列不測其際中有寶塔可高三尺獨立空中四面水圍凝然而住竟不至塔所考其原始莫測其由時俗所傳育王所立隋祖已來寺塔現在

隋懷州妙樂寺塔者在州東武陟縣西七里妙樂寺中見有五級白浮圖塔方可十五步並是側石編砌石長五尺闊三寸以下鱗次葺之極細密道俗自見咸驚訝其神鬼所造其下不測其底古老相傳塔從地涌出下有大水莫委眞虛有刺史疑僧濫飾乃使人傍基掘下至泉源猶不見其際此下闕淨明榆社二驗

隋魏州臨黃塔者在縣西三十里本名舍利寺今爲尼住其塔見在三邊有水惟西開路基搆編石從水底上蓮華彌滿於三面其水際深人皆怯入傳云舍利塔在其水内空中如鄭州者今改爲冀州大都督府

齊州臨濟縣東有甎塔云是誌公所營四面石獸擁從驚人周滅法時令人百千用力挽出終不可脫亦無有損今現在○益州城南空慧寺内金藏有穴在寺近有道士素知有藏來就守寺神乞神令入穴取得二斗金粟依言即入唯見地下金甕行行相對莫測其邊寺僧通知無敢侵者○坊州玉華宮寺南二十里許大高嶺俗號檀臺山上有古塔基甚宏壯面方四十三尺上有一層甎身四面開户石門高七尺餘廣五尺餘傍有破甎無數古老傳云昔周文王於此遊獵見有沙門執錫持鉢山頭立住喚下不來王遣往捉將至不見遠看仍在乃勑掘所立處深三丈獲

得鉢杖而已王重之爲聖故爲起甎塔一十三級左側村墟常聞鐘聲至龍朔元年京師大慈恩寺沙門慧貴法師聞之便往又聞鐘聲慷慨古迹將事修理恨無泉水懷惑猶豫貴又感祥雲護塔善神曰可即經始不勞疑慮又感異僧曰我是南方淨土菩薩行化至此云是塔自古至今已經四造勿辭勞倦功用必成唯須牢作不事華侈三層便止貴聞此告親事經營塔側古窨三十餘所猶有熟甎塡滿更尋塔南川中乃是古寺背山面水一期幽栖之勝地也自未修前鐘聲時至恰今營搆依時發聲三下長打如今集僧上堂方法龍朔三年掘得古銘云周保定年塔崩塔初成時南望見渭又云置塔經四百餘年崩計周保定至開皇元年得二十年開皇至龍朔初得八十一年又計銘記四百年後始崩則塔是後漢時所造後周無謚文者前周大遙未知古老所傳周文是何帝代但知塔甎巨萬終非下俗所立耳江州廬山有三石梁長數十丈廣不及尺下望無底晉咸康年中庾亮爲江州登山過梁見老公殊偉廈屋崇峻玉堂眩目奇塔崇竦莫測是何循逵久之終非人宅乃拜謝而返唐貞觀二十一年荆州大興國寺塔西南柱無故有聲人往看之乃見有金銅佛頭出如是日日漸出經三夕方盡長六寸許是立佛道俗咸異之

高麗遼東城傍塔者古老傳云昔高麗聖王出現案行國界次至此城見五色雲覆地即往雲中有僧執錫住立既至便滅遠看還見傍有土塔三重上如覆釜不知是何更往

覓僧唯有荒草掘深一丈得杖并履又掘得銘上有梵書侍臣識之云是佛塔王委曲問答曰漢國有之彼名蒱圖王因生信起木塔七重後佛始至具知始末今更增高本塔朽壞斯則育王所統一閻浮洲處處立塔不足可怪倭國在此洲外大海中距會稽萬餘里隋大業初彼國官人會丞來此學問內外博知至唐貞觀五年共本國道俗七人方還倭國未去之時京內大德每問彼國佛法之事因問阿育王依經所說佛入涅槃一百年後出世取佛八國舍利使諸鬼神一億家爲一佛塔造八萬四千塔遍閻浮洲彼國佛法晚至未知已前有阿育王塔不會丞答曰彼國文字不說無所承據然驗其靈迹則有所歸故彼土人開發土地往往得古塔靈盤佛諸儀相數放神光種種奇瑞詳此嘉應故知先有也

西域志云罽賓國廣崇佛教其都城內有寺名漢寺昔日漢使向彼因立浮圖以石搆成高百尺道俗虔恭異於殊常寺中有佛頂骨亦有佛髮色青螺文以七寶裝之盛以金匣王都城西北有王寺寺內有釋迦菩薩幼年齓齒長一寸次其西南有王梵寺寺有金銅浮圖高百尺其浮圖中有舍利骨每以六齋日夜放光明照燭遠承露盤至其達曙西域志云波斯匿王都城東百里大海邊有大塔塔中有小塔高一丈二尺裝衆寶飾之夜中每有光曜如大火聚云佛般泥洹五百歲後龍樹菩薩入大海化龍王龍王以此寶塔奉獻龍樹龍樹受已將施此國王便起大塔以

覆其上自昔以來有人求願者皆叩頭燒香獻華蓋其華蓋從地自起徘徊漸上當塔直上乃止空中經一宿變滅不知所在西域志云龍樹菩薩於波羅柰國造塔七百所自餘凡聖造者無量直於禪連河上建塔千有餘所五年一設無遮大會○西域乾陀羅城東南七里有雀離浮圖推其本緣乃是如來在世之時與諸弟子遊化此土指城東曰我入涅槃後二百年有國王名迦尼色迦在此處起浮圖佛入涅槃後二百年有國王字迦尼色迦出遊城東見四童子壘牛糞爲塔可高三尺俄然即失矣王怪此童子即作塔籠之糞塔漸高挺出於外去地四百尺然後始定王更廣塔基三百餘步從地搆木始得齊等上有鐵棖高三百尺金盤十三重合去地七百尺施功既訖糞塔如初在大塔南三百步時有婆羅門不信是糞以手探之遂作一孔年歲雖久糞猶不爛以香泥填孔不可充滿今有天宮籠蓋之雀離浮圖自作已來三爲天火所災國王修之還復如本父老云此浮圖天火七燒佛法當滅塔內佛事悉是金玉千變萬化難得而稱旭日始開則金盤晃朗微風暫發則寶鐸鏗鏘西域浮圖最爲第一○雀離浮圖南五十步有一石塔其形正直舉高二丈甚有神變能與世人表作吉凶之徵以指觸之若吉者金鈴鳴應若凶者假令人搖亦不肯鳴宣律師住持感應傳云律師問四天王世尊舍利闍維始了舍利灰石當置幾塔天人龍鬼各得分不答曰人得八分天得三分龍得十二分灰石分六分鬼神得

二分修羅得三分力士得一分汝等天人龍神愼勿起諍此是世尊教又問世尊僧伽梨當置何處鉢盂錫杖復置何處答曰世尊僧伽梨付囑堅疾天令善護持鉢盂錫杖付囑頻伽天隨在供養世尊僧伽梨先遣在祇洹十二年中住鉢盂在鷲頭山十五年中住錫杖在龍泉四十年中住又問伽梨鉢杖等何故歷年住耶答曰佛告我言初度比丘尼損我正法又爲末世多惡比丘貯畜不淨物不受持三衣毀滅正法故令僧伽梨等六年住僧戒壇六年住尼戒壇令正法久住又問何故伽梨分爲二處住耶答曰亦爲末世惡比丘比丘尼等不受持衣多犯禁戒無有威德是故世尊令將僧伽梨六年住戒壇令招威德天人龍神敬佛意故不嫌比丘比丘尼伽梨六年住戒壇亦爲惡尼令修行八敬供養比丘勿起媟意修持淨行令諸鬼神敬順佛意日夜六時來至伽藍擁護尼衆故住六年又問何故佛鉢在靈鷲山十五年住答曰世尊未涅槃前在鷲山精舍分析白毫光明以爲百千分留一分光施末法弟子若持戒若破戒乃至天龍鬼神等於如來法中能作一念善者皆施此光明世尊初成道時四天王奉佛石鉢唯世尊得用餘人不能持用如來滅度後安鷲山與白毫光共爲利益於末法中當隨佛鉢於他方國施比丘食及以天龍等衆隨順佛意縱造非法終不見過又問何故十五年在鷲頭精舍答曰初住五年者欲表諸比丘令觀五陰得證三昧十年欲令解了諸法得百法門自此隨緣流行諸國乃至

法滅也又問何故錫杖在於龍窟中四十年住耶答曰爲護諸外道及伏煩惱惡龍破諸結使開悟大乘四諦法輪如來去世後四十年中有飛行羅刹能說毗尼藏及十二部經詐爲善比丘食諸持戒者日别四百爲斷此惡故鎮龍窟復令正法增住四百年復令像法增住千五百年復令末法增住二萬年爾時大梵天王來至世尊所白佛言如來初踰城至洴沙王國問樹神道樹神請佛至宮已白佛言我受此神身經二十大劫過去諸佛皆來至此我此宮中有過去諸佛四牙一千四塔我今請佛昔爲童子時齓牙四枚請佛垂慈賜我四牙欲造塔供養佛即許之即告阿難汝往父王所從彼典藏臣取我四牙阿難依命即取佛告樹神今留一牙與汝供養

汝可造塔并寫我經教我今四弟子在塔入滅盡定守我牙塔爾時樹神即將七寶來至世尊所以神力故於一念頃即成四塔高五十由旬又造眞珠樓觀及以白銀臺於此四塔内各造臺觀具八萬四千即造臺塔已待我涅槃後迦葉結集竟當寫我教令大毗尼藏安彼塔中我留此塔汝好護持勿令損壞至我涅槃時勑語文殊我於三大劫修無量苦行令得四牙已造塔安竟令後末世法欲滅時令住利益正法興顯佛告阿難我初成道時從河洗浴訖我苦行六年手足爪甲不剪皆長七寸許時大梵天王見我爪甲長手執七寶刀剪我手足爪甲我將付父王令善護持王旣崩後轉付典藏臣汝可往至彼道我須爪甲阿難依命取來至世尊所佛開函

取爪甲普示大衆我之手足二十甲猶如赤銅色佛告大衆汝等天人龍神等可將我爪甲當細熟視恐未來世中諸魔及外道別將相似物換我眞甲汝若疑非者當以金剛鎚鉆以甲置鐵鉆上以鎚打擊無片損者乃眞我甲若以火燒煉變爲金色出五色光上照有頂見此相者是我眞爪甲也佛告文殊師利及四天王等從此末法後多諸惡比丘滿閻浮提無有威德無有智慧至千四百年後汝將我十爪塔遊歷四天下一國住經七日如是周歷已當至香山頂阿耨達池中金砂洲上住至千五百歲我此大千界八百億國教初流行彼汝文殊師利分身變爲國王金剛齊菩薩分身爲大臣金剛幢菩薩分身爲比丘汝等三大士共流通我教幸不生疲勞

懈怠也又問漢地塔寺古迹云何答曰今諸處塔寺多是古佛遺教基育王表之福地不可輕也今有名塔如常所聞無名藏者隨處亦有如河西甘州郭中寺塔下有古佛舍利及河州靈巖寺佛殿下亦有舍利○秦州麥積崖佛殿下舍利山神藏之此寺周穆王所造名曰靈安寺經四十年當有人出荆州長寧寺塔是育王所造下有舍利入地一丈餘石函五重感碎身骨益州三塔大石(今名福感)武誓(今名靜亂)駱縣等並有神異如別傳說有羅漢將往鐵圍山留小塔其塔大有善神旦現二魚井中鰻鯬魚護塔神也其側有足跡石上者云是前三佛蹈處也昔周時此土大有人住故置此塔又問若爾周穆已後諸王建置塔時何爲此土文記罕現耶答曰立塔爲於

前緣多是神靈所造人有見者少故文字少傳楊雄劉向尋於藏書往往見有佛經豈非秦前已有也今衡岳南可六百里在永州北有大川東西五百餘里南北百餘里川中昔人住數十萬家今生諸巨樹大者徑二三丈下無草木深林可愛中有大江東流入湘江尋澗覔之即得川南有谷北出入谷有方池四方砌石水深龍居有犯者輙雷震山谷左側多有山果橘柚楊梅之屬列植相次池南有育王大塔石華捧之上以石籠覆與地平塔東崖上具有碑篆書可識登梯抄取足知立塔之由也

衡山南大明師置寺處亦有古塔其寺南北十餘里七處八會流渠靜院處處皆立又問諸神自在威力殊大至如蜀三塔咸名大石人有掘者莫測其原至如秦川武功一塔古老相傳名曰育王三十年中一度出現至貞觀已來已兩度出雖光瑞殊壯而舍利如指骨在石臼中如何狹陋若此答曰諸鬼神中貧富不定各是往業如人不殊天中亦爾隨其所有而用供養此塔（自下云云）鼓山竹林寺名何代所出耶答曰是迦葉佛時造周穆王於更重造寺穆王佛殿并及素像至今現存山神從佛請五百羅漢住此寺中即今現有二千聖僧遶寺左側現有五萬五通神仙供養此寺僧（除事云云如前伽藍驗說）

法苑珠林卷第三十八

## 音釋

蜆研奚切虫蜆也
鵾公渾切鳥名
鄚莫候切地名
瞬輸閏切目動也
鄞魚巾切縣名
剡時染切縣名
鰻鰶鰻莫官切鰶力脂切魚名
蔑莫結切正作蔑無也
燼徐刃切火餘也
懍力錦切危懼也
懾質涉切心服也
獷古猛切惡也
鑋烏兮切
詵疏臻切
櫨龍都切栟也
䏶部禮切股也
雒歷各切與洛同
倭烏禾切國名
齔初覲切毀齒也
鏗鏘鏗丘耕切鏘七羊切鏗鏘金玉聲也
鉆其麃切鐵鉆也

法苑珠林卷第三十九
唐　西明寺沙門釋道世撰
伽藍篇第三十六此有三部
述意部　營造部　致敬部
述意部第一
原夫伽藍者昔布金西域肇樹福基締搆東川終祈淨業所以寶塔蘊其光明精舍圖其形像徧滿三千之界住持一萬之年建苦海之舟航爲信根之枝幹覩則發心見便忘返益福生善稱爲伽藍也但惟年代日遠法教衰替寺像雖立敬福罕儔或眞或僞改換隨情或精或麤乃同蕃土遂令目覩其迹莫識厥旨日用其事不知所由是以行道之衆心無所安流俗之徒於法無敬輕慢於是乎生陵蹈於是乎起欲以此護法不亦難哉者乎是以古德寺誥乃有多名或名道場即無生廷也或名爲寺即公廷也或名淨住舍或名法同舍或名出世間舍或名精舍或名清淨無極園或名金剛淨刹或名寂滅道場或名遠離惡處或名親近善處並隨義立各有所表今道俗雜居豈得稱名也
營造部第二
依宣律師祇洹寺感通記云經律大明祇洹寺之基趾多云八十頃地一百二十院准約東西近有十里南北七百餘步祇陀須達二人共造成之已後經二百年被燒都盡則當此土周姬第十三王平王之三十一年祇陀太子初雖不許賣後見布金欣然奉施即告長者吾自造寺不假於卿須達不許因此共造太子立願後若荒廢願樹還生恰至被燒

屋宇頓盡所立樹者如本不跡何以被燒是由須達爲凡之時賣肉得財居賤出貴常願荒儉雖巨富財由穢心故以此造寺終遭煨燼太子願力淨心樹生業行有殊表之染淨也於後五百年有旃育迦王依地而起十不及一經于百年被賊燒盡經十三年有王六師迦者依前重造屋宇壯麗皆寶莊嚴一百年後惡王壞之爲殺人場四天王及娑竭龍王忿之以大石壓之殺毀者經九十年荒無人物忉利天王令第二子下爲人王又依地造莊飾嚴好過佛在時經百五十年魔天燒滅則當此土漢末獻帝二十九年以事往徵顯宗已後和安桓靈之代西域往來行人踵接則見天王葺構之作祇樹載茂之緣後雖有造者僅接遺基至于今日荒涼而已依南天王子撰祇洹圖一百卷北天王子撰五大精舍圖二百卷各在本天不可具述也

夫造寺法用不可楷定隨其施主物有豐儉雖量力而作然須用心精誠而造寺物雖小得福弘大故無上依經云雖造四果聖人塔廟滿四天下盡形供養不如有人佛涅槃後取佛舍利造塔供養所得功德勝前功德百千萬億分不可爲喻也一由有優劣二由心有強弱若有眞心縱小尚得福多何況於大若有僞心縱大尚得福少何況於小是故行者若欲造作必須殷重不得輕慢也

如賢愚經云天語須達長者云汝往見佛得利無量正使令得百車珍寶不如轉足一步至趣世尊正使令得百象珍寶不如舉足一步往趣世尊正使令得一四天下滿中珍寶

不如舉足一步至向世尊所得利益盈逾於彼百千萬倍聞已歡喜佛爲説法成須陀洹果須達問舍利弗世尊足行日能幾里舍利弗言日半由旬如轉輪王足行之法世尊亦爾爾時須達長者即於道次住二十里作停舍須達請太子欲買園造精舍祇陀太子言若能以黄金布地令間無空者便當相與須達曰諾謹隨其價太子祇陀言我戲語耳須達言太子不應妄語即共與訟時首陀會天化作一人爲評詳言夫太子法不應妄語價既已決不宜中悔太子遂與之便使人象負金出八十頃中須臾欲滿殘餘少地（雜阿含經殘五百步宇經亦太子祇陀有園八十頃去城不遠）須達思惟何藏金足不多不少當取滿之祇陀問言嫌貴置之答言不也自念金藏何者可足當得補滿祇陀念言佛必大德乃使斯人輕寶乃爾敎齊且止勿更出金園地屬卿樹木屬我我自上佛共立精舍須達歡喜即然可之即便歸家當施功作六師聞之往白國王長者須達買祇陀園欲爲瞿曇沙門興立精舍聽我徒衆與共角術沙門得勝便聽起立若其不如不得起也瞿曇徒衆住王舍城我等徒衆當住於此王報須達六師出如此言須達愁惱不樂舍利弗怪問不樂達具述報之舍利弗言正使六師滿閻浮提數如竹林不能動吾足上一毛欲角何等自恣聽之須達歡喜即報國王却後七日當於城外寛博之處時舍利弗共勞度差各現神變外道不如（具在經文）時舍利弗既見外道受屈即爲説法隨其本行宿福因緣各得道迹六師徒衆三億弟子於舍利

弗所出家學道角技訖已各還所止長者須達共舍利弗住圖精舍須達自手捉繩一頭時舍利弗自捉一頭共經精舍時舍利弗欣然含笑須達問言尊者何笑答言汝始於此經地六欲天中宮殿已成即借道眼悉見六天嚴淨宮殿問舍利弗言是六天何處最樂舍利弗言下三色染上二憍逸第四天中少欲知足恒有一生補處菩薩來生其中法訓不絕須達言曰我正當生第四天中出言已竟餘宮悉滅唯第四天宮殿湛然復更徙繩時舍利弗慘然憂色即問尊者何故憂色答言汝今見此地中蟻子不耶對曰已見時舍利弗語須達言汝於過去毗婆尸佛亦於此地爲彼世尊起立精舍而此蟻子在此中生乃至七佛已來汝皆爲佛起立精舍而此蟻子亦在中生至今九十一劫受一種身不得解脫生死長遠唯福爲要不可不種是時須達悲心憐傷經地已竟起立精舍爲佛作窟以妙栴檀用爲香泥別房住止千二百處凡百二十處別打揵椎施設已竟欲往請佛即往白王王聞即遣請佛世尊與諸四衆前後圍遶放大光明震動天地徧照三千城中伎樂不鼓自鳴盲聾病者皆得具足男女大小覩斯瑞應歡喜踊躍來詣佛所十八億人都悉來集聚爾時世尊隨病投藥爲說妙法各得道迹佛告阿難今此園地須達所買林樹華果祇陀所有二人同心共立精舍應當與號太子祇陀樹給孤獨食園名字流布傳示後世爾時阿難及四部衆聞佛所說頂戴奉行

又涅槃經云須達取金隨集布地一日之中唯五百步金未周徧祇陀即語須達餘未徧者不復須金請以見與我自爲佛造立門樓常使如來經由入出祇陀長者自造門樓須達長者七日之中成立大房足三百口禪坊靜處六十三所冬室夏堂各各別異廚坊浴室洗脚之處大小圊廁無不備足○問曰何故如來偏住此園耶答曰依眞諦師傳云過去第四拘留孫佛時人壽四萬歲有長者名曰毗沙此地廣一由旬純以金板布地徧滿其上奉施如來以爲住處第五拘那含牟尼佛時人壽三萬歲有長者名大家主以此園地廣三十里純以銀衣等徧布其地幷以乳牛及犢子充滿其中奉施如來起爲住處第六迦葉波佛時人壽二萬歲有長者名大旛相以此園地廣二十里純以七寶徧布其地奉施如來起爲住處第七今釋迦牟尼佛人壽百歲時有長者名須達於此園地廣唯十里純以金餅布地周滿園中金厚五寸買此園地奉施如來起爲住處至後彌勒佛出世時人壽八萬歲須達爾時爲蠰佉國大臣名須達多此園地還廣一由旬純以七寶徧滿布地奉施如來起爲住處過去未來地雖延促終是一所能施之人雖有前後據體而論還是一人恒爲長者殷富熾盛常充供養諸佛不絕至釋迦時初得須陀洹果臨終時得阿那含果至彌勒佛出時方證阿羅漢果故雜阿含經云給孤獨長者疾病佛自往看病記其得阿那含果乃至命終生兜率陀天恒下來禮拜佛聽法已還歸天上此據迹中亦其小說論實

是大菩薩

又大集經云佛告梵天王等我諸聲聞現在未來三業相應及與三種菩提相應有學無學具足持戒多聞善行度諸衆生於三有海及諸施主爲我聲聞而造塔寺亦復供給一切所須及彼眷屬付囑汝等勿令惡生非法惱亂爾時梵釋天王龍王夜叉等合掌向佛而作是言大德婆伽婆已有一切如來塔寺及阿蘭處及未來世若在家出家人爲於世尊聲聞弟子造塔寺處我等悉共守護令離一切諸難怖畏亦如有給施飲食衣服卧具湯藥一切所須如是施主我等亦當護持養育故七佛經云護僧伽藍神斯有十八神一名美音二名梵音三名天鼓四名歎妙五名歎美六名摩妙七名雷音八名師子九名妙歎十名梵響十一名人音十二名佛奴十三名歎德十四名廣目十五名妙眼十六名徹聽十七名徹視十八名徧視寺既有神護居住之者亦宜自勵不得惰怠恐招現報也

## 致敬部第三

述曰依如西域凡有士女旣到伽藍至寺門外慶已所遇先整衣服總設一禮入寺門已復設一拜然後安詳直進不得左右顧眄也故涅槃經云往僧坊者有其七法一者生信二者禮拜三者聽法四者至心五者思義六者如說修行七者迴向大乘利安多人住是七善最勝最上不可譬喻又郁迦長者經佛言長者居家菩薩入佛寺精舍當住門外五體作禮然後當入精舍自念言我何時當得如是居寺出塵垢之處又十住毗婆沙論云

在家菩薩若入佛寺初欲入時於寺門外五體投地應作是念此是善人住處行慈悲喜捨住處是故須禮若見諸比丘威儀具已恭肅敬心禮拜親近問訊也又自愛經云時有國王詣佛所遥見精舍下車却蓋解劒脱履拱手直進又僧祇律云若行平視迴時合身總迴行時先下脚跟後下脚指又智度論云先入來去安詳一心舉足下足觀地而行為避亂心為護衆生故是名不退菩薩相又西國寺圖云行至佛所禮三拜竟圍繞三帀唄讃三契禮佛既已方至僧房房外一拜然後入見上座次第至下各設三拜僧多一拜若見非法之事不得譏訶若發言嫌責自失善利非入寺之宜故涅槃經云夫入寺者棄捨刀杖雜物然後入寺捨刀杖者去瞋恚三寶心也捨雜物者去從三寶乞求心也且除兩過乃可入寺順佛而行不得逆行設後緣礙左遶恒想佛在右入出之時悉轉面向佛禮拜三寶者常念體唯是一何者覺法滿足名佛所覺之道名法學佛道者名僧則知一切凡聖體同無二也若入寺時低頭看地不得高視見地有虫勿悞傷殺當歌唄讚歎不唾僧地若見草木不淨即須除却又四分律云入僧寺已應先禮佛塔次禮聲聞塔後禮第一上座乃至第四上座又五分律云若入僧多但別禮師餘人總禮而去

又四分律云得禮出家五衆亡人塔及如來塔又五百問事云弟子得禮師塚以報恩故又增一阿含經云塔中不應禮餘人又十誦律云佛塔聲聞塔前自他不得禮又五百問

事云佛塔前禮餘人得罪又三千威儀經云不得座上作禮今時數有諸寺及以俗家見有道俗在牀上禮佛此大憍慢譬如欲拜人王豈得在牀拜人王尚自不許何况法王得相比耶毗尼母論云不得著革屣富羅入塔此是靴履總名五百問事云若是淨潔鞾履鞋𩌦等得著禮拜僧祇律云若人禮拜不得如瘂羊不語當相問訊少病少惱安樂不道路不疲苦不已下廣明諸律

述曰若有士人或難因緣須至寺宿不得卧僧牀蓆必無私有借卧如法然不得共僧同其牀卧故寶梁經云共僧同牀半身枯死墮地獄受其大苦僧未眠時不得在先眠不得調戲言笑說非法語失於威儀驚動衆心若有便利涕唾爲求法宿不得出外者無犯眠時右脇著牀以脚相疊心係明相念當早起表出家因也是故經云仰卧者是修羅卧伏地卧者是餓鬼卧左脇卧者是貪欲人卧若右脇卧者是出家人卧衆僧未起在前早起嚴儀容服至僧房前故沙彌威儀經云若入師房應三彈指又三千威儀經云若入師房當具五法一於外彈指二當脫帽三作禮四正住教坐乃坐五不忘持經又僧祇律云弟子應晨起先右脚入師房已頭面禮足問安眠不故善見論云弟子叅師當避六處一不得當前二不得當後三不得太遠四不得太逼五不得處高六不得上風立當不近不遠側相而立令師小語得聞不費尊力也又欲行時威儀進止皆不得離師故善見論云弟子從師行不得遠師七尺又沙彌威儀經云弟子從師行不得以足蹈師影

述曰若女人入寺法用同前但不得在男子

上坐形相語笑脂粉塗面畫眉假飾非法調戲共相排盪持手振人必須攝心整容隨人教令依次持香一心供養懺悔自責生女人中常成障礙於此妙法修奉無因不得自專由他而辦一何苦哉深生悲悼若見沙彌禮如大僧勿以小位而不加敬此於大僧爲小在俗爲尊如此等法竭力而行法用既多具在士女篇述

述曰若男女所修事訖須欲出寺佛塔前設禮三拜還須右遶三帀合掌唄讚然後却行出寺門外復設一禮若見僧時徒衆若少各禮三拜僧若多時總辭三拜故善現論云禮佛時應遶三帀三拜四方作禮合十指掌叉手於頂却行而出絕不見如來更復作禮迴前而去（表慕戀三寶重疊眾恩也）凡欲入寺之行爲作出世之緣建立寺者開淨土之因供養僧者爲出離之軌故惟穢俗之鄙質入伽藍之淨剎所有施爲恐乖法式若也還家微捨自贖表僧有法施俗有財惠舉動合宜內外俱益也

頌曰

玄風冠西土　內範軼東矜　大川開寶匣
福地下金繩　繡柗高可映　畫栱氎相承
日馭非難假　雲師本易憑　陽樓疑難燧
陰軒類鑿冰　迥題飛星沒　長楣宿露凝
旌門曙光轉　輦道夕雲蒸　祇洹多靈物
竹園滿休徵　虛薄筆難紀　微軀竊自凌
優遊從可恃　恩蔭永難勝

感應緣（略引一十九寺）

晉建元寺并建康太清寺

宋靈味寺在鍾山蔣林里

漢平等寺寺在南京
晉昇平白塔寺在秣陵三井里
白馬寺在建康中黃里
臨海天台山石梁聖寺
東海蓬萊山聖寺
抱罕臨河唐述谷仙寺
齊相州石鼓山竹林聖寺
晉陽冥寂山聖寺
代州五臺山大孚聖寺
魏太山丹嶺聖寺
雍州太一山九空仙寺
終南山大秦嶺竹林寺
子午關南獨聖寺
終南折谷炬明聖寺
終南庫谷內寺

西域志諸山感供聖寺

總述中邊化跡降靈記

晉建元寺建康太清里寺基本宋北第元徽二年宮人陳太妃造寺塔舍利靈應相仍每夕放光寺大殿後畫迦毗羅王及毗沙門天王二像若有僧侶失儀童豎褻慢者無不影響表異使其恭肅若使虔誠懺禮摽心懇切者必空中有彈指聲或循遶翼衛其間有請福祈願者莫不尅諧

宋靈味寺建康鍾山蔣林里宋永初三年沙門法意起造晉末有高逸沙門莫顯名迹巖栖谷飲常在鍾山之河一夜忽聞怪石崩墜聲振林薄明旦履行唯見清泉湛然因聚徒結宇號曰靈味

漢平等寺廣平武穆王懷捨宅所立也寺門

外有金像一軀高二丈八尺相好端嚴常有神驗國之吉凶先炳祥異孝昌三年十二月此像面有悲容垂淚徧體皆濕時人號曰佛汗京師士女空市而觀有一比丘以淨綿拭其淚須臾之間綿濕都盡更以他綿換拭俄然復濕如此三日乃止至明年四月爾朱榮入洛陽誅戮百官死亡塗地至永安二年三月此像復汗京邑士庶復往觀視五月北海入洛莊帝北巡七月北海大敗所將江淮子弟五千餘人盡被俘虜無一得還永安三年七月此像悲泣復如初汗每經神驗朝野惶懼禁人不聽觀視至十二月爾朱兆入洛擒莊帝帝崩於晉陽宮殿空虛百日無主唯尚書令司州牧樂平王爾朱世隆鎮京師商旅四通盜賊不作

晉白塔寺在秣陵三井里晉升平中有鳳凰集此地因名其處爲鳳凰臺至宋升平二年齊太祖起造立寺之始咸以山高難於谷汲比丘法和爰發誓云若此地可居當使自然出水乃於食堂前試鑿井曾不數仞而清泉湛然甘香清美流未嘗竭

晉白馬寺在建康中黃里太興二年晉中宗元皇帝起造昔外國王欲滅佛法宣令四遠毀壞塔寺次招提寺忽有一白馬從西方來繞塔悲鳴騰躍空中或復下地一日一夜鳴聲不絕以事白王王潸淚深自愧責即勑普停已毀之塔並更修復由此白馬大法更興因改招提爲白馬此寺之號亦取是名焉

東晉初天台山寺者昔有沙門帛道猷或云竺道猷繞涉山水窮枯奇異承天台石梁終

古無度乃慷慨曰彼何人斯獨無貞操故使聖寺容爾對面千里遂揭錫獨往而趣石梁周瞰崖陳久之方獲其山石梁非一聖寺亦多將欲直度不惜形命且虹梁亘谷下望萬尋上闊尺許莓苔斜側東邊似通西礙大石攀登路絶猷乃別思冀授夜宿梁東便聞西寺磬聲經唄唱薩勇意相續通夕不安又聞聲曰却後十年當來此住何須苦求雖爾不息晨夕惋恨結草爲庵彌年禪觀後試造梁乃見横石洞開梁道平正因即得度遂見棟宇宏壯圖塔瓌奇神僧敘接宛同素識中食既訖將陳住意僧曰却後十年自當至此何勞早住相送度梁横石已塞至晉太元年終於山所形似緑色端坐如生王羲之聞之造焉望崖仰揖今有往者雲迷其道

宋時朱齡石者使往遼東還返失道隨風汎海一月餘日達于一島糧米俱竭入島求泉漸深登山乃見一寺堂宇莊嚴非所曾覩僧問所從具說行事設食飲水問以去留石曰此乃聖居非凡可住僧曰欲住任意石苦辭欲還僧告曰此間去都二十餘萬里石等聞之驚怖曰若爾何縁得達僧曰自當相送不勞致憂又問曰識杯度道人不曰識之便指壁上鉢袋曰此是彼物有小過罰在人中便取鉢袋與石并書一封上爲書字然不可識曰可以書鉢與之令沙彌送勿從來道此有直路疾至船所須史至海沙彌以一竹杖著船頭語曰但閉舫聽往不勞航柁也於是依言但聞颼颼風中聲有竊視者見船在空雲飛奔於山林海上數息間遂達楊都大桁正

見杯度竒桁欄口云馬馬齡石既至書自飛上度手度驚曰汝那得蓬萊道人書喚我歸耶乃説由縁又將鉢與之手捧鉢曰吾不見此鉢四千餘年擲上入雲下還接取太初中無故而死事在高僧傳

晉初河州唐述谷寺者在今河州西北五十里度風林津登長夷嶺南望名積石山即禹貢導之極地也衆峯競出各有異勢或如寳塔或如層樓松栢映巖丹青飾岫自非造化神功何因綺麗若此南行二十里得其谷焉鑿山搆室接梁通水遶寺華果蔬菜充滿今有僧住南有石門濵於河上鐫石文曰晉太始年之所立也寺東谷中有一天寺窮討處所畧無定止常聞鐘聲又有異僧故號此谷名爲唐述羌云鬼也所以古今諸人入積石者每逢仙聖行住恍忽現寺現僧東北嶺上出於醴泉甜而且白服者不老

高齊初有異僧投鄴下寺中夏坐與同房僧七名欵曲意得客僧患痢甚困名以酒與之客曰不可也名曰但飲酒雖是戒禁有患通開客顰眉爲飲之患損夏滿辭還本寺相送出都客曰頗聞鼓山竹林寺乎名曰聞之古來虚傳竟無至者客曰無心相造何由而至一夏同房多相惱亂患痢飲酒乃是佳藥本非所欲爲意而飲願不以此及人山寺孤逈時可歷覽想一登陟以副虚懷名聞喜踊曰必能導達夕死無恨至九月間尅望尋展幸賜提引不爾無由客曰若來可從鼓山東面而上東度小谷又東北上即是山寺至期與好事者五六人直詣石窟寺山僧曰何以得

來曰欲往竹林道由於此僧曰世人可笑專聽妖言此山東西我並遊涉何處有寺古有斯言不勞往也名曰彼客致詞極非孟浪何有虛也只得尋之尋而不獲非余咎也石窟寺僧十數相隨依言東上度谷尋嶺忽見一翁把钁斵地又見一僧來至鋤禾四邊把鋤曳钁曰去年官寺道人放馬食我禾盡今年復來蹋我秋苗舉钁趂僧並皆返歸唯名一人東北獨上翁曰放你上山乞蟲喫却遂依東上林水深茂聞南嶺上有吟詠聲名曰非徃者客耶曰是也排榛而出執手叙闊相將造寺瞬目間忽見崇峯簉日脩竹干雲重門洞開複殿基列門外東西槽櫪飾以金鋪似有馬蹤而無繫者行至門首曰且住此通和尚去須臾便出引入至佛殿前禮拜訖西至廊下和尚可年九十許眉長鼻高狀如西僧傍有官吏可三十人執文簿有所判斷舉手告曰下里山寺殊無可觀何能遠涉名即禮拜十數拜和尚曰行來疲頓可止將至房去便引西房北東轉見僧憑案讀經名便禮拜都不慰問便引盡北行果出至本客房中歡笑通宵屢求住彼曰一任和尚不敢爲礙待明爲諮報曰和尚不許乃至中食不異鄴中臨別和尚曰知欲求住知友情也然出家人不可兩處安名本寺受供可得乖否必欲求住可除彼名好去便辭送出執手悵悵既別悽然行一里間數數反顧寺塔林竹依然滿目更行二里返顧一無但是峯崖雜樹行行西下依隨本道不見田苗亦無田翁乃至石窟備爲僧說之

高齊文宣在晉陽使人騎白駞駝向我寺取經函去使問不知何寺帝曰但任駞行自知寺處日晚出城駞行至急奄然如睡忽至一山名爲冥寂山半有寺有羣沙彌曰高詳駞駝來也便引入寺見一老僧拜已問曰高詳作天子何似答曰聖明問曰爾來何爲答曰令取經函僧曰詳在寺懶讀經今取何用指示北行東頭是其本房汝可彼取函與之即乘駞而返如睡如夢奄至晉陽以函及命不久帝行至谷口木井寺有捨身癡人不解語忽語帝曰我先去爾後可來帝然之是夜癡人死不久帝於晉陽不豫使劉桃枝負行鼻血淋瀝是夜帝崩

代州東南五臺山古稱神仙之宅也山方三百里極巉巖崇峻有五臺上不生草木唯松栢茂林經中明文殊將五百仙人往清涼之山即斯地也地極嚴寒多雪號曰清涼山所以古來求道之士多遊此山遺迹靈窟即自極多中臺最高去頂七百里望如指掌上有小石浮圖其量千計即是魏文帝宏所立也后上人馬跡宛然如新有大泉名曰太華清澄如鏡有二浮圖夾之中有文殊師利像人有至者鐘聲香氣無日不有神僧瑞像往往逢遇龍朔二年下勑令長安會昌寺僧會賾往彼修理寺塔前後再返亦遇靈感中臺東南下三十里有大孚靈鷲寺古傳漢明所造現有東西二道場像設猶存南有華園二頃許四時相間互相映發古今常然不知元由貞觀年中有禪師名解脫聚住習定自云於華園北四度見文殊師利菩薩翼從滿空羣

仙異聖不可勝紀近有僧朗禪師居山三十餘載亦遇仙聖飛空而去唯留故皮南臺三十里内多是名華徧於峯岫俗號華山中有聖寺鐘聲時發曾見異人形偉冠世言語之間超騰遂遠其山甚近滯俗罕登登者必感勝緣魏太山丹嶺寺釋僧照未詳氏族性多虚放好追靈迹譎詭之處無不登踐承瀑布之下多諸洞穴仙聖遊止以魏普泰年行至滎山見飛流下有穴孔因穴而入行可五六里便得出穴外有微逕其東北上可行數里得石渠闊三兩步水西流清澄徹上下藥草蔓莚委地青翠渠北有瓦舍三口形甚古陋庭前穀穀穗縱横鳥雀殘食甚衆東頭屋内有數架黄袠中間有鐵臼兩具亦有釜器並附遊塵都無炊爨之迹西頭室裏有一沙門端坐儼然飛塵沒膝四望瞻眺唯見茂林懸澗非有人居須臾之間逢一神僧年可六十眉長丈餘槃掛耳上相見欣然傾慰若舊問所從來答云我同學三人來此避世一人外行未返一人死來極久似入滅定今在西屋内汝見之未今日何姓爲主答曰是魏家享國已久不姓曹耶照云姓元僧曰我不知之遂取穀穗擣之作粥又往林中葉下取梨棗與之令噉僧云汝但食之我不噉此又問誦何經業照云吾誦法華經神僧叩頭曰大好精進業今東屋架上如許經吾並自誦之欲得聞不照合掌曰唯敢聞命彼遂部別誦之聲氣朗徹乃至通夜照疲苦睡僧曰但睡我自恒業耳達旦不眠更爲造食照謝曰幸得奉謁今暫還歸尋來接事僧亦不留但言我

同學行去汝若值者大有開悟恨不見之旣言須歸好去照尋路得還結侶重來瀑布覓穴莫測其處今終南諸山亦有斯事不可具述

雍州鄠縣南繫頭山寺者其山本舟人繫船其頂故以名焉昔太一未分山連太行王屋白鹿河水停於此川號爲山海及巨靈大人秦供海者患水浩蕩以左掌托太華右足蹋中條太一爲之裂河通地出山遂高顯仍本號爲張衡西京云高掌遠蹠以流河曲者是也古老傳云繫頭南有九空仙寺昔有人山採逼暮不知歸道依林而宿夜聞鐘聲在近即尋之忽見一寺僧衆百餘但有行坐而不敘問其人怪之至明失寺此來在近無往尋者有僧曾至山但有層峯秀林不可登踐又云山有九窟仙人所居也有藍田大谷伏義城側歸義寺僧弘藏者有膽勇聞而往尋積日累夜巡擾山隒止獲五窟甚圓淨如人所造無闕漏似有居者又光明寺了禪師亦往尋覓依窟一夏今所謂照陽空也足爲華望之大觀也而仙寺終不見焉

終南山大秦嶺竹林寺者至貞觀初採蜜人山行聞有鐘聲尋而往至焉寺舍二間有人住處傍大竹林可有二頃其人斷二節竹以盛蜜可得五升許兩人負下尋路而至大秦戍具告防人以林至此可十五里戍主利其大竹將往伐取遣人依言往覓過小竹谷達于崖下有鐵鎖長三丈許防人曳鎖掣之大牢將上有二大虎據崖頭向下大呼其人怖急返走又將十人重尋值大洪雨便返藍田

悟眞寺僧歸眞少小山栖聞之便往至小竹谷北上望崖失道而歸常以爲言眞云此竹林至闕可五十許里

子午關南第一驛名三交驛東有澗東南坡數十頃是栗樹素不知有僧住屢聞鐘聲不以爲奇一時驛家婦女採樵入澗忽值一僧獨坐石上縫衣傍無一物此女有信心白曰不知師在此日時欲至向驛食來僧云貧道山居不得食驛家官食女曰自有私食足以供養僧曰信心人食亦不可得女恐時過馳走取食及來尋之不見其迹由是常令家人左近追之永不可值而有鐘聲此寺去驛五里

又終南折谷内稯櫚寺者近有人見一僧云倩爲擎樸向寺問寺在何處云在折谷炬明東嶺頭其人爲荷樸將至寺見一僧從南崖來可長五十尺相召來其人辭返語曰君日日入山採柴可於柴下取齋殘餅食之不須道得之由緣便隨其言日得其餅妻怪窮之不得已便說遂瘂經年又見二僧入谷其人手招指口如是三返便得語其人近死今入山者至炬明嶺側常聞鐘聲亦往往見有異僧近有一僧聞已遇見入谷僧疑是稯櫚寺問言大德是稯櫚寺僧不曰是欲隨大德去得不曰可相隨來但聞耳邊颸颸風聲至急心惟曰此何必是聖或入深山躓頓我竊生念時前僧便失懊惱之甚返迴三日方達谷口乃於避世嶓立精舍以之精舍見存其僧不知所終

又終南庫谷内西南又名胡盧谷昔有人於

山採斫遇見一寺并石室石門門內並寶器重大不可勝然不見僧人是衆僧供用具度其人徘徊顧眄記誌處所以所齎瓠盧掛於室樹下山召村人往尋其谷內樹上往往悉是瓠盧莫知蹤跡今有尋山云石門扇在山崖傍半入山下其半雖出無人力開之今其谷名庫地名天藏故谷口府坊皆名天藏測其山中則彌勒下生方現於俗耳

西域志云烏萇國西南有檀特山山中有寺大有衆僧日日有驢運食無控御者自來留食還去莫知所在

西域志云王玄策至大唐顯慶五年九月二十七日菩提寺寺主名戒龍爲漢使王玄策等設大會使人已下各贈華氎十段并食器次申呈使獻物龍珠等具錄大眞珠八箱象牙佛塔一舍利寶塔一佛印四至於十月一日寺主及餘衆僧餞送使人西行五里與使泣涕而別曰會難別易物理之況龍年老此寺即諸佛成道處爲奏上於此存情預修當來大覺之所言意勤勤不能已已若廣明西域塔寺靈迹嘉祥徵瑞具如上感通篇述

敬尋佛法東流年向六百三寶傳記卷盈三千其內名僧德重可觀神通變化靈瑞感通向有千人自古君臣隱道逸民負才慠俗之流並皆崇敬如賢如聖備在傳記不可具述故入大乘論云尊者聖人賔頭盧羅睺羅等有十六大阿羅漢住世通法又有九億無學聖人亦在此洲未入涅槃准此而詳今諸山海所居衆僧多聞謦聲或尋遇寺豈非聖人之所處乎今更約諸門以分三時一約住世

二約賢劫三約釋迦一佛爲候初約住劫用辯通塞者如西域所列住劫行事如薩埵捨身流血尚在達拏捨子枝捶遺血布髮掩泥之所捨身求偈之地月光斬首尸毗飼鷹斯等遺跡並惟古劫計數災蕩如何尚存天竺名僧亦疑斯致理如所問無宜獨留而住事迹有僧釋云此乃如來神力由菩薩志行雖有三災不可除滅後成世界依而集之亦有人言三災之化無往不除乃至無一鄰塵而得存焉今云塔在豈不乖乎諸德釋云但非聖跡者如無一鄰得住今云有者由聖力加被故得久住欲使後代師之鑽仰冀慕聖蹤依之得道世界初成昔古遺跡相似而現並是佛之神力變化所爲故五不可思議中一是佛神力也所以住劫生事而列之第二約同劫以明相對有四具如一鉢千佛共同故傳云釋迦受食四王奉鉢滅後流行在毗舍離若千百年又至乾陀衛又至西月支于闐丘夷羨當達震旦返向師子國還來天竺上昇兜率彌勒見曰釋迦佛鉢今來至此七日供養還下龍宮彌勒成佛四王還獻二者龍宮佛影千佛同留三者方石說法千佛同坐即揵陀卑鉢樹下是也四者石塔盛衰千佛同候上傳之中多明四佛行坐之跡准此未來抑亦可見第三明釋迦一代通而不等如天道寶階滅無遺緒吒王大塔七化已三道樹滅而更生佛跡毀而還現楊枝摧而重出舍利試而逾靈諸如此例故應不通後佛至如雞足迦葉留化慈尊山宮明辯持身滅定之侶摩支應供之徒事局未來神化絕域皆

爲明通開顯累俗慈導有情澄神諸有也依道宣律師感應記問天人曰荆州河東寺者此國甚大余與慈恩寺嵩法師交顧積年其人即河東羅雲法師之學士也云此寺本曾住萬僧震旦之最聞之欣然莫測河東之號請廣而述之亦佛法之大觀也答曰晉氏南遷郭璞多聞之士周訪地圖云此荆楚舊爲王都欲於硤州置之嫌逼山遂止便有宜都之號下至松滋地有面勢都邑之像乃掘坑秤土嫌其太輕覆寫本坑土又不滿便止曰昔金陵王氣於今不絕固當經三百年矣便都建業仍於此置河東改遷裴薛柳杜四姓居之地在江曲之間類蒲州河曲故有河東目也有東西二寺昔符堅伐晉荆州北岸並没屬秦時桓仲爲荆牧邀翼法師度江造東寺安長沙寺僧西寺安四層寺僧符堅殁後北岸諸地還屬晉家長沙四層諸僧各還本寺西東二寺因舊廣立自晉宋齊梁陳氏僧徒常數百人陳末隋初有名者三千五百人淨人數千大殿一十三間惟兩行柱通梁長五十五尺欒櫨重疊國中京冠即彌天釋道安使弟子翼法師之所造也自晉至唐曾無虧損殿前四鐵鑊各受十餘斛以種蓮華殿前塔宋譙王義季所造塔内素像忉利天工所造佛殿中多金銅像寶帳飛仙珠璎華珮並是四天王天人所作寺内僧衆兼於主客出萬餘人當途講說者五十三人十三人得其聖果各領千僧餘小法師五百餘人十誦律師有四十人九人得聖大小乘禪師八百餘人其得聖人二百二十四人徒衆嚴肅說

不可盡寺法立制誦經六十紙者免維那誦法華度免直歲寺房五重並皆七架别院大小仐有十所般舟方等二院莊嚴最勝夏别常有千人四周廊廡減一萬間寺開三門兩重七間兩厦殿宇横設並不重安約准地數取其久故所以殿宇至仐三百年餘無有損敗東川大寺唯此爲高映耀川原實稱壯觀也又問彌天釋氏宇内式瞻云乘赤驢荆襄朝夕而見未審如何荅曰虛也又曰若爾虛傳何爲東寺上有驢臺峴南有中驢村據此行由則乘驢之有地也荅曰非也後人築臺於植樹供養焉有佛殿之側頓置驢耶又中驢之名本是閭國鄀國之故地也後人不練遂妄擬之

法苑珠林卷第三十九

音釋

締丁計切結也 慘七感切感也 蠰佉梵語也此云貝王名也蠰汝陽切佉丘迦切 韡許戈切鞾屩也有 韎莫葛切 盪徒黨切推盪也 振除庚切觸也 燧徐醉切火燧也 俘芳蕪切軍所虜獲也 瞰苦濫切俯視也 隒魚檢切山形如重甑曰隒 惋烏貫切懊歎也 瓌姑回切偉也 颼疏鳩切颼飀風聲也 顰毗賓切顰蹙也 斵竹角切削也 榛鉏臻切木叢生也 𨖍初撖切衘也 穗徐醉切禾穎也 鄠侯古切縣名 蹠之石切 捶主藥切杖擊也 飼祥吏切餧也

# 法苑珠林卷第四十

唐西明寺沙門釋道世撰

## 舍利篇第三十七（此有五部）

述意部　引證部　佛影部

分法部　感福部

### 述意部第一

夫聖德遐邈冠絶人天理妙六經神高百氏超羣有之遺蹤越賢良之勝迹化緣既終從俗韜光故雙樹八枝隨義所表舍利八分亦遂緣感會入金剛定預碎全身欲使福被天人功流海陸至於牙齒髮爪之屬頂蓋目睛之流衣鉢瓶杖之具坐處足跡之迹囊括今古聖變無窮祥應荐臻瑞光頻朗賢愚共覩豈猜來惑且如三皇五帝夏殷文武孔丘莊老惟聖惟賢共遵共敬莫不葬骨五泉遺塵九土聲光寂寞孰識其蹤罕知生福奚感來報豈比能仁大聖形影垂芳應感之道不窮敬仰之風逾遠紹化迹於大千拔沉冥於沙界致使開示之道隨義或殊會空之旨齊其一實也

### 引證部第二

舍利者西域梵語此云骨身恐濫凡夫死人之骨故存梵本之名舍利有其三種一是骨舍利其色白也二是髮舍利其色黑也三是肉舍利其色赤也菩薩羅漢等亦有三種若是佛舍利椎打不碎若是弟子舍利椎擊便破矣又菩薩處胎經云世尊告諸大衆念我古昔所行功德捨身受身非一非二今當爲汝説一形法諸佛全身舍利盡在下金剛刹中金剛刹厚八十四萬億里下有諸佛碎身

舍利盡在彼剎彼有佛剎名曰妙香佛名不住如來十號具足今現在說法佛告大衆碎身舍利下厚八十四萬億里國土清淨佛名遍光十號具足彼佛今現在說法復下有國土名施無盡藏佛名勸助復下有國土名法鼓佛名善見彼土乃有全身舍利過去億千萬佛皆留舍利彼土舍利我亦有分又海龍王經云爾時諸龍白佛言今世尊還閻浮利地海中諸龍無所依仰惟加大哀佛滅度時在此大海留全舍利一切衆類皆得供養轉加功德速脫龍身疾得無上正眞之道唯佛垂恩威德兼加所願得果佛言善哉從爾所志須菩提謂諸龍言一切人天舍利須遍普蒙獲濟卿等求願使佛舍利獨全奉侍一切衆生何縁得度諸龍答言唯須菩提勿宣斯言無以已身限礙之智以限如來無極之慧如來聖德無不變現三千世界各各化現佛全舍利不增不減普現一切譬如日影現於水中佛亦不生亦不滅度云何欲限如來智慧者乎須菩提聞默而無言佛歎諸龍仁等賢明誠如所云無有異也佛道高妙無邊無際無方無圓無廣無狹無遠無近譬如虚空不可爲喻

## 佛影部第三

如觀佛三昧經云佛初留影石室在那乾呵羅國毒龍池側阿那斯山巖南有五羅剎女與毒龍通恒降雨雹百姓飢疫已歷四年時王禱祀呪龍羅剎女氣盛呪術不行王長跪合掌讚佛通慧應知我心願屈慈悲光臨此國爾時如來往至彼國龍興雷電鱗甲烟焰

五羅刹女眼如掣電時金剛神手把大杵杵頭火然如旋火輪燒惡龍身龍王驚怖走入佛影如甘露灑見諸金剛極大惶怖爲佛作禮五羅刹女亦禮如來龍王於其池中出寶臺奉佛佛言不須汝臺但以羅刹石窟施我諸天各脱寶衣拂窟佛攝神足獨入石室令此石上變爲七寶時龍爲四大弟子及阿難造石窟爾時世尊從石窟出時龍聞佛還國啼哭雨淚云何捨我我不見佛當作惡事墜墮惡道佛安慰龍我受汝請當坐汝窟中經千五百歲佛坐窟中作十八變踊身入石猶如明鏡在於石内映現於外遠望則見近望不現諸天百千供養佛影影亦說法迄今猶現

## 分法部第四

如菩薩處胎經云時八國王共諍舍利有一大臣名優波吉諫八國王何爲興兵共相征伐爾時帝釋即現爲人語王言我等諸天亦當有分若共諍力則有勝負幸可見與勿足爲難爾時阿耨達龍王文鄰龍王伊那鉢龍王語八王言我等亦應有分若不見與力足相伏時臣優波吉告言諸君並止舍利宜共分之何須見諍即分爲三分一分與諸天一分與龍王一分與八王分甕受一石餘此臣以蜜塗甕裏以甕量分諸天得舍利還於天上即起七寶塔龍得舍利還於宮中起七寶塔臣優波吉著甕舍利并甕亦起寶塔灰及土量得四十九斛亦起四十九寶塔闍維處亦起寶塔高三十九仞（一仞七尺）又阿育王經云八國王諍舍利各起兵天帝釋自下曉喻以

金甖分之闍王共數各得八萬四千舍利惟有佛口一髭無敢取者以闍王初來得舍利及髭還大歡喜作樂動天難頭禾龍王化作人身到泥洹所道逢闍王還語王言可持一分見與王言不可得龍王言我是難頭禾龍能舉鄉國土著八萬里外磨碎成屑闍王怖懼即奉佛髭與之龍王即還須彌山下起水高八萬四千里起水精瑠璃塔闍王終後阿育王得其國土時有大臣白阿育王言難頭禾龍先輕闍王奪佛髭去阿育王聞大瞋怒即勑諸鬼神王作鐵網鐵罝縱罝須彌山下水中欲縛取龍王龍大驚怖共設計言阿育事佛當伺其卧取宮殿移著須彌山下水中其瞋必息即便遣龍捧取育王宮殿王卧覺不知是何處見水精塔高八萬四千里喜怖交心龍自出謝言闍王自與我佛髭我不奪也佛在世時與我要言般泥洹後劫盡之時所有經戒及袈裟應器我皆當取藏著是塔中彌勒來下當復出著阿育王聞此言大謝實不知此龍王便使諸龍還復王宮殿置於本處

又善見論云帝釋宮內有二舍利一佛右牙二佛右闕甕骨

又十誦律云佛般泥洹八國皆來求舍利各舉四兵八軍圍遶有一婆羅門姓煙高聲大唱言諸力士舍利現在當分作八分諸力士言敬如來議更復唱言盛舍利瓶請以見惠還頭那羅聚落起塔時畢波羅延那婆羅門復請燒佛處炭還國起塔時拘尸城力士得第一分起塔舍利即於國中起塔波婆國得

第二分舍利還歸起塔羅摩聚落拘樓羅得第三分舍利還歸起塔遮勒國諸刹帝利得第四分還國起塔毗兜諸婆羅門得第五分還國起塔毗耶離諸利昌得第六分還國起塔迦毗羅婆國諸釋子得第七分還國起塔摩伽陀國主阿闍世王得第八分還王舍城起塔姓煙婆羅門得盛舍利瓶還頭那羅聚落起塔畢波羅延婆羅門得炭還國起塔爾時閻浮提中八舍利塔第九瓶塔第十炭塔自此已後起無量塔

又阿育王經云昔阿怒伽王欲取阿闍世王所舉舍利阿闍世王著洹河中作大鐵網輪使水輪轉著舍利處種種方便取不能得問蓮華比丘云何可得比丘答言擲數千斛柰著中可得止輪尋用此語以柰著於水中偶試一柰柰隨機關孔中網輪即定更不廻轉然大龍王守護都不可得王時問言何由可得答言龍王福勝無由可得問言云何知彼福勝以金鑄作龍像及以王像以秤稱之重者福勝即時稱量龍像倍重王見此事即勤修福既修福已復更鑄像復更稱量王像龍像稱量正等王更修福復更鑄像稱看王像轉重王知像重將諸軍衆往到水邊龍王自出獻種種寶王語龍言阿闍世王遺我舍利我今欲取龍王自知威力不如即將王至舍利所開門取舍利與阿闍世王所造油燈始欲盡傷舍利既出燈亦盡滅王怪而問蓮華比丘云何阿闍世王裁量油燈至取舍利方始乃滅尊者答言彼時有善筭者計百年中用爾許油用如是計故使至今也

感福部第五

如大悲經云爾時世尊告阿難我滅度後若有人乃至供養我之舍利如芥子等恭敬尊重謙下供養我說是人以此善根一切皆得涅槃界盡涅槃際若有造立形像塔廟乃有信心念佛功德乃至一華散於空中我說是人以此善根一切皆當得涅槃界盡涅槃際佛告阿難若有衆生以念佛故乃至一華散於空中如是福德所得果報不可窮盡若有衆生以至誠心念佛功德乃至一華散於空中於未來世當得釋天王梵天王轉輪聖王於其福報亦不能盡施佛福田不以有爲果報所能盡邊我說是人必得涅槃盡涅槃際乃至若有畜生於佛世尊能生念者我亦說其善根福報當得涅槃盡涅槃際若有三千大千世界滿中四沙門果及辟支佛如甘蔗竹葦若有人能若現在若滅後起塔供養若一劫若減一劫以諸稱意一切樂具恭敬尊重謙下供養若復有人於諸佛所但一合掌一稱佛名如是福德比前福德百分不及一千分百千億分乃至迦羅分不及一何以故以佛如來諸福田中爲最無上是故施佛成大功德神通威力頌曰

金軀遺散骨　寶塔遍天龍　創開於十塔
終成八萬興　珠蓋靈光變　刹柱吐芙蓉
屢開朝霧露　數示曉靈徵　紅霓相映發
風搖響和鐘　仙鸞徃徃見　神僧數數從
獨超羣聖上　含識普生恭　砧椎擊不碎
方知聖叵窮

感應緣　略引一十六驗　隋有五十三州

漢僧道角法
魏外國沙門金盤貯舍利五色騰焰
吳康僧會祈舍利
孫皓毀法舍利揚彩
晉竺長舒以舍利投水中五色光現
晉董汪家木像舍利發光
晉廣陵舍利放光
晉北僧法開建寺求舍利
晉孟景建寺獲舍利三顆
晉義熙有一舍利自分爲三
宋賈道子於芙蓉内得一舍利
宋安千載家奉佛得舍利
宋張須元家於像前華上得舍利數十顆
宋劉凝之額下得舍利二枚
宋徐椿讀經得二舍利

漢法内傳云明帝既弘佛法立寺度僧五岳山館諸道士等請求角試釋老優劣道經以火試焚隨火消盡道士衆首費才愧耻自感衆前而死張衍啓悟競共出家于時西域所將舍利五粒五色直上空中旋環如蓋映蔽日光摩騰羅漢踊身高飛居空如地履地如空神化自在爲衆說法天雨寶華散佛僧上天樂異音大衆同聞度人無量廣如下破邪篇說

魏明帝洛城中本有三寺其一在宫之西每繫舍利在播刹之上輒斥見宫内帝患之將毀除壞時有外國沙門居寺乃齋金盤盛水水貯舍利五色光明騰焰不息帝見歎曰非夫神効安得爾乎乃於道東造周閭百間名

爲官佛圖精舍矣
吴孫權赤烏四年有外國沙門康僧會創達江表設像行道吴人以爲妖異以狀聞之權召會問佛有何靈瑞曰佛晦靈迹遺骨舍利應現無方權曰何在曰佛神迹感通祈求可獲權曰若得舍利當爲興寺經三七日至誠求請遂獲瓶中旦呈於權光照宫殿權執瓶寫于銅盤舍利下衝盤即破碎權大驚異希有瑞也會進曰佛之靈骨金剛不朽劫火不焦椎砧不碎權使力者盡力擊之椎砧俱陷舍利不損光明四射耀晃人目又以火燒騰光上踊作大蓮華權大發信乃爲立寺名爲建初改所住地名佛陀里
孫皓虐政將欲除屏佛法燔經壞塔有臣諫曰且少寛假知無神驗誅除不晚皓從之召會曰若能驗現於目前助君興之如其不能將廢加戮會曰佛以緣應感而必通既給假請効不難皓與期三日于時僧衆百餘同集會寺皓陳兵圍寺刀鋸齊至尅期就戮僧恐無靈先自縊者會謂衆曰佛留舍利止在今時前已有驗今豈罔哉恰期便獲乃進於皓此是如來金剛之骨志誠貢獲設以百鈞之杵終無微毀皓曰金石可磨枯骨豈堅沙門面欺抵速死耳乃更置之鐵砧以金椎擊之金鐵並凹而舍利如固又以清水行之舍利揚光散彩洞燭一殿皓乃欣欣伏信革誠膺化
晋初竺長舒先有舍利重之其子爲沙門名法顔每欲還俗笑曰舍利是沙石耳何足可貴父投之水中五色三帀光高數尺見徵生

信遂不歸俗長舒臨死還發俗念輒病委頓卒爲沙門以舍利安江夏塔中

晉大興中於潛董汪信尚木像夜有光明後像側有聲投地視乃舍利水中浮沉五色晃昱右行三帀後沙門法恒看之遂騰踊高四五尺投恒懷中恒曰若使恒興立寺宇更見威神又躍于前於卽恒建寺塔於潛入法者日以十數焉

晉大興中北人流播廣陵日有千數有將舍利者建立小寺立刹舍利放光至于刹峯感動遠近

晉咸和中北僧安法開至餘杭欲建立寺無貲財手索錢貫貨之積年得錢三萬市地作屋常以索貫爲資欲立刹無舍利有羅幼者先自有之開求不許及開至寺禮佛見幼舍利囊已在座前卽告幼幼隨來見之喜悅與開共立寺宇於餘杭也

晉咸康中建安大守孟景欲建刹立寺於夕聞牀頭鏘然視得舍利三枚因立寺刹元嘉十六年六月舍利放光通照上下七夕乃止一切咸見

晉義熈元年有林邑人嘗有一舍利每齋日有光沙門慧邃隨廣州刺史刁逵在南敬其光相欲請之未及發言而舍利自分爲二逵聞心悅又請留敬而又分爲三逵欲摸長干像寺主固執不許夜夢人長數丈告曰像貴宣導何苟吝耶明報聽摸既成逵以舍利著像髻中西來諸像放光者多由舍利故也

宋元嘉六年賈道子行荊上明見芙蓉方發聊取還家聞華有聲恠尋得一舍利白如眞

珠焰照梁棟敬之孽以箱案懸于屋壁家人每見佛僧外來解所被衣雖坐案上有人寄宿不知汙漫之乃夢人告曰此有釋迦眞身衆聖來敬爾何行惡死墮地獄出爲奴婢何得不怖其人大懼無幾癩死舍利屋地生荷八枝六旬乃枯歲餘失之不知所去

宋元嘉八年會稽安千載者家門奉佛夜有扣門者出見十餘人著赤衣運財積門內云官使作佛圖忽無所見明至他家齋食上得一舍利紫金色椎打不碎以水行之光明照發便自舉敬常有異香後出欲禮忽而失之尋覓備至半日還時臨川王鎮江陵迎而行之雜光間出佐史沙門咸見不同王捧水器呪曰云云輙應聲光出夜見百餘人遶舍利屋燒香持華如佛出狀及明人及舍利俱失

宋元嘉九年潯陽張須元家設八關齋道俗數十人見像前華上似氷雪視得舍利數十便以水行之光焰相屬後遂之數日開廚更視獲牙奩中有白氎裹舍利十枚光焰屬諸處咸來請之

宋元嘉十五年南郡劉凝之隱衡山徵不出奉五斗米道不信佛法夢見人去地數丈曰汝疑方解覺忽反悟旦夕勤至半年禮佛忽見頷下有紫光揣光處得舍利二枚割擊不損水行光出復於食時口中隱齒吐出有光妻息又獲一枚合有五枚後又失之尋爾又得

宋元嘉十九年高平徐椿讀經及食得二舍利盛甖中後看漸增乃至二十後寄廣陵令劉馥馥私開之空甖椿在都忽自得之後退

轉皆失舍利應現值者甚多皆敬而得之慢而失之舍利東流綿歷帝代傳記所及略陳萬一由事相重沓屢現非奇佛化潛隱誠其致也然有國興塔無勝隋代一化之內百有餘所神瑞開發陳諸別傳今略出之以顯感德也

隋文帝立佛舍利塔二十八州起塔五十三州感瑞

雍州仙遊寺　岐州鳳泉寺
華州思覺寺　同州大興國寺
涇州大興國寺　蒲州栖巖寺
泰州岱岳寺　并州無量壽寺
定州恒岳寺　嵩州閑居寺
相州大慈寺　廓州連雲岳寺
衡州衡岳寺　襄州大興國寺
牟州巨神山寺　吳州大禹寺
蘇州虎丘山寺

右此十七州寺起塔出打剎物及正庫物造

秦州　瓜州　楊州
益州　亳州　桂州
交州　汝州　番州
蔣州　鄭州

右此十一州隨逐山水州縣寺等清淨之處起塔出物同前也

門下仰惟正覺大慈大悲救護群生津梁庶品朕歸依三寶重興聖教思與四海之內一切人民俱發菩提共修福業使當今見在爰及來世永作善因同登妙果宜請沙門三十人諳解法相兼堪宣導者各將侍者二人并散官各給一人熏陸香一百二十斤馬五疋分道送舍利往前件諸州起塔其未注寺就有山水寺所起塔依前山舊無寺者於本州

内清淨寺處建立其塔所司造様送往本州僧多者三百六十人其次二百四十人其次一百二十人若僧少者盡見在僧爲朕皇后太子諸王子孫等及内外官人一切民庶幽顯生靈各七日行道并懺悔起行道日打刹莫問同州異州任人布施錢限至十文已下不得過十文所施之錢以供營塔若少不充役丁及用庫物率土諸州僧尼並爲舍利設齋限十月十五日午時同下入石函總管刺史以下縣尉以上自非軍機停常務七日專檢校行道及打刹等事務盡誠敬副朕意焉

主者施行

仁壽元年六月十三日内史令豫章王臣暕

宣舍利感應記二十卷（隋著作郎王邵撰）

皇帝昔在潛龍有婆羅門沙門來詣宅上出舍利一裹曰檀越好心故留與供養沙門既去求之不知所在其後皇帝與沙門曇遷各置舍利於掌而數之或少或多並不能定曇遷曰曾聞婆羅門說法身過於數量非世間所測於是始作七寶箱以置之神尼智仙言曰佛法將滅一切神明今已西去兒當爲普天慈父重興佛法一切神明還來其後周氏果滅佛法隋室受命乃興復之皇帝每以神尼爲言云我興由佛故於天下舍利塔内各作神尼之像焉皇帝皇后於京師法界尼寺造連基浮圖以報舊願其下安置舍利開皇十五年季秋之夜有神光自基而上右遶露盤赫若冶鑪之燄其一旬内四度如之皇帝以仁壽元年六月十三日御仁壽宮之仁壽殿本降生之日也歲歲於此日深心永念修

營福善追報父母之恩故延諸大德沙門與論至道將於海內諸州選高爽清靜三十處各起舍利塔皇帝於是親以七寶箱捧三十舍利自內而出置于御座之案與諸沙門燒香禮拜願弟子常以正法護持三寶救度一切衆生乃取金瓶瑠璃瓶各三十以瑠璃瓶盛金瓶置舍利於其內熏陸香爲泥塗其蓋而印之三十州同刻十月十五日正午入於銅函石函一時起塔諸沙門等各以舍利奉送諸州一切道俗各盡境內嚴持香華寶幢音樂掃灑道路盡誠竭力奉迎舍利不可具陳各感靈瑞備如廣傳今略寫十餘以示後人皇帝爾日共皇后太子宮內妃嬪精誠用心竭力懺悔普爲含識共結善緣皇帝見一異僧被褐色覆膊以語左右曰勿驚動他置之爾去已重數之果不須現舍利之將行也皇帝曰今佛法重興必有感應其後處處表奏皆如所言皇帝當此十月之內每因食次於齒下得舍利皇后亦然以銀盤盛水浮其一出示百官須更忽見有兩粒右旋相著二貴人及晉王昭豫章王暕蒙賜蜆勑令審視之各於蜆內得舍利一未過二旬宮內凡得十九多放光明自是遠近道俗所有舍利率奉獻焉皇帝曰何必皆是眞身諸沙門相與椎試之果有十三玉粟其眞舍利鐵甯而無損

雍州城西盩厔縣南仙遊寺立塔之日天降陰雪晦嶺重厚舍利將下昏雲忽散日光朗照道俗散畢雲合如舊

岐州鳳泉寺立塔感得文石如玉爲函又現

雙樹鳥獸靈祥基石變如水精
華州思覺寺立塔初陰雪將欲下舍利日光
晃朗五色氣光高數十丈照覆塔上屬天降
寶華
同州大興國寺立塔值雨無壅郭處及舍利
入函忽然雲啓馳散日光照曜復有神光重
遶於日至十二月內夜光照五十里
涇州大興國寺立塔三處各送舊石非世所
有合用爲函恰然相可
蒲州栖巖寺立塔地震山吼鐘鼓大聲又放
光五道至二百里皆見
泰州岱岳寺立塔夜振鼓聲三重門自開有
騎從廟出迎光瑞非一
并州無量壽寺立塔初晝昏雲重將下舍利
入函天晴日照復放神光五道天神現形莫

知多少
定州恒岳寺立塔之日有見異老公來施布
負土畢已失之舊此無水忽有水流前後非
一
嵩州閑居寺立塔感得白兎來至轝前初陰
雪將下日朗入已復合
相州大慈寺立塔之日天陰降雪將下舍利
入函日出下後復合天雨奇華連注極多
廓州法講寺立塔初行郊西爾夜廓州光瑞
高數丈從東來入地內外皆見
衡州衡岳寺立塔四遇逆風四乞順水峯上
白雲闊二丈直至基所三帀乃去
襄州大興國寺立塔初天陰將下日朗入函
雲合
牟州巨神山寺立塔獲紫芝二莖陰雪將下

日開門訖還合
吳州會稽山大禹寺立塔舍利汎度五江風波皆不起又放神光獲得紫芝
蘇州虎丘山寺立塔掘基得一舍利空中天樂人皆聞之井孔三日舍利方至
秦州靜念寺立塔定基已瑞雲再覆雪下草木開華入函光照聲贊
揚州西寺立塔久旱舍利入境夜雨普洽
益州法聚寺立塔初陰晦冥將下日朗奄已便陰
亳州開寂寺立塔界內無石別處三石合而成函基至磐石二浪井夾之
桂州緣化寺立塔未至十里鳥有千許夾輿行飛入城乃散此下交州文缺
汝州興世寺立塔初陰雲雪將下天晴入函畢已陰雲還合
番州靈鷲寺立塔坑內有神仙現騰雲氣像
蔣州栖霞寺立塔隣人先夢佛從西北來入寺及至如夢
鄭州定覺寺立塔之日感得神光如流星入寺設供二千萬人食不盡
隨州智門寺立塔掘基得神龜甘露降黒蜂遶龜有符文此下非二十八州數
隨州官人王威送流人九十道逢舍利善心共發放之為期其囚被放千里一期無一逃者隨州人於湞水作魚獄三百古來傳業既見舍利悉決放之永斷茲惡餘州亦効矣
青州勝福寺起塔掘基遇自然盤石函將入塔有光瑞現
慶舍利感應表并答

隋安德王雄百官等臣雄等言臣聞大覺圓備理照空有至聖虚凝義無生滅故雖形分聚芥尚貯金軀體散吹塵猶興寶剎自釋提請灰之後育王建塔以來未有分布舍利紹隆勝業伏唯皇帝積因曠劫宿證菩提降迹人皇護持世界往者道消在運仁祠廢毁慈燈滅影智海絶流皇祚既興法皷方振區宇之内咸爲淨土生靈之類皆覆梵雲去夏六月爰發詔旨延請沙門奉送舍利於三十州以十月十五日同時起塔而蒲州栖巖寺規模置塔之所於此山上乃有鐘鼓之聲舍利在講堂内其夜前浮圖之上發大光明爰及堂裏流照滿室將置舍利於銅函又有光若香鑪乘空而上至浮圖寶瓶復起紫燄或散或聚皆成蓮華又有光明於浮圖上狀如佛像華趺宛具停住久之稍乃消隱又有光明遶浮圖寶瓶蒲州城内仁壽寺僧等遥望山頂如樓闕山峯澗谷昭然顯現照州城東南一隅良久不滅其栖巖寺者即是太祖武元皇之所建造又華州置塔之處于時雲霧大雪忽即開朗正當塔上有五色相輪舍利下訖還起雲霧皇帝皇后又得舍利流輝散彩或出或沉自非至德精誠道合靈聖豈能神功妙相致此奇特臣等命偶昌年既覩太平之世生逢善業方出塵勞之境不勝抃躍謹奉拜表陳賀以聞謹奏勑答門下仰惟正覺覆護群品濟生靈於苦海救愚迷於火宅朕所以至心迴向結念歸依思與率土臣民爰乃幽顯同崇勝業共爲善因故分布舍利營建神塔而大聖慈愍頻示光相宫殿之内舍

利降靈𡨋測來由自然變現歡喜頂戴得未曾有斯實群生多幸延此嘉福豈朕徵誠所能致感覽王公等表悚敬彌深朕與王公等及一切民庶宜更加勉勵興隆三寶今舍利眞形猶有五十所司可依前式分送海內庶三塗六道俱免蓋纏稟識含靈同登妙果主者施行高麗百濟新羅三國使者將還各請一舍利於本國起塔供養詔並許之詔於京師大興善寺起塔先置舍利於尚書都堂十二月二日旦發焉是時天色澄明氣和風靜寶輿旛幢香華音樂種種供養彌徧街衢道俗士女不知幾千萬億服章行位從容有敘上柱國司空公安德王雄以下皆步從至寺設無遮大會而禮懺焉有青雀狎於衆內或抽佩刀擲以布於當人叢而下都無所傷

仁壽二年正月二十三日復分布五十三州建立靈塔令總管刺史已下縣尉以上廢常務七日請僧行道教化打剎施錢十文一如前式期用四月八日午時合國化內同下舍利封入石函所感瑞應者別錄如左

恒州（無雲雨下天降瑞華徧城如此）泉州　循州　營州（三放白光感得古石解作函）洪州（白頭烏引路無窮）杭州（掘基有白石窟容人石函）涼州　德州（感得大鳥旋塔人皆不識）滄州　觀州（塔上五色雲從午至暮）瀛州（基內有紫芝現）冀州（有患盲人及聾皆差）幽州（函如水鏡放光衆像）徐州（函現仙人聖僧等相）莒州（三現神光基得古塔處啞能言）齊州　萊州　楚州（野鹿來聽鷹翔塔上）江州（地出銅像）潭州（舍利至江神鳥千迎）毛州（天雨金銀華）貝州　宋州（井苦變甘旋光天雨瑞華如雪）趙州（放赤光瑞像無量）濟州（二故神光香氣鐘磬出於雲際）兗州　壽州　信州　荊州（雲蓋塔上雨華不下）蘭州（基下得石像又得二銅像）梁州　利

州放光如月明潞州靈泉自涌病遇得差黎州地下見闘千秋樂動慈州靈蓋如飛仙靈泉涌病得愈魏州數放光明天雨寶華入人得之沉州汴州異香放光見像患差梓州放光五色許州去州九十放光明見覆塔甘井踊現豫州五色光現文字金色顯州曹州光變最繁安州感香一夕放光雲蓋兼集晉州二度放五色光明懷州雉兔自來馴附放光異迹陝州前後十一度現光靈瑞洛州香氣如風數放光明鄧州函作五文現秦州重得舍利函變瑪瑙衛州光照於外洛州僧先患看不行閭迎十里得差鄭州放光檔内向明祀州放光五色

右總五十三州四十州巳來皆有靈瑞不可備列具存大傳一

法苑珠林卷第四十

音釋

韜他刀切藏也　荐才句切屢也　髭即移切口上須也　罝咨邪切罟也　儩斯義切盡也　燔符袁切爇也　凹於交切與坳同　奩力盐切匣也　揣楚委切揣摩也　亳白各切地名　膊匹各切　暕古限切　蜆音顯蛤屬　奄烏中切　盩厔盩之由切厔陟栗切盩厔縣名　湞于分切水名

法苑珠林卷第四十一

唐西明寺沙門釋道世撰

供養篇第三十八 此有二部

述意部　引證部

述意部第一

夫三寶平等曠若虛空理無怨親事絕貴賤是以隨力虔誠普供內外務存遺相冀興普徧故昔毗舍佉母別請羅漢五百如來譏訶顯平等故知心無限極則徧及十方財無多少則心周法界也

引證部第二

如地持論云菩薩供養如來略說十種一身供養二支提供養三現前供養四不現前供養五自作供養六他作供養七財物供養八勝供養九不染汙供養十至處道供養若菩薩於佛色身而設供養是名身供養若菩薩爲如來故若供養偷婆若窟若舍若故若新是名支提供養若菩薩面見佛身及支提而設供養是名現前供養若菩薩於如來及支提悕望心俱歡喜心俱現前供養如一如來三世亦然及現前供養如來支提三世十方無量世界若新若故是名菩薩共現前供養若菩薩於不現前如來及支提及以涅槃後以佛舍利起偷婆若一若二乃至億百千萬隨力所能是名廣不現前供養以是因緣得無量大果常攝梵福於無量大劫不墮惡趣無上菩提衆具滿足若菩薩現前供養得大功德不現前供養得大功德共現前不現前供養得最大功德若菩薩於如來及支提手自供養不依懈惰令他施住是名菩薩自作

供養若菩薩於如來及支提不獨供養普令親屬在家出家悉共供養是名自他共供養若菩薩有少許物以慈悲心施彼貧苦薄福衆生令供養如來及支提令得安樂而不自爲是名他作供養自作供養者得大果報他作供養者得大大果報自作他作供養者得最大大果報若菩薩於如來及支提以衣食雜寶種種供養者是名財物供養若菩薩久來以財物供養若多若少現前不現前自作他作淳淨信心而作供養以是善根廻向無上菩提是名勝供養若菩薩自手供養如來及支提不輕他人不放逸不懈怠至心恭敬不染汙心不於信心勝人所現諂曲求財亦不以諸不淨物等供養是名無染供養若菩薩殊勝不染財物供養如來及支提若自力得若從他求若如意得財若化作身若二若三乃至百千萬億身悉禮如來彼一一身化作百千手彼一一手以種種華香供養如來及支提彼一切身悉讃歎如來眞實功德饒益衆生如是等名爲如意自在力供養不待如來出現于世何以故住不退轉地菩薩於一切佛刹未曾障礙故若菩薩不自力得財亦不從他求而爲供養然於他衆生乃至十方無量世界上中下心所作供養菩薩於彼一切供養以淨信心勝妙解心周徧隨喜是菩薩以少方便與大供養攝大菩提乃至於磬牛頃於一切衆生修四無量心等是名至處道供養如來第一最上比前財物供養百倍千倍乃至筭數譬喻不得爲比如是十事名菩薩一切種供養如來法僧亦爾當知於

此三寶作十種供養菩薩於如來所起六種淨心謂福田無上心恩德無上心於一切衆生無上心如優曇鉢華難遇心於三千大千世界獨一心於世間出世間法一切具足依義心以此六心少想供養如來法僧獲無量功德何況多

又瑜伽論云何菩薩於如來所供養如來當知供養略有十種一設利羅供養二制多供養三現前供養四不現前供養五自作供養六教他供養七財供養八廣大供養九無染供養十正行供養釋文大同

又優婆塞戒經云佛言善男子在家菩薩若欲受持優婆塞戒先當次第供養六方言東方者即是父母若有人能供養父母衣服飲食卧具湯藥房舍財寶恭敬禮拜讚歎尊重是人則能供養東方父母是父母還以五事報之一至心愛念二終不欺誑三捨財與之四爲娉上族五教以世事南方者即是師長若有人能供養師長衣服飲食卧具湯藥尊重讚歎恭敬禮拜早起晚卧受行善教是人則能供養南方師長是師復以五事報之一速教不令失時二盡教不令不盡三勝已不生嫉妬四將付嚴師善友五臨終捨財與之西方者即是妻子若有人能供給妻子衣服飲食卧具湯藥瓔珞服飾嚴身之具是人則能供養西方妻子是妻子復以十四事報之一所作盡心營之二常作終不懈慢三所作必令終竟四疾作不令失時五常爲瞻視賓客六淨其房舍卧具七愛敬言則柔軟八僮使軟言教詔九善能守護財物十晨起夜寐

十一能設淨食十二能忍教誨十三能覆惡事十四能瞻病苦北方者即是善知識若有人能供施善友任力與之恭敬柔言禮拜讚歎是人則能供養北方善知識是善知識復以四事而還報之一教修善法二令離惡法三有恐怖時能為救解四放逸之時能令除捨下方者即是奴婢若有人能供給奴婢衣食病瘦醫藥不罵不打是人則能供給下方奴婢是奴婢復以十事報之一不作罪過二不待教作三作必令竟四疾作不令失時五主雖貧窮終不捨離六早起七守物八少恩多報九至心敬念十善覆惡事上方者即是沙門婆羅門等若有供養上方沙門婆羅門衣服飲食房舍卧具病瘦醫藥怖時能救飢饉施食聞惡能遮禮拜恭敬尊重讚歎是人則能供養上方沙門等是出家人復以五事報之一能令生信二教修智慧三教令行施四教令持戒五教令多聞若有供養是六方者是人則能增長財命能得受持優婆塞戒又智度論云諸佛恭敬法故供養於法以法為師何以故三世諸佛皆以諸法實相為師問曰如佛不求福德何故供養答曰佛從無量劫中修諸功德常行諸善不但求報敬功德故而作供養如佛在世時阿那律未得天眼前盲無所見而以手縫衣時針紝脫便言誰愛福德為我紝針是時佛到其所語比丘言我是愛福德人為汝紝來是比丘識佛聲疾起著衣禮佛足白佛言佛功德已滿云何言愛福德佛報言我雖功德已滿我深知功德恩報力故令我於一切衆生中得最第一

由此功德又爲欲教化弟子故語之言我尚作功德汝云何不作如伎家百歲老公而儛有人訶之言老公年已百歲何用是儛老公答曰我不須儛但欲教子孫故耳佛亦如是功德雖滿爲教弟子作功德故而作供養故佛乳母大愛道亡四天王轝牀送佛在前擎鑪燒香供養爲報恩故雖不求果而行平等供養唯佛應供養佛餘人不知佛德如說偈言

智人能敬智　智論則智喜　智人能知智
如蛇知蛇足

又頻毗娑羅王詣佛供養經云爾時摩竭國頻毗（此云顏色）娑羅（此云端正）往詣佛所白世尊我典此國界所有資財能有所辦欲盡形壽供養如來及比丘衆衣被飲食牀座卧具病瘦醫藥亦當勸率臣民使得蒙度得離三塗永處安隱佛受請已便說偈言

祠天最爲首　詩頌亦爲首　王爲人中首
衆流海爲首　衆星月爲首　光明日爲首
上下及四方　諸所生品物　天上及世間
佛最無有上　欲求種德者　當求於三佛

又雜寶藏經云佛告諸比丘言有八種人應決定施不復生疑一父二母三佛四弟子五遠來之人六遠去之人七病人八看病者

又智度論云諸菩薩無量無盡功德成就以一食供養十方諸佛及僧皆悉充足而亦不盡譬如涌泉出而不竭如文殊師利以一鉢歡喜丸供養八萬四千僧皆悉充足而亦不盡復次菩薩於此以一鉢食供養十方諸佛而十方佛前飲食之具具足而出譬如鬼神

得人一口之食而千萬倍出
又舊雜譬喻經云昔有梵志年百二十少小不妻娶無婬泆之情處在深山無人之處以茅爲廬蓬蒿爲席以水果爲食不積財寶國王聘之不往赴意靜處無爲於山藪中與禽獸相娛絕於人路山有四獸一名狐二名獼猴三名獺四名兔此之四獸日於道人所聽經說戒如是積久食諸果蓏皆悉訖盡後道人意欲徙去四獸大愁憂情不樂共相議言我曹各行求索供養道人獼猴去至他山得甘果來以上道人願止莫去野狐行化作人求得一囊飯麨來以上道人可給一月糧願止莫去水獺亦復入水取得大魚以上道人給一月糧願止莫去兔自思念我當用何等供養道人即念當持身供養便取樵以然火作炭往白道人言今我爲兔請入火中作炙以身奉上道人可給一日糧便自投火中火爲不然道人見兔感其仁義哀愍傷之則自止留佛言爾時梵志者今提和竭佛是爾時兔者今我身是爾時獼猴者今舍利弗是爾時野狐者今阿難是爾時水獺者今目連是也

又僧祇律云佛住梨耆闍河邊時世尊鉢比丘鉢共在露處時有獼猴行見樹中有無蜂熟蜜來取世尊鉢諸比丘遮佛言莫遮此無惡意便持鉢取蜜奉獻世尊不受須待水淨獼猴不解佛意謂呼有蟲轉看見鉢邊有流蜜有到水邊洗鉢水漸鉢中持還奉佛佛即受取佛受已獼猴大歡喜却行而儛墮坑命終即生三十三天時諸比丘即說偈言

十力世雄在榛林　佛鉢僧鉢在露處
野獸植德有情智　見好成熟無蜂蜜
直前往取世尊鉢　比丘欲遮佛不聽
得鉢盛蜜來獻佛　如來慈愍爲受之
心悅歡喜却行儛　脚跌墮塹岸而命終
即生三十三天上　下生出家成羅漢

又文殊師利問經云菩薩爲供養佛法僧及父母兄弟得畜財物爲起寺舍造像爲布施若有此因緣得受金銀財物無有罪過頌曰

渺渺長津　遥遥遐纏　煩籠幽閉　難成出離
自非薦上　乘何髙位　供養三寶　果超十地

受請篇第三十九（此有九部）

述意部　請僧部　聖僧部
施食部　食時部　食法部
食訖部　呪願部　施福部

述意部第一

夫供會之法以不限爲本無適無莫乃應檀心故冥懷遣相與空際而爲極任時隨緣共法界而等量因既不窮則果亦無盡也且俗儉財貧限物爲施物既有限心亦拘執或計人以擬供或選德而後請有涯之福未捨無邊之報未霑夫愚法施者雖物周而施寡善權惠者使物寡而施周是以外國設齋率廣無遮運心十方該羅法界也

請僧部第二

如賢愚經云時佛姨母摩訶波闍波提佛已出家手自紡織預作一端金色之氎（織成大衣）奉上如來佛令持此往奉衆僧姨母思念規心俟佛唯願垂愍爲我受之佛知母專心欲用施我然恩愛心福不弘廣若施衆僧獲報彌

多我知此事是以相勸若有檀越於十六種具足別請雖獲福報亦未爲多何謂十六比丘比丘尼各有八輩不如漫請四人所得功德福多於彼十六分中未及其一將來末世法垂盡時正使比丘畜妻挾子四人已上名字衆僧應當敬視如舍利弗目揵連等時波闍波提心乃開解即以其衣奉施衆僧僧中次行無欲取者到彌勒前尋爲受之爾時彌勒問衆僧言若有檀越請一持戒清淨沙門就舍供養所得盈利何如有人得十萬錢時憍陳如尋即說言假使有人得百車珍寶計其福利不如請一淨戒沙門就舍供養得利弘多舍利弗言假令有人得一閻浮提滿中珍寶猶不如請一淨戒者就舍供養獲利彌多目揵連言正使有人得二天下滿中七寶實不如請一清淨沙門就舍供養得利彌多其餘比丘如是各各引於方喻比格其利皆悉多彼時阿那律復自說言正令得滿四天下寶其利猶復不如請一清淨沙門詣舍供養得利殊倍所以然者我是其證自念過去世毗婆尸佛般涅槃後法滅盡時有一長者名阿淚吒家貧焦煎復值歲儉人飢食穀不繼日往取薪賣糴稗子共家婦見以自供活見一辟支佛乞食不得請到其家分稗子糜躬自持施辟支語言汝亦飢渴當共分噉阿淚吒言我曹俗人食無時節尊日一食但願爲受即受食訖感其至心令發大願時辟支佛還歸所止時阿淚吒即還入澤取薪時見一兎意欲捕取以鎌遥擲即時墮地適欲前取化爲死人上其背上急抱其頭盡力推却

不能令却心懷恐怖憧惶苦惱意欲入城共婦解却復恐人見令不聽入留待日暮以衣用覆擔負往舍既到舍内自然墮地變成一聚閻浮檀金光明晃昱并照比舍展轉談之響徹於王王自來看見是死人形漸欲臭即問淚吒汝見是何答言看實是金即取少許用奉於王王見金色敬之未有問其所由何緣得此由施辟支王聞歎善即更賜與拜爲大臣如是諸尊彼阿淚吒者即我身是我於彼世以少稗糜施辟支佛緣是以來九十一劫生天人中無所乏少

又像法決疑經云若檀越設食召請衆僧遣人防門遮障比丘及諸老病貧窮乞人不聽入會徒喪飲食了無善分

又普廣經云四輩弟子若行齋戒心當存想請十方僧不擇善惡持戒毁戒高下之行到諸塔寺請僧之時僧次供養無別異想其福最多無量無邊若值羅漢四果道人及大心者緣此功德受福無窮一聞説法可得正道無上涅槃

又十誦律云鹿子母別請五百羅漢佛言無智不善若於僧中次請一人者得大功德果報利益勝別請五百羅漢一切遠近無不悉聞

又請僧福田經及仁王經種種訶責不許別請若別請者是外道法非七佛法

又梵網經云若有檀越來請衆僧客僧有利養分僧房主應次第差客僧受請而先住僧獨受請而不差客僧房主得無量罪畜生無異非沙門非釋種性犯輕垢罪若佛子一切

不得受別請利養入已而此利養屬十方僧而別受請即取十方僧物入已用者犯輕垢罪若有出家在家一切檀越請僧福田求願之時應入僧房問知事人今欲次第請者即得十方賢聖僧而世人別請百羅漢菩薩僧不如僧次一凡夫僧若別請僧者是外道法七佛無別請法不順孝道若故別請僧者犯輕垢罪

又智度論云如有一富貴長者信樂衆僧白僧執事我次第請僧於舍食日日次請乃至沙彌執事不聽沙彌受請諸沙彌言以何意故不聽沙彌答言以檀越不喜請年少故便說偈言

鬚髮白如雪　齒落皮肉皺　僂步形體羸
樂請如是事

諸沙彌等皆是大阿羅漢如打師子頭欻然從座起而說偈言

檀越無智人　見形不取德　捨是耆年相
但取老瘦黑
上尊耆年之相者如佛說偈云
所謂長老相　不必以年耆　形瘦鬚髮白
空老內無德　能捨罪福果　精進行梵行
已離一切法　是名為長老

是時沙彌復作是念我等不應坐觀檀越量僧好惡即說偈言

讚歎呵罵中　我等心雖一　是人毀佛法
不應不教誨　當疾到其舍　以法教語之
我等不度者　是則為棄物

即時諸沙彌自變其身皆成老年

鬚髮白如雪　秀眉垂覆眼　皮皺如波浪

其脊曲如弓　兩手負杖行　次第而受請
舉身皆振掉　行止不自安　譬如白楊樹
隨風而動揺　檀越見此輩　歡喜迎入坐
坐已須臾頃還復年少形檀越驚怖言
如是耆老相　還變成少身　如服還年藥
是事何由然
諸沙彌言汝莫生疑平量是事甚可傷愍故
現是化汝當深識之聖衆不可量如偈說曰
譬如以蚊觜　猶可測海底　一切天與人
無能量僧者　僧以功德貴　猶尚不分別
而汝以年歲　稱量諸大德　大小生於智
不在於老少　有智勤精進　雖少而是老
懈怠無智慧　雖老而是少
汝今平量僧是則爲大失如欲以一指測知
大海底爲智者之所笑汝不聞佛說四事雖
小而不可輕太子雖小當爲國王是不可輕
蛇子雖小毒能殺人亦不可輕小火雖微能
燒山野亦不可輕沙彌雖小得聖神通最不
可輕檀越聞是事已見是神通力身驚毛竪
合手白諸沙彌言諸聖人等我今懺悔我是
凡夫心常懷罪今欲請問於佛僧寶中信心
清淨何者福勝答言我等初不見佛僧寶中
有增減何以故如佛一時入舍婆提城乞食
有婆羅門姓婆羅埵逝佛數數到其家乞食
心作是念是沙門何以來數數如負其債佛
時說偈言
時雨數數墮　五穀數數成　數數修福業
數數受果報　數數受生法　故受數數死
聖法數數成　誰數數生死
婆羅門聞是偈已大聖具知我心慚愧取鉢

入舍盛滿美食以奉上佛佛不受作是言我爲說偈故得此食我不食也婆羅門言是食當與誰佛言我不見天及人能消是食者汝持去置少草地若無蟲水中即如佛教持食著無蟲水中水即大沸煙火俱出如投大熱鐵婆羅門見已驚怖言未曾有也乃至食中神力如是禮佛懺悔乞出家受戒漸漸斷結得阿羅漢道復有摩訶憍曇彌以金色上上寶衣奉佛佛勸施僧能消能受故知佛寶僧寶福無多少故說偈言

若人愛敬佛　亦當愛敬僧　不當有分別
同皆爲寶故

又法句喻經世尊說偈云

人當念有意　每食自知少　從是痛用薄
節消而保壽

又雜譬喻經云昔者舍衛國有一貧家庭中有蒲萄樹上有數穗念施道人時國王先前請食一月是貧家力勢不如王正懸一月乃得一道人便持施之語道人言念欲施來巳經一月今乃得願道人語優婆夷巳一月中施優婆夷言我但施一穗蒲萄那得一月施耶道人言但一月中念欲捨施則爲一月也

法苑珠林卷第四十一

音釋

鞬具吝切不熱也　紝如鴆切縷也　儛罔古切以手曰舞　轝雲俱切對舉也　泆弋質切溢放也　獺他達切水狗也　蓏魯果切草實也　麨尺少切乾糧也　跌徒結切蹶也　轡兵媚切馬轡也　紡妃兩切紡績也　挾胡頰切帶也　糴杜歷切穀米也　稗薄邁切草似穀者　糜忙皮切粥也　僂兩舉切傴也　欻叶勿切暴起也　穗徐醉切莖也

法苑珠林卷第四十二

唐 西明寺沙門釋道世撰

聖僧部第三

自大覺泥洹法歸衆聖開士應眞導揚末教並飛化衆刹隨緣攝誘感殊則同室天隔應合則異境對顏宋泰始之末正勝寺釋法願正喜寺釋法鏡寺始圖畫聖僧列坐摽擬迄至唐初亟降靈瑞或足趾顯露半現於柱間或植杖遺跡印陷於平地所以梁帝聞而讃悅敬心翹仰家國休感必於齋供到永明八年帝躬弗愈雖和鵲薦術而茵褥猶滯乃潔心發誓歸命聖僧刼於延昌殿内七日祈請供飯諸佛及衆聖賢齋室嚴峻輕塵不動七日將滿方感靈應乃有天香妙氣洞鼻徹心映薮燻爐無復芳勢又足影屣跡布滿堂中振錫清越響發牖外覩蹤聞香皆肅然魂聳時有徐光顯等十有餘人咸同見聞登共奏啓於是齋坐既畢而御膳康復所以徧朝歸依明驗神應其後徐光顯等道俗數人設齋奉請並有徵瑞聖人通感不可備載

如昔有樹提伽長者造栴檀鉢著絡囊中懸高象牙杙上作是言若沙門婆羅門不以梯杖能得者即與之諸内外道知欲現神通力挑頭而去賓頭盧聞是事問目連言實爾不荅言實爾汝師子吼中第一便往取之其目連懼佛教不肯取賓頭盧即往其舍入禪定便於座中申手取鉢依四分律當時坐於方石縱廣極大逐身飛空得鉢已還去佛聞訶責云何比丘爲外道鉢而於未受戒人前現神通力從今盡形擯汝不得住閻浮提於是

賓頭盧如佛教勑往西瞿耶尼教化四衆廣宣佛法閻浮提四部弟子思見賓頭盧白佛佛聽還座現神足故不聽涅槃勑令爲末世四部衆作福田其亦自誓三天下有請悉赴又阿育王經海意比丘從鑊乘空爲王說偈云

汝身同人身　汝力過人力　應令我知之
爲汝作神力

王發心請四方僧說偈云

有諸阿羅漢　當來攝受我　我請阿羅漢
當悉來此處

故依請賓頭盧經云如天竺優婆塞國王長者若設一切會者常請賓頭盧頗羅惰誓阿羅漢賓頭盧者字也頗羅惰誓者姓也其人爲樹提長者現神足故佛遏之不聽涅槃勑令末法四部衆生作福田請時於靜處燒香禮拜向天竺摩梨山至心稱名言大德賓頭盧頗羅惰誓受佛教勑爲末法人作福田願受我請於此處食若新作屋舍亦應請之願受我請於此舍牀敷上宿若普請衆僧澡浴時亦應請之言受我請於此洗浴及未明前見香湯灰水澡豆楊枝香油調和冷暖如人浴法開戶請入然後閉戶如人浴訖頃衆僧乃入凡欲會食澡浴要須一切請僧至心求解脫不疑不昧信心清淨然後可屈近世有一長者聞說賓頭盧大阿羅漢受佛教勑爲末法人作福田即如法施設大會至心請賓頭盧氍毹不徧敷好華欲以驗之大衆食訖發氍毹華皆萎黃懊惱自責不知過所從來更復精竭審問經師重設大會如前布華亦

復皆萎復更傾竭盡家財産復作大會猶亦如前懊惱自責更請百餘法師求請所失懺謝罪過如向上座一人年老四布悔其僁咎上座告之汝三會請我我皆受請汝自使奴門中見遮以我年老衣服弊壞謂是被擯賴提沙門不肯見前我以汝請欲强入汝奴以杖打我頭破額右角瘡是第二會亦來復不見前我欲强入復打我頭額中瘡是第三會復亦來如前被打頭額左角瘡是汝自為之何所懊惋言已不現長者乃知是賓頭盧自爾已來諸人設福皆不敢遮門若得賓頭盧來其坐處華即不萎若新立房舍牀榻欲請賓頭盧時皆當香湯灑地然香油燈新牀新縟縟上奮綿敷之以白練覆上初夜如法請之還閉房戶慎勿輕慢窺看皆各至心信其必來精誠感徹無不至也來則縟上現有卧處浴室亦現用湯水處受大會請時或在上座或在中座或在下座現作隨處僧形人求其異終不可得去後見坐處華不萎乃知之矣述曰今見齋家多不依法但逐人情安置凡人全不愛佛及聖僧既如前經所說施主先須預掃灑佛堂及安置聖僧坐處洗浴潔身燒上名香懸繒旛蓋散衆雜華手執香鑪盡誠敬仰奉請三寶及以聖僧十方法界一切聖凡亦皆普請受弟子請降屈聖儀來臨住宅合家大小並共虔誠預前七日已來發此重心若是貧家無好香華復無安置之處然須臨時斟酌僧未坐前先上好處安置佛座掃灑如法其次好處安聖僧座敷設輭物新白淨者布綿在上若施主心重有感食訖

候看似人坐處即知報身來赴若無相現但化身來若令輕慢報化俱不至其座不得綵畫錦綺綾羅金銀雜飾及散華置上雖是羅漢然共凡僧同受二百五十別解脫戒所以不受雜綵金銀等物若是諸佛菩薩大乘之人非局出家相者所以得受種種供養安聖僧座及以獻食亦不得越過尺六高處安置尺六已下如法僧座則得亦不得作塑形聖僧在座安置儻報身自來豈可推却塑像而坐亦不得在寺將常住僧器盛食恐報身來不可觸僧淨器而食若用鉢盂及俗盤器獻者即通化報最爲如法若有聖僧錢還入聖僧用將置鉢盂匙箸銅椀手巾及將買上好盤器皿背上朱書題字記之餘人不敢雜用日別隨家常食每旦及午盛食常獻佛及僧

豈非好事更有餘錢買取一胡牀及一油單食訖澡豆淨洗置故牀上以油肥覆之日別如是表供養三寶心常不絕大得功德若多得錢即如西國寺法及俗人舍空靜上處爲聖僧造房堂隨四時冬夏安物供養若在夏内堂内日別敷好淨席儭身單敷銅盆銅瓶澡豆淨巾若至午前并獻飲食夜中然燈燒香隨心量力如法供養若至冬寒安被厚帔氊縟炭火湯水燈明隨時供養縱有餘長聖僧錢財不得將入別僧乃至常住僧用亦不得入佛法用亦不得作別聖僧形數見有人索聖僧錢綵畫佛形及四壁畫聖僧迦葉阿難等形以賓頭盧羅漢聖人現在不入涅槃既不得聖僧囑授進止豈得互用浪將別入若已用者並須倍還不還得罪故四分律云

許此處不得異處得罪如似巳物他人不問巳身餘人輒將作別用豈可得不上來所述並依經律聖意録之不得不行三寶物重不得互用恐差之毫毛失之千里誠言不墜省巳用之故梁武帝時漢國大德英儒共請西域三藏纂集聖僧法用翻出五卷如前所述並亦同之

施食部第四

如涅槃經云因曠野鬼神爲受不殺戒巳以不食肉故氣力虛弱命欲將終佛告鬼言我勑聲聞弟子隨有佛法處悉施汝等食若有住處不能施者是魔眷屬非我弟子眞聲聞也然出衆生食時須有分齊若食他施主食即須依五分律云若與乞兒鳥狗等並應量巳分內減施與之不得取分外施此見道俗至於齋上施主儉約不與妻兒先供衆僧將爲福田僧等不量前食多少先自飽食多將施食乞飼鳥犬損他施主又自得罪若取分内或將巳食任意多少不論限約

又十二頭陀經云若得食時應作是念見渴乏衆生以一分施之我爲施主彼爲受者施巳作是願言令一切衆生興福救之莫墮慳貪持至空靜處減一段着淨石上施諸禽獸亦如上願正欲食時作是念言身中有八萬戶蟲得此食皆悉安隱我今以食施此諸蟲後得道時當以法施汝是爲不捨衆生

又灌佛形像經云佛告大衆世人多有發意求所願者布施之日不計多少趣使充饒事業畢竟殘有餚饌敢食不盡皆當送與守寺中持法沙門衆僧自共分之以出物時當望生福不應各各競分歸與妻子是爲種樹石上根株焦盡終無生時令以布施者餘福重以施僧是爲施一得萬倍報

又四分律施僧粥得五種利益一除飢二除渴三消宿食四大小便調適五眼目精明僧祇律施粥得十種利益故偈云

持戒清淨人所奉　恭敬隨時以粥施
十利饒益於行者　色力壽樂辭清辯
宿食風除飢渴消　是名爲藥佛所說
欲生人天長壽樂　今當以粥施衆僧

又食施獲五福報經云佛告諸比丘當知食以節度受而不損佛言人持飯食施人有五功德令人得道智者消息意度弘廓則獲五福何等爲五一曰施命二曰施色三曰施力四曰施安五曰施辯何謂施命人不得食時顏色顦顇不可顯示不過七日奄忽壽終是故智者則爲施食其施食者則爲施命其施命者世世長壽生天世間壽命延長不中夭傷自然福報財富無量是爲施命何謂施色人不得食時顏色顦顇不可顯示是故智者則爲施食其施食者則爲施色其施色者世世端正生天世間顏色曄曄人見歡喜稽首作禮是爲施色何爲施力人不得食時身羸意弱所作不能是故智者則爲施食其施食者則爲施力其施力者世世多力生天人間力無等雙出入進止力不耗減是爲施力何謂施安人不得食時心愁身危坐起不定不能自安是故智者則爲施食其施食者則爲施安其施安者世世安隱生天人間不遇衆殃其所到處常遇賢良財富無量不中夭傷是爲施安何爲施辯人不得食時身羸意弱口不能言是故智者則爲施食其施食者則爲施辯口說流利無所質礙慧辯通達生天

世間聞者歡喜靡不稽首聽採法言是為五福食之報也

又增一阿含經云施有五事名為應時一遠來二遠去三病時四冷熱時五初得果蓏若得新穀先與持戒精進人然後自食又施有三法一送食至寺名上就舍供養名中造舍乞施發心供養名下

又長阿含經云佛命阿難吾渴欲飲汝取水來阿難白言向有五百乘車於上流度水濁未清可以洗足不中飲也如是三勑阿難汝取水來阿難白言今拘孫河去此不遠清冷可飲亦可澡浴時有鬼神居在雪山篤信佛道即以鉢盛八種淨水奉上世尊為愍彼故為受之

## 食時部第五

問曰何名食時何名過時答曰依四分律云謂明相出時始得食粥（明相未出即是非時）乃至日中案此午時為法即是食時（依僧祇律云過此午時影一髮一瞬草葉等即是非時）四天下准此皆同故毗羅三昧經世尊為惠法菩薩說云食有四種旦天食時午法食時暮畜生食時夜鬼神食時佛斷六趣因令同三世佛故曰午時是法食時也過此已後同於下趣非上食時故曰非時也十誦律云唯天得過中食無罪

又十誦律云有閻浮比丘至西拘耶尼用閻浮提時拘耶尼比丘往餘三方亦如是若此間宿則用此間時若在彼宿則用彼間時餘三方亦爾故摩德勒伽論問頗有非時食不犯耶答曰有若住北鬱單越用彼食時不犯餘方亦爾若在閻浮日正午時北方是夜半

東方是日没西方是日出餘方互轉可知又薩婆多論云釋時有四一始從日出乃至日中其明轉熾名之爲時從中巳後至後夜分其明減没故名非時二從旦至中是作食時乞不生惱故名爲時從中巳後至於夜分是俗人醼會遊戲之時入村乞食多有觸惱故名非時三從旦至中俗人作務婬亂未發乞不生惱故名爲時從中巳後事務休息婬戲言笑入村乞食喜被誹謗故名非時四從旦至中是乞食時得食濟身寧心修道事順應法故名爲時從中巳後宜應修道非乞食時故名非時

食法部第六

如大遺教經云比丘欲食時當爲檀越燒香三唄讚揚布施可食美食又從上座教言道士各自出澡手漱口巳還各就座而坐各說一偈以隨次起不得踰越

又增一阿含經云若有設供者手執香鑪而唱時至佛言香爲佛使故須燒香徧請十方（既知燒香本擬請佛爲凡夫心隔目覩不知佛令燒香徧請十方一切凡聖表呈福事騰空普赴正行香作唄時一切道俗依華嚴經各說一偈云）

戒香定香解脫香　光明雲臺徧世界
供養十方無量佛　見聞普熏證寂滅

又三千威儀經云坐受香亦得爲女人行香恐觸手染着故開坐受（若恐譏慢令懸放下亦得男子行香女人受香翻前即是）

述曰若得衣食不簡精麤但得支濟身命令得修道便合佛意如膏車須油何簡精妙但令運轉得達前所即是佳事故雜寶藏經世尊說偈云

此身猶如車　好惡無所擇　香油及臭脂
等同於調利

又智度論云食爲行道不爲益身如養馬養猪無異若初得食時先獻三寶後施四生故華嚴經偈云

若得食時　當願衆生　志在佛道　爲法供養

又優婆塞戒經云若自造作衣服鉢器先奉上佛并令父母師長和尚先一受用然後自服若上佛者以華香贖凡所食噉要先施於沙門梵志然後自食也正下食時復須作念初下一匙飯時願斷一切惡盡下第二匙時願修一切善滿下第三匙時願所修善根迴施衆生普共成佛若不能口口作念臨欲食時總作一念亦得故摩德勒伽論云若得食時口口作念得衣時著著作念入房時入入作念若鈍根者總作一念故華嚴經第六卷菩薩有一百四十願凡所施爲皆誦偈念如此食者非有煩惱利生物善故增一阿含經云施中上者不過法施業中上者不過法業恩中上者不過法恩若過分飽食則氣急身滿百脉不通令心壅塞坐卧不安若限分少食則身羸心懸意慮無固故增一阿含經偈云

多食致患苦　少食氣力衰　處中而食者
如秤無高下

薩遮尼乾子經偈云

噉食太過人　身重多懈怠　現在未來世
於身失大利　睡眠自受苦　亦惱於他人
迷悶難寤寤　應時籌量食

述曰所以出家之人欲食之時先以淨手從

他受者爲出家高勝不同凡下故須受已而食故薩婆多論云比丘受食凡有五意一爲斷竊盜因緣故（自取而食亦同盜相）二爲作證明故（有儻失脫不干比丘）三爲止誹謗故（出家自取非是高勝）四爲成少欲知足故（若當不受非同像素）五爲生他信敬心故（見受而食外道生信）如昔有一比丘與外道共行止一樹下樹上有果食時將到外道語比丘云上樹取果比丘言我戒法中樹過人不應上又語比丘言何不搖樹取果比丘言我戒法中不得自搖樹落果外道聞已自上樹取果擲地與之語比丘言取果食比丘言我戒法中不得不授而食外道下樹取果授與比丘外道既見如此於一果上尚有如此法用何況出世之法外道遂生信敬心知佛法清淨不同外道於是即隨比丘於佛法中出家修道尋得漏盡

又舍利弗問經云佛言外道梵志尚知受取況我弟子而不受食但一切諸物不得不受唯除生寶及施女人若作法者猶應授與體上之衣若貯金器受則制施

又十誦律云舍衛國中摩訶迦羅比丘受一切糞掃衣食有死人處衣食皆取持至水上淨洗已不受便食常在死人處住有疫病時便不入城時人皆謂噉死人肉惡名流布諸比丘白佛佛集比丘僧制云從今諸比丘不受食著口中得罪

又大方等陀羅尼經云又受食時莫視女色但自念言我心中毒箭當云何拔用視女色爲我從無始世來坐以女色墮於三塗無有出期觀諸六塵亦應如是我諸弟子不應著

此如是諸賊喪人善功

述曰一切僧食並須平等無問凡聖上下均普故僧祇律云若檀越行食多與上座者上座應問一切僧盡得爾許不答止上座得耳應言一切平等與若言盡得者應受僧上座法不得隨下便食待行徧唱等供已然後得食上座之法當徐徐食不得速食竟在前出去應待行水隨順呪願已然後乃出

又處處經云佛言中後不食有其五福一者少婬二者少卧三者得一心四者無有下風五者身得安隱亦不作病是故沙門知福不食

述曰若於食長貪增加煩惱即須觀厭作不淨之想故智度論云說食厭想者當觀是食從不淨生如肉從精血水道生是爲膿蟲住處如酥乳酪血變所成與爛膿無異廚人汗垢種種不淨若著口中腦有爛涎二道流下與唾和合然後成味其狀如吐從腹門入地持水爛風動火煑如釜熟糜滓濁下沉清者在上譬如釀酒滓濁爲屎清者爲尿腰有三孔風吹膩汁散入百脉與先血和合凝變爲肉從新肉生脂骨髓從是中生身根從新舊肉合生五情根從此五根生五識五識次第生意識分別取相籌量好醜然後生我我所心等諸煩惱及諸罪業復次思惟此食工夫甚重計一鉢之飯作夫流汗集合量之食少汗多此食辛苦如是入口即成不淨宿昔之間變爲屎尿本是美味惡不欲見行者自思如此弊食我若食著當墮三塗如是觀食當厭五欲譬如有一婆羅門修淨潔法有事緣

故到不淨國自思我當云何得免不淨唯當乾食可得清淨見一老母賣白髓餅而語之言我有因緣住此百日常作餅送來多與汝價老母日日作餅送之婆羅門貪著飽食歡喜老母作餅初時白淨後轉無色無味即問老母何緣爾耶母言癰瘡差故婆羅門問此何謂耶母言我大家夫人隱處生癰以麵酥拊之癰熟膿出和合酥餅日日如是以此作餅與汝是以餅好今夫人癰差我當何處更得婆羅門聞之兩拳打頭椎胷乾嘔我當云何破此淨法我爲了矣棄捨緣事馳還本國行者亦爾著是飲食歡喜樂噉不觀不淨後受苦報悔將何及

## 食訖部第七

如波離論云出家僧尼白衣等齋訖不用澡豆末巨摩等用澡口者皆不成齋如過去有比丘字蓮提六十歲持齋戒不闕唯一日食用巨摩豆屑等成齋若不爾者皆不成齋（此經無目出要律儀云巨摩者牛糞是也若依此經豈用牛糞淨口耶依耶舍法師傳記云西方俗人外道等宗事梵天牛等以此二事能生萬物養育人民故將牛糞以淨道場佛隨俗法亦以爲淨然不用淨口耶）若依四分律等但護行住坐臥四種威儀食五正食四相不乖便成齋法不論澡豆淨口成齋時節若過威儀若失縱用澡屑亦不成齋又善見論云齋已吐食未出咽喉還咽無犯若出還咽犯罪又僧祇律云食已若渴佛令取一切穀豆麥煮不破者非時取汁得飲若酥油蜜及石蜜諸生果汁等要以水淨得飲若器底殘水被雨渝亦名爲淨善見論云舍樓伽果漿澄汁使清非時得飲（謂藕根是）摩德勒伽論沙糖漿亦得非時飲

僧祇律云人有四百四病風大百一用油脂治之火大熱病百一用酥治之水大百一用蜜治之雜病百一隨用上三藥治之

十誦律云石蜜非時不得輒噉有五種人得非時食謂遠行人病人不得食人食少人若施水處和水得飲五分律云聽飢渴二時得飲（故知無病非時漿是石蜜酥油等亦不得食也）僧祇律云胡椒蓽鉢薑訶棃勒等此藥無時食和者聽非時服

又四分律云一切苦辛鹹甘等不任爲食者聽非時盡形作藥服善見論云一切樹木及果根莖枝葉等不任爲食者並得作盡形藥服

述曰比見諸人非時分中食於時食何者是耶謂邊方道俗等聞律開食果汁漿遂即食乾棗汁或生棃蒲蔔石榴不擣汁飲并子總食雖有擣汁非澄使清取濁濃汁并滓而食或有聞開食舍樓伽果漿以患熱病遂取生藕并根生食或有取清飯漿飲或身無飢渴非時食酥油蜜石蜜等或用杏人煎作稠湯如此濫者非一不可具述若准十誦非前遠行等五種之人不得輒食食便破齋見數犯者多故別疏記

呪願部第八

如佛本行經云爾時世尊日在東方着衣持鉢諸比丘僧左右圍繞佛爲衆首來至輸頭檀王宮內到已坐於所設佛座諸比丘僧各各依次如法而坐爾時輸頭檀王以佛爲首諸比丘僧次第坐已自手行諸微妙飲食盡其種數食已於時世尊教化輸頭檀王令其解悟生歡喜已從座而起還歸本處

又十誦律云有比丘受他請食默然入默然去諸居士呵責云我等不知食好不好諸比丘白佛佛言從今食時應爲施主唄讚呪願不知誰作佛言上座作若上座不能次第能者應作故僧祇律上座應知前人爲何等施當爲應時呪願若爲亡人施福者應如是呪願云

一切衆生類　有命皆歸死　隨彼善惡行
自受其果報　行惡入地獄　爲善者生天
善能修行道　漏盡得泥洹

若生子設福者應如是呪願云

童子歸依佛　如來毗婆施　尸棄毗葉婆
拘樓拘那含　迦葉及釋迦　七世大聖尊
譬如人父母　慈念於其子　舉世之樂具
皆悉欲令得　令子受諸福　復倍勝於彼
家家諸眷屬　受樂亦無極

若入新舍設供者應如是呪願云

屋舍覆陰施　所欲隨意得　吉祥賢聖衆
處中而受用　世有黠慧人　乃知於此處
請持戒梵行　修福設飲食　僧口呪願故
宅神常歡喜　善心生守護　長夜於中住
若入於聚落　及以曠野處　若晝若於夜
天神常隨護

若估客欲行設福者應如是呪願云

諸方皆安隱　諸天吉祥應　聞已心歡喜
所欲皆悉得　兩足者安隱　四足者亦安
去時得安隱　來時亦安隱　夜安晝亦安
諸天常護助　諸伴皆賢善　一切悉安隱
康健賢善好　手足皆無病　舉體諸身分
無有病苦處　若有所欲者　去得心所願

若爲娶婦施者應如是呪願云
女人信持戒　夫主亦復然　由有信心故
能行修布施　二人俱持戒　修習正見行
歡樂共作福　諸天常隨護　此業之果報
如行不賫粮
若爲出家人布施者應如是呪願云
持鉢家家乞　值瞋或遇喜　將適護其意
出家布施難
故五分律云上座齋了量其前事爲檀越呪
願食施得具足果又增一阿含經世尊爲女
施園便呪願云
園果施清涼　橋梁度人民　近道作圊廁
人民得休息　晝夜獲安隱　其福不可量
諸法戒成就　死必生天上
施福部第九

如百緣經云佛在世時王舍城中有一長者
財寶無量不可稱計其婦生女尋即能語家
中自然百味飲食皆悉備有時父母見其如
是謂是非人毗舍闍鬼畏不敢近時彼女子
見其怖畏合掌向母而說偈言
願母聽我語　今當如實說　實非毗舍闍
及諸餘鬼等　我今實是人　業行相逐隨
善業因緣故　今獲如是報
爾時父母聞女說偈喜不自勝尋前抱取乳
餔養育因爲立字名曰善愛時彼女子見母
歡喜合掌白母言爲我請佛及比丘僧尋即
與請百味飲食皆悉充足即於佛前渴仰聞
法佛即爲說得須陀洹後求出家佛告善來
比丘尼頭髮自落法服著身成比丘尼精勤
修習得阿羅漢果諸天世人所見敬仰爾時

世尊將千二百五十比丘詣於他邦到曠野中食時巳至告善愛尼言汝今可設飲食供養佛僧尋取佛鉢擲虛空中百味飲食自然盈滿如是次第取千二百五十比丘鉢飯亦皆滿都令豐足阿難見巳歎未曾有請佛說本因緣佛告阿難此賢刧中有佛出世號曰迦葉着衣持鉢將諸比丘入城乞食次到大長者家設諸餚饌欲請賔客客未至頃有一婢使見佛及僧在於門外乞食立住不白大家取其飲食盡持施與佛及衆僧後客來坐勑彼婢言辦設食來婢答大家今有佛僧在其門外乞食立住我持此食用布施盡大家聞巳尋用歡喜即語婢言我等今者值是福田汝能持此飯食施與快不可言我今放汝隨意所求婢答大家若見放者聽在道次尋即聽許作比丘尼一萬歲中精勤無替便取命終不墮惡趣天上人中百味飲食應念即至今得值我出家得道比丘聞巳歡喜奉行

又百緣經云佛在舍衛國祇樹給孤獨園時夏安居竟將諸比丘欲遊行他國時頻婆娑羅王將諸群臣出城遥望如來來受我供爾時世尊遥知王意深生渴仰及比丘僧漸欲遊行詣摩竭提國值諸群鳥中有鸚鵡王遥見佛來飛騰虛空逆道奉迎唯願世尊及比丘僧慈哀憐愍詣我林中受一宿請佛即然可時鸚鵡王知許可巳還歸本林勑諸鸚鵡各來奉迎爾時世尊將諸比丘詣鸚鵡林各敷座具在於樹下坐禪思惟時鸚鵡王見佛比丘寂然宴坐甚懷喜悅通夜翔遶佛比丘僧四向顧視無諸師子虎狼禽獸及以盜賊

觸惱世尊比丘僧至明清旦世尊進引鸚鵡歡喜在前引導向王舍城白頻婆娑羅王言世尊今者將諸比丘遂來在近唯願大王設諸餚饍逆道奉迎時王聞語已勅設餚饍執持幢旛香華伎樂將諸群臣逆道奉迎時鸚鵡王於其夜中即便命終生忉利天忽然長大如八歲小兒便作是念我造何福生此天上尋自觀察知從鸚鵡由請佛故一宿止住得來生此我今當還報世尊恩頂戴天冠着諸瓔珞莊嚴其身賫持香華而供養佛却坐一面佛即爲其說四諦法心開意解得須陁洹果遶佛三帀還歸天上時諸比丘白佛言今此天子宿造何業生鸚鵡中復修何福得生天上來供養佛聞法獲果爾時世尊告諸比丘此賢劫中波羅柰國有佛出世號曰迦葉於彼法中有一長者受持五戒便於一時毀犯一戒故生鸚鵡中餘四完具今得值我出家得道佛告諸比丘欲知彼時優婆塞者今鸚鵡是聞佛所說歡喜奉行

又付法藏經云昔過去九十一劫毗婆尸佛入涅槃後有一比丘甚患頭痛薄拘羅爾時作一貧人見病比丘即便持一呵梨勒果施病比丘比丘服訖病即除愈緣施藥故九十一劫天上人中受福快樂未曾有病最後生一婆羅門家其母早亡父更娉妻拘羅年幼見母作餅從毋索之後母嫉妬即捉拘羅擲置鏊上鏊雖焦熱不能燒害父從外來見薄拘羅在熱鏊上即便抱下毋於後時釜中煑肉時薄拘羅從毋索肉毋益瞋恚尋擲釜中亦不燒爛父覓不見即便喚之拘羅聞喚釜

中而應父即抱出平復如故母後向河拘羅逐去後母瞋忿而作是言此何鬼魅妖祥之物雖復燒煮不能令死即便捉之擲置河中值一大魚即便吞食以福緣故猶復不死有捕魚師捕得此魚詣市賣之索價既多人無買者至暮欲臭薄拘羅父見即隨買持來歸家以刀破腹兒在魚腹出聲唱言願父安庠勿令傷兒父開魚腹抱兒而出年漸長大求佛出家得阿羅漢果從生至老年百六十未曾有病乃至無身熱頭痛由施藥故得是長壽五處不死鏊鑠不焦釜煮不爛水溺不死魚吞不消刀割不傷以是因緣智者應當作如是事

又十誦律云時王舍城中有居士名尸利仇多大富多財是外道婆羅門弟子此人每疑沙門瞿曇有一切智乃行到佛所白言沙門瞿曇明日我舍食佛以彼應度故默然受請時居士還到舍於外門間作大火坑令火無煙燄以沙覆上即入舍敷不織坐牀又以毒和食心生口言瞿曇若是一切智人當知此事若非一切智人當墮此坑及中毒死遣使白佛言飲食已辦佛語阿難令諸比丘皆不得先佛前行時佛着衣持鉢前行比丘後從入尸利仇多舍佛變火坑作蓮華池滿中淨水既甘而冷種種蓮華徧覆水上時佛與僧皆行華葉上入舍坐不織牀變令成織告尸利仇多當除心中疑我實是一切智人是居士見二神力信心即生尊重於佛叉手白佛言此食毒藥不堪佛食佛言但施此食僧不得病佛告阿難僧中宣令未唱等供一不得

食是時佛呪願婬欲瞋恚愚癡是世界中毒佛有實法除一切毒以是實語故毒皆得除食即清淨是時居士行澡水手自斟酌衆僧飽滿竟洗手執鉢居士取小座具於佛前坐聽法即於坐處得法眼淨佛還已以是事集僧告言從今不得在佛前行及和上師僧上座前行未唱等供不得食也

又摩得勒伽論云衆僧行食時上座應語一切平等與使唱僧跋然後俱食頌曰

法會設佳供　齋日感神靈　普召無別請
客主發休禎　凡聖俱晨往　災難普安寧
良由慈善力　翻惡就福城

感應緣（略引六驗）

晉司空何充　晉尼竺道容
晉闕公則　晉南陽滕普
晉沙門仇那跋摩　梁沙門釋道琳

晉司空廬江何充字次道弱而信法心業甚精常於齋堂置於空座筵帳精華絡以珠寶設之積年庶降神異後大會道俗甚盛坐次一僧容服麤垢神情低陋出自衆中逕升其座拱默而已無所言說一堂怪駭謂其謬僻充亦不平嫌於顏色及行中食此僧飯於高座飯畢提鉢出堂顧謂充曰何侯徒勞精進因擲鉢空中陵空而去充及道俗馳遽觀之光儀偉麗極目乃沒追共惋恨稽懺累日

晉尼竺道容不知何許人居于烏江寺戒行精峻屢有徵感晉明帝時甚見敬事以華藉席驗其所得果不萎焉時簡文帝事清水道所奉之師即京師所謂王濮陽也弟内其道舍容亟開化帝未之從其後帝每入道屋輒

見神人爲沙門形盈滿室内帝疑容所爲因事爲師遂奉正法晋氏顯尚佛道此尼力也當時崇異號爲聖人新林寺即帝爲容所造也孝武初忽而絶迹不知所在乃葬其衣鉢故寺邊有塚在焉

晋闕公則趙人也恬放蕭然雅勤法事晋武之世死于洛陽道俗同志爲設會於白馬寺中其夕轉經宵分聞空中有唱讚聲仰見一人形器壯偉儀服整麗乃言曰我是闕公則今生西方安樂世界與諸菩薩共來聽經合堂驚躍皆得覩見時復有汲郡衛士度亦苦行居士也師於公則其母又甚信向誦經長齋家常飯僧時日將中母出齋堂與諸尼僧逍遥眺望忽見空中有一物下正落母前乃則鉢也有飯盈焉馨氣充教闔堂肅然一時禮敬母自分行齋人食之皆七日不飢此鉢猶云尚存此土度善有文辭作八關懺文晋末齋者尚用之晋永昌中死亦見靈異有浩像者作聖賢傳具載其事云度亦生西方吴興王該曰燭日闘叟登霄衛度繼軌咸恬泊於無生俱蜕骸以不死者也

晋南陽滕普累世敬信妻吴郡全氏尤能精苦每設齋會不逆招請隨有來者因留供之後會僧數闕少使人衢路要尋見一沙門蔭柳而坐因請與歸淨人行食翻飯于地傾箪都盡罔然無計此沙門云貧道鉢中有飯足供一衆使普分行既而道俗内外皆得充飽清淨既畢擲鉢空中翻然上升極目乃滅普即刻木作其形像朝夕拜禮普家將有凶禍則此像必先倒踣云普子含以蘇峻之功封

東興者也沙門竺法進者開度浮圖主也聰達多知能解殊俗之言京洛將亂欲處山澤衆人請留進皆不聽大會燒香與衆告別臨當布香忽有一僧來處上座衣服塵垢面目黄腫法進恠賤牽就下次輒復來上牽之至三乃不復見衆坐既定方就下食忽暴風揚沙柈案傾倒法進懺悔自責乃止不入山時論以爲世將大亂法進不宜入山又道俗至意苦相留慕故見此神異止其行意也

宋仇那跋摩者此言功德種罽賓王子也幼而出家號三藏法師宋初來遊中國宣譯至典甚衆律行精高莫與爲比惠觀沙門欽其風德要來京師居于祇洹寺當時來詣者疑非凡人而神味深密莫能測焉嘗赴請於鐘山定林寺時諸道俗多採衆華布僧席下驗求眞人諸僧所坐華同萎顇而跋摩席華鮮榮若初於是京師欽然增加敬意至元嘉八年九月十八日卒都無病患但結跏趺坐斂衽叉手乃經信宿容色不變于時或謂深禪既而得遺書於筵下云獲沙門二果乃知其終弟子侍側普聞馨煙京師赴會二百餘人其夕轉經戸外集聽盈階將曉而西南上有雲氣勃然俄有一物長將一帀遶屍而去同集咸覩云跋未亡時作三十偈以付弟子曰可送示天竺僧也右五驗出冥祥記

梁富陽齊堅寺有釋道琳本會稽山陰人少出家有戒行善涅槃法華誦維摩經吳國張緒禮事之後居富陽縣泉林寺寺常有鬼恠自琳居之則消琳弟子惠韶爲屋所壓頭陷入胷琳爲韶祈請韶夜見兩胡道人拔出其

頭旦起遂平復琳於是設聖僧齋鋪新帛於牀上齋竟見帛上有人迹皆長三尺餘衆咸服其徵感富陽人始家家立聖僧座以飯之至梁初琳出居齊熙寺天監十八年卒春秋七十有二右一驗出梁高僧傳

法苑珠林卷第四十二

音釋

誘云九切引也 蹝踈士切履也 杙夷益切橛也 擯必刃切斥也 氍毹氍其俱切毹霜俱切氍毹毛席也 䙙初覲切近身衣也 帔部靡切寝衣 纂作管切綜集也 瞬輸閏切目動貌 醼伊甸切合飲也 澡千皓切滌也 漱先奏切蕩口也 唄薄賣切梵音也 [illegible]壯睞切褰也 窖寤窖音教寤音悟 釜扶古切鍑屬 釀汝亮切醞也 滓祖似切澱也 圊七情切圂也 鏊魚到切餅鏊也 教蒲没切 夐呼正切 踣步黑切僵仆也 罽賓梵語也此云賤種罽吉器切 歙許及切合也

法苑珠林卷第四十三

唐西明寺沙門釋道世撰

輪王篇第四十此有五部

述意部　會名部　七寶部

頂生部　育王部

述意部第一

蓋聞飛行皇帝統御四洲邊鄙逆命則七寶威伏十善引化則千子咸隨囊括遐邇獨處中原發慈父之撫育感赤子之忠臣世居久遠貪逸彌繁峻極威戎遠思天報於是行轉輪之猛騰帝釋之宮圖度非分退失輪王之位懷悲苦切劇同塗炭之殃哀斯痛矣深可嗟乎

會名部第二

依真諦三藏法師云於成劫時人壽無量歲於住劫時人壽八萬歲時有輪王出世若減不出輪王有三一軍輪王二財輪王三法輪王若減八萬財輪王不出世所以然者此王福德壽命長遠即與壽相違故不出世若減法輪王出世所以然者如來大悲令諸衆生知苦無常易可化故出世也故論云劫減佛興世劫初轉輪王唯彌勒佛出世時人民福德二王俱出世也財有四一金輪王則化被四天下二銀輪王則政隔北鬱單王三天下三銅輪王則除北鬱單及西俱耶尼王二天下四鐵輪王則唯局閻浮提王一天下若減八萬歲時有軍輪王出以軍威伏王一天下即是阿育王等如來爲法輪王言劫增轉輪王者此據財輪王也若論軍輪故通劫減鐵輪有二百五十輻銅輪有五百輻銀輪有七

百五十輻金輪有千輻故仁王經云道種堅德王乘金輪王四天下性種性王乘銀輪王三天下習種性王乘銅輪王二天下以上十善得王乘鐵輪王一天下

## 七寶部第三

如長阿含經云佛告比丘世間有轉輪聖王成就七寶有四神德云何成就七寶一金輪寶二白象寶三紺馬寶四神珠寶五玉女寶六居士寶（餘經名典財寶）七主兵寶云何金輪寶成就若轉輪聖王出閻浮提地刹利水澆頭種以十五日月滿時沐浴香湯上高殿上與婇女衆共相娛樂天金輪寶忽現在前輪有千輻光色具足天金所成天匠所造非世所有輪徑丈四輪王見已默自念言我曾從先宿諸舊聞如是語若刹利王水澆頭種以十五日月滿時沐浴香湯升法殿上婇女圍遶自然金輪忽現在前輪有千輻光色具足天匠所造非世所有輪徑丈四是則名爲轉輪聖王今此輪現將無是耶我今寧可試此輪寶時王即召四兵向金輪寶偏露右臂右膝着地以右手摩捫金輪語言汝向東方如法而轉勿違常則輪即東轉時王即將四兵隨其後行輪所住處王即止駕爾時東方諸小王見大王至以金鉢盛銀粟銀鉢盛金粟來詣王所拜首白言善哉大王今此東方土地豐樂多諸珍寶人民熾盛志性仁和慈孝忠順唯願聖王於此治政我等當給使左右承受所治當時輪王語小王言止止諸賢汝等則爲供養我已但當以正法治化勿使偏枉無令國內有非法行身不殺生敎人不殺生偷

盜邪婬兩舌惡口妄言綺語貪瞋嫉妬邪見之人此即名爲我之所治時諸小王聞是語已即從大王巡行諸國至東海表次行南方西方北方隨輪所至其諸國王各獻國土亦如東方諸小王比此閻浮提所有國名曰沃壤豐樂多出珍寶林水清淨平廣之處輪則周行封地圖度東西十二由旬南北七由旬天神於中夜造城郭其城七重七重欄楯七重羅網七重行樹周帀校飾七寶所成乃至無數衆鳥相和造此城已金輪於城中圖度封地東西四由旬南北二由旬天神於中夜造宫殿七寶所成乃至無數造宫殿已聖王踊躍而言此金輪寶眞爲我瑞我今眞爲聖王是爲輪寶成就云何名爲白象寶還清旦殿上坐自然象寶忽現在前其毛純白七處平住力能飛行其首雜色六牙纖臁眞金間填時王見已念言此象賢良即試調習諸能悉備即乘其上清旦出城周行四海食時已還時王踴躍此眞我瑞是爲象寶云何名爲紺馬寶成就還清旦殿上坐自然馬寶忽現在前身紺青色珠騣尾色頭頸如象善能飛行時王見已此馬賢良即試調習諸能悉備即乘其上清旦出城周行四海食時已還時王踊躍而言此眞我瑞是爲馬寶成就云何名爲神珠寶成就還清旦殿上坐自然神珠忽現在前質色清徹無有瑕穢時王見此神珠妙好若有光明可照宫内時王欲試即名四兵以此寶珠置高幢上於夜冥中賷幢出城其珠光明照一由旬城中人民皆起作務謂爲是晝時王踊躍而言此眞我瑞是爲神

珠寶成就云何名爲玉女寶成就時玉女寶忽然出現顏色姿容面貌端正不長不短不麤不細不白不黑不剛不柔冬則身溫夏則身涼舉身毛孔出栴檀香口出優鉢羅華香言語柔軟舉動安詳先起後坐不失儀則時王見已心不暫捨況復親近踊躍而言此眞我瑞是爲玉女寶成就云何名爲居士寶成就時居士丈夫忽然自出寶藏財富無量居士宿福眼能徹視地中伏藏有主無主皆悉見知其有主者能爲擁護其無主者取給王用時居士寶往白王言大王有所給無不足爲憂我自能辦聖王欲試即勑嚴船於水遊戲告居士曰我須金寶汝速與我居士報曰大王小待須至岸上王言正爾須寶時居士寶即於船上長跪以右手内着水中寶瓶隨出如蟲緣樹彼居士寶亦復如是内之水中寶緣手出充滿船上而白王言向須寶者爲須幾許時王語言止止吾無所須向相試耳聞王語已尋以寶物還沒水中聖王踊躍而言此眞我瑞是爲居士寶成就云何名爲主兵寶成就時主兵寶忽然出現智謀雄猛英略獨決即詣王所白言大王有所討伐不足爲憂我自能辦王欲試兵即集四兵而告之曰汝今用兵未集者集已集者放未嚴者嚴已嚴者解未去者去已去者住時主兵寶即令四兵依如王語王見踊躍而言此眞我瑞是爲轉輪聖王七寶成就謂四神德一長壽不夭無能及者二身强無患無能及者三顔容端正無能及者四寶藏盈溢無能及者王化國人慈育民物如父愛子國民慕王如子

仰父所有珍奇盡以貢王願垂納受在意所與時王報曰且止諸人吾自有寶汝可自用王之國土安隱豐樂平正如掌衣食自然不須營覓唯行十善不爲非法猶如北單不可具述

又十誦律云有阿耨達池縱廣五十由旬繞池四邊種種果樹善住象王宮殿住處有八千象以爲眷屬若轉輪聖王出於世時八千象中最下小者出爲象寶給輪王乘又外大海内洲有月明山婆羅醯馬王宮殿住處有八千馬以爲眷屬若輪王出於世時八千馬中最下小者出爲馬寶給輪王乘

又起世經云此象馬寶於一日中暫受調伏堪任衆事爲試象馬於其晨朝日初出時乘此象寶等周迴巡歷徧諸海岸盡大地際既周徧已是轉輪王還至本宫乃進小食

又大樓炭經云轉輪聖王有四種德一者大富珍寶田宅奴婢等天下無有如王者二者王最端正姝好顔色無比天下無有如王者三者王常安隱無有疾病亦無寒熱諸所飲食食皆安隱四者王常安隱長壽天下無有如王者是爲轉輪聖王四德具足七寶如法

又薩遮尼乾子經云佛言大王當知轉輪聖王復有七種名爲輭寶所有功德少前七寶何等爲七一劒寶二皮寶三牀寶四園寶五屋舍寶六衣寶七足所用寶第一劒寶者輪王所用國内若有違王命者彼劒寶即從空飛往諸小王見即降伏拜第二皮寶者此海龍王皮出大海中廣五由旬長十由旬體淨鮮潔光曜白日火燒不焦水漬不爛猛風吹

不能動體舍温凉能却寒熱隨王去處皮寶亦去所有士衆滿十由旬徧覆其上能作別屋不相妨礙第三牀寶者王所用牀立能平正柔輭得所若王入禪即入解脱禪定三昧能滅貪瞋癡女人見王坐寶牀者即皆得離貪瞋癡心第四園寶者入彼園時即得定心若王欲受五欲樂時依王所行善業功德諸天界中所有華果池河戲樂之具自然隱没現於王前第五屋舍寶者王入彼屋欲見日月星宿所有殊異珍玩伎樂屋中悉聞即離憂惱一切疲勞於睡眠中極受快樂第六衣寶者王所有衣無如世間絹布絲縷縱廣文章第一柔輭一切塵垢不能點汙著彼寶衣即離寒熱飢渴病憂而水火刀等所不能損第七足所用寶者所謂鞾等若王著者涉水不没入火不燒雖復遠行百千由旬不覺疲極是名輪王七種輭寶是十善中少分習氣功德非正具足十善業道

又中阿含經云若轉輪王出於世時當知有此七寶出世如是如來無所著等正覺出於世時當知亦有七支寶出於世間云何爲七一念覺支寶二擇法覺支寶三精進覺支寶四喜覺支寶五息覺支寶六定覺支寶七捨覺支寶

頂生部第四

如賢愚經云佛告比丘過去無量阿僧祇劫此閻浮提有一大王名瞿薩離典四天下有八萬四千小國有二萬夫人婇女一萬大臣時王頂上欻生一皰其形如蠒淨潔清徹亦不疼痛後大如瓠便劈看之得一童子甚爲

端正大王已崩頂生爲王七寶具足衣食音樂自然作樂經八萬四千歲時有夜叉踊出殿前高聲唱言東方有國名弗婆提其中豐樂快善無比大王可往王即悅意欲行金輪復轉躡虛而進群臣七寶皆悉隨從既至彼土諸小王等盡來朝賀王於彼國五欲自恣經八千歲夜叉復言西方有國名瞿耶尼王可至彼還如前去經十四億歲夜叉復唱北方有國名鬱單越王可到彼還如前去經十八億歲夜叉復唱有四天王處其樂難量王可遊之王與群臣及四種兵乘空而上四天遥見甚懷恐怖即合軍衆出外拒之竟不柰何頂生於中優游受樂經十億歲意中復念欲升忉利即與群臣蹈虛登上時有五百仙人住在須彌山腹王之象馬屎尿下落汙仙人身諸仙相問何緣有此中有智者告衆人言吾聞頂生王欲上三十三天必是象馬失此不淨仙人忿恨便結神呪令頂生王及其人衆悉住不轉王後知之即立誓願若我有福斯諸仙人悉皆當來承王威感五百仙人盡到王邊扶輪御馬共至天上未到之頃遥覩天城名曰快見其色皦白高顯殊特此快見城有千二百門諸天怖畏悉閉諸門著三重鐵關頂生兵衆直趣不疑王即取貝吹之張弓扣彈千二百門一時皆開帝釋尋出與共相見因請入宫與共分坐天帝人王貌類一種其初見者不能分別唯以視瞬遲疾知其異耳王於天上受五欲樂盡三十三天未後欲害帝釋獨霸爲快惡心已生尋即墮落當本殿前委頓欲死諸人來問頂生答曰統

領四域三十億歲七日雨寶及在二天而無猒足故致墮落阿難又問此頂生王宿殖何福而獲大報佛告之曰乃往過去不可計劫時世有佛號曰弗沙與其徒衆遊化世間時婆羅門子適欲娶婦手把大豆當用散婦是其曩世俗之家禮於道值佛心意歡喜即持此豆奉散於佛四粒入鉢一粒住頂由此因緣受無極福四粒入鉢王四天下一粒在頂受樂二天

又頂生王故事經云爾時頂生適生是念即於釋提桓因坐處墮閻浮提及四部兵退失神足舉身皆痛如人欲死時七寶等皆亦命終爾時大王五處親屬皆悉雲集往頂生所白頂生曰大王命終後苦備有爾時頂生王者即我身是當知乃至五欲而無猒足染著聚集貯欲無猒所謂足者至賢聖道然後乃足爾時世尊便說偈言

不以錢財業　覺知欲猒足　樂少苦惱多
智者所不爲　設於五欲中　竟不愛樂彼
愛盡便得樂　是三佛弟子　食欲拘利歲
終便入地獄　本欲安所生　命爲苦所切
諸法悉無常　生者必壞敗　生生悉歸盡
彼滅第一樂

爾時尊者阿難聞佛所說歡喜奉行

又起世經云輪王捨命必生天上與三十三天同處共生命終已後始經七日七寶並皆隱沒

育王部第五

如雜阿含經云爾時世尊晨朝著衣持鉢共諸比丘入王舍城乞食時彼世尊光相普照

如千日之焰順邑而行時彼有兩童子一者上姓二者次姓共在沙中嬉戲一名闍耶二名毗闍耶遥見世尊來三十二大人相莊嚴其體時闍耶童子心念我當以麥麨手捧細沙著世尊鉢中時闍耶合掌隨喜而發願言以惠施善功德令得一天下繖蓋王即於此生得供養佛乃至得成無上正覺故世尊發微笑相爾時阿難見世尊微笑即便合掌向佛白言世尊非無因緣而發微笑世尊以何因緣而發微笑爾時世尊告阿難曰我今笑者其有因緣阿難當知我滅度百年之後此童子於巴連邑統領一方爲轉輪王姓孔雀名阿育正法治化又復廣布我舍利當造八萬四千法王之塔安樂無量衆生如偈所説於我滅度後　是人當作王　孔雀姓名育

譬如頂生王　於此閻浮提　獨王世所尊佛告阿難取此鉢中所施之沙捨著如來經行處令當生彼處阿難受教即取鉢沙捨經行處阿難當知於巴連弗邑有王名日月護彼王當生子名曰頻頭婆羅當治彼國彼復有子名曰修師摩時彼瞻婆國有一婆羅門女極爲端正令人樂見爲國所珍諸相師輩見彼女相即記彼女當爲王妃又生二子一當領一天下二當出家學道當得聖迹時婆羅門聞彼相師所説歡喜無量即莊嚴女嫁與此王王見其女端正有德即爲夫人前夫人及諸婇女見其夫人來作是念言此女端正國中所珍王棄捨我等乃至目所不視諸女即使學習剃毛師業彼悉學已爲王料理鬚髮料理之時王大歡喜即問彼女汝何所

求欲女啓王言唯願王心愛念我耳如是三啓時王言我是刹利灌頂王汝是剃毛師云何得愛念汝彼女白王言我非是下姓生乃是高婆羅門之女相師語我父云此女應嫁與國王是故來至此耳王言若然者誰令汝習下劣之業女啓王言是舊夫人婇女令我學此王即勑言自今勿復習下業王即立爲第一夫人王恒與彼自相娛樂仍便懷體月滿生子生時安隱母無憂惱過七日後立字名無憂又復生子名曰離憂無憂者身體麤澀（以其施沙得相似果）父王不大附捉情所不念又王欲試二子呼賓伽羅阿時婆羅門言和尚觀我諸子於我滅後誰當作王婆羅門言將此諸子出城金殿園館中於彼當觀其相乃至出往彼園時阿育王母言承王出向金殿園館中觀諸王子誰當作王汝今云何不去阿育啓言王既不念我亦復不樂見我母復語言但往彼所阿育復啓母言今便往去願母當送飯食母言如是當出城門時逢一大臣名曰阿㝹羅陀此臣問阿育言王子今至何所阿育答言聞大王出金殿園館觀諸王子於我滅後誰當作王今往詣彼王先勑大臣若阿育來者當使其乘老鈍象又復老人爲眷屬時阿育乘是老象乃至園館中於諸王子中地坐時諸王子各下飯食阿育母以瓦器盛酪飯送與阿育如是諸王子各食飲食時父王問師言此中誰有王相當紹我位時彼相師視諸王子見阿育具有王相當得紹位我若語言王愁不樂即語言我今總記王報言如師所教師言此中若有乘好乘者是

人當作王時諸王子聞彼所報各念言我乘好乘時阿育言我乘老象我得作王又言此中有第一座者彼當作王諸王子各相謂言我坐第一座阿育言我今坐地是我勝座我當作王又言此中上器食者此當作王乃至阿育念言我有勝乘勝座勝食時王觀子相畢便即還宮時阿育母問阿育言誰當作王婆羅門記誰耶阿育答言上乘上座上器上食當作王王子自見當作王老象為乘以地為座素器盛食秔米雜酪飯時彼婆羅門知阿育當作王數修敬其母其母亦重餉婆羅門若子作王者師當一切善得吉利盡形供養時頻頭羅王邊國德叉尸羅反時王語阿育汝將四兵衆伐彼國王子去時都不與兵甲時諸從者白王子言今往伐彼國無有軍仗云何得平阿育言我若為王善根果報若兵甲自然來應發是語時尋聲地開兵甲從地而出即將四兵往伐彼國時彼諸國人民聞阿育來即平治道路莊飾城郭執持吉瓶之水及種種供養奉迎王子而作是言我等不反大王及阿育王子然諸臣輩不利我等是故違背聖化即以種種供養王子請入城邑平此國已又使至伐佉沙國時彼二大力士為王平治道路諸天宣令阿育當王此天下汝等勿興逆意彼國王即便降伏如是乃至平此天下至於海際時父王得重疾王語諸臣吾今欲立修師摩為王令阿育往至彼國時諸臣欲令阿育作王以黄物塗阿育體及面手脚已諸臣白王言阿育王子今得重疾諸臣即便莊嚴阿育將至王所令且立此

子爲王我等後徐徐當立修師摩爲王時王聞此語甚以不喜默然不對時阿育心念口言我應正得王位諸天自然來以水灌我頂素繒繫首時王見此相貌極生愁惱即便命終阿育王如禮法殯父王已即立阿㝹樓陀爲大臣時修師摩王子聞父崩背令立阿育爲王心生不忍即集諸兵而來伐阿育阿育王四門中二門安二力士第三門安大臣自守東門時阿㝹樓陀作機關木象又作阿育王形像如騎象安置東門外又作無煙火坑以物覆之脩師摩既來到阿㝹樓陀大臣語脩師摩王子欲作王者阿育在東門可往伐之能得此王者自然得作王時彼王子即趣東門即墮火坑便即死亡有一大力士名曰跋陀申陀聞脩師摩終亡歎世將無眷屬於佛法中出家學道得阿羅漢時諸臣輩我等共立阿育爲王故輕慢於王不行君臣之禮王亦自知諸臣輕慢於我時王語諸臣曰汝等可伐華果之樹殖於刺棘諸臣答曰未嘗見聞却除華果而殖刺樹而應除伐刺棘樹而殖果實乃至二三勑令伐彼亦不從爾時國王忿諸大臣即持利劒殺五百大臣又時王將婇女眷屬出外園中遊戲見一無憂樹華極敷盛王見此華樹與我同名心懷歡喜王形體醜陋皮膚麤澀諸婇女輩心不愛王憎惡王故以手毀折無憂華樹王從眠覺見無憂樹華狼藉在地心生忿怒繫諸婇女以火燒殺王行暴惡故曰暴惡阿育王時阿㝹樓陀大臣白言王不應爲是法云何以手自殺人諸臣婇女王今當立屠殺之人應有可

殺以付彼人王即宣教立屠殺者彼有一山名曰耆梨中有一織師家織師有一子亦名耆棃凶惡撾打繫縛小男小女及捕水陸之生乃至拒逆父母是故世人傳云凶惡耆棃子時王使語彼汝能為王斬諸凶不彼答曰一切閻浮提有罪者我能淨除況復此一方時彼使輩還啓王言彼人已得王言覓將來耶諸使呼彼答言小忍先奉辭父母具說上事父母言子不應行是事如是三勅彼生不仁之心即便殺父母已然後乃至諸使問曰何以經久不速來耶時彼凶惡具說上事以具啓王王即勅彼我所有罪人事應至死汝當知之彼啓王言為我作舍王為作舍極為端嚴唯開一門亦極精嚴於其中間作治罪之法狀如地獄彼凶惡人啓王乞願若人來入此中者不復得出王答言當以與願彼諸徒主往詣寺中聽諸比丘說地獄事時有比丘至誦地獄經有衆生生地獄者以熱鐵鉗鉗開其口以熱鐵丸著其口中次融銅灌口復以鐵斧斬截其體次復杻械枷鏁檢繫其身次復火車鑪炭次復鐵鑊次復灰河次復刀山劒樹具如天五使經所說彼徒主具聞比丘說是諸事開其住處所作治罪之法如彼所說案此法則而治罪人又一商主入海十年採諸重寶還到本鄉道中值五百群賊殺於商主商主之子見父死及失寶物猒世出家遊行諸國次至巴連弗邑過此夜已晨朝著衣持鉢入城乞食誤入屠殺舍中時彼比丘遥見舍裏火車鑪炭等治諸衆生如地獄中尋生恐怖衣毛皆竪便欲出門時凶惡

主即往執彼比丘言入此中者無有得出汝令此死比丘聞說心生悲毒泣淚滿目凶主問曰汝云何如小兒啼爾時比丘以偈答曰

我不恐畏死　志願求解脫　所求不成果
是故我啼泣　人身極難得　出家亦復然
遇釋師子王　自今不重覩

爾時凶主語比丘曰汝今必死何所憂惱比丘復以哀言答云乞我少時生命可至一月彼凶不聽如是日數減止七日彼即聽許時此比丘知將死不久勇猛精進坐禪息心終不能得道至於七日時王宮內人有事至死送付凶惡之人令治其罪凶惡將是女人著臼中以杵擣之令成碎糠時比丘見是事極猒惡此身嗚呼苦哉我不久亦當如是而說偈言

嗚呼大悲師　演說正妙法　此身如聚沫
於義無有實　向者美女色　今將何所在
生死極可捨　愚人而貪著　係心緣彼處
令當脫鏁木　令度三有苦　畢竟不復生
如是勤方便　專精修佛法　斷除一切結
得成阿羅漢

時彼凶惡人語此比丘期限已盡比丘問曰我不解爾之所說彼凶答曰先期七日今既已滿比丘以偈答曰

我心得解脫　無明大黑闇　斷除諸有蓋
以殺煩惱賊　慧日今已出　鑒察心意識
明了見生死　今者愍人時　隨順諸聖法
我今此身骸　任爾之所為　無復有悋惜

爾時彼凶惡主執彼比丘者鐵鑊油中足與薪火火終不然假使然著或復不熱凶主見

火不然打拍使者而自然火火即猛盛久久見開鐵鑊蓋見彼比丘鐵鑊中蓮華上坐生希有心即啓國王王即便嚴駕將無量衆來看比丘時彼比丘謂伏時至即身升虛空猶如鴈王示種種變化如偈所說

王見是比丘　身昇在虛空　心懷大歡喜
合掌觀彼聖　我今有所白　意中所不解
形體無異人　神通未曾有　爲我分別說
修習何等法　令汝得清淨　爲我廣敷演
令得勝妙法　我了法相已　爲汝作弟子
畢竟無有悔

時彼比丘而作是念我今伏是王多有所導攝持佛法當廣分布如來舍利安樂無量衆生於此閻浮提盡令信三寶以是因緣故自顯其德時阿育王聞彼比丘所說自於佛所生大敬信又白比丘言佛未滅度時何所記說比丘答言佛記大王於我滅後過百歲之時於巴連弗邑有三億家彼國有王名曰阿育當王此閻浮提爲轉輪王正法治化又復宣布我舍利於閻浮提立八萬四千塔佛如是記大王然大王今造此大地獄殺害無量民人王應慈念一切衆生施其無畏令得安隱時彼阿育王於佛所極生敬信合掌向比丘作禮我得大罪今向比丘懺悔我之所作甚爲不可願受我懺勿復責我愚人今復歸命時彼比丘度阿育王已乘空而化時王從彼地獄出凶惡白王言王不復得去王曰汝今欲殺我耶彼曰如是王曰誰先入此中答曰我是王曰若然者汝先應取死王即勑人將此凶惡主著作膠舍裏以火燒之又勑壞

此地獄施衆生無畏

又雜阿含經云阿育王言我今先當供養所覺菩提之樹然後香美飲食施設於僧勑諸臣唱令國界王今捨十萬兩金布施衆僧千甕香湯溉灌菩提樹集諸五衆時王子名曰拘那羅在右邊舉二指而不言說意欲二倍供養大衆見之皆盡發笑王亦發笑而語言嗚呼王子乃有增益功德供養王復言我復以三十萬兩金供養衆僧復加千甕香湯洗浴菩提樹時王子復舉四指意在四倍時王瞋恚語諸臣曰誰教王子作是事與我與競臣啓王言誰敢與王興競然王子聰慧利根增益功德故作是事耳時王右顧視王子白上座耶舍曰除我庫藏之物餘一切物閻浮提夫人婇女諸臣眷屬及我拘那羅子皆悉布施賢聖衆僧唱令國界集諸比丘衆而說偈言

除王庫藏物　夫人及婇女　臣民一切衆
布施賢聖僧　我身及王子　亦復悉捨與

時王子座及比丘僧以甕香湯洗浴菩提樹時菩提樹倍復嚴好增長茂盛以偈頌曰

王浴菩提樹　無上之所覺　樹增於茂盛
柯條葉柔輭

時王及諸群臣生大歡喜時王洗浴菩提樹已次復供養衆僧時彼上座耶舍語王言大王今有大比丘僧集當發淳信心供養時王從上至下自手供養復以三衣并四億萬兩珍寶嚫五部衆嚫願已復以四十億萬兩珍寶贖取閻浮提宫人婇女及太子群臣阿育所作功德無量如是

又雜阿含經云阿育王問諸比丘言誰於如來法中行大布施諸比丘白言給孤獨長者最行大施王復問曰彼施幾許寶物比丘答曰以億千金王聞是已彼長者尚能捨億千金我今爲王何緣復以億千金施當以億百千金施時王起八萬四千佛塔於彼一一塔中復施百千金復作五歲大會會有三百千比丘用三百億金供養於彼彼衆中第一分是阿羅漢第二分是學人第三分是眞實凡夫除私庫藏此閻浮提夫人婇女太子大臣施與聖僧四十億金還贖取如是計校用九十六億千金乃至王得病欲以滿億百千金作功德令願不得滿足便就後世時計校前後所施金銀珍寶唯減四億未滿王即辦諸珍寶送與雞雀寺中法益之子名三波提爲太子諸臣等啓太子言大王將終不久今以此珍寶送與寺中今庫藏財寶以竭諸王法以物爲尊太子今宜斷之勿使大王用之時大王自知索諸物不復能得所食金器送與寺中時太子令斷金器勑以銀器王食已復送寺中又斷銀器給以銅器王亦送寺中又斷銅器給以瓦器時大王手中有半阿摩勒果悲淚告諸大臣今誰爲地主時諸臣啓白大王王爲地主王即說偈答曰

汝等護我心　何假虛妄語　我今坐王位
不復得自在　阿摩勒半果　今在於我手
此即是我物　於是得自在　嗚呼尊富貴
可猒可棄捨　先領閻浮提　今一旦貧至
如恒河駛流　一逝而不反　富貴亦復然
逝者不復還

時阿育王呼侍者言汝今憶我恩養汝持此
半阿摩勒果送雞雀寺中作我意禮拜諸比
丘僧足白言阿育王問訊諸大衆我是阿育
王領此閻浮提閻浮提是我所有今者預盡
無有財寶布施衆僧於一切財而不得自在
令唯此半阿摩勒果我得自由此是最後布
施檀波羅蜜哀愍我故納受此施令我得供
養僧福時彼使者受王勑已即持此半果至
雞雀寺中至上座前五體投地作禮長跪合
掌具向上座說前王教時彼上座告諸大衆
誰聞是語而不猒世時彼上座令此半果一
切衆僧得其分食即教令研磨著石榴羹中
行已衆僧一切皆得周徧時王復問傍臣曰
誰是閻浮提王臣答王言大王是也時王從
卧起而坐顧望四方合掌作禮念諸佛德心
念口言我今復以此閻浮提施與三寶隨意
用之時王以此語盡書紙上而封緘之以齒
印印之作是事畢便即就盡爾時太子臣民
葬送王已諸臣欲立太子紹王位中有大臣
名曰阿㝹樓陀語諸臣曰不得立太子爲王
大王在時願滿億百千金作諸功德唯減四
億不滿億百千以是之故全捨閻浮提施與
三寶欲令滿足今是大地屬於三寶云何而
立太子爲王時諸臣聞已即送四億金送與
寺中即便立法益之子爲王名三波提頌曰

睿業澄暉　宿祐因淨　七寶來投　千子威併
十善御宇　四洲歸正　無思不愜　有意斯盛
秉式康衢　昆蟲養性　八萬增壽　四八光瑩
鬼神翔衛　不言而令　樂哉至矣　輪王顯聖

法苑珠林卷第四十三

音釋

劇竭戟切甚也輻方六切輪轑也牖丑中切圓直也騣祖冬切馬鬣也

纕雨舉切綫也韡毀遍切鞠履也有炮披教切繭吉典切蠶衣也

瓠胡故切匏也劈匹亦切剖也覇必駕切把也貯直呂切積也

繖蘇簡切蓋也秔古衛切黏稻也不餉式亮切饋也撾職瓜切擊

也膠居肴切黏膏也䞋初覲切施也緘古銜切封也

# 法苑珠林卷第四十四

唐西明寺沙門釋道世撰

## 君臣篇第四十一 此有六部

述意部　王德部　王過部

王業部　王福部　王都部

### 述意部第一

昔如來在世預以末法囑累帝釋及諸國王良由天力可以摧萬邪王威可以率兆庶也今遺法可付者意在伏以流通以四衆之微弱恐三寶之廢壞藉王者以威伏假王者以勢逼令有不肖者寢其瑕疵訕黷者掩其紕紊助大猷以惟新扇皇風以遐暢一變告其漸再變滌區宇群生佩聖德之恩佛法得委寄之道斯付囑之謂也如俗曰昔者聖王之制意使陰陽有位君臣有章男女有別政令有序故王者南面而治天下居后於北宮居太子於東方天子立廟王后立市日蝕則王修德月蝕則后修形此體陰陽之位也故乾始於子故子爲天正坤始於未其衝在丑陰不專制往而承陽故丑爲地正聖王承天序地以成其功故寅爲人正三正迭用有變無絶是以王者必存三代之後體三正也易曰西南得朋乃與類行東北喪朋乃終有慶故使臣從乎君女歸乎男也乾始於子左行而終於戌坤始於未右行而終於酉故使男貴左女貴右也

### 王德部第二

依瑜伽論云大王當知王之功德略有十種王若成就如是功德雖無大府庫無大輔佐無大軍衆而可歸仰何等爲十一種姓尊高

二得大自在三性不暴惡四情發輕微五恩惠猛利六受正直言七所作諦思善順儀則八顧戀善法九善知差別知所住思十不自縱任不行放逸（翻前十種雖有大庫大佐大軍不可歸仰）大王當知王之方便略有五種何等爲五一善觀察攝受群臣二能以時行恩妙行三無放逸專思機務四無放逸善守府庫五無放逸專修法行（若翻前五行便成五衰損門退失現法及失法利也）大王當知略有五種可愛樂法何等爲五一世所敬愛二自在增上三能摧怨敵四善攝養身五能往善趣復有五種能引可愛何等爲五一恩養世間二英勇具足三善權方便四正受境界五勤修法行（翻前五種名不可愛）又諸國王有三種圓滿一果報圓滿二士用圓滿三功德圓滿若諸國王生富貴家長壽少病有大宗業成就俱生聰利之慧是王名爲果報圓滿若諸國王善權方便所攝持故恒常成就圓滿英勇是王名爲士用圓滿若諸國王任持正法名爲法王安住正法與諸內宮王子群臣英傑豪貴國人共修惠施樹福受齋堅持禁戒是王名爲功德圓滿又果報圓滿者受用先世淨業果報士用圓滿者受用現法可愛之果功德圓滿者亦於當來受用圓滿淨業果報若有國王三不具足名爲下士若有果報圓滿或士用圓滿或俱圓滿名爲中士若三具足名爲上士又中阿含經云若諸王剎利以水灑頂得爲人主整御大地有五儀式一劒二蓋三天冠四珠柄拂五嚴飾履一切除却復有三臣一有忠信無伎能智慧二有忠信伎能無智慧三具忠信伎能智慧初名下士

次名中士後名上士若不忠信無有伎能亦無智慧當知此臣下中之下

王過部第三

如像法決疑經云乃至一切俗人不問貴賤不得撾打三寶奴婢畜生及受三寶奴婢禮拜皆得殃咎故薩遮尼揵經云若破塔寺或取佛物若教作助喜若有沙門身着染衣或有持戒破戒或繫閉打縛或令還俗或斷其命若犯如是根本重罪決定墮地獄受無間苦以王國內行此不善諸仙聖人出國而去大力諸神不護其國大臣諍競四方咸起水旱不調風雨失時人民飢餓劫賊縱横疫癘疾病死亡無數不知自作而怨諸天

又仁王經云國王大臣自恃高貴滅破吾法以作制法制我弟子不聽出家不聽造作佛像立統官制等安籍記録僧比丘地立白衣高坐又國王太子横作法制不依佛教因縁破僧因縁統官攝僧典主僧籍苦相攝持佛法不久

又瑜伽論云大王當知王過有十何等爲十一種姓不高二不得自在三立性暴惡四猛利憤發五恩惠奢薄六受邪佞言七所作不思不順儀則八不顧善法九不知差别忘所作恩十一向縱任專行放逸

又百喻經云昔有一人說王過罪而作是言王甚暴虐治政無理王聞是語旣大瞋恚竟不究悉信傍佞人捉此賢臣仰使剥脊取百兩肉有人證明此無是語王心便悔索千兩肉用爲補脊夜中呻喚甚大苦惱王聞其聲問言何以苦惱取汝百兩十陪與汝意不足

耶何故苦惱傍人答言大王如截子頭雖得千頭不免子死雖十倍得肉不免苦痛愚人亦爾不畏後世貪濁現樂苦切衆生調發百姓多得財物望得滅罪而得福報譬如彼王割人之脊取人之肉以餘肉補望使不痛無有是處

又雜譬喻經云昔有國王喜食人肉勑廚士曰汝等夜行竊採人來以供廚食以此爲常臣下咸知即共斥逐捐於界外更取良賢以爲國王於是噉人王經十三年後身生兩翅飛行噉人無復遠近向山樹神請求祈福當取國王五百人身祠山樹神使我復還國王便飛行取之已得四百九十九人將之山谷以石塞口時有國王將諸後宮詣池浴戲始出宮門逢一道人說偈求乞王即許之還宮當賜金銀時王入池當欲澡洗其噉人王空中飛來抱王得去還於山中國王見噉人王不恐不怖顏色如故噉人王曰吾本捕人當持祠天已得四百九十九人今得卿一人其數已滿殺以祠天汝何不懼國王對曰人生有死物成有敗合會有離對來分之何須愁耶旦出宮時路逢道人爲吾說偈即許施物令未得與以是爲恨今王弘慈寬恕假日施訖還來不敢違要也即聽令去而告之曰與汝七日期若不還者吾往取汝亦無難也王即還宮都中內外莫不歡喜即開庫藏布施遠近拜太子爲王慇懃百姓辯決而去噉人王逢見其來念曰此得無異人乎從死得生而故來還即問曰身命世人所重愛者也而卿捨命世之難有不審何所志趣願說其意

國王答曰即日吾施至誠願當得阿惟越三佛願度十方彼王問曰求佛之義其事云何國王便爲廣說五戒十善四等六度心開豁然從受五戒爲清信士因放四百九十九人各令還國諸王共至其國感其信誓蒙得濟命各不肯還於本國遂便住止此國於此國王各爲立第一舍雕文刻鏤光飾嚴整諸國王飲食服御與王無異四方人來問言何以有此如王舍宅徧一國中衆人答曰皆是諸王舍也名遂遠布從此已來故號爲王舍城也佛得道已自說本末立信王者我身是也噉人王者鴦崛摩是今還王舍城說法所度無量皆是宿命作王時因緣人也

## 王業部第四

如諫王經云佛在世時有國王名不離先尼出行國界道過佛所爲佛作禮就座而坐佛告王曰王治當以正法無失節度常以慈心養育人民所以得霸治爲國王者皆由宿命行善所致統理民事不可偏枉諸官公卿群僚下吏凡民皆有怨辭王治行不平海內皆怨身死神入太山地獄後雖悔之無所復及王治國平政常以節度臣民歎德四海歸心天龍鬼神皆聞王善死得上天後亦無悔王無好婬泆以自荒壞無以忿意有所殘賊當受忠臣剛直之諫夫與人言常以寬詳無灼熱之唯有孝順慈養二親供事高行清淨沙門見凡老人當尊敬之所有財寶與臣同歡當以善心施惠於民無以讒言殘賊民命爲王之法當宣聖道教民爲善唯守一心心存三尊王者如斯諸聖咨嗟天龍鬼神擁護其

國生有榮譽死得上天世間榮位如幻如夢不可久保人欲死時諸家內外聚會無邊椎胷呼天皆云奈何淚下交橫嗚呼痛哉神靈獨逝捨吾之乎聞之者莫不傷心覩之者莫不助哀載之出城捐於曠野飛鳥走獸飆掣食之身中有蟲還食其肉日炙風飄骨皆爲乾往昔尊榮豪貴隱隱闐闐亦如大王今者霍然不復見之此是無常之明證也古尚如此況於今日王熟思之無念婬泆無受佞言證人入罪當受忠諫治以節度當畏地獄考治之痛諸含血蟲皆貪生活不當殺之佛說經竟王意即解願爲弟子即受五戒頭面着地爲佛作禮

又摩達國王經云佛在世時有國王號名摩達王時當出軍征討時有比丘已得羅漢道到國分衛並見録將詣王宮門王有馬監令比丘養視官馬勤苦七日王後身自臨視軍陣比丘見王即於其前輕舉飛翔上住空中現其威神王便恐怖叩頭悔過我實愚癡不別真偽推問國內誰令神人爲是養馬今當治殺比丘告王言非王及國人過也自我宿命行道常供養師我時爲師設飯師謂我言且先澡手已乃當飯我愚癡心念言師亦不養官馬何故不預澡手師即謂我言汝今念此輕耳後重如何我聞是語便愁憂之師知其意便念言我會當泥洹何故令人惱耶即以其夜三更時般泥洹從來久遠各更生死今用是故受其宿殃養馬七日夫善惡行輙有殃福如影隨形王聞罪福乞歸命三寶受五戒作優婆塞佛便爲王及人民說法得須

陀洹道

又法句喻經云昔有國王治行正法民慕其化無有太子以爲憂愁佛來入國導受五戒奉敬不懈有一給使其年十一常爲王使忠信奉法不以爲勞卒得重病遂致無常其神來還爲王作子至年十五立爲太子父王命終習代爲王憍慢自恣不理國事臣寮廢調民被其患佛知其行不會本識將諸弟子往到其國佛告王曰今王自知本所從來不王曰愚暗不達不知先世佛告大王本以五事得爲國王何等爲五一者布施得爲國王萬民奉獻宮觀資財無極二者興立寺廟供養三尊牀榻幃帳以是爲王在於正殿御座理國三者親身禮敬三尊及諸長德以是爲王一切萬民莫不爲之作禮四者忍辱身三口四及意無惡以是爲王一切見者莫不歡喜五者學問常求智慧以是爲王決斷國事莫不奉行此之五事世世爲王王前世時爲大王給使奉佛以信奉法以愛奉僧以敬奉親以孝奉君以忠常行一心精進布施勞身苦體初不懈惓是福追身得爲王子補王之弟今者富貴而反懈怠夫爲國王當行五事何謂爲五一者領理萬民無有枉濫二者養育將士隨時稟與三者念修本業福德無絕四者當信忠臣正直之諫無受讒言以傷正直五者節欲貪樂心不放逸行此五事名聞四海福祿自來捨此五事衆綱不舉民窮則思亂士勞則勢不舉無福則鬼神不助自用則失大理忠臣不敢諫則心蕩放逸國王不理務民則多怨若如是者身失令名復則無福

於是世尊重說偈言

夫爲世間將　修正不阿枉　心調勝諸惡
如是爲法王　見正能修慧　仁愛好利人
既利以平均　如是衆附親

佛說是時王大歡喜五體懺悔謝佛聞法得須陀洹道

又賓頭盧爲優陀延王說法經云昔輔相子賓頭盧阿羅漢爲優陀延王說偈云

生老病死患　於中未解脫　無明愛毒箭
猶未得拔出　人帝汝云何　而生樂着想
如象處林中　四邊大火起　處此急難處
云何有歡喜　大王應當知　榮位須臾間
智者深觀察　不應於此事　而生希有想
汝何故錯解　未脫生死胎　橫生無畏想
欲賊劫諸根　橫生無畏想　無常不堅固
如芭蕉水沫　亦如浮雲散　天王尊勝位
危脆亦如是　人帝應當知　貪利極速駃
如水注深谷　嗜欲極輕疾　動轉如掉索
愚癡染爲欲　不覺致墮落

尊者言大王我今爲王略說譬喻王至心聽昔日有人行在曠路逢大惡象爲象所逐狂懼走突無所依怙見一丘井即尋樹根入井中藏上有黑白二鼠牙齧樹根此井四邊有四毒蛇欲螫其人而此井下有三大毒龍傍畏四蛇下畏毒龍所攀之樹其根動搖樹上有蜜五滴墮其口中于時動樹敲壞蜂窠衆蜂散飛唼螫其人有野火起復來燒樹大王當知彼人苦惱不可稱計而彼人得味甚少苦患甚多其所味者如牛跡水其所苦患猶如大海味如芥子苦如須彌味如螢火苦如

日月如藕根孔比於太虛亦如蚊子比金翅鳥其味苦惱多少如是尊者言大王曠野者喻於生死彼男子者喻於凡夫象喻於無常丘井喻於人身樹根喻於人命白黑鼠者喻於晝夜齧樹根者喻念念滅四毒蛇者喻於四大蜜者喻於五欲衆蜂喻惡覺觀野火燒者喻其老邁下有三毒龍者喻其死亡墮三惡道是故當知欲味甚少苦患甚多生老病死於一切人皆得自在世間之人身心勞苦無歸依處衆苦所逼輕疾如電是可憂愁不應愛着

王福部第五

如舊雜譬喻經云昔有國王出射獵還過寺遶塔爲沙門作禮群臣共笑之王覺知問群臣曰有金在釜釜沸以手取得不答曰不可得王言汝以冷水投中可得取不臣白王曰可得也王言我行王事射獵所作如湯沸燒香然燈遶塔禮僧如持冷水投沸湯中夫作王有善惡之行何爲但有惡無善乎

又迦葉經云佛告迦葉過去無量阿僧祇劫有佛號妙華時有輪王名曰尼彌如法治世主四天下爾時大王見二化生童子得出家已即以太子令紹王位王與九百九十九子八萬四千夫人五千大臣及諸人民以淨信心俱共出家爾時太子登位七日內自思惟我終不捨薩婆若心何用王位作是念已發心出家於十五日遊四天下說此偈言

我父及親屬　皆悉已出家　無量億衆生
爲法亦出家　我今樂出家　不樂住五欲
一心求出道　欲詣導師所　若發心出家

離諸欲火者　應速隨我去　離難甚難得
不發出家心　不遠離欲火　安心在居家
安住於實法

迦葉時彼童子說此偈時四天下中無一衆生樂在家者皆悉發心願求出家既出家已不須種植其地自然生諸秔米諸樹自然生諸衣服一切諸天供侍給使一切衆生皆得道果

王都部第六

如十二遊經云波私匿王者晉言和悅迦維羅越國者晉言妙德舍衛國者晉言無物不有維耶離國者晉言廣大一名度生死羅閱祇城者晉言王舍城鳩留國者晉言智士波羅㮈國者晉言鹿野一名諸佛國閻浮提中有十六大國八萬四千城有八國王四天子東有晉天子人民熾盛南有天竺國天子土地多饒象西有大秦國天子土地饒金玉西北有月支天子土地多好馬八萬四千城中有六千四百種人萬物音響各別有五十六萬億丘聚魚有六千四百種鳥有四千五百種獸有二千四百種樹有萬種草有八千種雜藥有七百四十種雜香有四十三種寶有百二十一種正寶有七種海中有二千五百國有百八十國人噉五穀有三百三十國人噉魚鼈黿鼉五大國王一王主五百城第一王名斯黎國土地盡事佛不事衆邪第二王名迦羅土地出七寶第三王名不羅土地出四十種香及白瑠璃第四王名闍耶土地出華鉢胡椒第五王名那頞土地出白珠及七色瑠璃五大國城人多黑色短小相去六十

五萬里從是以去但有海水無有人民去鐵圍山百四十萬里

又智度論問曰如舍婆提諸大城皆有諸王舍何故獨名此城爲王舍城答曰有人言是摩迦陀國王有子一頭兩面四臂時人以爲不祥王即裂其身首棄之曠野羅刹女鬼名闍羅還合其身而乳養之後大成人力能并諸國王有天下取諸國王萬八千人置此五山中以大力勢治閻浮提人因名此山爲王舍城復有人言摩迦陀王先所住城城中失火一燒一作如是至七國人疲役王大憂怖集諸智人問其意故有言宜應易處王即更求住處見此五山周帀如城即作宮殿於中止住以是義故名王舍城復往古世時此國有王名婆藪心猒世法出家作仙人是時居家婆羅門與出家諸仙人共論議居家婆羅門言經書云天祀中應殺生噉肉諸出家仙人言不應天祀中殺生噉肉共諍云云諸出家婆羅門言此有大王出家作仙人汝等信不諸居家婆羅門言信諸出家仙人言我以此人爲證後日當問諸居家婆羅門即以其夜先到婆藪仙人所種種問已語婆藪仙人明日論議汝當助我如是明旦論時諸出家仙人問婆藪仙人天祀中應殺生噉肉不婆藪仙人言婆羅門法天祀中應殺生噉肉諸出家仙人言於汝實心云何婆藪仙人言爲天祀故應殺生噉肉此生在天祀中死故得生天上諸出家仙人言汝大不是汝大妄語即唾之言罪人滅去是時婆藪仙人尋陷入地没踝是初開大罪門故諸出家仙人言汝

應實語若故妄語者汝身當陷入地中婆藪仙人言我知爲天故殺生噉肉無罪即復陷入地至膝如是漸漸稍没至腰至頂諸出家仙人言汝今妄語得現世報更以實語者雖入地下我能出汝令得免罪爾時婆藪仙人自思惟言我貴人不應兩種語又婆羅門四韋陀法中種種因縁讚祠天法我一人死當何足計一心言天應天祀中殺生噉肉無罪諸出家人言汝重罪人催去不用見汝於是舉身没地中從是已來乃至今日常用婆藪仙人王法於天祀中殺羊當下刀時言婆藪仙人殺汝婆藪之子名曰廣車嗣位爲王後亦猒世法而不能出家如是思惟我父先王出家生入地中若治天下復作大罪我今當何以自處如是思惟時聞空中聲言汝若行見難值希有處汝應是中作舍住作是語已便不復聞聲未經幾時王出田獵見有鹿走疾如風王便逐之而不可及遂逐不止百官侍從無能及者轉前見有五山周帀峻固其地平正生草細軟好華徧地種種樹林華果茂盛温泉浴池皆悉清淨其地莊嚴處處有散天華天香聞天伎樂爾時揵闥婆伎樂適見王來各自還去是處希有未曾所見今我正當在中作舍住如是思惟已群臣百官尋跡而到王告諸臣我前所聞空中聲言汝行若見希有難值之處汝於是中作舍住我今見此希有之處我應是中作舍住即捨本城於此山中住是王初始在此中住從是以後次第止住是王元起造立宮舍故名王舍城又智度論耆闍崛山者此名鷲頭山問曰何

故名鷲頭山答曰是山頂似鷲王舍城人見其似鷲故共傳言鷲頭山因而名之爲鷲頭山又王舍城南屍陀林中多諸死人諸鷲常來食之還在山頭時人遂名鷲頭山是山於五山中最高大多好林泉聖人住處

又大哀經云佛在王舍城靈鷲山者古昔諸佛之所遊居如來威神之所建立其地道場諸菩薩衆所共咨嗟無極法座天龍鬼神等咸俱歸命稽首爲禮

又智度論問曰佛普慈一切何故獨住王舍城不住餘城答曰亦住餘城希少而多住王舍城舍婆提城爲諸城邊國又彌離車地多弊惡人善根未熟故不住之又佛知恩故多住此二城問曰何故知恩多住二城答曰憍薩羅國是佛生身地舍婆提大城佛爲法主故亦在此城問曰若知恩故多住舍婆提城者迦毗羅城近佛生處何以不住答曰佛無餘習近諸親屬亦無累想然釋種弟子多未離欲若近親屬則染着心生以報生地恩故多住舍婆提一切衆生皆念生地故如偈說

一切論議師　自受所知法　如人念生地
雖出家猶諍

以報法身地恩故多住王舍城諸佛皆愛法身故如偈說

過去未來現在諸佛　供養法身　師敬尊重

法身於生身勝故二城中多住王舍城頌曰

君臣感德　靈篇金鏡　寶册葳蕤　帝圖掩映
鳥記稱祥　龍書表慶　萬國來朝　百辟作詠
肇高武皇　後嗣宗聖　凶夷險阻　威感除併
慈陰蒼生　業隆壽命　至哉勝業　聖君啓政

感應緣 略出五驗

燕臣莊子儀 漢王如意 漢靈帝

漢宣帝 漢靈帝

燕臣莊子儀無罪而簡公殺之子儀曰死者無知則已若其有知不出三年必使君知之朞年簡公祀於祖澤燕之有祖澤猶宋之有桑林國之大祀也男女觀子儀起於道左荷朱杖擊公公死於車上

漢王如意漢高帝第四子也呂后生長子也立爲皇太子而如意母戚夫人得寵於帝帝數欲替太子而立如意群臣爭之故遂封如意於趙呂后以是嫉之及高帝崩呂后候如意到長安而拉殺之又支斷戚夫人手足號爲人彘後呂后祓除於灞上還道中見物如蒼狗攫后腋忽而不見卜之云趙王如意爲祟遂病腋傷而崩 右一驗出寃魂志

漢靈帝數遊戲於西園令後宮婇女爲客舍主身爲商賈行至舍間婇女下酒因共飲食以爲戲樂蓋是天子將欲失位降在皁隸之謠也其後天子遂傳古志之曰赤厄三七三七者經二百一十載當有外戚之篡丹眉之妖篡盜短祚極於三六當有龍飛之秀興復祖宗又歷三七當復有黃首之妖天下大亂矣自高祖建業至于平帝之末二百一十年而王莽篡位蓋因母后之親十八年而山東賊樊子都等起實丹其眉故天下號曰赤眉於是光武以興祚其名曰秀至于靈帝中平元年而張角起置三十六萬衆數十萬人皆是黃巾故天下號曰黃巾賊故今道服由此而興初起於鄴會於真定誑惑百姓曰蒼天

已死黃天立歲名甲子年天下大吉起於鄴者天下始業也會於眞定也小民相向跪拜信趣出荆楊尤甚棄財産流沉道路死者數百角等初以二月起兵其冬十二月悉破自光武中興至黄巾之起未盈二百一十年而天下大亂漢祚廢絶實應三七之運也

漢宣帝之世燕岱之間有三男共取一婦生其四子及至將分妻子而不可均乃致爭訟廷尉范延壽斷之曰此非人類當以禽獸從母不從父也請戮三男子以兒還母宣帝嗟歎曰事何必古若此則可謂當於理而厭人情也延壽蓋見人事而知用刑矣未知論人妖將來之應也

漢靈帝建寧三年河內有婦食夫河南有夫食婦夫婦陰陽二儀之體也有情之深者也今反相食陰陽相侵豈特日月之眚哉靈帝既没天下大亂君有妄誅之暴臣有劫弒之逆兵革傷殘骨肉爲讎生民之禍至矣故人妖爲之先作恨而不遭辛有屠乘之論以測其情也 右其三驗出搜神記

法苑珠林卷第四十四

音釋

訕讟 訕所晏切謗也讟杜谷切怨也 紕紊 紕篇夷切蹏也紊文運切亂也 疫癘 疫越逼切瘟疾癘力霽切疥也 剥 伯各切削也 鏤 郎豆切雕刻也 國瓜 爪厥縛切爪持也 霍 忽郭切 濫 盧瞰切泛也 螫 施隻切蟲行毒也 唼 作荅切齧也 頞 阿葛切 踝 户瓦切腿兩旁也 葳蕤 葳於非切蕤儒佳切草木盛貌 拉 落洽切折也 攫 厥縛切持也 祟 須銳切神禍也 篡 初患切逆而奪取也 眚 所景切災也

法苑珠林卷第四十五

唐西明寺沙門釋道世撰

納諫篇第四十二此有二部

述意部　引證部

述意部第一

夫納其理則言語絶乖其趣則諍論興然直言者德之本納受者行之原所以藉言而德顯納受而行全譬目短於自見借鏡以觀形髮拙於自理必假櫛以自通故面之所以形明鏡之力也髮之所以理玄櫛之功也行之所以芳盖言之益也是故身之將敗必不納正諫之言命之將終必不可處於良醫也

引證部第二

如雜寶藏經云佛言昔迦尸國王名爲惡受極作非法苦惱百姓殘賊無道四遠賈客珍奇勝物皆稅奪取不酬其直由是之故國中寶物遂至大貴諸人稱傳惡名流布爾時有鸚䳇王在於林中聞行路人說王之惡即自思念我雖是鳥尚知其非今當詣彼爲說善道彼王若聞我語必作是言彼鳥之王猶有善言柰何人王爲彼譏責儻能改修尋即高飛至王園中廻翔下降在一樹上值王夫人入園遊觀于時鸚䳇鼓翼嚶鳴而語之言王今暴虐無道之甚殘害萬民毒及鳥獸含識嗷嗷人畜憤結呼嗟之音周聞天下夫人苛尅與王無異民之父母豈應如是夫人聞已瞋恚熾盛此何小鳥罵我溢口遣人伺捕爾時鸚䳇不驚不畏入捕者手夫人得之即用與王王語鸚䳇何以罵我鸚䳇答言說王非法乃欲相益不敢罵王時王問言有何非法

答言有七事非法能危王身問言何等爲七答言一者躭荒女色不敬眞正二者嗜酒醉亂不恤國事三者貪着碁博不修禮敬四者遊獵殺生都無慈心五者好出惡言初不善語六者賦役謫罰倍加常則七者不以義理刼奪民財有此七事能危王身又有三事俱敗王國王復問言何謂三事答言一者親近邪佞諂惡之人二者不附賢勝不受善言三者好伐他國不養人民此三不除傾敗之期非旦則夕夫爲王者率土歸仰王當如橋濟度萬民王當如秤親疎皆平王當如道不違聖蹤王者如日普照世間王者如月與物清涼王如父母恩育慈矜王者如天覆盖一切王者如地載養萬物王者如火爲諸萬民燒除惡患王者如水潤澤四方應如過去轉輪聖王乃以十善道教化衆生王聞其言深自慙愧鷃䳛之言至誠至欵我爲人王所行無道請遵其教奉以師禮受修正行爾時國内風教既行惡名消滅夫人臣佐皆生忠敬一切人民無不歡喜爾時鷃䳛者我身是也爾時迦尸國王惡受者今輔相是也爾時夫人者今輔相夫人是也

又薩遮尼乾子經云時嚴熾王言大師頗有衆生聰明大智利根有罪過不答言有何者是答言大王即是王甚聰明大智利根黠慧有大威力心不怯弱好喜布施威德具足亦有罪過王言大師我之罪過云何答言大王之罪太極暴惡太嚴太忽太一太卒大王當知若王者性太惡者彼爲一切多人不用多人不愛多人不喜乃至父母亦不喜見何況

餘人是故大王不應太惡所爲作事當自安詳不應太卒而說偈言

若王行惡行　瞋心不見事　動則怖衆生
乃至父母畏　何況餘非親　而當有念愛
大王應當知　智者捨瞋恚

爾時嚴熾王在坐對面聞尼乾子毀呰自身心生不忍瞋心不喜心生毒害即作是言薩遮尼乾子汝云何於大衆中說我過患我從昔來無人敢正看我汝今毀我罪應合死作是語已告諸臣言汝當捉此斷其命根尼乾驚怖語言大王汝今莫卒作如是惡我有善言願王暫時施我無畏聽我所說王言汝何所說汝當速說尼乾荅言大王當知我亦有罪由太實語不虛語稱事語以我如是大惡人前可畏人前急性人前無慈悲人前卒作事人前如是行人前說如是實語大王當知黠慧之人不應一切時一切處常說實語應當善觀可與語人不可與語人可語時不可語時當知實語世人不愛不善讚歎而說偈言

智者不知時　卒隨意說實　彼人智者訶
何況無智者　智者一切處　亦不皆實語
是實憍尸迦　實語入惡道

爾時王聞尼乾子說自身過罪即便開解歸誠懺悔

又大莊嚴論云佛言我昔曾聞有羗老母入於林中採波羅樹葉賣以自活路由關邏邏人稅之時老母不欲令稅而語之言汝能將我至王邊者稅乃可得若不爾者終不與汝於是邏人遂共紛紜往至王所王問老母汝

今何故不輸關稅老母白王王頗識彼其比丘不王言我識是大羅漢又問第二比丘王復識不王言我識彼亦羅漢又問第三比丘王復識不王答言識彼亦羅漢老母亢聲而白王言是三羅漢皆是我子此諸子等受王供養能使大王受無量福是則名爲與王稅物云何更欲稅奪於我王聞是已歎未曾有善哉老母能生聖子我實不知彼羅漢是汝子者應加供養恭敬於汝老母即說偈言

吾生育三子　勇健超三界　悉皆證羅漢
爲世作福田　王若供養時　獲福當稅物
云何而方欲　稅奪我所有

王聞是偈已身毛皆竪於三寶所生信敬心流淚而言如此老母宜加供養況稅其物

又舊雜譬喻經云昔有沙門行至他國夜不得入城於外草中坐至夜有閱叉鬼來持之當噉沙門言汝相離遠矣鬼言何以爲遠沙門言汝欲害我我當生忉利天上汝當入地獄是不爲遠耶鬼則致謝作禮而去

又摩鄧女經云時阿難持鉢行乞食已隨水邊行見一女人在水邊擔水而阿難從女乞水女即與水女隨阿難視所止處女歸告母母名摩鄧女便於家委卧而啼母問何爲悲啼女言母欲嫁我者莫與他人我於水邊見一沙門從我乞水我問阿誰答字阿難我得阿難乃可嫁我母不得者我不嫁也母出行問阿難知阿難承事佛人母已追還告女言阿難事佛道人不肯爲汝作夫女啼不食母知蠱道請阿難飯女便大喜母語阿難我女欲爲卿作妻阿難言我持戒不畜妻復言我

女不得卿爲夫者便欲自殺阿難言我師是佛不與女人交通母入語女具述此意女對母啼言但爲我閉門無令得出暮自爲夫母便閉門以蠱道法縛阿難至於晡時母爲女布席卧處女便大喜遂自莊飾阿難不就母令中庭地出火牽阿難衣言汝不爲我女作夫我擲汝火中阿難自鄙爲佛作沙門令反不能得出佛即持神呪心知阿難故救還佛所具白前事女見阿難去於家啼哭不止續念阿難女明日自求阿難復見阿難行乞食隨阿難背後視阿難足視阿難面阿難慙避女隨不止阿難白佛言摩鄧女今日復隨我後佛使追呼佛問女云汝追逐阿難何等所索女言我聞阿難無婦我又無夫欲爲作婦也佛告女言阿難無髮汝今有髮汝能剃髮我使阿難爲汝作夫女言能剃佛言歸報汝母剃頭竟來女歸具白母知母言我生汝來護汝頭髮何爲欲得沙門作婦國中大有豪富我自嫁汝女言我寧生死爲阿難作婦母言辱我種母爲下刀剃頭已女還到佛所言我已剃髮佛言汝愛阿難何等女言我愛阿難眼愛阿難鼻愛阿難口愛阿難耳愛阿難聲愛阿難行步佛言眼中但有淚鼻中但有洟口中但有唾耳中但有垢身中但有屎尿臭處不淨其有夫婦者便有惡露惡露中便生兒子已有兒子便有死亡已有死亡便有哭泣於是身中有何所益女即思念身中惡露便自正心即得羅漢佛知得道即告女言汝起至阿難所女即慙愧低頭長跪佛前言女實愚癡故逐阿難今我心開如冥中有燈

火如人乘舩舩壞依岸如盲人得扶如老人持杖令佛與我道令我心開如是諸比丘俱問佛是女人何因得道佛告諸比丘是摩鄧女先世時五百世爲阿難作婦常相愛敬故於我法中得道於今夫妻相見如兄如弟如是佛道何用不爲佛說是經諸比丘聞已皆大歡喜

又百緣經云佛在世時舍衛城中有一婆羅門名曰梵摩多聞辯才明解經論四韋陀典無不鑒達其婦生女端正殊妙智慧辯才無有及者聞諸婆羅門共父論議悉能受持一言不失如是展轉所聞甚多與者舊長宿皆來諮啓無不通達聞世有佛始成正覺教化衆生諮受法味尋自莊嚴往詣佛所見佛發心求索出家佛告善來比丘尼頭髮自落法服着身成比丘尼精勤修習得阿羅漢果阿難見已白佛言此須漫比丘尼宿殖何福令值佛出家得道佛告阿難此賢劫中有佛出世號曰迦葉入涅槃後於像法中有一比丘尼心常喜樂說法教化精勤無替因發誓願使我來世釋迦牟尼佛法之中明解經論發是願已便取命終生天人中聰明智慧無有及者今值我出家得道多聞第一比丘聞已歡喜奉行

又中阿含經云禪以聲爲刺世尊亦說以聲爲刺所以者何我實如是說禪有刺持戒者以犯戒爲刺護諸根者以嚴飾身爲刺修習惡露者以淨相爲刺修習慈心者以恚爲刺離酒者以飲酒爲刺梵行者以見女色爲刺入初禪者以聲爲刺入第二禪者以覺觀爲

刺入第三禪者以喜爲刺入第四禪者以入出息爲刺入空處者以色想爲刺入識處者以空處想爲刺入無所有處者以識處想爲刺入無想處者以無所有處想爲刺入想知滅定者以想知爲刺復有三刺欲刺恚刺愚癡刺此三刺者漏盡阿羅訶已斷已知拔絶根本滅不復生是爲阿羅訶無刺（除此刺者是名納諫）

又大魚事經云爾時世尊告諸比丘昔時有一池水饒諸大魚爾時大魚勅小魚曰汝等莫離此間往他處所備爲惡人所得爾時小魚不從大魚教便往至他處爾時魚師以飯網羅線捕諸魚諸小魚見便趣大魚處所爾時大魚見小魚來便問小魚曰汝等莫離此間往至他所不爾時小魚便答大魚曰我等向者已至他所來大魚便勅小魚曰汝等既至他所不爲羅網取捕耶小魚答大魚曰我等至彼不爲人所捕然遥見長線尋我後來大魚便語小魚曰汝等已爲所害所以然者汝所遥見線尋後來者昔先祖父母等盡爲此線所害汝見必爲所害汝非我兒爾時小魚盡爲魚師所捕舉着岸上如是小魚大有死者（爲不受語爲網所害）

又僧祇律云佛告諸比丘過去世時有城名波羅柰國名伽尸時有一婆羅門於曠野中造立義井爲放牧行者皆就井飲并及洗浴時日向暮有群野干來趣井飲地殘水有野干主不飲地水便内頭罐中飲水飲已戴罐高舉撲破瓦罐罐口猶貫其項諸野干輩語野干主若濕樹葉可用者常當護之況復此罐利益行人云何打破野干主言我作是樂

但當快心那知他事時有行人語婆羅門汝罐已破復更着之猶如前法爲野干所破乃至十四諸野干輩數數諫之猶不受語時婆羅門便自念言是誰破罐當往伺之正是野干便作是念我福德井而作留難便作木罐堅固難破令頭易入難出持着井邊然捉杖屛處伺之行人飲訖野干主如前入飲飲訖撲地不能令破時婆羅門捉杖打殺空中有天說此偈言

知識慈心語　很戾不受諫　守頑招此禍
自喪其身命　是故癡野干　遭斯木罐苦

佛告諸比丘爾時野干主者今提婆達多是時群野干者今諸比丘諫提婆達多者是當知於過去時已曾不受知識輭語自喪身命今復不受諸比丘諫當墮惡道長夜受苦頌曰

智人受諫　愚夫拒違　譬同明鏡　影照瑕疵
見過須改　慕在知機　頌聽固執　困厄何依

審察篇第四十三此有四部

述意部　審怒部　審過部
審學部

述意部第一

夫聖人利物審境觀心調識情於寶所運假實於妄誠故審非惠無以窮其實惠非審無以察其照然則照察之源審定之要故能無法不緣無境不察然後緣法察境乃知同趣於玄功交養萬法也

審怒部第二

如僧祇律云佛告諸比丘過去世時有婆羅門家貧有婦不生兒家有那俱羅蟲便生一

子時婆羅門以無子故養如兒想那俱羅子於婆羅門亦如父想於後婦便有身滿月生子便作是念由那俱羅生吉祥子使我有兒時婆羅門欲出乞食便勑婦言汝若出行當將兒去愼莫留後婦與兒食已便至比舍借碓舂穀是時小兒有酥酥香時有毒蛇乘香來至張口吐毒欲殺小兒那俱羅蟲便作是念我父出行母亦不在云何毒蛇欲殺我弟便殺毒蛇段爲七分父母知者必當賞我以血塗口當門而住欲令父母見之歡喜時婆羅門始從外來見婦舍外便瞋恚言我教行時當將兒去何以獨行父欲入門見那俱羅口中有血便作是念我夫婦不在將無殺食我兒徒養此蟲即前打殺旣入門内自見已兒唼指而戲復見毒蛇七分在地時婆羅門深自苦責是那俱羅善有人情救我子命我不善觀卒便殺之可痛可憐迷悶躄地空中有天即說偈言

宜審諦觀察　勿行卒威怒　善友恩愛離
枉害傷良善　喻如婆羅門　殺彼那俱羅

又佛說太子沐魄經云佛告諸比丘昔者有王名波羅柰王有太子字名沐魄生無窮極之明端正好潔無有雙比父母奇之供養瞻視須其長大當爲立字結舌不語十有三年澹泊拙朴志若死灰身如枯木耳不聽音目不視色狀類瘖瘂聾盲之人於是父王患而苦之王語夫人當柰之何此子必爲他國所笑夫人語王當召相師使相之王即召婆羅門師相之婆羅門言此子非世間人但熒惑耳外爲端正内懷不祥宜國剪棄將是不久

不可育養宜當生埋誅而殺之今不除此子恐後無復立子於是夫人即隨王所爲王即召國中大臣共議之一臣言但棄於深山之中無人之處一臣言投於深水之中一臣言但隨師所語掘地作深坑而生埋之王即召國中外陣兵二千餘人使掘地作藏給二十歲儲資糧時以太子奴僕珍寶纓珞盡還太子於是夫人傷絶我獨無相子生薄命乃值此殃事不獲已於是送太子正殿上五百夫人來觀太子見太子端正好潔無有雙比而言太子何以不語而當生埋五百婇女來觀太子見太子端正好潔無有雙比而言太子何以不語而當生埋各爲太子作伎樂太子默然不觀不聽於是送太子外殿上五百大臣來觀太子見太子端正好潔馳白大王此子非不語之人且見小留語在不久婆羅門師不可審信王言此是國事非卿所知作藏已訖來追太子王語其僕使太子乘四望象車令國中人民使觀太子太子當語若語者使載來還於是太子乘車在路時國中耆老大臣宛轉車前太子要當一語若不語者以車轢我上去諸龍虎憒挾侍使過時數千萬人皆圍遶於是太子復不得前飛鳥走獸遶藏三帀復塞藏戶於是太子復不得前便舉手住而言正欲不語而當生埋正欲發語恐入地獄所以不語欲令全身避害濟神離苦所以不語而信欺詐之言謂我聾盲爲實瘖瘂爾時人民聞太子絶妙之音行者爲止坐者爲起皆前叩頭願赦我罪其僕聞之歡喜踊躍馳白大王太子已語上徹蒼天下徹黄

泉飛鳥走獸皆來伏聽於太子前太子以語歡喜踴躍王即與夫人乘四望象車往迎太子太子顧見父王下車避道四拜而起勞屈大王遠來見迎今父子相生捐棄恩愛已離其義甚乖不可聽觀王語太子不可不可汝爲智者當原不及共還入國舉位與汝我自避退太子答言我前身已爲國王用行漏失下入地獄六萬餘歲蒸煮割裂甚痛難忍父母寧能知我苦痛以不我猒畏地獄是以結舌不語十有三年冀望免出塵埃之外不與罪會去道以遠高翔遠逝自濟於世世間無常怳惚如夢室家歡娛須臾間耳憂苦延長歡樂暫有王知志固惟聽學道於是太子棄國捐王入山求道思惟禪定命終即生兜率天上福盡下生人間爲迦夷國王作太子太子自知作佛佛告阿難爾時太子沐魄者我身是也王者悅頭檀是也夫人者摩耶是也五僕者閣居輪等是也時婆羅門相師者調達是也調達與我世世有怨諸天龍神歡喜踊躍作禮而去

審過部第三

如付法藏因緣經云時室羅城中有一商主爲僧造作般遮于瑟大會有一比丘尼得阿羅漢觀察衆中誰爲福田又復思惟何者僧首見諸羅漢及與學人久斷煩惱堪受供養觀一比丘名阿沙羅未得解脫最居衆首時比丘尼即往語言大德今者應自莊嚴時此比丘未達其意便着淨衣剃髮澡浴復於後時此比丘尼更語嚴飾時阿沙羅極大瞋忿我隨汝語甚自嚴潔有何醜惡屢出斯言比

丘尼曰大德當知此俗莊嚴非佛法也佛法莊嚴者謂獲四果奇哉大德甚爲輕劣長者設會多諸聖賢汝爲僧首未免生死以有漏心最初受供是故我今欲相覺悟阿沙羅比丘聞已慘然悲泣自惟老朽何能盡漏比丘尼言佛法無時豈揀壯老聞此語已因向憂波毱多所即爲説法成阿羅漢復有一比丘性嗜飲食由此貪故不能得道憂波毱多請令就房以香乳糜而用與之語令待冷然後可食比丘口吹糜尋冷語尊者言糜已冷矣尊者告曰此糜雖冷汝欲火熱應以水觀滅汝心火復以空器令吐食出既吐食已還使食之比丘答言涎唾以合云何食耶尊者語言凡一切食與此無異汝不觀察妄生貪著汝今當觀食不淨想即爲説法得羅漢道又百喻經云昔有二毗舍闍鬼共有一篋一杖一屐二鬼共諍各欲得二二鬼紛紜竟日不能使平時有一人來見之已而問之言此篋杖屐有何奇異汝等共諍瞋忿乃爾二鬼答言我此篋者能出一切衣服飲食床褥卧具資生之物盡從中出執此杖者怨敵歸伏無敢與諍着此屐者能令人飛行無有罣礙此人聞已即語鬼言汝等小遠我當爲爾平等分之鬼聞其語尋即遠避此人即時抱篋捉杖躡屐而飛二鬼愕然竟無所得人語鬼言爾等所諍我已得去今使爾等更無所諍毗舍闍者喻於衆魔及以外道布施如篋人天五道資用之具皆從中出禪定如杖消伏魔怨煩惱之賊持戒如屐必昇天人諸魔外道諍篋者喻於有漏中强求果報空無所得若

能修行善行及以布施持戒禪定便得離苦獲得道果

審學部第四

如舊雜譬喻經云昔有二人從師學道俱到他國路見象跡一人言此是母象懷雌子象一目盲象上有一婦人懷女兒一人言汝何以知之答曰以意思知汝若不信前到見之二人俱及象悉如所言一人自念我與汝俱從師學我獨不見而汝獨知後還白師師爲重開乃呼一人問曰何因知此答曰是師常所教常導者我見象小便地知是雌象見其右足踐地深知懷雌也見道邊右面草不動知右目盲見象所止有小便知是女人見右足蹈地深知懷女我以纖密意思惟之耳師曰夫學當以意思穩審乃達也

又百喻經云譬如有人磨一大石勤加功力經歷日月作小戲牛用功旣重所期甚輕世間之人亦復如是磨大石者喻於學問精勤勞苦作小牛者喻於名聞互相是非夫爲學者研思精微博通多識宜應履行遠求勝果勿求名譽憍慢貢高增長過患

又智度論云有人一切時見有異事皆審問之從時曠野行道逢羅剎執捉其人其人見捉定死不惑然見羅剎胷白背黑恠問所由羅剎答言我一生已來不喜見日所以常背日而行故前白後黑其人解意急掣其手遂向日走羅剎迴面背日不見其人其人得脫因說偈言

勤學第一道　勤問第一方　道逢羅剎難

背陰向太陽

頌曰

審察是非　清濁難測　善觀邪正　巧施軌則
內忿濫罰　外諍何息　願澄心府　詳審慧力

感應緣 略引三驗

博物志驗　白澤圖驗

抱朴子驗

博物志曰小山有夔其形如鼓一足知禮澤有委蛇狀如轂長如轅見之者霸昔夏禹觀河見長人魚身出曰吾河精豈河伯也

白澤圖曰廁之精名曰倚衣青衣持白杖知其名呼之者除不知其名則死又築室三年不居其中有滿財長二尺見人則掩面見之有福又築室三年不居其精名忽長七尺見者有福又築室三年不居其中有小兒長三尺而無鬚見人則掩鼻見之有福又火之精名曰必方狀如鳥一足以其名呼之則去又木之精名彭侯狀如黑狗無尾可烹而食之又千載木其中有蟲名曰賈詘狀如豚有兩頭烹而食之如狗肉味又上有山林下有川泉地理之間生精名曰必方狀如鳥長尾此陰陽變化之所生又玉之精名曰岱委其狀美女衣青衣見之以桃乜刺之而呼其名則得之又金之精名曰倉嘳狀如豚居人家使人不宜妻以其名呼之則去又水之精名曰罔象其狀如小兒赤目黑色大耳長爪以索縛之則可得烹之吉又故門之精名曰野狀如侏儒見之則拜以其名呼之宜飲食又故澤之精名曰冕其狀如蛇一身兩頭五彩文以其名呼有使取金銀又故廢丘墓之精名曰無狀如老役夫衣青衣而操杵好舂以其

名呼之使人宜禾穀又故道徑之精名曰忌狀如野人行歌以其名呼之使人不迷又故車之精名曰寧野狀如轀車見之傷人目以其名呼之不能傷人目又在道之精名曰作器狀如丈夫善眩人以其名呼之則去又故臼之精名曰意狀如豚以其名呼之則去又故井故淵之精名曰觀狀如美女好吹簫以其名呼之則去又絕水有金者精名侯伯狀如人長五尺五綵衣以其名呼之則去又故臺屋之精名曰兩貴狀如赤狗以其名呼使人目明又左右有山石水生其澗水出流千歲不絕其精名曰喜狀如小兒黑色以其名呼之使取飲食又三軍所戰精名曰賓滿其狀如人頭無身赤目見人則轉以其名呼之則去又故水石者精名慶忌狀如人乘車蓋

一日馳千里以其名呼之則可使入水取魚又丘墓之精名曰狼鬼善與人鬪不休爲桃棘矢羽以鵄羽以射之狼鬼化爲飄風脫履捉之不能化也又故市之精名曰問其狀如囤而無手足以其名呼之則去又故室之精名曰孫龍狀如小兒長一尺四寸衣黑衣赤幘大冠帶劒持戟以其名呼之則去又山之精名夔狀如鼓一足如行以其名呼之可使取虎狼豹又故牧弊池之精名曰髡頓狀如牛無頭見人則逐人以其名呼之則去又夜見堂下有兒被髮走物惡之精名曰溝以其名呼之則無咎又百歲狼化爲女人名曰知女狀如美女坐道傍告丈夫曰我無父母兄弟若丈夫取爲妻經年而食人以其名呼之則逃走去又故溷之精名曰卑狀如美女而

持鏡呼之知愧則去也

抱朴子曰山中大樹能語者非樹語也其精名曰雲陽以其名呼之則吉山中夜見胡人者銅鐵精也見秦人者百歲木也在水之間見吏者名曰四激以其名呼之則吉山中寅日有稱虞吏者虎也稱當路居者狼也稱令長者老狸也夘日稱丈夫者兎也稱東父者麋也稱西王母者鹿也辰日稱雨師者龍也稱河伯者魚也稱無腸公子者蟹也巳日稱寡人者社中蛇也稱時君者龜也午日稱三公者馬也稱三人者老樹也未日稱主人者羊也稱吏者麞也申日稱人君者猴也稱九卿者猿也酉日稱將軍者老雞也稱賊捕者雉也戌日稱人姓字者犬也稱城陽公仲者狐也亥日稱人君者猪也稱婦人者金玉也子日稱社君者鼠也稱神人者伏翼也丑日稱書生者牛也知其物則不能爲害又熒惑火精生朱鳥辰星水精生玄武歲星木精生青龍太白金精生白虎鎮星土精生乘黃抱朴子曰山川石木井竈河池酒皆有精氣人身之中亦有魂魄況天地爲物物之至大者於理當有神精有神精則賞善而罰惡但其體大網疎不必機發而響應耳

法苑珠林卷第四十五

音釋

嚶幺莖切鳥相命聲　嗷牛刀切衆口愁也　戇陟降切愚也　嗽色角切吮也　夔渠爲切獸似牛者　詘曲勿切　[口+唐]士郎切　轀音

# 法苑珠林卷第四十六

唐西明寺沙門釋道世撰

## 思慎篇第四十四 此有五部

述意部　慎用部　慎禍部
慎境部　慎過部

### 述意部第一

夫思慎防過無患之理緘口息慮離惡之原誡始慎終是君子之鹽梅敬初護末是養生之要趣庶悟因緣之興起鑒生滅之非常識苦空之無我照平等之妙門而存其理棄其迹誡其禍招其福是和神之靈順物之道也

### 慎用部第二

修行道地經云昔有國王選擇一國明智之人以爲輔臣王欲試之欲知何如以重罪加之勑告臣吏盛滿鉢油而使擎之從北門來至於南門去城二十里園名調戲令將到彼若墮一滴便級其頭不須啓問爾時群臣受王重教盛滿鉢油以與其人兩手擎之甚大愁憂縱有車馬觀者填道若見是非而不轉移縱有親族妻子來逼其人專心不左右視縱有合國觀者擾攘其人心端不見衆庶縱有玉女國地無雙歌儛相逼見者皆喜其人一心擎鉢志不動轉亦不觀察妄起片心專精擎鉢不聽其言於是頌曰

巧便而安詳　其儛最巧妙　一切人貪樂
譬如魔之后　能動離欲者　何況於凡人
來往其人邊　擎鉢心不傾

縱有象暴馬奔城中失火焚燒百姓展轉相呼教言避火莫墮坑壍官兵悉來一時救火其人一心擎鉢一滴不遺縱有天雷地動猛

風亂起折樹塵飛掣電霹靂禽獸墮墜落人畜驚喚專心念油其人不聞爾時擎油至彼園觀一滴不墮諸臣啓王具陳斯事王聞嗟歎此人難及人中之雄不顧萬事其王歡喜立爲大臣行道行者御心如是雖有諸惡婬怒癡來擾亂諸根内察外防攝心不散三昧定意亦復如是於是頌曰

如人擎油鉢　不動無所棄　妙惠意如海
專心擎油器　若人欲學道　執心當如是
意懷諸德明　皆除一切瑕　若干之色欲
而興於怒癡　有志不放逸　寂滅而自制
人身有疾病　醫藥以除之　心疾亦如是
四意止消之

又大集經濟龍品云爾時衆中有一盲龍名曰頻羅機梨耆舉聲大哭作如是言大聖世尊願救濟我願救濟我我今身中受大苦惱日夜常爲種種諸蟲之所唼食居熱水中無時暫樂佛言梨耆汝過去世於佛法中曾爲比丘毀破禁戒内懷欺詐外現善相廣貪眷屬弟子衆多名聲四遠莫不聞知我和尚得阿羅漢果以是因緣多得供養獨受用之見持戒人反加毀訿彼人懊惱如是念言世世生中願我所在食汝身肉如是惡業死生龍中是汝前身衆生願故食噉汝身惡業因緣得此盲報又於過去無量劫中在融赤銅地獄之中常爲諸蟲之所食噉龍聞此語憂愁啼哭作如是言我等今者皆悉至心咸共懺悔願令此苦速得解脫彼龍衆中二十六億諸餓龍等念過去身皆悉雨淚念過去身於佛法中雖得出家備造惡業經無量身在三

惡道以餘報故生在龍中受極大苦如青色龍我亦如是爾時世尊語諸龍言汝可持水洗如來足令汝殃罪漸得除滅時一切龍以手掬水皆成火變作大石滿於手中生大猛焰棄已復生如是至七一切龍衆見如是已驚怖懊惱啼泣雨淚佛教立大誓願已餒火皆滅乃至八過以手捧水洗如來足至心懺悔佛記諸龍彌勒佛時當得人身值佛出家精進持戒得羅漢果時諸龍等得宿命心自念過業於佛法中或爲俗人親屬因緣或復聽法來去因緣所有信心捨施種種華果飲食共諸比丘依次而食或有說云我曾喫噉四方衆僧華果飲食或有說言我往寺舍布施衆僧或復禮拜如是喫噉或復說言我從毗婆尸如來法中曾作俗人乃至有說我釋迦牟尼佛法之中曾作俗人或以親舊問訊因緣或復來去聽法因緣往還寺舍有信心人供養僧故捨施華果種種飲食比丘得已迴施於我我得便食彼業因緣於地獄中經無量劫大猛火中或燒或煮或飲洋銅或吞鐵丸從地獄出墮畜生中捨畜生身生餓鬼中如是種種備受辛苦惡業未盡生此龍中常受苦惱佛告諸龍此之惡業與盜佛物等無差別比五逆業其罪如半汝等今當盡受三歸一心修善以此緣故於賢劫中值最後佛名曰樓至於後佛世罪得除滅時諸龍等聞是語已皆悉至心盡其形壽各受三歸時彼衆中有盲龍女口中膖爛滿諸雜蟲狀如屎尿乃至穢惡猶若婦人根中不淨臊臭難看種種噉食膿血流出一切身分常爲蚊虻

諸惡毒蠅之所唼食身體臭處難可見聞爾時世尊以大悲心見彼龍婦眼盲困苦如是問言妹何緣故得此惡身於過去世曾爲何業龍婦答言世尊我今此身衆苦逼迫無暫時得停設復欲言而不能說我念過去三十六億於百千年生惡龍中受如是苦乃至日夜剎那不停爲我往昔九十一劫於毗婆尸佛佛法之中作比丘尼思念欲事過於醉人雖復出家不能如法於伽藍内犯於法律恒受三惡道受諸燒煮說此語已願救濟我身爾時世尊聞是語已即以少水瀉龍口中火及蟲膿悉皆滅盡龍口清凉作如是言大聖如來我憶過去迦葉佛時曾作俗人在田犁地有一比丘來從我乞求五十錢我時報言聽待穀熟當與汝食比丘復言若當五十不可得者願乞十文我於爾時瞋彼比丘而語之言乃至十錢亦不相與時彼比丘心生懊惱又於餘時往寺舍中入樹林下輙便盜取現在僧物十菴羅果而私食之彼業因緣地獄受苦惡業未盡生野澤中作餓龍身常爲種種諸蟲食噉膿血流溢飢渴苦惱又彼比丘以瞋忿心惡業緣故死便即作小毒龍身生我腋下唼於我血熱氣觸身不可堪忍是故我身熱膿血滿龍白佛言大悲世尊唯願慈哀救濟於我令我脫彼怨家毒龍爾時世尊以手抄水發誠實語作如是言我曾往昔於飢饉世爾時願作大身衆生長廣無量以神通力於虛空中唱如是言彼野澤中有大身蟲名曰不瞋汝等可往取其身肉以爲飲食可得不飢時彼世中人非人等聞此聲已

一切悉往競取食之説是眞實諦信語時彼龍腋下小龍即出時此二龍俱白佛言世尊我等久近離此龍身解脱殃罪佛告龍言此業大重次五無間何以故若有四方常住僧物或現前僧物篤信檀越重心施物或華果樹園飲食資生牀蓐敷具疾病湯藥一切所須私自費用或持出外乞與知識親里白衣此罪重於阿鼻地獄所受果報是故汝等可受三歸歸三寶已乃可得往於冷水中如是三稱三寶身即安隱得入水中爾時世尊即爲諸龍而說偈言

寧以利刀自割身　支節身分肌膚肉
所有信心捨施物　俗人食者實爲難
寧吞大赤熱鐵丸　而使口中光焰出
所有衆僧飲食具　不應於外私自用
寧以大火若須彌　以手捉持而自食
其有在家諸俗人　不應輙食施僧食
寧以利刀自屠膾　身體皮膜而自噉
其有在家諸俗人　不應取受僧雜食
寧以自身投於彼　滿室大火猛焰中
其有在家俗人輩　不應坐卧僧牀席
寧以大熱尖鐵錐　拳手掘持便焦爛
其有在家俗人等　不應私自於僧物
寧以勝利好刀砧　而自臠切其身肉
勿於出家清淨人　發起一念瞋恚心
寧以自手挑兩眼　捐棄投之擲於地
其有習行善法者　不應懷忿瞋心視
寧以熱鐵鍱其身　東西起動行坐卧
不應瞋忿心妬嫉　而著衆僧淨施衣
寧飲灰汁鹹鹵水　熱沸爍口猶如火

不應懷貪毒惡心　服食衆僧淨施藥
爾時世尊說此偈已一萬四千諸龍衆等悉受三歸所有過去現在業報諸苦惱中而得解脫深信三寶其心不退復有八十億諸龍衆等亦於三寶起歸敬心

又大集經云或作比丘所作種種資生之具皆是信心檀越所施而是衆生或自食噉或與他人或共衆人盜竊隱藏私處自用如是業故墮三惡道久受勤苦復有衆生貧窮下賤不得自在是故出家望得富饒解脫安樂既出家已懈怠懶惰不讀誦經禪慧精勤捨而不習樂知僧事復有比丘晝夜精勤樂修善法讀誦經典坐禪習慧不捨須臾以是因緣感諸四輩種種供養時知事人得利養已或自私食或復盜與親舊俗人以是等緣久處惡道出已還入如是愚瞋不見當來果報輕重我今戒勑沙門弟子念法住持不得自稱我是沙門真法行人倚衆僧故受他信施物或餅或菜或果或華但是衆僧所食之物不得輒與一切俗人亦不得云此是我物別衆而食又亦不得以衆僧物貯積興生種種販賣云有利益招世譏嫌又亦不得出貴收賤與世爭利又亦不得爲於飲食及僧因緣使諸衆生墮三惡道應須勸引安善法中令比丘衆真信三寶攝諸衆生乃至父母令得安隱置三解脫又十輪經云若有四方僧物資生雜物等持戒破戒如是人等悉不與之以是因緣命終已後皆墮阿鼻地獄

又大集經濟龍品云時娑伽羅龍王白佛言而此龍中或有諸龍所受樂報猶如諸天或

有受樂如人有如餓鬼有如畜生有如地獄受大辛苦說是語已時娑伽羅大龍王子名青蓮華面前白佛言世尊我何惡業罪因緣故來生龍中身大端正所有色觸受用猶如火燒常無衣服赤體而行如我父王受樂最勝如轉輪王果報不異佛言華面當爲汝說乃往過去三十一劫有佛世尊名曰尸棄時彼世中有王名曰裴多富沙彼富沙王於三月中供養彼佛并及無量百千四沙門果大菩薩衆以種種衣服飲食湯藥而供給之至心聽法已即發菩提心并爲造寺種種供養彼王第一太子名裴多娑樹帝見佛聞法於流轉中生大怖畏從父王邊願求出家王報任意既出家已又白父言我欲寺上停止王言亦隨時尸棄佛衆僧弟子在彼寺中受用飲食彼富沙子裴多樹帝妬嫉心生恒瞋罵之時彼僧衆被瞋罵已悉離寺去見僧去已生歡喜心即自念言彼去者好我大安隱恣用寺内衣服飲食有餘人來即不聽住由其惡業命終之後生大地獄經無量千萬那由他歲受諸火燒地獄得脫生餓鬼中復經無量受大辛苦餓鬼中死還墮地獄脫地獄已生餓鬼中如是經由三十一劫於流轉中具足如是受諸辛苦佛言華面彼娑樹帝者豈異人乎即汝身是也乃往過去惡業因緣故生大地獄餓鬼畜生輪轉受苦經是三十一大劫中備受衆苦未曾暫捨以殘業故來生龍中受是惡報時華面龍聞是語已大聲啼哭舉身自投四支布地禮拜白佛作如是言我今至心從佛懺悔不敢覆藏我今至誠入

於骨髓歸依佛法僧乃至壽盡作優婆塞佛言善哉善哉如是歸依我者得盡彼業此中死已值彌勒佛得於人身於彌勒佛法中出家證羅漢果

愼禍部第三

如舊雜譬喻經云昔有一國五穀熟成人民安寧無有疾病晝夜伎樂人無憂惱王問群臣我聞天下有禍何類答曰臣亦不見王便使一臣至於隣國求覓買之天神則化作一人於市中賣之狀類如猪持鐵鏁繫縛賣之臣問此名何等答曰禍母臣曰賣不答曰賣問索幾錢答曰千萬問曰此食何等答曰食針一升臣便家家發求覓針如是人民兩兩三三相逢求針使諸郡縣處處擾亂百姓所在之處患毒無憀臣白王曰雖得禍母致使民亂男女失業欲殺棄之未審許不王言大善便於城外將殺刺硬不入斫則不傷剒而不死積薪燒之身赤如火便走出去過里燒里過市燒市入城燒城入國燒國擾亂人民飢餓困苦坐由猒樂買禍所致苦也此喻女色欲火所燒男女貪毒至死不知苦也

愼境部第四

如正法念經孔雀菩薩告諸天衆若有比丘畏於惡名則離諸過所謂不入女人戲笑之處不入酒肆不近沽酒不與共語不近嗜酒人亦不與語不近賊人不近先作大惡之人不近好鬭人不近陰惡懷毒人不近無恒數捨道人不近博戲人不近伎樂人不近小兒不近繫縛女色人不近輕躁人不近不護口人不近貪人不近販賣欺誑人不近巧僞市

道世所惡賤人不近掘河池人不近黃門女人同路一步不近調象人不近魁膾人不近調馬人不近斷見人不近無戒人如是惡人不應親近近如是人必與同行是故比丘當畏惡名不應與此不淨業人同路行於一足之地而說頌曰

若人近不善　則爲不善人　是故應離惡
莫行不善業　隨近何等人　數數相親近
近故同其行　或善或不善　一切人求善
當近於善人　如是能得樂　善則非苦因
近善增功德　近惡增尤甚　功德及惡相
令如是略說　若近於善人　則得善名稱
若近不善人　令人速輕賤　常應親善人
遠離於惡友　以近善人故　能捨諸惡業

## 愼過部第五

如雜阿含經云爾時世尊告諸比丘譬如鐵丸投着火中與火同色盛著劫貝綿中云何比丘當速然不比丘白佛如是世尊佛告比丘愚癡之人依聚落住晨朝着衣持鉢入村乞食不善護身不守根門心不繫念若見年少女人不正思惟取其色相起貪欲心欲燒其心欲燒其身身心燒已捨戒退減是愚癡人長夜當得非義饒益是故比丘當如是學善護其身守諸根門繫念入村爾時世尊告諸比丘過去世時有一貓狸飢渴羸瘦於孔穴中伺求鼠子若鼠子出當取食之有時鼠子出穴遊戲時彼貓狸疾取呑之鼠子身小生入腹中入腹中已食其內藏食內藏時貓狸迷悶東西狂走空宅塚間不知何止遂至於死如是比丘有愚癡人依聚落住晨朝着

衣持鉢入村乞食不善護身不守根門心不繫念見諸女人起不正思惟而取色相發貪欲心已欲火熾然燒其身心已馳走狂逸不樂精舍捨戒退減此愚癡人長夜常得不饒益苦是故比丘當如是學善護其身守諸根門繫心正念入村乞食

又雜阿含經云爾時世尊告諸比丘譬如木杵常用不止日夜消減如是比丘從本已來不閑根門食不知量初夜後夜不勤覺悟修習善法當知是輩終日損減不增善法如彼木杵

又自愛經云佛言夫人處世心懷毒念口施毒言身行毒業斯三事出于心身口唱言其惡以加衆生衆生被毒即結怨恨誓心欲報或現世獲報或身終後魂靈昇天即下報之人中畜生鬼神太山更相尅賊皆由宿命非空生也佛說偈言

心爲法本　心尊心使　心中念善　即言即行福樂自追　心影隨形心爲法本　心尊心使　心中使心悲愚　即言即行罪苦自追　車轢乎微

又十住毗婆沙論云在家菩薩若見破戒之人不應生瞋輕慢之心應生憐愍利益之心方便勸止令生善心苦諫不改而生誹謗亦不得瞋妄見他過故此賢劫中聞有菩薩誹謗拘樓孫佛言何有秃人而當得道如是衆生難可得知自作自受何預於我若欲知彼或自傷害籌量衆生佛所不許如經中說佛告阿難若人籌量於他即自傷身如偈說曰

有瓶蓋亦空　無蓋亦復空　有瓶蓋亦滿無蓋亦復滿　當知諸世間　有此四種人

威儀及功德　有無亦如是　若非一切智
何能籌量人　寧以見威儀　而便知其德
正知有善心　名爲賢人相　但見外威儀
何由知其内　若以外量内　而生輕賤心
敗身及善根　命終墮惡道　外詐現威儀
遊行於賢善　但有口言說　如雷而無雨
是故經云勿輕末學敬學如佛唯有智慧可
破煩惱若稱量者則爲自傷唯佛智慧乃能
明了如此事者非我所知即於破戒人中不
生瞋恚輕慢之心
又舊雜譬喻經云昔有鼈遭遇枯旱湖澤乾
竭不能自致有食之池時有大鶴來住其邊
鼈從求哀乞相濟度鶴啄噉之飛過都邑鼈
不默聲問此何等如是不止鶴便應之口開
鼈墮人得屠食夫人愚頑不謹口舌其譬如
是
又法句喻經云佛告婆羅門世有四事人不
能行行者得福不致此貧何謂爲四一者年
盛力壯慎莫憍慢二者年老精進不貪婬泆
三者有財珍寶常念布施四者就師學問聽
受正言如此老公不行四事謂之有常不計
成敗一旦離散譬如老鶴守此空池永無所
得於是世尊即說偈言
晝夜慢惰　老不止婬　有財不施　不受佛言
有此四弊　爲自侵欺　咄嗟老至　色變作耄
少時如意　老見蹈賤　不修梵行　又不富貴
老如白鶴　守伺空池　既不守戒　又不捨財
老羸氣竭　思欲何逮　老如秋葉　行穢鑑襬
命疾脫至　不用後悔
頌曰

思慎始終　務存正己　口無二言　心無妄起
少欲知足　忘懷彼此　戰戰兢兢　誡勗憂喜

感應緣（略引十一驗）

漢下邳周式　漢會稽句章人
漢諸暨縣吏吴詳　晉淮南胡茂回
晉義興人姓周　宋泰始中張乙
宋豫章胡庇之　周宣帝文贇
宋襄城李頋　唐親衛高法眼
齊京師釋慧豫

漢下邳周式甞至東海道逢一吏持一卷書求寄載行十餘里謂式曰吾暫有所過留書寄君船中慎勿發之去後式盜發視書皆諸死人録下條有式名須臾吏還式首視書吏怒曰故以相告而勿視之式叩頭流血良久吏曰感卿遠相載此書不可除卿今日已去還家三年勿出門可得度也勿道見吾書式還不出已二年餘家皆恠之隣人卒亡父怒使往吊之式不得止適出門便見此吏吏曰吾令汝三年勿出而今出門知復柰何吾求不見連累為得鞭杖今已見汝無可柰何後三日日中當相取也式還涕泣具道如此父故不信母晝夜與相守涕泣至三日日中時見來取便死（右此一驗出搜神記）

漢時會稽句章人至東野還暮不及門見路傍小屋然火因投宿止有一少女不欲與丈夫共宿呼隣人家女自伴夜共彈箜篌歌戲曰

連綿葛上藤　一緩復一絙　汝欲知我姓
姓陳名阿登

明至東郭外有賣食母在肆中此人寄坐因

說昨所見母聞阿登驚曰此是我女近亡葬
於郭外
漢時諸暨縣吏具詳者憚役委頓將投竄深
山行至一溪日欲暮見年少女子采衣甚端
正女云我一身獨居又無鄉里唯有一孤嫗
相去十餘步耳詳聞甚悅便即隨去行一里
餘即至女家家甚貧陋爲詳設食至一更竟
聞一嫗喚云張姑子女應曰諾詳問是誰答
云向所道孤獨嫗也二人共寢息至曉雞鳴
詳去二情相戀女以紫巾贈詳詳以布手巾
報行至昨所應處過溪其夜水大瀑溢深不
可涉乃迴向女家都不見昨處但有一塜耳
晉義興人姓周永和年中出都乘馬從兩人
行未至村日暮道邊有一新小草屋見一女
子出門望年可十六七姿容端正衣服鮮潔
見周過謂曰日已暮前村尚遠臨賀詎得至
周便求寄宿此女爲然火作食向至一更聞
外有小兒喚阿香聲女應曰諾尋云官喚汝
推雷車女乃辭行云今有事當去夜遂大雷
雨向曉女還周既上馬看昨所宿處止見一
新塜塜口有馬跡及餘草周甚驚惋至後五
年果作臨賀太守右此三驗出續搜神記
晉淮南胡茂回此人能見鬼雖不喜見而不
可止後行至楊州還歷陽城東有神祠中正
值民將巫祝祀之至須臾頃有群鬼相叱曰
上官來各迸走出祠去迴顧見二沙門來入
祠中諸鬼兩兩三三相抱持在祠邊草中望
祠望沙門皆有怖懼須臾沙門去後諸鬼皆
還祠中回於是信佛遂精誠奉佛右此一驗出續搜神記

宋時豫章胡庇之嘗爲武昌郡丞宋元嘉二十六年入廨中便有鬼怪中宵籠月戶牖少開有人倚立戶外狀似小兒戶閉便聞人行如着木屧聲看則無所見如此甚數二十八年三月舉家悉得時病空中語擲瓦石或是乾土夏中病者皆着而語擲之勢更猛乃請道人齋戒竟夜轉經倍來如雨唯不着道人及經卷而已秋冬漸有音聲瓦石擲人內皆青黶而不甚痛庇之有一老奶好罵詈鬼在邊大嚇庇之迎祭酒上章施符驅逐漸復歇絕至二十九年鬼復來劇於前明年承廨火頻四發狼狽澆沃並得時死鬼每有聲如犬家人每呼爲吃嚂後忽語語似牛三更叩戶庇之問誰也答曰程邵陵把火出看了無所見數日二更中復戶外叩掌便復罵之答云君勿罵我我是善神非前後來者陶御史見遣報君庇之云我不識陶御史鬼云陶敬玄君昔與之周旋庇之云吾與之在京日伏事衡陽又不嘗作御史鬼云陶今處福地作天上御史前後相侵是沈公所爲此廨本是沈宅因來看宅聊復語擲狡獪忽君攘却太過乃至罵詈令婢使無禮向之復令祭酒上章苦罪狀之事徹天曹沈今上天言君是佛三歸弟子那不從佛家請福乃使祭酒上章自令唯願專意奉法不須與惡鬼當相困庇之請諸尼讀經仍齋訖經一宿後復聞戶外御史相聞白胡承見沈相訟甚苦如其所言君頗無理若能歸誠正覺習經持戒則群邪屏絕依依曩情故相白也

宋泰始中有張乙者被鞭瘡痛不歇人教之

燒死人骨末以傳之顧同房小兒登山崗取一髑髏燒以傳瘡其夜戶內有鑪火燒此小兒手又空中有物按小兒頭內火中罵曰汝何以燒我頭令以此火償汝小兒大喚曰張乙燒耳答曰汝不取與張乙張乙那得燒之按頭良久髮然都盡皮肉焦爛然後捨之乙大怖送所餘骨埋反故處酒肉醊之無復灾異也 右二驗出述異記

宋襄城李頤其父爲人不信妖邪有一宅由來凶不可居居者輒死父便買居之多年安吉子孫昌熾爲二千石當徙家之官臨去請會內外親戚酒食既行父乃言曰天下竟有吉凶不此宅由來言凶自吾居之多年安吉乃得遷官鬼爲何在自今已後便爲吉宅居者住止心無所嫌也語訖如廁須臾見壁中有一物如卷席大高五尺許正白便還取刀斫之中斷便化爲兩人復橫斫之又成四人便奪取刀反斫李殺持至座上斫殺其子弟凡姓李必死唯異姓無他頤尚幼在抱家內知變乳母抱出後門藏他家止其一身獲免頤字景真位至湘東太守 右一驗出續搜神記

周宣帝宇文贇在東宮時武帝訓篤甚嚴恒使官者成慎監察之若有纖毫罪失匿而不奏許慎以死於是慎常陳太子不法之事武帝杖太子百餘及即位顧見髀上杖瘢乃問成慎所在慎于時已出爲郡遂勑追之至便賜死慎奮厲曰此是汝父所爲成慎何罪勃逆之餘濫以見及死若有知終不相放于時宮掖禁忌相逢以目不得輒共言笑分置監官記錄愆罪左皇后下有一女子欠伸淚出

因被奏劾謂其所思憶便敕對前考竟之初打頭一下帝便頭痛次打項一下帝又項痛遂大發怒曰此是我怨家乃使拉折其腰帝即腰痛其夜出南宮病遂漸增明旦早還患腰不得乘馬御車而入所殺女子處有黒暈如人形時謂是血隨掃刷之旋復如故如此再三有司掘除舊地以新土埋之一宿之間亦還如本因此七八日舉身瘡爛而崩及初下屍諸牀並曲牢不可脫唯此死女子所卧之牀獨是直脚遂以供用蓋亦鬼神之意焉帝崩去成慎死僅二十許日右此一驗出寃祥記

齊京師靈相寺有釋恵豫黄龍人來遊京師止靈相寺少而務學遍訪衆師善談論美風則每聞臧否人物輒塞耳不聽先誦大涅槃法華十地又習禪業精於五門甞寢見有三人來扣户並衣冠鮮潔執持華蓋豫問覓誰答云法師應死故來奉迎豫曰小事未了可申一年不答云可爾至明年滿一周而卒是歲齊永明七年春秋五十有七右此一驗出梁高僧傳

唐雍州長安縣高法眼是隋代僕射高熲之玄孫至龍朔三年正月二十五日向中臺恭選日午還家舍在義寧坊東南隅向街開門化度寺東即是高家欲出子城西順義門城内逢兩騎馬遂後既出城已漸近逼之出城門外道北是普光寺一人語騎馬人云汝走捉普光寺門勿令此人入寺恐難捉得此人依語馳走守門法眼怕不得入寺便向西走復至西街金城坊南門道西有會昌寺復加四馬騎吏語前二乘馬人云急守會昌寺門此人依語走捉寺門法眼怕急便語乘馬人

云汝是何人敢逼於我乘馬人云王遣我來取法眼語云何王遣來乘馬人云閻羅王遣來法眼既聞閻羅王使來審知是鬼即共相拒鬼便大怒云急截頭髮却一鬼捉刀即截法眼兩髻附肉落地便至西街悶絶落馬暴死不覺既至大街要路踟躕之間看人逾千有巡街果毅瞋守街人何因聚衆守街人具述逗遛次西街首即是高宅便喚家人舉向舍至明始穌便語家内人云吾入地獄見閻羅王升大高座瞋責吾云汝何因向化度寺明藏師房内食常住僧果子宜吞四百顆熱鐵丸令四年吞了人中一日當地獄一年四日便了從正月二十六日至二十九日便盡或日食百顆當二十六日悞了之時復有諸鬼取來法眼復共鬼鬪相趂力屈不如復悶暴死至地獄令吞鐵丸當吞之時咽喉閉縮身體焦捲變爲紅色吞盡乃穌穌已王又語言汝何因不敬三寶說僧過惡汝吞鐵丸盡已宜受鐵犁耕舌一年至二十九日既吞鐵丸了到正月三十日平旦復死至地獄中復受鐵犁耕舌自見其舌長數里傍人看見吐出一尺餘王復語獄卒此人以說三寶長短以大鐵斧截却舌根獄卒斫之不斷王復語云以斧細銼其舌將入鑊湯煑之煑復不爛王復悵問所由法眼啓王云臣曾讀法華經王初不信令檢功德部見案内有讀法華經一部王檢知實始放出來其人見在穌悞如舊觀者如市見者發心合門信敬勵志精勤檀忍不虧誠誠無倦京城道俗共知不煩引證

儉約篇第四十五（此有二部）

述意部　引證部

述意部第一

夫謬之於空談不如證之於事實聞之髣像不如決之於耳目故信不如學言不如行所以研機適理寔極聖之洪基息緣儉務是至人之大量不樹無方之心寧有不窮之應是以一毫一粒而竟濟四生一念一彈常資六度斯則功超半息發彌來際抱素儉約而亦德逾高範也

引證部第二

如新婆沙論云問諸弟子中大迦葉波少欲喜足具杜多行（舊云頭陀）薄矩羅少病節儉具淨戒行此二何別答尊者大迦葉波所得飲食若麤若妙隨次第食無所簡別猶如良馬隨得而食尊者薄矩羅所得飲食或麤或妙簡去妙者而食麤者如契經說有四聖種一依隨所得食喜足聖種二依隨所得衣喜足聖種三依隨所得臥具喜足聖種四依隨有無有樂斷樂修聖種

又中阿含經云爾時有一異學是尊者薄拘羅未出家時親善朋友往詣薄拘羅所請問其義薄拘羅因爲說之我於此正法律中學道以來八十年未曾起欲想我持糞掃衣來已八十年亦無起功高想亦未曾憶受居士衣未曾割截作衣未曾倩他比丘作衣未曾用針縫衣未曾持針線囊乃至一縷我乞食來已八十年亦無起功高想亦未曾受居士請亦未曾超越乞食未曾從大家乞食於中當得淨好極妙豐饒食噉含消未曾視女人

面未曾入比丘尼坊中未曾憶與比丘尼共相問訊乃至道路亦不共語未曾畜沙彌未曾憶爲白衣説法乃至四句偈未曾有病乃至彈指頃頭痛者未曾憶服藥乃至一片訶棃勤我結跏趺坐於八十年未曾倚壁倚樹我於三日夜中得三達證我結跏趺坐而般涅槃是謂尊者薄拘羅未曾有法

又僧祇律云達膩伽羅漢深自慶慰而説偈言

欲得寂滅樂　當習沙門法　止則支身命

如蛇入鼠穴　欲得寂滅樂　當習沙門法

衣食繫身命　精麤隨衆等　欲得寂滅樂

當習沙門法　一切知止足　專修涅槃道

又舊雜譬喻經云昔有比丘於空閑樹下坐禪行道樹上有一獼猴見比丘食下住其邊比丘以飯與之獼猴得食輙行取水以給澡洗如是連月後日食竟忽忘不留獼猴以不得食大怒取比丘袈裟上樹裂破比丘忿之以杖誤中獼猴即死餘數獼猴並來共舉死獼猴到佛寺中比丘僧知必有所以推問其意比丘具説於是佛教自從今日比丘每食皆當割省留餘以施蠢動不得盡之

又五分律云佛告比丘乃往去世於恒水邊有一仙人住於石窟爾時龍王日從水出以身七帀圍遶仙人舒頭在上下向敬視仙人仙人遊行弟子守窟龍亦如前日來恭敬弟子怖畏即大羸瘦我於爾時行菩薩道遊行恒水邊見其如此即故問意具答如是我復問言汝今欲不復見龍耶答言爾又問汝見龍咽下有何等物答言有摩尼珠吾復語言

龍若來時汝便合掌向龍作如是語我今須汝咽下摩尼寶珠願以施我爾時仙人弟子聞我語已龍從水出便從索之龍聞乞珠不前不却默然而住時仙人弟子復爲龍王說偈言

龍王今須汝　咽下摩尼珠　意甚愛樂之
如何默無言

龍即以偈答言

我一切所須　皆由此珠得　汝今從吾乞
永絕不復來　如火急暴聲　使人心恐懼
我今聞汝言　惶怖逾於此

於是世尊引古說偈

乞者人不愛　數則致怨憎　龍王聞乞聲
一去不復還

又告比丘過去世時有迦夷國王好喜布施給諸窮乏時有梵志王甚愛重未嘗從王有所求乞爾時彼王爲說偈言

人皆從遠來　無方從吾乞　而汝今在此
不求有何意

梵志即以偈答言

乞者人不喜　不與致怨憎　所以默無求
恐離親愛情

王復說偈答言

乞非傷德行　亦無身口過　捐有以補無
何爲而不索

梵志復以偈答言

賢人不言乞　言乞必不賢　默然不有求
是謂爲大人

時王聞說賢人之偈心大歡喜即以牛王一頭及餘千牛而施與之頌曰

六情無福志　四攝啓幽心　儉約避人物
偃息慕山林　曲嶋停騶響　交枝落慢陰
池臺聚凍雪　簷牖紛歸禽　石來無新故
峯形詎古今　大車何沓沓　奔馬送騣騣
何以修六念　虔誠在一音　未泛慈舟寶
徒勞抒海深

感應緣略引二驗

晉單道開　唐杜智楷

晉羅浮山有單道開姓孟燉煌人少懷栖隱誦經四十餘萬言絶穀餌栢實栢實難得復服松脂後服細石子一呑數枚數日一服或時多少噉薑椒如此七年後不畏寒暑冬袒夏温晝夜不卧開同學十人共契服食十年之外或死或退唯開全志追陵太守遣馬迎開開辭能步行三百里路一日早至山樹諸神或現異形試之初無懼色以石虎建武十二年從西平來一日行七百里至南安度一童子為沙彌年十四稟受教法行能及開時太史奏虎云有仙人星現當有高士入境虎普勑州郡有異人令啓聞其年冬十一月秦州刺史上表送開初止鄴城西法綝祠中後徙臨漳昭德寺於房内造重閣坐禪虎資給甚厚開皆以惠施時樂仙者多來諮問都不答廼為説偈云

我矜一切苦　出家為利世　利世須學明
學明能斷惡　山遠粮粒難　作斯斷食計
非是求仙侶　幸勿相傳説

佛圖澄曰此道士觀國興衰若去者當有大灾至石虎太寧元年開與弟子南度許昌虎子姪相殺鄴都大亂至晉升平三年來之建

鄴俄而至南海後入羅浮山獨處茅茨蕭然物外春秋百餘歲卒于山舍勑弟子以屍置石穴中弟子迺移之石室有康泓者昔在比閭聞開弟子叙開昔在山中每有神仙來去迺遥心敬挹及後没南海親與相見側席鑽仰稟聞備至迺爲之傳贊曰

肅哉善人　飄然絶塵　外軌小乘　内暢空身
玄象暉曜　高步是臻　餐茹芝英　流浪巖津

晉興寧元年陳郡袁宏爲南海太守與弟頴叔及沙門支法防共登羅浮山至石室口見開形骸及香火瓦器猶存宏曰法師業行殊群正當蟬蜕耳迺爲賛曰

物雋招奇　德不孤立　遼遼幽人　望巖凱入
飄飄靈仙　玆焉遊集　遺屣在林　千載一襲

後沙門僧景道漸等並欲登羅浮竟不至頂（出梁高僧傳錄）

唐曹州離狐人杜智楷少好釋典不仕不妻娶被僧衣服隱居泰山以讀誦爲事貞觀二十一年於山中遇患垂死以袈裟覆體昏然如夢見老母及美女數十人屢來相擾智楷端然不動群女漸相逼斥並云舉將擲置北澗裏遂總近前同時執捉有攬着袈裟者遂齊聲念佛却後懺悔請爲造阿彌陀佛并誦觀音菩薩三十餘徧少間遂覺體上大汗便即瘳愈（出冥報拾遺錄）合六

法苑珠林卷第四十六

音釋

蓐而六切薦也　膾古外切肉也　膜末各切肉間膜也　鍱弋涉切薄鍱也　塚知隴切墓也　轢郎狄切陵踐也　繿盧緘切敝衣也　邳蒲麋切下邳地名　竄取亂切逃也　嫗於語切老婦之稱　嚇呼格切怒也　吃嚂吃欺訖切嚂力含切　狡獪狡古巧切獪古外切狡獪狂猾也　醊朱劣切祭酹酒也　賾士格切　贇於倫切　瘢蒲官切痕也　暈王問切氣也　刷所劣切除也　頴庾頃切　銼寸卧切斫也　蠢尺允切蟲動貌　騶側鳩切廐御也　駸七林切馬行疾也　綝丑林切　雋祖峻切絕異也

# 法苑珠林卷第四十七

唐西明寺沙門釋道世撰

## 懲過篇第四十六（此有二部）

述意部　引證部

### 述意部第一

夫形骸多患理須嚴誡根識昏沉宜恒警策故經曰無以睡眠因緣令一生空過無所得也但有身則爲患本無身則患滅故禮無不敬慠不可長若縱慠高彌增惰慢徒施攻擊無奈患憂口是刀斧之門禍累之始心懷毒念口施毒言身行毒業興斯三業彌招四趣故書云一言可以興邦一言可以喪國又言行是君子之樞機樞機之發榮辱之主意爲業本身口由發所以先除凶懷袪邪務正故知可惡川流事由心造何以知然若瞥緣心起故口發惡言言由意顯靡惡不爲故成論云離心無思則無身口業也

### 引證部第二

如維摩經云故以若干苦切之言乃可入律書云聞諫如流斯言可録佷戾不信惡馬難調撫膺多愧常以自箴庶有聞論致序心曲今欲緘其言而整其身者未若先挫其心而次折其意故經云制之一處無事不辦譬如金山窟狐兔所不敢停淳淵澄海蛙黿所不肯宿故知潔其心而淨其意者則三塗報息四德常滿防意如城守口如瓶可謂金河遺寄屬在伊人玉門化廣信於斯矣既策斯三業則能除四患何等四患謂生老病死也故受胎經云衆生受胎之時備盡艱難冥冥漠漠狀若浮塵十月將滿母胎知苦業風催促

頭向產門墮地鞕觸如在刀山風激冷觸如似寒冰當爾之時生為實苦

又涅槃經云譬如燈炷唯賴膏油膏油既盡勢不久停人亦如是唯賴壯膏壯膏既盡衰老之炷何得久住又出曜經佛說老苦偈云

少時意盛壯　為老所見逼　形衰極枯槁
氣竭憑杖行

又佛說死苦偈云

氣絕神逝　形骸蕭索　人物一統　無生不終

又涅槃經云夫死者於嶮難處無有資粮去處懸遠而無伴侶晝夜常行不知邊際深邃幽暗無有燈明入無門戶而有處所雖無痛處不可療治往無遮止到不得脫

又無量壽經云獨生獨死獨來獨去苦樂之地身自當之無有代者幽幽冥冥別離長久道路不同會見無期甚難甚難復得相值夫生則親族歡聚盡慈愛之和死則朝亡暮殯便有恐畏分離之狀歌哭相送往者不知反室空堂寂滅無覩存亡有無變化俄頃故出曜經佛重說死苦偈云

命如果待熟　常恐會零落　已生皆有苦
孰能致不死

猶如死囚將詣都市動向死道人命如是如河駃流往而不返人命如是逝者不還

又出曜經云昔有梵志兄弟四人皆得五通自知命促七日必死兄弟議曰我等兄弟神通自在能以神力翻覆天地現極大手捫摸日月移山住流無所不辦寧當不能避此難也第一兄曰吾入大海上下平等正處中間無常殺鬼安知我處第二弟言吾入須彌山

腹中間還合其表使無際現無常殺鬼焉知我處第三弟言吾處虛空隱形無跡無常殺鬼安知我處第四弟言吾當隱在大市之中衆人猥鬧各不相識無常殺鬼趣得一人何必取吾四人議訖相將辭王而白王曰吾等計筭餘命日促各欲逃走欲求多福王尋告曰善進其德於是别去各適所至七日期滿各從其處而皆命終佛以天眼見四梵志避於無常各求度世皆已命終而説偈言

非空非海中　非入山石間　無有地方所
脱之不受死

又增一阿含經云爾時世尊在舍衛國東鹿母園中與大比丘衆五百人俱是時世尊七月十五日於露地敷坐比丘僧前後圍遶佛告阿難曰汝今速擊揵椎今七月十五日是受歲之日阿難叉手便說此偈

淨眼無與等　無事而不練　智慧無染着
何等名受歲

世尊以偈報曰

受歲三藏淨　身口意所作　兩兩比丘對
自陳所作短　還自稱名字　今日衆受歲
我亦淨意受　唯願原其過

是時阿難聞已歡喜即升講堂手執揵椎而說此偈

降伏魔力怨　除結無有餘　露地擊揵椎
比丘聞當集　諸欲聞法人　度流生死海
聞此妙響音　盡當雲集此

爾時阿難擊揵椎已至世尊所白世尊言今正是時唯願世尊何所勑使是時世尊告阿難曰汝隨次坐當坐草座時諸比丘各坐草

座是時世尊默然觀諸比丘已便勑諸比丘我今欲受歲我無過咎於衆人乎又不犯身口意耶如來說此語已諸比丘默然不對是時再三告諸比丘已時尊者舍利弗即從座起長跪白世尊言諸比丘衆觀察如來無身口意過世尊今日不度者度不脫者脫不般涅槃者令般涅槃無救護者爲作救護盲者爲作眼目爲病者作大醫王三界獨尊無能及者以此事緣如來無咎於衆人亦無身口意過是時舍利弗白世尊言我今自陳無咎於如來及比丘僧乎世尊告曰汝舍利弗都無身口意所作非行汝今智慧無能及者汝今所說常如法義未曾違理是時舍利弗白佛言此五百比丘盡當受歲盡無咎於如來乎世尊告曰亦不責此五百比丘身口意此舍利弗大衆之中極爲清淨無瑕穢今此衆中最小下坐得須陀洹必當上及不退轉法以是之故我不恐責此衆

又佛本行經云爾時釋種宗族士衆一切合有九萬九千及迦毗羅婆蘇都城所居人民從城共往欲見如來世尊遥見輸頭檀王與諸大衆嚴備而來即作是念我若見彼不起迎奉人當說我此豈戒行果報人乎云何見父不起迎送我今若見父及大衆起往迎者彼等獲得無量大罪若我今者持其威儀在此住者彼等於我不生敬心如來作此三種念觀見有如此三種因緣思量如是三種義已從坐而起飛騰虛空現種種神變令大衆生信並皆入道

又梵網經云若佛子應如法次第坐先受戒

者在前坐後受戒者在後坐不問老少比丘比丘尼貴人國王王子乃至黃門奴婢皆應先受戒者在前坐後受戒者次第而坐莫如外道癡人若老若少無前無後坐無次第兵奴之法我佛法中先者先坐後者後坐而菩薩不次第坐者犯輕垢罪若佛子常行教化大悲心入檀越貴人家一切衆中不得立爲白衣說法應白衣衆前高座上坐法師不得地立爲四衆白衣說法若說法時法師高座香華供養四衆聽者下坐如孝順父母敬順師教如事火婆羅門其說法者若不如法犯輕垢罪

又善見論云弟子參師當避六處一不得當前二不得當後三不得太遠四不得太近五不得處高六不得上風立問曰四種身儀若坐立行卧何故但云一面立答曰爲來故不應行爲恭敬不應坐爲供養故不應卧

又三千威儀云欲上牀有五事一當徐脚蹈牀二不得匍匐上三不得使牀有聲四不得大拂拭牀席使有聲五洗足未淨當拭之在牀上有五事一不得大吹二不得叱咤喑喈三不得歎息思念世間事四不得狗群卧五欲起坐當以時若意起不定當自責本起又卧有五事一當頭首向佛二不得卧視佛三不得雙申兩足四不得向壁卧亦不得伏卧五不得竪兩膝要當拘手斂兩足累兩膝又卧起欲出戶有五事一起下牀不使牀有聲二着履先當叩藪三正住着法衣四欲開戶先三彈指不得使戶有聲五戶中有佛像不得背出當還向戶而出出不得住與人言

又正法念經云孔雀菩薩爲諸天衆說調伏法若在家出家若老若少調伏相應以此莊嚴如出家之人初以袈裟而自調伏當行七事一者如其國法受糞掃衣在家之人所棄之衣若在塜間有死人衣死屍所壓則不應取若於塜間得破壞衣則應受用是名袈裟調伏之法第二若入聚落觀地而行前視一尋念佛影像一心正念諸根不亂不觀一切所須之具不與女人言論不抱小兒不數動足亦不動臂及其牀座不手摩頭不數整衣不抖擻袈裟不按摩手亦不彈指是名第二調伏之法第三若入施主家於飯食時齊腕澡手若受食時不大舒手當前一肘不滿口食亦不太少若所摶飯不大不小不大張口不令有聲所應之食但食二分食知止足不觀他鉢而生貪心所受飯食不懷他心自觀其鉢不左右顧視是名第三調伏之法第四若於食時若於聚落或於城邑先所見食不生心念不數言說亦不悕望所受敷具如法受畜不求上勝是名第四調伏之法第五一切所作不倚不着不惜身命於所用具不多聚積不行邊方危怖之處不異服飾不偏樂於一家往返是名第五調伏之法第六不斷草木及掘生地不著雜色華屣雜色衣服不破他戒不謗不說心不悕望王者之饍心不甘着不親近於喜鬪比丘是名第六調伏之法第七若有同意同法應當親近利益若於山窟樹下露地常修行空無相無願是名第七調伏之法若有比丘能如是行則能捨離一切諸縛而得解脫

又雜寶藏經云佛初出家夜佛子羅睺始入于胎初成道夜生羅睺羅舉宫婇女咸皆慙恥怪哉大惡耶輸陀羅不慮是非輕有所作不自愛慎令我舉宫都被染汙悉達菩薩久已出家今卒生子甚爲恥辱時有釋女名曰電光是耶輸姨母之女椎胷拍髀呵罵耶輸汝於尊親何以自損太子出家已經六年生此小兒甚爲非時從誰而得辱我種族不護惡名淨飯王于時在樓見此大地六種震動見是相已謂菩薩死憂箭入心聞于宫中舉聲大哭王倍驚怖謂太子死走使女問是何哭聲女白王言太子不死耶輸陀羅今產一子舉宫慚愧是以哭耳王聞是語倍增憂惱發聲大哭揚聲大喚怪哉醜辱我子出家已經六年云何今日而方生子時彼國法擊鼓一下一切運集九萬九千諸釋悉會即喚耶輸耶輸着白淨衣抱兒在懷都不驚怕於親黨中抱兒而立諸釋咸忿叱爾凡鄙有何面目我等前立宜好實語竟爲何處而得此子耶輸陀羅都無慙恥正直而言從彼出家釋種名曰悉達而得此子我子悉達本在家時聞有五欲耳尚不聽況當有欲而生於子實是諂曲非正直法以此謗毀王極大瞋問諸釋言云何苦毒殺害復有釋言如我意者當作火坑擲置火中使其母子都無遺餘諸人皆言此事最良即掘火坑以佉陀羅木積於坑中以火焚之即將耶輸至火坑邊時耶輸見火方大驚怖譬如野鹿獨在圍中四向顧望無可恃怙耶輸自責既自無罪受斯禍患徧觀諸釋無救已者抱兒歎念菩薩言汝有

慈悲憐愍一切天龍鬼神咸敬於汝今我母子薄於祐助無過受苦云何菩薩不見留意何故不救我之母子今日危厄即時向佛一心敬禮復拜諸釋合掌向火而說實語我此兒者實不從他而有此子若實不虛六年在我胎者火當消滅終不燒害我之母子作是語已即入火中而此火坑變爲水池自見已身處蓮華上都無恐怖顏色和悅合掌向諸釋言若我虛妄應即焦死以今此兒實菩薩子以我實語得免火患有諸釋言視其形相不驚不畏而此火坑變爲清池以此驗之知其無過時諸釋等將耶輸陀羅還歸宮中倍加恭敬爲索乳母供事其子猶如生時等無有異祖白淨王愛重深厚不見羅睺終不能食若憶菩薩抱羅睺羅用解愁念略而言之

滿六年已白淨王渴仰於佛遣往請佛佛憐愍故還歸本國來到釋宮變千二百五十比丘皆如佛身光相無異耶輸陀羅語羅睺羅誰是汝父往到其邊時羅睺羅禮佛已訖正在如來右足邊立如來即以手摩羅睺羅頂即說偈言

我於生眷屬　及以所生子　無有偏愛心
但以手摩頂　我盡諸結使　愛憎永除盡
汝等勿懷疑　於子生猶豫　此亦當出家
重爲我法子　略言其功德　出家學眞道
當成羅漢果

頌曰

業風恒泛濫　苦海濤波聲　漂我常游浪
遠離涅槃城　忽遇慈舟至　運我出愛瀛
是知高慕友　懲過改凡情　罪垢蒙除結

神珠啓闇冥　釋門光麗景　俗務苦重縈
冀除五昏盖　方悟六塵輕　自非乘實輅
何以息餘寧

感應緣（略引三驗）

宋沙門釋僧苞　齊沙門釋僧遠
隋沙門釋洪獻

宋京師祇洹寺有釋僧苞本是京兆人少在關受學什公宋永初中遊北徐入黃山精舍復造靜定二師進業仍於彼建三七普賢齋懺至第十七日有白鶴飛來集普賢座前至中行香畢乃去至二十一日將暮又有黃衣四人遶塔數帀忽然不見苞少有志節加復祥感故匪懈之情因之彌厲日誦萬餘言經常禮數百拜佛後東下京師正值祇洹寺發講法徒雲聚士庶駢席苞既初至人未有識者乃乘驢往看衣服垢弊貌有風塵堂內既迮坐驢韉於戶外高座主題適竟苞始欲厝言法師便問客僧何名答云名苞又問盡何所苞答曰高座之人亦可苞耳乃致問數番皆是先達思力所不逮高座無以抗其詞遂遜退而止時王弘范泰聞苞論義歎其才思請與交言仍屈住祇洹寺開講衆經法化相續陳郡謝靈運聞風而造焉及見苞神氣彌深歎伏或問曰謝公何如苞曰靈運才有餘而識不足抑不勉其身矣苞嘗於路行見六劫被戮苞爲說法勸念觀世音群劫以臨危之際念念懇切俄而送吏飲酒洪醉劫解枷得免焉宋元嘉中卒（右此一驗出梁高僧傳）

齊梁州薛河寺釋僧遠不知何人爲性踈誕不修細行好逐流宕歡讌爲任以齊武平三

年夢見大人切齒責之曰汝是出家人面目如此放縱造惡何不取鏡自照遠忽覺驚悸流汗至曉以盆水自照乃見眼邊烏黑謂是垢汙便洗拭之眉毛一時隨手落盡因自咎責柰此殃譴遂改常習反形易性弊衣破履一食長齋遵奉律儀昏曉行悔悲淚交注經一月日又夢前人含笑謂曰知過能改是謂智人赦汝前愆勿復相續忽驚喜覺流汗徧身面目津潤眉毛漸出遶於一身頻感兩報信知三世苦樂不虛自後竭情時不暫息鄉川所歸卒於本土

隋相州大慈寺釋洪獻少履道門早明律部聽涉勞頓遂兩目俱暗既無前導常處房中禮誦爲業不輟晨夕開皇十四年忽感一神自稱般若檀越來從受戒數致談話同房僧綱禪師上堂食後般若乃將綱一襆衣來覷獻云勞陳法事利益不少微奉衣物願必受之獻納匱中綱食還房恠失衣襆搜求寺內乃於獻所得之具以告語綱終不信猜獻盜之神遂發撤綱房衣物被案狼籍滿庭竿扇稱尺摧折數段神於空中語曰僧綱不好設齋會供養三寶我會禍汝未許放汝獻感寘報與般若言及事同目覩神語獻曰伴衆極多悉在紫陌河上唯三十人相隨可令寺家設食衆僧便於西院會之神曰大好飲食勞費師等雖然僧綱不起齋供後會使知綱無柰之何恐迫不已便私費財物營諸齋福般若乃曰既能行福令相放矣仍以絹兩疋付獻云當以一疋施大衆一疋贈綱師獻對衆受得具皆聞見仍依付領綱後懲過彌勤經

業卒於所住（右此二驗出唐高僧傳）

## 和順篇第四十七（此有五部）

述意部　引證部

和施部　和國部

和事部

### 述意部第一

夫善惡乖背言行兩違禍釁從生怨毒彌重所以言之者易行之者難是故剛柔得中違順得性譬鑄劒太剛則折太柔則卷欲劒無折必加其錫欲劒無卷必加其金何者金性剛而錫質柔剛柔均平則爲善矣含性和平則爲嘉矣故羅雲容行以自調故聖讚以美譽提婆麤行以獷惡故衆毀以過彰俗書云西門豹性急佩韋以自緩董安于性緩帶絃以自急故陰陽調天地之和也剛柔均人物之性也

### 引證部第二

如蜜跡金剛力士經云阿闍世王問佛言菩薩仁和爲有幾法往反周旋常存和雅不與麤心佛言菩薩仁和有八事法何謂爲八一志性質直而無諛諂二性行和雅常無佞僞三心存淳熟永無虛妄四心行堅要亦無羸劣五無迷惑志存於仁和六爲世衆祐受異德行七心行了達而無所着八思惟罪福心無所念是爲八事於是阿闍世王白佛言菩薩有幾法行逮如是力無極之勢佛言有十法何謂爲十一寧棄身命勤受正法二未曾自大謙恪下意禮敬衆生三見於剛强難化衆生立之忍辱四見飢饉人以好美饍而充施之五覩諸恐懼勸慰安之六若有衆生得

於重疾療以良藥七若有麤劣人所輕慢敬念戀之令無忽易者八以淨泥水塗如來廟補其虧缺九見孤苦人貧匱困厄常負重擔使去其難極重之殃十若無護無所依歸常將濟之所語如言而不變失是爲十事法

又正法念經云若有衆生見他親友互相破壞心懷怨結能爲和合命終生欲愛天隨心所念即得五欲自娛若有衆生見人破亡爲他抄掠救令得脫或於險處教人正道或疑怖處令他安隱命終生正行天天女供養受五欲樂若生人中生於正見大長者家若有人能柔輭深心離一切垢涅槃解脫猶如在手輭心之人心如白鑞修行善業衆人所信麤鑛之人心如金剛恒常不忘怨結之心行不調伏衆人所憎不愛不信爾時孔雀菩薩以佛經偈而說頌曰

若人心柔輭　猶如成鍊金　斯人内外善
速得脫衆苦　若人心器調　一切皆柔輭
斯人生善種　猶如良福田

又阿鵰阿那含經云阿那含有八事不欲令人知何等爲八一不求不欲令人知二信不欲令人知三自羞不欲令人知四自慙不欲令人知五精進不欲令人知六自觀不欲令人知七得禪不欲令人知八黠慧不欲令人知所以不欲令人知者不欲煩擾於人故

## 和施部第三

如佛說一切施王所行檀波羅蜜經云佛言過去久遠無央數劫爾時世有大國王號字薩和達（此言一切施王）爾時布施有所求索不逆其意爾時異國有婆羅門子少失其父獨與母

姊弟爲居家甚貧俠其母告子居家困窮無以自供汝父在者當往薩和達王所乞丐可以自濟今何不行至彼王所從求錢寶兒報母言我今未有所知先當學問然後乃行母語兒言今汝家中了無所有而有學問爾乃當行若汝去後其家空乏何以自活兒即語母我先當假貸索一兩金可備一歲之糧母即聽之便行貸得金一兩還以與母乃出家行學一歲已竟便來歸家母見兒還便逆問言汝已行詣一切施王所耶兒復報母言所學未通當復更學母言前金已盡當作何計兒答母言當更假貸兒即復往至前所貸金家向其主說復欲貸一兩金其金主語兒汝前取金既未還我甫復欲索汝若審復欲得金者持卿母及姊弟皆以上券爾乃可得若至時不畢當沒汝母及姊弟以爲奴婢便相許可適作券取持歸付母復捨家行學復終一年所知粗備欲歸語母行詣一切施王所在道中便爲債主所索及母姊弟將歸鎖脚婆羅門子語債主言卿雖相繫正使終年我無益用不如相放我當往詣一切施王所乞丐得物還以相償其主思惟便解婆羅門子令去時有異國王軍起兵欲往取一切施王國時諸臣白王今有他國興兵入界不審大王當作何計時王自念人命至短當歸無常又我少小已來好喜布施慈仁忍辱無傷害意不欲與彼共相拒逆所以者何但以我一身故動搖兵衆設有所中害此非我宜便勑諸臣不須爲備亦勿恐怖但旦嚴出迎逆作禮恭敬承事受其教勑令踰於我諸臣復白

王言他國入界云何不備王默不應如是至三王言不須拒逆如我前言諸臣皆言王勅勿備我等俱然王言大善各且安家慎莫勞擾其王夜半即脫印綬默亡而去彼王大國即領王位便募索一切施王其賞甚重王遂出國行五百餘里遥見婆羅門子王意即想此婆羅門子今者必來索我無疑時婆羅門子意亦想此人將無正是一切施王二人各前相逢便住王問婆羅門子言卿何從來今欲所至婆羅門子答言我欲行至一切施王所王復問欲詣一切施王所欲何求索婆羅門子報言少小失父居甚貧窮以母及姊弟持行質債欲從一切施王乞丐錢寶還贖母姊弟并得自濟王便語言我正是一切施王婆羅門子問王儐從所在而獨行耶王言有他國來欲得我處是以避之所以者何不欲傷害於人兵故婆羅門子聞王所說即便躃地而大啼泣不能自勝王便前牽婆羅門子諫曉使起不須復啼所求索者今當相與婆羅門子言王今失國當持何等以相濟乞王便報言彼國來王相募甚重卿今可截我頭持往與之在所求索皆可得也於是婆羅門子說偈報言

世間殺父母　命盡墮泥犂　今加害於王
其罪等無異　我今實不忍　加惡於大王
寧令身命盡　終不造逆意

於是一切施王復語婆羅門子言卿若不欲取頭者便可截我鼻耳送之亦可得賞恐不中王故也婆羅門子報王言如我今日不忍爲是王復語婆羅門子言若不爾者便可縛

我送往與之亦可大有所得婆羅門子能相知王還復爲王不爲彼害婆羅門子言王審欲爾者可共俱還臨至本國乃當相縛於是王與婆羅門子便共相將俱還本國二十餘里王以欲至便自反手語婆羅門子言卿可縛我婆羅門子遂乃縛王一國人民皆聞知言一切施王爲他國婆羅門子見縛送人民大小見王莫不啼哭躃地崩絶劇喪父母遂前詣宮門諸臣即入白彼王前所募亡去王一切施者爲婆羅門子所見縛送今在宮門彼王即言便捉現之一切施王便前入宮彼王及臣與諸官屬見一切施王無不躃地而啼泣者彼劫人王亦復淚出而問諸臣汝輩何以皆啼諸臣白言我等見一切施王棄國與王復持身施與婆羅門子所作不悔是故啼耳彼劫人王聞諸臣各各說是即便躃地而大啼泣不能自勝即問婆羅門子汝今那得是王婆羅門子具答王本末因由彼劫人王聞婆羅門子所說即復躃地啼淚而言告勑諸臣促解王縛洗浴衣被着其印綬還立爲王即還坐領國法如故於是彼王即長跪叉手讚歎而說偈言

自在本國時　遥聞大王德　今來至於此
見尊踰所聞　巍巍積功德　譬若如金山
其力堅如是　無能動摇者　今見王所行
於世甚無雙　頗以國相還　并奉所居界
願歸得本土　修敬爲臣禮　不敢復憍慢
事王如天尊

佛告諸比丘爾時一切施王者我身是也彼國王者舍利弗是婆羅門子者調達是成我

六波羅蜜相好功德皆是調達恩調達是我善知識亦爲善師調達却後阿僧祇劫當得作佛號字提和羅耶此言天人王

和國部第四

如雜寶藏經云佛言過去久遠有二國王一是迦尸國王二是比提醯國王比提醯王有大香象以香象力摧伏迦尸王軍迦尸王作是念言我今云何當得香象摧伏比提醯王軍時有人言我見山中有一白香象王聞此已即便募言誰能得香象者我當重賞有人募言多集軍衆往取彼象象思惟言若我遠去父母盲老不如調順往至王所爾時衆人便自將香象向王邊王大歡喜爲作好屋具被蹋蹬敷着其下與諸妓女彈琴鼓瑟以娛樂之與象飲食不肯食之時守象人來白王言象不肯食王自向象所上古畜生皆能人語王問象言汝何故不食象答王言我有父母年老眼盲無與水草父母不食我云何食象白王言我欲去者王諸軍衆無能遮我但以父母盲老順王來耳王今見聽我去供養父母終其年壽自當還來王聞此語極大歡喜我等便爲人頭之象此象乃是象頭之人先迦尸國人惡賊父母無供養心因此象故王即宣令一切國内若不孝養父母者當與大罪尋即放象還父母所供養父母隨壽長短父母喪亡還來王所王得白象甚大歡喜即時莊嚴欲伐彼國象語王言莫與鬬諍凡鬬諍法多所傷害王言彼欺陵我象言聽我使往令彼怨敵不敢欺侮王言汝若去者或能不還答言無能遮我使不還者象即於是

往彼國中比提醢王聞象來至極大歡喜自出往迎既見象已而語之言即住我國象白王言不得即住我立身已來不違言誓先許彼王當還其國汝二國王應除怨惡自安其國豈不快乎即說偈言

得勝增長怨　負則益憂苦　不諍勝負者其樂最第一

爾時此象說斯偈已即還迦尸國從是以後二國和好爾時迦尸國王者今波斯匿王是比提醢王者今阿闍世王是爾時白象者今我身是也由我爾時孝養父母故令多衆生亦孝養父母爾時能使二國和好今日亦爾

和事部第五

如僧祇律云佛告諸比丘過去世時有城名波羅柰國名伽尸有一婆羅門有摩沙豆陳久煮不可熟持着肆上欲賣與他都無人買時有一人家有一態驢市賣難售時陳豆主便作是念我當以豆買此驢用便往語言汝能持驢貿此豆耶驢主復念用是態驢爲當取彼豆即便答言可爾得驢已欲喜爾時豆主便作是念今得驢子便即說頌曰

婆羅門法巧販賣　陳久沙豆十六年
唐盡汝薪煮不熟　㕓折汝家大小齒

爾時驢主亦作頌曰

汝婆羅門何所喜　雖有四脚毛衣好
負重着道令汝知　錐刺火燒終不動

爾時豆主復說偈言

獨生千秋杖　頭着四寸針　能治敗態驢何憂不可伏

爾時驢聞復瞋即說頌曰

安立前二足　雙飛後兩蹄　折汝前板齒
然後自當知

爾時豆主聞驢此頌復說偈言

蚑蛗毒蟲螫　唯仰尾自防　當截汝尾却
令汝知辛苦

爾時驢復以偈答言

從先祖已來　行此儱悷法　今我故承習
死死終不捨

爾時豆主知此弊惡不可苦語便更稱譽以頌答曰

音聲鳴徹好　面白如珂雪　當爲汝取婦
共遊林澤中

驢聞輭愛語復說頌曰

我能負八斛　日行六百里　婆羅門當知
聞婦歡喜故

頌曰

性愛和柔　賢愚親附　情貪麤獷　人畜遠慮
外違常策　内順恒御　萬代揚名　千齡久住

法苑珠林卷第四十七

音釋

懲直陵切戒也創也　傲魚到切慢也　瞥匹蔑切暫見也　匍匐匍蒲胡切匐步黒切匍匐手行也　瀛餘輕切大海也　韉則前切鞍具也　厝倉故切施布也　輟朱劣切止也　鑞落合切錫也　鑛古猛切銅鐵朴也　券區願切契也　侮罔古切慢也　蹙子六切蹴也

法苑珠林卷第四十八

唐西明寺沙門釋道世撰

誡勗篇第四十八此有六部

述意部　誡馬部　誡學部

誡盜部　誡罪部　雜誡部

述意部第一

夫以立像表真恒俗彝訓寄指筌月出道常規但以妄想倒情㳂流固習無思悛革隨業飄淪是以涅槃經云爲善清升譬同爪土爲惡沉滯喻等地塵良由六賊俱至十使交縛或比行廁畫瓶或擬危城坏器故將崩朽宅三火恒然逃隱空聚五刀常逐井河引喻逼形器於刹那屠肆牛羊切性命於漏刻亦如鼠入脂角至窮何趣況復五濁交橫四山常逼而能安忍不生憂悔所以大聖垂訓法喻所歸止在誡約身心無㳂逸慾鑒舉力勵專征省過但見臨死眼光失落眷屬叢聚對顏難救嗚呼涕泗慨彼沉淪既矚斯苦何不自誡過由我生改不籍他猶有微善宅報在人又逢遺法親見三寶脫生惡道對目莫知由此悲痛無由息情矣

誡馬部第二

如中阿含經云時有調馬師名曰只尸來詣佛所稽首佛足退坐一面白佛言世尊我觀世間甚爲輕淺猶如群羊世間唯我堪能調馬狂逸惡馬我作方便須臾令彼態病悉現隨其態病方便調伏佛告調馬師聚落主汝以幾種方便調伏於馬馬師白佛言有三種法調伏惡馬何等爲三一者柔軟二者麤澁三者柔軟麤澁佛告聚落主汝以三種方便

調馬猶不調者當如之何馬師白佛遂不調者便當殺之所以者何莫令辱我調馬師白佛言世尊是無上調御丈夫爲以幾種方便調御丈夫佛告聚落主我亦以三種方便調御丈夫何等爲三一者一向柔輭二者一向麤澁三者柔輭麤澁佛告聚落主所謂一向柔輭者如汝所說此是身善行此是身善行報此是口意善行此是口意善行報是名天是名人是名善趣化生是名涅槃是爲柔輭第二一向麤澁者如汝所說是身惡行是身惡行報是口意惡行是口意惡行報是名地獄是名畜生是名餓鬼是名惡趣是名墮惡趣是名如來麤澁教也第三彼柔輭麤澁俱者謂如來有時說身善行有時說身善行報有時說口意善行有時說口意善行報有時說身惡行有時說身惡行報有時說口意惡行有時說口意惡行報如是名天如是名人如是名善趣如是名涅槃如是名地獄如是名畜生餓鬼如是名惡趣如是名墮惡趣是名如來柔輭麤澁教調馬師白佛言世尊若以三種方便調伏衆生有不調者當如之何佛告聚落主亦當殺之所以者何莫令辱我調馬師白佛言若殺生者於世尊法爲不清淨世尊法中亦不殺生而今言殺其義云何佛告聚落主如來法中亦不殺生然如來法中以三種教授不調伏者不復與語不教不誡豈非死耶調馬師白佛實爾世尊不復與語永不教誡眞爲死也以是之故我從今日離諸惡不善業也聞佛所說歡喜而去

又法句喻經云佛問象師調象之法有幾答

曰有三何謂爲三一者剛鈎鈎口著其鞲靽二者減食常令飢瘦三者捶杖加其楚痛由鐵鈎鈎口故以制强口由不與食飲故以制身獷由加捶杖故以伏其心佛告居士吾亦有三用調一切亦以自調得至無爲一者以至誠故制御口患二者以慈貞故伏身剛强三者以智慧故滅意癡蓋持是三事度脫一切離三惡道

## 誡學部第三

如增一阿含經云一偈之中便出生三十七品及諸法義迦葉問言何等是時尊者阿難便說此偈

諸惡莫作　衆善奉行　自淨其意　是諸佛教

所以然者諸惡莫作戒具之禁清白之行衆善奉行心意清淨自淨其意除邪顛倒是諸佛教去愚惑想云何迦葉戒清淨者意豈不淨乎清淨者則不顛倒以無顛倒愚惑想滅諸三十七道品果便成就以成道果豈非諸法乎

## 誡盜部第四

如雜阿含經云時有異比丘在拘薩羅國人間止一林中時彼比丘有眼患受師教云應嗅鉢曇摩華時彼比丘受師教已往至鉢曇摩池側於池岸邊迎風而坐隨風嗅香時有天神主此池者語比丘言何以盜華汝今便是盜香賊也爾時比丘說偈答言

不壞亦不奪　遠住隨嗅香　汝今何故言
我是盜香賊

爾時天神復說偈言

不求而不捨　世間名爲賊　汝今人不與

而自一向取　是則名世間　眞實盜香賊
時有一士夫取彼藕根重負而去爾時比丘
爲彼天神而說偈言
如今彼士夫　斷截分陀利　拔根重負去
便是姧姣人　汝何故不遮　而言我盜香
時彼天神說偈答言
狂亂姧姣人　猶如乳母衣　何足加其言
且堪與汝語　袈裟汙不現　黑衣黑不汙
姧姣凶惡人　世間不與語　蠅脚汙素帛
明者小過現　如墨點珂貝　雖小悉皆現
時彼比丘復說偈言
善哉善哉說　以義安慰我　汝可常爲我
數數說斯偈
時彼天神復說偈言
我非汝買奴　亦非人與汝　何爲常隨汝
數數相告語　汝今當自知　彼彼饒益事

誡罪部第五

如閻羅王五天使者經云佛告諸比丘人生世間不孝父母不敬沙門不行仁義不學經戒不畏後世者其人身死當墮地獄主者持行白閻羅王言其過惡此人不孝等種種諸過無有福德不恐畏死唯王處罰閻羅王常先安德以忠正語爲現五使者而問言第一汝不見世人始爲嬰兒强卧屎尿不能自護口不知言不知好惡汝見以不人答已見王言汝自謂不如是然人神從行終即有生雖尚未見常當爲善自端三業柰何放心快志造過人答愚暗不知王言汝自愚癡縱意作惡非是父母師長君天沙門道人等過也罪自由汝豈得不樂今當受之是爲閻王現第

一天使也第二閻王復問子爲人時天使次到汝能覺不人答不覺王曰汝不見世人年老髮白齒墮羸瘦僂步低行起居任杖不人答有是王曰汝謂獨免可得不老凡人巳生法皆老耄常當爲善端身口心奉行經戒奈何自恣人答愚癡故爾王曰汝自以愚癡作惡非是父母君天沙門道人過也罪自由汝豈得不樂今當受之是爲閻王現第二天使也第三閻王復問子爲人時豈不見世間男女身有疾病身體苦痛坐起不安命近憂促衆醫不療不人答言有王曰汝可得不病耶人生既老法皆當病聞身强健當勉爲善奉行經戒端身口意奈何自恣人答愚暗故爾王曰汝自以爲愚作惡非關父母君天沙門道人過也罪自由汝豈得不樂今當受之是爲閻王現第三天使也第四閻王復問子爲人時豈不見世間諸死亡者或藏其屍或棄捐之至於七日肌肉壞敗狐狸百鳥皆就食之凡人巳死身惡腐爛汝豈不見人答言有王曰汝謂獨免可得不死耶凡人巳生法皆當死聞在世間常爲善事勑身口意奉行經戒奈何自恣人答愚暗故爾王曰汝自作惡非是父母君天沙門道人過也罪自由汝豈得不樂今當受之是爲閻王現第四天使也第五閻王復問子爲人時不見世間弊人惡子爲吏所捕取案罪所刑法加之或斷手足或削耳鼻或燒其形懸頭日炙或屠割支解種種毒痛不人答言有王曰汝謂爲惡獨可解耶眼見世間罪福分明何不守善勑身口意奉行經戒云何自快人答愚暗故爾王曰

汝自用心作不忠正非是父母君天沙門道人過也今是殃罪要當自受是爲閻王現第五天使也佛說經已諸弟子等皆受教誡各前作禮歡喜奉行

## 雜誡部第六

大法句經偈云（總十一誡）

一誡信

士有信行　爲聖所譽　樂無爲者　一切縛解
比方世利　惠信爲明　是財上寶　家產非常
欲見諸眞　樂聽講法　能捨慳妬　此之謂信
無信不習　好剥正言　如掘取水　掘泉揚泥
賢夫習智　樂仰清流　如善取水　要令不擾
信不染他　莫如斯載　如大象調　自調最勝
信財戒財　慙愧亦財　聞財施財　惠爲七財
生有此財　不問男女　終以不貪　賢者識眞

二誡死

所以非常　謂興衰法　夫生輙死　此滅爲樂
如河駛流　往而不返　人命如是　逝者不還
生者日夜　命自刀削　壽之消盡　如滎穽水
常者皆盡　高者亦墮　合會有離　生者有死
衆生相剋　以喪其命　隨行所墮　自受殃禍
雖壽百歲　亦死過去　爲老所逼　病倏至際
是日已過　命則隨減　如少水魚　斯有何樂
老則色衰　所病自壞　形敗腐朽　命終其然
是身何用　恒漏臭處　爲病所困　有老死患
非有子恃　亦非父兄　爲死所迫　無親可怙
晝夜慢惰　老不止婬　有財不施　不受佛言
有此四蔽　爲自侵欺

三誡殺

爲仁不殺　常能攝身　是處不死　所適無患

不殺爲仁 愼言守心 是處不死 所適無患
彼亂已整 守以慈仁 見怒能忍 是爲梵行
至誠安徐 口無麤言 不瞋彼所 是爲梵行
垂拱無爲 不害衆生 無所嬈惱 是爲梵行
常以慈哀 淨如佛教 知足知止 是度生死
普及賢美 哀加衆生 常行慈心 所適者安
晝夜念慈 心無尅伐 不害衆生 是行無仇
卧安寤安 不見惡夢 天護人愛 不毒不兵
水火不喪 在所得利 死升梵天 受樂自然
仁無亂志 慈最可行 愍傷衆生 此福無量

四誡意

惡言罵詈 憍陵蔑人 興起是行 疾怨茲生
遜言順辭 尊敬於人 棄結忍惡 疾怨自滅
夫士之生 斧在口中 所以斬身 由其惡言
爭爲少利 如掩失財 從彼致諍 令意向惡
心爲法本 心尊心使 中心念惡 罪苦自追
心爲法本 心尊心使 中心念善 福樂自隨
隨亂意行 拘愚入冥 自大無法 何解善言
隨正意行 開解清明 不爲嫉妬 敏達善言
慍於怨者 未常無怨 不慍自除 是道可宗
不好責彼 務自省身 如有知此 永滅無患

五誡邪

以眞爲僞 以僞爲眞 是爲邪見 不得眞利
知眞爲眞 見僞知僞 是爲正見 必得眞利
壁屋不密 天雨則漏 意不思正 邪法爲穿
壁屋善密 雨則不漏 攝意惟正 邪匿不生
鄙夫染人 如近臭物 漸悉習非 不覺成惡
賢夫染人 如近香熏 進智習善 行成皎潔
正念常興 邪法自滅 自制正法 善名日增
當思念道 强守正行 健者得度 吉祥無上

尅己調心　行不放逸　施戒忍勤　定慧恒明
生不爲惱　死而不慼　禍福路分　升沉殊趣

六誡愚

愚著生死　莫知正法　愚矇無智　如居暗室
觸事昏馳　寒暑不辨　雖久修習　猶不知法
雖復施行　爲身招患　快心作惡　自致重殃
愚所望處　不謂適苦　臨墮厄地　乃知不善
愚惷作惡　不能自解　殃追自焚　罪成熾然
愚人樂寢　憂慼長與　昬昬暗室　如蠶處蠒
愚人樂惡　至死不休　雖與善言　反謂怨讎
罪猶未熟　愚將爲觀　至其熟時　自受大殃
愚好財色　晝夜無猒　如焦谷山　注水不盈
愚多造過　觸處被瞋　雖加杖捶　猶不自止

七誡惡

深觀善惡　心知畏忌　畏而不犯　終吉無憂
故世有福　今思紹行　善致其願　福祿轉勝
信善作福　積善不猒　信知陰德　久而必彰
喜法卧安　心悅意清　聖人演法　惠常樂行
賢人智者　齋戒奉道　如星中月　照明世間
弓師調角　水人調船　工匠調木　智者調身
譬如厚石　風不能移　智者意重　毀譽不傾
譬如深泉　澄靜清明　慧人聞道　心淨欣然
斷除五陰　靜思智慧　能自拯濟　顯理澄眞
抑制情欲　志樂無爲　攬受正教　冀法常存

八誡縛

去離憂患　脫於一切　縛結已解　逍散自安
心淨得念　無所貪樂　已度枯涸　如鴈棄池
量腹而食　無所積藏　虛心無想　遠近無礙
度身而衣　不求餘長　省事無爲　無所羇絆
制想從正　如馬調御　捨憍棄慢　爲天所敬

不怒如地　不動如山　眞人無垢　生死世絶
心以休息　言行亦止　從正解脱　寂然歸滅
棄惡無著　破壞三界　情色永絶　是謂上智
在聚若野　處染不染　應眞所歎　莫不蒙祐
常樂空閑　衆人不逮　快哉上士　天人欽仰

九誡誦

雖誦千言　不行何益　不如一聞　勤修得益
雖誦千言　句義不正　不如一要　聞可滅意
雖誦千言　不義何益　不如一義　聞行得度
雖誦千言　不敬何益　不如一行　欣樂奉修
雖誦千言　我心不滅　不如一句　捨憍放逸
雖誦千言　求名逾著　不如一説　棄執離著
雖誦千言　不欲除罪　不如一文　去離生死
雖誦千言　色情逾固　不如一解　心境忘懷
雖誦千言　不求出世　不如一悟　絶離三界
雖誦千言　不存悲智　不如一聽　自他兩利

十誡行

人壽百歲　慳貪逾盛　不如一日　割捨財色
人壽百歲　樂不持戒　不如一日　淨心守戒
人壽百歲　多忿不忍　不如一日　含喜不瞋
人壽百歲　怠惰不勤　不如一日　策勤身心
人壽百歲　情欣放逸　不如一日　歸心空寂
人壽百歲　昏暗識心　不如一日　洞悟無明
人壽百歲　拙御身心　不如一日　巧便運致
人壽百歲　常懷怯弱　不如一日　勇猛慧力
人壽百歲　不起善願　不如一日　發行四弘
人壽百歲　不生一智　不如一日　慧性聰利

十一誡口

雜阿含經諸天説偈云

士夫生世間　斧在口中生　還自斬其身

斯由其惡言　應毀便稱譽　應譽而更毀
其罪口中生　死則墮惡道
頌曰
建志誠心愚　高慕欣朋儔　相與立弘誓
捨俗慕閑丘　蕭散人物外　晃朗免綢繆
寂寂求誠真　亹亹勵心柔　警策修三業
激切登四流　興心願弘誓　救溺運慈舟
嘉期歸妙覺　善會涅槃修　存心入正道
立志三祇休

感應緣　略引四驗

晉沙門釋支遁　周沙門釋亡名
周沙門釋道安　齊沙門釋僧範

晉剡沃洲山有支遁字道林本姓關氏陳留人或云河東林慮人幼有神理聰明秀徹晉王羲之覩遁才藻驚絶罕儔遂披衿解帶留連不能已仍請住靈嘉寺意存相近又投迹剡山於沃洲小嶺立寺行道僧衆百餘常隨禀學時或有惰者遁乃著座右銘以勗之曰勤之勤之至道非孜奚爲淹滯弱喪神奇茫茫三界眇眇長覊煩勞外湊冥心内馳殉赴欽渴緬邈忘疲人生一世消若露垂我身非我云云誰施達人懷德知安必危寂寥清舉潔累禪池謹守明禁雅説玄規綏心神道抗志無爲寮朗三蔽融治六疵空洞五陰虚豁四支非指喻指絶而莫離妙覺既陳又玄其知死轉平任與物推移過此以往勿思勿議

周渭濱沙門亡名法師自誡云夫以迴天倒日之力一旦草彫岱山磐石之固忽焉燼滅定知世相無常浮生虚僞譬如朝露其停幾何大丈夫生當降魔死當飼虎如其不爾徒

生何益不如修禪定足以養志讀誦經足以自娛富貴名譽徒勞人耳乃棄其簪弁剃其鬚髮衣衲杖錫聽講談玄戰國未寧安身無地自猒形骸甚於桎梏思絕苦本莫知其津大乘經曰如說行者乃名是聖不但口之所言小乘偈曰

能行說爲正　不行何所說　若說不能行
不名爲智者

所以頹回好學勤改前非季路未修懼聞後語功勞智擾役神傷命爲道日損何用多知誓欲枯木其形死灰其慮降此患累以求虛寂乃作絕學箴亦名息心贊擬夫周廟其銘曰法界內有如意寶人焉久緘其口銘其膺曰古之攝心人也誡之哉誡之哉無多慮無多知多知多事不如息意多慮多失不如守一慮多志散知多心亂心亂生惱志散妨道勿謂何傷其苦悠長勿言何畏其禍鼎沸滴水不停四海將盈纖塵不拂五岳將成防末在本雖小不輕關爾七竅閉爾六情莫窺於色莫聽於聲聞聲者聾見色者盲一文一藝空中小蚋一伎一能日下孤燈英賢才藝是爲愚弊捨棄淳樸躭溺淫麗識馬易奔心猨難制神既勞役形必損斃邪逕終迷脩途永泥英賢才能是曰惛懵誇拙羨巧其德不弘名厚行薄其高速崩塗舒翰卷其用不恒內懷憍伐外致怨憎或談於口或書於手邀人令譽亦孔之醜凡謂之吉聖以之咎賞悅暫時悲憂長久畏影畏迹逾走逾劇端坐樹陰迹滅影沉猒生患老隨思隨造心想若滅生死長絕不死不生無相無名一道虛寂萬物

齊平何勝何劣何重何輕何賤何辱何貴何榮澄天愧淨皦日慙明安夫岱岳固彼金城敬貽賢哲斯道利貞

周京師大中興寺釋道安姓姚氏馮翊故城人識悟玄理早附法門神氣高朗挾操清遠乃作遺誡九章以訓門人其詞曰敬謝諸弟子等夫出家爲道至重至難不可自輕不可自易所謂重者荷道佩德縈仁負義奉持淨戒死而後已所謂難者絶世離俗永割親愛迴情易性不同於衆行人所不能行割人所不能割忍苦受辱捐棄軀命謂之難者名曰道人道人者導人也行必可履言必可法被服出家動爲法則不貪不諍不讒不匿學問高遠志在玄默是爲名稱參位三尊出賢入聖滌除精魂故得君王不望其報父母不望其力普天之人莫不歸攝捐妻減養供奉衣食屈身俯仰不辭勞恨者以其志行清潔通於神明惔怕虛白可奇可貴自獲荒流道法遂替新學之人未體法則棄正着邪忘其眞實以小黠爲智以小恭爲足飽食終日無所用心退自推觀良亦可悲計今出家或有年歲經業未通文字不決徒喪一世無所成名如此之事不可深思無常之限非旦即夕三塗苦痛無强無弱師徒義深故以申示有情之流可爲永誡日其一卿已出家永違所生剃髮毁容法服加形辭親之日上下涕零割愛崇道意凌太清當遵此志經道修明如何無心故存色聲悠悠竟日經業不成德行日損穢積遂盈師友慙恥凡俗所輕如是出家徒自辱名今故誨勵宜當專精日其二卿已出家

棄俗辭君應自誨勵志果清雲財色不顧與世不群金玉不貴惟道爲珍約已守節甘苦樂貧進德自度又能度人如何改操趨走風塵坐不暖席馳務東西劇如徭役縣官所牽經道不通戒德不全朋友嗤弄同學棄捐如是出家徒喪天年今故誨勵宜各自憐其三曰卿已出家永辭宗族無親無踈清淨無欲吉則不歡凶則不哭超然縱容豁然離俗志存玄妙軌眞守樸得度廣濟普蒙福祿如何無心仍著染觸空諍長短銖兩斗斛與世諍利何異僮僕經道不明德行不足如是出家徒自毀辱今故誨示宜自洗浴其四曰卿已出家號曰道人父母不敬君帝不臣普天同奉事之如神稽首致敬不計富貧尚其清修自利利人滅割之重一米七斤如何怠慢不能報恩倚縱遊逸身意虛煩無戒食施死入泰山燒鐵爲食融銅灌咽如斯之痛法句所陳今故誨約宜自改新其五曰卿已出家號曰息心穢雜不著唯道是欽志參清潔如玉如氷當修經戒以濟精神衆生蒙祐并度所親如何無心隨俗浮沉縱其四大恣其五根道德遂淺世事更深如是出家與世同塵今故誡約幸自開神其六曰卿已出家捐世形軀當務竭情泥洹合符如何擾動不樂閑居經道損耗世事有餘清白不履反入泥塗過影之命或在須臾地獄之痛難可具書今故誡勵宜崇典謨其七曰卿已出家不可自寬形雖鄙陋使行可觀衣服雖麤坐起令端飲食雖踈出言可餐夏則忍熱冬則忍寒能自守節不飲盜泉不肖之供足不妄前久處私室如臨至尊

學雖不多可濟上賢如是出家足報二親宗族知識一切蒙恩今故誡汝宜各自敦（其八）卿已出家性有昏明學無多少要在修精上士坐禪中士誦經下士堪能塔寺經營豈可終日一無所成立身無聞可謂徒生今故誨汝宜自端情（其九）卿已出家永違二親道法革性俗服離身辭親之日乍悲乍欣邈爾絕俗超故埃塵當修經道制己履真如何無心更染俗因經道已薄行無毛分言非可貴德非可珍師友致累恚恨日般如是出家損法辱身思之念之好自將身

齊鄴東大覺寺釋僧範姓李平鄉人也戒德清高守禁無虧嘗宿他寺意欲聞戒至於十五日說戒之夜衆議共停說戒乃爲法集有僧升座將欲竪義敘云竪論法相深會聖言布薩常聞擊難爲勝忽見一神形高丈餘貌甚雄峻壅聳驚人來到座前問竪義者今是何日答曰是布薩日神即以手搨之曳之下座委頓垂死次問上座問答同前搨還將死陵害二三上座已神還掉臂而出當時道俗共覩非一範師既見斯異乃自勤力兼策大衆至於一生無敢說欲縱有病重不堪勝轝請僧就病人所恭敬說戒闔境僧尼承斯徵誡至布薩日亦不虧法（右四誡出梁高僧傳）

法苑珠林卷第四十八

音釋

滎穽（滎戶扃切絕小水也穽疾郢切坑也）亹（無匪切不倦之意）殉（松閏切以身從物也）簪弁（簪緇深切冠簪也弁皮面切冠弁也）斃（毘意切死也）搨（託甲切手打也）

法苑珠林卷第四十九

唐西明寺沙門釋道世撰

忠孝篇第四十九此有五部

述意部　引證部　太子部

睒子部　業因部

述意部第一

竊聞孝誠忠敬高柴董黯之賢反慢尊親罪過王寄之逆是以木非親毋供則響溢千齡凡非聖僧敬則光逾萬代理應傾心頂戴獲福無邊何得起慢高心反生輕侮也所以立身行道揚名於後代終身盡者寔建國之前美故念子路見於孔丘曰由事二親之時常食藜藿之食爲親負米百里之外親没之後南遊於楚從車百乘積粟萬鍾累茵而坐列鼎而食猶願食藜藿之食爲親負米不可復得每感斯言雖存若亡父母之恩云何可報慈深河海孝若消塵永慕長號痛貫心首俗稱乳哺生我肉身一世之恩尚復難報況復如來大悲普洽等同一子拔除三塗得離四生長辭八苦永御三乘靜思恩重豈同凡俗内心崩潰如焚如灼情切於理痛甚刀割歷劫瞻敬長薦珍羞亦未能報須臾之恩故涅槃經云佛有一味大慈悲愍念衆生如一子衆生不知佛能救毁謗如來及法僧

引證部第二

如末羅王經云人問世尊何等爲父母力佛言謂受父母身體乳哺育養之恩或從地積珍寶上至二十八天悉以施人不如供養父母是爲父母力

又增一阿含經云爾時世尊告諸比丘有二

法與凡夫人得大功德成大果報一供養父毋二供養一生補處菩薩施此二人獲大功德受大果報若復有人以父着左肩上以毋著右肩上至千萬歲衣被飯食牀榻卧具病瘦醫藥即於肩上放屎尿溺猶不能得報恩當知父毋恩重施肩之時將護不失時節供養孝順

又地獄經云爲人弟子說師僧過者設師有實命終必入地獄噉其舌根若得好食美果等不與父毋師僧先自食噉墮餓鬼中後生爲人貧窮若人含毒向師長入鐵鈸地獄後生毒虵中若惡心學父毋師長語入融銅地獄後生爲人蹇吃

又薩婆多論云寧破塔壞像不說他麤罪若說則破法身不問前比丘有罪無罪皆不得說

又敬師經云一日三時應參師進止若參師來不見時應持土塊草木以爲記驗天時若熱日別三時以扇扇師若有比丘於彼師所或和尚邊不生敬心導說長短於將來世別有一小地獄名爲拒撲當經是中墮彼處已一身四頭身體俱焦於彼獄處復有諸蟲名曰鐵嘴常噉舌根若從他聞一四句偈於各千劫取彼和尚阿闍棃等荷擔肩上或時背負頂戴亦未能報也

又毗曇論云若病人及與說法師近佛諸菩薩施者得大果報

又六度集經云昔者菩薩身爲鶴鳥生子有三時國大旱無以食之自裂腋下肉以濟其命三子疑曰斯肉氣味與毋身氣相似無異

得無吾母以身肉飼吾等乎三子愴然有悲猛之情又曰寧殞吾命不損母體也於是閉口不食母覩不食而更索焉天神歎曰母慈惠難喻子孝希有也諸天祐之願即從心佛告諸比丘鶴母者吾身是也三子者舍利弗目連阿難是也菩薩慈惠度無極行布施如是

又四十二章經云佛言飯凡人百不如飯一善人飯善人千不如飯持五戒者一人飯持五戒者萬人不如飯一須陀洹飯須陀洹百萬人不如飯一斯陀含飯斯陀含千萬人不如飯一阿那含飯阿那含一億人不如飯一阿羅漢飯阿羅漢十億人不如飯辟支佛一人飯辟支佛百億人不如以三尊之教度其一世二親教親千億人不如飯一佛舉願求佛欲濟衆生也飯善人福最大深重凡人事天地鬼神不如孝其親矣二親最神也

又雜寶藏經云昔過去久遠雪山之中有一鸚鵡父母都盲常取好果先奉父母當於爾時有一田主初種穀時而作願言所種之穀要與衆生而共噉食時鸚鵡子以彼田主先有施心常取其穀以供父母田主行穀見有蟲鳥揃穀穗處瞋恚懊惱便設羅網捕得鸚鵡鸚鵡爾時語田主言田主先有好心布施故敢來取如何今者而見網捕田主問言取穀爲誰鸚鵡答言有盲父母願以奉之田主語言自今以後常於此取勿生疑難畜生尚爾孝養父母豈況於人佛告比丘昔鸚鵡者今我身是時田主者舍利弗是盲父母者今我父母淨飯王摩耶夫人是由昔孝養今得

成佛

太子部第三

如報恩經云佛告阿難過去久遠無量無邊阿僧祇劫有佛出世號毗婆尸入涅槃後於像法中波羅柰國王名羅閣其王統領六十小國王有太子作小國王有一大臣名羅睺羅心生惡逆殺害大王并二太子王最小子作邊國王仁性調善天神敬愛生一太子名須闍提年始七歲聰明慈孝王甚愛念時神語王羅睺大臣謀奪國位收殺父王并殺二兄軍馬不久當來殺王今可逃避王聞是語心驚毛竪仰而問曰卿是何人但聞其聲不見其形所宣實不即報王言我是大王守宮殿神以王福德正法治國不枉人民故先相告王宜速出衰禍不久正爾當至王聞是已即入宮中便自思惟欲投他國時向隣國有其二道一道計行七日乃到一道計行十四日至王即尋辦七日粮食抱兒而去夫人隨後時去忩忩心意荒迷或悞著十四日道其路嶮難復無水草初發唯將一人食粮而於今者三人共食數日粮盡前路猶遠王與夫人舉聲大哭恠哉苦哉我從生來未曾聞有如是苦惱何其今日身自受之窮厄並至舉身投地自悔言我等宿世作何惡行今受此禍思已大哭悶絶躃地復自思念不可三人併命此死宜殺夫人取肉活身并續子命念已拔刀欲殺夫人其子見王欲殺其母前捉王手問其因緣王即涕泣悲淚滿目微聲語子欲殺汝母取其血肉以續餘命若不殺者亦當自死我身亦爾今者死活竟何所在為

活子命欲殺汝母子白父言王若殺母我亦不食何處有子敢於母肉既不噉肉子當俱死王今宜可殺子取肉濟父母命王聞子言即便悶絶宛轉躃地而語子言子如吾目何處有人自挑目食吾寧喪命終不殺子噉其肉也子又語父言若斷子命肉則臭爛未得幾日唯願父母宜可日日就子身上割肉三斤分作三分二分奉父母一分自食以續身命父隨子言割肉三斤支命進路二日未到身肉轉盡骨節相連餘命未斷即便倒地父母見已尋前抱持舉聲大哭而作是言我等無狀横噉汝肉使汝苦痛前路猶遠未達所在汝肉已盡今者併命聚屍一處子諫父言已噉子肉進路至此計前里程餘一日在子身今者捨命在此仰願父母莫如凡人併命一處可於子身諸支節間悉割餘肉用濟父母可達所在父母隨言割得少肉分作三分一分與兒二分自食食已別去子起立住看父母去父母爾時舉聲大哭隨路而去父母去遠不見太子戀其父母目不暫捨良久躃地身體血出蚊虻唼食楚毒苦痛不可復言餘命未斷發聲立誓願宿世殃惡從是除盡自今已往更不敢作今我身肉供養父母願我父母常得餘福卧安覺安不見惡夢天護人愛縣官盜賊陰謀消滅觸事吉祥餘身血肉施此諸蟲皆使飽滿令我來世得成佛道施以法食除汝飢渴生死重病發是願時天地大動日無精光帝釋見已即便化作師子虎狼恐怖太子欲來博噛太子語言汝欲噉我隨意取食何為見怖釋即語言我非師子

虎狼之屬是天帝釋故來試卿太子聞已歡喜無量釋問太子汝於今者難捨能捨能以身肉供養父母如是功德願作何等天王人王梵王魔王耶太子答言我不願此欲求佛道度脫一切天帝釋言佛道長遠久受勤苦然後乃成汝云何能受如是苦太子答言假使熱鐵在我頂上終不以苦退於佛道天帝釋言汝唯空言誰當信汝太子尋即立誓願言若我欺誑天帝釋者令我身瘡始終莫合若不爾者令我平復血變爲乳太子誓已即時身體平復如故血白爲乳身體形容端正倍常釋即讚言若得佛道願先度我爾時父母到隣國已向彼國王具說上事吾子孝養身肉供養其事如是隣國聞已感其慈孝即與兵衆遣還歸國往伐羅睺父將兵衆順道還過與子別處即自念言吾子死矣當收身骨還歸本國舉聲悲哭隨路求覓遥見太子身體平復端正倍常即前抱持悲喜交集語太子言兒今活耶爾時太子具以上事向父母說父母歡喜共載大象還歸本國太子福德慈孝力故伐得本國父王即立太子爲王佛告阿難爾時父者今現我父悅頭檀是爾時母者今現我母摩耶夫人是太子者今我身是時帝釋者今阿若憍陳如是

## 睒子部第四

如睒子經云過去世時迦夷國中有一長者無有兒子夫妻喪目心願入山求無上道修清淨志信樂空閑時有菩薩名一切妙見心作念言此人發意微妙眼無所見若入山者必遇枉害菩薩壽終願生長者家名之爲睒

至孝仁慈奉行十善晝夜精進奉事父母如人事天年過十歲睒子長跪白父母言本發大意欲入深山求志空寂無上正眞豈以子故而絶本願父母取語便即入山睒以家中財物皆施貧者便至山中以蒲爲屋施作牀縟不寒不熱恒得其宜入山一年衆果豐美食之皆甘泉水涌出清而且凉池華五色鳥獸音樂慈心相向無復害意睒至孝慈蹈地恐痛天神山神常作人形晝夜慰勞睒著鹿皮衣提瓶取水麋鹿衆鳥亦復往飲不相畏難時有迦夷國王入山射獵王見水邊群鹿引弓射之箭誤中睒胷睒被毒箭舉聲大呼言誰持一箭射殺三道人王聞人聲即便下馬往到睒前睒謂王言象坐牙死犀坐角亡翠爲毛終麋鹿爲皮害我今無事正坐何等死耶王問睒言卿是何等人被鹿皮衣與禽獸無異睒言我是王國人與盲父母俱來學道二十餘年未曾爲虎狼毒蟲所見枉害今我爲王所射殺登爾之時山中暴風忽起吹折樹木百鳥悲鳴師子熊羆走獸之輩皆大號呼日無精光流泉爲竭衆華萎死雷電動地時盲父母驚起相謂曰睒行取水經久不還將無爲毒蟲所害禽獸號呼不如常時風起樹折必有灾異王時怖懼大自悔責我作無狀本欲射鹿箭誤相中射殺道人其罪甚重坐貪小肉而受重殃我今一國珍寶之物宮殿伎女丘郭城邑以救子命時王便以手挽拔睒胷箭深不得出飛鳥走獸四面雲集號呼動山王益惶怖三百六十節節節皆動睒語言非王之過自我宿罪所致我不惜身

命但憐盲父母年旣衰老兩目復盲一旦無我亦當終沒無瞻視者以是懊惱非爲毒痛王復重言我寧入泥犁百劫受罪使睒得活若子命終我不還國便住山中供養卿父母如卿在時勿以爲念諸天龍神皆當證知不負此誓睒聞王誓心喜悅豫唯死不恨以我父母仰累大王供養道人現世罪滅得福無量王言卿語我父母處及卿未死使我知之睒即指示從此步徑去此不遠自當見一草屋我父母在中王徐徐行勿令我父母怖懼以善權方便解悟其意爲我上謝無常今至當就後世不惜我命但念父母年老兩目復盲一旦無我無所依仰以是懊惱用自酷毒死自常分宿罪所致無得脫者今自懺悔願罪滅福生世世相值不相遠離願父母終保

年壽勿有憂患天龍鬼神常隨護助灾害消滅王領此言便將數人徑詣父母所王去之後睒便奄絕鳥獸號呼遶睒屍上口舐胷血盲父母聞聲以益憎怖王行旣疾觸動草木肅有人聲父母驚言此是何人非我子行王言我是迦夷國王聞道人在山學道故來供養父母言大王善來勞屈威尊遠臨草野王體安不宫殿夫人太子官屬國民皆安善不風雨和調五穀豐足隣國不相侵害不王答道人言蒙道人恩皆自平安王問訊盲父母言來在山中勞心勤苦樹木之間飛鳥走獸無侵害不山中寒暑隨時安不盲父母言蒙王厚恩常自安隱我有孝子名睒常與我取果蓏泉水恒自豐饒山中風雨和調無有乏短我有草席可坐果蓏可食睒行取水且欲

來還王聞傷心淚出且言我罪惡無狀入山射獵見水邊群鹿引弓射之箭誤中睒故來相語父母聞之舉身自撲如大山崩地乃爲動王便自前扶牽父母號哭仰天自說我子孝慈蹈地恐痛有何等罪而射殺之向者風起樹木百鳥一時悲鳴疑我子死父母啼呼父言且止人生必死不可得却令且問王射睒何許令爲死活王說睒言父母感絕我一旦無子俱亦當死

依雜寶藏經云王便悲泣而說偈言

我爲斯國王　遊獵於此山　但欲射禽獸
不覺中害人　我今捨王位　來事盲父母
與汝子無異　愼莫生憂苦

盲父母以偈答王言

我子慈孝順　天上人中無　王雖見憐愍
何得如我子　王當見憐愍　願將示子處
得在兒左右　并命意分足

於是王將父母向兒所椎胷懊惱號咷而言

我子慈仁孝順無比天神山神樹神河池諸
神皆向說言

釋梵天世王　云何不佐助　我之孝順子
使見如此苦　深感我孝子　而速救濟命

又睒子經云願王牽我二人往臨屍上王即牽盲父母往到屍上父抱其脚母抱其頭仰天大呼毋便以舌舐睒胷瘡願毒入我已我年已老目無所見以身代子睒活我死死不恨也睒若至孝天地所知者箭當拔出毒藥當除睒當更生於是第二忉利天王坐即爲動以天眼見二道人抱子呼哭乃聞第四兜術天宮皆動釋梵四天王即從第四天王如

人屈申臂頃來下睒前以神藥灌睒口中藥入睒口箭自拔出更活如故父母驚喜見睒已死更活兩目皆開飛鳥走獸皆大歡喜風息雲消日爲重光泉水涌出衆華五色樹木華榮倍於常時王大歡喜不能自勝禮大帝釋還禮父母及與睒子願以國財以上道人睒曰王欲恩者王且還國安隱人民皆令奉戒王勿復射獵夭傷蟲獸現世身不安隱壽盡當入泥犁中人居世間恩愛暫有別離久長不可常保王宿有功德今得爲王莫以得自在故而自放逸王自悔責從今已後當如睒教從者數百皆大踊躍奉持五戒王辭還宮令國中諸有盲父母如睒比者皆當供養不得捐捨犯者重罪於是國中皆如王教奉持五戒十善死得生天無入三惡道佛告阿難宿世睒者我身是也盲父者今父王悅頭檀王是盲母者夫人摩耶是迦夷國王者阿難是也時天帝釋者彌勒是使我疾成無上正眞道者皆由孝德也

業因部第五

如雜寶藏經云佛言若人於父母所作少供養獲福無量少作不順罪亦無量我於過去久遠世時生波羅柰國爲長者子字慈童女其父早喪與母共居家貧賣薪日得兩錢奉養於母方計轉勝日得四錢以供於母遂復漸差日得八錢供養於母後人投趣獲利轉多日一十六錢奉給於母衆人見其聰明福德皆來勸之入海採寶聞已白母母見慈孝謂不能去戲語之言聽汝入海兒即結伴尅日已定辭去母即抱兒啼哭而言不待我死

何由得去見已許他恐負言信便自掣出絶母頭髮殤數十根遂去入海多得寶還至於中路徒伴在前童女獨後失伴錯道到一山上見瑠璃城飢渴往趣有四玉女擎四如意珠作唱伎樂出城來迎四萬歲中受大快樂復生猒心捨之而去見頗梨城有八玉女擎八如意珠作樂來迎八萬歲中極大歡喜後猒捨去至白銀城有十六玉女擎十六如意珠如前來迎十六萬歲受大快樂後復捨去至黃金城有三十二玉女擎三十二如意珠如前來迎三十二萬歲受大快樂後猒捨去到一鐵城入見一人頭戴火輪捨著童女頭上而去時慈童女即問獄卒我戴此輪何時可脫獄卒答言世間有人作罪福業如入海經歷諸城然後當來代汝受罪若無代者終不墮地復問我昔作何罪福獄卒答言汝昔兩錢供養母故得瑠璃城四如意珠及四玉女四萬歲中受其快樂四錢供母得頗梨城八如意珠及八玉女八萬歲中受諸快樂八錢供母得白銀城十六如意珠十六玉女十六萬歲受於快樂以十六錢供養母故得黃金城有三十二如意珠三十二玉女三十二萬歲受大快樂以絶母髮今得鐵城火輪之報有人代汝乃可得脫復問獄卒今此獄中頗有受罪如我比不答言無量不可稱計聞已念言我會不免願使一切應受苦者盡集我身作是念已鐵輪即墮獄卒見已鐵叉打頭尋即命終生兜率天佛告比丘昔慈童女今我身是以是因緣於父母所少作善惡獲報無量是故應勤供養父母

又成實論云如來於諸聖人及父母等起善
惡業則受現報又文殊問經佛説偈云
日月照諸華 無有恩報想 如來無所取
不求報亦然
頌曰
入朝輔主 立志存忠 居家事親 敬誠孝終
況佛大恩 普濟無窮 酬恩報德 豈惰虔躬
感應緣（略引一十五驗）
舜子有事父之感 郭巨有養母之感
丁蘭有刻木之感 董永有自賣之感
陳遺有焦飯之感 姜詩有取水之感
吳逵有供葬之感 蕭固有延葬之感
咸冲有哀慟之感 虛之有疾愈之感
伯瑜有泣衰之感 石奢有代死之感
孝婦有養姑之感 雄和有投水之感
千石有墳墓之感
舜父有目失始時微微至後妻之言舜有井
穴之舜父在家貧厄邑市而居舜父夜卧夢
見一鳳凰自名爲雞口銜米以哺已言雞爲
子孫視之是鳳凰黄帝夢書言之此子孫當
有貴者舜占猶也比年糴稻穀中有錢舜也
乃三日三夜仰天自告過因至是聽常與市
者聲故二人舜前舐之目霍然開見舜感傷
市人大聖至孝道所神明矣
郭巨河内温人甚富父沒分財二千萬爲兩
分弟已獨取母供養住自比隣有凶宅無人
居者共推與居無患妻生男慮養之則妨供
養乃令妻抱兒已掘地欲埋之於土中得一
釜黄金金上有鐵券曰賜孝子郭巨
丁蘭河内野王人也年十五喪母刻木作母

事之供養如生蘭妻夜火灼母面母面發瘡經二日妻頭髮自落如刀鋸截然後謝過蘭移母大道使妻從服三年拜伏一夜忽如風雨而母自還隣人所假借母顏和即與不和則不與（鄭緝之孝子傳曰蘭妻誤燒母面即夢見母痛人有求索許不先白母隣人曰枯木何知遂用刀斫木母流血蘭還號造服行喪廷尉以木減死宣帝嘉之拜太中大夫者也）

董永者（鄭緝之孝子傳曰永是千乘人）少偏孤與父居乃肆力田畝鹿車載父自隨父終自賣於富公以供喪事道逢一女呼與語云願爲君妻遂俱至富公富公曰女爲誰答曰永妻欲助償債公曰汝織三百疋遣汝一旬乃畢女出門謂永曰我天女也天令我助子償人債耳語畢忽然不知所在（右此四驗出劉向孝子傳）

陳遺吳人少爲郡吏母好食鐺底焦飯遺在役恒帶囊每煮食錄其焦貽母後孫恩亂聚得數升恒帶自隨及敗多有餓死者遺得活母晝夜泣憶遺目爲失明耳爲無聞遺還入再拜號泣母目豁明（右此一驗出宋躬孝子傳）

姜詩字士遊廣漢雒人母好飲江水兒常取水溺死婦痛惜恐母知詐云行學歲歲作衣投于江中俄而泉涌出於舍側味如江水甘美旦出鯉魚一雙（右此一驗出東觀漢記）

吳逵吳興人也孫恩亂後兄弟嫂從有十三喪家貧壁立冬無被袴晝則傭書夜還作塼夫妻執事無食自暇朞年辦七墓十三棺逆取傭直以供葬事隣人乃悉折以爲賻一無所取躬耕償之晉義熙三年太守張崇禮辟之

蕭固字秀異東海蘭陵人何十四世孫舊居

沛何倍長陵因家闗中少有孝謹遭喪六年雉鵲遊狎其麞鹿入其門墻徵聘不就固子芝字英髦孝心醇至除尚書郎有雉數十餘喙宿其上甞上直送至路雉飛鳴車側右此二驗出鄭緝之傳

吴中書郎咸沖至孝母王氏失明沖蹔行勑婢爲母作食乃取蠐螬蟲蒸食之王氏甚以爲美不知是何物兒還王氏語曰汝行後婢進吾一食甚甘美極然非魚非肉汝試問之旣而問婢婢服實是蠐螬沖抱母慟哭母目霍然開明右此一驗出祖台志怪

王虛之廬陵西昌人年十三喪母三十喪父二十年鹽酢不入口病著牀忽有一人來問病謂之曰君病尋差俄而不見又所住屋夜有光庭中橘樹隆冬生實病果尋愈咸以至孝所感右此一驗出宋躬之孝子傳

韓伯瑜有過其母笞之泣母曰他日未甞泣今何泣也對曰他日瑜得笞常痛今母力衰不能使痛是以泣也

石奢楚人事親孝昭王時爲令尹行道遇見有殺人者追之乃其父也奢縱父而還自繫獄使人言於王曰夫以父立政不孝廢法縱罪不忠請死贖父遂因自刎右此二驗出說苑錄

漢書載東海孝婦養姑甚謹姑曰婦養我勤苦我已老何惜餘年久累年少遂自縊死其女告官云婦殺我母官收繫之拷掠治毒孝婦不堪楚毒自誣服之時于公爲獄吏曰此婦養姑十餘年以孝聞徹必不殺也太守不聽于公爭不得理抱其獄辭哭於府而去自後郡中枯旱三年後太守至思求其所咎于

公曰孝婦不當死前太守枉殺之咎當在此太守即時身祭孝婦之墓未反而大雨焉長老傳云孝婦名用青青將死車載十丈竹竿以懸五旛立誓於衆曰青若有罪願殺血當順下青若枉死血當逆流既行刑已其血青黄緣旛竹而上極標又緣旛而下云爾

犍爲符先泥和其女者名雄泥和至永建元年爲縣功曹縣長趙祉遣泥和拜檄謁巴郡太守以十月乘船於城湍墮水死屍喪不得雄哀慟號咷命不圖存告弟賢及夫人令勤覓父屍若求不得吾欲自沉覓之時雄年二十七有子男貢年五歲貰三歲又爲作繡香囊一枚盛金珠環預婴二子哀號之聲不絶於口昆族私憂至十二月十五日父喪未得雄乘小船於父墮處哭數聲竟自投水中旋流没底見夢告弟至二十一日與父俱出投期如夢與父相持並浮出江縣長表言郡太守肅登承上尚書遣戶曹掾爲雄立碑圖像其形令知誌孝（右二出搜神記）

唐慈州刺史太原王千石性自仁孝以沉謹所稱尤精内典信心練行貞觀六年父憂居喪過禮一食長齋柴形毀骨立廬於墓左負土成墳夜中常誦佛經宵分不寢每聞擊磬之聲非常清徹兼有異香延及數里道俗聞者莫不驚異（右一驗出冥報拾遺）

## 不孝篇第五十（此有四部）

述意部　五逆部

婦逆部　棄父部

### 述意部第一

夫以立忠立孝所以揚名於後代行逆行乖

所以受報於來苦孝逆升沉善惡胡越故大慈愍闍王之凶勃譽羅雲之善徵將恐不孝毒火無由而滅惡逆重闇開了未期譬如牢獄重囚具嬰衆苦抱長枷穿大械帶金鉗負鐵鎖捶撲其軀膿瘡穢爛周徧形骸臭惡纏帀而欲以此狀求見慈父懇誠難覩也

五逆部第二

如智度論云佛弟子提婆達多是佛堂弟出家學道誦得六萬法聚精進修行滿十二年其後爲供養故求至佛所求學神通佛告憍曇汝觀五陰無常可以得道亦得神通而不爲說取通之法出求舍利弗目揵連乃至五百阿羅漢皆不爲説但言汝當觀五陰無常可以得道可以得通是時阿難未得他心智如佛所言以授提婆達多提婆達多受學通法已入山不久便得五通得五通已自念誰當與我作檀越者如王子阿闍世有大王相欲與爲親厚到天上取天食還欝單越取自然粳米至閻浮林中取閻浮果與王子阿闍世或自變其身作象寶馬寶以惑其心或作嬰孩種種變態以動其心王子意惑於柰園中大立精舍四種供養并種種雜供無物不備以給提婆達多日日率諸大臣自送五百釜羹餅提婆達多大得供養而徒衆鮮少自念我有三十相減佛未幾直以弟子未集若大衆圍遶與佛何異如是思惟已生心破僧五百弟子舍利弗目犍連説法教化僧還和合爾時提婆達多便生惡心推山壓佛金剛力士以金剛杵而遥擲之碎石迸來傷佛足指華色比丘尼呵之復以拳打尼尼即時眼

出而死作三逆罪與惡邪師富蘭那外道等親厚斷諸善根心無悔恨復以惡毒著指爪中欲因禮佛以中傷佛欲去未到於王舍城中地自然破裂火車來迎生入地獄提婆達多身有三十相而不能忍伏其心爲供養利故而作大罪生入地獄

又涅槃經云善星比丘雖復讀誦十二部經獲得四禪乃至不解一偈一句一字之義親近惡友退失四禪退四禪已生惡邪見作如是說無佛無法無有涅槃沙門瞿曇善知相法是故能知他人心乃至爾時如來即與迦葉往善星所善星比丘遥見我來見已即生惡邪之心以惡心故生身陷入阿鼻地獄

又如智度論說鬱陀羅伽仙人得五神通日日飛到國王宮中食王大夫人如其國法捉足而禮夫人手觸即失神通從王求車乘駕而出還其本處入樹林間更求五通乃至爲鳥急鳴以亂其意捨樹至水邊求定復聞魚鬬動水之聲此人求禪不得即生瞋恚我當盡殺魚鳥此人久後思惟得定生非有想非無想處於彼壽盡下生作飛狸殺諸魚鳥作無量罪墮三惡道又云有一比丘坐得四禪生增上慢謂得阿羅漢恃是而止不復求進命欲終時見有四禪中陰相來便生邪見謂無涅槃佛爲欺我惡邪生故即失四禪中陰便見阿鼻地獄泥犁中陰相來命終即生阿鼻地獄佛爲說偈云

多聞持戒禪　未得無漏法　雖有此功德此事不可信

又未生怨經云調達嫉佛徒衆還告太子未

生怨曰汝父國寳以貢佛僧國藏空竭可早圖之即位爲王吾與師往征佛也子可爲王吾當爲佛兩得其所不亦善乎則勑勢臣奪其印綬付王獄禁王意恬然照之宿殃心無恐懼重信佛言王曰吾有何過而罪我乎皇后貴人率土巨細莫不哀慟王顧哭者曰佛說天地日月須彌山海有成必敗盛者即衰合會有離生者必死輪轉無際身尚不保何國之常王謂太子曰汝每有疾吾爲焦心欲以身命救危代汝親之仁恩唯天爲上汝懷何心忍爲逆惡夫殺親者死入泰山吾是爾尊以國惠汝吾欲至佛請作沙門太子曰汝莫多云吾獲宿願豈有赦哉勑獄吏曰絕其餉食以餓殺之瓶沙王向佛所在稽首重拜曰子有天地之惡吾無絲髮之忿被髮仰天呼曰痛乎天豈有斯道哉舉國巨細靡不哀慟后謂太子曰大王桎梏處在牢獄坐卧須入欲見大王寧可不乎太子曰可后淨身澡浴以蜜麨塗身入見大王面貌瘦瘠不識本形后曰佛說榮樂無常罪苦有恒王曰獄吏絕餉飢渴日久身有八十户户有數百種蟲擾吾腹中血肉消盡壽命且窮言之哽咽息絕腹連后曰具招斯報妾以麨蜜塗身可就食之當惟佛誡無忽憂心王食畢已向佛所在哽咽稽首佛說榮福難保如幻如夢誠如尊教吾不懼死唯恨不面禀佛清化與鶖鷺子目連大迦葉講尊道奧王謂后曰如目連等衆惱已除得六神通尚爲貪嫉梵志所捶豈況吾哉爲惡殃追人猶影響佛時難遇神化難聞禀其清化誠亦難值吾今死矣遷神

遠逝夫欲建志莫尚佛教汝慎守之防來禍矣后聞王誠重更哀慟爾時太子詰獄吏曰絶王食久不死何爲對曰皇后入獄身塗麨蜜貢以延命太子曰自今莫令后見王身王飢勢起向佛所在稽首即爲不飢夜時爲明太子聞之令塞窓牖削其足底無令得起而覩佛明有司即削足底其痛無量念佛不忘佛遥爲王說經曰夫善惡行殃福歸身可不慎矣瓶沙對曰若當支解寸斬於體終不念惡世尊重曰吾今爲佛大千日月天神鬼龍靡不稽首宿之餘殃于今不釋豈況凡庶具招宿殃王即叉手向遥稽首今日命終永替神化嘟咿哽咽斯須息絶舉國臣民靡不躃踊呼天奈何瓶沙大王即得道跡上生天上三道門塞諸障滅矣

述曰闍王後悔殷誠重懺具如涅槃不可備録據迹似實約權俱化故依菩薩本行經云佛告阿闍世王殺父惡逆之罪用向如來改悔故在地獄中當受世間五百日罪便當得脫唯當自責改往脩來莫用愁憂王聞歡喜不能自勝

又雜寶藏經云昔迦默國鳩陀扇村中有一老母唯有一子其子勃逆不修仁孝以瞋母故舉手向母適打一下即日出行遇逢於賊折其一臂不孝之罪尋即現報苦痛如是後地獄苦不可稱計也

又百緣經云佛在世時舍衛城中有一長者婆羅門婦產一男兒容貌弊惡身體臭穢飲母乳時能使乳敗若飲餘者亦皆敗壞唯以酥蜜塗指令舐得濟軀命因爲立字名曰得

飽後漸長大求佛出家佛告善來比丘鬚髮自落法服著身便成沙門精勤修習得阿羅漢果而行乞食亦不獲得便自悔責入其塔中見少坌汙即便掃灑時到乞食即便豐足心懷歡喜白衆僧言從今以往衆僧塔寺聽我掃灑僧即聽許後於一日眠不覺曉舍利弗見佛塔中有少塵坌即便掃之時黎軍支便從眠寤見舍利弗掃竟心懷悵恨語舍利弗汝掃我地令我今者飢困一日時舍利弗聞是語已而告之言我今自當共汝入城受請可得飽滿汝勿憂也聞已心泰受請時到共舍利弗入城受請正值檀越夫妻鬪諍竟不得食飢餓而還時舍利弗於第二日復更語言我於今朝當自將汝受長者請令汝飽足時到將往其上中下座皆悉得食唯此一人獨不得食高聲唱言我不得食爾時主人都無聞者飢困而還爾時阿難聞已深憐於第三日語言我於今朝隨佛受請爲汝取食足使飽滿然阿難受持如來八萬四千諸法藏門未曾漏脫今故爲此黎軍支比丘取其飲食忽不憶空鉢而還於第四日阿難復爲取食還其所止道逢惡狗所齧喇飲食棄地空鉢而還於第五日大目揵連復爲取食中道爲金翅鳥王見爲搏喇合鉢將去置大海中復不得食於第六日時舍利弗復爲取食到彼房門門自然閉復以神力入其房內踊出其前失鉢墮地至金剛際復以神力申手取鉢其口復噤竟不能食時日已過口輙自開於第七日竟不得食極生慚愧於四衆前飡沙飲水即入涅槃時諸比丘見是事已恠

其所由請佛說本因緣佛告比丘乃往過去無量世中有佛出世號曰帝幢將諸比丘遊行教化時有長者名曰瞿彌見佛及僧深生信敬請來供養日日如是便經父亡母故惠施子恡不聽乃至計食與母母故分減施佛及僧子聞瞋恚即便捉母閉著空室鏁戶棄去至七日頭母極飢困從子索食兒答母曰何如餐沙飲水足活今者何爲索食語已捨去竟不得食母便去世其子命終入阿鼻獄受苦畢已還生人中飢困如是然由往昔供養佛故今得值我出家得道比丘聞已歡喜奉行

又新婆沙論云昔有暴惡者令母執器自犂牛乳犂便過量母止之言餘者可留以乳犢子其人旣聞忽生瞋忿以手搊乳散其母面墮著母身乳滴多少惡業力故即令彼人身上還生爾所白癩

婦逆部第三

如雜寶藏經云昔有一婦稟性佷戾不順禮度每所云爲常與姑反後作方計教其夫主自殺其母其夫愚癡即用婦語便將其母至曠野中結縛手足將欲加害罪逆之甚感徹上天雲霧四合爲下霹靂霹殺其兒母即還家其婦開門謂是夫主問言殺未姑答已殺至於明日方知夫死不孝之罪現報如是後入地獄受苦無量

棄父部第四

如雜寶藏經云爾時世尊而作是言恭敬宿老有大利益而常讚歎恭敬父母耆長宿老不但今日我於過去久遠有國名棄老國彼

國土中有老人者皆遠驅棄有一大臣其父年老依如國法應在驅遣大臣孝順心所不忍乃深掘地作一密窟置父著中隨時孝養爾時天神捉持二蛇著王殿上而作是言若別雄雌汝國得安若不別者汝身及國七日之後悉當覆滅王聞是已心懷懊惱即與群臣參議斯事各自陳謝稱不能別即募國界誰能別者厚加爵賞大臣歸家往問其父父答子言此事易別以細輭物停蛇著上其躁擾者當知是雄住不動者當知是雌（故律云白疊試蛇去住不同也）即如其言果別雄雌天神復問言誰於睡者名之為寤誰於寤者名之為睡王與群臣復不能辯大臣問父此是何言父言此名學人於諸凡夫名為覺者於諸羅漢名之為睡即如其言以答天神又復問言此大白象有幾斤兩群臣共議無能知者大臣問父父言置象船上著大池中畫水齊船深淺幾許即以此船量石著中水沒齊畫則知斤兩即以此智以答天神又復問言以一掬水多於大海誰能知之群臣共議又不能解大臣問父此是何語父言此語易解若有人能信心清淨以一掬水施於佛僧及以父母困厄病人以此功德數千萬劫受福無窮海水極多不過一劫推此言之一掬之水百千萬倍多於大海即以此言用答天神天神復化作飢人連骸拄骨而來問言世頗有人飢窮瘦苦劇於我不群臣思量復不能答復以狀問父父答子言世間有人慳貪嫉妬不信三寶不能供養父母師長將來之世墮餓鬼中百千萬歲不聞水穀之名身如太山腹如大谷

咽如細針髮如錐刀纒身至脚舉動之時支節火然如此之人劇汝飢苦百千萬倍即以斯言用答天神天神又化作一人手脚杻械項復著鏁身中火出舉體焦爛而又問言世頗有人苦劇我不群臣率爾無知答者大臣復問其父父即答言世間有人不孝父母逆害師長叛於夫主誹謗三尊將來之世墮於地獄刀山劒樹火車鑪炭灰河沸屎刀道火道如是衆苦無量無邊不可計數以此方之劇汝困苦百千萬倍即如其言以答天神天神又化作一女人端正瓌瑋踰於世人而又問言世間頗有端正之人似我者不群臣黙然無能答者臣復問父父時答言世間有人信敬三寳孝順父母好施忍辱精勤持戒得生天上端正殊特過於汝身百千萬倍以此方之如瞎獼猴復以此言以答天神天神又以一旃檀木方之正等又復問言何者是頭群臣智力無能答者臣又問父父答言易知放著水中根者必沉尾者必舉即以其言用答天神天神又以二白騲馬形色無異而復問言誰母誰子群臣亦復無能答者復問其父父答言與草令食若是母者必推草與子如是所問悉皆答之天神歡喜大遺王珍奇財寳而語王言汝今國土我當擁護令諸外敵不能侵害王聞是已極大踊悅而問臣言爲是自知有人教汝賴汝大智國土獲安既得珍寶又許擁護是汝之力臣答王言非臣之智願施無畏乃敢具陳王言設汝今有萬死之罪猶尚不問況小罪過臣白王言國有制令不聽養老臣有老父不忍驅遣致犯王

法藏著地中臣來應答盡是父智非臣之力唯願大王一切國土還聽養老王即歎美心生喜悅奉養臣父尊以爲師濟我國家一切人命如此利益非我所知即便宣令普告天下不聽棄老仰令孝養其有不孝父母不敬師長當加大罪爾時父者我身是也爾時大臣者舍利弗是爾時王者阿闍世是也爾時天神者阿難是也故俗云養老乞言即其是也

又雜寶藏經云昔者世尊語諸比丘當知往昔波羅柰國有不善法流行於世父年六十與著敷𣯾使守門戶爾時兄弟二人兄語弟言汝與父敷𣯾使令守門屋中唯有一敷𣯾小弟便截半與父而白父言大兄與父非我所與大兄教父使守門屋兄向弟言何不盡與敷𣯾截半與之弟答兄言適有一敷𣯾不截半與後更何處得兄問弟言欲更與誰弟言豈可得不留與兄耶兄言何以與我弟言汝當年老汝子亦當安汝置於門中兄聞此語驚愕曰我亦當如是耶弟言誰當代汝便語兄言如此惡法宜共除捨兄弟相將共至輔相所以此言論向輔相說輔相答言實爾我等亦共有老轉相啓王王可此語宣令國界孝養父母斷先非法不聽更爾

又優婆塞戒經云是五逆罪殺父則輕殺母則重殺阿羅漢重於殺母出佛身血重於殺阿羅漢破僧復重出佛身血頌曰

君愛忠臣　父憐孝子　況佛大慈　拔苦樂彼
不荷其恩　害親存已　一墜幽塗　累劫終始

感應緣如是五逆及惡心向三寶現遭殃咎者無量並散在諸篇今略述三不孝現報之驗也

周王彦偉　　齊何君平

隋婦養姑

周時有人姓王字彦偉河南人爲性凶惡好遊獵父母孤養憐愛極重每諫不許共惡人交遊復抑不聽射獵恐損身命不存係嗣偉不從父訓常獵不止兼逐惡人恒爲麤過父母既見不止凶行罰杖五十身瘡不得出以恨父母伺夜眠之後密以土袋壓父母口加身坐上望氣不出意令遣死無其瘡瘢將爲卒亡不猜已身忽見有鬼來入堂内震動家内大小並覺覹偉牀前偉便仰卧土袋已在偉腹父母穌覺遂挽兒腹上土袋不能去身偉復見鬼壓土袋上極困垂死唱叫救命合家大小及以隣人併力挽之必竟不移偉聲不出但得以手叩頭合掌而卒

齊何君平相州人母裴氏少年誕平後更不孕父母憐愛劇同眼目父母憐重平長大不多教學問縱暴自遊年至二十父母憐愛不聽別室父因使出行經年方還父行去後母憐共私父還到舍共母殺父埋之後園誑他道父未還天雷霹父屍出然後霹平身身上具題因緣親隣告官聞徹天聽勑殺裴氏暴屍不聽收埋右二見李歸心録也

隋大業中河南人婦女養姑不孝姑兩目盲婦以蚯蚓爲羹以食之姑恠其味竊藏一臠留以示兒兒還見之欲送婦向縣未及而雨雷震失其婦俄而婦從空落身衣如故而易其頭爲白狗頭言語不異問其故答云以不孝姑爲天神所罰夫以送官時乞食於市復不知所在右一驗出冥報記

# 法苑珠林卷第四十九

## 音釋

黶 於敢切 鉞 魚厥切大斧也 睒 失冉切 鐺 抽庚切釜屬有足者 賻 音付贈終者布帛也 髦 謨交切 縊 於計切經也 檄 刑狄切牒也 嚮 咿 嚮於六切咿音伊嚮咿悲泣聲 齎喇 齎才詣切齠也喇充制切 騲 音草牝馬也

法苑珠林卷第五十

唐西明寺沙門釋道世撰

報恩篇第五十一此有二部

述意部　引證部

述意部第一

蓋聞三寶恩重慈蔭四生化育十方等同一子機無細而不臨智有來而必撫遂使優填刻像鬱爾浮光斯匿鑄形超然避席自兹厥後靈瑞倍興嘉聲彌盛靡草從風念則罪滅福生敬則德隆終古良由如來長我法身父母養我生身既修長壽之因必存蜉蝣之命恩義深重特須恩報也

引證部第二

如正法念經云有四種恩甚爲難報何等爲四一者母二者父三者如來四者說法法師若有供養此四種人得無量福現在爲人之所讚歎於未來世能得菩提

又大般若經第四百四十三云若有問言誰是知恩能報恩者應正答言佛是知恩能報恩者何以故一切世間知恩報恩無過佛故

又增一阿含經云爾時世尊告諸比丘若有衆生知返復者此人可敬小恩尚不忘何況大恩設離此閒百千由旬猶近我不異我恒歎譽若有衆生不知返復者大恩尚不憶何況小恩彼非近我我不近彼正使被僧伽梨在吾左右此人猶遠是故比丘當念返復莫學無返復

又舍利弗問經云佛言夫受戒隨其力辦可以爲施不限多少文殊師利白佛言云何如來說父母恩大不可不報又言師僧之恩不

可稱量其誰爲最佛言夫在家者孝事父母在於膝下莫以報生長與之等以生育恩深故言大也若從師學開發知見次恩大也夫出家者捨其父母生死之家入法門中受微妙法師之力也生長法身出功德財養智慧命功莫大也追其所生乃次之耳

又中陰經佛問彌勒閻浮提兒生墮地乃至三歲母之懷抱爲飲幾乳彌勒答曰飲乳一百八十斛除母腹中所食四分東弗于逮兒生墮地乃至三歲飲乳一千八百斛西拘耶尼兒生墮地乃至三歲飲乳八百八十斛北欝單越兒生墮地坐着陌頭行人授指嗽指七日成人彼土無乳中陰衆生飲吸於風（古人用其小斗准今唐斗一斗當舊三斗故乳似多）

又難報經云左肩持父右肩持母經歷千年便利背上猶不能報父母之恩又增一阿含經云孝順供養父母功德果報與一生補處菩薩功德一等

又佛說古來世時經云吾昔在波羅柰國穀米湧貴人民飢饉我負擔草賣以自活彼有緣覺名曰和理來遊其國我早出城欲擔負草爾時緣覺着衣持鉢入城分衛至於中道吾負草還於城門中復與相遇空鉢而出和理緣覺遥見吾來即自念言吾早入城此人出城今負草還想朝未食吾當隨後往詣其家乞以過飢我時擔草自還其舍下草着地顧見緣覺追吾之後如影隨形我時心念朝出城時見此緣覺入城分衛如空鉢還想未獲食吾當斷食以奉施之即持食出長跪授之道人愍受其緣覺曰今穀米飢貴人民虛

餓分爲二分一分着鉢一分自食爲應法爾施主報之唯然聖人願徐食之早晚無在道人願受加哀一門時彼緣覺悉受飯食吾因是德七反生天爲諸天王七反在世人中之尊因此一施爲諸國王長者人民群臣百官所見奉事四輩道俗所見供養自來求吾吾無所須

又佛升忉利天爲母說法經云佛在忉利天歡喜園中波利質多羅樹下三月安居四衆圍繞身毛孔中放千光明普照三千大千世界摩耶夫人聞已乳自流出若審是我所生悉達多者當令乳汁直至於口作此語已兩乳直出猶白蓮華而便入如來口中摩耶見喜踊躍怡悅如華開榮一心五體投地專精正念結使消伏佛爲說法得須陀洹果佛在天上種種利益不可具述爾時世尊夏三月盡將欲還下閻浮放五色光照曜顯赫時天帝釋知佛當下即使鬼神作三道寶堦中央閻浮檀金左用瑠璃右用碼碯欄楯雕鏤極爲嚴麗佛語摩耶生死之法會必有離我今應下還閻浮提不久亦當入於涅槃摩耶垂淚說偈爾時世尊與母辭別下躡寶堦梵天王執盖及四天王侍立左右四部大衆歌唄讚歎天作伎樂充塞虛空散華燒香導從來下閻浮提其王波斯匿等一切大衆集在寶堦稽首奉迎佛還祇洹處師子座四衆圍遶歡喜踴躍不可具說

又觀佛三昧經云父王白佛當往忉利天爲母說法佛言當如輪王行法問訊檀越時持地菩薩入首楞嚴定從金剛際作金剛華華

華相次四龍各持七寶臺持地爲佛作三道寶堦世尊至巳入宫白毫相光化作七寶蓋覆母上作七寶牀奉令坐

又六度集經云昔者菩薩爲大理家積財巨億常奉三寶慈向衆生觀市覩鼈心悼之焉問價貴賤鼈主知菩薩有普慈之德答曰百萬菩薩答曰大善將鼈歸家臨水放之覩其游去悲喜誓曰衆難命全如爾今也廣起弘願諸佛讃善鼈於後夜來齧其門恠門有聲便出見鼈語菩薩曰吾受重潤身得獲全無以答恩水居之物知水盈虛洪水將至必爲巨害矣願速嚴舟臨時相迎答曰大善明晨詣門如事啓王王以菩薩宿有善名信用其言還下處高時至鼈來洪水至矣可速下載尋吾所之可獲無患舩尋其後有蛇趣舩菩薩曰取鼈云大善又覩漂狐曰取鼈云亦善又覩漂人搏頰呼天哀濟吾命曰取鼈曰愼無取也凡人心僞尠有終信背恩追勢好爲凶逆菩薩曰蟲類爾濟人類吾賊豈是仁哉吾不忍爲也於是取之鼈王悔哉遂之豐土鼈辤曰恩畢請退答曰吾獲如來無所着至真等正覺者必當相度鼈曰大善鼈退蛇狐各去狐以穴爲居獲古人伏藏紫磨黄金百斤喜曰當以報彼恩矣馳還白曰小蟲受潤獲濟微命蟲穴居之物求穴以自安獲金百斤斯穴非家非塜非劫非盜吾精誠之致願以貢賢菩薩深惟不取徒損無益於貧民可以布施衆生獲濟不亦善乎尋而取之漂人覩焉曰分吾半矣菩薩即以十斤惠之漂人曰爾掘塜劫金罪應奈何不半分之吾必告

有司答曰貧民困者吾欲等施爾欲專之不亦偏乎漂人遂告有司菩薩見拘無所告訴唯歸命三尊悔過自責慈願衆生早離八難莫有怨結如今吾也蛇狐會曰柰何斯事蛇曰吾將濟之遂銜良藥開關入獄見菩薩狀顏色有損愴而心悲謂菩薩言以藥自隨吾將齚太子其毒尤甚莫能濟者賢者以藥自聞傅即瘳矣菩薩默然蛇如所云太子命欲將殞王令曰有能濟茲封之相國吾與參治菩薩上聞傅之即瘳王喜問其所由本末自陳王悵然自咎曰吾闇甚哉即誅漂人大赦其國封爲相國執手入宮並坐談論佛法遂致太平佛告諸沙門理家者是吾身國王者彌勒是鼈者阿難是狐者鶖鷺子是蛇者目連是漂人者調達是菩薩慈惠度無極行布施如是

又新婆沙論云昔揵馱羅國迦膩色迦王有一黃門恒監內事暫出城外見有群牛數盈五百來入城內問驅牛者此是何牛答言此牛將去其種於是黃門即自思忖我宿惡業受不男身今應以財救此牛難遂償其價悉令得脫善業力故令此黃門即復男身深生慶悅尋還城內佇立宮門附使啓王請入奉現王令喚入怪問所由於是黃門具奏上事王聞驚喜厚賜珍財轉授高官令知外事頌曰

盛哉能行　悲救爲先　乘機赴感　鞠養慈憐
狐金蛇賞　閹人身全　知恩報德　幽冥應焉

感應緣 略引四驗

宋吳子英春　有人念佛免難

唐并州石壁寺僧

渤海陳裴

宋吳子英者舒鄉人善入水捕得赤鯉魚愛其色好持歸不殺養之池中數飼以米穀食之一年長丈餘遂生角有翅子英怖拜謝之魚言我來迎汝上我背與汝俱升天歲來歸見其妻子魚復迎之如此有七十人故吳中門戶並作神魚子英祠（右此一驗出列仙傳）

宋有一國與羅剎相近羅剎數入境食人無度王與羅剎約言自今以後國中家各專一日當分送往勿復枉殺有奉佛家唯有一子始年十歲次當充行父母哀號使至心念佛爰及宗親助子屬想便送此兒辭別捨之以佛威神力大鬼不得近明日見子尚在歡喜同歸於茲遂絶國人嘉慶慕焉（右此一驗出幽明錄）

宋酒泉郡太守到官無幾輒卒死後有渤海陳裴見使此郡裴憂愁不樂就卜者占其吉凶卜者曰遠諸侯放伯裘能解此若則無憂裴仍不解此語卜者報曰但去自當解之裴既到官侍監有王侯平有史侯董侯等裴心悟曰此所謂諸侯矣乃遠之即卧思放伯裘之義不知何謂至夜半後有物來上裴被上裴覺以被冒取之其物跳踉訇訇作聲外人聞持火入欲殺之魅乃言曰我實無惡意但欲試府君耳聽一相赦當深報府君恩府君曰汝爲何物而忽干犯太守魅曰我本百歲狐也今變爲魅乎垂化爲神而正觸府君威怒甚遭困厄聽一放我我字伯裘若府君有急難但呼我字則自解矣裴乃喜曰十眞放伯裘之義即便放之小開被忽然有赤光如電從戶出明日夜有敲戶者裴問曰誰答

曰伯裘問曰何爲答曰白事問曰白何事答曰此界有賊發奴也裴案發則驗每事先以語裴於是境界無毫毛之姧而咸曰聖君出後經月餘主簿李音共裴侍婢私通旣而驚懼慮伯裘來白遂與諸侯謀殺裴却爲傍無人便使諸侯持杖直入欲格殺之裴惶怖即呼伯裘來救我即有物如申一足絳練然作聲音侯伏地失魂乃以次縛取之考問來意故皆服首後月餘日與裴辭曰今得爲神矣當上天去不得復與府君相見往來遂去不見也（右此一驗出搜神異記）

唐并州石壁寺有一老僧禪誦爲業精進練行貞觀末有鴿巢其房楹上哺養二鷇法師每有餘食恒就巢哺之鴿鷇後雖漸長羽翼未成乃並學飛俱墜地而死僧並收瘞之經旬後僧夜夢二小兒白之曰兒等爲先有少罪遂受鴿身比來聞法師讀法華經及金剛般若經旣聞妙法得受人身兒等今於此寺側十餘里某村某姓名家託生爲男十月之外當即誕育僧乃依期往視見此家一婦人同時誕育二子因爲作滿月齋僧呼爲鴿兒兩兒並應之曰諾一應之後歲餘始言（此一驗出冥報拾遺）

報恩事廣不可具述

背恩篇第五十二（此有二部）

述意部　引證部

述意部第一

蓋聞四生沉溺必假舟航六趣昏迷本憑奬導是故三寶大慈俯應蒼民曲垂提引令脫苦難況復違背重恩豈不永沉苦海是故婦人鴆毒夫蒙王賞燕人害熊現報臂落良由

違恩業重現受交報故智度論云知恩者大悲之本開善業之初門人所愛敬名譽遠聞死得生天終成佛道不知恩者甚於畜生也

引證部第二

如百喻經云昔有一婦荒婬無度欲情既盛疾惡其夫每思方策規欲殘害種種設計不得其便會值其夫聘使隣國婦密爲計造毒藥丸欲用害夫詐語夫言爾今遠使慮有乏短今我造作五百歡喜丸用爲資粮以送於爾爾若出國至他境界飢困之時乃可取食夫用其言至他界已未及食之於夜暗中止宿林間畏懼惡獸上樹避之其歡喜丸忘置樹下即以其夜值五百偷賊盜彼國王五百疋馬并及寶物來止樹下由其逃突盡皆飢渴於其樹下見歡喜丸諸賊取已各食一丸藥毒氣盛五百群賊一時俱死時樹上人至天明已見此群賊死在樹下詐以刀箭斫射死屍收其鞍馬并及財寶驅向彼國時彼國王多將人衆尋迹來逐會於中路值於彼王彼王問言爾是何人何處得馬其人答言我是某國人而於道路值此群賊共相斫射五百群賊今皆一處死在樹下由是之故我得馬及以珍寶來投王國若不見信往看賊之瘡痍殺害處所是王即遣親信往看果如其言王時欣然歎未曾有既還國已厚加爵賞封以聚落彼王舊臣咸生妬嫉而白王言彼是遠人未可信伏如何卒爾寵遇過厚至於爵賞逾越舊臣遠人聞已而作是言誰有勇健能共我試請於平原校其技能舊人愕然無敢敵者後時彼國大曠野中有惡師子截

道殺人斷絶王路時彼舊臣詳共議之彼遠人者自謂勇健無能敵者今復若能殺彼師子爲國除害眞爲奇特作是議已便白於王王聞是已給賜刀杖尋即遣之爾時遠人既受勑已堅强其意向師子所師子見之奮嗷鳴吼騰躍而前遠人驚怖即便上樹師子張口仰頭向樹其人怖急失所捉刀落師子口師子尋死爾時遠人歡喜踊躍來白於王王倍寵遇時彼國人率爾敬服咸皆讚歎

又諸經要集云有人入林伐木迷惑失道時值大雨日暮飢寒惡蟲毒獸欲侵害之是人入石窟中有一大熊見之怖出熊語之言汝勿恐怖此舍温暖可於中宿時連雨七日常以甘果美水供給此人七日雨止熊將此人示其道徑熊語人言我是罪身多人怨家若有問者莫言見我人答言爾此人前行見諸獵者問汝從何來見有衆獸不答言見一大熊於我有恩不得示汝獵者言汝是人黨以人類相觀何以惜熊今一失道何時復來汝示我者我與汝多分此人心變即將獵者示熊處所獵者殺熊即以多分與之此人展手取肉二肘俱墮獵者言汝有何罪答曰是熊看我如父視子我今背恩將是罪報獵者恐怖不敢食肉持施衆僧上座是羅漢語諸下座此是菩薩未來出世當得作佛莫食此肉即時起塔供養王聞此事勑下國内背恩之人無令住此（新婆沙論云時上座觀肉是菩薩肉共取香薪焚燒其肉收其餘骨起窣堵波禮拜供養如事佛塔）

又九色鹿經云昔者菩薩身爲九色鹿其九種色角白如雪常在恒水邊飲食水草常與

一烏爲知識時水中有一溺人隨流來下或出或没仰頭呼天山神樹神諸天龍神何不愍我鹿聞下水救之語言汝可騎我背捉我角負出上岸溺人下地遶鹿三帀向鹿叩頭乞爲大天作奴給其使令採取水草鹿言不用且各自去欲報恩者莫道我在此人貪我皮角必來殺我時國王夫人夜夢見九色鹿即詐病不起王問何以答曰我昨夜夢見非常之鹿其毛九種色其角白如雪我思欲得其皮作坐褥其角作拂柄王當爲我得之王若不得我將死矣王募國中若有能得當分國而治賜其金鉢盛滿銀粟賜其銀鉢盛滿金粟溺人聞之欲取富貴念言鹿是畜生死活何在往至王所言知鹿處王大歡喜言汝若能得其皮角來者報之半國溺人面上即生癩瘡溺人言大王此鹿雖是畜生大有威神王宜多出人兵乃可得耳王即大出人衆徑到恒水邊烏在樹頭見人兵來即呼鹿言知識且起王兵來至鹿故熟眠卧不覺烏下啄耳鹿方驚覺四向顧望無復走地便往趣王車邊傍臣欲射王曰莫射此鹿非常將是天神鹿言大王且莫射我我前活王國中一人鹿復長跪問王言誰道我在此王便指示車邊癩面人是也鹿即仰頭視此人面眼中淚出不能自勝此人前溺在水中我不惜身命自投水中負此人出約不相道人無反復不如出水中浮木也王有愧色汝受其恩柰何反欲殺之即下勑國中若有驅逐此鹿者當誅五族衆鹿數千皆來依附飲食水草不侵禾稼風雨時節五穀豐熟人無疾病其世

太平時九色鹿我身是也烏者阿難是也國王者今父王悅頭檀是也時王夫人者今孫陀利是也時溺人者調達是也我雖有善心向之故欲害我難有意至

又雀王經云昔者菩薩身爲雀王慈心濟衆由護身瘡有虎食獸骨挂其齒困飢將終雀王入口啄骨日日若兹雀口生瘡身爲瘦疵骨出虎活雀飛登樹說佛經曰殺爲凶虐其惡莫大虎聞雀誡勑聲勃然恚曰爾始離吾口而敢多言雀覩其不可化退速飛去佛言雀王者是吾身虎者是調達身

又雜寶藏經云時提婆達心常懷惡欲害世尊乃顧五百善射婆羅門使持弓箭詣世尊所挽弓射佛所射之箭變成諸華五百婆羅門見是神變皆大怖畏即投弓箭禮佛懺悔佛爲說法皆得須陀洹道復白佛言願聽我等出家學道佛言善來比丘鬚髮自落法服着體重爲說法得阿羅漢道諸比丘白佛言世尊神力甚爲希有提婆達多常欲害佛然佛恒生大慈佛言非但今日如是於過去時波羅柰國有一賓主名不識恩共五百賈客入海採寶得寶還返到淵迴處遇水羅剎而捉其船不能得前衆賈人等極大驚怖皆共唱言天神地神日月諸神誰能慈愍救濟我也有一大龜背廣一里心生悲愍來向船所負載衆人即得渡海時龜小睡不識恩者欲以大石打龜頭殺諸賈人言我等蒙龜濟難活命殺之不祥不識恩也不識恩曰我儕飢急誰能念恩輒便殺龜而食其肉即日夜中有大群象蹹殺衆人爾時大龜我身是也爾時

不識恩者提婆達多是也五百賈人者五百婆羅門出家得道是也我於往昔濟彼厄難今復拔其生死之患也

又佛說栴檀樹經云佛告阿難諦聽執受時維耶梨國有五百人入海採寶還船步還經歷深山日暮止宿豫嚴早發四百九十九人皆引去一人卧熟失伴仍遇天雨雪失去徑路窮厄山中啼哭呼天有大栴檀香樹樹神謂窮人言可止留此自相給衣食到春可去窮人便留至于三月啓樹神言受恩得全身命未有微報顧有二親今在本土實思得還願乞發遣樹神言善便自從意以金一鉼賜之去此不遠當得還邑窮人臨去問樹神言此樹香潔世所希有今當委還願知其名神言不須問也窮人復言依陰此樹積歷三月若到本國當宣樹恩神便報言樹名栴檀根莖枝葉治人百病其香遠聞世之奇異人所貪求不須道也窮人還至國中親族歡喜後無幾間國王病頭痛禱祀天地山水諸神病不消差名醫省視唯得栴檀香以護病得愈王即募求民間無有便宣令國中得栴檀香者拜爲封侯妻以王女時窮人聞賞祿重便詣王所白言我知栴檀香處王便令匠臣將窮人往伐取香樹至到樹所使者見樹洪直枝條茂盛華果煌煌以希見故心不忍伐不伐者則違王命躊躕俳佪不知云何樹神空中言曰便伐但置其根伐已以人血塗之肝腸覆其上樹自當生還復如故使者聞神言如此便令人伐之窮人住在樹邊樹枝蹹地摽殺窮人使者便與左右議言向者樹神言

當得人血肝腸以祠樹心不知當以誰賽此人今死便以當之則屠割之取其肝血如神所勑樹即便生如本無異車載伐樹以還國中醫即進藥王病得愈舉國歡喜王命國中人民其有病者皆出香給病皆得愈舉國欣欣遂致太平阿難退坐稽首質言是窮人何無反復違樹神重誓佛報曰乃往昔維衛佛時有父子三人其父奉行齋戒未曾懈怠大兒常於中庭空中燒香供養十方諸佛小弟愚癡不知三尊輙以衣覆香上兄謂弟言此事大重何以犯之弟起惡言誓言斷兄兩足兄復起念當拍殺弟父言汝二子諍使我頭痛大兒報言願破我身爲藥令父平損口妄言故世世受罪弟與惡意欲斷兄足後果將人往斷樹身兄欲拍殺弟今作樹神果因樹爲體拍殺弟身時國王頭痛者其父也奉齋精進故得尊貴時言使我頭痛者後果頭痛各受其殃佛言罪福報應如影隨形頌曰

大悲愍濟　德重乾坤　恩深父母　義越君臣
忠孝盡命　猶難報恩　如違破理　交喪其身

法苑珠林卷第五十

音釋

蜉蝣（蜉房鳩切蝣于求切蜉蝣渠畧也）齘（鋤変切齒齧也）瘞（於計切埋也）鴆（直禁切毒鳥也）蹹（達合切踐也）鉼（音丙金鈑也）賽（先代切祭禱也）

# 法苑珠林卷第五十一

唐西明寺沙門釋道世撰

## 善友篇第五十三（此有二部）

述意部　引證部

### 述意部第一

夫理之所窮唯善與惡顧此二途條然易辯幽則有罪福苦樂顯則有賢愚榮辱愛榮憎辱趣樂背苦含識所必同也今愛榮而不知慕賢求福而不知避禍譬猶播植秕稗而欲歲取精粮驅駕駑蹇而望騰超夐絕不亦惑哉如鳥獸蟲卉之智猶知因風假霧託迅附高以成其事奚況於人而無託友以就其善乎故所託善友則身存而成德所親闇蔽則身悴而名惡也故玄軌之宗出於高範切瑳之意事存我友又摶牛之䖟飛極百步若附龍尾則一翥萬里此豈非其翼工之所託迅也亦同凡夫弱喪極不越人天若憑大聖之力則高昇十地同生淨域也

### 引證部第二

如涅槃經云阿難比丘說半梵行名善知識佛言不爾具足梵行乃名善知識又云善知識者如法而說如說而行云何名爲如法而說如說而行自不殺生教人不殺生乃至自行正見教人行正見若能如是則得名爲真善知識自修菩提亦能教人修行菩提以是義故名善知識自能修行信戒布施多聞智慧亦能教人修行信戒布施多聞智慧復以是義名善知識善知識者有善法故何等善法所作之事不求自樂常爲衆生而求於樂見他有過不訟其短口常宣說純善之事以

是義故名善知識善男子如空中月從初一日至十五日漸漸增長善知識者亦復如是令諸學人漸遠惡法增長善法善男子若有親近善知識者本未有定慧解脫解脫知見即便有之未具足者則得增廣又云善友當觀是人貪欲瞋恚愚癡思覺何者偏多若知是人貪欲多者則應爲說不淨觀法瞋恚多者爲說慈悲思覺多者教令數息著我多者當爲分析十八界等聞已修行次第獲得四念處觀身受心法得是觀已次第復觀十二因緣如是觀已次得暖法從得暖法乃至漸得羅漢辟支佛果菩薩大乘佛果等依此而生更無疑滯自利利他不加水乳是名眞善知識法師之位若不具此非善知識加水之法不可依承故佛性論引經偈云

無知無善識　惡友損正行　蜘蛛落乳中
是乳轉成毒

是故要須眞實利益衆生先自調伏然後教人無寡聞失無退行失無散亂失無輕慢失無顛倒失無貪求失無瞋恚失無邪行失無著我失無小行失具此十法名善知識故莊嚴論偈云

多聞及見諦　巧說亦憐愍　不退此丈夫
菩薩勝依止

又佛本行經云爾時世尊又共長老難陀至於一賣香鄽見彼鄽上有諸香裹見已即告長老難陀作如是言難陀汝來取此鄽上諸香裹物難陀爾時即依佛教於彼鄽上取諸香裹佛告難陀汝於漏刻一移之頃捉持香裹然後放地爾時長老難陀聞佛如此語已

手執此香於一刻間還放地上爾時佛告長老難陀汝今當自嗅於手看爾時難陀聞佛語已即嗅自手佛語難陀汝嗅此手作何等氣白佛言世尊其手香氣微妙無量佛告難陀如是如是若人親近諸善知識恒常自居隨順染習相親近故必定當得廣大名聞爾時世尊因此事故而說偈言

若有手執沉水香　及以藿香麝香等
須臾執持香自染　親附善友亦復然

爾時世尊復說偈言

若人親近惡知識　現世不得好名聞
必以惡友相親近　當來亦墮阿鼻獄
若人親近善知識　隨順彼等所業行
雖不現謚世間利　未來當得盡苦因

又四分律親友意者要具七法方成親友一難作能作二難與能與三難忍能忍四密事相告五互相覆藏六遭苦不捨七貧賤不輕如是七法人能行者是親善友應親附之又大莊嚴論佛說偈云

無病第一利　知足第一富　善友第一親
涅槃第一樂

又迦羅越六向拜經云善知識者有四輩一外如怨家內有厚意二於人前直諫於外說人善三縣官若爲其征訟憂解之四見人貧賤心不棄捐當念欲富之善知識者復有四輩一爲吏所捕將歸藏匿於後解決之二有病瘦消損將歸養視之三知識死亡棺斂視之四知識已死復念其家又生經云佛告諸比丘往古久遠不可計時於他異土時有四人以爲親厚共止一處時有獵師射獵得鹿

欲來入城各共議言吾等設計從其獵師當索鹿肉知誰獲多俱即發行一人陳詞其言麤獷而高自大咄男子當惠我肉欲得食之第二人曰唯兄施肉令弟得食第三人曰仁者可愛以肉相與吾思食之第四人曰親厚捎肉唯見乞施吾欲食之俱共飢渴時獵師觀察四人言詞各隨所言以偈報之先報第一人曰

卿詞甚麤獷　云何相與肉　其言如刺人
且以角相施

報第二人曰

此人爲善哉　謂我以爲兄　其詞如肢體
便持一髆與

報第三人曰

可愛敬施我　而心懷慈哀　詞其如腹心
便以心肝與

報第四人曰

以我爲親厚　其身得同契　此言快善哉
以肉皆相與

於時獵師隨其所志言詞麤細各與肉分於是天現其身而作頌曰

一切男子詞　柔輭歸其身　是故莫麤言
衰利不離身

爾時佛告諸比丘第一麤詞則所欣釋子是第二人者颰陀和梨是第三人者黑優陀是第四人者今阿難是天說偈者則吾身是爾時相遇今亦如是

又佛本行經云佛告諸比丘我念往昔久遠之時波羅柰國有一烏王其烏名曰蘇弗多羅（此言善子）而依住彼波羅柰城與八萬烏和合

共住善子烏王有妻名曰蘇弗室利（此言善女）時彼烏妻共彼烏王行欲懷妊時彼烏妻忽作是念願我得淨香潔飲現今人王之所食者而彼烏妻思是飲食不能得故宛轉迷悶身體顦顇羸瘦戰掉不自安故問其妻言汝今何乃宛轉於地身體顦顇羸瘦戰掉不能自安彼時烏妻報烏王言善哉聖子我今有娠乃作是念願得清淨香潔餚饍如王食者時善子烏語其妻言異哉賢者如我今日何處得是香美飲食王宮深邃不可得到我若入者於彼手邊必失身命彼妻又復報烏王言聖子今者若不能得如是飲食我死無疑并其胎子亦必無活善子烏王復告妻言異哉賢者汝今死日必當欲至乃思如是難得之物善子烏王作是語已憂愁悵怏思惟而住

復作是念如我意者如是香潔清淨飲食如王食者實難得也爾時烏王羣衆之內乃有一烏見善子烏心懷愁憂不樂而住見是事已詣烏王所白烏王言異哉聖者何故憂愁思惟而住善子烏王於時廣說前事因緣彼烏復白善子王言善哉聖子莫復愁憂我能爲王覓是難得香美餚饍王所食者是時烏王復告彼烏作如是言善哉善友汝若力能爲我得辦如此事者我當報汝所作功德爾時彼烏從烏王所居住之處飛騰虛空至梵德王宮去廚不遠坐一樹上觀梵德王食廚之內其王食辦有一婦女備具餚饍食時將至專以銀器盛彼飲食欲奉與王爾時彼烏從樹飛下在彼婦女頭上而立啄齧其鼻時彼婦女患其鼻痛即翻此食在於地上爾時

彼烏即取其食將與烏王烏王得巳即將與彼善女烏妻其妻得巳尋時飽食身體安隱如是産生爾時彼烏別日數往奪彼食取將與烏王時梵德王屢見此事作如是念奇哉奇異云何此烏數數恒來穢汚我食復以嘴爪傷我婦女而王不能忍此事故尋時勑喚網捕獵師而語之言卿等急速至彼烏處生捕將來其諸獵師聞王勑巳啓白王言如王所勑不敢違命獵師往至以其羅網捕得此烏生捉將來付梵德王時梵德王語其烏言汝比何故數汚我食復以嘴爪傷我婦女爾時彼烏語梵德王善哉大王聽我向王說如此事令王歡喜時梵德王心生喜悅作如是念希有斯事云何此烏能作人語作是念巳告彼烏言善哉善哉汝必爲我說斯事意令我歡喜爾時彼烏即以偈頌向梵德王而說之曰

大王當知波羅柰　有一烏王恒依止
八萬烏衆所圍遶　悉皆取彼王處分
彼烏王妻有所憶　我向大王說其緣
烏妻所思香美饍　如是大王所食者
是故我今數數來　抄撥大王香美食
今者爲彼烏王故　致被大王之所繫
善哉唯願大聖王　慈悲憐愍放脫我
我爲烏王彼妻故　數來抄撥大王食
我念從此一生來　未曾經造如此事
今爲大王一勑巳　於後不敢更復爲

時梵德王既聞彼烏如此語巳心生喜悅作如是言希有此事人尚不能於其主邊有如是等愛重之心如此烏也作是語巳其梵德

王而說偈言

若有如是大臣者　彼應重答食封祿
須似如是猛健烏　爲主求食不惜命

其梵德王說此偈已復告烏言善哉汝烏於今已去常來至此取香美食若其有人遮斷於汝不與食者來語我知我自與汝已分所食而將去耳佛告諸比丘汝等當知彼烏王者我身是也彼時爲主偷食烏者即優陀夷比丘是也梵德王者此即輸頭檀王是也於時比丘優陀夷令彼歡喜爲我取食今亦復爾令淨飯王心生歡喜又復爲吾而將食來

頌曰

澡身沐德　鑪冶心塵　氷開春日　蘭敗秋年
慧人成哲　愚友增纏　將昇寶地　願值善緣

## 惡友篇第五十四（此有二部）

述意部　引證部

### 述意部第一

惟夫七聖垂化正攝羣心善惡二門用摽宗極善類清昇惡稱俯墜良由業惑未傾牢籠三界情塵不靜擁翳五燒滯八倒之沉淪繫四生之維縶是故隨順邪師信受惡友致使煩惑難攝亂使常行心馬易馳情猴難禁修福念善空自無聞造罪造愆日就增進因此輪迴生死不絕大聖愍之豈不痛心也

### 引證部第二

如尸迦羅越六向拜經云惡知識者有四輩一內有怨心外強爲知識二於人前好言語背後說人惡三有急時於人前愁苦背後歡喜四外如親厚內興怨謀惡知識復有四輩一小侵之便大怒二有倩使之便不肯行三

見人有急時避人走四見人死亡棄之不視

又涅槃經云菩薩摩訶薩觀於惡象及惡知識等無有二何以故俱壞身故菩薩摩訶薩於惡象等心無怖懼於惡知識生怖畏心何以故是惡象等唯能壞身不能壞心惡知識者二俱壞故是惡象等唯壞一身惡知識者壞無量善身無量善心是惡象等唯能破壞不淨臭身惡知識者能壞淨身及以淨心是惡象等能壞肉身惡知識者壞於法身爲惡象煞不至三惡爲惡友煞必至三惡是惡象等但爲身怨惡知識者爲善法怨是故菩薩當遠離諸惡知識

又增一阿含經世尊說偈云

莫親惡知識　亦莫愚從事　當近善知識
人中最勝者　人中無有惡　習近惡知識
後必種惡根　永在暗中行

又中阿含經云爾時世尊告諸比丘有七怨家法而作怨家第一不欲令怨家有好色雖好沐浴名香塗身然爲色故瞋恚覆心而作怨家第二不欲令怨家安隱睡眠雖卧床枕覆以錦綺然故憂苦不捨瞋恚覆心而作怨家第三不欲令怨家而得大利雖應得利而不得利應不得利而得其利彼此二法更互相違瞋恚覆心而作怨家第四不欲令怨家有朋友若有親朋捨離避去因瞋覆心而作怨家第五不欲令怨家有稱譽彼惡名醜聲周聞諸方因瞋覆心而作怨家第六不欲令怨家極大財富彼大富人儻失財物因瞋覆心而作怨家第七不欲令怨家身壞命終往至善處彼身口意惡行已命終必至惡處生

地獄中而作怨家

又佛本行經云爾時佛告諸比丘言我念往昔久遠世時於雪山下有二頭鳥同共一身在於彼住一頭名曰迦嘍嗏鳥一頭名憂波迦嘍嗏鳥而彼二鳥一頭若睡一頭便寤其迦嘍嗏又時睡眠近彼寤頭有一果樹名摩頭迦其樹花落風吹至彼所寤頭邊其頭爾時作如是念我今雖復獨食此花若入於腹二頭俱時得色得力並除飢渴而彼寤頭遂即不令彼頭睡寤亦不告知默食彼花其彼睡頭於後寤時腹中飽滿欬噦氣出即語彼頭作如是言汝於何處得此香美微妙飲食而噉食之令我身體安隱飽滿令我所出音聲微妙彼寤頭報言汝睡眠時此處去我頭邊不遠有摩頭迦花果之樹當於彼時一花墮落在我頭邊我於爾時作如是念今我但當獨食此花若入於腹俱得色力並除飢渴是故我時不令汝寤亦不語知即食此花爾時彼頭聞此語已即生瞋恚嫌恨之心作如是念其所得食不語我知不喚我覺即便自食若如此者我從今後所得飲食我亦不喚彼寤語知而彼二頭至於一時遊行經歷忽然值遇一箇毒花便作是念我食此花願令二頭俱時取死于時語彼迦嘍嗏言汝今睡眠我當寤住時迦嘍嗏聞彼憂波迦嘍嗏頭如是語已便即睡眠其彼憂波迦嘍嗏頭尋食毒花迦嘍嗏頭既睡寤已欬噦氣出於是即覺有此毒氣而告彼頭作如是言汝向寤時食何惡食令我身體不得安隱命將欲死又令我今語言麤澀欲作音聲障礙不利於

是瘖頭報彼頭言汝睡眠時我食毒花願令二頭俱時取死於時彼頭語别頭言汝所爲者一何太卒云何乃作如是事已即說偈言

汝於昔日睡眠時　我食妙花甘美味
其花風吹在我邊　汝返生此大瞋恚
凡是癡人願莫見　亦願莫聞癡共居
與癡共居無利益　自損及以損他身

佛告諸比丘汝等若有心疑彼時迦嘍嗏鳥食美花者莫作異見即我是彼時憂波迦嘍嗏鳥食毒花者即此提婆達多是也我於彼時爲作利益返生瞋恚今亦復爾我教利益返更用我爲怨讎也

又佛本行經云爾時世尊與彼難陀入迦毗羅婆蘇都城入已漸至一賣魚店爾時世尊見彼店内茅草鋪上有一百頭臭爛死魚置彼草鋪見已告彼長老難陀作如是言難陀汝來取此魚鋪一把茅草其彼難陀而白佛言如世尊教作是語已即於彼店魚鋪下抽取一把臭惡茅草既執取已佛復告言長老難陀少時捉住還放於地難陀白言如世尊教即把草住爾時難陀捉得彼草經一時頃便放於地爾時佛復告難陀言汝自嗅手爾時難陀即嗅其手爾時佛復告難陀言汝手何氣長老難陀報言世尊唯有不淨腥臭氣也爾時佛告長老難陀如是如是若人親近諸惡知識共爲朋友交往止住雖經少時共相隨順後以惡業相染習故令其惡聲名聞遠至爾時世尊因斯事故而說偈言

猶如在於魚鋪下　以手執取一把茅
其人手即同魚臭　親近惡友亦如是

頌曰
峨峨王舍城　鬱鬱靈竹園　中有神化長
巧誘入幽玄　善人募授福　惡友樂讎怨
善惡昇沉異　薰猶別路門

## 擇交篇第五十五此有二部

述意部　引證部

### 述意部第一

蓋聞經說善知識者不得暫離惡知識者不得暫近但凡夫識心譬同素絲隨緣改轉受色有殊境來薰心心應其境心境相成善惡業現故知三寶所資在物爲貴其德既弘其功亦大願捐棄惡友親近善人非直自行得成亦使幽顯歸心也

### 引證部第二

如僧祇律云佛告諸比丘過去世時雪山根底曲山壅中有向陽處衆鳥雲集便共議言我等今日當推舉一鳥爲王令衆畏難不作非法衆鳥議言善誰應爲王有一鳥言當推鶬鴰有一鳥言此事不可何以故高脚長頸衆鳥脫犯啄我等腦衆咸言爾復有一鳥言當推鵝爲王其色絕白衆鳥所敬衆鳥復言此亦不可顔貌雖白項長且曲自項不直安能正他是故不可又復衆言正有孔雀衣毛綵飾觀者悅目可應爲王復言不可所以者何衣毛雖好而無慚愧每至舞時醜形出現是故不可有一鳥言土梟爲王所以者何晝則安靜夜則伺守能護我等堪爲王者衆咸可爾有一鸚鵡在一處住而多智慧作是念言衆鳥之法夜應眠息晝則求食是土梟法夜寤晝則多睡而諸衆鳥圍侍左右晝夜警

宿不復眠睡甚爲苦事我今設語彼當瞋恚拔我毛羽正欲不言衆鳥之類長夜受困寧受拔毛不越正理便到衆鳥前舉翅恭敬白衆鳥言願聽我說如前意見爾時衆鳥即說偈答

黠慧廣知義　不必以年耆　汝年雖幼小
智者宜時說

爾時鸜鵒聞衆鳥說即說偈言

若從我意者　不用土梟王　歡喜時覩面
常令衆鳥怖　況復瞋恚時　其面不可覩

時衆鳥咸言實如所說即共集議此鸜鵒鳥聰明黠慧堪應爲王便拜爲王佛告諸比丘彼時土梟者今闡陀比丘是鸜鵒鳥者今阿難是

又僧祇律云佛告諸比丘如過去世時有群雞依榛林住有狸侵食雄雞唯有雌在後有烏來覆之共生一子子作聲時公說偈言

此兒非我有　野父聚落母　共合生一子
非烏復非雞　若欲學公聲　復是雞母生
若欲學母鳴　其父復是烏　學烏似雞鳴
學雞作烏聲　烏雞二兼學　是二俱不成

又智度論云何布施生尸波羅蜜菩薩思惟衆生不知布施後世貧窮以貧窮故劫盜心生以劫盜故而有煞害以貧窮故不足於色色不足故而作邪行以貧窮故爲人下賤下賤畏他而生妄語如是等貧行十不善道若行布施生有財物不爲非法何以故五欲充足無所乏短如提婆達多本生曾爲一蛇與一蝦蟇一龜在一池中共結親友其後池水竭盡飢窮困乏無所控告時蛇遣龜以呼蝦

蟇蝦蟇說偈以遺龜言

若遺貧窮失本心　不惟本義食爲先
汝持我聲以語蛇　蝦蟇終不到汝邊

若修布施後生有福無所短乏則能持戒無此衆惡是爲布施能生尸羅波羅蜜若能布施以破慳心然後持戒忍辱等易可得行如文殊師利在昔過去久遠劫時曾爲比丘入城乞食得滿鉢百味歡喜丸城中有一小兒追而從乞不即與之乃至佛圖手捉二丸而要之言汝若能自食一丸以一丸施僧者當以施汝即相然可以一歡喜丸布施衆僧然後於文殊師利許受戒發心作佛如是布施能令受戒發心作佛頌曰

善惡自相違　明闇不同止　聖人愍迷徒
乘機入生死　慕德祛蹎煩　懲心見眞理
擇交惡自終　出苦方有始

感應緣（略引三驗）

魏沙門釋超達　魏沙門釋僧朗
齊沙門釋道豐

魏滎陽釋超達未詳氏族元魏中行業僧也多知解善呪術帝禁圖讖尤急所在搜訪有人誣達乃收付滎陽獄時魏博陵公檢勘窮劾達以實告公遂大怒以車輪繫頸嚴防衛之自知無活專念觀音至夜四更忽不見輪唯見守者皆大昏睡因走出外將欲遠避以繫獄因久脚遂攣急不能遠行至曉虜騎四出追之達急伏卧草中兵騎蹋草悉皆靡遍對逼不見仰看虜面悉以皮障自達一心服死唯專誠稱念夜虜去尋即得脫又有僧明道人爲北臺石窟寺主魏氏之王天下每疑

沙門爲賊官收數百僧並五繫縛之僧明爲魁首以繩急繫從頭至足尅明斬決僧明大怖一心念觀世音至於半夜覺繩小寛私心欣幸精誠彌切及曉索繩都斷既因得脫逃逸奔山明旦獄監來覔不見唯有斷繩在地知爲神力所加非關人事即以奏聞帝信道人不久遂總釋放

魏涼州釋僧朗魏虜攻涼州城民少逼僧上城舉城同陷收登城僧三千人至軍將至魏主所謂曰道人當坐禪行道乃復作賊登城罪極刑戮明日當殺至期食時赤氣數丈貫日直度天師冦謙之爲帝所信奏曰上天降異正爲道人實非本心官抑令上願不須殺帝遂放之猶散配役徒唯朗等數僧別付帳下從駕東歸及魏軍東還朗與同學思慕本鄉中路共叛然嚴防守更無走處東西絕壁莫測淺深上有大樹傍垂岸側遂以鼓旗竿繩繫樹懸下時夜大暗崖底純棘無安足處欲上崖頭復恐軍覺投計慞惶捉繩懸住勢非及久共相謂曰今厄頓至唯念觀音以頭扣石一心專注須臾光明從日處出通照天地乃見棘中有得下處因光至地還忽冥暗方知聖力非關天明相慶感遇便泰稍眠良久天曉始聞軍衆警角將發而山谷重疊徘徊萬里不知出路候月而行路值大虎出在其前相顧而言雖免虜難虎口難脫朗語僧曰不如君言正以我等有感所以現光今遇此虎將非聖人示吾路耶於是二人徑詣虎所虎即前行若朗小遲虎亦暫住至曉得出而失虎蹤便隨道自進至于七日達於仇池

又至涼漢出于荆州不測所終

齊相州鼓山釋道豐未詳氏族世稱得道之流與弟子三人居相州鼓山中不求利養或云靈丹黃白醫療占相世之術藝無所不解齊高來往并鄴常過問之應對不思隨事摽答帝曾命酒并蒸肫敕置豐前令遣食之豐聊無辭讓極意飽噉帝乃大笑亦不與言駕去後謂弟子曰除却床頭物及發撤床見向者蒸肫酒等猶在都不似噉嚼處時石窟寺有一坐禪僧每日西則東望山巔有丈八金像現此僧私喜謂覩靈瑞日日禮拜如此可經兩月後在房卧忽聞枕間有語謂之曰天下更何處有佛汝今道成即是佛也爾當好作佛身莫自輕脱此僧聞已便起恃重傍視群僧猶如草芥於大衆前側手指胷曰云你輩頗識眞佛不泥龕畫佛語不出唇智慮何如你見眞佛不知禮敬猶作本日期我悉墮阿鼻又眼精已赤叫呼無常合寺知是驚禪及未發前輩詣豐所徑即謂曰汝兩月已來常見東山上現金像耶答曰實見又曰汝聞枕間遣作佛耶答曰實然豐曰此風動失心耳若不早治或狂走難制便以針針之三處因即不發及豐臨終謂弟子曰吾在山久汝等有谷汲之勞今去無以相遺當留一泉與汝既無陟降辛苦努力勤修道業便指龕傍去一方石遂有懸泉澄映不盈不減於今現存

右三驗出梁高僧傳

法苑珠林卷第五十一

音釋

秕稗秕甲几切穀不成也稗蒲懈切似木穢草藿忽郭切香草麝市夜切獸如小麋臍有香颰蒲活切顦顇顦慈消切顇秦醉切顦顇憂瘠也嚙倪結切噬也嘴子累切與觜同嘍音婁嗏音茶欬噦欬口溉切噦於月切噦逆氣也鶬鴰鶬千唐切鴰公活切鶬鴰鳥名梟堅堯切土梟怪鳥榛鉏臻切木叢生也筲思積切與昔同囂虛驕切喧也𨇽呂員切與攣同噉徒濫切食也嚼疾雀切咀嚼也

# 法苑珠林卷第五十二

唐西明寺沙門釋道世撰

## 眷屬篇第五十六（此有四部）

述意部　哀戀部

改易部　離著部

### 述意部第一

竊尋眷屬洴移新故輪轉去留難卜聚會暫時良由善惡緣別昇沉殊趣善如難陀棄榮欲而從道羅雲捨王位而斷結如栴檀林栴檀圍遶隨應而度調御之美於玆可見惡如調達破僧闍王害父常懷毒意恒結怨讎旣同棘刺之林亦類蚖蛇之種善惡路分禍福可覩

### 哀戀部第二

如須摩提長者經云佛在世時舍衛城有大長者子名須摩提是人命終父母宗親及諸知識一時號哭哀悼躃踊稱怨大喚悶絕于地或有喚父母兄弟者或有呼夫主大家者如是種種號咷啼哭又有把土而自坌者又有持刀斷其髮者譬如有人毒箭入心苦惱無量或有以衣自覆而悲泣者譬如大風鼓扇林樹枝柯相振又如失水之魚宛轉在地又如斬截大樹崩倒狼籍以如是楚毒而加其身爾時世尊知而故問阿難彼諸大衆何故哀號悲泣如是阿難具以白佛唯願世尊爲度一切可往至彼諸佛世尊不以無請而有不說我今爲彼諸人勸請於佛世尊以大慈悲願往至彼爾時如來受阿難請即往其家是時彼諸人等遙見世尊各各以手拭面前來迎佛旣至佛所頭面禮足悲哀鯁塞不

能發言正欲長歎以敬佛故不敢出息噎氣而住爾時佛告長者父母等汝等何故悲泣懊惱著此幻法是諸人等同時發言而白佛言世尊是城中唯有此人聰明智慧端正殊妙年既盛壯於諸人中爲無有上又復多饒財寶倉庫盈溢車馬衣服奴婢使人如是悉備無所乏短一旦命終是故我等悲泣戀慕不能自勝善哉世尊願爲我等方便說法得離諸惱從今已後更不復受如是諸苦爾時世尊告長者父母宗親知識及諸大衆汝等曾見有生者不老病死不諸人白佛言未曾見也佛復告諸大衆汝等欲離生老病死憂悲苦惱者莫復念是恩愛之縛摽心正見歸命三寶所以者何於諸世間無過佛者能導盲冥愚癡之衆佛所說法即是良藥爾時世尊即說偈言

十方世界中　生者無不死　生死往來道
唯法能除滅　無有十方刹　命終能濟者
唯佛能除斷　是故歸命佛　若人作不善
好行十惡者　心常懷憍慢　不敬於三寶
不能持淨戒　懈怠不精進　如是諸人等
皆名之爲死　無常計有常　不淨計有淨
實苦而言樂　無我計有我　衆生生死中
深著於倒見　千萬億劫中　不知生死本
若有人能解　眞實大法者　能知此非常
最爲大苦本　若人見垢濁　斷除三毒本
必能得成就　無上之大法

爾時長者諸眷屬等聞佛所說悲苦皆息並獲道果

又法句喻經云昔有婆羅門少年出家學至

六十不能得道婆羅門法六十不得道然後歸家娶婦爲此居家生得一男端正可愛至年七歲書學聰了才辯出口有逾人之操卒得重病一宿命終梵志憐惜不能自勝伏其屍上氣絶復穌親族諫喻奪屍殯殮埋著城外梵志自念我今啼哭計無所益不如往至閻羅王所乞索兒命於是梵志沐浴齋戒齎持華香發舍而去所在問人閻羅王所治處爲在何許展轉前行行數千里至深山中見諸得道梵志復問如前諸梵志問曰卿問閻羅王所治處欲求何等答曰我有一子辯慧過人近日卒亡悲窮懊惱不能自解欲至王所求乞兒命還將歸家養以備老諸梵志等愍其愚癡即告之曰閻羅王所治之處非是生人所可得到也當示卿方宜從此西行四百餘里有一大川其中有城此是諸天神案行世間停宿之城閻羅王常以四月四日案行必過此城卿持齋戒往必見之梵志歡喜奉教而去到其川中見好城郭宮殿屋舍如忉利天梵志詣門燒香翹脚呪願求見閻羅王王勑守門人引見之梵志啓言晚生一男欲以備老養育七歲近日命終唯願大王垂恩布施還我兒命閻羅王言所求大善卿兒今在東園中戲自往將去梵志即往見兒與諸小兒共戲即前抱之向之啼泣曰我晝夜念汝食寐不甘汝寧不念父母辛苦以不小兒驚喚逆呵之曰癡騃老翁不達道理寄住須臾名人爲子勿妄多言不如早去今我此間自有父母邂逅之間唐自手抱梵志悵然涕泣而去即自念言我聞瞿曇沙門知人神

魂變化之道當往問之於是梵志即還佛所時佛在舍衛祇洹爲大衆說法梵志見佛稽首作禮具以本末向佛陳之實是我兒不肯見召反謂語我爲癡騃老翁寄住須臾認我爲子永無父子之情何緣乃爾佛告梵志汝實愚癡人死神去便更受形父母妻子因緣合居譬如寄客起則離散愚迷縛著計爲已有憂悲苦惱不識本根沉溺生死未復休息唯有慧者不貪恩愛覺苦捨習勤修經戒滅除識想生死得盡梵志聞已豁然意解即於座上得阿羅漢道

又大法炬經云佛言一切衆生皆悉隨其形類而置名字如鳥雀等而彼餓鬼衆生之中無有決定差別名字勿謂天定天也人定人也餓鬼定餓鬼也如一事上有種種名如一人上有種種名如一天乃至餓鬼畜生有種種名亦復如是亦有多餓鬼全無名字於一彈指頃轉變身體作種種形云何可得呼其名也彼中惡業因緣未盡故於一念中種種變身

改易部第三

如法句喻經云昔佛在舍衛國爲天人說法時城中有婆羅門長者財富無數爲人慳貪不好布施食常閉門不喜人客若其食時輙勑門士堅閉門戶勿令有人妄入門裏乞匃求索爾時長者欻思美食便勑其妻令作飯食教殺肥雞薑椒和調煑之令熟飲食飣餖即時已辦勑外閉門夫妻二人坐一小兒著聚中央便共飲食父母取雞肉著兒口中如是數數初不有廢佛知此長者宿福應度化

作沙門伺其坐食現出坐前便呪願云且言多少布施可得大福長者舉頭見化沙門即罵之言汝爲道人而無羞恥室家坐食何爲唐突沙門答曰卿自愚癡不知羞恥今我乞士何故慚羞長者問曰吾及室家自共娛樂何故慚羞沙門答曰卿殺父妻母供養怨家不知慚恥反謂乞士何不慚羞於是世尊即說偈曰

所生枝不絶　但用食貪欲　養怨益丘塚
愚人當汲汲　雖獄有鉤鎖　慧人不謂牢
愚見妻子飾　深著愛其牢　慧說愛爲獄
深固難得出　是故當斷棄　不親欲能安

長者聞偈驚而問之道人何故說此答曰案上雞者是卿先世時父以慳貪故常生雞中爲卿所食此小兒者往作羅刹卿作賈客大人乘船入海舟輙失流墮羅刹國中爲羅刹所食如是五百世壽盡來生爲卿作子以卿餘罪未畢故來欲相害耳今是妻者是卿先世時母以恩愛深固今還與卿作婦今卿愚癡不識宿命殺父養怨以母爲妻五道生死輪轉無際周旋五道誰能知者唯有道人見此覩彼愚者不知豈不慚恥於是長者忽然毛竪如怖畏狀佛現威神令識宿命長者見佛即識宿命尋則懺悔謝過便受五戒佛爲說法得須陀洹道

又雜寶藏經云佛時遊行到居阿羅國便於中路一樹下坐有一老母名迦旦遮羅繫屬於人井上汲水佛語阿難往索水來阿難承佛勅即往索水爾時老母聞佛索水自擔罐往既到佛所放罐著地直往抱佛阿難欲遮

佛言莫遮此老母者五百身中曾爲我母愛心未盡是以抱我若當遮者沸血從面門出而即命絶既得抱佛嗚其手足在一面立佛語阿難往喚其主其主來至頭面禮佛却住一面佛語主言放此老母使得出家若令出家當得阿羅漢主便即放緣此老母迦葉佛時出家學道故得阿羅漢爾時爲徒衆主罵諸聖尼爲婢令屬於他五百身中恒爲我母遮我布施常生貧賤也

又賢愚經云舍衛國中有豪富長者唯無子姓每禱祀神祇求索一子精誠款篤婦便懷妊日月滿足生一男兒其兒端正世所希有父母宗親共相合集詣大江邊飲食自娛臨河不固失兒墮水尋時搏撮竟不能得父母憐念絶而復穌其兒功德竟復不死至河水中隨水沉浮時有一魚吞此小兒雖在魚腹猶復不死時有小村而在下流有一富家亦無子姓種種求索困不能得而彼富家恒令一奴捕魚販賣其奴捕得吞小兒魚剖腹看之得一小兒面貌端正得已歡喜我家由來禱祠求索精誠報應故天與我即便摩抆乳哺養之時彼上村父母追索此是我兒於彼河失今汝得之願以見還時彼長者而答之曰我家由來禱祠求子今神報應賜我一兒君之亡兒竟何所在紛紜不了詣王求斷於是二家各引道理王聞其說靡知所以即爲二家共養此兒至兒長大各爲娶婦安置家業二處異居此婦生子即屬此家彼婦生兒即屬彼家時二長者各隨王教其兒長大俱爲娶婦供給所須無有乏短其兒白二父母

請求出家父母心愛不能拒逆即便聽許即往佛所求索入道佛即聽之讚言善來頭髮自墮即成沙門字曰重姓佛爲說法得盡諸苦即於座上成阿羅漢阿難白佛不審世尊此重姓比丘本造何行種何善根而今生世墮水魚吞而故不死佛告阿難汝且聽之吾當爲說過去久遠有佛世尊號毗婆尸集諸大衆爲說妙法時有長者來至會中聞受三歸受不殺戒復以一錢布施彼佛由是之故世世受福無有乏短佛告阿難爾時長者今重姓比丘是也由施一錢九十一劫恒富錢財至於今世二家供給受不殺戒故墮水中魚吞不死受三自歸故今值我世得阿羅漢道

又佛說長者子懊惱三處經云爾時舍衛城有大富長者財寶無數家無親子恐終後沒官夫婦禱祠歸命三寶精勤不懈便得懷軀婦人黠者有五事應知一知夫壻意二知夫壻念不念三知所因懷軀四別知男女五別知善惡是婦報長者我已懷軀長者歡喜月滿生男加五乳母供養抱持長大索得好婦其兒夫婦行園園中有樹名曰無憂華色鮮白絜弱緋色婦語夫言欲得此華夫便上樹爲取此華樹枝細劣即時摧折兒便墮死父母聞之奔趣抱頭摩挲占視永絕不穌父母悲哀五內摧傷衆客見之亦代哀痛佛與阿難因入城見愍獨一子而墮樹死佛告長者人生有死物成有敗對至命盡不可避藏捐去憂念勿復憂慼佛語長者此兒本從忉利天上壽盡來生卿家卿家壽盡便生龍中金

翅鳥王即取噉之三處父母一時共啼哭爲
是誰子佛即說偈言
天上諸天子　爲是卿子乎　爲在諸龍中
龍神之子耶　時佛自解言　非是諸天子
亦非爲卿子　復非諸龍子　生死諸因緣
無常譬如幻　一切不久立　譬如若過客
佛語長者死不可離去不可追長者白佛此
兒宿命罪福云何佛言此兒前世好喜布施
尊敬於人緣此福德生豪富家喜獵傷害令
身命短罪福隨人如影隨形長者踊躍逮得
法忍

離著部第四

如十住毗婆沙論云於此家中父母兄弟妻
子眷屬車馬等物唯增貪求無有猒足家是
難滿如海吞流家是無足如火焚薪家是無
息覺觀相續家是苦性如怨詐親家是障礙
能妨聖道家是鬪亂共相違諍家是多瞋呵
責好醜家是無常雖久失壞家是衆苦馳求
守護家是疑處猶如怨賊家是顛倒貪著假
名家是伎人種種妄飾家是變異貪必離散
家是假借無有實事家是眠夢富貴則失家
如朝露須臾變滅家如蜜滴其味甚少家如
棘藜欲刺傷人家如鐵觜蟲覺觀常唼如是
等患不可具述是故在家菩薩當如是觀知
其家過在家妻子眷屬奴婢財物等不能作
救作歸非我善友是故宜當急離捨之又無
始已來一切衆生於六道中互爲父子親踈
何定故偈云
無明蔽慧眼　數數生死中　往來多所作
更互爲父子　貪著世間樂　不知有勝事

怨數爲知識　知識數爲怨　是故我方便
莫生憎愛心　若起憎愛心　不能通達法

又大菩薩藏經云舍利子若有衆生味著男女妻妾諸女色欲當知即是味著礫石之雹即是味著利刀之刃即是味著大熱鐵丸即是味著坐熱鐵牀即是味著熱鐵几凳舍利子若有味著花鬘香塗即是味著熱鐵花鬘亦是味著屎尿塗身舍利子若有攝受居處舍宅當知攝受大熱鐵甕若有攝受奴婢作使當知攝受地獄惡卒若有攝受象馬駝驢牛羊雞豕當知攝受地獄之中黑駮猪狗又是攝百踰繕那禁衛之卒取要言之若有攝受妻妾男女諸女色欲當知即是攝受一切衆苦憂愁悲惱之聚舍利子寧依附千踰繕那量大熱鐵牀是牀極熱遍熱猛焰洞然於彼父母所給妻妾諸女色欲乃至不以染愛之心遠觀其相何況親附抱持之者何以故舍利子當知婦人是衆苦本是障礙本是殺害本是繫縛本是憂愁本是怨對本是生盲本當知婦人滅聖慧眼當知婦人如熱鐵花散布於地足蹈其上當知婦人於諸邪性流布增長舍利子何因緣故名爲婦人所言婦者名加重擔何以故能使衆生受重擔故能使衆生持於重擔有所行故能使衆生荷於重擔遍周行故能令衆生於此重擔心疲苦故能令衆生爲於重擔所煎迫故能令衆生爲於重擔所傷害故舍利子復以何緣名之爲婦所言婦者是諸衆生所輸委處是貪愛奴所流没處是順婦者所輸稅處是婦媚者所迷惑處是婦勝者所歸投處是屈婦者所

憑仗處婦自在者所放逸處爲婦奴者所渡苦處隨婦轉者所欣仰處舍利子以如是等諸因緣故名是諸處以之爲婦

又雜阿含經云爾時世尊告諸比丘有三種子何等爲三有隨生子有勝生子有下生子何等爲隨生子謂子父母不殺不盜不婬不妄語不飲酒子亦隨學不殺等是名隨生子何等爲勝生子若父母不受不殺等子能受不殺等是名勝生子云何下生子若子父母不受不殺等子亦不能受不殺等是名下生子

又五無返復經云聞如是一時佛在舍衛國與千二百五十比丘俱時有一梵志從羅閱祇國來欲得學問便到舍衛國見父子二人耕田毒蛇螫殺其子其父猶耕如故不看其子亦不啼哭梵志問曰此是誰兒耕者答言是我之子梵志又問是卿之子何不啼哭耕者答曰人生有死夫盛有衰善者有報惡者有對愁憂啼哭無益死者卿今入城我家某處願過語之吾子已死持一人食來梵志自念此是何人而無返復兒死在地情不愁憂反更索食此人不慈無復比比梵志入城詣耕者家見死兒母即便語之卿兒已死其夫寄信持一人食來梵志曰何以不念子耶兒母即爲梵志說譬喻言兒來託生我亦不呼兒今自去非我不留譬如行客因過主人客今自去何能得留我之母子亦復如是去來進止非我之力隨其本行不能救護復語其姊卿弟已死何不啼哭姊復說譬喻向梵志言譬如巧師入山斫木縛作大筏安置水中

卒逢大風吹破筏散隨水流去前後分張不相顧望我弟亦爾因緣和合共一家生隨命長短死生無常合會有離我弟命盡各自所隨不能救護復語其婦卿夫已死何不啼哭婦說喻向梵志言譬如飛鳥暮宿高樹同止共宿伺明早起各自飛去行求飲食有緣即合無緣即離我等夫婦亦復如是無常對至隨其本行不能救護復語其奴大家已死何不啼哭奴復說譬喻言我之大家因緣和合我如犢子隨逐大牛人殺大牛犢子在邊不能救護大牛之命愁憂啼哭無所補益梵志聞已心感自責不識東西我聞此國孝順奉事恭敬三寶故從遠來欲得學問既來到此了無所益更問行人佛在何許欲往問之行人答言近在祇洹精舍梵志即到佛所稽首

作禮却坐一面合掌低頭默無所說佛知其意謂梵志曰所願不果違我本心是故不樂佛語梵志有何所失愁憂不樂梵志對曰我從羅閱祇國來欲得學問既來到此見五無返復佛問梵志何等五無返復梵志曰我見父子二人耕田下種兒死在地父亦不愁居家大小都無愁悲是爲大逆佛言不然不如卿語此之五人最爲返復知身非常身非已有往古聖人不免斯患何爲凡夫大啼小哭無益死者世俗之人無所識知生死流轉無有休息梵志心開意解我聞佛說如病得愈盲者得視如闇得明於是梵志即得道迹一切死亡不足啼哭滅死防生非愁憂法死者身歸於土生者種持產業欲爲亡者請佛及僧燒香供養讀

誦經書日日作禮復能布施三寶最是爲要

梵志稽首爲佛作禮歡喜奉行頌曰

眷屬多孜擾　染著亂心神　親踈未可定

何得偏憎憐　乾城無片實　渴鹿諍餤塵

息心上空響　廢念心眞源

感應緣略引七驗

晉居士杜願　晉居士董青建

宋居士袁廓　宋居士卞悦之

唐沙門釋慧如　唐居士王會師

唐居士李信

晉杜願字永平梓橦涪人也家巨富有一男名天保願愛念年十歲泰元三年暴病而死經數月日家所養猪生五子一子最肥後官長新到願將以作禮捉就殺之有一比丘忽至願前謂曰此㹠是君兒也如前百餘日中而相忘乎言竟忽然不見四顧尋視見在西天騰空而去香氣充布彌日乃歇

晉董青建者不知何許人父字賢明建元初爲越騎校尉初建母宗氏孕建時夢有人語云爾必生男體上當有青誌可名爲青建及生如言即名焉有容止美言笑性理寬和家人未嘗覩其慍色見者咸異之至年十四而州迎主簿建元初皇儲鎮樊漢爲水曹叅軍二年七月十六日寢疾自云必不振濟至十八日臨盡起坐謂母曰罪盡福至緣累永絶願母自割不須憂念因七聲大哭聲盡而絶將殯喪齋前其夜靈語云生死道乖勿安齋前自當有造像道人來迎喪者明日果有道人來名曇順即依靈語向曇順説之曇順曰貧道住在南林寺造丈八像垂成賢子乃有

此感應寺西有少空地可得安喪也遂葬寺邊三日其母將親表十許人墓所致祭於墓東見建如生云願母割哀還去建今還在寺住母即止哭而還舉家菜食長齋至閏月十一日賢明夢見建云願父暫出東齋賢明便香湯自浴齋戒出東齋至十四夜於眠中聞建喚聲驚起見建在齋前如生時父問汝往在何處建云從亡來住在練神宮中滿百日當得生忉利天建不忍見父母兄弟哭泣傷慟三七日禮諸佛菩薩請四天王故得暫還願父母從今以後勿復啼哭祭祀阿母已發願求見建母不久當命終即共建同生一處父壽可得七十三命終之後當三年受罪報勤苦行道可得免脫問曰汝從夜中來那得有光明建曰今與菩薩諸天共下此其身光耳又問云汝天上識誰建曰見王車騎張吳與外祖宗西河建曰非但此一門中生從四十七年以來至今七死七生已得四道果先發七願願生人間故歷生死從今永畢得離七苦建臨盡時見七處生死所以大哭者與七家分別也問云汝皆生誰家建曰生江吏部羊廣州張吳興王車騎蕭吳興梁給事董越騎等家唯此間生十七年餘處止五三年耳自今以後毒癘歲多宜勤修功德建見世人死多墮三塗生天者少勤精進可得免度發願生天亦得相見行脫差異無相值期又問云汝母憂憶汝垂死可令見汝不建曰不須相見益懷煎苦耳耶但依向言說之諸天已去不容久住悽有悲色忽然不見去後竹林左右猶有香氣家人亦並聞餘香焉建云

所生七家江縣羊布張永王玄宋謨蕭惠明梁季父也賢明遂以出家名法藏也

宋袁廓字思度陳郡人也元徽中爲吳郡丞病經少日奄然如死但餘息未盡棺啥之具並備待畢而殮三日而能轉動視瞬自説云有使者稱教喚廓隨去既至有大城池樓堞高整階闥崇麗既命廓進主人南面階陛森然威飾冠首執刀者默廓坐坐定温涼畢設酒炙果粽菹肴等廓皆嘗進種族形味不異世中酒數行主人謂廓曰身主簿不幸閤任有闕以君才頴故欲相屈當能顧懷不廓意亦知是幽途乃固辭凡薄非所克堪家少窮孤兄弟零落公私二三乞蒙恩放主人曰君當以幽顯異方故有辭耳此間榮祿資待身口服御乃當勝君世中勤勤之懷甚貪共事想必降意副所期也廓復固請曰男女藐然並在齠齓僕一旦恭任養視無託父子之戀理有可矜廓因流涕稽顙主人曰君辭讓乃爾何容相逼願言不獲深爲歎恨就案上取一卷文書拘𩪠之既而廓謝恩辭歸主人曰君不欲定省先亡乎乃遣人將廓行經歷寺署甚衆末得一垣城門楯並蓋圀圄也將廓入中斜趣一隅有諸屋宇駢填衢接而甚陋弊次有一屋見其所生母羊氏在此屋中容服不佳甚異平生見廓驚喜戸邊有一人身面傷痍形類甚異呼廓語廓驚問其誰羊氏謂廓曰此王夫人汝不識耶王夫人曰吾在世時不信報應雖復無甚餘罪正坐鞭撻婢僕過苦故受此罰亡來楚毒殆無暫休今特少時寛隙耳前喚汝姊來望以自代竟無所

益徒爲憂聚言畢涕泗王夫人即廓嫡母也廓姊時亦在其側有頃使人復將廓去經涉巷陌閭里整頓似是民居末有一宅竹籬茅屋見父披被著巾凭案而坐廓入問父揚手遣廓曰汝既蒙罷可速歸去不須來也廓跪辭而歸使人送廓至家而去廓今太子洗馬是也

宋卞悅之濟陰人也作朝請居在潮溝行年五十未有子息婦爲取妾復積載不孕將祈求繼嗣千遍轉觀世音經其數垂竟妾便有娠遂生一男元嘉十八年巳丑歲云云右四驗出冥祥記

唐京城眞寂寺沙門慧如少精勤苦行師事信行信行亡後奉遵其法隋大業中因坐禪修定遂七日不動衆皆歎異之以爲入三昧也既而慧如開目涕泣交流僧衆怪問之答曰火燒脚痛待視瘡畢乃說衆皆怪問慧如曰被閻羅王請行道七日滿王問須見先亡知識不如答欲見二人王即遣喚一人唯見龜來舐慧如足目中淚出而去更一人者云罪重不可喚令就見之使者引慧如至獄門門閉甚固使呼守者有人應聲使者語慧如師急避道莫當門立如始避而門開大火從門流出如鍛星迸著如脚被燒之舉目視門門已閉訖竟不得相見王施絹三十匹固辭不許云已遣送後房衆僧爭往房視之則絹在牀矣其脚燒瘡大如錢百餘日乃愈至武德初卒眞寂寺即今化度寺是右一驗出冥報記

唐京都西市北店有王會師者其母先終服制已畢至顯慶二年内其家乃産一青黄母

狗會師妻爲其盜食乃以杖擊之數下狗遂作人語曰我是汝姑新婦杖我大錯我爲嚴酷家人過甚遂得此報今既被打羞向汝家因即走出會師聞而涕泣抱以歸家而復還去凡經四五會師見其意止乃屈請市北大街中正是巳店北大牆後作小舍安置每日送食市人及行客就觀者極衆投餅與者不可勝數此犬恒不離此舍過齋時而不肯食經一二歲莫知所之

唐居士李信者并州文水縣之太平里人也身爲隆政府衛士至顯慶年冬隨例往朔州赴蕃乘赤草馬一疋并將草駒是時歲晚凝陰風雪嚴厚行十數里馬遂不進信以蕃期期逼促撾之數十下馬遂作人語謂信曰我是汝母爲生平避汝父將碩餘米乞女故獲此報此駒即是汝妹也以力償債向子汝復何苦敢逼如是信聞之驚愕流涕不能自勝乃拜謝之躬馳鞍轡謂曰若是信孃當自行歸家馬遂前行信負鞍轡隨之至家信兄弟等見之悲哀相對別爲廄櫪養飼有同事母屈僧營齋合門莫不精進鄉閭道俗咸歎異之時工部侍郎温無隱岐州司法張金停俱爲丁艱在家聞而奇之故就信家顧訪見馬猶在問其由委並如所傳（右二驗出冥報拾遺）

校量篇第五十七（此有七部）

述意部　施田部　十地部
福業部　罪業部　雜行部
方土部

述意部第一

蓋聞濬知一揆圖度萬端業行黑白受報升

降大小方音長短别域德有隱顯行有淺深是以羣聖降迹緣感斯應或標奇顯相或韜形晦跡軌轍雖殊弘道罔异若不校量罕知優劣也

施田部第二

如菩薩本行經云佛告須達過去世時有一婆羅門名曰比藍端正無比聰慧第一財富無量不可億數比藍曰財寶所有皆悉非常我不用之欲施窮乏即設大壇人民雲集皆來至所時比藍欲澡自手傾於軍持而水不出大用愁憂今我大祠將有何過而水不出即時天人於虛空中語比藍言汝施大好無能過者但所施人盡是邪僞倒見之徒不堪受汝恭敬之施以是之故水不能出於是比藍聞天人語意便開解即作誓言今我所施用成無上正眞之道審如所願者令我寫水當墮我手作誓願已便傾澡瓶水即墮手諸天讃言如汝所願成佛不久爾時比藍布施貧乏衣服飲食十二年中盡用布施無所藏積佛告須達爾時比藍婆羅門者今我身是而我所施亦好其心亦好受者不好所施雖多獲報甚少而今我法眞妙清淨弟子正眞所施雖少獲報甚多於十二年所作布施及閻浮提一切人民計其功德不如布施一須陀洹人其福甚多過出其上施百須陀洹并前福報不如施一斯陀含人施百斯陀含并前福報不如施一阿那含人施百阿那含并前福報不如施一阿羅漢施百阿羅漢并前功德不如施一辟支佛施百辟支佛百阿羅漢百阿那含百斯陀含百須陀洹及施閻浮

提人所得功德不如起塔僧坊精舍衣食等供養過去來今四方衆僧給其所須計其功德過前所作功德將前所作福德不如施佛一人功德甚多不可復計雖供養佛并前施功德不如有人一日之中受三自歸八關齋若持五戒所得功德逾過於前百千萬倍不可爲喻復以持戒之福幷合集前一切功德不如坐禪慈念衆生經一食頃所得功德逾過於前百千萬倍復合前功德不如聞法執在心懷思惟四諦比前功德最尊第一無有過上於是須達聞法踊躍身心清淨得阿那含道

十地部第三

如金剛三昧不壞不滅經云佛告彌勒菩薩我今爲汝說菩薩所得功德地法初地菩薩猶如初月光明未顯然其明相皆悉具足二地菩薩如五日月三地菩薩如八日月四地菩薩如九日月五地菩薩如十日月六地菩薩如十一日月七地菩薩如十二日月八地菩薩如十三日月九地菩薩如十四日月十地菩薩如十五日月圓滿可觀明相具足其心澹泊安住不動不沒不退住首楞嚴三昧

又無性攝論釋云謂於初地達法界時遍能通達一切地者若於初地正通達時速能通達後一切地此種類故如有頌言

如竹破初節　餘節速能破　得初地眞智
諸地疾當得

福業部第四

依增一阿含經云一閻浮提人福德等一鐵輪聖王福一鐵輪王福等一東弗于逮人福

上二天下人福等一銅輪王福一銅輪王福等一俱耶尼人福上三天下人福等一銀輪王福一銀輪王福等一鬱單越人福上四天下人福等一金輪王福一金輪王福等一四天王天人福一四天王天人福等一天王福一天王福等一三十三天人福一三十三天人福等一帝釋福一帝釋福等一燄摩天人福一燄摩天人福等一天王福如是展轉校量乃至非想天福不可思量

又正法念經云如三十三天受五欲樂喻如金輪王所受之樂比於天樂十六分中不及其一所受天身無有骨肉亦無汗垢不生嫉妬其目不眴衣無塵垢無有煙霧亦無大小便利之患其身光明能有遠照轉輪聖王都無此事於已妻子不偏攝受離於嫉妬飲食自在無有睡眠疲極等苦轉輪王等都無此事此諸天等初生之時歌儛音樂無有教者不從他學以善業故自然皆知退時善業盡故一切皆忘忉利下天尚有大樂況上天樂難可爲比如是展轉校量從下向上乃至非想非非想天不可爲比

## 罪業部第五

如十輪經云佛言若有刹利旃陀羅王於三寶所起於惡心一切諸佛所不能救譬如壓油一一麻中皆生諸蟲以壓油轉而壓取之即便得油此壓油人於其日夜爲應定殺幾所衆生若復有人以是十輪而壓油者一輪一日一夜壓油千斛如是乃至滿於千年是壓油人得幾所罪地藏菩薩言甚多世尊無能知是人罪量其數多少唯佛知之佛言譬

如十輪之罪等一婬女舍罪其舍有十女人皆爲求欲如是十婬女舍其罪等一酒家如是十酒家等一屠兒舍如是十屠兒舍罪等一刹利旃陀羅居士旃陀羅十輪中等於一輪一日一夜罪爾時世尊而說偈言

十輪罪等一婬舍　十婬罪等同一酒
十酒罪等一屠兒　十屠兒罪等一王

雜業部第六

如樹提伽經偈云

何物高於空　我德高於空　何物重於地
相德重於地　何物多草木　亂想多草木
何物疾於風　意念疾於風　何物得生天
十善得生天　何物服人身　五戒服人身
何物落地獄　十惡落地獄　何物墮畜生
觝突墮畜生　何物堅金剛　無著堅金剛
何物輭鸖毛　心柔輭鸖毛　何物香栴檀
持戒香栴檀　何物明日月　佛光明日月
何物安於山　坐禪安於山　何物動於地
三界動於地　何物最清淨　泥洹最清淨
何物最穢濁　生死最穢濁　何物最爲高
家和最爲高　何山最爲明　須彌最爲明
何國最爲樂　舍衛最爲樂　何國饒人民
迦夷國饒人　何物戲深山　麞鹿戲深山
何物樂蘩林　孤狢樂蘩林　何物墮風塵
沙礫墮風塵　何物戲深淵　鯉魚戲深淵

又雜阿含經云有天子說偈問佛云

何戒何威儀　何得何爲業　慧者云何住
云何往生天

爾時世尊說偈答言

遠離於殺生　持戒自防禦　害心不加生

是則生天路　遠離不與取　與取心欣樂
斷除賊盜心　是則生天路　不行他所愛
遠離於邪婬　自愛知止足　是則生天路
自爲巳及他　爲財及戲笑　妄語而不爲
是則生天路　斷除於兩舌　不離他親友
常念和彼此　是則生天路　遠離不愛語
輭語不傷人　常說淳美言　是則生天路
不爲不成說　無義不饒益　常順於法言
是則生天路　聚落若空地　見利言我有
不行此貪想　是則生天路　慈心無害想
不害於衆生　心常無怨結　是則生天路
苦業及果報　二俱生淨信　受持於正見
是則生天路　如是諸善法　十種淨業跡
等受堅固持　是則生天路

時釋提桓因說偈問佛云

何法命不知　何法命不覺　何法鎖於命
何法爲命縛

爾時世尊說偈答言

色者命不知　諸行命不覺　身鎖於其命
愛縛於命者

又雜阿含經云爾時世尊手捉團土大如棃果告諸比丘云何我手中團土爲多大雪山中土石爲多諸比丘白佛言世尊手中土少耳彼雪山土石甚多乃至筭數不得爲比佛告諸比丘如是衆生知四聖諦苦集滅道者如我所捉團土不如實知者如大雪山土石爾時世尊以爪甲擎土告諸比丘於意云何我甲上土爲多此大地土多諸比丘白佛言世尊世尊甲上土甚少耳此大地土甚多乃至筭數不可爲比佛告諸比丘若諸衆生形

可見者如甲上土其形微細不可見者如大地土如是陸地如是水性亦爾如得人道者如甲上土墮非人者如大地土如是生中國者如甲上土生邊地者如大地土如是成聖慧眼者如甲上土不成聖者如大地土如是知法律者如甲上土不知法律者如大地土如是知其父母者如甲上土不知有父母者如大地土如是知受齋戒者如甲上土不知受齋戒者如大地土如是從地獄畜生餓鬼命終生人中者如甲上土從地獄命終還生地獄畜生餓鬼者如大地土如是衆生從地獄畜生餓鬼命終生天上者如甲上土還生地獄畜生餓鬼者如大地土如是從天命終還生天上者如甲上土從天命終還生地獄畜生餓鬼者如大地土

## 方土部第七

如起世經云閻浮提洲有五事勝瞿陁尼弗婆提鬱單越閻摩世一切龍及金翅阿脩羅等何等爲五一勇健二正念三佛出世處四是修業地五行梵行處瞿陁尼洲有三事勝閻浮提洲一饒牛二饒羊三饒摩尼寶弗婆提洲有三事勝一洲寬大二並含諸渚三洲甚勝妙鬱單越洲有三事勝一彼人無我我所二壽命最勝三有勝上行閻摩世中有三事勝一壽命長二身形大三有自然衣食一切龍及金翅鳥有三事勝一壽命長二身形大三宮殿寬博阿脩羅中有二事勝一壽命長二形色勝三受樂多四天王天有三事勝一宮殿高二宮殿妙三宮殿有勝光明三十三天有三事勝一長壽二色勝三多樂餘上

四天及魔身天等同三十三天有前三勝閻浮提有五事勝餘諸天如上所説頌曰

惡多難筭　善少可陳　人天蓋寡　濁趣如塵

貴賤交易　貧富異因　校量優劣　樂苦昇沉

法苑珠林卷第五十二

音釋

躃毗亦切倒也 振除庚切觸也 抆武粉切揩拭也 駮北角切色不純 涪房尤切地名 唅胡南切與含同 瞬舒閏切目動也 葅側於切淹菜爲葅 齠齔齠田聊切齔初覲切齠齔毀齒也 黲于敢切大汚也 楯市尹切欄檻也 囹圄囹音令圄音語囹圄獄名 隟丘逆切與隙同 舐甚爾切餂也 觝典禮切觸也 狢曷各切貗狢也 礫郎狄切小石也

法苑珠林卷第五十三

唐西明寺沙門釋道世撰

機辯篇第五十八（此有三部）

述意部　菩薩部　羅漢部

述意部第一

惟夫三藏浩瀚七衆紛綸設敎備機焕然通解聞者集則哀切追情聽滅道則喜捨啓悟清詞妙氣鬱若芬蘭峻旨宮商開導耳目所以馬鳴抽其幽宗龍樹振其絶緒提婆析其名數羅漢總其條理並翼賛妙典僢剪外學迷津見衢長夜逢曉繼釋典之高範表師資之訓術屬于斯也可謂盛哉祇園若在鹿苑如見誠未證果趣佛邇也

菩薩部第二（略引二）

馬鳴菩薩傳云佛去世後三百餘年（摩耶經六百年）出自東天竺桑岐多國婆羅門種也弱狀奇譽以文談見稱天竺俗法論師文士皆執勝相以表其德馬鳴用其俗法以利刀冠杖銘其天下智士其有能以一理見屈一文見勝者當以此刀自刎其首當執此刀周遊諸國文論之士莫能抗之者是時韻陀山中有一羅漢名富樓那外道名理無不綜達於是馬鳴詣而候焉見其端坐林下志氣渺然若不可測神色謙退似而可屈遂與言沙門說之敢有所盟要必屈汝我若不勝便刎頸相謝沙門默然容無負色亦無勝顔扣之數四曾無應情馬鳴退自思惟我負矣彼勝矣彼安無言故無可屈吾以言之雖知言者可屈自吾未免於言眞可愧耳退謝其屈便欲自刎首沙門止之汝以自刎謝我當隨我意鬀汝

周羅爲我弟子即以理伏落髮披簪受具足戒坐則文宣佛法遊則闡揚道化作莊嚴佛法諸論百有萬言大行天竺舉世推宗以爲造作之式雖復西河之亂孔文身子之疑聖師蔑以過也其後龍樹染翰之初著論之始未嘗不稽首馬鳴作自歸之偈謙讖憑其冥照以自悟焉今天竺諸王勢士皆爲之立廟宗之若佛評有之日

龍樹菩薩傳并付法藏傳云有一大士名曰龍樹（依傳云佛去世後七百年內出現於世依奘法師傳云西梵正音名爲龍猛舊訛略故曰龍樹佛去世後三百年出現於世壽年七百歲故人錯稱佛滅後七百年出世）天聰奇悟事不再問建立法幢摧伏異道託生南天竺國出梵志種大豪貴家始生之時在於樹下由龍成道因號龍樹少小聰哲才學超世本童子時處在襁褓聞諸梵志誦四韋陀論其典淵博有四萬偈各三十二字皆即照了達其句味弱冠馳名擅步諸國天文地理星緯圖讖及餘道術無不綜練有友三人天姿奇秀相與議曰天下理義開悟神明洞發幽旨增長智慧若斯之事吾等悉達更以何方而自娛樂復作是言世間唯有追求好色縱情極欲最是一生上妙快樂宜可共求隱身之藥事若斯果此願必就咸言善哉斯言甚快即至術處求隱身法術師念曰此四梵志才智高遠生大憍慢草芥群生今以術故屈辱就我然此人輩研窮博達所不知者唯此賤術若授其方則永見棄且與彼藥使不知之藥盡必來師資可久即便各授青藥一丸而告之曰汝持此藥以水磨之用塗眼瞼形當自隱尋受師教各磨此藥龍樹聞

香即便識之分數多少錙銖無失還向其師具陳斯事此藥滿足有七十種名字兩數皆如其方師聞驚愕問其所由龍樹答言大師當知一切諸藥自有氣分因此知之何足爲怪師聞其言歎未曾有即作是念若此人者聞之猶難況我親遇而惜斯術即以其法具授四人四人依方和合此藥自翳其身遊行自在即共相將入王後宮宮中美人皆被侵掠百餘日後懷妊者衆尋往白王庶免罪咎王聞是已心大不悅此何不祥爲怪乃爾召諸智臣共謀斯事時有一臣即白王言凡此之事應有二種一是鬼魅二是方術可以細土置諸門中令人守衛斷往來者若是方術其跡自現設鬼魅入必無其跡人可兵除鬼當祝滅王用其計依法爲之見四人跡從門而入時防衛者驟以聞王王將勇士凡數百人揮刀空中斬三人首近王七尺内刀所不至龍樹斂身依王而立於是始悟欲爲苦本敗德危身汙辱梵行即自誓曰我若得脫免斯厄難當詣沙門受出家法既出入山至一佛塔捨離欲愛出家爲道於九十日誦閻浮提所有經論皆悉通達更求異典都無得處遂向雪山見一比丘以摩訶衍而授與之讀誦愛樂恭敬供養雖達實義未獲道證辯才無盡善能言論外道異學咸皆摧伏請爲師範即便自謂一切智人心生憍慢甚大貢高便欲往復瞿曇門入爾時門神告龍樹曰今汝智慧猶如蚊虻比於如來非言能辯無異螢火齊耀日月以須彌山等葶藶子我觀仁者非一切智云何欲此門而入聞是語已赧

然有愧時有弟子白龍樹言師恒自謂一切智人今來屈辱爲佛弟子弟子之法諮承於師諮承不足非一切智於是龍樹辭窮理屈心自念言世界法中津塗無量佛經雖妙句義未盡我今宜可更敷演之開悟後學饒益衆生作是言已獨處靜室水精房中大龍菩薩愍其若此即以神力接入大海至其宮殿開七寶函以示諸方等深奧經典無量妙法授與龍樹九十日中通解甚多其心深入體得寶利龍之心念而問之曰汝今看經爲遍未耶龍樹答言汝經無量不可得盡我所讀者足滿十倍過閻浮提龍王問言忉利天上釋提桓因所有經典倍過此宫百千萬倍諸處比此易可稱數爾時龍樹既得諸經豁然通達善解一相深入無生二忍具足龍知悟道還送出宫時南天竺王本甚邪見承事外道毀謗正法見其龍樹是一切智人共大論師擊難不逮稽首禮敬剃除鬚髮而就出家如是所度無量邪見王家常送十車衣鉢終竟一日皆悉都盡如是展轉乃至無數廣開分別摩訶衍義造憂波提舍論十萬偈莊嚴佛道大慈方便如是等論各十萬偈令摩訶衍先宣於世造無畏論滿十萬偈中論出於無畏部中凡五百偈其所敷演義味深邃摧伏一切外道勝幢是時有一小乘法師見其高明常懷忿嫉龍樹菩薩所作已辦將去此土問法師云汝今樂我久住世不答曰仁者實不願也即入閑室經日不現弟子咸怪破户看之遂見其師蟬蜕而去天竺諸國並爲立廟種種供養敬事如佛焉

羅漢部第三

如智度論云舍利弗於一切弟子中智慧最爲第一如佛偈説

一切衆生中　唯除佛世尊　欲比舍利弗
智慧及多聞　於十六分中　猶尚不及一

舍利弗智慧多聞年始八歲誦十八部經通解一切義是時摩伽陀國有龍王兄弟一名姞利二名阿伽羅降雨以時國無荒年人民感之常以仲春之月大集龍處爲設大會作樂談義終此一日自古及今斯集未替此日常法敷四高座一爲國王二爲太子三爲大臣四爲論士爾時舍利弗以八歲之身問衆人言此四高座爲誰敷之衆人答言爲國王太子大臣論士是時舍利弗觀察時人無勝已者便昇論牀結跏趺坐衆人疑怪或謂愚小無知或謂智量過人雖復嘉其神異而猶各懷自矜恥其年小不自與語皆遣年少傳言問之其答厝旨辭理超絶時諸論師歎未曾有愚智大小一切皆伏王大歡喜卽命有司封一聚落常以給之王乘象輦振鈴告言宣示一切十六大國無不慶悦如四分律云舍利弗具足四辯一法辯二義辯三詞辯四了了辯若具此辯而外道不伏者無有是處又勝思惟論云菩薩有七種德皆依樂説辯才何等爲七一曰種樂説辯才二無滯樂説辯才三堅固樂説辯才四了了樂説辯才五不怯弱樂説辯才六相應樂説辯才七任放樂説辯才此辯地菩薩得是時吉古師子名拘律陀姓大目揵連是舍利佛友二人才智德行互同行則俱遊住則同止少長繾綣結要始終後俱猒世出家學道作梵志弟子情求道門久而無徵以問於師師名訕闍耶而答之言自我求道彌歷年歲不知道果非其人耶他日師疾舍

利弗在頭邊立大目連在足邊立二人喘喘其師將終乃愍而笑二人同心俱問笑意師答之言世俗無眼爲恩愛所侵我見金地國王死其大夫人自投火積求同一處而此二人行報各異生處殊絶是時二人筆受師語欲以驗其虛實後有金地商人遠來摩伽陀國以蹤驗之果如師語乃撫然歎曰我昔非其人耶爲是師隱我耶二人誓曰若先得甘露要畢相報故佛本行經云是時舍利弗見馬宿比丘入城乞食城内一切人民各共評論說偈云巧攝諸根識進止恒靜定含笑出美言此必釋種子是時舍利弗即請云汝大師德術亦勝汝耶爾時阿濕波踰跋多隋云馬宿即說偈報言如芥對須彌牛跡比大海蚊蝱並金翅我與彼亦然假使聲聞度彼岸成就諸地猶弟子於彼師邊不入數與彼世尊威德別於是舍利弗復聞說偈云諸法因緣生亦從因緣滅我佛大沙門常說如是法舍利弗聞已即得見諦得法眼淨舍利弗既得須陀洹果復向目連亦說是偈目連聞舍利弗說亦得須陀洹果於是舍利弗目連二人將五百眷

屬同請佛所皆得阿羅漢果依四分律及餘經等皆云千二百五十人至於佛所得阿羅漢果依問論曰何以名舍利弗答曰是母所作字伽陀國是中有大城名王舍城王名頻婆娑羅有婆羅門論師名摩陀羅王以其人善能論故賜封一邑去城不遠是摩陀羅遂有居家婦生一女眼似舍利鳥眼即名此女爲舍利次生一男膝骨麤大名拘絺羅此言大膝既有居家畜養男女所學經書皆已陳故不復業新是時南天竺有一婆羅門大論議師字提舍於十八種大經皆悉通利是人入王舍城頭上戴火以銅鍱鍱腹人問其故便言我所學經書甚多恐腹破裂是故鍱之又問頭上何故戴火答言以大暗故衆人言曰日出照明何故言暗答曰暗有二種一者日光不照二者愚癡暗故今雖有日明而愚癡猶黒

衆人言汝但未見婆羅門摩陀羅論師汝若見者腹當縮明當暗是婆羅門遥至鼓邊打論議鼓國王聞之問是何人衆臣答言南天竺有一婆羅門名提舍是大論師欲求論處故打論鼓王大歡喜即集衆人而告之曰有能難者與之論議摩陀羅聞之自疑我以塵故不復業新不知我今能與論不俛仰而來於道中見二特牛方相牴觸心中作想此牛是我彼牛是彼以此爲占知誰勝此牛不如便大愁憂而自念言如此相者我將不如欲入衆時見有母人挾一瓶水正在其前躃地破瓶復作是念是亦不吉甚大不樂既入衆中見彼論師顏貌意色勝相具足自知不如事不獲已與共論議論議既交便墮負處王大歡喜大智明人遠入我國復欲爲之封一聚落諸臣議言一聰明人來便封一邑功臣不賞但寵語論恐非安國全家之道今摩陀羅論議不如應奪其封以與勝者若更有勝人復以與之王用其言即奪與彼人是時摩陀羅語提舍言汝是聰明人我以女妻汝男兒相累今欲遠出他國以求本志提舍納其女爲婦其婦懷妊夢見一人身被甲冑手執金剛杵摧諸山而在大山邊立覺已白其夫言我夢如是提舍言汝當生男摧伏一切諸論議師唯不勝一人當與作弟子舍利懷妊以其子故母亦聰明大能論議其弟拘絺羅與姊談論每屈不如知所懷子必大智慧未生如是何況出生即捨家學問至南天竺不剪指爪讀十八種經書今皆通利是故時人名爲長爪梵志姊子既生七日之後裹以白

氎以示其父其父思惟我名提舍逐我名字字爲憂波提舍（憂波此言逐提舍是星名）是爲父母作字衆人以其舍利所生皆共名之爲舍利弗（弗言子也）又舍利弗者世世本願於釋迦佛所作智慧第一弟子字舍利弗是爲本願因緣以名舍利弗問曰若爾者何以不言憂波提舍但言舍利弗答曰時人貴重其母於衆女人中聰明第一以是因緣故稱舍利弗

又佛本行經云佛於舍婆城於其中間有一大樹名尸奢波其樹陰下多有一切諸婆羅門止息其下諸婆羅門遥見阿難來欲到邊各相告言汝輩當知此是沙門瞿曇弟子於諸聰明多聞之中最第一者作是語已阿難便至白言仁者今請觀此樹合有幾葉爾時阿難觀其樹已而報彼言東枝合有若干百葉若干千葉如是南枝西枝北枝皆言合有若干百葉若干千葉作是語已遂即捨去爾時彼諸婆羅門輩阿難去後取百數葉隱藏一邊阿難迴已諸婆羅門於是復問仁者阿難汝復來耶乞更觀此樹有幾多葉爾時阿難仰觀樹已即知婆羅門等所摘藏葉若干百數便即報彼婆羅門言東枝合有若干百葉若干千葉如是南枝西枝北枝亦言合有若干百葉若干千葉作是語已便即過去爾時彼等婆羅門輩生希有心未曾有之各相謂言此之沙門甚大聰明有大智慧諸婆羅門以此因緣心得正信得正信已其後不久悉各出家成羅漢果（略述一二餘備經文）

頌曰

樞機巧對辯　善誘令心伏　八水潤焦芽

三明啓瞽目　來問各不同　詶答皆芬郁
冀捨四龍驚　亦除二鼠逼　意樹發空華
心蓮吐輕馥　喻此滄海變　譬彼庵羅熟
妙智方縟錦　詞深同霧縠　善學乖梵本
眞言異銖腹

感應緣略引四驗

秦太守趙正　晉沙門釋僧叡
晉沙門支孝龍　晉沙門康僧淵

秦苻堅臣武威太守趙正立志忠正大弘佛法苻堅初敗群鋒互起戎妖縱暴民流四出而得傳譯大部蓋由趙正之力矣又有正字文業洛陽清水人或曰濟陰人年至十八爲僞秦著作郎後遷至黃門侍郎武威太守爲人無鬚而瘦有妻妾而無兒時謂閹人然而性度敏達學兼內外性好譏諫無所迴避苻堅末年寵惑鮮卑惰於治政因歌諫曰

昔聞孟津河　千里作一曲　此水本自清
是誰攪令濁

堅動容曰是朕也又歌曰

北園有一棗　布葉垂重陰　外雖饒棘刺
內實有赤心

堅笑曰將非趙文業耶其調戲機捷皆此類也後因關中佛法之盛願欲出家堅惜而未許及堅死後方遂其志更名道整因作頌曰

佛生何以晚　泥洹一何早　歸命釋迦文
今來投大道

後遁迹商洛山專精經律晉雍州刺史郗恢欽其風尚逼共同遊終於襄陽春秋六十餘

晉長安有釋僧叡魏郡長樂人也博通經論機辯難及姚興姚嵩特加禮遇興問嵩曰叡

公何如嵩答實鄴衛之松栢興勑見之欲觀其才器叡風韻窪流含吐彬蔚興大賞悦即勑給俸卹使力人轝輿後謂嵩曰此乃四海標領何獨鄴衛之松栢耶於是美譽遐布遠近歸德什所翻經叡並參正昔竺法護翻正法華經至受決品云天見人人見天什譯經至此乃言曰此語與西域義同但在言過質叡曰將非人天交接兩得相見什喜曰實然其領標出皆此類也什歎曰吾傳譯經論得與子相值眞無所恨矣著大智論十二門論中論等諸序并著大品法華維摩思益自在王禪經等序皆傳於世叡弘讃經法常迴此業願生安養於是臨終之日入房洗浴燒香禮拜還牀面向西方合掌而卒是日同寺咸見五色香煙從叡房出春秋六十七矣

晋沙門有支孝龍淮陽人少小風姿見重加復神彩卓犖高論適時無人能抗陳留阮瞻潁川庾凱並結知音之交世人呼爲八達時或嘲之曰大晋龍興天下爲宗沙門何不全髮膚去袈裟釋梵服披綾羅龍曰抱一以逍遥唯寂以致誠剪髮毀容改服變形彼謂我辱我棄彼榮故無心於貴而逾貴無心於足而逾足矣其機辯適時皆此類也故孫綽爲之賛曰

小方易擬　大器難像　桓桓孝龍　剋邁高廣

物竟宗歸　人思効仰　雲泉彌漫　蘭風肹響

晋康僧淵本西域人至于長安貌雖胡人語實中國容上詳正志業弘深晋成之世與康法暢支敏度等俱過江暢亦有才思善爲往復著人物始義論等暢常執塵尾行每值名

賔軿清談盡日庾元規謂暢曰此麈尾何以常在暢曰廉者不求貪者不與故得常在淵亦機辯逾過於暢時瑯耶王茂弘以見淵鼻高眼深每戲弄之淵曰鼻者面之山眼者面之淵山不高則不靈淵不深則不清時人以爲名答

愚戇篇第五十九此有三部

述意部　般陀部　雜癡部

述意部第一

夫愚惷者是衆病之本障道之源致使昏滯三有沉溺四流六情常閉三毒恒開問者口奭發語成狂洪癡不得振其翼名愛不得逞其足採善心於毫芒狀凶頑於虎口魚魯不辨菽麥何知愚惑之甚罪莫大焉

般陀部第二

如善見律云般陀者此言路邊生何以故般陀母本是大富長者家女長者唯有此一女憐愛甚重作七層樓安置此女遣一奴子供給所須奴子長大便與私通即共奴籌量我今共汝叛往餘國如是三問奴子奴子言不能去女語奴言汝若不去我父母知必當殺汝奴答言我若往他方貧無財寶云何生活女語奴言汝隨我去我當偷取珍寶共汝將去奴答言若如是者我共汝去此女日日偷取珍寶與奴將出在外藏舉計得二人重巳遣奴前出在外共期此女便假著婢服反鑰戸而出共奴相隨遠到他國安處住止一二年中即懷胎欲産心自念言我今在此若産無人料理思念憶母欲得還家共壻籌量奴壻不去云何得歸必當殺我壻入山斫樵不

在於後閉戶而去壻還不見其婦即問比隣見我婦不答言汝婦已去其夫即逐至半路及其婦已生一男兒夫語婦言汝為欲產故去汝今已產何須去耶婦聞即還其後未久以復懷胎欲產復叛至半路中復生一男其壻追逐半路共還其二兒並於路邊生故便字為般陀般陀兄弟與諸同類共戲二兒力大打諸同類同類罵言汝無六親眷屬孤單在此何敢打我兒聞此呵還家啼泣問母此事其母默然不答其兒啼哭不肯飲食母見不食慈念二兒便語其實二人聞已便語母言送我外家不能住此其母不許二兒啼泣不已母共壻籌量即共往送到已門外遣人通知父母聞已答言使二兒入汝不須相見長者即遣人迎二兒入入已以香湯洗浴著衣瓔珞抱取二兒置兩膝上問言汝母在他方云何生活不甚貧乏耶二兒答言他方貧窮賣樵自活母聞慈念即以囊盛金遣送與女語言汝留二兒我自養活汝將此金還先住處好自生活不須與我相見二兒年大為其取婦翁婆年老臨欲終時以其家業悉付二兒其翁婆命終其兄以家事付弟出家出家不久即得羅漢其弟猒俗後往兄所求欲出家兄即度之兄教一偈四月不得忘前失後兄呵念言此人於佛法無緣當遣還家即牽袈裟驅令出門門外啼哭不欲還家爾時世尊以天眼觀看眾生見周羅般陀應可度緣往至其所問何以啼般陀具答世尊兄驅因緣佛知非聲聞能度是以牽出世尊安慰其心即以少許白氎與周羅般陀汝捉此氎

向日而努當作是念取垢取垢世尊教已即入聚落受毗舍佉母請世尊臨中觀般陀將得道果即說偈言

入寂者歡喜　見法得安樂　先無恚最樂
不害於衆生　世間無欲樂　出離於愛欲
若調伏我慢　是爲第一樂

爾時周羅般陀遥聞此偈即得阿羅漢果

又增一阿含經云朱利般特佛教執掃篲令誦誦掃忘篲誦篲忘掃乃經數日始得掃篲更名除垢般特思念灰土瓦石若除即清淨也結縛是垢智慧能除我今以智慧篲掃除諸結縛

又新婆沙論云兄授伽陀一偈經四月誦不得兄訶擯出爾時世尊見啼慼之即以神力轉彼所誦伽陀更爲授之尋時誦得過四月所用功勞復別授以除塵垢頌而語之言今日苾芻從外來者汝皆可爲拭革屣上所有塵垢小路敬諾如教奉行至日暮時有一苾芻革屣極爲塵垢所著小路拭之一隻極淨一隻苦拭而不能淨即作是念外物塵垢暫時染著猶不可淨況內貪欲瞋癡等垢長夜染心何由能淨作是念時彼不淨觀及持息念便現在前次第即得阿羅漢果問小路何緣如此闇鈍答尊者小路於昔迦葉波佛法中具足受持彼佛三藏由法慳垢覆蔽其心曾不爲他受文解義及理廢忘由彼業故今得如是極闇鈍果有說彼尊者曾於婆羅痆斯城作販猪人縛五百猪口運置船上渡至彼岸及下船時氣不通故猪已死由彼業力如是闇鈍有說彼尊者昔餘生中曾閘閉塞

瞿陀獸窟門令不得出在中而死由彼業故闇鈍如是

又處處經云佛言昔者朱利般特比丘學問經於二十四年唯得五言然解垢不憂何以故由本宿命更見五百佛悉通知衆經但由閉藏經道不肯教人後被病二十四日臨死時乃悔呼人教之有是一福故知五言何況乃具足教人得福不可計也

又法句經云佛在世時有一比丘字朱利般特新作出家禀性暗塞佛令五百阿羅漢日日敎之三年之中不得一偈國中四輩並知愚冥佛愍傷之授與一偈守口攝意身莫犯如是行者得度世汝今年老方得一偈人皆知之不足爲奇今當爲汝解說其義豁然心開得阿羅漢道時波斯匿王請佛及僧於正殿會佛欲現般特威神與鉢令持隨後而行門士識之留不聽入卿爲沙門一偈不可受請何爲吾是俗人由尚知偈豈況沙門無有智慧施卿無益不須入門般特即住門外佛坐殿上行水已畢般特擎鉢申臂遥以授佛王及群臣夫人太子衆會四輩見臂來入不見其形怪而問佛是何人臂佛言是賢者般特比丘臂也即便請入威神倍常王白佛言聞尊者般特本性愚鈍方知一偈何緣得道佛告王曰學不必多行之爲上賢者般特解一偈義精理入神身口意寂淨如天金雖復多學不行徒喪識想有何益哉於是世尊即說偈言

雖誦千章　句義不正　不如一要　聞可滅意

雖誦千言　不義何益　不如一義　聞行可度

雖多誦經 不解何益 解一法句 行可得道

同聞此偈二百比丘得阿羅漢道王及群臣天人太子莫不歡喜

又法句喻經云昔有一國名多摩羅去城七里有精舍五百沙門常處其中讀經行道有一老比丘名摩訶盧爲人暗塞五百道人傳共教之數年之中不得一偈衆共輕之不將會同常守精舍勑令掃除後日國王請諸道人入宮供養摩訶盧比丘自念言我生世間暗塞如此不知一偈人所薄賤用是活爲即持繩至後園中大樹下欲自絞死佛以道眼遥見如是化作樹神半身人現而訶之曰咄咄比丘何爲作此摩訶盧即具陳辛苦化神訶曰勿得作是且聽我言汝往迦葉佛時卿作三藏沙門有五百弟子自以多智輕慢衆人悋惜經義初不訓誨是以世世所生諸根暗鈍但當自責何爲自賤於是世尊現神光像爲說偈言

自愛身者 慎護所守 希望欲解 學正不寐

身爲第一 當自勉學 利乃誨人 不倦則智

學先自正 然後正人 調身入慧 必還爲上

身不能利 安能利人 心調體正 何願不至

本我所造 後我自受 爲惡自受 如剛鑽珠

摩訶盧比丘見佛現身光相悲喜悚慄稽首佛足思惟偈義即入定意得阿羅漢道自識宿命無數世事三藏衆經即貫在心佛語摩訶盧著衣持鉢就王宮食在五百道人上坐此諸道人是卿先世五百弟子還爲說經令得道迹并使國王明信罪福即受佛教徑入王宮在於三坐衆人心悉怪其所以各護王

意不敢呵譴念其愚癡不曉達嚫心爲之疲王便下食手自斟酌摩訶盧即爲達嚫音如雷震清詞雨下座上道人驚怖自悔皆得羅漢爲王說法莫不解釋群臣百官皆得須陀洹道

雜癡部第三凡一十三段

打蚊

十誦律云佛爲諸比丘說本生經云過去有禿頭浣衣人共兒持衣詣水邊浣衣已絞曬持歸爾時大熱眼闇道中見一樹便以衣囊枕頭下睡有蚊子來飲其頭血兒見已父疲極睡卧便發惡罵云是弊惡婢兒蚊子何以來飲我父血即持大棒欲打蚊子蚊子飛去棒著父頭即死時此樹神便說偈言

寧與智者讎　不與無智親　愚爲父害蚊　蚊去破父頭

打蠅

賢愚經云舍衛國中有一老公出家兒小即爲沙彌共父入村乞食村遠日暮父老行遲兒畏毒獸急扶其父推父墮地應時而死佛言我知汝心無有惡意不得殺罪此由過去父病睡卧多有飛蠅數來惱觸父令逐蠅蠅來兒額以杖打之即殺其兒亦非惡意今還相報

救月

僧祇律云佛告諸比丘過去世時有城名波羅柰國名伽尸於空閑處有五百獼猴遊行林中到一尼俱律樹下樹下有井井中有月影現時獼猴主見是月影語諸伴言月今日死落在井中當共出之莫令世間長夜闇冥

共作議言云何能出時獼猴主言我知出法我捉樹枝汝捉我尾展轉相連乃可出之時諸獼猴即如主語展轉相捉小未至水連獼猴重樹弱枝折一切獼猴墮井水中爾時樹神便說偈言

是等騃榛獸　癡衆共相隨　坐自生苦惱
何能救出月

佛告諸比丘爾時獼猴主者今提婆達多是爾時獼猴者今六群比丘是爾時已曾更相隨順受諸苦惱今復如是

妬影

雜譬喻經云夫婦二人向蒲萄酒甕內欲取酒夫妻兩人互見人影二人相妬謂甕內藏人二人相打至死不休時有道人為打破甕酒盡了無二人意解知影懷愧比丘為說法要夫婦俱得阿惟越致佛以為喻見影鬪者譬三界人不識五陰四大苦空身有三毒生死不絕

分衣

十誦律云佛在憍薩羅國與大比丘僧安居有兩老比丘夏罷得多施物自念人少物多不敢分之恐其得罪跋難陀比丘知往與分問二比丘言汝得衣分未耶答未分二老比丘問言汝能分不答言能是中應作羯磨即持衣物來置其前難陀分作三聚是二比丘間著一聚自向二聚衣間立言汝聽作羯磨

汝二人一聚　如是汝有三　兩聚并及我
如是我有三

問是羯磨好不答言好跋難陀擔衣欲去彼比丘言大德上座我等衣物未分跋難陀言

與汝分知法人應與一好衣彼言當與跋難陀是聚中取大價衣著一處餘分作二分與已擔去諸比丘聞已白佛佛廣呵責已告諸比丘是跋難陀非但今世奪前世亦奪乃過去世一河曲中有二狚河中得大鯉魚不能分二狚守之有野干來飲水見狚語言外甥是中作何等狚答言阿舅是河曲中得此鯉魚不能分汝能分不野干言能是中說偈分作三分即問狚言汝誰喜入淺答言是某狚誰喜入深答言是某狚野干言汝聽我說偈

入淺應與尾　入深應與頭　中間身肉分
應與知法者

野干銜魚身來雌者說偈

汝何處銜來　滿口河中得　如是無頭尾
鯉魚好肉食

雄野干說偈言

人有相言擊　不知分別法　能知分別者
如官藏所得　無頭尾鯉魚　是故我得食

佛語諸比丘時二狚者二老比丘是野干者跋難陀是是跋難陀前世曾奪今世復奪

造樓

百喻經云往昔愚人癡無所知到餘富家見三重樓高廣嚴麗即作是念我有財錢不減於彼云何不造即喚木匠而問言曰解作彼舍不木匠答言是我所作即便語言今爲我造木匠即便經地壘墼作樓愚人見壘語木匠言我不欲下二重先爲作最上屋木匠答言無有是事何有不作最下造彼第二不造第二云何得造第三屋愚人固言我不用下二必爲我作上時人聞已便生恠笑譬如世

尊四輩弟子不勤修敬三寶懶惰懈怠欲求道果不欲下三果唯欲得第四阿羅漢果亦爲時人之所嗤笑如彼愚者等無有異不依三乘次第先學大乘亦復如是故佛藏經云不先學小乘後學大乘者非佛弟子

磨刀

百喻經云昔有一人貧窮困苦爲王作事日月經久身體羸瘦王見憐愍賜一死駝貧人得已即便剥皮嫌刀鈍故求石欲磨乃於樓上得一磨石磨刀令利來下而剥如是數數往來磨刀後轉苦憚不能上樓懸駝上樓就石磨刀深爲人笑猶如愚人毀破禁戒多取錢財以用修福望得生天反得其殃如懸駱駝上樓磨刀用功甚多所得甚少

賣香

百喻經云昔有長者入海取沉水香積有年載方得一車詣市賣之以其貴故卒無買者多日不售心生疲猒見人賣炭時得速售便燒作炭不得半車價直世間愚人亦復如是無量方便勤求佛果以其難得便生退心不如發心求聲聞果速斷生死作阿羅漢

賭餅

百喻經云昔者夫婦有三幡餅夫婦共分各食一餅餘一幡在共作要言若有語者要不與餅既作要已爲一餅故各不敢語須臾有賊入家偷盜取其財物一切所有盡畢賊手夫婦二人以先要故眼看不語賊見不語即其夫前侵掠其婦其夫眼見亦復不語婦便喚賊語其夫言云何癡人爲一餅故見賊不喚其夫拍手笑言咄婢我定得餅不復與爾世人聞之無不嗤笑凡夫之人亦復如是爲

小名利詐現靜默爲虛假煩惱種種惡賊之所侵掠喪其善法遂墮三塗都不怖畏求出世道方於五欲耽著嬉戲雖遭大苦不以爲患如彼愚人等無有異

畏婦

百喻經云昔有一人娉取二婦若近其一爲一所瞋不能裁斷便在二婦中間正身仰卧值天大雨屋舍霖漏水土俱下墮其眼中以先有要不敢起避遂令二目俱失其明世間凡夫亦復如是親近邪友習行非法造作結業墮三惡道長處生死喪智慧眼如彼愚夫爲其二婦故二眼俱失

唵米

百喻經云昔有一人至婦家舍見其擣米便往其所偷米唵之婦來見夫欲共其語滿口中米都不應和羞其婦故不肯棄之是以不語婦怪不語以手摸看謂其口腫語其父言我夫始來卒得口腫都不能語其父即便喚醫治之時醫言曰此病最重狀似石癰以刀決之可得瘥耳即便以刀決破其口米從中出其事彰露世間之人亦復如是作諸惡行犯於淨戒覆藏其過不肯發露墮於地獄畜生餓鬼如彼愚人以小羞故不肯吐米以刀決口乃顯其過

効矓

百喻經云昔有一人欲得王意問餘人言云何得之有人語言若欲得意王形相汝當効之此人見王眼矓便効王矓王問之言汝爲病耶爲著風耶何以眼矓其人答王我不病眼亦不著風欲得王意見王眼矓故効王也

王聞是語即大瞋恚使人加害擯令出國世人亦爾於佛法中欲得親近求其善法以自增長既得親近不解如來法王爲衆生故種種方便現其短闕便生譏毀効其不是由是之故於佛法中亦失其善墮於三惡如彼効王亦復如是

怖樹

百喻經云譬如野干在於樹下風吹枝折墮其脊上即便閉目不欲看樹捨棄而走到于露地乃至日暮亦不肯來遥見風吹大樹枝柯動揺上下便言喚我還來樹下愚癡弟子亦復如是已得出家得近師長以小呵責即便逃走復於後時遇惡知識惱亂不已方還所去如是去來是爲愚惑頌曰

愛網結心閫　貪癡背智明　雖蒙慧炬照
愚昧猶自盲　頑嚚恒不覺　慧種未開萌
自非慕高友　何得悟神英

法苑珠林卷第五十三

音釋

刎 武粉切割也　髢 他計切與剃同　錙銖 錙莊持切六銖曰錙銖音殊十黍重曰銖　葶藶 葶音亭藶音歷葶藶草名　赧 乃板切面慙而赤也　繾綣 繾詰戰切綣區願切繾綣不分離貌　鍱 弋涉切　牴 典禮切觸也　閹 衣廉切官人也　犖 力角切卓犖超絶也　嘲 陟交切相調也　肹 黑乙切響布也　惷 陟降切愚也　譴 詰戰切責也　達嚫 梵語也此云財施嚫初覲切　騃 語駭切癡也　狙 且余切玃屬　嗤 處脂切笑也　瞤 殊倫切與瞤同

法苑珠林卷第五十四

唐西明寺沙門釋道世撰

詐僞篇第六十此有六部

述意部　詐親部　詐毒部

詐貴部　詐怖部　詐畜部

述意部第一

夫至道無隔貴在忠言故出其言善則千里應之出其言不善則咫尺如聾但教流末代人法訛替或憑真以構僞或飾虚以詐真良由人懷邪正故法通真俗名利既侵則我人逾盛現親尚無附之况元來踈薄故難交友故經曰直心是道場不虚假故也

詐親部第二

如雜寶藏經云一切姧猾諂僞詐惑外狀似直内懷姧私是故智者應察真僞爲如往昔有婆羅門其年既老耽娶小婦婦嫌夫老傍婬不已勸夫設會請諸少壯婆羅門等夫疑有妄不肯延致前婦之子墮於火中爾時少婦眼看不捉婆羅門言兒今墮火何故不捉婦即答言我自少來唯近巳夫不近餘男云何令我捉此男子老夫聞巳謂如其言便設大會集婆羅門爾時少婦便共交通老夫見巳心懷忿恨即取寶物棄婦而去於其路中見一婆羅門便共爲伴至暮共宿明旦前行語老婆羅門言於昨宿處有一草葉著我衣裳我自少來無侵世物欲還草葉歸彼主人爾且停住待我往還老婆羅門深信其言倍生愛敬許當住待詐捉草葉入溝偃卧良久乃還葉云歸了老婆羅門因便利故即以寶物而用寄之此人尋後齎寶便走老婆羅門

見偷已物惋彼不已小復前行憩一樹下見一鸛雀口中銜草語諸鳥言我等共相憐愍集會一處而共住止爾時諸鳥皆信其言而來聚集時此鸛雀趣鳥飛後就他巢窠啄卵而食諸鳥將至更復銜草諸鳥知諂悉捨而去於此樹下更經少時見一外道出家之人身被衲衣安行徐步口云去去衆生老婆羅門而問之言何以並行口唱去去外道答言我出家人憐愍一切畏傷蟲蟻是故耳爾時婆羅門見其此語深生篤信尋至其家於其暮宿但聞歌儛之聲便出看之乃見出家外道住室有一地孔內出婦女與共交歡彈琴儛戲老婆羅門見已天下萬物無一可信故說偈言

不捉他男子　以草還主人　鸛雀詐銜草
外道畏蟲傷　口言唱去去　如是詐諂僞
都無可信者　來苦實難當

故涅槃經云佛言如我昔日所說偈言

一切江河　必有迴曲　一切藂林　必名樹木
一切女人　必有諂曲　一切自在　必受安樂

詐毒部第三

如雜寶藏經云時提婆達多作種種因緣欲得殺佛然不能得時南天竺國有婆羅門來善知呪術和合毒藥提婆達多即合毒藥以散佛上風吹此藥反墮已頭上即便悶絕躄地欲死醫不能治阿難白佛言世尊提婆達多被毒欲死佛憐愍故爲說實語我從菩薩成佛已來於提婆達多常生慈悲無有惡心者毒當自滅作是語已毒即消滅諸比丘言希有世尊提婆達多恒起惡心於如來如來

云何猶故治之佛言非但今日惡心向我過去亦爾即問佛言惡心於佛其事云何佛言過去之世迦尸國中有波羅柰城有二輔相一名斯那二名惡意斯那常順法行惡意恒作惡行好爲讒構而語王言斯那欲作惡逆王即收閉諸天善神於虚空中出聲而言如此賢人實無過罪云何拘縛第二惡意劫王庫藏反著斯那王亦不信王言捉此惡意付與斯那仰使斷之斯那即教惡意向王懺悔惡意自知有罪便走向毗提醯王所作一寶篋盛二惡蛇其毒具足令毗提醯王遣使送與彼國王并及斯那二人共看莫示餘人王見寶篋極以嚴飾心大歡喜即喚斯那欲共發看斯那答言遠來之物不得自看遠來果食不得自食何以故彼有惡人或能以惡來見中傷王言我必欲看慇懃三諫王不用語復白王言不用臣語王自看之臣不能看王即發看兩眼盲冥不見於物斯那憂苦愁悴欲死遣人四出遍歷諸國遠覔良藥既得好藥以治王眼平復如故爾時王者舍利弗是爾時斯那者我身是爾時惡意者提婆達多是也

詐貴部第四

如僧祇律云佛告諸比丘過去世時有城名波羅柰國名迦尸時有弗盧醯大學婆羅門爲國王師常教學五百弟子時婆羅門家生一奴名迦羅呵常使供給諸童子等是奴利根聞說法言盡能憶持此一時共諸童子小有嫌恨便走他國詐自稱言我是盧醯婆羅門子字耶若達多語此國師言我是波羅柰

國王師弗盧醯子故來至此欲從大師學婆羅門法師答言可爾是奴聰明本已曾聞今復重聞聞悉能持其師大喜即令教授五百門徒汝代我教我當往來王家是師無有男兒唯有一女即告之曰耶若達多當用我語汝莫還國我今以女妻汝答言從敎共作生活家漸豐樂耶若達多爲人難可婦爲作食恒瞋生熟不能適口婦常念言脫有行人從波羅柰國來者當從彼受飲食法然後供養夫主彼弗盧醯婆羅門具聞是事便作是念我奴迦羅呵逃在他國當往捉來或可得直便詣彼國時奴與諸門徒詣園遊戲在於中路遥見本主即便驚怖密語門徒汝等還去各自誦習門徒去已便到主前頭面禮足白其主言我來此國稱道大家是我之父便投此國師大學經典與女爲婦願尊今日勿彰我事當與奴直奉上大家主婆羅門善解世事即答言汝實我兒但早發遣奴即將主歸家告家中言我所親來其婦歡喜爲辦種種飲食奉食訖已伺小空閑密禮婆羅門足而問之曰我奉事夫飲食供養常不可意願尊指授本在家時何所食噉常如先法爲作飲食客婆羅門便即瞋恚而作是念如是如是困苦他女汝但速發遣我我臨去時教汝一偈使夫無言女聞歡喜辭出而退即語夫言尊婆羅門故從遠來宜早發遣夫即念言如婦所說宜應早遣莫令久住恐言漏失損我不少便大與財物教婦作食自行供之夫爲曹主求伴不在婦奉食訖禮足辭別請求先偈即教偈言

無親遊他方　欺誑天下人　麤食是常食
細食復何嫌
今與汝此偈若彼瞋恚嫌食惡時便在其邊背面微誦令其得聞作是教已便還本國是奴送主去已每至食時還復瞋恚婦於夫邊試誦其偈夫聞是偈心即不喜便作是念出是老物發我瞋穢從是已後常作輭語求婦不瞋恐婦向人說其陰私佛告諸比丘時本主弗盧醯婆羅門者即我身是時奴迦羅呵者今闡陀比丘是彼於爾時已曾恃我凌他今復如是恃我勢力陵易他人

詐怖部第五

如智度論云一切諸法皆是虛誑衆生愚癡不識親疎瞋罵加害乃至奪命起此重罪故墮三塗受無量苦譬如山中有一佛圖彼中有一別房房中有鬼頻來恐惱道人故諸道人皆捨房去有一客僧來維那處分令住此室房而語之言此房中有鬼神喜惱人能住中者住客僧自以持戒力多聞故言小鬼何所能爲我能伏之即入房住暮更有一僧來求此住處維那亦令在此房住亦語有鬼惱人其人亦言小鬼何所能爲我當伏之先入者閉戶端坐待鬼後來者夜闇打門求入先入者謂爲是鬼不爲開戶後來者極力打門在內僧人以力拒之外者得勝排門得入內者打之外者亦打至旦相見乃是故舊同學識已各相愧謝衆人雲集笑而怪之衆生亦復如是五陰皆虛無我無人取相鬬諍橫加毒害若披解在地但有骨肉無人無我是故菩薩語衆生言汝等莫於根本空中鬬諍人

身尚不可得何況值佛

詐畜部第六

如舊雜譬喻經云昔有婦人富有金銀與男子交通盡取金銀衣物相逐俱去到一急水河邊男子語言汝持財物來我先度之當還迎汝男子度已便走不還婦人獨住水邊憂苦無人可救唯見一野狐捕得一鷹復見河魚捨鷹拾魚魚既不得復失本鷹婦語狐曰汝何大癡貪捕其兩不得其一狐言我癡尚可汝癡劇我也

又僧祇律云佛告諸比丘過去世時非時連雨七日不止諸放牧者七日不出時有餓狼飢行求食遍歷七村都無所得便自剋責我何薄相經歷七村都無所得不如守齋住還山林自於窟穴呪願言使一切衆生皆得安隱然後攝身安坐閉目帝釋至齋日月乘伊羅白龍象觀察世間持戒破戒到彼山窟見狼閉目思惟便作是念咄哉狼獸甚爲奇特人尚無此心況此狼獸而能如是便欲試之知其虛實釋即變身化爲一羊在窟前住高聲命群狼時見羊便作是念奇哉齋福報應忽至我遊七村求食不獲今暫守齋餚饍自來廚供已到但當食已然後守齋即便出穴往趣羊所羊見狼來便驚騎走狼便尋逐羊去不住追之既遠羊化爲狗方口耽耳反來逐狼急聲喚之狼見狗來驚怖還走狗急追之劣乃得免還至窟中便作是念我欲食彼反欲噉我爾時帝釋便於狼前作跛脚羊鳴喚而住狼作是念前者是狗我飢悶眼華謂爲是羊今所見者此眞是羊復更諦觀看耳

角尾真實是羊便出往趣羊復驚走騎逐垂得復化作狗反還逐狼亦復如前我欲食彼反欲見噉時天帝釋即於狼前化爲羔子鳴群喚母狼便瞋言汝作肉段我尚不出況爲羔子而欲見欺還更守齋靜心思惟時天帝釋知狼心念還齋猶作羊羔於狼前往狼便説偈言

若真實是羊　猶故不能出　況復作虚妄
如前恐怖我　見我還齋已　汝復來見試
假使爲肉段　猶尚不可信　況作羔羊子
而詐喚咩咩

於是世尊而説偈言

若有出家人　持戒心輕漂　不能捨利養
猶如狼守齋

又五分律云佛告諸比丘乃往古昔有一摩納在山窟中誦刹利書有一野狐住其左右專聽誦書心有所解作是念言我解此書語足堪作諸獸中王作是念已便起遊行逢羸瘦野狐便欲殺之彼言何故殺我答言我是獸王汝不伏我是以相殺彼言願莫殺我我當隨從於是二狐便共遊行復逢一狐又欲殺之問答如上亦言隨從如是展轉伏一切狐便以群狐伏一切象復以衆象伏一切虎復以衆虎伏一切師子遂權得爲王既作王已復作是念我今爲獸中王不應以獸爲婦便乘白象率諸群獸不可稱數圍迦夷城數百千帀王遣使問汝諸群獸何故如是野狐答言我是獸王應娶汝女與我者善若不與我當滅汝國還白如此王集群臣共議唯除一臣皆云應與所以者何國之所恃唯賴象

馬我有象馬彼有師子象馬聞氣惶怖伏地戰必不如爲獸所滅何惜一女而喪一國時一大臣聰叡遠略而白王言臣觀古今未曾聞見人王之女與下賤獸臣雖弱昧要殺此狐使諸群獸各各散走王即問言何計將兵馬出大臣答言王但剋期戰日先當從彼求索一願願令師子先戰後吼彼謂吾畏必令師子先吼後戰王至戰日當勑城内皆令塞耳王用其語遣使剋期共求上願至于戰日復遣信求然後出軍軍鋒欲交野狐果令師子先吼野狐聞之心破七分便於象上墜落于地於是群獸一時散走佛以是事而說偈言

野狐憍慢盛　欲求其眷屬　行到迦夷城
自稱是獸王　人憍亦如是　領統於徒衆
在摩竭之國　法王以自號

爾時迦夷王者我身是聰叡大臣者舍利弗是野狐王者調達是諸比丘調達往昔詐得眷屬今亦如是故佛說偈云

善人共會易　惡人共會難　惡人共會易
善人共會難

又佛本行經云爾時佛告諸比丘言我念昔有一河名波利耶多(此言彼節)時彼河岸有一人是結華鬘師其人有園在彼河側而彼河内時有一龜從水而出至華園中求食而行處處經歷蹋壞其華時彼園主見龜壞華園主即捉置於一筐篋中將欲殺食彼龜作念云何得脫此難作何方便誑此園主即向園主而說偈言

我從水出身有泥　汝且置華洗我體

我身既有泥不淨　恐畏汙汝篋及華
時彼園主作如是念善哉此龜善言教我今
不得不取其言我洗其身勿令泥汙我之華
篋作是念已即手執龜將向水所欲洗龜身
是時彼人即提龜出置於石上抄水欲洗是
時彼龜出大筋力忽投没水時華鬘師見龜
没水作如是言奇哉是龜乃能如是誑逗於
我我今還可誘誑是龜使令出水時華鬘師
即向彼龜而說偈言
賢龜諦聽我作意　汝今親舊甚衆多
我作華鬘繫汝咽　恣汝歸家作喜樂
爾時彼龜作如是念此華鬘師妄言誑我彼
師母患著林其姊採華造鬘欲賣以用活命
今作是言定是誑我欲食我故誘我出耳是
時彼龜向華鬘師而說偈言
汝家造酒欲會親　廣作種種諸味食
汝至家内作是語　龜肉煑已脂糕頭
爾時佛告諸比丘言汝諸比丘欲知彼時入
水龜者我身是也華鬘師者魔波旬是其於
爾時欲誑惑於我而不能著今復欲誑何由
可得
又佛告諸比丘言我念往昔於大海中有一
大虬其虬有婦身正懷妊忽然思欲獼猴心
食以是因緣其身羸瘦痿黃宛轉戰慄不安
時彼特虬見婦身體如是羸瘦無有顏色見
已問言賢善仁者汝何所患欲思何食我不
聞汝從我索食何故如是時其牸虬默然不
報其夫復問汝今何故不向我道婦報夫言
汝若能與我隨心願我當說之若不能者我
何暇說夫復答言汝但說看若可得理我當

方便會覓今得婦即語言我今意思獼猴心食汝能得不夫即報言汝所須者此事甚難所以者何我居大海猴在山樹何由可得婦言奈何若不得是物此胎必墮我身不久恐取命終是時其夫復語婦言賢善仁者汝且容忍我今求去若成此事深不可言則我與汝並皆慶快爾時彼虬即從海出至於岸上去岸不遠有一大樹名優曇婆羅（此言水願）時彼樹上有一大獼猴在於樹頭取果子食是時彼虬既見獼猴在樹上坐食於樹子見已漸漸到於樹下到已即便共相慰喻以美語言問訊獼猴善哉善哉婆私師吒在此樹上作於何事不甚辛懃受苦惱耶求食易得無疲倦不獼猴報言如是仁者我今不大受於苦惱虬復重更語獼猴言汝在此處何所食噉

獼猴報言我在優曇婆羅樹上食噉其子是時虬復語獼猴言我今見汝甚大歡喜遍滿身體不能自勝我欲將汝作於善友共相愛敬汝取我語何須住此又復此樹子少無多云何乃能此處願樂汝可下來隨逐於我我當將汝度海彼岸別有大林種種諸樹華果豐饒獼猴問言我云何得至彼處海水深廣甚難越度云何堪度是時彼虬報獼猴言我背負汝將度彼岸汝今但當從樹下來騎我背上爾時獼猴心無定故狹劣愚癡心生歡喜從樹而下上虬背上欲隨虬去其虬內心生如是念善哉善哉我願已成即欲相將至自居處及獼猴俱沒於水猴問虬言善友何故忽沒於水虬即報言我婦懷妊彼如是思欲汝心食以是因緣我將汝來爾時獼猴作

如是念嗚呼我今甚不吉利自取磨滅作何方便而得免此急速厄難不失身命復如是念我須誑虬作是念已而語虬言仁者善友我心留在優曇婆羅樹上寄著不持將行仁於當時云何不依實語我知今須汝心我於當時即將相隨善友還迴放我取心得已還來爾時彼虬聞獼猴語已二俱還出獼猴見虬欲出水岸是時獼猴努力奮迅捷疾跳躑出大筋力從虬背上跳下上彼優曇大樹之上其虬在下少時停待見猴淹遲不下而語之言親密善友汝速下來共汝相隨至於我家獼猴默然不肯下樹虬見獼猴經久不下而說偈言

善友獼猴得心已　願從樹上速下來
我當送汝至彼林　多饒種種諸果樹

爾時獼猴作是思惟此虬無智即說偈言

汝虬計校雖能寬　而心智慮甚狹劣
汝但審諦自思忖　一切衆類誰無心
彼林雖復子豐饒　及諸菴羅等妙果
我今意實不在彼　寧自食此優曇婆

爾時佛告諸比丘言當知彼時大獼猴者我身是也彼虬者魔波旬是於時猶尚誑惑於我而不能得今復欲將世間五欲之事而來誘我豈能動我此之坐處

又雜寶藏經云昔有烏梟共相怨憎烏待晝日知梟無見蹹殺群梟散食其肉梟便於夜知烏眼闇復啄群烏開罩其腹亦復散食畏晝畏夜無有竟已有一智烏語衆烏言已為怨憎不可求解終相誅滅勢不兩全宜作方便殄覆諸梟然後我等可得歡樂若其不爾

終爲所敗衆烏答言當作何方得滅鵂賊智烏答言爾等衆烏拔我毛羽破我頭我當設計要令殄覆即如其言憔悴形容向梟穴外而自悲鳴聞其聲已便言今爾何故破傷來至我所烏語梟言衆烏鵂我不得生活故來相投以避怨惡時梟憐愍遂便養給恒與殘肉日月轉久毛羽平復烏作微計銜乾樹枝并諸草木著梟穴中似如報恩梟語烏言何用是爲烏即答言孔穴之中純是冷石用此草木以御風寒梟以爲爾默然不答而烏於是即求守孔穴作給使令用報恩時會暴雪寒風猛盛衆梟率爾來集孔中烏得其便尋生歡喜銜牧人火用燒梟孔衆梟一時於孔焚滅爾時諸天說偈言曰

諸有宿嫌處　不應生體信　如烏詐託善
焚滅衆梟身

又六度集經云昔者菩薩爲孔雀王從妻五百棄其舊匹欲娶青雀爲妻其青雀唯食甘露好果孔雀爲妻曰行取之其國王夫人有疾夢覩孔雀云其肉可爲藥寤已啓聞王令獵士疾行索之夫人曰有能得之者娉以季女賜金千斤國諸獵士分布行索覩孔雀王從一青雀在常食處即以蜜麨每處塗樹孔雀輙取以供其妻射師以蜜麨塗身踞坐而候孔雀取麨人應手獲之焉孔雀曰子之勤身必爲利也吾示子金山可爲無盡之寶子原吾命矣獵者又曰大王賜吾千斤金妻以季女豈信汝言乎尅以送獻汝矣孔雀見王曰大王懷仁潤無不周願納微言乞得少水吾以慈呪服之疾瘳矣若其無効受罪不晚

王順其意夫人服之衆疾皆瘳華色煒曄宮人皆然舉國歎王弘慈全孔雀之命獲延一國之壽孔雀曰願得投身于彼大湖并呪其水率土黎民衆疾可瘳若有疑妄願以杖捶吾足王曰許可孔雀如之國人飲水並皆得力聾聽盲視瘖語躄伸衆疾皆然夫人疾除國人並得無病兼無害孔雀之心孔雀具知向王陳曰受王生潤之恩吾報濟一國之命報畢乞退王曰可爾雀即翔飛升樹重曰天下有三癡王曰何謂三耶一者吾癡二者獵士癡三者大王癡王曰願釋之也雀曰諸佛重戒以色爲火燒身危命貪色之由也吾捨五百供養之妻而貪青雀索食供之有如僕使爲狂網所得殆危身命斯吾癡也獵者之癡吾至誠之言捨一山之金棄無窮之寶信夫人邪僞之欺望李女之妻覩世狂愚皆斯類矣損佛眞誠之戒信鬼魅之欺酒藥婬亂或度破門之禍或死入太山其苦無數思還爲人猶無羽之鳥欲飛升天豈不難哉婬婦之妖蠱喻彼魍魅靡不由之亡國危身而愚夫尊之萬言無一誠也而射師信之斯謂獵者愚矣王得天醫除一國疾諸毒都滅顏如盛華巨細欣賴而王放之王始欲殺吾以肉療夫人疾斯謂王愚矣佛告舍利弗孔雀王者自是之後周旋八方輙以神藥慈心布施愈衆生病孔雀王者吾身是也國王者舍利弗是也獵者調達是也夫人者調達婦是菩薩慈慧度無極行布施如是

又雜寶藏經云佛言乃往過去時有蓮華池多有水鳥在中而住時有鸛雀在於池中徐

步舉脚諸鳥皆言此鳥善行威儀徐序不惱水性時有白鵝而説偈言

舉脚而徐步　音聲極柔軟　欺誑於世間
誰不知諂譺

鸖雀語言何爲作此語來共作親善白鵝答言我知汝諂譺終不親善汝欲知爾時鵝者即我身是也爾時鸖雀者今提婆達多是也又雜寶藏經云佛言於過去世雪山之側有山雞王多將雞衆而隨從之雞冠極赤身體甚白語諸雞言汝等遠離城邑聚落莫與人民之所噉食我等多諸怨嫉好自慎護時聚落中有一猫子聞彼有雞便往趣之在於樹下徐行低視而語雞言我爲汝婦汝爲我夫而汝身形端正可愛頭上冠赤身體俱白我相承事安隱快樂雞説偈言

猫子黄眼愚小物　觸事懷害欲噉食
不見有畜如此婦　而得壽命安隱者

爾時雞者我身是也爾時猫者提婆達多是也昔於過去欲誘誑我今日亦復欲誘誑我索我徒衆頌曰

姧情詐癡　今信匪疑　僞現依附　虚誰來隨
外親内損　夙夜侵移　久共同住　方覺相欺

惰慢篇第六十一此有二部

述意部　引證部

述意部第一

夫人所以不得道者由於心神昏惑心神所以昏惑由於外物擾之擾之者多其事略三一則勢利榮名二則妖妍靡曼三則甘脂肥濃榮名雖日用於心要無晷刻之累妖妍靡曼方之已深甘脂肥濃爲累甚切萬事云云

皆三者之枝葉耳聖人知不斷此三事故求道無從可得如水火擁之然之則其用彌全決之散之則其勞彌薄故論云質微則勢重勢微則質重是以思之則之實由勤功而悟道惰之慢之良由貪聲色而障聖所以釋氏震法鼓於鹿菀夫子揚德音於郰魯尚耳目所不聞豈心識之能契也

引證部第二

如薩婆多論云波羅提木叉之戒五道而言唯人道得戒餘四不得如天道以著樂深重不能得戒如昔一時大目連以弟子有病上忉利天以問耆婆正值諸天入歡喜園爾時目連在於路側立待一切諸天無顧看者唯耆婆後至顧見目連向舉一手秉車直過目連自念此本人間是我弟子今受天福以著天樂都失本心即以神力制車令住耆婆下車禮目連足目連種種因緣呵責耆婆答目連曰以我人中為大德弟子是故舉手問訊頗見諸天有爾者不有時目連勸誡釋提桓因佛世難值何不數數相近諮受正法帝釋欲解目連意故遣使勑一天子令來反覆三喚猶故不來後不應已而來帝釋白目連曰此天子唯有一天女一妓樂以自娛樂以染欲情深雖復命重不能自割故不肯來況作天主種種宮觀無數天女須食自然百味百千妓樂以自娛樂視東忘西雖知佛世難遇正法難聞而以染樂纏縛不得自在知復如何三塗苦難無緣得戒人中唯三天下得戒北鬱單越無有佛法不得戒以福報障并愚癡故不受聖法

又善見律云時有六群比丘自身在下請法人在高而爲說法以慢法故佛呵責之佛語比丘往昔波羅柰國有一居士名曰車波加其婦懷妊思菴羅果語其壻言我思菴羅果君爲我覓其夫答言此非果時我云何得婦語夫言君若不得我必當死夫聞婦語心自念言唯王園中有非時果我當往偷作是念已即夜入王園取果未得明相已出不得出園於是樹上藏住時王與婆羅門入園欲食菴婆羅果婆羅門在下王在高座婆羅門爲王說法偷果人樹上自念言我偷果事應合死因王聽婆羅門說法我今得脫我今無法王亦無法婆羅門亦無法何以故我爲婦故而偷王果王由憍慢故師在下座自在高座而聽說法婆羅門爲貪利養故自在下座爲王說法我今三人相與無法我今得脫即便下樹往至王前而說偈言

二人不知法　二人不見法　教者不依法
聽者不解法　爲是飲食故　我言是無法
爲以名利故　毀碎汝家法

王聞此偈恕偷果人罪我爲凡時尚見非法況今成佛汝諸弟子爲下人說法時偷果人者我身是也

又智度論云如迦葉佛時有兄弟二人出家求道一人持戒誦經坐禪一人廣求檀越修諸福業至釋迦佛出世一人生長者家一人作大白象力能破賊長者子出家學道得六神通阿羅漢而以薄福乞食難得他日持鉢入城乞食遍不能得到白象廐見王供象種種豐足語此象言我之與汝俱有罪過象即

感信三日不食守象人怖求覓道人見而問言汝作何術令王白象病不能食耶答曰此象是我先身時弟共於迦葉佛時出家學道我但持戒誦經坐禪不行布施弟但廣求檀越作諸布施不持戒不學問以其不持戒誦經坐禪故今作此象大修布施故飲食備具種種豐足我但行道不修布施故今雖得道果乞食不能得以是事故因緣不同雖值佛世猶故飢渴

又百喻經云昔外國節度之日一切婦女盡持優鉢羅華以爲鬘飾有一貧人其婦語言爾若能得優鉢羅華來與我爲爾作妻若不能得我捨爾去其夫先來常善能作鴛鴦之鳴即入王池作鴛鴦鳴偷優鉢羅華時守池者而作是問池中者誰而此貧人失口答言我是鴛鴦守者捉得將詣王所而於中道復更和聲作鴛鴦鳴守池者言爾先不作今作何益世間愚人亦復如是終身殘害作衆惡業不習心行使令調善臨命終時方言今我欲得修善獄卒將去付閻羅王雖欲修善亦無所及如彼愚人欲到王所作鴛鴦鳴

又百喻經云昔有大富長者左右之人欲取其意皆盡恭敬長者唾時左右侍人以脚蹋却有一愚者不及得蹋而作是言若唾地者諸人蹋却欲唾之時我當先蹋於是長者正欲咳唾時此愚人即便舉脚蹋長者口破脣折齒長者語言汝何以故蹋我脣口愚人具答所由故唾未出舉脚先蹋望得汝意凡物須時時未及到強設功力反得苦惱以是之故世人當知時與非時頌曰

惰學迷三教　問者不知一　合蕚不結核
敷華何得實　徒生高慢心　陵他非好畢
墜落於闇道　關閉牢深容　一入百千年
萬億苦切逼　對苦悔無知　方由惰慢楣
聖人善取譬　愚智須明律　英雄慢法時
焉知悔今日

感應緣（略引八驗）

晉抵世常奉法驗　莊子驗
列女傳驗　文子驗
孫卿子驗　鹽鐵論驗
晉平公驗　論衡驗

晉抵世常至晉太康中有富人居時禁晉人作沙門常奉法不懼憲網潛於宅中立精舍供養沙門于法蘭亦在其中比丘來者不憚後有僧來姿形頑陋衣弊足泥常遂作禮命奴洗足僧曰恒自洗之何用奴也常曰老病以奴自代僧不許常私罵而去僧現八尺形容儀光偉飛行而去常撫膺自撲泥中家内僧尼行路五六十人望見空中數十丈分明奇香芬氳一月留宅

莊子曰人而不學謂之視肉學而不行命之曰撮囊

列女傳曰河南樂羊子甞行得遺金還以與妻妻曰妾聞志士不飲盜泉廉者不受嗟來之食況拾遺求利以汙其行乎羊子慚棄金於野遠尋師而學

文子曰上學以神聽之中學以心聽之下學以耳聽之

孫卿子曰不登高山不知天之高也不聞先王之道言不知學問之大君子之學入乎耳

著乎心布乎四支形乎動静小人學出乎口入乎耳耳目之間四寸耳曷足以美七尺之軀

鹽鐵論曰内無其質而外學其文雖有賢師良友若畫脂鏤氷費日損功故良師不能飾西施澤香不能加嫫母

説苑曰晉平公問師曠曰吾年七十欲學恐已暮矣對曰暮何不炳燭乎臣聞少而學者如日出之陽壯而學者如日中之光老而學者如炳燭之明炳燭之明孰與昧行平公曰善哉

論衡曰手中無錢而之市決貨貨主必不與也夫胷中無學亦猶手中無錢也

法苑珠林卷第五十四

音釋

[馬+奔] 百昆切 走也 咩 莫者切 羊鳴也 麨 齒沼切 乾糧也 郰 側鳩切 與鄒同

榍 先結切 限也 鏤 郎豆切 雕刻也

# 法苑珠林卷第五十五之一

唐 西明寺沙門釋道世撰

## 破邪篇第六十二 此有二部

述意部　引證部

### 述意部第一

蓋聞三乘啓轍諸子免火宅之災八正開元群生悟無爲之果是故慈雲降潤不别芳蘭慧日流輝寧分岸谷且立教垂範盡妙窮微發志生情難量叵測雖周孔儒術莊老玄風將欲方兹逈非倫擬其有帝代賢士今古明君咸共遵崇無乖敬仰欲使玉礰異價涇渭分流製六師而正四倒反八邪而歸一味折染俗之自然興因果之正路挫邪智之虛角杜異見之妄言求珠之寶心開觀象之僞識正自非德均眞際體合無生豈能契此玄門履之一實者也

### 引證部第二

如增一阿含經云爾時有長者名阿那邠邸其家大富不可稱計爾時滿富城中有長者名曰滿財亦大富饒財復是邠邸少小舊好共相敬愛邠邸長者恒有千萬寶貨在滿富城中販賣使滿財長者經紀然滿財長者亦有數千萬寶在舍衞城中販賣使邠邸經紀是時邠邸有女名須摩提顏貌端正如桃華色世之希有爾時滿財見須摩提女端正見已問邠邸曰此是誰家女邠邸報曰是我所生滿財曰我有小息未有婚對可適貧家不時邠邸報曰事不宜爾滿財問曰以何等故邠邸報曰種姓財貨足相訓匹所事神祠與我不同此女事佛汝事外道以是之故不赴

來意滿財報曰我等所事自當別祀此女所事別自供養邠邸報曰我女設當適汝家者彼此各出財寶不可稱計滿財問曰汝今索幾許財寶邠邸報曰我今須六萬兩金是時長者即與六萬兩金邠邸以方便前却猶不能使止語彼長者曰設我嫁女當往問佛若有教勑我當奉行是時阿那邠邸即往至世尊所白世尊曰須摩提女爲滿富城中滿財長者所求爲可與不世尊告曰若須摩提女適彼國者多所饒益度脫人民不可稱量聞已禮退還至家中共辦飲食與滿財長者滿財問曰我不用食但嫁女與我不耶邠邸報曰欲爾者便可却後十五日使兒至此作是語已便退而去是時滿財長者辦具所須乘葆羽之車從八十由延內來邠邸復莊嚴已女乘葆羽之車將女往迎中道相遇滿財得女便將至滿富城中人民之類各作制限若此城中有女出適他國者當重刑罰若他國娶婦將入國者亦重刑罰爾時彼國有六千梵志國人所奉制限有言犯者當飯六千梵志長者自知犯制即飯六千梵志梵志所食純食豬肉及重釀之酒又梵志所著衣服或被白氎或被毳衣以衣偏著右肩半身露現即白時到入長者家長者見來膝行前迎恭敬作禮最大梵志舉手稱善揖長者頃往詣座所各隨坐訖時長者語須摩提女曰汝自莊嚴向我師禮須摩提女報曰止止大家我不堪任向裸形人禮長者報曰此非裸形但所著衣是其法服須摩提女報曰此無慚愧之人皆共露形有何法服之用世尊所說世

人所貴有慚有愧若無此二則尊卑無異共
豬犬無别我實不堪向作禮拜時須摩提夫
語其婦曰汝今可起向我師作禮此諸人等
皆是我所事天婦報曰且止我不禮此無慚
愧裸形人令我向驢犬作禮夫曰勿作是言
自護汝口勿有所犯此非驢非狗但所著之
衣正是法衣是時須摩提女涕零悲泣顏色
變異並作是說寧斷命根終不墮此邪見之
中時六千梵志各共高聲何故使此婢罵詈
乃爾是諸梵志已食少多便去是時滿財長
者在高樓上煩冤愁惋我今取此人來便爲
破家辱我門戶時有梵志名曰脩跋得五神
通往長者家上高樓上與長者相見梵志問
長者曰何故愁憂長者報曰昨因爲兒娶婦
具說前縁梵志報曰此女所事之師皆是梵
行之人今日現在甚奇甚特長者問曰汝爲
外道異學何故歎譽沙門釋子有何神德有
何神變梵志報曰欲聞神德今粗說原此女
所事之師最小弟子名曰均頭沙彌飛來詣
阿耨達泉洗垢之衣阿耨大神天龍鬼神皆
起前迎恭敬問訊善來人師可就此坐却後
坐食食竟盪鉢在金案上跏趺正身次第入
九次第定是時天龍鬼神與踢洗衣舉著空
中而暴使乾時彼沙彌收攝衣已便飛在空
還歸所在長者當知最小弟子有此神力況
最大者何況如來至眞正覺而可及乎是時
長者語梵志曰我等可得見此女所事師乎
梵志報曰可還問此女是時長者問須摩提
女曰吾今欲得見汝所事師能使來不女聞
歡喜不能自勝願時辦具飲食明日如來當

來至此及比丘僧長者報曰汝今自請吾不
解法是時長者女沐浴身體手執香火上高
樓上叉手向如來而歎之曰
諸變不可計　皆使立正道　我今復值厄
唯願尊屈神　爾時香如雲　懸在虛空中
遍滿祇洹舍　住在如來前　諸釋虛空中
歡喜而作禮　又見香在前　須摩提所請
雨諸種種華　而不可計量　悉滿祇洹林
如來笑放光
爾時世尊告諸神足比丘大目連大迦葉阿
那律乃至均頭沙彌等汝等以神足先往至
彼城中諸比丘對曰如是世尊是時衆僧使
人名曰乾荼明旦躬負大釜飛在空中往至
彼城遶城三帀詣長者家是時均頭沙彌化
作五百華樹色若干種皆悉敷茂是時般特
化作五百頭牛衣毛皆青在中止坐往詣彼
城爾時羅雲復化作五百孔雀色若干種在
上坐往詣彼城是時迦延那化作五百金翅
鳥極爲勇猛在上坐往詣彼城爾時優毗迦
葉化作五百龍皆有七頭在上坐往詣彼城
是時須菩提化作瑠璃山入中跏坐往詣彼
城爾時大迦旃延復化作五百鶴色皆純白
往詣彼城是時離越化作五百虎在上坐往
詣彼城是時阿那律化作五百師子極爲勇
猛在上坐往詣彼城是時大迦葉化作五百
疋馬皆朱尾金銀校飾在上坐往詣彼城是
時目連化作五百白象皆有六牙七處平整
金銀校飾在上坐往詣彼城如是現神皆遶
城三帀往長者家是時世尊以知時到在虛
空中去地七仞阿若拘隣在右舍利弗在左

阿難在後而手執拂千二百弟子前後圍遶如來在中及餘諸天帝釋諸王皆現神變悉在空中作唱妓樂數千萬種雨衆天華散如來上舍衛城内人民皆見如來在空去地七仞皆懷歡喜不能自勝是時滿財長者遥見如來相好猶如金聚放大光明以偈問須摩提女須摩提女復以偈報之天人梵志皆自歸命是時六千梵志見如此神變各相謂言我等可離此國更適他土猶如禽獸各奔所趣是諸梵志聞如來響各各馳走不得自寧由如來有大威力故不自安是時世尊還攝神足入城以足蹈門閫上是時天地大動諸神散華詣長者家就座而坐世尊漸與長者及八萬四千人民説戒施生天之論訶欲不淨出家爲要各於座上諸塵垢盡得法眼淨皆自歸三寶受持五戒此須摩提女及八萬四千人皆由久遠迦葉佛所四事供養一施二愛敬三利人四等利不墮貧家當來之世亦當復值如此之尊使我莫轉女身得法眼淨是時城中人民聞哀愍王女作如此誓願人皆隨喜此願爾時哀愍王者今須達長者是爾時王女者今須摩提女是爾時國土人民之類者今八萬四千人是由彼誓願故今值我身聞法得道

又智度論云有梵志名長爪（別經梵云名勞豆叉）是閻浮提大論議師言一切論可破一切言可壞一切執可轉無有實法可信可恭敬者舍利弗舅摩訶俱絺羅與姊舍利論議不如俱絺羅思惟念言非姊力也必懷智人寄言母口未生乃爾及生長大當如之何思惟是已生

憍慢心爲廣論議故出家作梵志入南天竺國始讀經書諸人問言汝志何求長爪答言十八種大經盡欲讀之諸人語言盡汝壽命猶不能知一何況能盡長爪自念昔作憍慢爲姊所勝今此諸人復見輕辱爲是二事故自作誓言我不剪爪要讀十八種經書盡人見爪長因號長爪梵志是人以種種經書譏刺是非破他論議譬如大力狂象搪揬蹴蹋無能制者如是長爪梵志摧伏諸論師已還至摩伽陀國王舍城那羅陀聚落至本生處問人言我姊生子今在何處有人語言汝姊子者適生八歲讀一切經書盡至年十六論議勝一切人有釋種道人姓瞿曇與作弟子長爪聞之即起憍慢生不信心而作是言如我姊子聰明如是彼以何術誘誑剃頭作弟子作是語已直向佛所爾時舍利弗初受戒半月佛邊侍立以扇扇佛長爪見佛問訊訖一面坐作是念一切論可破一切語可壞一切執可轉是中何者是諸法實相何者是第一義譬如大海欲盡其底求之既久不得一法彼以何論議而得我姊子作是思惟已而語佛言瞿曇我一切法不受時佛問長爪汝一切法不受是見受不佛所質義汝已領之邪見毒熾今出是毒氣言一切法不受是見汝受不爾時長爪如好馬見鞭顧影覺畏便著正道長爪梵志既得佛語鞭影入心即棄貢高慚愧低頭如是思惟佛置我兩處負門中若我說是見我受是負處門麤故衆人所共知云何自言一切法不受今受是見此現前妄語是麤負處門多人所知第二負處門

細我欲受之以少人知故作是念已答佛言瞿曇一切法不受是見亦不受佛語梵志汝不受一切法是見亦不受則無所破與衆人無異何用自高而生憍慢如是長爪不能答佛自知已墮負處即於佛智起恭敬信心自思惟我墮負處世尊不彰不言是非不以爲意佛心柔輭第一清淨得大甚深最可恭敬無過佛者佛爲說法斷其邪見即於坐處遠塵離垢得法眼淨是時舍利弗聞是語時得阿羅漢是長爪梵志出家作沙門得阿羅漢

又佛說乳光佛經云時佛世尊適小中風當須牛乳爾時維耶離國有梵志名摩耶利爲五萬弟子作師復爲國王大臣人民所敬遇豪富貪嫉不信佛法但好異道於是佛告阿難持如來名往到梵志摩耶利家從其求索牛乳湩來阿難受教著衣持鉢到其門下梵志摩耶利適與五百上足弟子欲行入宮與王相見時即出舍值遇阿難因問言汝朝來早欲何所求阿難答曰佛世尊身小不安隱使我索乳梵志默然不報自思惟念我若不持牛乳與謂我慳惜適持乳與諸餘梵志便復謂我事瞿曇道進退惟宜雖爾當指授與惡牛自令聲取當使牴殺折辱其道便見指棄我還爲人所敬若不得乳明我不惜諜議是已即告阿難牛朝已放在彼塹裏汝自往聲摩耶勑兒汝將阿難示此牛處愼莫爲捉時五百弟子聞師說是悉大歡喜爾時維摩詰來欲至佛所道經梵志門前因見阿難即謂何謂晨朝持鉢住此欲何求索阿難答曰如來身小中風當須牛乳故使我來維摩詰

即告阿難莫作是語如來正覺身如金剛衆惡已斷但有諸善當有何病默然行矣勿得外道誹謗如來無使天龍神等得聞是聲十方菩薩阿羅漢得聞此言轉輪聖王尚得自在何況如來阿難勿爲羞慚索乳疾行慎莫多言阿難聞此大自慚懼聞空中有聲言是阿難如長者所言但爲如來於五濁世示現度脱一切三毒之行故時往取乳向者維摩雖有是語莫得羞慚於是五百梵志聞空中聲即無狐疑皆大踊躍悉發無上正眞道意爾時摩耶利内外眷屬及聚邑中合數千人皆隨阿難往觀惡牛阿難即住牛傍自念言令我所事師法不得自手聲乳語適竟第二忉利天帝便從天來化作年少梵志被服因住牛傍阿難見之心用歡喜謂言年少梵志請取乳湩即答阿難我非梵志是天帝釋我聞如來欲得牛乳故來到此阿難言天帝位尊何能近此腥穢之牛帝釋答曰雖我之豪何如如來尊尚不猒倦建立功德何況小天阿難報釋爲我取乳唯願用時釋應曰諾尋即持器前至牛所時牛靜住不敢復動其來觀者皆驚怪之爾時帝釋而説偈言

令佛小中風　汝與我乳湩　令佛服之瘥
得福無有量　佛尊天人師　常慈心憂念
蜎飛蠕動類　皆欲令度脱

爾時犢母即爲天帝釋説偈言

此手捫摸我　何一快乃爾　取我兩乳湩
置於後餘者　當持遺我子　朝來未得飲
雖知有福多　作意當平等

於是犢子便爲母説偈言

我從無數劫　今得聞佛聲　即言持我分
盡用奉上佛　世尊一切師　甚難得再見
我食草飲水　可自足今日　我作人已來
飲乳甚大久　及在六畜中　亦爾不可數
世間愚癡者　亦甚大衆多　不知佛布施
後因悔無益　我乃前世時　慳貪坐抵突
復隨惡知友　不信佛經戒　使我作牛馬
至于十六劫　今乃值有佛　如病得醫藥
持我所飲乳　盡與滿鉢去　令我後智慧
得道願如佛

時天帝釋即取乳滿鉢阿難得乳意甚歡喜於是梵志從邑中來者聞此牛子母所說皆共驚怪此牛弊惡人不得近今日何故柔善乃爾想是阿難所感發耳瞿曇弟子尚能如此何況佛德威神變化而我等不信其教時梵志男女合萬餘人皆悉踊躍遠塵離垢逮得法眼阿難持乳還至佛所具白所由佛告阿難實如牛子母所說此牛子母乃昔宿命時曾爲長者大富饒財復慳不施不信佛戒不知生死常喜出財外人從舉日月適至喜多責息無有道理既償錢畢復謗枉人言其未畢但坐是故墮畜生中十六劫今聞我名歡喜者何畜生之罪亦當畢是此牛子母却後命盡七反生兜術天及梵天上七反生世間當爲豪富家不生惡道所在常當通識宿命當供養諸佛燒香持經牛母從是因緣最後當值見彌勒佛作沙門精進不久得羅漢道犢子亦當如是上下二十劫竟當得作佛號曰乳光牛母之子俱得度脫會中五百長者子悉發無上道意三千八百梵志應時得

須陀洹道

又佛說心明經云佛遊王舍城靈鳥山與五百比丘四部衆俱往之一縣而行分衛諸天龍神追於上侍到梵志館門外而住佛放大光普照十方時梵志婦執爨炊飯見光照身身得安隱解懌無量還顧見佛端正姝好倍加踊躍重自惟忖今得覩佛及衆弟子誠副宿願欲以食饌奉進正覺隱察愚夫不信道德志存邪疑見妄所施必興結恨不得由巳當如之何便即撥飯取汁一勺以用上佛佛以威神鉢中自然有百味食佛時達嚫口歎頌曰

假以馬百疋　金銀校鞍勒　持用惠施人
不如勺飯汁　設以七寶車　載滿諸珍琦
勺飯汁施佛　其福過於彼　若施白象百
明珠瓔珞飾　供佛一勺汁　其福超彼上
如轉輪聖王　普賢玉女后　端正無有比
七寶瓔珞身　如是之妙類　其數各有百
悉以配施人　不如一勺汁

於是梵志靜住而聽聞佛所歎心懷疑惑前問佛言一勺飯汁何所直耶而乃稱讚若干寶施而云不如一勺汁施斯之飯汁不直一錢然乃咨嗟若干億倍孰當信哉於是世尊尋即顯露廣長之舌以覆其面上至梵天告梵志曰吾從無數億百千劫常行至誠乃獲斯舌寧以妄語能致之乎吾欲問卿至誠答之曾頗往返舍衛羅閱中路有樹名尼拘類蔭覆人衆五百乘車乎對曰唯然有之曾所見也世尊又問其子大小答曰形如芥子佛告梵志卿眞兩舌實如芥子樹何大乎對曰

審爾不敢欺也佛又告曰種如芥子生樹廣大地之生植適無所置所覆彌廣何況如來無上正覺無量福會普勝者哉大慈弘哀無所不濟以饌供獻功祚難計梵志默然無以加報佛告阿難斯婦壽終當轉女像得爲男子生于天上下生爲人解深妙法却十三劫當得作佛名曰心明如來梵志意伏五體投地剋心自責歸命於佛加恩矜攝令得出家佛即納受以爲沙門佛講四諦漏盡意解

又涅槃經云爾時十仙外道欲共佛捔試神力阿闍世王報外道云汝等今者欲以手爪抱須彌山欲以口齒齚齧金剛諸大士譬如愚人見師子王飢時睡眠而欲寤之如人以指置毒蛇口如欲以手觸灰覆火汝等今者亦復如是善男子譬如野狐作師子吼猶如蚊子共金翅鳥捔行遲疾如兔渡海欲盡其底汝等今者亦復如是汝等今者興建是意猶如飛蛾投於火聚汝隨我語不復更說

又大莊嚴論時憍尸迦向外道說偈言

外道所爲作　虛妄不眞實　猶如小兒戲
聚土作城郭　醉象踐蹈之　散壞無遺餘
佛破諸外論　其事亦如是

又百喻經云昔有愚人煮黑石蜜有一富人來至其家時此愚人取石蜜漿爲富人煮卽於火上以扇扇之望得便冷傍人語言下不止火扇扇不已云何得冷爾時人衆悉皆嗤笑其猶外道不滅煩惱熾然之火少作苦行卧棘刺上洮糠飲汁斷穀自餓五熱炙身而望清涼寂靜之道終無是處徒爲智者之所怪哂受苦現在殃流來劫

又百喻經云昔有愚人其婦端正情甚愛重婦無貞信後於中間共他交往邪婬心盛欲逐傍夫捨離已壻於是密語一老母言我去之後汝可齎一死婦女屍安著屋中語我夫言云我已死老母於後伺其夫主不在之時以一死屍置其家中及其夫還老母語言汝婦已死夫即往視信是已婦哀哭懊惱大積薪油燒取其骨以囊盛之晝夜懷挾婦於後時心猒傍夫便還歸家語其夫言我是汝妻夫答之言我婦久死汝是阿誰妄言我婦乃至二三猶故不信如彼外道聞他邪說心生惑著謂爲眞實永不可改雖聞正教不信受持

又百喻經云昔有二估客共行商賈一賣眞金其第二者賣兜羅綿有他買眞金者燒試之第二估客即便偷他被燒之金裹兜羅綿時金熱故燒綿都盡情事既露二事俱失如彼外道偷取佛法著已法中妄稱已有非是佛法由是之故燒滅外典不行於世如彼偷金事情都現亦復如是

又百喻經云過去之世有一山羗偷王庫物而遠逃走爾時國王遣人四出推尋捕得將至王邊王即責其所得衣處山羗荅言我衣乃是祖父之物王遣著衣實非山羗本所有故不知著之應在手之者著於脚上應在腰者反著頭上王見賊已集諸臣等共詳此事而語之言若是汝之祖父已來所有衣者應當解著云何顛倒用上爲下以下爲上以不解故定知汝衣必是偷得非汝舊物借以爲譬王者如佛寶藏如法愚癡羗者猶如外道

窮偷佛語著已法中以爲自有然不解故布置佛法迷亂上下不知法相如彼山羌得王寶衣不識次第顛倒而著亦復如是

又百喻經云昔有一人形容端正智慧具足復多錢財舉世人聞無不稱歎時有愚人見其如此便言我兄見後還債言非我兄傍人語言汝是愚人云何須財認他爲兄及其還債復言非兄愚人答言我以欲得彼之錢財故認爲兄實非是兄人聞此語無不笑之猶彼外道聞佛善語饕竊而用以爲已有乃至傍人教使修行不肯修行而作是言爲利養故偷取佛說化導衆生而無實事云何修行猶向愚人爲得財故言是我兄及還其債時復言非兄此亦如是頌曰

正邪乖明昧　善惡異相征　大慈降梵志
乘空各變形　六千俱捨執　七衆各休禎
邪徒虛抗志　鍱腹浪求名　身子多才智
陵化照機庭　四辯無不可　六通奮英情
乘權摧異見　伏邪同幽冥　自知螢光劣
徒評太陽精

感應緣（略引六驗）

辯聖眞僞一　邪正相翻二
妄傳邪教三　妖惑亂衆四
道教敬佛五　捨邪歸正六

辯聖眞僞第一

夫邪正交侵禍福繁雜自非極聖焉能開誘是以九十五種宗上界之天尊二十五諦計衆生之冥本皆陳正法咸稱大濟又有魯邦孔氏導禮樂於九州楚國李聃開虛玄於五岳各臣吏於機務並衢分於限域辯御乖張

理路沉溺致令惑網覆心莫知投趣未若皇覺無私道濟群有幽顯歸心凡聖稽首譬天無二日國無兩君故天上天下俱唱獨尊三千大千咸稱正覺爲四生之道首作六趣之舟航者也

故史録太宰嚭問孔子曰夫子聖人歟對曰非也博識強記非聖人也又問三王聖人歟對曰三王善用智勇聖非丘所知又問五帝聖人歟對曰五帝善用仁義聖非丘所知又問三皇聖人歟對曰三皇善用時聖非丘所知太宰大駭曰然則孰爲聖人乎夫子動容有間曰丘聞西方有聖者焉不治而不亂不言而自信不化而自行蕩蕩乎人無能名焉據斯以言孔子深知佛爲大聖也時緣未升故默而識之有機故舉然未得昌言其且致矣又後漢時史官傅毅開顯佛化造法本内傳云漢明帝永平三年上夢神人金身丈六項有白光寤已問諸臣等傅毅對詔有佛出於天竺乃遣使往求備獲經像及僧二人帝乃爲立佛寺畫壁千乘萬騎繞塔三帀又於南宮清涼臺及高陽門上顯節陵所圖佛立像并四十二章經緘於蘭臺石室廣如前敬三寶篇述

傳云時有沙門迦攝摩騰竺法蘭位行難測志存開化蔡愔使逹請騰東行不守區域隨至雒陽曉喻物情崇明信本帝問騰曰法王出世何以化不及此荅曰迦毗羅衛者三千大千世界百億日月之中心也三世諸佛皆在彼生乃至天龍鬼神有願行者皆生於彼受佛正化咸得悟道餘處衆生無緣感佛佛

不徃也佛雖不徃光明及處或五百年或一千年或一千年外皆有聖人傳佛聲教而化導之

傳云漢永平十四年正月一日五岳諸山道士朝正之次自相命曰天子棄我道法遠求胡教今因朝集可以表抗之其表略曰五岳十八山觀太上三洞弟子褚善信等六百九十人至於方術無所不能願與西僧比校得辯眞僞若比對不如任聽重決如其有勝乞除虛妄勑遣尚書令宋庠引入長樂宮以今月十五日可集白馬寺道士等便置三壇壇別開二十四門五岳道士各齋道經置於三壇帝御行殿在寺南門佛舍利經像置於道西十五日齋訖道士等以柴荻和沉檀香爲炬遶經泣淚啓白天尊乞驗縱火焚經經從火化悉成煨燼五岳道士相顧失色大生怖懼南岳道士費叔才自感而死太傅張衍語褚信曰卿等所試無驗即是虛妄宜就西來眞法褚信曰茅成子云太上者靈寶天尊是也造化之作謂之太素斯豈妄乎衍曰太上有貴德之名無言教之稱今子說有言教即爲妄也信聞默然不對時佛舍利光明五色直上空中旋環如蓋遍覆大衆映蔽日光摩騰法師踊身高飛坐卧空中廣現神變于時天雨寶華在佛僧上又聞天樂感動人情大衆咸悅歎未曾有皆遶法蘭聽說法要并吐梵音讚佛功德初立佛寺同梵福量司空陽城侯劉峻與諸官人士庶等千有餘人出家四岳諸道士呂惠通等六百二十人出家陰夫人王婕妤等與諸宮人婦女二百四十人

出家便立十寺七所城外安僧三所城内安尼自斯已後廣遍天下傳有五卷略不備載有人疑此傳近出本無角力之事案吳書明費叔才有感死故傳爲實錄不虛矣

吳書云孫權赤烏四年有康居國沙門名僧會姓康來到吳國遂感舍利五色光曜天鎚之逾堅燒之不然光明出火作大蓮華照曜宮殿臣主驚嗟歎希有瑞爲立塔寺度人出家又以教法初興名爲建初寺下勑問尚書令闞澤曰漢明已來凡有幾年佛教入漢既久何緣始至江東澤曰自漢明永平十年佛法初來至今赤烏四年則一百七十年矣初永平十四年五岳道士與摩騰捔力之時道士不如南岳道士褚善信費叔才等在會自感而死門徒弟子歸葬南岳不預出家無人流布後遭漢政淩遲兵戎不息經今多載始得興行又曰孔丘李老得與佛比對不澤曰臣聞魯孔君者英才誕秀聖德不群世號素王制述經典訓奬周道教化來葉師儒之風澤潤今古亦有逸民如許成子原陽子莊子老子等百家子書皆修身自翫放暢山谷縱汰其心學歸澹泊事乖人倫長幼之節亦非安俗化民之風至漢景帝以黃子老子義體尤深改子爲經始立道學勑令朝野悉諷誦之若以孔老二教遠方佛法遠則遠矣所以然者孔老二教法天制用不敢違天諸佛設教天法奉行不敢違佛以此言之實非比對（今見章醮似俗祭神安設酒脯棊琴之事）吳主大悅以澤爲太子太傅

宋文帝高祖第三子也聰睿英博雅稱令達

在位三十年嘗以暇日從容而顧問侍中何尚之吏部羊玄保曰朕少來讀經不多比復無暇三世因果未辯措懷而復不敢立異者正以卿輩時秀率所敬信也答曰范泰謝靈運常言經典文本在俗爲政必求性靈眞奧豈得不以佛理爲指南耶帝曰釋門有卿亦猶孔門之有季路所謂惡言不入於耳也自是文帝致意佛經卷不釋手

邪正相翻第二

邪惑問曰蓋聞釋迦生於天竺修多出自西蕃名號無傳於周孔功德靡稱於典謨寔遠夷所尊敬非中夏之師儒廣致精舍甲第當衢虛費金帛福利焉在未若銷像而絕鐫鑄貨泉可以無損毀經以禁繕寫廢僧以從編戶竊謂益國利人興家多福也方外對曰察斯濫濁非忠孝之道也夫忠臣奉國願受福之無疆孝子安親務防災於未兆聞多福之因緣求之如不及覩速禍之萌抵避之若探湯國重天地之祈祈於福也家避陰陽之忌忌於禍也福疑從取禍疑從去人之情也忠之道焉子乃去人之所謂福取人之所謂殃豈是忠臣益國之計非孝子安親之方也若夫廢宗廟之粢盛加子孫之魚肉毀蒸嘗之徹晃充僕妾之衣服苟求惠下之恩不崇安上之福恨養親之費饍思廢養之潤屋如此可謂忠孝之道乎夫三達之智百神無以類其通十力之尊千聖莫足儔其大萬惑盡矣萬德備矣梵天仰焉帝釋師焉道濟四生化通三界拔生死於輪迴示涅槃於常樂周孔未足擬議博施廣濟堯舜其猶病諸等慈而

無棄物可不謂之仁乎具智而有妙覺可不謂之聖乎夫體仁聖之至道者豈爲苟欺之詭言哉靜而思之信逾堅矣至如立寺功深於巨海度僧福重乎高嶽法王之所明言開士之所篤勸若興之者增慶益國不亦大乎敬之者生善利人不亦廣乎或小損而大益豈非國之所宜崇乎或小益而大損豈非民之所當避乎臣無斯慎於其君非忠臣也子無此慮於其親非孝子也

邪惑問曰佛法本出於西蕃不應奉之於中國爾方外對曰夫由余出自西戎輔秦穆以開霸業日磾生於北狄侍漢武而除危害臣既有之師亦宜爾何必取同俗而捨其異方乎師以道大爲尊無論於彼此法以善高爲勝不計於遐邇豈得以生於異域而賤其道

出於遠方而棄其寶夫絕群之駿非唯中邑之産曠代之珍不必諸華之物漢求西域之名馬魏收南海之明珠貢犀象之牙角採翡翠之毛羽物生遠域未可非珍佛出遐方奈何獨棄若藥物出於戎夷禁呪起於胡越苟可以蠲邪而去疾豈以遠來而不用之哉夫滅三毒以證無爲其蠲邪也大矣除八苦而致常樂其去疾也深矣何得局夷夏而計親踈乎況百億日月之下三千世界之內則中在於彼域不在於此方矣

邪惑問曰詩書所未言以爲修多不足尚矣方外對曰夫天文曆像之祕輿地理山川之卓詭經脉孔穴之診候針藥符呪之方術詩書有所不載周孔未之明言然考之吉凶而有徵矣察其行用而多効焉又且周孔未言

之物蠢蠢無窮詩書不載之法茫茫何限信矣書不盡言不盡意何得拘六經之局教而背三乘之通旨哉夫能事未興於上古聖人開務於後代故棟宇易曾巢之居文字代結繩之制飲血茹毛之饌則先用而未珍粒食火化之功雖後作而非弊亦如幼噉藜藿長飡粱肉少爲布衣老遇侯服豈得以藜藿先獲謂勝粱肉之味侯服晚遇不如布衣之貴乎夫萬物有遷三寶常住寂然不動感而通化非初誕於王宮不長逝於雙樹何得論生滅乎詎感脩促乎來乎去也

邪惑問曰佛是妖魅之氣寺爲淫邪之祀豈堪中夏爲人師之軌方外對曰妖唯作孽豈弘十善之化魅必憑邪寧興八正之道妖猶畏狗魅亦懼狸何以降帝釋之高心摧天魔之巨力又如圖澄羅什之侶道安慧遠之儔高德高名非狂非醉豈容辭愛榮位求魍魅之邪道勤身苦節事魍魎之妖言又自東漢至我大唐代代而禁妖言處處而斷淫祀豈容捨其財力放其士民營魑魅之堂塔入魍魎之徒衆又上古帝臣冠蓋人倫並稟教而歸依厝心以崇信豈容尊妖奉魅以自屈乎良由覩妙知眞使之然耳明主賢臣謀其德也凡百君子思其言也大士高僧慕其理也而歷代寶之以爲大訓凡聖軌模人天師範理盡窮微福同眞濟何聖能逾何道能加不荷其恩反作狂言

邪惑問曰夫父母之體不可毀傷何故沙門剃髮去鬚反先王之道失忠孝之義耶方外對曰若夫事君親而盡節雖殺身而稱仁虧

忠孝而偷存徒全膚而非義論美見危而致命禮防臨難而苟免何得一槩而避死傷雷同而顧膚髮剖股納肝爲傷甚矣剃鬚落髮其毀微焉立忠不顧其命論者莫之咎求道不愛其毛何獨以爲過湯恤烝民尚焚軀以祈澤墨敦兼愛欲摩足而至頂況夫上爲君父深求福利鬚髮之毀何足顧哉且夫聖人之教有殊途而同歸君子之道或反經而合義則太伯其人也廢在家之就養託採藥而不歸棄中國之服章依剪髮以爲飾反經悖禮莫甚於斯然而仲尼稱之曰太伯可謂至德矣其何故也雖迹背君親而心忠於家國形虧百越而得全乎三讓故太伯棄衣冠之制而無損於至德沙門捨縉紳之容亦何傷於妙道雖易服改貌違臣子之常儀而信道歸心願君親之多福苦其身意修出家之衆善遺其君父以歷劫之深慶其爲忠孝不亦多乎謂善沙門爲不忠未之信矣

邪惑問曰西域胡人因泥而生是以便事泥瓦塔像爾方外對曰此又未思之言也夫崇立靈像模寫尊形所用多途非獨泥瓦或雕或鑄則以鐵木金銅圖之繡之亦在丹青繼素復謂西域士女遍從此物而生乎且又中國之廟以木爲主則謂制禮君子皆從木而育耶親不可忘故爲宗廟佛不可忘故立其形像以表罔極之心用如在之敬欽聖仰德何失之有哉若塔廟是泥木之像不可敬者則國廟木主之形亦不可敬耶夫以善過者故亦以惡爲功矣

邪惑問曰無佛則國治年長有佛則政虐祚

短爾方外對曰此又未思之言凶悖輒出斯語愚謂能仁設教皆闡淫虐之風菩薩立言專知桀紂之事以實論之殊不然矣夫殷喪大寶災與妲妃之言周失諸侯禍由褒姒之笑三代之亡皆此物也三乘之教豈斯尚矣佛之爲道慈悲喜捨怨親等護物我俱齊恩德既弘賢愚慕上假使羲軒舜禹之德在六度而包籠羿浞癸辛之咎總十惡以防禁向使桀弘少欲之教紂順大慈之道伊呂無所用其謀湯武焉得行其討可使鳴條免去國之禍牧野息倒戈之亂夏后從洛汭之歌楚子無乾溪之歎然則釋氏之化爲益非小延福祚於無窮遏危亡於未兆

邪惑問曰有之爲損無之爲益故未有佛法之前人皆淳和世無篡逆佛法來到多與悖亂爾方外對曰愚戇不思輒出凶誣夫九黎亂德豈非無佛之年三苗逆命非當有法之後夏殷之季何有淳和春秋之時寧無篡逆寇賊姦宄作士命於皐繇獫狁孔熾薄伐勞於吉甫而愚謂佛興篡逆法敗淳和專搆虛言皆違實錄一縷之盜佛猶戒之豈長篡逆之亂乎一言之競佛亦防之何敗淳和之道乎惟佛之爲教也勸臣以忠勸子以孝勸國以治勸家以和弘善示天堂之樂懲非顯地獄之苦不唯一字以爲褒豈止五刑而作戒乃謂傷和而長亂不亦誣謗之甚哉亦何傷於佛曰乎但自淪於苦海矣輕而不避良可悲夫

邪惑問曰天道無親頓成虛闡禍淫福善胡其爽歟因何捐替者翻享遐齡崇敬者無終

厥壽計應蘊福延慶積惡招殃何乃進退矛盾情狀皎然去取自乖若爲酬對方外對曰道教浮踈詎明三報儒宗握躪但叙一生故仲尼答季路曰生與人事汝尚未知死與鬼神爾爲能事袁宏後漢曰道家者流出於老子以清虚淡泊爲主務善嫉惡爲教畜妻子用符書禍福報應在一生之内此並區中之近唱非象外之遐談所以苟悦碩疑史遷深惑至如唐虞上聖乃育朱均瞽叟下愚是生有舜顔回大賢而夭絶商臣極惡而胤昌盜跖縱暴而福終夷叔至仁而餓死張湯酷吏七世垂纓比干正臣一身屠戮如此流例胡可勝言渠或致疑故常情耳所以我之種覺獨號正遍知遐唱二生廣敷三報欲使繁疑霧卷氛滯雲披玉牒周陳金言備顯故經云有業現苦有苦報有業現苦有樂報有業現樂有樂報有業現樂有苦報或餘福未盡惡不即加或宿殃尚存善緣便發如灰覆火豈得稱無若闇尋聲當知必有且夫善惡無爽狀麟鬪以日虧報應有歸等鯨亡而星現但察感通之分足明善惡之懲也

## 妄傳邪教第三

竊聞白馬東遊三藏創兹而起青牛西逝二篇自此而興或闡玄玄以化民或明空空而救物驗之圖牒指掌可知所以發唱顯宗終乎此世釋教翻譯時代炳然文史備彰黎民不惑至如道家玄籍斯則不然唯老子二篇李聃躬闡自餘經制皆雜凡情何者前漢時王褒造洞玄經後漢時張陵造靈寶經及章醮等道書二十四卷吳時葛孝先造上清經

晉時道士王浮造明威化胡經又鮑靜造三
皇經齊時道士陳顯明造六十四眞步虛品
經梁時陶弘景造太清經及衆醮儀十卷後
周武帝滅二教時有華州前道士張賓詔授
本州刺史長安前道士焦子順一名道抗選
得開府扶風前進士馬翼雍州别駕李通等
四人以天和五年於故城内守眞寺抄攬佛
經造道家僞經一千餘卷時萬年縣人索皎
裝潢但見甄鸞笑道之處並改除之近如大
業末年有五通觀道士輔惠祥三年不言因
改涅槃經爲長安經當時禁約不許道士出
城門家見道士内著黄衣執送留守改經事
發爲尚書衛文昇所奏於金光門外勑令戮
殺此是近事耳目同驗又甄鸞笑道論云道
家妄注諸子三百五十卷爲道經又驗玄都

目録妄取藝文志書名矯注八百八十四卷
爲道經據此而言足明虛謬又至麟德元年
西京諸觀道士郭行眞等時諸道士見行眞
恩勑驅使假託天威惑亂百姓更相扇動簡
集道士東明觀李榮姚義玄劉道合會聖觀
道士田仁惠郭蓋宗等總集古今道士所作
僞經前後隱沒不行者重更修改私竊佛經
簡取要略改張文句迴換佛語人法名數三
界六道五陰十二入十八界三十七道品大
小法門並偷安道經將爲華典舊時道經祭
醮並有鹿脯清酒今新改安乾棗香水但道
經言辭拙朴雜惡處並以除却如大業年中
五通觀道士輔惠祥改涅槃爲長安經被殺
不行今復取用改爲太上靈寶元陽經復更
改餘佛經别號勝牟尼經或云太平經等如

道經之内本無優婆塞優婆夷檀越賢者達嚫之名今諸道士並皆偷用未知此名爲是漢語爲是梵音若是漢語何故諸史無文若是梵音未知此言翻表何義莊老復非西人故知偷用眞僞可測如老子依書乃是周時柱下藏史執板稱臣共俗無異今時即安别觀如似伽藍天尊老子並塗金色如佛經舊稱佛爲天尊復即偷用如漢魏已來及至符姚並喚僧名道士復偷將已用道士舊名祭酒如道經本無金剛師子今觀門首並學佛置之未知金剛師子此漢地何曾有之今忽浪造如内教佛經世尊及摩訶迦葉並皆金色依經作之如法又佛經須達買園爲佛造伽藍並依聖教如是展轉遍通十方及世尊成道感得五百金剛五百白象五百師子如是所爲皆依聖教若依佛經此方他方諸佛菩薩梵王帝釋所現供具莊嚴寶物無量無邊不可述盡備在經文即時造者萬無成一今時老子五千文兩卷之内何曾有此莊嚴若出餘經餘經非眞如是改換佛經偷安道經者向有數千餘卷如佛說經並置如是我聞說時說處證經生信即如唐太宗文皇帝及今皇帝命朝散大夫衞尉寺丞上護軍李義表副使前融州黄水縣令王玄策等二十二人使至西域前後三度更使餘人及古帝王前後使人往來非一皆親見世尊說經時處伽藍聖迹及七佛已來所有徵祥靈感變應具存西國志六十卷内現傳流行宰貴共知未知天尊老子既出爾許經書今時說處在何對何人說說時說處有何靈驗何帝何

時說是經等若有時處即有徵祥何故五經無文諸史不載止欲苟存同異用多流行誑於草萊無識之徒不知有識君子久知其僞良由漢時有黃巾五斗米賊前後踵繼迄今不除故涅槃百喻經等我涅槃後有諸外道偷我佛語著己法中以爲自有以不解布置迷亂上下譬如山羌偷得王寶衣雖得不識次第顛倒而著亦如偷狗夜入人舍不知食處佛既懸記不可不信今時道士偷佛經將爲己法亦不可怪若今不偷佛便妄語非大聖人也

故吳主孫權問尚書令闞澤曰仙有靈寶之法其教如何闞澤對曰夫靈寶者一無氏族可依二無成道處所教出山谷非人所知真是幽居濫說非聖人制也吳主歎其善對焉

所言天尊之號出自佛經竊我聖蹤施乎已典何者案五經正史三皇已來並不云別有天尊住於天上但叙周公孔子制禮刪詩所以五典三墳靡覩大羅之稱前王往帝不聞郊祀天尊安有執玉璋披黃褐垂素髮戴金冠別號天尊端拱九華之殿獨稱大道統御七映之宮縱有道教辯天尊諸子談靈寶此乃道聽途說未詎可依委巷之書非關國史又齋儀矯制事跡可尋莫不廣列金銀多班繒綵並是三張詭述修靜妄言斥破逗留彼如琳論又道士之號老教先無河上之言儒宗未辯何者姚書云始乎漢魏終暨符姚皆號衆僧以爲道士至魏太武二年有寇謙之始竊道士之名私易祭酒之稱此豈妄之臆斷乃是史籍盛明又班固漢書文帝傳及潘

岳闕中記嵇康皇甫謐高士傳及訪父老等皆無河上公結草爲菴現神變事處並虛謬不涉典謨妄構斐然動成焉有當今主上垂拱問道坐朝九族既親平章百姓寔可黜三張之穢術闡五千之妙門又案後漢明帝永平十四年道士褚善信等六百九十人聞佛教入洛請求捔試總將道家經書合有二十七部七百四十四卷就中五十九卷是道經餘二百三十五卷是諸子書

又案晉葛洪神仙傳云老教所有度世消災之法凡九百三十卷符書等七十卷總一千卷

又案宋太始七年道士陸修靜答明帝云道家經書并藥方符圖等總一千二百二十八卷云一千九十卷已行於世一百三十八卷猶在天宮案今玄都經目云依宋人陸修靜所上目今乃言有六千三百六十三卷云二千四十卷見有其本四千三百二十三卷云並未見以此詳檢事跡可知詭妄之由暴之國史若據蕭溫等議止有道德二篇如取漢帝校量便應七百餘卷約葛洪神仙之說僅有一千准修靜所上目中過前九十又檢玄都經録轉復彌多既其先後不同虛妄明矣增加卷軸添足篇章依傍佛經改頭換尾或道名山自出時唱仙洞飛來何乃黃領獨知英賢不覩書史無聞典籍不記請問當今道士推勘後出之經爲是老子別陳爲是天尊更說縱其說也應有時方師資說處爲是何代何邦何年何月如其有據容可流行若也妄言理須焚翦當今明朝馭宇承弊百王聖

上臨軒應期千載方欲廣敷五教杜絕妖妄之書重述九疇弘揚要道之訓豈敢以麟麢刺上鹿馬譏朝但以無識黃巾混其眞僞管見道士不別是非所以借況秦人譬之魯俗若乾坤之象龍馬豈天地則可騰驤理固不然如何見責

妖惑亂衆第四

竊聞聲調響順形直影端未見鑽火得氷種豆得麥所以蘇張逄於鬼谷處浮詐之先顏閔遇於孔門標德行之始故知習二篇之化激妙無爲行三張之風謀爲亂首何者後漢順帝時沛人張陵客遊蜀土聞古老相傳云昔漢高祖應二十四氣祭二十四壇遂王有天下陵不度德遂構此謀殺牛祭祀二十四所置以土壇戴以草屋稱二十四治治館之興始乎此也二十三所在於蜀地尹喜一所在於咸陽於是誑誘愚民招合兇黨斂租稅米謀爲亂階時被蛇吞疊逆弗作又陵孫張魯行其祖術後於漢中自稱師君禍亂方起爲曹公所滅又中平元年鉅鹿人張角自稱黃天部師有三十六將皆著黃巾遠與張魯相應衆至十萬焚燒鄴城漢遣河南尹何進將兵討滅又晉武帝咸康二年有道士陳瑞以左道惑衆自號天師徒附數千積有年歲爲益州刺史王濬誅滅又晉文帝太和元年彭城道士盧悚自稱大道祭酒以邪術惑衆聚合徒黨向日辰攻廣漢門云迎海西公時殿中桓祕等覺知與戰尋被誅斬又梁武帝大同五年道士袁旍妖言惑衆行禁步山官軍收掩尋被誅滅又隋文帝開皇十年有綿

州昌隆縣道士蒲童與左童二人在崩溪館自稱得聖誑惑人民重牀至星却坐其上云十五童女有堪受法令女登牀以幕圍遶遂便姧匿如此經日後事發覺因即逃亡又開皇十八年益州道士韓朗綿州道士黃儒林扇惑蜀王令興逆云欲建大事須藉勝緣遂教蜀王傾倉竭庫造千尺道像建千人大齋畫先帝形反縛頭手呪而厭之河北公趙仲卿檢察得實送身京省被問伏罪在市被刑近如大唐武德三年綿州昌隆縣民李望先事黃老恒作妖邪至大業季年有道士蒲子眞微閑道術被送東京至洛身死因葬在彼而李望矯云子眞近還又彼縣山側有一石室巖穴幽闇人莫敢窺望乃依憑以作妖詐在明張喉大語顧納通傳入闇則噎氣小聲詐陳禍福遂令道士等傳說達縣聞州官人初檢並皆信受後刺史李大禮云此事非輕必須申奏要假親驗方定是非遂與合州官人并道士等一百餘騎同至穴所再拜請期望時詐答聞者傾心唯巴西縣令樂世質深達機情知其誑詐入闇密俟見望噎聲質時呵之望即款伏收禁州獄方欲科罪未經數日服藥而終近至貞觀十三年有西京西華觀道士秦英會聖觀道士韋靈符還俗道士朱靈感並薄解章醮勑令事東宮惑亂東宮結謀大意爲事不果秦英靈符靈感等並被誅斬私宅財物及有婦兒並配入官又至龍朔三年西華觀道士郭行眞家業卑賤素是寒門亦薄解章醮濫承供奉勑令投龍尋山採藥上託天威惑亂百姓廣取財物姧謀極

甚弁共京城道士雜糅佛經偷安道法聖上鑒照知僞付法法官拷撻苦楚方臣勑恩恕死流配遠州所有妻財並没入官是知所習非正疊逆相仍左道鄙俗斯辱頻興矣勑道士朝散大夫騎都尉郭行真器識無取道藝缺然爲其小解醫藥薄閑章醮當爲皇太子弘療患得損録其功効授以榮班緣煎驅使妄作威禍兼以交結選曹周旋法吏專行欺詐取人財物遣營功德隱盜尤多朱紫莫分而僞數至教葭麥詎辯而潛讀禁書徒知漢妄是求莊宅爲務雖靈溪千仞何能蕩其穢質神丹九液豈可練其瑕心擢髮未數其愆刊竹寧書其罪論斯咎釁宜從伏法其衆迹道門情所未忍可除名長配流愛州仍即發遣令長剛領送至彼官司檢校不得令出縣境其私畜奴婢田宅水磑車牛馬等並宜没官

龍朔三年十二月十四日宣竊惟賊飾黄巾興乎鉅鹿鬼書丹簡發自陽平而云服象雲羅斯言逕廷衣同兩縠不近人情安有駕鶴乘龍披巾布褐驅鸞策鳳頂戴皮冠所以白石赤松之流皆非鬼卒王喬羨門之輩並匪治頭又李聃事周之辰服同儒墨公旗謀漢之日始有黄巾如其祖習伯陽道士並宜朝拜若也宗旗取則斯弊特可漂除矣

道教敬佛第五

述曰上來所列並引典籍邪正顯然升沉殊趣豈可以爝火之暉爭日月之光隣虛之塵同太岳之峻故知佛法幽邃非凡所測僧衆高遠亦非黄冠之儔夫出家者内辭親愛外

捨官榮志求無上菩提願出生死苦海所以棄朝宗之服披福田之衣行道以報四恩立德以資三有此其之大意也信知三寶位重豈同孔老兩教故案孔老經書漢魏已來內外史籍略引外道經中敬佛僧文具列如左既敬已經依法遵佛冀伏邪愚依承正典（略引）

二十二經令敬三寶文

一依道士法輪經天尊說偈誡勗道士云

若見佛圖　思念無量　當願一切　普入法門
若見沙門　思念無量　願早出身　以習佛眞

二依太上清淨消魔寶眞安志智慧本願大戒上品經四十九願天尊說願文若見沙門尼當願一切明解法度得道如佛　三依老子昇玄經云天尊告道陵使往東方詣受法敎昇玄又云東方如來遣善勝大士詣太上曰如來聞子爲張陵說法故遣我來看子語張陵曰卿隨我往詣佛所當令子得見所未見聞所未聞陵即禮大士隨往佛所聽法

四依道士張陵別傳云陵在鵠鳴山中供養金像轉讀佛經　五依老子西昇經云吾師化遊天竺善入泥洹又符子云老氏之師名釋迦文佛　六依智慧觀身大戒經云道學當念旋大梵流影宮禮佛　七依昇玄經云若有沙門欲來聽經觀察供主不得計飲食費遏截不聽當推置上座道士經師自在其下昇玄又云道士設齋供若比丘來者可推爲上座好設供養道士經師自在其下若沙門尼來聽法者當穩處安置推爲上座供主如供養不得遮止　八依化胡經天尊敬佛說偈云

願採優曇華　願燒栴檀香　供養千佛身
稽首禮定光　我生何以晚　泥洹一何早
不見釋迦文　心中常懊惱
九依靈寶消魔安志經天尊說偈云
道以齋爲先　勤行常作佛（道士新改本云勤行登金闕）
故設大法橋　普度諸人物
十依老子大權菩薩經云老子是迦葉菩薩化遊震旦　十一依靈寶法輪經云葛仙公生始數日有外國沙門見仙公禮拜抱持而語仙公父母曰此兒是西方善見菩薩今來漢地教化衆生當遊仙道白日昇天仙公自語子弟云吾師姓波閱宗字維那訶西域也
　十二依仙人請問衆聖難經云葛仙公告弟子曰吾昔與釋道微竺法開張太鄭思遠等四人同時發願道微法開二人願爲沙門張太鄭思遠願爲道士　十三依仙公起居注云于時生在葛尚書家尚書年逾八十始有一子時有沙門自稱天竺僧於市人買香市人怪問僧曰我昨夜夢見善思菩薩下生葛尚書家吾將此香浴之到生時僧至燒香右遶七帀禮拜恭敬沐浴而止　十四依仙公請問上經云與沙門道士言則志於佛敬於僧　十五依上品大戒經校量功德品云施佛塔廟得千倍報布施沙門得百倍報
十六依昇玄内教經云或復有人平常之時不一月作福見沙門道士說法勸善了無從意　十七依道士陶隱居作禮佛文一卷
十八依智慧本願戒上品經云日別施散佛僧中食塔寺一錢已上皆二萬四千報功多報多世世賢明翫好不絕七祖皆得入無量

佛國　十九依仙公請問經云復有凡人行是功德願爲沙門道士大慱至後生便爲沙門大學佛法爲衆法師復有一人見沙門道士齋請讀經乃笑曰彼向空吟經欲何希耶虛腹日中一食此罪人耳道士乃慈心喻之故報意不釋死入地獄考毒五苦　二十依仙公請問經云五經儒俗之業佛道各歎其教大師善也　二十一依太上靈寶眞一勸誡法輪妙經云吾歷觀諸天從無數劫來見道士百姓男子女人已得無上正眞之道高仙眞人自然十方佛皆受前世勤苦求道不可稱計　二十二依法輪妙經云道言夫輪轉不滅得還生人中大智慧明達者從無數劫來學已成眞人高仙自然十方佛者莫不從行業所致也上來所引道經未知此經爲眞爲僞若是眞經今道士女冠不禮三寶便違天尊老子師教即是邪見之人非眞弟子同無識之徒何須師敬此經若僞則一切道經皆須除却進退詭替終成亂俗也

法苑珠林卷第五十五之一

音釋

阿那邠邸梵語也此云無依團施邠卑民切邸典禮切　閾越逼切門限也　湩覩勇切乳汁也　犛音構取牛乳也　捫摸捫音門摸音莫　捔訖嶽切校也　齚仕革切齧也　積子智切聚也　饕音叨貪也　話音部切　雒歷各切與洛同　煨爐煨烏回切火也爐徐刃切火餘也　婕妤婕即涉切妤羊諸切婕妤婦官名　鐫予全切刻也　磾都黎切　浞食角切　汭儒稅切水北曰汭　宄音軌在外曰姦在內曰宄　獫狁獫虛撿切狁余準切獫狁北耎也　齪測角切握齪急促局陿貎　謐音密　麕俱倫切鹿屬

法苑珠林卷第五十五之二

唐 西明寺沙門釋道世撰

破邪篇第六十二之餘

捨邪歸正第六

梁高祖武皇帝年三十八登位在政四十九年雖億兆務殷而卷不釋手內經外典罔不厝懷皆爲訓解數千餘卷而儉約自節羅綺不服覆處虛閑晝夜無怠致有布被莞席草屩葛巾初臨大寶即備斯事日惟一食永絕辛羶自有帝王罕能及此舊事老子宗尚符圖窮討根源有同妄作帝乃躬運神筆下詔作捨道文曰維天監三年四月八日梁國皇帝蘭陵蕭衍稽首和南十方諸佛十方尊法十方聖僧伏見經云發菩提心者即是佛心其餘諸善不得爲喻能使衆生出三界之苦門入無爲之勝路故如來漏盡智凝成覺至道通機德圓取聖發惠炬以照迷鏡法流以澄垢啓瑞迹於天中鑠靈儀於像外度群生於慾海引含識於涅槃登常樂之高山出愛河之深際言乖四句語絕百非應迹娑婆王宮誕相步三界而爲尊普大千而流照但以機心淺薄好生猒怠遂乃湛說圓常亦復潛輝鶴樹闍王滅罪婆藪除殃若不逢值大聖法王誰能救接斯苦在迹雖隱其道無虧弟子經遲迷荒耽事老子歷葉相承染此邪法習因善發棄迷知返今捨舊醫歸憑正覺願使未來生世童男出家廣弘經教化度含識同共成佛寧在正法中長淪惡道不樂依老子教暫得上天涉大乘心離二乘念正願諸佛證明菩薩攝受弟子蕭衍和南　于時帝

與道俗二萬餘人於重雲殿重閣上手書此文發菩提心至四月十一日又勑門下大經中說道有九十六種惟佛一道是於正道其餘九十五種名爲邪道朕捨邪外以事正内諸佛如來若有公卿能入此誓者各可發菩提心老子周公孔子等雖是如來弟子而化迹既邪止是世間之善不能革凡成聖其公卿百官王侯宗族宜返僞就眞捨邪入正故經教成實論云若事外道心重佛法心輕即是邪見若心一等是無記性不當善惡若事佛心強老子心弱者乃是清信言清信者清是表裏倶淨垢穢惑累皆盡信是信正不信邪故言清信佛弟子其餘諸信皆是邪見不得稱清信也門下速施行至四月十七日侍中安前將軍丹陽尹邵陵王上啓云臣綸聞如來嚴相巍巍架于有頂微妙色身蕩蕩顯乎無際假金輪而啓物託銀粟以應凡砥般若之利刀收涅槃之妙果汎生死之苦海濟常樂於彼岸故能降慈悲雲垂甘露雨七處八會教化之義不窮四諦五時利益之方無盡並水清日盛霧豁雲除爝火翳光塵熱自靜可謂入俗化於蒙底出世冥此眞如使稠林邪逕之人景法門而不倦渴愛聾瞽之士慕探賾而知迴道樹始於迦維德音盛于京洛恒星不現周鑒娠徵滿月圓姿漢感宵夢五法用傳萬德方兆華俗潛故競扇高風資此三明照迷途之失憑茲七覺拔長夜之苦屬值皇帝菩薩應天御物負扆臨民含光宇宙照清海表垂無礙辯以接黎庶以本願力攝受衆生故能隨方逗藥示權顯正崇一乘

之旨廣十地之基是以萬邦迴向俱稟正識幽顯靈祇皆蒙誘濟人與等覺之願物起菩提之心莫不翹勤歸宗之境恍懌還源之趣共保慈悲俱修忍辱所謂覆護饒益橋梁津濟者矣道既光被民亦化之於是應眞飛錫騰虛接影破邪外道堅持正國伽藍精舍寶刹相望講會傳經德音盈耳臣昔未達理源承外道如欲須甘果翻種苦栽欲除渴乏反趣醎水今啓迷方粗知歸向受菩薩大戒誠節身心捨老子之邪風入法流之眞教伏願天慈曲垂矜許至四月十八日中書舍人臣任孝恭宣勅云能改迷入正可謂是宿植勝因宜加勇猛也

北齊高祖文宣皇帝廢李老道法詔昔金陵道士陸脩靜者道門之望在宋齊兩代祖述三張弘衍二葛郗張之士封門受籙遂妄加穿鑿廣制齋儀糜費極繁意在王者遵奉會梁祖啓運下詔捨道脩靜不勝其憤遂與門人及邊境亡命叛入北齊又傾散金玉贈諸貴遊託以襟期冀興道法帝惑之也於天保六年九月乃下勅召諸沙門與道士學達者十人親自對校于時道士呪諸沙門衣鉢或飛或轉祝諸梁木或横或竪沙門曾不學術黙無一對士女讙閙貴賤移心並以靜徒爲勝也諸道士等踊躍騰倚魚睨雲漢高談自矜誇衒道術仍又唱言曰神通權設抑挫强禦沙門現一我當現二今薄示小術並辭退屈事亦可見帝命上統法師與靜捔試上曰方術小伎俗儒恥之況出家人也雖然天命難拒豈得無言可令最下座僧對之即往尋

兗有僧名佛儁又字曇顯者不知何人遊無定方飲噉同俗時有放言標悟宏遠上統知其深量私與之交于時名僧盛集顯居末座酣酒大醉昂兀而坐有司不敢召之以事告於上統上曰道士祭酒常道所行止是飲酒道人可共言耳可扶轝將來於是合衆皆憚而怯上統威權不敢有諫乃兩人扶顯令上高座顯既上便立而含笑曰我飲酒大醉耳中有所聞云沙門現一我當現二此言虛實道士曰有實顯即翹足而立云我已現一卿可現二各無對之顯曰向呪諸衣物飛揚者我故開門試卿術耳命取稠禪師衣鉢呪之諸道士一時奮發共呪一無動搖帝勑取衣乃至十人牽舉不動顯乃令以衣置諸梁木又令呪之都無一驗道士等相顧無賴猶以言辯自高乃曰佛家自號爲内内則小也說我道家爲外外則大也顯應聲曰若然則天子處内定小百官矣靜與其屬緘口無言帝目驗臧否便下詔曰法門不二眞宗在一求之正路寂泊爲本祭酒道者世中假妄俗人未悟仍有秖崇麴蘗是味清虛焉在腥膭斯甜慈悲永隔上異仁祠下乖祭典皆宜禁絕不復遵事頒勒遠近咸使知聞其道士歸伏者並付照玄大統上法師度聽出家未發心者可令染髮爾日斬首者非一自謂神仙者可上三爵臺令其投身飛逝諸道士等皆碎屍塗地僞妄斯絕致使齊境國無兩信迄于隋初漸開其術至今東川此宗微末無足抗言至唐貞觀二十年有吉州囚人劉紹略妻王氏有五岳眞仙圖及舊道士鮑靜所造三

皇經合一十四紙上云凡諸侯有此文者必爲國王大夫有此文者爲人父母庶人有此文者錢財自聚婦人有此文者必爲皇后時吉州司法參軍吉辯因檢囚席乃於王氏衣籠中得之時追紹略等勘問云向道士所得之受持州官將爲圖讖因封此圖及經馳驛申省奏聞勑令省官勘當時朝議郎刑部郎中紀懷業等乃追京下清都觀道士張惠元西華觀道上成武英等勘同並欵稱云此先道士鮑靜等所作妄爲墨書非今元等所造勑遣除毀又得田令官奏云如佛教依内律僧尼受戒得蔭田人各三十畝今道士女道士皆依三皇經受其上清下清昔僧尼戒處亦合蔭田三十畝此經既僞廢除道士女道士既無戒法即不合受田請同經廢京城道士等常時懼怕畏廢蔭田私憑奏官請將老子道德經替處其年五月十五日出勑侍郎崔仁師宣勑旨云三皇經文字既不可傳又語涉妖妄宜並除之即以老子道德經替處有諸道觀及以百姓人間有此文者並勒送省除毀其年冬諸州考使入京朝集括得此文者總取禮部尚書廳前並從火謝也故知代代穿鑿狂簡寔繁人人妄作斐然盈卷無識之徒將爲聖說

晉彭城郡有釋道融汲郡林慮人十二出家厥師愛其神彩先令外學往村借論語竟不齎歸於彼巳誦師便借本覆之不遺一字旣嗟而異之於是恣其遊學迄至立年才解英絶内外經書暗遊心府姚興曰昨見融公復是奇聰明釋子勑入道遥園與什參正詳譯

俄而師子國有一婆羅門聰辯多學西土俗書罕不披誦為彼國外道之宗聞什在關大行佛法乃謂其徒曰寧可使釋氏之風獨傳震旦而吾等正化不洽東國遂乘駝負書來入長安姚興見其口眼便僻頗亦惑之婆羅門乃啓興曰至道無方各尊其事今請與秦僧捔其辯力隨有優者即傳其化興即許焉時關中僧衆相視缺然莫敢當者什謂融曰此外道聰明殊人捔言必勝使無上大道在吾徒而屈良可悲矣若使外道得志則法輪摧軸豈可然乎如吾所覩在君一人融自顧才力不減而外道經書未盡披讀乃密令人寫婆羅門所持經目一披即誦後尅日論義姚興自出公卿皆會關中僧衆四遠必集融與婆羅門擬相酬抗鋒辯飛玄彼所不及婆羅門自知辭理己屈猶以廣讀為本融乃列其所讀書并秦地經史名目卷部三倍多之什因嘲之曰君不聞大秦廣學那忽輕爾遠來婆羅門心愧悔伏頂禮融足旬日之中無何而去像運再興融有力也後還彭城常講說相續聞道至者千有餘人依隨門徒數盈三百性不狎諠常登樓披翫慇懃善誘畢命弘法後卒於彭城春秋七十四矣所著法華大品金光明十地維摩等義並行於世

魏書云正光元年明帝加朝服大赦天下召佛道二宗門人殿前齋訖侍中劉騰宣勅諸法師等與道士論議以釋弟子疑網時清通觀道士姜斌與融覺寺僧曇謨最對論帝曰佛與老子同時不斌曰老子西入化胡佛時以充侍者明是同時最曰何以知之斌曰案

老子開天經是以得知最曰老子當周何王幾年而生周何王幾年西入斌曰當周定王即位三年乙卯之歲於楚國陳若縣厲鄉曲仁里九月十四夜子時生至周簡王四年丁丑歲事周爲守藏吏簡王十三年遷爲太史至敬王元年庚辰歲年八十五見周德淩遲與散關令尹喜西入化胡斯足明矣最曰佛以周昭王二十四年四月八日生穆王五十三年二月十五日滅度計入涅槃後經三百四十五年始到定王三年老子方生生已年八十五至敬王元年凡經四百二十五年始與尹喜西遁據此年載懸殊無乃謬乎斌曰若佛生周昭之時有何文記最曰周書異記漢法本内傳並有明文斌曰孔子旣是制法聖人當時於佛迥無文記何耶最曰仁者識同管窺覽不弘遠案孔子有三備卜經謂天地人也佛之文言出在中備仁者早自披究不有此迷斌曰孔子聖人不言而知何假卜乎最曰惟佛是衆聖之王四生之導首達一切含靈前後二際吉凶終始不假卜觀自餘小聖雖曉未然之理必藉蓍龜以通靈卦也侍中尚書令元文宜勑語道士姜斌等論無宗旨宜退下席又問開天經何處得來是誰所說即遣中書侍郎魏收尚書郎祖瑩等就觀取經帝令議之太尉丹陽王蕭太傅李寔衛尉許伯姚吏部尚書邢欒散騎常侍温子昇等一百七十人讀訖奏云老子止著五千文更無言說臣等所議姜斌罪當惑衆帝加斌極刑時有三藏法師菩提流支行佛慈化諫帝乃止配徙馬邑　右二驗出梁高僧傳

晋程道惠字文和武昌人也世奉五升米道不信有佛常云古來正道莫踰李老何乃信惑胡言以爲勝教太元十五年病死心下尚暖家不殯殮數日得蘇説初死時見十許人縛録將去逢一比丘云此人宿福未可縛也乃解其縛散驅而去道路脩平而兩邊棘刺森然略不容足驅諸罪人馳走其中肉隨著刺號呻聒耳見惠行在平路皆歎羨曰佛弟子行路復勝人也惠曰我不奉法其人笑曰君忘之耳惠因自憶先身奉佛已經五生五死忘失本志今生在世幼遇惡人未達邪正乃惑邪道既至大城逕進聽事見一人年可四五十南面而坐見惠驚曰君不應來有一人著單衣幘持簿書對曰此人伐社殺人罪應來此向所逢比丘亦隨惠入申理甚至云伐社非罪也此人宿福甚多殺人雖重報未至也南面坐者曰可罰所録人命惠就坐謝曰小鬼謬濫枉相録來亦由君忘失宿命不知奉大正法故也將遣惠還乃使暫兼覆校將軍歷觀地獄惠欣然辭出導從而行行至諸城城城皆是地獄人衆巨億悉受罪報見有猘狗嚙人百節肌肉散落流血蔽地又有群鳥其喙如鋒飛來甚速䳡然血至入人口中表裏貫洞其人宛轉呼叫筋骨碎落其餘經見與趙泰屑荷大抵粗同不復具載唯此二條爲異故詳記之觀歷既遍乃遣惠還復見向所逢比丘與惠一銅物形如小鈴曰君還至家可棄此門外勿以入室某年月日君當有厄誡慎過此壽延九十時道惠家於京師大街南自見來還達皂莢橋見親表三人

住車共語悼惠之亡至門見婢行哭而市彼人及婢咸弗見也惠將入門置向銅物門外樹上光明舒散流飛屬天良久還小奄爾而滅至戶聞屍臭惆悵惡之時賓親奔弔突惠者多不得徘徊因進入屍忽然而蘇說所逢車人及市婢咸皆符同惠後爲廷尉預西堂聽訟未及就列欻然頓悶不識人半日乃愈計其時日即道人所戒之期頃之遷爲廣州刺史元嘉六年卒六十九矣（右一驗出冥祥記）

唐益州福壽寺釋寶瓊俗姓馬氏綿竹縣人小年出家清卓儉素讀誦大品兩日一遍以爲常業勸歷邑義日誦一卷者向有千計四遠聞者皆來欽敬本邑連比什邡諸縣並是道民執邪日久投寄無容瓊雖桑梓習俗而不事道李氏諸族值作道會邀瓊赴之來既後至不禮而坐皆謂不禮天尊輕我宗法耶瓊曰邪正道殊所事各異天尚不禮何況老君衆議紛紜頗相凌侮瓊見諍訟不止又報曰吾禮非所禮恐貽辱先宗遂禮一拜道像并座一時動搖又禮一拜連座反倒墜落在地身座摧毀道民羞恥唱言風鼓竟來周正又禮還倒瓊曰天朗和暢而言怨風汝之愚戇不測吾風合衆驚懼一心禮瓊遠近聞知皆捨道歸佛闔境道俗及以傍縣道黨同嗟皆來請瓊受菩薩戒縣令高達素有誠信敬承威德更於州寺名僧弘講以貞觀八年終於所住（右一驗出唐高僧傳）

法苑珠林卷第五十五之二

# 法苑珠林卷第五十六

唐 西 明 寺 沙 門 釋 道 世 撰

## 富貴篇第六十三（此有二部）

述意部　引證部

### 述意部第一

夫行善感樂如影隨形作惡招苦猶聲發響故富同朱栢貴若蕭曹錦繡爲衣金銀作屋雲起龍吹之前風生鳳管之上趍鏘廣殿容與長廊中珠履於丹墀珥金蟬於青瑣食則珍羞滿席海陸盈前鼎味星羅芬馨雲布坐則高堂雅室玉砌珠簾絲竹絃管凄清颻颺卧則蘭燈炳曜繡幌垂陰錦被既敷繻氈且拂行則駟馬電飛輦轝雷動千乘萬騎隱隱闐闐略述福因善報如是由昔行檀受斯勝利也

### 引證部第二

如賢愚經云昔佛在世時舍衛國有一長者豪貴巨富生一男兒面貌端正世所希有父母歡喜因爲立字名檀彌離年漸長大其父命終波斯匿王即以父爵而以封之受王封已其家舍宅變成七寶諸庫藏中悉皆盈滿種種寶物時王太子字毗瑠璃遇得熱病諸醫處藥啓王云須牛頭栴檀用塗其身當得除愈王即募覓若有得者一兩之直賞金千兩無持來者有人白王檀彌離家舍內大有時王聞已躬自往求到檀彌離長者門前見其外門純是白銀即遣門人入通消息時守門人入白長者波斯匿王今在門外長者聞已即出奉迎請王入宮王入門內見有一女面首端正世間無比坐白銀牀紡白銀縷小

女十人侍從左右時王問言是卿婦耶長者答言是守門婢其小女者通白消息次入中門純紺瑠璃門内有女坐瑠璃牀面首端正倍勝於前左右侍從倍復前數次入内門純以黃金門内一女面首端正轉復倍勝坐黃金牀紡黃金縷左右侍從復倍上數王復問言是卿婦耶長者答言是守門婢入到舍内見瑠璃地屋間剋鏤種種百獸風吹動之形現地上王見謂水怖不敢前語長者言餘更無地殿前作池彌離白王是瑠璃地非是水也即脫手上七寶環釧擲著于地礙壁乃住王知地已即共入内升七寶殿婦在殿上坐瑠璃牀更有寶牀請王令坐時婦見王眼中淚出王問之言何故不喜眼中淚出婦答大王但於今者聞王身上煙氣是以淚出王即問言家不然火耶答言不也王復問言用何作食婦答曰須食之時百味自至王復問言夜不須明耶婦答王言用摩尼珠而以照之遍室大明時檀彌離跪白王曰大王何故勞屈尊神到此波斯匿王具以事答長者聞已即將王入遍示諸藏七寶盈滿牛頭香積不可稱計王須任取王取二兩遣人先送王敬語之今有佛出卿聞不耶彌離答言云何名佛王即爲說彌離歡喜即往佛所佛爲說法得須陀洹尋即出家得阿羅漢三明六通具入解脫阿難見已而白佛言此檀彌離宿殖何業生於人中受天福報又值世尊出家得道佛告阿難乃往過去九十一劫有佛出世號毗婆尸入涅槃後於像法中有五比丘共立要契在一林中精勤修道語一比丘此去

城遠乞食勞苦汝當爲福一夏乞食供養我等其一比丘即便入城勸諸檀越日爲送食四人身安專精行道得阿羅漢即語此人緣汝之故我等安隱所作已辦汝願何等其人聞已歡喜發願使我來世天上人中富貴自然值佛獲道緣是功德從是以來九十一劫不墮惡道天上人中常處豪貴所須自然今值我故出家得道

又賢愚經云昔佛在世時舍衛國中有一長者其家巨富財寶無量不可稱計生一男兒身體金色端正少雙父母見已歡喜無量因爲立字名曰金天其生之日家中自然出一井水縱廣八尺深亦八尺汲用能稱人意須衣出衣須食出食金銀珍寶一切所須作願取之如意即得兒年長大才藝博通其父念言我兒端正容貌絕倫要覓名女金容妙體類我兒者當往求之時闍婆國有大長者而生一女字金光明端正非凡身體金色晃焴照人初生之日亦有自然八尺井水其井亦能出種種寶衣服飲食一切所須稱適人情其父母亦自念言我女端正人中英妙要得賢士金色光輝類我女者乃共爲婚其女名稱遠徹金天遂娶爲婦後時金天請佛及僧飯食供養飯食訖已佛爲說法金天夫婦及其父母悉皆獲得須陀洹果金天夫婦俱白父母求索出家父母即聽既出家已夫婦並得阿羅漢果一切功德皆悉具足阿難見已而白佛言金天夫婦宿殖何福生豪族家身體金色復有自然八尺井水出種種物佛告阿難乃往過去九十一劫毗婆尸佛入涅槃

後有諸比丘遊行教化到一村中村人見僧競共供養時有夫婦二人貧窮家無升斗其夫見他供養衆僧向婦啼哭懊惱淚墮婦臂上婦即問夫何故啼哭夫答婦言我父在時積財滿藏富溢難量至我身上貧窮困極本日雖有而不布施今日值僧貧無可施前身不施今致此貧今又不施未來轉劇吾思惟此是以懊惱婦語夫言雖有空意無錢可施知當如何婦又語夫試至故舍遍推覓者儻或得之夫遂往覓得一金錢持至婦所其婦爾時有一明鏡復有一瓶盛滿淨水安錢瓶中以鏡著上夫婦同心持布施僧發願而去緣是功德從是以來九十一劫不墮惡道天上人中恒爲夫婦身體金色受福快樂今值我故出家得道

又出曜經云昔佛在世時迦毗羅衛國中有目連同産弟大富饒財七寶具足庫藏盈溢奴婢僕從不可稱計時目揵連數往弟家而告弟曰聞卿慳嫉不好布施佛常說布施獲報無數卿今施者得福無量弟聞兄教開藏布施更開新藏欲受其報未經旬日財寶竭盡故藏悉空新藏無報其弟懊惱向兄說曰前見兄勸施獲大報不敢違教諸來求乞竭藏施盡故藏悉空新藏無報將無爲兄所疑誤耶兄曰止止莫陳此語勿使外道邪見之人聞此麤言若使福德當有形者虛空境界所不容受吾今權示汝微報即以神力手接其弟至第六天見有宮殿七寶合成香風浴池庫藏盈溢不可稱計玉女營從數千萬衆純女無男即問兄曰是何宮殿巍巍乃爾目

連告弟汝自往問弟即自往問天女曰是何宮殿七寶合成巍巍堂堂懸處虛空誰有福德於中受報天女報曰閻浮提內迦毗羅國中釋迦文佛神足弟子名曰目連彼有賢弟大富長者由好布施後生此處而與我等作其夫主弟聞歡喜善心生焉還至兄所具白其情目連告曰夫人布施為有報耶為無報耶弟懷慚愧向兄懺悔後至家中轉更修福命終之後即生天上受斯果報

又樹提伽經云佛在世時有一大富長者名為樹提伽倉庫盈溢金銀具足奴婢成行無數可欲有一白氎手巾掛著池邊為天風起吹王殿前王即大會群臣坐共叅論羅列卜問怪其所以諸臣皆言國將欲與天賜白氎樹提默然王語樹提諸臣皆慶卿何無言樹提答王不敢欺王是臣家拭體白氎掛著池邊為天風起吹王殿前故默不言却後數日有一九色金華大如車輪墮王殿前王復會臣問答如前樹提答王言臣不敢欺王是臣之家後園之中萎落之華為天風起吹王殿前故默無言王語樹提卿家能爾卿須還歸任作調度吾領二十萬眾往到卿舍看去樹提答言願王相隨不須預去是臣之家自然牀蓆不須人鋪自然飲食不須人作自然擎來不須喚呼自然擎去不須反顧王即將領二十萬眾到樹提伽南門而入有一童子端正可愛王語樹提是卿兒不答言是臣守閤之奴小復前著至內閤門有一童女顏色端正皮色瑤恍甚復可愛王語樹提是卿女耶婦耶答言是臣守閤之婢小復前行至其堂

前白銀爲壁水精爲地王見謂水疑不得前樹提導前將王上堂坐金牀踞玉机樹提伽婦坐百二十重金銀幃帳裏披帳而出爲王設拜眼中淚出王語樹提卿婦拜我何故淚出臣不敢欺王聞王煙氣眼中淚出王言庶民然脂諸侯然蜜天子然漆漆亦無煙何得淚出樹提答王臣家有一明月神珠掛著堂殿晝夜無異不須火光樹提堂前有一十二重高樓將王上看四面觀視恍忽經月大臣白王國計事大王可還歸王謂須臾小復可忍復遊園池不覺經月問答同前樹提出七寶施兼綾羅繒綵二十萬衆人馬俱重一時還國王語群臣其樹提伽是我之民女婦宅舍過殊於我我欲伐之可取以不諸臣皆言可取王將四十萬衆椎鍾鳴鼓圍樹提宅數百餘重樹提伽宅南門中有一力士手捉金杖一擬四十萬衆人馬俱倒手脚繚戾腰髖嬰婆狀似醉容頭腦叵我不復得起於是樹提乘雲母之車來問諸人來時何苦臥地不起大王遣來欲伐長者長者力士手捉金杖一擬四十萬衆人馬俱倒不復得起樹提問言欲得起不諸人皆言欲得起樹提一放神力令四十萬衆人馬俱起一時還國王即遣使喚樹提伽同車而載往詣佛所白言世尊樹提先身作何功德得是果報佛言善聽先有五百人同緣在於山阻道逢一病道人賜其菴屋米粮燈燭爾時廣乞多願天自供我從空來下變身十八放大光明蕩照天下又願作佛破散鐵圍鑊湯生華獄出旃檀餓鬼作沙門羅刹坐誦經五百商人齎其重寶由

供病僧廣乞天供今得斯報于時施者樹提伽是病道人者我身是也五百商人皆得阿羅漢道

又百緣經云佛在世時舍衛城中有一長者名曰善賢財寶無量不可稱計其婦生女端正殊妙世所希有頂上自然有一寶珠光曜城內父母歡喜因爲立字名曰寶光年漸長大體性調順好喜施惠頂上寶珠有來乞者即取施與尋復還生父母歡喜將詣佛所心生喜樂求索出家佛告善來比丘尼頭髮自落法服著身成比丘尼精勤修習得阿羅漢諸天世人所見敬仰時諸比丘見是事已請問因緣佛告比丘乃往過去九十一劫有佛出世號毗婆尸入涅槃後有王名曰梵摩達多收取舍利起四寶塔而供養之時有一人入此塔中持一寶珠繫著欃頭發願而去緣是功德九十一劫不墮惡趣天上人中常有寶珠隨共俱生受天快樂乃至今者遭值於我出家得道比丘聞已歡喜奉行

又百緣經云佛在世時迦毗羅衛城中有一長者財富無量不可稱計其婦生一肉團長者見已心懷愁惱謂爲非祥往詣佛所請問吉凶佛告長者汝莫疑怪但好養育滿七日已汝當自見時長者聞是語已喜不自勝還詣家中勑令瞻養七日頭到肉團開敷有百男子端正殊妙世所希有年漸長大值佛出家得阿羅漢果諸天世人所見敬仰時諸比丘見已請說得道因緣佛告比丘乃往過去九十一劫有佛出世號毗婆尸入涅槃後時彼國王名槃頭末帝收取舍利造四寶塔高

一由旬而供養之時有同邑一百餘人作倡伎樂齎持香華供養彼塔各共發願以此功德使我來世所在生處共爲兄弟發是願已各自歸去佛告比丘欲知彼時同邑人者今此一百比丘是由於彼時誓願力故九十一劫不墮三塗天上人中常共同生受天快樂乃至今者遭值於我故復同生出家得道比丘聞已歡喜奉行

頌曰

韞石諒非真　飾瓴信爲假　竊服皐門上　濫次緇軒下　鳳祀徒驚心　騶文終好野　眞相豈式昭　浮榮未能捨　迹殊冠冕客　事襲驅馳者　已矣歇鄭聲　天然亂周雅　富貴空爭名　寵辱虛相罵　須臾風火燭　幻泡何足把

感應緣略引六驗

晉王文度　晉張氏　晉劉伯祖　晉太守李恒　唐中書令岑文本　唐别駕沈裕善

晉王文度鎭廣陵忽見二騶持鵠頭板來名之王文大驚問騶我作何官騶云尊作平地將軍徐兗二州刺史王曰吾已作此官何故復名耶鬼云此人間耳今所作是天上官也王大懼之尋見迎官玄衣人及鵠衣小吏甚多王尋病薨右一驗出幽冥録

晉長安有張氏者晝獨處室有鳩自外入止于牀張氏惡之披懷而祝曰鳩尔來爲我禍耶飛上承塵爲我福耶來入我懷鳩翻飛入懷乃化爲鉤從爾資產巨萬

晉博陵劉伯祖爲河東太守所止承塵上有

神能語京師詔書告下消息輙豫告伯祖伯祖問其所食噉答曰欲得羊肝遂買羊肝於前切之臠臠隨刀不見輙盡兩羊肝有一老狸眇眇在案前持者舉刀欲斫之伯祖訶止自舉著承塵上須臾大笑曰向者噉肝醉忽然失形與府君相見大慙愧後伯祖當爲司隷神復先語伯祖某月某日書當到到期如言及入司隷府神隨逐承塵上輙言省內事伯祖大恐懼謂神曰今職在刺史左右貴人聞神在此因以相害神答曰如府君所慮當相捨去遂絶無聲

晉李恒字元文譙國人少時有一沙門造恒謂曰君福報將至而復對來隨之君能守貧修道不仕宦者福增對滅君其勉之恒性躁又寒門但問仕宦當何所至了不尋究修道意也與一卷經恒不肯取又固問榮途貴賤何如沙門曰當帶金紫極於三郡若能於一郡止者亦爲善也恒曰且當富貴何顧後患因留宿恒夜起見沙門身滿一牀入呼家人大小窺視復變爲大鳥蹲屋梁上天曉復形而去恒送出門忽不復見知是神人因此事佛而亦不能精至後爲西陽江夏廬江太守加龍驤將軍大興中預錢鳳之亂被誅（右一驗出冥祥記內）

唐中書令岑文本江陵人少信佛常念誦法華經普門品曾乘船於吳江中船壞人盡死文本沒在水中聞有人言但念佛必不死也如是三言之旣而隨波涌出已著北岸遂免死後於江陵設齋僧徒集其家有一客僧獨後去謂文本曰天下方亂君幸不預其災終

逢太平致富貴也言畢趨出送出外不見既而文本食齋於自食椀中得舍利二枚後果如其言文本自向臨說

唐戶部尚書武昌公戴天胄素與舒州別駕沈裕善胄以貞觀七年薨至八年八月裕在州夢其身行於京師義寧坊西南街每見胄著故弊衣顏容甚顇見裕悲喜問公生平修福今者何爲答曰吾時悞奏殺人吾死後他人殺羊祭我由此二事辯答辛苦不可具言今亦勢了矣因謂裕曰吾平生與君善友竟不能進君官位深恨于懷君今自得五品文書已過天曹相助欣慶故以相報言畢而寤向人說之冀夢有徵其年冬裕入京參選有銅罰不得官又向人說所夢無驗九年春裕將歸江南行至徐州忽奉詔書授裕五品爲婺州治中臨兄爲吏部侍郎聞之召裕問云爾（右二驗出冥報記）

## 貧賤篇第六十四（此有五部）

述意部　引證部　須達部

貧兒部　貧女部

### 述意部第一

夫貧富貴賤並因往業得失有無皆由昔行故經言欲知過去因當觀現在果欲知未來果當觀現在因所以原憲之家黔婁之室繩樞甕牖無掩風塵席戶蓬扉不遮霜露或舒稻蒿以爲薦或裁荷葉以充衣斂肘則兩袖皆穿納屨則雙襟同缺口腹乃資於安邑宿止則寄在於靈臺頭戴十年之冠身披百結之縷鄉里既無田宅洛陽又闕主人浪宕隨時嶜屼度日雖慚靈輒而有翳桑之弊乃愧

伯夷便致首陽之苦裘裳頓乏豈見陽春升合並無何以卒歲所以如此者皆由曩日不行惠施常蕴慳貪致令果報一朝窶盡是故行者宜當布施也

引證部第二

如燈指經云當知貧窮比於地獄失所依憑栖寄無處憂心火熾愁顇焦然華色既衰容轉麤鄙身體尫羸飢渴消削眼目掐陷支節骨立薄皮纏裹筋脉露現頭髮蓬亂手足鋭細其色艾白舉體皴裂又無衣裳至糞穢中拾掇麤弊連綴相著纔遮人形赤露四體倚卧糞堆復無席薦諸親舊等見而不識歷巷乞食猶如餓烏至知友邊欲從乞食守門之人遮而不聽伺便輙入復爲排辱舍主既出欲加鞭打俯僂曲躬再拜謝罪舍主輕蔑聊不迴顧設得入舍輕賤之故既不與語又不敷座與少飲食撩擲盂器不使充飽設值大會望乞殘食以輕賤故不喚令坐反被驅走貧窮之人譬如林樹無華衆蜂遠離被霜之草葉自焦卷枯涸之池鴻鴈不遊被燒之林麞鹿不趣田苗刈盡無人捃拾今日貧困說往富樂但謂虛談誰肯信之由我貧窮所向無路譬如曠野爲火所焚人不喜樂如枯樹無蔭無依投者如苗被霜捐棄不收如毒蛇室人皆遠離如雜毒食無有甞者如空塚間無人趣向如惡廁溷臭穢盈集如魁膾者人所惡賤雖說好語他以爲非若造善業他以爲鄙所爲機捷復嫌輕躁若復舒緩又言重直設復讚歎人謂諂譽若不加譽復生誹謗言此貧人常無好語若復教授復言詐僞若

廣言説人謂多舌若默無言人謂藏情若正直説復云麤獷若求人意復言謟曲若數親附復言幻惑若不親附復言驕誕若順他所説復言詐取他意若不隨順復言自專若屈意承望罵言寒賤若不屈意言貪人猶故持我若小自寛放言其愚癡無有拘忌若自攝檢言其空廉詐自端確若復勸逸言其譸縱狀似狂人若復憂慘言其含毒初無歡心若聞他語有所不盡爲其判釋言其僉趣以愚代智耐羞之甚若復默然復言頑嚚不識道理若小戲論言不信罪福若有所索言其苟得不知廉恥若無所索言今雖不求後望大得若言引經書復云詐作聰明若言語樸素復嫌疏鈍若公論事實復言強説若私屏正語復言讒佞若著新衣復言假借嚴飾若著弊衣復言儜劣寒悴若多飲食復言飢餓饕餮若小飲食言腹中實餓詐作清廉若説經論言顯巳所知彰我闇短若不説經論言愚癡無識可使放牛若自道昔日事業言誇誕自譽若自杜默言門資淺薄諸貧窮者行來進止言説俯仰盡是愆過富貴之人作諸非法都無過患舉措云爲斯皆得所貧窮之人如起死屍鬼一切怖畏如遇死病難可療治曠野險處絶無水草如墮大海没溺洪流如人捺咽不得出氣如眼上瞕不知所至如厚垢穢難可洗去亦如怨家雖同衣食不捨惡心如夏暴井人入斷氣如入深泥殢不可出如山暴水駛流吹漂樹木摧折貧亦如是多諸艱難夫富貴者有好威德姿貌從容意度寛廣禮義競興能生智勇增長家業眷屬和

讓善名遠聞以此觀之一切世人富貴榮華不足貪著於諸人天尊貴不應逸樂當知貧窮是大苦聚欲斷貧窮不應慳貪是以經中言貧窮者其爲大苦

須達部第三

如雜寶藏經云昔佛在世時須達長者最後貧苦財物都無客作傭力得米四升炊作飯食值阿那律來從乞食婦即取鉢盛滿飯與後須菩提迦葉目連舍利弗等次第來乞悉施滿鉢末後佛來亦與滿鉢須達在外行還到家從婦索食婦即語言其若尊者阿那律來汝當自食爲施尊者不須達答言寧自不食當施尊者婦又語言若復迦葉大目連及須菩提舍利弗等乃至佛來汝當云何亦答婦言寧自不食盡當施與婦即語夫言朝來諸聖盡來索食所有飲食盡施與之夫聞歡喜而語婦言我等罪盡福德應生即開庫藏穀帛飲食悉皆充滿用盡復生果報云云不可說盡

又雜譬喻經云昔長者須達七貧後貧最劇乃無一錢後糞壤中得一木升其實是旃檀出市賣之得米四升語婦併炊一升吾當索菜茹還時共食佛念曰當度須達令福更生炊米方熟舍利目連迦葉佛來四升米次第炊盡將去後富更請佛僧供養盡空佛爲說法得道

又菩薩本行經云初時須達長者家貧焦煎蒙佛說法身心清淨得阿那含道唯有五金錢一日持一錢施佛一錢施法一錢施僧一錢自食一錢作本日日如是常有一錢終無

有盡即受五戒欲心已斷婦女各各隨其所樂有一婦人炒穀作麨失火廣燒人畜波斯匿王勑臣作限自今以去夜不得然火及於燈燭其有犯者罰金千兩爾時須達得道在家晝夜坐禪入定夜半雞鳴然燈坐禪伺捕得之捉燈白王當輸罰負須達白王今我貧窮無有錢産當用何輸王瞋勑使閉著獄中即將須達付獄執守四天王見初夜四天王來下語須達言我與汝錢用輸王罰可得來出爲四天王說經使去到中夜天帝復來見之須達爲說法竟帝釋便去次到後夜梵天復下見爲說法梵天復去時王夜於樓觀上見獄中有火時王明日即便遣人往詣須達坐火被閉而無慙羞續復然火須達答言我不然火若然火者當有烟灰復語須達初夜有四火中夜有一火倍大前火後夜復有一火遂倍於前言不然火爲是何等須達答言此非是火也初夜四天王來見我中夜天帝來見我後夜梵天來見我是天身上光明之焰非是火也吏聞其語即往白王王聞如是心驚毛竪王言此人福德殊特乃爾我今云何而毀辱之即勑吏言捉放出去勿使稽遲便放令去須達得出往至佛所禮佛聽法波斯匿王即便嚴駕尋至佛所人民見王皆悉避起唯有須達心存法味見王不起王心微恨此是我民懷於輕慢見我不起遂懷慍心佛知其意止不說法王白佛言願說經法佛告王言今非是時爲王說法云何非時人起瞋恚忿結不解貪婬女色自大無敬其心垢濁閙於妙法而不能解以是之故今非是時

爲王說法王聞佛語意自念言坐此人故令我今日有二折減又起瞋恚不得聞法爲佛作禮而去出到於外勑語左右此人若出直斫取頭作是語已應時四面虎狼師子毒害之獸悉來圍繞於王王見恐怖還至佛所佛問大王何以來還王白佛言見怖來還佛告王曰識此人不王曰不識佛言此人已得阿那含道坐起惡意向此人故是故使爾若不還者王必當危不得全濟王聞佛語即大恐怖即向須達懺悔作禮羊皮四布於須達前王言此是我民而向屈辱實爲甚難須達復言而我貧窮行於布施亦復甚難尸羅師質爲國平正爲賊所捉臨終不犯妄語賊便放之實爲甚難復有天名曰尸迦梨於髙樓上卧有天玉女來以持禁戒而不受之實爲甚難於是四人即於佛前各說偈曰

貧窮布施難　豪貴忍辱難　危險持戒難　少壯捨欲難

佛說偈已王及臣民皆大歡喜作禮而去

貧兒部第四

如辯意長者子經云於是辯意長者子爲佛作禮叉手白佛言唯願世尊過於貧聚及諸衆會明日屈於舍食爾時世尊默然許可諸長者子禮佛而去到舍具饌明日世尊與諸大衆往到其處就坐儼然辯意白父毋及諸眷屬前禮佛足各自供侍辯意起行澡水敬意奉食下食未訖有一乞兒前歷座乞佛未呪願無敢與者遍無所得瞋恚而去便生惡念此諸沙門放逸愚惑有何道哉貧者從乞無心見與長者愚惑用爲飴此無慈愍意吾

爲王者以鐵輞車轢斷其頭言已便去佛達嚫既訖復有一乞兒來入乞食坐中衆人各各與之大得飯食歡喜而去即生念言此諸沙門皆有慈心憐吾貧寒施食充飽得濟數日善哉善哉長者乃能供事此諸大士其福無量吾爲王者當供養佛及衆弟子乃至七日猶不報今日飢渴之恩言已便去佛食已訖說法即還精舍之中佛告阿難從今已後嚫訖下食以此爲常時二乞兒展轉乞匃到他國中卧於道邊深草之中時彼國王忽然崩亡無有繼後時國相師明知相法讖書記曰當有賤人應爲王者諸臣百官千乘萬騎案行國界誰應爲王顧視道邊深草之中上有雲蓋相師占相曰中有神人即見乞兒相應爲王諸臣拜謁各稱爲臣乞兒驚愕自云下賤非是王種皆言應相非是強力香湯沐浴著王者冠服光相儼然稱善無量導從前後迴車入國時惡念者在深草中卧寐不覺車轢斷其頭王到國中陰陽和調四氣隆赫人民安樂稱王之德爾時國王自念昔者貧窮之人以何因緣得爲國王昔行乞時得蒙佛恩大得飯食便生善念得爲王者供養七日佛之恩德今已果之即召群臣遥向舍衛國燒香作禮即遣使者往請佛言蒙世尊遺恩得爲人王願屈尊神來化此國愚冥之人得見教訓於是佛告諸弟子當受彼請佛與弟子無央數衆往詣彼國時王出迎爲佛作禮入宫食訖王請世尊得王因緣佛具爲說如前因緣由起善念今王是也時惡念者非直轢頭而死死已復入地獄爲火車所轢億

劫乃出王今請佛報誓過厚世世受福無有極巳爾時世尊以偈頌曰

人心是毒根　口爲禍之門　心念而口言

身受其罪殃　不念人善惡　自作身受患

意欲害於彼　不覺車轢頭　心念甘露法

令人生天上　心念而口言　身受其福德

有念善惡人　自作安身本　意念一切善

如王得天位

是時國王聞經歡喜舉國臣民得須陀洹道

又愚賢經云佛在舍衛國與諸弟子千二百五十人俱國中有五百乞兒常依如來隨逐衆僧乞句自活猒心內發求索出家共白佛言如來出世甚爲難遇我等下賤蒙濟身命今貪出家不審許不佛告諸乞兒我法清淨無有貴賤譬如清水洗諸不淨若貴若賤水之所洗無不淨者又如大火所至之處其被燒者無不焦然又如虛空貧富貴賤有入中者隨意自恣乞兒聞說並皆歡喜信心倍隆歸誠出家佛告善來頭髮自墮法衣在身沙門形相於是具足佛爲說法成阿羅漢於時國中諸豪長者聞度乞兒皆興慢心云何如來聽此下賤之人在衆僧次我等修福請佛衆食今此下賤坐我牀席捉我食器爾時太子祇陀請佛及僧遣使白佛唯願世尊明受我請及比丘僧所度乞兒我不請之愼勿將來明日食時佛告乞兒吾受彼請汝不及例今可往至鬱多越取自然成熟秔米還至其家隨意坐次自食秔米比丘如命即以神足往彼世界各各自取滿鉢還攝威儀乘空而來如鴈飛至祇陀家坐隨次各食於時太子

覩衆比丘威儀進止神足福德敬心歡喜歎未曾有而白佛言不審此諸賢聖從何方來佛告祇陀若欲知者正是昨日所不請者具向太子説其因縁爾時祇陀聞説是語極懷慚愧自我愚弊不別明闇不審此徒種何善行今值世尊特蒙殊潤復造何咎乞匃自活佛告祇陀過去久遠時有大國名波羅柰有一山名曰利師古昔諸佛多住其中若無佛時有二千辟支佛恒止其中有一長者名曰散陀寧時世旱儉其家巨富即問藏監今我藏中穀米多少欲請大士未知供足不藏監對曰饒多足供即請二千辟支飯食供養差五百使人供設飯食時諸使人猒心便生我等諸人所以辛苦皆由此諸乞兒爾時長者恒令一人知白時到養一狗子日日逐往爾時使人卒值一日忘不往白狗子時到獨往常處向諸大士高聲而吠諸辟支佛聞其狗吠即知時到來詣便坐如法受食因白長者天今當雨宜可種植長者如言耕種所種之物盡變爲瓠長者見怪隨時溉灌後熟皆大即擗看之隨所種物成治淨好麥滿其中長者歡喜其家滿溢復分親族合國一切咸蒙恩澤是時五百作食之人念言斯之獲果實是大士之恩我等云何惡言向彼即往其所請求改悔復立誓言願使我等於將來世遭值賢聖蒙得解脱由此之故五百世中常作乞兒因其改悔復立誓故今遭我世蒙得過度太子當知爾時大富散陀寧者我身是也時藏臣者今須達是也日日白時到者今優塡王是也五百作食人者今此五百阿羅漢

是也爾時祇陀及衆會者覩其神變皆獲四果

貧女部第五

如賢愚經云昔佛在世時尊者迦旃延在阿槃提國時彼國中有一長者大富饒財家有小婢小有愆過長者鞭打晝夜走使衣不蓋形食不充口年老辛苦思死不得適持坻詣河取水舉聲大哭爾時尊者聞其哭聲往到其所問知因緣即語之言汝若貧者何不賣之老母答言誰買貧者迦旃延言貧實可賣老母白言貧可賣者賣之云何迦旃延言汝若賣者一隨我語告令先洗洗已教施母白尊者我今貧窮身上衣無毛許完納唯有此坻是大家許當以何施即持鉢與教取水施受爲祝願次與授戒後教念佛竟問之言汝止何處婢即答言無定止處隨春炊磨即宿其處或在糞堆上尊者語言汝好勤心恭謹走使伺其大家一切卧訖竊開戶入於其戶內敷草而坐思惟觀佛母受教已至夜坐處戶內命終生忉利天大家曉見瞋恚而言此婢常不聽入舍何忽此死即便遣人以草繫脚置寒林中此婢生天與五百天子以爲眷屬即以天眼觀見故身生天因緣尋即將彼五百天子齎持香華到寒林中燒香散華供養死屍放天光明照於村林大家見怪普告遠近詣林觀看見已語言此婢已死何故供養天子報言此吾故身即爲具說生天因緣後皆迴詣迦旃延所禮拜供養因緣說法五百天子悉皆獲得須陀洹果既得果已還歸天上以是因緣智者應當皆如是學

又佛說摩訶迦葉度貧母經云佛在舍衛國是時摩訶迦葉獨行教化到王舍城常行大哀福於衆生捨諸豪富而從貧乞時欲分衛先入三昧何所貧人吾當福之即入王舍大城之中見一孤母最甚貧困在於街巷大糞聚中傍鑿糞聚以爲巖窟羸劣疾病常卧其中孤單零丁無有衣食便於巖窟施小籬柵以障五形迦葉三昧知此人宿不植福是以今貧如母壽命終日在近若吾不度永失福堂母時飢困長者青衣而棄米汁臭惡難言母從乞之即以破瓦盛著左右迦葉到所呪願從乞多少施我可得大福爾時老母即說偈言

舉身得疾病　孤窮安可言　一國之最貧
衣食不蓋形　世有不慈人　尚見矜愍憐
云何名慈哀　而不知此厄　普世之寒苦
無過我之身　願見矜恕我　實不爲仁惜

摩訶迦葉即答偈言

佛爲三界尊　吾備在其中　欲除汝飢貧
是故從貧乞　若能減身口　分銖以爲施
長夜得解脫　後生得豪富

爾時老母聞偈歡喜心念前日有臭米汁欲以施之則不可飲遥啓迦葉哀我受不迦葉答言大善母即在窟匍匐取之形體裸露不得持出側身僂體籬上授與迦葉受之尊口呪願使蒙福安迦葉心念若吾齎去著餘處飲母則不信謂吾棄之即於母前飲訖盪鉢還著囊中於是老母特復真信迦葉自念當現神足令此母人必獲大安即在空中廣現神變爾時母人見此踊躍一心長跪遥視迦

葉迦葉告曰母今意中所願何等即啓迦葉願以微福得生天上於是迦葉忽然不現老母數日壽終即生忉利天上威德巍巍震動天地光明挺特譬如七日一時俱出照曜天宮帝釋驚悸何人福德感動勝吾即以天眼觀此天女福德使然即知天女本生來處爾時天女即自念言此之福報緣其前世供養迦葉所致假令當以天上珍寶種種百千施上迦葉猶尚未報須臾之恩即將侍女持天香華忽然來下於虛空中散迦葉上然後來下五體投地禮畢即住叉手歎曰

大千國土　佛爲特尊　次有迦葉　能閉罪門
昔在閻浮　糞窟之前　爲其貧母　開說真言
時母歡喜　貢上米瀋　施如芥子　獲報如山
自致天女　封受自然　是故來下　歸命福田

天女說已俱還天上帝釋心念女施米瀋乃致此福迦葉大哀但福劣家不往大姓當作良榮即與天后持百味食盛小瓶中詣王舍城巷邊作小陋屋變其形狀似于老公身體痟瘦傴行而步公妻二人而共織席貧窮之狀不儲飲食迦葉後行分衞見此貧人而往乞食公言至貧無有如何迦葉呪願良久不去公言我等夫妻甚老織席不暇向乞唯有少飯適欲食之聞仁慈德但從貧乞欲以福之今雖窮困意自割捐以施賢者審如所云令吾得福天食之香非世所聞若預開瓶苾芬之香迦葉覺之全不肯取即言道人弊食不多將鉢來取迦葉即以鉢取受呪願施家其香普熏王舍大城及其國界迦葉即嫌其香公母釋身疾飛空中彈指歡喜迦葉思惟

即知帝釋化作老公而爲福祚吾今已受不宜復還迦葉讚歎帝釋種福無猒忍此醜類來下殖福必獲影報帝釋及后倍復欣踊是時天上伎樂來迎帝釋到宫倍益歡喜

感應緣 略引一驗

漢陰生者長安渭橋下乞小兒也常於市匃市中釁之以糞灑之旋復見黒灑衣不汙如故長吏知試繫著桎梏而續在市匃試欲殺之乃去灑之者家室屋自壞殺十餘人長安中謡言曰見乞兒與美酒以免壞屋之咎見搜神記

頌曰

業風恒泛濫　苦海濤波聲　漂我常游浪
遠離涅槃城　何時慈舟至　運我出愛瀛
寔由高慕施　頓捨貪窮情　罪垢蒙除結
神珠啓闇冥　貴門光景麗　賤業永休寧
志求八解脫　誓捨六塵縈　儻遇慈父誨
開我心中經

法苑珠林卷第五十六

音釋

莞音官草名似蘭 藪蘇後切 扆隱豈切畫斧屏風也 籙音祿 晛研計切斜視也 雋子峻切與俊同 麰魚傑切芽麥也 斌卑民切 蓍升脂切蒿屬 殯殮殯必刃切殮力驗切 鴆直禁切 筋舉欣切與筋同 欻許勿切忽也 邡音方什邡廣漢縣名 珥音耳 幌胡廣切帷幔也 羺奴侯切胡羊也 鏤郎豆切刻也 焴余六切燿也 劇竭戟切甚也 萎於危切枯也 机舉履切案屬 髖音寬尻也 娿烏可切 橕抽庚切邪柱也 騶音鄒騶虞仁獸 譙慈焦切國名 闚缺規切視也 跱丈里切屹立也 巑岏巑在丸切岏牛丸切 皴七巡切與皴同 伺相吏切察也 僂隴主切傴也 溷胡困切廁也 獷古猛切惡也 譸職流切譸張也 嚚魚巾切口

不道忠信之言爲嚚　儜尼耕切弱也　捺乃曷切手按也　殢他計切極困也

閇必計切與閉同　轢郎狄切車踐也　擗毗亦切撫也　坬徒古切餅也

柵測革切編木爲柵　匍匐匍音蒲匐蒲墨切匍匐盡力也　悸其季切心

動也　潘孚袁切米汁也　瀾　桎梏桎職日切足械也梏姑沃切手械也

# 法苑珠林卷第五十七

唐 西明寺沙門釋道世撰

## 債負篇第六十五（此有二部）

述意部 引證部

### 述意部第一

夫勸善懲過大士常心捨惡爲福菩薩恒願是以善惡之運業猶形影之相須債負之殃咎植三報之苦果或有現負現報或有現負次報或有現負後報如是三時隨負一毫拒而不還決定受苦是故經云偷盜之人先入地獄畜生餓鬼後得人身得二種果報一者常處貧窮二者雖得少財恒被他奪斯言有徵省已爲人也

### 引證部第二

如法句喻經云昔佛在世時有賈客名弗迦沙因入羅閱城分衛於城門中值新產㹀牛所觝殺牛主怖懼賣牛轉與他人其人牽牛欲飲水牛從後復觝殺其主其主家人瞋恚取牛殺之於市賣肉有田舍人買取牛頭貫檐持歸去舍里餘坐樹下息以牛頭挂樹枝須臾繩斷牛頭落下正墮人上牛角刺人即時命終一日之中凡殺三人瓶沙王聞之怪其如此即與群臣往詣佛所具問其意佛告王曰往昔有賈客三人到他國內與生寄住孤獨老母舍應與雇舍直見老母孤獨欺不欲與伺老母不在默去不與母歸不見客即問比居皆云已去老母瞋恚尋後逐及疲頓索直三客逆罵我前已與云何復索同聲共觝不肯與直老母單弱不能奈何懊惱而呪我今窮厄何忍欺觝願我後世所生之處若

當相值要當殺汝正使得道終不相置佛語瓶沙王爾時老母者今此牸牛是也三賈客者弗迦沙等三人爲牛所觝殺者是也於是世尊即說偈言

惡言罵詈 憍凌蔑人 興起是行 疾怨滋生
遜言愼詞 尊敬於人 棄結忍惡 疾怨自滅
夫士之生 斧在口中 所以斬身 由其惡言

又出曜經云昔罽賓國中有兄弟二人其兄出家得阿羅漢弟在家中治修居業時兄數來教誨勸弟布施持戒修善作福現有名譽死生善處而弟報曰兄今出家不慮官私不念妻子田業財寶我有此務而兄數誨不用兄教後病命終生在牛中爲人所驅馱鹽入城兄從城中出遇見之即爲說法時牛聞已悲哽不樂牛主見已語道人曰汝何導說而使我牛愁憂不樂道人報曰此牛前身本是我弟昔日負君一錢鹽債故墮牛中以償君力牛主聞已語道人曰君弟昔日與我親友是時牛主即語牛曰吾今放汝不復役使牛聞感激至心念佛自投深澗即便命終得生天上受極快樂以是因緣若人負債不可不償又成實論云若人負債不償墮牛羊麞鹿驢馬等中償其宿債

又百緣經云佛入舍衛城乞食至一巷中逢一婆羅門以指畫地不聽佛去語佛言汝今還我五百金錢爾乃聽過若不與我者終不聽過佛默然住不能前進波斯匿王等聞佛被留難各送珍寶與婆羅門然不肯受須達聞之取五百金錢與婆羅門乃聽佛過比丘問佛何緣乃爾佛言過去波羅奈國梵摩達

王太子名善生遊行見一戲人共輔相子樗蒱賭五百金錢時輔相子負戲人錢尋索不償太子語言彼若不與我當代償後竟不償從是以來無量世中常爲戲人從我索錢佛言昔太子者今我身是輔相子者今須達是昔戲人者今婆羅門是也

又雜寶藏經云昔罽賓國中有阿羅漢名曰離越山中坐禪時有一人失牛逐蹤至離越所時値離越煑草染衣即自然變作牛皮染汁自然變作牛血所煑染草變成牛肉所持鉢盂變作牛頭牛主見已即捉收縛將詣王所王即付獄經十二年恒與獄監飼馬除糞離越弟子得阿羅漢者有五百人觀見其師不知所在業緣欲盡有一弟子觀見師在罽賓獄中即來告王我師在獄願王斷理王即遣人就獄撿挍使至獄中唯見有人威色憔悴鬚髮極長而爲獄監飼馬除糞使還白王獄中都不見有沙門離越弟子復白王言願說教有比丘者悉聽出獄王即宣令有僧悉遣出獄離越聞已鬚髮自落袈裟著身踊出虛空作十八變王見是事五體投地白言尊者願受我懺尋即來下受王懺悔王即問言以何業緣在獄受苦離越答言我於往昔亦曾失牛逐蹤誣他經一日一夜後墮三塗受苦無量餘殃不盡今得羅漢猶被誣謗以是因緣一切衆生應護口業莫誣謗他離越昔所誣人是辟支佛以是因緣故得此報依法華經說謗誦經人若實若不實現世得白癩病

又毗婆沙論云曾聞有一女人爲餓鬼所持

即以呪術而問鬼言何以惱他女人鬼答之言此女人者是我怨家五百世中而常殺我我亦五百世中斷其命根若彼能捨舊怨之心我亦能捨爾時女人作如是言我今已捨怨心鬼觀女人雖口言捨而心不放即斷其命

又雜寶藏經云目連至恒河邊見五百餓鬼群來趣水有守水鬼以鐵杖驅逐不得近於是諸鬼逕詣目連禮目連足各問其罪一鬼曰我受此身常患熱渴先聞恒河水清且涼歡喜趣之沸熱壞身試飲一口五藏焦爛臭不可當何因緣故受如此罪目連答曰汝先世時曾作相師相人吉凶少實多虛或毀或譽自稱審諦以動人心詐惑欺誑以求財利迷惑衆生失如意事復有一鬼言我常爲天祠有狗利牙赤白來噉我肉唯有骨在風來吹起肉續復生狗復來噉此苦何因目連答言汝前世作天祠主常教衆生殺羊以血祠天汝自食肉是故今日以肉償之復有一鬼言我常身上有糞周遍塗漫亦復噉之是罪何因目連答曰汝前世時作婆羅門惡邪不信道人乞食取鉢盛滿糞以飯著上持與道人道人持還以手食飯糞汙其手是故今日受如此罪復有一鬼言我腹極大如甕咽喉手脚其細如鍼不得飲食何因此苦目連答言汝前世時作聚落主自恃豪貴飲酒縱橫輕欺餘人奪其飲食饑困衆生復有一鬼言我常趣溷欲噉食糞有大群鬼捉杖驅我不得近廁口中爛臭飢困無賴何因如此目連答言汝前世時作佛圖主有諸白衣供養衆

僧供辦食具汝以麤供設客僧細者自食復有一鬼言我身上遍滿生舌斧來斫舌斷復續生如此不已何因故爾目連答言汝前世時作道人衆僧差作蜜漿石蜜塊大難消以斧斫之盜心噉一口以是因緣故還斫舌也復有一鬼言我常有七枚熱鐵丸直入我口入腹五藏焦爛出復還入何因故受此罪目連答言汝前世時作沙彌行果蓏子到自師所敬其師故偏心多與實長七枚復有一鬼言常有二熱鐵輪在我兩腋下轉身體焦爛何因故爾目連答言汝前世時與衆僧作餅盜心取二番挾兩腋底故受此苦復有一鬼言我癭丸極大如甕行時擔著肩上住則坐上進止患苦何因故爾目連答言汝前世時作市令常以輕稱小斗與他重稱大斗自取常自欲得大利於已侵剋餘人復有一鬼言我常兩肩有眼胷有口鼻常無有頭何因故爾目連答言汝前世時恒作魁膾弟子若殺罪人時汝常歡喜心以繩著髻挽之復有一鬼言我常有熱鐵針入出我身受苦無賴何因故爾目連答言汝前世時作調馬師或作調象師象馬難制汝以鐵針刺脚又時牛遲亦以針刺復有一鬼言我身常有火出自然懊惱何因故爾目連答言汝前世時作國王夫人更一夫人王甚幸愛常生妬心伺欲危害值王卧起去時所愛夫人卧猶未起著衣即生惡心正值作餅有熱麻油即以灌其腹上腹爛即死故受此苦復有一鬼言我常有旋風迴轉我身不得自在隨意東西心常惱悶何因故爾目連答言汝前世時常作卜師

或時實語或時妄語或誑人心不得隨意復有一鬼言我身常如塊肉無有脚手眼耳鼻等恒爲蟲鳥所食罪苦難堪何因故爾目連答言汝前世時常與他藥墮他兒胎復有一鬼言我常有熱鐵籠籠絡我身焦熱懊惱何因受此目連答言汝前世時常以羅網掩捕魚鳥復有一鬼言我常以物自蒙籠頭亦常畏人來殺我心常怖懼不可堪忍何因故爾目連答言汝前世時婬犯外色常畏人見或畏其夫捉縛打殺或畏官法戮之都市恐怖相續復有一鬼問言我受此身肩上常有銅瓶滿中洋銅手捉一杓取自灌頭舉體焦爛如是受苦無數無量有何罪咎答言汝前世時出家爲道典僧飲食以一酥瓶私著餘處有客道人來者不與之去已出酥行與舊僧此酥是招提僧物一切有分此人藏隱雖與不等由是緣故受此罪也

譬喻經云昔外國有人死魂還自鞭其屍傍人問曰是人已死何以復鞭報曰此是我故身爲我作惡見經戒不讀偷盜欺詐犯人婦女不孝父母兄弟惜財不肯布施令死令我墮惡道中勤苦毒痛不可復言是故來鞭之耳依無量壽經云憍梵波提過去世曾作比丘於他粟田邊摘一莖粟觀其生熟數粒墮地五百世作牛償之頌曰

貧富交舛　債負相違　舉貸觝拒　業結恒馳
心無悔償　苦報何赴　墮斯惡道　長夜無歸

感應緣 略引十驗

漢沙門釋安清　晉沙門釋帛遠
梁南陽人侯慶　隋揚州人卞士瑜

洛州人王五戒　冀州人耿伏生
唐鄭州婦女朱氏　汾州人路伯達
雍州人程華　潞州人李校尉
雍州婦人陳氏

漢雒陽有沙門安清字世高安息國王正后之太子也幼以孝行見稱加又志業聰敏尅意好學外國典籍及七曜五行醫方異術乃至鳥獸之聲無不綜達嘗行見有群鷰忽謂伴曰鷰云應有送食者頃之果有致焉衆咸奇之故儁異之聲早被西域高窮理盡性自識宿緣業多有神迹世莫能量初高自稱先身已經出家有一同學多瞋分衞值施主不稱每輒怨恨高屢加訶諫終不悛改如此二十餘年乃與同學辭訣云我當往廣州畢宿世之對卿明經精勤不在吾後而性多恚怒命過當受惡形我若有力必當相度既而遂適廣州值寇賊大亂行路逢一年少唾手拔刀曰眞得汝矣高笑曰我宿命負卿故遠相償卿之忿怒故是前世時意也遂申頸受刃容無懼色賊遂殺之觀者盈路莫不駭其奇異而此神識還爲安息王太子即今時世高身是也高遊化中國宣經事畢值靈帝之末關雒擾亂乃振錫江南云我當過廬山度昔同學行達邦亭湖廟此廟舊有靈威商旅祈禱乃分風上下各無留滯嘗有乞神竹者未許輙取舫即覆沒竹還本處自是舟人敬憚莫不攝影高同旅三十餘人船主奉牲請福神乃降祝曰舫有沙門可更呼上客咸驚愕請高入廟神告高曰吾外國與子俱共出家學道好行布施而性多瞋怒今爲邦亭廟神

周迴千里並吾所治以布施故珍玩甚豐以瞋恚故故墮此神報今見同學悲欣可言壽盡旦夕而醜形長大若於此捨命穢汙江湖當度山西澤中此身滅後恐墮地獄吾有絹千疋幷雜寶物可爲立法營塔使生善處也高曰故來相度何不出形神曰形甚醜異衆人必懼高曰但出衆不怪也神從牀後出頭乃是大蟒不知尾之長短至高膝邊高向之胡語數番贊唄數契蟒悲淚如雨須臾還隱高即取絹物辭別而去舟侶颺帆蟒復出身登山而望衆人舉手然後乃滅倏忽之頃便達豫章即以廟物造東寺高去後神即命過暮有一少年上船長跪高前受其祝願忽然不見高謂船人曰向之少年即郟亭廟神得離惡形矣於是廟神歇滅無復靈驗後人於山西澤中見一死蟒頭尾數里今潯陽郡蛇村是也高後復到廣州尋其前世害已少年尚在高徑投其家說昔日償對之事幷叙宿緣歡喜相向云吾猶有餘報今當往會稽畢對廣州客悟高非凡豁然意解追恨前愆厚相資供隨高東遊遂達會稽至便入市正值市中有亂相打者誤著高頭應時殞命廣州客頻驗二報遂精勤佛法具說事緣遠近聞知莫不悲歎明三世之有徵也

晉長安有帛遠字法祖本姓萬氏河内人才思儁徹敏浪絶倫誦經日八九千言研味方等妙入幽微世俗墳索多所該貫祖至晉惠之末欲潛遁隴右以保雅操會張輔爲秦州刺史先有州人管蕃與祖論義屢屈深恨向輔所譖輔收之行罰衆咸怪惋袒曰我來畢

對此宿命久結非今事也乃呼十方佛祖前身罪緣歡喜畢對願從此後與輔爲善知識無令受殺人之罪遂鞭之五行奄然命終輔後具聞其事方大惋恨道俗流涕衆咸憤激共分祖屍各起塔廟輔雖有才解而酷不以理橫殺德僧天水太守封尚百姓疑駭因亂而斬焉管蕃亦卒時有人姓李名通死而更穌云見祖法師在閻羅王處爲王講首楞嚴經云講竟應往忉利天又見祭酒王浮一云道士基公次被鎖械求祖懺悔昔祖平素之日與浮每爭邪正浮屢屈既瞋不自忍乃作老子化胡經以誣謗佛法殃有所歸故死方思悔孫綽道賢論以法祖匹嵇康論云帛祖釁起於管蕃中散禍作於鍾會二賢並以高邁之氣昧其圖身之慮栖心事外輕世招患殆異也其見稱如此（右二驗出梁高僧傳）

梁南陽人侯慶有銅像一軀可高尺餘慶有牛一頭擬貨爲金色遇有急事遂以牛與他用之經二年慶妻馬氏忽夢此像謂之曰卿夫婦負我金色久而不償今取卿兒醜多以充金色馬氏寤覺而心不安至曉醜多得病而亡慶年餘五十唯有一子悲哀之聲感於行路醜多亡日像忽自有金色光照四隣隣里之內咸聞香氣道俗長幼皆來觀矚尚書右僕射元愼聞里內頻有怪異遂改埠財里爲齊諧里也（見洛陽寺記也）

隋揚州卞士瑜者其父在隋以平陳功授儀同慳悋嘗雇人築宅不還其價作人求錢卞父鞭之皆怒曰若實負我死當與我作牛須史之間卞父死其年作牛孕產一黃犢腰有

黑文橫絡周帀如人腰帶右跨有白文斜貫大小正如象笏形牛主呼之曰卞公何爲負我犢即屈前膝以頭著地瑜以錢十萬贖之牛主不許死乃收葬瑜爲臨自說之爾

隋大業中洛陽有人姓王常持五戒時言未然之事閭里敬信之一旦忽謂人曰今當有人與我一頭驢至日午果有人牽驢一頭送來涕泣說言早喪父其母寡養一男一女女嫁而母亡二年矣寒食日持酒食祭墓此人乘驢而往墓所伊水東欲渡伊水驢不肯渡鞭其頭面破傷流血既至墓所放驢而祭俄失其驢還本處其日妹獨在兄家忽見其母入來頭面流血形容毀顇號泣告女我生時避汝兄送米五升與汝坐得此罪報受驢身償汝兄五年矣今日欲渡伊水水深畏之汝兄鞭捶我頭面盡破仍期還家更苦打我我走來告汝吾今償債垂畢何太非理相苦也言訖出尋之不見其母兄既而還女先觀驢頭面傷破流血如見其母傷狀女抱以號泣兄怪問之女以狀告兄亦言初不肯渡及失還得之言狀符同於是兄妹抱持慟哭驢亦啼淚皆流不食水草兄妹跪請若是母者願爲食草驢即爲食既而復止兄妹莫如之何遂備粟送王五戒處乃復飲食後驢死兄妹收葬焉（二驗並出冥報記）

隋冀州臨黃縣東有耿伏生者其家薄有資産隋大業十一年伏生母張氏避父將絹兩匹乞女數歲之後母遂終亡變作母猪在其家生復産二肫伏生並已食盡遂便不産伏生即召屠兒出賣未取之間有一客僧從生

乞食即於生家少停將一童子入猪圈中遊戲猪語之言我是伏生母爲於往日避生父眼取絹兩匹乞女我坐此罪變作母猪生得兩兒被生食盡還債既畢更無所負欲召屠兒責我請爲報之童子具陳向師師時怒曰汝甚顛狂猪那解作此語遂即寢眠又經一日猪見童子又云屠兒即來何因不報童子重白師主又亦不許少頃屠兒即來取猪猪踰圈走出而向僧前牀下屠兒遂至僧房僧曰猪投我來今爲贖取遂出錢三百文贖猪後乃竊語伏生曰家中曾失絹不生報僧云父存之日曾失兩匹又問姊妹幾人生又報云唯有一姊嫁與縣北公乘家僧即具陳童子所說伏生聞之悲泣不能自已更別加心供養猪母凡經數日猪忽自死託其女夢云還債既畢得生善處兼勸其女更修功德

唐鄭州陽武縣婦女姓朱其夫先負外縣人絹百匹夫死之後遂無人還貞觀末因病死經再宿而穌自云被人執至一所見一人云我是司命府吏汝夫生時負我家絹若干匹所以追汝今放汝歸宜急具物至某縣某村某家送還我母如其不送捉追更切兼爲白我孃努力爲其造像修福朱即告乞鄉閭得絹送還其母具言其兒貌狀有同生平其母亦對之流涕歔欷久之

唐汾州孝義縣人路伯達至永徽年中負同縣人錢一千文後乃違契拒諱及執契作徵遂共錢主於佛前爲信誓曰若我未還公願吾死後與公家作牛畜言訖永逾一年而死至二歲時向錢主家牸牛產一赤犢子額上

生白毛爲路伯達三字其子姪等恥之將錢五千文求贖主不肯與乃施與隰城縣啓福寺僧眞如助造十五級浮圖人有見者發心止惡竟投錢物布施右三驗出冥報拾遺也

唐永徽五年京城外東南有陂名獨嘉雋有靈泉鄉里長姓程名華秋季輸炭時程華已取一炭丁錢足此人家貧復不識文字不取他抄程華後時復從丁索炭炭丁不伏程華言我若得你錢將汝抄來炭丁云吾不識文字汝語吾云我旣得汝錢足何須用抄吾聞此語遂信不取何因今日復從吾索錢程華不信因果遂爲他炭丁立誓云誓云我若得汝錢願我死後爲汝作牛炭丁懊惱別舉錢與之程華未經三五月身亡即託炭丁牸牛處胎後生犢子遍體皆黑唯額上有一雙白程華字分明人見皆識程華兒女倍加將錢收贖不與其牛尚在左近村人同見說之

唐龍朔元年懷州有人至潞州市猪至懷州賣有一特猪潞州三百錢買將至懷賣與屠家得六百錢至年冬十一月潞州有人姓李不得字任校尉至懷州上番因向市欲買肉食見此特猪已縛四足在店前將欲殺之見此校尉語云汝是我女兒我是汝外婆本爲汝家貧汝母數從我索粮食爲數索不可供足我大兒不許我憐汝母子私避兒與五升我今作猪償其盜債汝何不救我校尉聞此從屠兒贖猪屠兒初之不信餘人不解此猪語唯校尉得解屠兒語云審若是汝外婆我解放之汝對我更請共語屠兒爲解放已校尉吏請猪語云其今當上一月未得將婆還

舍未知何處安置婆猪即語校尉言我今已隔世受此惡形縱汝下番亦不須將我還汝母見在汝復爲校尉家鄉眷屬見我此形決定不喜恐損辱汝家門吾聞某寺有長生猪羊汝安置吾此寺校尉復語猪言婆若有驗自預向寺猪聞此語遂即走向寺寺僧初不肯受校尉具爲寺僧說此靈驗合寺僧聞並懷慙愧即爲造舍屏處安置校尉復留小氈令臥寺僧道俗競施飲食久後寺僧並解猪語校尉下番辭向本州報母此事母後自來看猪母子相見一時泣淚猪至麟德元年猶聞平安東宮率梁難迪并州人敀任懷州鄉下折衝具見說之也

唐龍朔三年長安城內通軌坊三衞劉公信妻陳氏母先亡陳因患暴死見人將入地獄備見諸苦不可具述末後見一地獄石門牢固有兩大鬼形容偉壯守門左右怒目瞋陳汝何人到此見石門忽開亡母在中受苦不可具述受苦稍歇近門母子相見遥得共語母語女言汝還努力爲吾寫經女諮孃欲寫何經爲吾寫法華言訖石門便閉陳還得穌具向夫說夫即憑妹夫趙師子欲寫法華其師子舊解寫經有一經生將一部新寫法華未裝潢其人先與他受雇寫經主姓范此生將他法華轉向趙師子處質二百錢施主不知質錢師子復語婦兄云今既待經在家有一部法華兄贖取此經向直一千錢陳夫將四百錢贖得裝潢周訖在家爲母供養其女陳氏後夢見母從女索經吾先遣汝爲吾寫一部法華何因迄今不得女報母言已爲孃贖得一部法華現裝潢了在家供養母語女

言止爲此經吾轉受苦冥道中獄卒打吾脊破汝看吾身瘡獄官語云汝何因取他范家經將爲巳經汝何有福甚大罪過女見母說如此更爲母別寫法華其經未了女夢中復見母來催經即見一僧手捉一卷法華語母云汝女巳爲汝寫經第一卷了功德巳成何因復來敦逼待寫了何須怱急後寫經成母來報女因汝爲吾寫經今得出冥道好處受生得汝恩力故來報汝汝當好住善爲婦禮信心爲本言訖悲淚共別後時勘問前贖法華主果是姓范范家雖不得經其經巳成施福巳滿後人轉質自得罪咎劉妻贖取徼得少福然亡母不得力（陳氏夫劉公信具向拾遺自說）

## 諍訟篇第六十六（此有二部）

述意部　引證部

### 述意部第一

夫慈言一發則人天含笑鄙語一彰則幽顯皆瞋將恐聞聲傳惡永隔心目見善懷親長同赤子既知邪正異蹤善惡分路勸止三毒之凶言興善和之敬順所以大聖之訓修本去末即心爲毒主口爲禍器因事成災沿流惡道未有諍訟違形而存大化也

### 引證部第二

如中阿含經云爾時祇洹中有兩比丘諍起一人罵詈一人默然其罵詈者即便改悔懺謝於彼而彼比丘不受其懺以不受故衆多比丘共相勸諫高聲閙亂爾時世尊以淨天耳過於人耳聞祇洹中聲閙亂聞巳從禪覺往精舍於大衆前敷座而坐告諸比丘我今至安陀林坐禪聞精舍中高聲閙亂竟爲是

誰比丘具述前事白佛佛告比丘云何愚癡之人人向悔謝不受其懺若人懺謝而不受者是愚癡人長夜當得不饒益苦告諸比丘過去世時釋提桓因有三十三天共諍說偈教誡言

於他無害心　瞋亦不纏結　懷恨不經久
於瞋以不住　雖復瞋恚盛　不發於麤言
不求彼制節　揚人之虛短　常當自防護
以義內省察　不怒亦不虛　常與賢聖共
若與惡人俱　剛強猶山石　盛恚能自持
如制逸馬車　我說爲善師　非謂執繩者

爾時世尊告諸比丘過去世時有天帝釋共天阿脩羅對陣欲戰釋提桓因語三十三天衆言今日諸天與阿脩羅軍戰諸天得勝阿脩羅不如者當生擒毗摩質多阿脩羅王以五繫縛將還天宮脩羅復作是語當其戰時諸天不如脩羅得勝者當生擒帝釋以五繫縛將還我宮當其戰時諸天得勝脩羅不如諸天以五繫縛阿脩羅將還天宮縛在帝釋斷法殿前門下帝釋從此門入出之時阿脩羅縛在門側瞋恚罵詈時帝釋御者見阿脩羅王身被五縛在於門側帝釋出入之時輙瞋恚罵詈見已即便說偈白帝釋言

釋今爲畏彼　爲力不足耶　能忍阿脩羅
面前而罵辱

帝釋即答

不以畏故忍　亦非力不足　何有黠慧人
而與愚夫對

御者復白言

若但行忍者　於事則有闕　愚癡者當言

畏怖故行忍　是故當苦治　以智制愚癡
帝釋答言
我當觀察彼　制彼愚夫者　見愚瞋熾盛
智以靜默伏　非力而爲力　是彼愚癡力
愚癡違遠法　於道則無有　若使有大力
能忍於劣者　是則爲上忍　無力何有忍
於他極罵辱　大力者能忍　是則爲上忍
無力何有忍　於已及他人　善護大恐怖
知彼瞋恚盛　還自守靜默　於二義俱備
自利亦利他　知彼瞋恚盛　還自守靜默
於二義俱備　自利亦利他　謂言愚夫者
以不見法故　愚夫謂勝忍　重增於惡口
未知忍彼罵　於彼常得勝　於勝已行忍
是名恐怖忍　於等者行忍　是名忍諍忍
於劣者行忍　是名爲上忍

佛告諸比丘釋提桓因於三十三天爲自在主常行忍辱讚歎於忍汝等比丘正信非家出家學道亦應如是行忍讚歎於忍應當勤學

又起世經云佛告諸比丘往昔諸天與阿脩羅起大鬪戰爾時帝釋告其所領三十三天言諸仁者汝等諸天若與脩羅共爲戰鬪宜好莊嚴善持器仗若諸天勝脩羅不如汝等可共生捉毗摩質多羅阿脩羅王以五繫縛之將到善法堂前諸天會處三十三天聞帝釋命依教奉行爾時毗摩質多羅阿脩羅王亦復告諸脩羅言若諸天不如即當生捉帝釋天主五繫縛之將詣諸阿脩羅七頭會處立置我前諸脩羅衆亦受教行當於彼時帝釋得勝即便生捉阿脩羅王以五繫縛之將

詣善法堂前諸天集處向帝釋立爾時毗摩質多羅王若作是念願諸脩羅各自安善我今不用諸阿脩羅我當在此與天一處同受娛樂甚適我意與此念時即見自身五縛悉解五欲功德皆現其前或作是念我今不用三十三天願諸天等各自安善我願還歸阿脩羅宮起此念時其身五繫即還縛之五欲功德忽即散滅阿脩羅王有如是等微細結縛諸魔結縛復細於此所以者何諸比丘邪思惟時即被結縛正憶念時即便解脫爾時毗摩質多羅阿脩羅王未戰已前作如是念我有如是威神德力日月宮殿及三十三天雖在我上運轉周行我力能取以爲耳璫處處遊行不爲妨礙爾時羅睺羅阿脩羅王自服種種嚴身器仗與鞞魔質多羅王踊躍幻化諸小王眷屬前後圍遶從阿脩羅城導從而出欲共忉利諸天與大戰鬬爾時難陀憂波難陀二大龍王從其宮出各各以身遶須彌山周迴七帀一時動之動已復動以尾打海令一段水上於虛空在須彌頂上是時帝釋告諸天言汝等見此大地如是動不空中霢霂猶如雲雨又似重霧我今定知諸阿脩羅欲與天鬬於是海內諸龍各嚴器仗而出復往告六欲諸天各嚴器仗乘空而來須夜摩天王與無量百千萬數諸天子下至須彌山頂上在東面豎純青難降伏旛依峯而立爾時兜率陀天王與無量百千萬衆一時雲集須彌山頂在其南面豎純黃色難降伏旛依峯而立爾時化樂天王與無量百千萬天子下至須彌山頂在其西面豎純赤色難降

伏旛依峯而立爾時他化自在天王與其無量百千天子下至須彌山頂在其北面豎純白色難降伏旛依峯而立爾時帝釋見上諸天並皆雲集乃至虚空夜叉咸皆隨從帝釋前立於是帝釋自著鎧甲與諸天衆前後圍遶從天宫出欲共大戰諸器仗等雜色可愛皆七寶所成以此刀仗遥擲阿脩羅身莫不洞徹而不爲害於其身上不見瘡痕之跡唯以觸因緣故受於苦痛諸阿脩羅器仗亦是七寶所成穿諸天身亦皆徹過而無瘢痕唯觸因緣故受苦痛

又增一阿含經云昔日諸天與阿須倫共鬪時諸天得勝阿須倫王不如便懷恐怖化形極小從藕根孔中過佛眼所見非餘者所及

又大集經云爾時世尊告諸龍衆阿脩羅言汝等莫鬪應當修忍仁者若能離於瞋怒成就忍辱速得十處何等爲十一得作王王四天下自在輪王二毗樓博叉天王三毗樓勒叉天王四提頭賴吒天王五毗沙門天王六釋天王七須夜摩天王八兜率陀天王九化樂天王十他化自在天王諸仁者若具足忍是人速得如是十處忍辱近果

若有諍論議　雜意懷貢高　非聖毀此德
各各相求便　但求他過失　意欲降伏彼
更互而求勝　聖不如是說

又中阿含經世尊告諸比丘汝莫鬪諍所以者何

若以諍止諍　至竟不見止　惟忍能止諍
是法真尊貴

於是世尊不悦可拘舍彌諸比丘諍已即從

座起而說頌曰

以若干言語　破壞最尊衆　破壞聖衆時
無能有訶止　碎身至斷命　奪象牛馬財
破國滅亡盡　彼猶故和解　況汝小言罵
不能令和合　若不思眞義　怨結焉得息
罵詈責數說　而能制和合　若思眞實義
怨結必得息　若以諍止諍　至竟不見止
唯忍能止諍　是法可尊貴　瞋向慧眞人
口說無賴言　誹謗牟尼聖　是下賤非智

又佛本行經佛爲五比丘說偈云

一月之中千過鬭　一鬭百倍得勝他
若能歸信佛世尊　能勝於彼十六分
一月之中千過鬭　一鬭百倍得勝人
若能歸信法正眞　能勝於彼十六分
一月之中千過鬭　一鬭百倍得勝他
若能歸信一切僧　能勝於彼十六分
一月之中千過鬭　一鬭百倍得勝人
若能思惟法性空　能勝於彼十六分

又雜寶藏經云昔有一婢禀性廉謹常爲主人典麨麥豆時家有羝羯伺空遂便噉食麥豆升量折損爲主所瞋信巳不取皆由羊噉緣是之故婢常因嫌每自杖捶用打羝羯羯亦含怨來觝觸婢如此相犯前後非一婢因一日空手取火羊見無杖直來觝婢婢緣急故用所取火著羊脊上羊得火熱所在觸處突燒村人延及山澤于時山中五百獼猴火來熾盛不及避走即皆一時被火燒死諸天見巳而說偈言

瞋恚鬭諍閒　不應於中止　羝羊共婢鬭
村人獼猴死

頌曰

貴富諍人我　貧賤自然羞　強弱相辜負
鬪訟未曾休　恥恨相侵奪　覓便報其讎
怨結恒對值　累劫常苦愁

感應緣（略引二驗）

漢景帝時白頸烏鬪

漢中平年有雀鬪

漢景帝三年十一月有白頸烏與黑烏群鬪楚國呂縣白頸不勝墮泗水中死者數千劉向以爲近日黑祥也楚王戊暴逆無道刑辱申公與吳謀反烏群鬪者師戰之象也白頸者小明小者敗也墮於水者將死水地王戊不悟遂舉兵應吳與漢大戰兵敗而走至於丹徒爲越人所斬墮泗水之效也

漢中平三年八月懷陵上有萬餘雀先極悲鳴已因亂鬪相殺皆斷頭懸著樹枝枳棘到六年靈帝崩夫陵者高大之象也雀者爵也天誡若曰懷爵祿而尊厚者自還相害至滅亡也（右一驗出搜神記也）

法苑珠林卷第五十七

音釋

癭（幺郢切頸瘤也）䢼（音恭）舫（甫妄切方舟也）殞（羽敏切歿也）矚（朱欲切視也）顇（秦醉切顦顇也）肫（徒渾切小豕也）歔欷（歔休居切欷香衣切歔欷悲泣氣咽而抽息也）裝潢（裝側霜切潢胡光切）靉靆（靉於代切靆待戴切靉靆雲興盛貌）瘢（音盤瘢痍愈有痕曰瘢）責數（數爽主切責也）

法苑珠林卷第五十八

唐 西明寺沙門釋道世 撰

謀謗第六十七（此有五部）

述意部 呪詛部 誹謗部

避讖部 宿障部

述意部第一

夫心者衆病之源口者減否之本同出異名禍福殊泒故知身口三業無非構禍之因眼耳六情悉爲招疊之首致使謀謗聖凡枉壓良善横受三根長辯七衆但死生有命富貴由業縱加鴆毒毒不能傷異道與謀謀不能害徒起謗心虚施禱祀故班婕妤云修善尚不蒙福爲邪欲以何望若鬼神有知不受佞邪之訴若其無知訴之何益良由雪山之藥眞僞叵辯菴羅之果生熟難分故如來在世尚不免謗況今是凡豈逃斯責責是宿殃時來須受此亦已事何得恨他然虚謗之罪自加塗炭如脣口是弓心慮如絃音聲如箭長夜空發徒染身口特須自省緘口愼心也

呪詛部第二

如大方廣總持經云佛言善男子佛滅度後若有法師善隨樂欲爲人説法能令菩薩學大乘者及諸大衆有發一毛歡喜之心乃至暫下一滴淚者當知皆是佛之神力若有愚人實非菩薩假稱菩薩謗眞菩薩及所行法復作是言彼何所知彼何所解若彼此和合則能住持流通我法若彼此違諍則正法不行此謗法之人極大罪業隨墮三惡道難可出離若有愚人於佛所説而不信受雖復讀誦千部大乘爲人解説獲得四禪以謗他故七

十劫中受大苦惱況彼愚人實無所知而自貢高乃至誹謗一四句偈當知是業定墮地獄永不見佛以惡眼視發菩提心人故得無眼報以惡口謗發菩提心人故得無舌報

又賢愚經云昔佛在世時有微妙比丘尼得阿羅漢果與諸尼衆自説往昔所造善惡業行果報告尼衆曰乃往過去有一長者其家巨富唯無子息更取小婦夫甚愛念後生一男夫婦敬重視之無猒大婦心妬私自念言此兒若大當攝家業我唐勤苦聚積何益不如殺之取鐵針刺兒顋上後遂命終小婦疑是大婦殺即便語言汝殺我子大婦爾時謂無罪福反報之殃即與呪誓若殺汝子使我世世夫爲蛇螫所生兒子水漂狼噉自食子肉身現生埋父母居家失火而死作是誓已後時命終緣殺兒故墮於地獄受苦無量地獄罪畢得生人中爲梵志女年漸長大適娶夫家産生一子後復懷妊月滿欲産夫婦相將向父母舍至於中路腹痛遂産夜宿樹下夫時別卧前所呪誓今悉受之時有毒蛇螫殺其夫婦見夫死即便悶絶後乃得穌至曉天明便取大兒著於肩上小者抱之涕泣進路路有一河深而且廣即留大兒著於此岸先抱小者渡著彼岸還迎大兒兒見母來入水趣母水即漂去母尋追之力不能救須臾之間俄爾没死還趣小兒狼來噉訖但見流血狼藉在地母時斷絶良久乃穌遂前進路逢一梵志是父親友即向梵志具陳辛苦梵志憐愍相對啼哭尋問家中平安以不梵志答言父母眷屬大小近日失火一時死盡聞

之懊惱死而復穌梵志將歸供給如女後復適娶妊身欲産夫外飲酒日暮乃還婦闇閉門在内獨坐須臾婦産夫在門喚婦産未竟無人往開夫破門入捉婦熟打婦陳産意夫瞋怒尋取兒殺以酥煑之逼婦令食婦食子後心中酸結自惟薄福乃值斯人便棄逃走到波羅柰國至一園中樹下坐息有長者子其婦新死日來塚上追戀啼哭見此女人樹下獨坐即便問之遂爲夫婦經於數日夫忽壽終時彼國法若其生時夫婦相愛夫死之時合婦生埋時有群賊來開其塚賊帥見婦面首端正即納爲婦經於數旬夫破他塚爲主所殺賊伴將屍來付其婦復共生埋經於三日狐狼開塚因而得出自剋責言宿有何罪旬日之間遭斯禍厄死而復穌今何所歸得全餘命聞釋迦佛在祇洹中即往佛所求哀出家由於過去施辟支佛食發願力故今得值佛出家修道得阿羅漢達知先世殺生之業所作呪誓墮於地獄現在辛酸受斯惡報無相代者微妙自説昔大婦者今我身是雖得羅漢恒熱鐵針從頂上入足下而出晝夜患此無復堪忍殃禍如是終無朽敗

又舊譬喻經云佛在世時有一大姓常好惠施後生一男無有手足形體似魚名曰魚身父母終亡襲持家業寢卧室内人無見者時有力士向王廚食恒懷飢乏獨牽十六車樵賣以自給身又常不供魚身請與相見示其形體力士自惟我力乃爾不如無手足人往到佛所問其所疑佛言昔迦葉佛時魚身與此王共飯佛汝時貧窮助其驅使魚身所具

與王行之而謂王言今日有務不得俱行若行無異斷我手足時行者今王是也不行言者魚身是也時佐助者汝身是也力士意悟即作沙門得阿羅漢道

又百緣經云佛在世時舍衛城中有一長者財寶無量不可稱計其婦產一男兒兀無有手產便能語作是唱言今此手者甚爲難得深生愛惜父母怪之因爲立字名曰兀手年漸長大見佛聞法得須陀洹果求佛出家佛若善來鬚髮自落法服著身便成沙門精勤修習得阿羅漢果諸天世人所見敬仰時諸比丘請佛說本因緣佛告比丘此賢劫中迦葉佛時有二比丘一是羅漢二是凡夫爲說法師時諸民衆競共請喚常將法師受檀越請後於一日法師不在將餘者行瞋恚罵言我常爲汝給使今將餘者共行自今以往更爲汝使令我無手作是語已各自辭退止不共行以是業緣五百世中受是果報是故唱言今此手者甚爲難得由於彼時供給聖人故今得值我出家得道比丘聞已歡喜奉行

又百緣經云佛在王舍城迦蘭陀竹林中時尊者那羅達多著衣持鉢入城乞食還歸本處遙見祇洹赤如血色怪其所以尋即往看見一餓鬼肌肉消盡支節骨立一日一夜生五百子羸瘦尫劣氣力乏少當生之時荒悶殞絕支節解散極爲飢渴之所逼切隨生隨噉終無飽足時那羅達多便前問言汝造何業今獲斯報餓鬼答曰汝今可自問佛世尊當爲汝說時那羅達多尋往佛所具問斯報佛告那羅達多云此賢劫中波羅㮈國有一

長者金銀珍寶奴婢僕使象馬牛羊不可稱計唯一夫人無有子息禱祀神祇求索有子了不能得時彼長者即便更取族姓家女未乆之間便覺有身其大夫人見其有身便生嫉妬密與毒藥令彼墮胎姊妹眷屬即詣其所與彼大婦極共鬪諍遂相打棒問其虛實其大婦者止欲道實恐其交死止欲不道苦痛叵言逼切得急而作呪詛若我眞實墮汝胎者令我捨身生餓鬼中一日一夜生五百子生已隨噉終不飽足作是誓已尋即放去佛告那羅達多欲知彼時其大婦者今餓鬼是佛說是時諸比丘等皆捨惡心得四沙門果有發無上菩提心者歡喜奉行

又法句喻經云瑠璃王受佞臣阿薩陀等姧謀昇殿遂將兵就祇洹斥徙父王不得還宮與王官屬戰王與夫人夜至王舍城國中道飢餓噉蘆菔根腹脹而薨於是瑠璃王拔劒入東宮斫殺兄祇祇知無常心不恐懼命未斷間空中自然音樂迎其䰟神瑠璃王復由誅釋種佛記及太史記却後七日當爲地獄火所燒殺又入大乘論堅意菩薩說偈云

誹謗大乘法　決定趣惡道　焚燒甚苦痛
業報罪信爾　若從地獄出　復受餘惡報
諸根常缺陋　永不聞法音　設使得聞者
復生於謗法　以謗法因緣　還墮於地獄

謗法衆生聞如是說於大乘中便生疑心如尊者提婆所說偈

薄福之人　不生於疑　能生疑者　必破諸有

大悲分陀利經偈云

衆生老病死　沉没愛流海　處在三界獄

衆苦受結縛　飲血毒相害　無始被燒煮
癡盲失善道　不能見正路　生死愚暗重
皆由著邪見　旋迴五道中　譬如車輪轉

誹謗部第三

如發覺淨心經云時有六十初發心菩薩共到佛所五體投地禮佛足已於地未起悲啼雨淚向佛合掌而作是言善哉世尊我等業障願分別說令我等輩自清淨心勿復更造佛告彼菩薩言諸善男子汝等過去於拘留孫如來教中出家學道既出家已住於禁戒於戒放逸住於多聞於多聞放逸於頭陀功德皆悉損減於時有二法師比丘汝於彼所誹謗婬欲爲多利養名聞因緣於彼親友施主之家嫉妬慳貪於二法師所親友檀越汝復破壞離散兩舌毀辱令生疑惑不生信心信不具足説非善事時二法師所有衆生心生敬信隨順之者令彼等輩斷諸善根作諸障礙汝等以此業障礙故遂於六十二百千歲墮於阿鼻大地獄中復於四萬歲墮於活地獄中復於二萬歲中墮黑繩地獄復於八百千歲墮熱地獄復於彼處捨命已後還得人身於五百世中生盲無目以業障故所生之處一切暗鈍忘失本心善根閉塞少於威力衆皆捨棄恒被欺凌爲人憎惡毀呰誹謗常生邊地貧賤之處下種姓家少利養少名聞不爲他人恭敬供養亦不尊重人所不喜衆所猒惡汝等從此捨身命已於後五百歲中正法滅時還生於惡國惡人之處下種姓家貧窮下賤被他誹謗忘失本心所作善根常有障礙雖暫遇明還被翳暗汝等於彼五

百歲後一切業障爾乃滅盡於後得生阿彌陀國極樂世界時彼如來方授汝等阿耨菩提記爾時六十菩薩既聞此已抆淚恐怖毛竪而作是言我等從今若生瞋恚過失而更造業障我等今日於世尊前皆悉懺悔於世尊所立大誓願於一切所不起諸過爾時世尊讚彼六十菩薩言汝等發覺善作是願當盡一切業障當得善根清淨爾時世尊而說偈言

莫於他邊見過失　勿說他人是與非
不著他家淨活命　諸所惡言當棄捨
棄捨衆鬧極遠離　無法比丘勿親近
當修蘭若佛所讚　不著利故得涅槃

又涅槃經云佛在世時瞻波城中有大長者無有繼嗣共事六師請求子息於後不久其婦懷妊長者知已往六師所問言爲男爲女六師答言生必是女長者愁惱復有知識語長者言先不聞優樓迦葉兄弟爲誰弟子六師若是一切智者迦葉何故捨之從佛又舍利弗目揵連及頻婆娑羅王并諸王夫人未利夫人諸國大長者如須達等如是諸人皆佛弟子如來世尊於一切法知見無礙故名爲佛今者近在此住若欲實知當詣佛所爾時長者即詣我所以事問佛佛言長者汝婦懷妊是男無疑福德無比長者歡喜六師心嫉以菴羅果和合毒藥持與長者汝婦臨月可服此藥兒則端正産者無患長者受之與婦令服服已尋死六師歡喜周遍城市唱言沙門瞿曇記彼長者婦當生男今兒未生母已喪命爾時長者陪復於我不生信心即便

殯殮棺蓋焚之我見此事欲往摧邪六師遥見佛往各相謂言瞿曇沙門至此塜間欲噉肉耶未得法眼者各懷愧懼而白佛言彼婦已死願不須往爾時阿難語諸人言且待須臾如來不久當廣開闡諸佛境界佛到長者所長者難言所言無二兒毋已終云何生子我言長者卿於爾時都不見問毋命脩短但問所懷爲是男女諸佛如來發言無二是故當知定必得子是時死屍火燒腹裂子從中出端坐火中如蓮華臺六師見已謂爲幻術長者見喜呵責六師若言幻者汝何不作我於爾時告耆婆汝往火中抱是兒來耆婆前入火聚猶入清涼大河抱是兒還我受兒已告長者言一切衆生壽命不定如水上泡衆生若有重業果報火及毒螫並不能害非我所作是兒生於猛火之中火名樹提因名樹提

又賢愚經云爾時舍衛國中有一婆羅門字曰師質居家大富無有子息詣六師所問其因緣六師荅言汝相無兒夫婦愁苦往問世尊世尊告曰汝當有兒福德具足長大出家師質聞喜而作是言但使有兒學道何苦因請佛及僧明日舍食是時世尊默然許之明日時到佛與衆僧往詣其家食已還歸路遊一澤泉水清美佛與比丘便往休息時諸比丘各各洗鉢有一獼猴來從阿難求索其鉢阿難恐破不欲與之佛告阿難速與勿憂奉教便與獼猴得鉢持至蜜樹盛蜜滿鉢來奉上佛佛告之曰去中不淨獼猴即時拾却蜂蟲極令淨潔佛便告曰以水和之如語著水

和調已竟奉授世尊世尊受已分布與僧咸共飲之皆悉周遍獼猴歡喜騰躍起儛墮大坑中即便命終魂歸受胎於師質家婦便覺身日月已足生一男兒端正少雙當生之時家內器物自然滿蜜師質夫婦喜不自勝語諸相師相師占善以初生之日蜜爲瑞應因名蜜勝兒既年大辭父出家得阿羅漢果與諸比丘人間遊化若渴乏時擲鉢空中自然滿蜜衆人共飲感蒙充足阿難白佛有何因緣生獼猴中佛告阿難乃往過去迦葉佛時有年少比丘見他沙門跳度渠水而作是言彼人飄疾熟似獼猴沙門語云我證四果悉辦年少聞已衣毛皆竪五體投地求哀懺悔由悔過故不墮地獄由形呰羅漢故五百世中恒作獼猴由前出家持禁戒故今得見我沐浴清化得盡諸苦

### 避譏部第四

如薩婆多論云瞿曇彌比丘尼是佛姨母來見佛時禮已不坐爲女人敬難情多是故不坐又不廣爲尼說法故不坐又爲止誹謗故不坐若坐聽法外道當言瞿曇沙門在王宮時與諸婇女共在一處而今出家與本無異欲滅如是諸譏故是以不坐又女人鄙陋多致譏疑是以不坐

### 宿障部第五

又大乘方便經云爾時尊者阿難白佛言世尊我今晨朝入舍衞城次第乞食見衆尊王菩薩與一女人同一牀坐阿難說是語已即時大地六種震動衆尊王菩薩於大衆中上昇虛空高一多羅樹語阿難言尊者何有犯

罪能住空耶可以此事問於世尊云何罪法云何非法爾時阿難憂愁向佛悔過如是大龍我說犯罪我求其過世尊我今悔過唯願聽許佛告阿難汝不應於大乘大士求見其罪阿難汝諸聲聞人於障處行寂滅定無有留難斷一切結菩薩成就一切智心雖在宮中婇女共相娛樂不起魔事及諸留難而得菩提佛告阿難彼女人者當於過去五百世中爲衆尊王菩薩作婦彼女人本習氣故見生愛著繫縛不捨若衆尊王菩薩能與我共一牀坐者我當令發阿耨菩提心爾時菩薩知彼女人心之所念即入其舍尋時思惟如是法門若內地大若外地大是一地大心執女人手共一牀坐即於座上而說偈言

如來不讚歎　凡夫所行欲　離欲及貪愛　乃成天人師

時彼女人聞此偈已心大歡喜即從座起向衆尊王菩薩接足敬禮說是偈言

我不貪愛欲　貪欲佛所呵　離欲及貪愛　乃成天人師

說是偈已我先所生惡欲之心今當悔過發菩提心願欲利益一切衆生爾時世尊記彼女人於此命終得轉女身當成男子於將來世得成爲佛號無垢煩惱善男子我念過去阿僧祇劫復過是數時有梵志名曰樹提於四十二億歲在空林中常修梵行彼時梵志過是歲已從林中出入極樂城見一女人彼時女人見此梵志儀容端嚴即起欲心尋趣梵志以手執之即時躃地爾時梵志告女人曰姊何所求女人曰我求梵志梵志言我不

行欲女曰若不從我我爾當死爾時梵志如是思惟此非我法亦非我時我於四十二億歲修淨梵行云何於今而當毁壞彼時梵志強自頓挫得離七步離七步已生哀愍心如是思惟我雖犯戒墮於惡道我能堪忍地獄之苦我今不忍見是女人受此苦惱不令是女以我致死爾時梵志還至女所以右手捉作如是言姊起恣汝所欲爾時梵志於十二年中共爲家室過十二年已尋復出家即還具四無量心具已命終生梵天中爾時梵志即我身是彼女人者今瞿夷是我於爾時爲彼女欲暫起悲心即得超越十百千劫生死之苦

又慧上菩薩經云昔拘樓秦佛時有一比丘名曰無垢處於閑居國界山窟去彼不遠有五神仙有一女人道遇大雨入比丘窟雨晴出去時五仙人見之各各言曰比丘姦穢無垢聞之即自踊身在于虛空去地四丈九尺諸仙見之飛處空中各曰如吾經典所記染欲塵者則不得飛便五體投地伏首謝橫假使比丘不現神變其五仙人墮大地獄時無垢比丘今慈氏菩薩是也

法苑珠林卷第五十八